Aura

천재배우의 아우라

VI

천재배우의 아우라 VI

초판 1쇄 발행 2020년 8월 31일

지은이 글술술
펴낸이 장길수
펴낸곳 지식과감성#
출판등록 제2012-000081호

디자인 윤혜성
편집 최지희, 장홍은
교정 정은지
마케팅 고은빛

주소 서울시 금천구 벚꽃로298 대륭포스트타워6차 1212호
전화 070-4651-3730~4
팩스 070-4325-7006
이메일 ksbookup@naver.com
홈페이지 www.knsbookup.com

ISBN 979-11-6552-336-7(04810)
ISBN 979-11-6552-308-4(세트)
값 14,400원

ⓒ 글술술 2020 Printed in Korea

잘못된 책은 구입하신 곳에서 바꾸어 드립니다.
이 책의 전부 또는 일부 내용을 재사용하려면 사전에 저작권자와 펴낸곳의 동의를 받아야 합니다.

이 도서의 국립중앙도서관 출판예정도서목록(CIP)은 서지정보유통지원시스템
홈페이지(http://seoji.nl.go.kr)와 국가자료공동목록시스템(http://www.nl.go.kr/kolisnet)에서
이용하실 수 있습니다. (CIP제어번호 : CIP2020031811)

홈페이지 바로가기

차례

277. 세상에 거저는 없지   9
278. 딱 한 번   16
279. 내로남불   25
280. 미호의 아스   35
281. 강렬한 오프닝   44
282. 무희 살로메   52
283. 천상연이라고 아세요?   60
284. 뭔가 이유가 있겠지   68
285. 예외적인 초청   76
286. 같은 표정, 다른 관점   85
287. 밀레와 고흐   93
288. 놀라게 할 거야?   100
289. Des plus grand acteur   108
290. 형은 못 속이겠네요   116
291. 손색이 없는 무대   125
292. 〈살로메〉(1)   133
293. 〈살로메〉(2)   141
294. 〈살로메〉(3)   149
295. 미호의 선물   156
296. 스탕달 증후군   164

297. 그의 이름은 혜호	172
298. 친구니까요	180
299. 명분을 만들 수 있다면요?	189
300. 끝과 시작	197

외전

1. 〈미싱 차일드(Missing Child)〉	208
2. 카이 누넨과 릴 딜런	216
3. 뭘 하려는 거예요?	224
4. 드라마는 밀당이야	232
5. 친구는 함께 놀아야지	240
6. 합석해도 돼요?	249
7. 입이 있으면 다시 말해봐	257
8. 미주알고주알	266
9. 납득이 안 가는데	275
10. 어떤 마법을 부리는 겁니까	284
11. 두 눈을 똑바로 떠요	292
12. 두 단어와 두 개의 숫자	301
13. 잘못한 게 있지?	309

14. 두 배로 하죠	317
15. 진짜 이게 되네	326
16. 어느 태양이 더 큰가요?	334
17. 〈Run wherever〉/ A. Flat	342
18. 내가 왜 당신 딸이야!	351
19. 도대체 어디서 온 걸까요	359
20. 이쪽의 데이터	368
21. 코멘터리 방송	376
22. 끔찍한 영감	385
23. 깊고 무서운 진실을 말하라	394
24. 외박은 안 된다	404
25. 미호의 매체 데뷔	412
26. 신이시여	419
27. 삶이라는 공연의 연출가	427
글을 마치며	437
부록	441

277

세상에 거저는 없지

 임시주총 현장. 무대 위에는 발의자를 위한 단상이 있고, 그 좌우로 한쪽에는 윤성의 경영진들이, 한쪽에는 대주주들이 앉아 있다. 그리고 일반투자자들이 회랑에 쭈욱 배치된 의자를 차지하고 있다. 임시주총의 발의자로 선 문유석이 윤성의 경영 방만을 지적하기 시작했다.
 "윤성엔터테인먼트는 최근 수년간 주주들에게 제대로 된 배당을 하지 못했습니다. 투자한 영화들은 제대로 성적을 내지 못했고, 그 부분을 태원의 투자금으로 메꾸어왔지요. 이게 정상적인 경영인지를 묻고 싶습니다."
 "원래 엔터 회사라는 게 그렇습니다! 잘될 때는 투자금의 몇십, 몇백 배를 회수하기도 하고, 잘 안될 때는 원금도 못 건지는 경우도 있습니다. 이건 이쪽 업계의 생리를 잘 이해하지 못하셔서 하시는 말씀으로-"
 "그래서 〈수라도〉는 안전하게 가려고 태원시네마와 결탁한 겁니까?"
 폐부를 그대로 찌르는 공격에 진고원의 입이 방어할 말을 찾지 못하고 덜컥 멎었다.
 "그… 그렇지 않습니다. 그건 이규성의 일방적인 오해로-"
 "수익은 내지 못하고 있고 기업 이미지는 땅에 떨어졌습니다. 그리고 그 상황이 주가에 고스란히 반영되었죠. 이로 인한 주주들의 손실을 어떻게 책임지실 생각입니까?"
 대주주석에는 태원의 미래전략실장과 진종희가 함께 앉아 있었다. 그녀는 제대로 반박하지 못하는 고원이 답답했는지 벌떡 일어서서 까랑한 목소리로 따지고 든다.
 "그쪽은 사실 손실이 난 것도 없잖아요. 오히려 차액으로 이득을 봤으면 봤지. 최대주주인 태원에서도 현 경영진을 믿고 기다려주고 있는데 그쪽이 뭘 안다고 나서는 건가요?"

"아, 또 결탁인가요."

"무례하군요!"

임시주총에 참여한 주주들은 둘의 대치를 숨죽이고 바라본다. 진종희라면 대한민국에서 손꼽는 재벌가의 며느리이자 윤성에도 막강한 영향력을 행사하는 인물. 대체 저 젊은 남자는 뭘 믿고 그녀를 조롱하는 것일까.

"현 경영진을 믿고 기다려주고 있다라…. 흐음, 태원도 한 발 거들고 있는 입장이니 끼리끼리 감싸주는 게 아니구요?"

진종희가 자신도 모르게 이를 악물었다가 다시 표정을 풀고 미소를 지었다. 이런 도발에 휘둘려서는 안 된다. 대주주가 주주총회에서 경영 방만에 대해 지적할 수는 있지만, 실질적으로 어떤 액션을 취하려면 50% 이상의 동의를 얻어야 한다.

'그게 불가능하니 결국 속 빈 강정일 뿐이지, 훗.'

하지만 다음으로 유석이 내놓은 말에 그녀의 비웃음이 불안하게 일그러졌다.

"따라서 저와 몇몇 주주들은 윤성의 현 경영진을 신뢰하지 못하겠다는 결론에 이르렀으며, 이에 경영진 교체를 요구합니다."

진종희의 가슴이 덜컥했다. 뭔가 감이 좋지 않다. 문유석의 저 당당한 표정. 그저 자신을 엿 먹이고 망신 주기 위해 이 자리를 만들었다고? 저 아이가? 아니, 아니다. 왜 미리 눈치채지 못했을까. 살가운 정은 없었다 한들 함께 산 세월이 15년이다. 꼬마 때부터 눈치가 귀신같던 녀석, 이길 가능성이 없다고 판단될 땐 자신의 앞에서 내내 숨죽이고 있던 녀석이 아무 보험도 없이 이런 짓을 벌인다고? 그럴 리가 없다.

'설마…!'

그녀의 생각이 무언가에 미쳐 눈썹을 치뜨고 옆을 돌아본 순간, 곁에 앉아 있던 사람이 자리에서 스윽 일어났다.

'강 실장…!'

그의 옷자락을 잡으려던 진종희의 손가락이 닿지 못하고 허공을 잡아챘다. 무표정한 남자는 단상 위로 가 마이크를 잡았다.

"태원주식회사 미래전략실장 강동훈입니다."

주주들이 새로운 인물에 주목했다.

"앞서 발의하신 의견에 적극 동의합니다. 태원에서는 윤성엔터의 가능성을 보고 투자하였으나 몇 년째 회사 실적이 좋지 않아 불만스럽게 생각하고 있습니다. 특히 이번 사태의 책임에 통감합니다. 저희는 그룹 차원에서 윤성과 태원 간에 정말로 어떤 커넥션이 있었는지를 철저히 밝힐 계획이며, 현재 윤성의 경영진 교체가 필요함에 동의하는 바입니다."

"강 실장!"

진종희가 넘어갈 듯이 소리를 빼액 질렀다. 일반 주주들이 휘둥그레 눈을 뜨고 그녀를 지켜보는 가운데, 강동훈 실장은 돌아와 그녀에게 나직이 속삭였다.

"회장님 지시입니다."

그녀는 얼굴이 시뻘겋게 달아오른 채 벌떡 일어나 자리를 떠났다. 이후 임시주총의 진행은 순조로웠다. 진고원이 눈물로 주주들에게 호소하긴 했지만, 유석이 취득한 주식과 위임장의 지분 합계는 33%에 달했다. 태원의 38%를 더하자 일반 주주의 투표까지 갈 것도 없이 경영진 교체안이 가결되었다.

"…두고 봅시다."

"처음 만나서 살벌한 소리를 하시네, 외사촌."

"내가 왜 그쪽 외사촌입니까."

"진종희 여사님이 나보고 아들이라고 부르시던데, 그럼 외사촌 맞지 않나요?"
 진고원이 유석을 향해 이를 으득- 갈고 뒤돌아섰다.
 '끝났군.'
 처음으로 그녀에게서 무언가를 빼앗았다. 하지만 이것이 단순히 복수를 위해서가 아니라는 것이 중요했다. 그가 윤성을 노린 것은 영화제작과 배급을 동시에 하는 회사라 굿엔터를 확장하기에 딱 좋아서이다. 자신의 미래를 위해서 선택한 일이 과거를 청산하는 의미도 가진다는 것은 무척 바람직한 일이었다.
 '경영상태가 워낙 안 좋았으니까 그걸 먼저 개선하고….'
 그의 타고난 사업머리가 팽팽 굴러가기 시작했다.

 "아버님! 어떻게 저한테!"
 "경박하게 굴지 말고 앉아라."
 진종희는 치솟아오른 화를 내리눌렀다. 억울하고 불쾌하다 한들 시아버지는 태원의 회장이었다.
 "도대체 왜 저쪽 편을…! 그리고 윤성 주식을 사 모은 건 전데, 저한테 한마디도 없이 그러신 건 너무하신 거 아니세요, 아버님."
 "그 돈이 네 돈이냐."
 회장의 안광이 번뜩이며 자신을 쏘아보자 진종희의 마음이 순간 덜컥한다.
 "그럼 거기서 무얼 어떡해! 이미 윤성과 태원이 결탁했다며 언론에선 난리를 쳐대고 있다. 실적이라도 좋으면 몰라, 투자금이 계속 손실 나고 있는데 경영진 교체 요구가 나왔다. 가장 손실이 큰 최대주주가 거기서 경영진 편을 들면 정말 결탁이란 걸 증명하는 꼴밖에 더 되느냐?"
 "……."

"그림을 잘 짰어. 그놈이 제법이더군. 그런 놈을 내 눈에 안 닿게 수십 년을 꽁꽁 감추느라 애미가 고생이 많았겠구나."

뼈가 담긴 회장의 말에 진종희가 무릎을 꾸욱 여몄다.

"그게 아니고…. 그땐 저도 상처가 많았구요, 아버님."

"됐다. 나도 그 건은 잊을 테니 너도 윤성엔터 건은 잊어라."

"아니, 그건…!"

"지금 그게 중요한 게 아니다."

진종희가 회장의 뼈 있는 한마디에 다시 고개를 들었다. 이건 또 무슨 말인가 하는 시선이다.

"이 정도로 상황이 악화되면 검찰이 가만있겠느냐."

이규성-윤성-태원시네마로 이어지는 비리와 결탁에 대해 검찰수사가 있을 것이라는 의미에 진종희의 얼굴이 파랗게 질렸다. 하필 유명인과 엮여 국민적 관심이 너무 쏠렸다. 검찰 쪽에선 뭐라도 액션을 취하지 않을 수 없을 것이다.

"그래서 손을 턴 것도 있다. 지금 최대한 윤성과의 관계를 정리해놔야 조금이라도 덜 엮일 테니까. 설마 유석이 그놈이 이것까지 예상하고 움직인 걸까. 그랬다면… 정말 아까운 녀석이구나. 어쨌건 수사가 나온다면 뭐라도 걸고넘어질 거다. 미리 준비해서 잘 대처해보려무나."

"아버님이… 막아주실 수 있잖아요."

진종희는 문유석을 높이 평가하는 회장의 말에도 반박하지 못할 만큼 당혹해 있었다. 지금 시아버지의 말은 마치 검찰수사가 시작되어도 막아주지 않겠다는 뜻 같지 않은가.

"손자를 소홀히 해온 것에 대한 미안함의 의미로 이번 건에 대해선 중립을 지키기로 했다."

"아버님…!"

"네가 유석이를 숨겨온 괘씸함을 이번 건으로 눈감아줬지 않니. 그게 내 방식이다. 인간사 오는 게 있으면 가는 게 있어야 하는 법이지."
"……."
"검찰조사가 어느 정도 마무리되고 나면 도석이는 태원건설로 발령해서 미얀마 지사로 보낼 생각이다. 회사 이미지에 이렇게 똥칠을 했으니 몇 년 자숙하는 모습이라도 보여야지."
"아버님!"
그녀가 넘어갈 듯이 비명을 지르는 것을 보고 회장은 일어섰다.
"애비한테도 같이 책임지라고 해라. 맨날 네 뒤에 숨어 있지 말고. 내가 자식을 잘못 키웠지. 그거 하나는 너한테 미안하게 생각한다."
그녀가 부르는 소리를 떨치며 회장은 방으로 들어가버렸다. 거실에 홀로 남은 진종희는 한참 동안 망연자실한 표정을 거두지 못했다.

2010년 2월 10일. 〈인격살인〉의 마지막 공연.
배우들이 함께 손을 잡고 커튼콜을 하는 장면을 혜호는 가만히 보고 있었다. 그는 지난 두 달간, 모든 회차의 공연을 다 보았다. 유명이 홀로 네 명의 캐릭터를 맡았던 신기에 가까운 연기와 동료들과 함께하는 색색이 다채로운 연기. 공연마다 매번 다른 모습을 보여주며 그는 더 성장하고 있었다. 그리고 혜호의 마음이 더욱 쏠린 쪽은….
'함께하는 연기….'
혜호는 지그시 두 눈을 감고 객석까지 넘쳐흐르는 에너지를 가만히 느낀다. 그의 머릿속에 두 어린아이의 웃음이 잔상처럼 스쳐 지나간다. 아주 오래된 이야기….
천 년 귀생의 한 가지 꿈이라면, 연기의 극의를 보는 것이었다. 관객이 있는 무대만 주어진다면, 그리고 그 앞에서 연기할 수 있는 제대로 훈련된 육체만 있다면 가능할 것도 같았다. 그런 욕심에 유명의 몸을 가지려고 했었지만… 바로 지금, 그의 꿈이 바뀌었다.
'신유명과 함께 연기하고 싶다.'
어딘가에서 꿈틀거리기 시작한 욕망이 문장으로 갖추어진 순간 혜호는 눈을 번쩍 떴다.
─ 연기…하고 싶다. 그럼 뭔가 보일 것 같은데….
〈인격살인〉의 첫 연극무대를 보았을 때, 어렴풋이 그가 떠올렸던 생각. 거기에 생략되어 있던, 잡힐 듯 말 듯 한 자신의 마음이 이제야 형체를 갖춘다. '신유명과 함께' 연기하고 싶다. 그럼 뭔가 보일 것 같다. 자신이 발견하고 키워온, 연기사의 이전에도 없었고 앞으로도 없을 최고의 배우. 그런 배우와 직접 부대끼며 연기해보고 싶다는 생각은 곧 그를 완전히 지배했다.
'부실한 몸이 아니라 온전히 내 뜻대로 움직이는 몸으로 신유명과 같은 무대에…!'
혜호가 원생의 유명을 보고 눈이 번쩍 뜨인 이유에는 낮은 존재감도 있었지만, 잘 훈련된 신체도 있었다. 과거에도 그는 몇 번의 시도를 해보았다. 모은 생기를 뭉텅 사용하여 어떤 배우의 소원을 들어주고 그 대가로 무대에 서보기도 했고, 어떤 작가에게 작품을 써주는 대신 종종 몸을 빌려 연기하기도 했다. 그럼에도 단 한 번도 만족스럽게 연기할 수 없었다.
빙의를 한다고 해서 그 몸을 마음대로 움직일 수 있는 것이 아니다. 해당 배우가 훈련해둔 신체의 한계, 딱 거기까지만. 흡족하지 못한 육체로 만족스럽게 연기하려면 연습 시간이라도 많이 필요한데, 빙의라는 것은 시간적 한계가 있어 오래 사용할 수 없었다. 고로 그의 목마름은 갈수록 더해져갔다.
─ 내가 제대로 사용할 수 있는 육체는… 없겠지?
거의 포기에 다다른 순간, 그는 신유명을 발견한다. 충분한 재능, 훈련되어 있는 육체, 그럼에도 낮은 존재감. 자신이 바라던 조건을 한 몸에 욱여넣은 듯한 인간을 발견하자, 혜호는 자신이 보유한 가장 커다란 힘을 써버리면서라도 그를 가지려고 했다. 결국 그를 가지는 데는 실패했지만, 그는 자신에게 '적절한 신체' 이상의 가치를 갖게 되었다.

혜호는 곰곰이 생각한다. 그와 함께 연기하려면, 덜그럭거리는 부실한 몸이 아니라 온전한 몸으로 그와 상대하려면….

'세상에 거저는 없지. 지극히 원하는 일을 하려면 그만한 대가를 치를 수밖에.'

혜호는 자신의 탐스러운 꼬리를 쳐다본다. 천 년의 세월이 응축된 생기의 농축체. 말 그대로 그의 존재 그 자체. 이미 사용해버린 황금색 꼬리만은 못하겠지만, 이 힘이 자신의 꿈을 이루어줄 것이다.

〈인격살인〉의 공연이 종료되고 약 보름 후, 2월의 마지막 날. 유명이 미호의 은빛 털을 한참이나 쓰다듬다가 입을 연다.

'미호.'

{왱?}

'네가 내게 준 5년이 지났어.'

278

딱 한 번

마치 '그날' 같은 달밤이었다. 달빛을 받은 미호의 은빛 털 주변에 달

무리같이 은은한 빛이 번졌다.

'나 예전에 네가 내준 졸업과제, 62점 받았었잖아.'

{그걸 몇 점인지까지 기억하냥.}

'이번엔 몇 점이었어?'

함께 갔던 유럽 배낭여행. 미호는 많은 것을 가르쳐준 후 자신에게 테스트를 내어주었었다.

─ 〈무무〉, 테스트하기 좋은 작품이당. 말로 표현하지 않아도 표정과 몸짓으로만 충분히 설득할 수 있는 연기를 해봐랑. 세 달간 얼마나 배웠는지 보장.

유명은 극단 Vague의 단원들 앞에서 귀머거리에 벙어리인 농노 게라심 역을 연기했다. 그 연기를 마쳤을 때 미호는 자신에게 62점을 주었다. 원래 자신의 기대치는 55점이었다며 인간 주제치고 잘 받은 거라고 툴툴댔었지. 궁금하다. 그 사이에 자신은 얼마나 늘었을까.

{80점.}

'어? 많이 늘었네?'

{인간 수준에선 점수를 매기기 어렵지. 내 기준으로 매긴 점수당.}

유명은 활짝 웃었다. 지난 7년간 쉬지 않고 달려왔다. 짧다면 짧은 시간이었지만 아마 그동안 해온 연기의 총량을 따지면 보통 배우들이 15년간 연기한 것보다 많을 것이다. 거기에 집중도를 곱하면 훨씬 더 늘어날 거고

15년간 연기에 맺힌 한을 풀었다. 세계 최고의 배우란 수식어도 달아보았고, 배우로선 최초로 황금종려상도 수상했다. 그리고 이번엔 스스로와 직면하는 시나리오를 영화와 연극 두 가지의 형식으로 연기해 내기까지 했다. 여한이 없다고는 못하겠지만… 이 정도면 됐다.

'미호야. 이제 약속을 이행하자.'

미호는 가만히 유명을 바라본다.

'나는 충분해. 하고 싶었던 건 대부분 다 해봤어. 이제 내가 도달할 수

없는 영역의 연기를 가장 특등석에서 관람하는 관객으로 살아갈 거야.'
 {너… 그때도 말했지만, 그 의미를-}
 '〈인격살인〉에서 갇힌 현성을 연기하면서 내면의 집에서만 살아간다는 게 어떤 건지는 조금 체감했어. 하지만 걔네들과 달리 나는 티브이를 무척 좋아하거든.'
 유명이 속마음을 알 수 없이 밝게 웃는다. 연기일까.
 '네가 연기하는 걸 보고만 있어도 나는 충분히 즐거울 수 있어. 그리고 7년간 쉴 새 없이 연기하느라 좀 피곤하기도 해. 이제 좀 편하게 지내지, 뭐.'
 거짓말. 그가 지금 인간 수준 이상으로 완벽한 연기를 하고 있다고 해도 혜호의 눈엔 뻔한 거짓말이다. 연기가 어설퍼서가 아니라 누구보다도 그의 연기에 대한 애정과 집착을, 그리고 그것마저도 은인을 위해 포기할 수 있는 인간성을 아는 혜호이기에 그것이 필사의 거짓말이란 것을 모를 수가 없었다.
 '그때 내 생기가 44였으니까… 지금은 49 가까이 됐겠네. 나 그동안 꽤 열심히 해왔으니까, 그렇지?'
 혜호는 그제야 깨달았다. 유명이 '15년의 절반'인 7년 반이 아니라 7년 만에 이 이야기를 꺼내는 이유. 당시에 도깨비들이 말하길, 유명의 생기 총량은 74라고 했다. 본연의 생기가 31에 연기의 기운을 흡수해서 늘어난 생기가 13, 자신과의 계약으로 취득한 생기가 30이라고. 그걸 듣고서 유명은 5년을 마음먹었나 보다. 5년이 넘어가 혹여 그의 생기가 50에 이른다면 자신에게 몸을 주는 것이 불가능해지니까.
 '정말로… 몸을 줄 생각이었구나.'
 혜호는 새삼스럽게 감동했다. 그때 그가 했던 말이 거짓이라 생각한 적은 없었지만, 얼마만큼 진심이었는지는 이제야 깨달은 것이다.
 '20의 생기를 더 받으면 이 몸을 네가 쓸 수 있겠다, 그치?'

{이론적으로… 가능한 일이기는 하다만-}
'그럼 그렇게 하자. 그런데 미호야, 한 가지만 부탁해도 될까.'
{부탁…?}

유명은 한번 심호흡을 하더니, 다시 말을 이었다.
'조금 시간을 나눠줬으면 해.'
{연기를 번갈아가며 하자는 거냥?}
'아니. 연기는 네가.'
몸을 나눠 쓰는 방법? 그걸 유명이 생각해보지 않았겠는가. 하지만 문제가 있었다. 몸을 차지한 주체가 아닌 다른 영혼이 몸을 사용하는 것은 '빙의'로 간주된다. 즉 존재감을 적게 보유한 쪽이 몸을 오랜 시간 점유할 경우, 몸에 무리가 온다. 한 작품당 수개월이 걸리는 배우의 직업세계에서 이것은 치명적인 문제다. 즉 유명이 미호에게 주도권을 내주는 순간부터, 잠깐씩 몸을 빌리는 것 외에 꾸준히 연습하거나 공연을 하는 것은 불가능해지는 것이다.
{연기는 내가 해라, 그럼 왜?}
'가족들, 친구들. 주변 사람들을 챙길 시간을 조금 줬으면 좋겠어.'
{은성과 시간을 나눠 쓰기로 한 유성처럼?}
'…그래.'
유명이 움찔했다. 〈인격살인〉의 또 다른 주제를 미호는 눈치채고 말았나 보다. 미호를 의식하고 마지막에 엔딩을 바꾼 것은 아니었다. 그저 자신이 유성이라면 그렇게 할 것이라는 의미였지만, 마치 미호에게 시간을 나눠달라고 배려를 강요하는 것처럼 되어버렸다. 그럴 의도가 없었다 해도 결과적으로 비슷한 부탁을 하게 돼버렸으니, 유명은 머쓱하게 고개를 끄덕였다.

{그게 네 결론이고, 유성과 함께 살아가기 위한 은성의 노력이냥?}

'…응.'

{거절한당.}

의외의 말에 유명의 가슴이 덜컹했다. 역시 너무 무리한 요구였나. '은성'으로서의 자신을 버리지 않기 위한 최선이었는데.

'네가 정 싫다면 강요할 순 없지만… 한 번만 더-'

그때 유명의 말을 미호가 끊는다.

{그 뜻이 아니당. 네 몸을 뺏을 생각은 진작에 치웠당.}

'…그건 알아. 하지만 네가 뺏는 게 아니라 내가 주고 싶은 거야. 나는 이제 연기를 할 만큼 했고, 네가 즐겁게 연기하는 모습을 더 보고 싶어.'

이것 또한 유명의 진심이었다. 미호가 앞으로 얼마나 대단한 연기를 해낼지를 기대하는 배우의 마음. 그리고 저 위대하고 가엾은 존재가, 극상의 연기를 할 수 있음에도 펼쳐 보일 무대조차 갖지 못한 존재가 하고 싶은 일을 마음껏 하는 것을 보고 싶은 벗의 마음. 그 마음들 또한 계속 연기하고 싶다는 욕망만큼이나 강렬했다.

유명은 미호가 거절할 것을 알고 있었다. 그래서 애초부터 그런 이유들을 집어넣은 것이다. '할 만큼 했다', '쉴 새 없이 연기하는 것에 지쳤다', '네 연기를 보는 게 더 즐거울 것 같다'. 네가 내 몸을 뺏는 것이 아니고 내가 네게 몸을 주는 것이니, 부담도 죄책감도 느끼지 말고 이 손을 잡으라는 제안. 하지만 미호가 다시 한번 단호하게 거절했다.

{아니. 네 몸은 네가 갖고 있어야 한당. 그래야 나와 연기할 수 있으니깡.}

처음엔 그 말을 알아듣지 못했던 유명은 미호가 한 번 더 이야기하자 눈이 동그래졌고, 곧 입 밖으로 비명 같은 의문을 내질렀다.

"뭐? 너와 같이 연기할 수 있다고?"

이건 또 무슨 기적 같은 소리일까.

{그랭. 가능하당.}

"어떻게?"

샤아아- 은색 바람이 불었다. 잠시 후, 유명은 전에 한 번 본 적이 있는 남자의 모습을 볼 수 있었다. 인간에게 달빛을 끼얹는다면 이런 모습일까. 은색의 금속으로 가늘게 뽑아낸 듯이 찰랑찰랑한 머리에 미호의 눈동자와 똑같이 생긴 푸른 눈이 달빛처럼 아름다웠다. 스으- 그가 손을 내밀었다. 유명은 영문도 모른 채 뻗어진 손을 잡았다.

'헛….'

남자의 손에는 온기가 있었다. 실체가 있는 것을 잡았을 때의 묵직한 느낌도. 미호가 푸른 형체를 띠고 있을 때는 아예 손에 잡히지 않는다. 은색 여우의 형체를 갖출 때는 보드라운 털을 느낄 수는 있지만, 이렇게 살아 있는 듯한 체온과 중량감을 느껴보는 것은 처음이었다.

"이게 완전히 현신한 상태다. 이 상태에선 만질 수도 있고, 인간들도 나를 볼 수 있지."

남자는 늘 하던 전음이 아닌 진짜 소리를 내어 말했다. 듣기만 해도 힘이 풀릴 것처럼 아름다운 목소리였지만, 그것 또한 살아 있는 인간의 목소리였다.

"그러면 혹시… 설마…."

기대를 말로 꺼내는 순간 걷잡을 수 없어질까 봐, 차마 말도 꺼내지 못하는 유명을 대신하여 연귀가 말한다.

"관객 앞에서 연기도 할 수 있어."

"…!"

유명의 눈에서 자신도 모르게 눈물이 터져 나왔다. 미호가 가려운 곳을 정확히 짚어 조언해줄 때마다, 자신의 몸을 빌려 대단한 연기를 보여줄 때마다, 연기를 마친 자신의 기운을 빨아들이며 흡족하게 컁컁 웃을 때마다, 그리고… 가끔 참을 수 없는 시선으로 연기하는 자신을 빤히 바라볼 때마다…. 불쑥 치솟았지만 무의식 속으로 꾹꾹 눌러 놓았던 마음. 절대 싹틔우지 않으려 했지만 이미 땅 밑으로 뿌리가 자라고 자라 뽑아낼 수도 없게 뻗쳐 있던 거대한 욕망이 순식간에 싹을 내고 꽃을 피운다.

'미호와 함께 연기하고 싶다.'

그것이 가능한 일이었단 말인가.

"그런데 여태 왜 한 번도…!"

"흥. 네가 나와 같은 무대에 설 레벨이었냐."

현신한 모습인데도 여전히 새침한 말투는 그림 같은 미모와 잘 어울린다. 유명은 고개를 마구 끄덕였다.

"아아… 그래서-"

"바보냐. 뭘 곧이곧대로 들어. 그런 이유는 아니고… 사실 이게 몸에 좀 무리를 준다."

"뭐? 그럼 지금도 힘들어? 어디 안 좋아?"

"지금은 너 혼자뿐이고 또 너는 내 계약자이다 보니 큰 무리는 아닌데, 보는 사람이 많아질수록, 그리고 내가 내뿜는 에너지가 커질수록 더 무리다. 귀(鬼)인 내가 인(人)에게 직접적인 영향을 미치는 것은 역리[1]이니까."

그렇다면… 수백 수천 명 앞에서 연기해야 하는 무대는….

"딱 한 번."

"응?"

"딱 한 번 정도는 가능할 것 같다. 너와 같이 무대 위에서 공연하는 것."

"많이 무리가 되는 거면 역시 안 하는 게…."

"아니, 참을 수 없어졌다. 나는 꼭, 지금의 너와 연기하고 싶어."

그 말에 유명의 머리가 어질어질하고 심장이 쿵쿵 뛰었다. 연기의 극의에 가장 가까운 존재. 그래, 저 존재와 함께 연기할 수만 있다면 자

---

1 역리(逆理): 이치를 거스르는 것

신의 수명을 일부 떼어줘도 여한이 없을 것 같다. 설마 그도 그런 기분이라는 것인가. 한계다. 미호가 걱정되었기에, 안 하는 것이 낫지 않겠냐는 말을 한 번은 할 수 있었다. 하지만 두 번은 무리다. 자신도 참을 수 없이 그와 함께 연기하고 싶으니까.

"인간 따위가 걱정할 정도는 아니다. 신경 쓰지 말고 하자, 공연."

"…좋아. 대신, 우리 계약은 이번 공연이 끝나면 꼭 이행하는 거로 해줘."

"그건 생각해보고. 그보다 무슨 작품을 연기하지?"

그날 그들은 하고 싶은 작품을 밤새 얘기했다.

유명은 다음 날 바로 문유석을 찾아갔다.

"고생 많았어요, 유명 씨. 보름간 푹 쉬었어요?"

"네, 잘 쉬었어요. 고생은 대표님이 많으셨죠. 제가 공연한다고 정신 없는 사이에 많은 일을 하셨더라구요. 축하드려요, 윤성엔터 대표님."

"이제 윤성이 아니라 YOU 엔터테인먼트가 됐습니다."

"유는 대표님 성함에서 온 건가요, 제 이름에서 온 건가요?"

"하하…."

유명의 짓궂은 질문에 유석이 멋쩍게 대답을 피했다.

"데렉 씨는 돌아갔나요?"

"네. 며칠 전에요."

〈인격살인〉의 공연멤버들은 공연이 종료된 후 돌아가면서 몸살을 앓았다. 덕분에 종연파티는 거의 일주일이 지나서야 할 수 있었다. 그날을 떠올리며 유명이 웃음을 짓는다.

데렉과 서류신이 니가 독하네 내가 독하네 서로를 헐뜯고, 효준은 혼자 홀짝홀짝 술을 마시더니 유명에게 의형제가 되어달라는 이상한 요구를 하며 질질 짰댔다. 수연은 유명에게 자기도 해외 진출을 하려면 어떻게 해야 하는지 진지하게 물었다. 그 와중에 육 작가가 전화해서 이규성 뒤졌냐고 물어보고, 카이가 전화해서 나도 한국 갈 거라고 떼를 쓰는, 아주 시끄럽고 정신없었던 뒤풀이. 그 장면이 유명에게는 왜 이렇게 행복한 기억으로 저장되어 있는지. 유명은 유석과 대화 중이었던 것을 떠올리고 다시 입을 열었다.

"당분간 바쁘시겠네요."

"나야 바빠야죠. 하지만 유명 씨는 바쁠 생각하지 말아요. 영화에 연극에, 남들 몇 배의 에너지를 쏟아부었으니 당분간은 충전해야 합니다."

"안 그래도 그러려고요."

"진짜요? 웬일입니까?"

유석이 수상쩍은 눈초리로 유명을 쳐다본다. 그럴 만도 했다. 유명이 쉬라고 해서 순순히 쉰 적은 유럽 배낭여행 때 정도였으니까. 그조차도 나중에 '연기순례'의 일환이었다는 것이 밝혀졌고.

"얼마나 쉬게요?"

"글쎄요…. 길면 반년?"

"호오. 일단 유명 씨가 스스로 쉬겠다고 했다는 점이 바람직하네요. 어디 가보고 싶은 데라도 있어요? 혹시 미국이나 유럽으로 갈 거면 티쉬나 로열 왕립 아카데미도 한번 들러보면?"

이미 유명의 명성이 확고한데도, 유석은 세계적인 명문연기학교들이 유명을 초빙했다는 타이틀이 욕심나는 모양이었다.

"아뇨, 그냥 여기 있을 거예요."

"하기야…. 가족들과 시간을 가지는 것도 좋죠."

"그러려고요. 아참, 집 근처에 연습실 하나 섭외해주실래요?"

"연습실…?"

이건 또 무슨 소리지. 유석의 눈썹이 꿈틀거린다.

"그냥 가끔 가서 몸 풀려구요. 좀 넓고 조용한 연습실이면 좋겠어요.

누가 절대 찾아오지 않을 만한 곳으로."

"흐음…. 종일 거기 붙어 있는 건 아니겠죠."

"적당히 할게요, 하하."

유명은 한 가지를 더 요청했다.

"그리고 휴식기 동안, 최대한 사람들과의 접촉을 피하고 싶어요. 행사든 인터뷰든 뭐든요."

"음…. 연극 끝나기를 기다려서 잡아놓은 〈인격살인〉 관련 일정들이 몇 개 있는데."

"지금은 괜찮아요. 3월 중순부터 최대한 피해주시면 돼요."

"오케이. 접수."

그렇게 유명은 미호와의 연습에 집중할 시간과 장소를 마련했다. 싱글벙글 웃는 유명을 보고 유석이 수상쩍은 듯 묻는다.

"왜 그렇게 신났어요? 뭐 좋은 일 있어요?"

"아… 아닙니다."

유명은 부정하면서도 입가의 미소를 지우지 못했다.

'좋은 일이라….'

그는 다시 전날 밤을 떠올렸다.

279

내로남불

전날 밤, 인간화된 육체를 유명에게 확인시켜준 후 미호는 다시 구미호의 모습으로 돌아왔다. 아무리 계약자라고 해도 오래 그 모습을 유지하는 것은 쓸데없는 에너지 소모라며, 연습할 때나 다시 현신하겠다고 했다. 그리고 몇 가지 제약조건을 더 알려주었다.

녹화는 안 된다. 귀의 현신화한 모습이 세상에 기록되는 것은 너무 커다란 역리이니까. 연습 중 다른 사람이 보는 것도 안 된다. 계약자가 아닌 다른 사람이 자신의 현신한 모습을 보게 되면 선계에서 눈치채고 공연을 못 하게 막을지도 모른다고 했다. 그리고 아마도….

{공연이 끝나면 관객들은 나를 잊을 거당.}

'…뭐?'

{귀가 현신한 모습을 수백 수천 명이 보게 되는 건 순리에 크게 위배되는 거니까 선계에서 순리 보정에 들어갈 거당. 좋은 공연을 봤다는 느낌 정도는 남겠지만, 나라는 존재는 아마 머릿속에서 지워지고 네 단독공연으로 기억하게 되겠징.}

'그런….'

유명의 말문이 터억 막혔다. 극을 보여준다. 그것만으로 미호는 생기의 손실을 감수해야 했다. 그런데 그 극이 심지어 기억에조차 남지 않는다니, 그럼 그 정도의 손실을 감수할 필요가….

{있당.}

'…….'

{공연은 분명 그 순간만으로도 가치가 있당. 너도 알지 않냥.}

무대 위에서만 느낄 수 있는 팽팽한 긴장감, 관객들의 호흡과 반응이 피부로 와닿는 마법 같은 시간들. 그리고 무엇보다도 함께 무대에 선 배우와의 교감. 아무도, 아무것도 기억하지 못해도 상관없다. 유명과 함께 무대에 서볼 수만 있다면.

미호의 그런 생각을 읽기라도 한 것처럼 유명도 고개를 깊이 끄덕였다. 자신도 마찬가지이기 때문에.

'그럼 대본은 뭘로 할까?'

{…최대한 '인간적인' 대본이면 좋을 것 같당. 인간의 모순과 갈등, 인간만이 갖고 있는 감정의 배리에이션을 미묘한 것에서 격렬한 것까지, 모조리 다.}

혜호는 생각했다. 지금이야말로 더 깊은 연기를 할 수 있을지도 모른다. 영화, 연극, 드라마…. 형태에 따라 이름은 다르지만 그 모든 것의 공통점은 바로 '인간이 살아가는 이야기'. 인간을 줄곧 보아왔지만 그들을 진심으로 이해하지는 못했었다. 하지만 유명을 만나고 스스로에게도 인간다운 감정이 개화한 지금이라면.

'미호가 써줄 거야?'

{같이 쓰장.}

'우와, 진짜?'

유명의 가슴이 콩닥콩닥 뛴다. 이미 세계사적으로 퀄리티가 검증된 미호의 대본. 그것을 함께 만들 수 있다니.

'일단, 다른 배우는 못 쓰겠네.'

{그렇징.}

'그럼 메인 배역은 남자 두 명?'

{왱?}

그의 질문에 유명이 영문을 모르는 표정을 지었다. 그러자 미호가 아- 하고 깨닫는다.

{참, 너는 본 적이 없징.}

'…뭘?'

다시 한번 은빛 안개가 번졌다. 이번에 현신한 미호는….

"흐앗…!"

허리까지 내려오는 영롱한 은발은 지난번과 같다. 하지만 깎아놓은 듯하던 콧날이 이젠 빚어놓은 듯 고운 곡선을 그린다. 긴 눈매가 살짝

27

올라가 있는 것은 비슷하지만 눈썹이 좀 더 곱디고운 모양으로 둥글려 있다. 그리고… 꽃잎이 묻어난 듯한 입술. 분명 여성이다. 황홀할 정도로 아름다운, 그저 넋을 잃고 쳐다보게 되는 여성.

"이게 여성체다. 현신의 난이도에는 차이가 없으니까 배역이 꼭 남성일 필요는 없어."

저 새침한 말투는 분명 미호다. 유명은 한참이나 그녀를 멍하니 바라보았다. 구미호. 인간을 홀려 간도 쓸개도 빼먹는다는 전설의 귀물. 홀리는 것에 특화된 이 존재들의 마력적인 매력. 어째서 천제가 미호의 어머니에게 반했는지 유명은 절실히 깨달았다.

{반했냥?}

'…응?'

미호가 다시 여우의 모습으로 돌아오고도 조금 시간이 지난 후에야 유명은 정신을 차렸다. 다행히 지금의 미호를 보고는 가슴이 뛰지 않는다. 반한 것은 아닌 것 같다. 너무 아름다운 것을 봐서 잠시 정신이 멍해졌을 뿐이다.

'너… 진짜 엄청 예쁘구나…'

{남성체일 때도 예쁘긴 마찬가지일 텐데, 여성체 쪽 반응이 훨씬 격렬한뎅?}

'흠흠.'

유명이 잽싸게 화제를 다른 데로 돌렸다.

'그럼 남녀의 제약은 없네, 그렇지?'

{맞앙.}

'그럼 1인 2역은 어때? 남성체와 여성체를 모두 사용해서.'

호오- 이번엔 미호가 눈을 동그랗게 떴다. 재미있는 생각이다. 여성

배역과 남성배역을 함께 하면 일단 다룰 수 있는 감정의 배리에이션이 넓어질 것이다. 사랑, 우정, 배신, 질투, 그 외 다양한 인간적인 감정들. 〈Mimicry〉나 〈인격살인〉같이 메시지가 깊은 이야기도 좋지만, 단 한 번의 기회라면 자신은 좀 더 통속적인 이야기를 해보고 싶다. 인간사 어디에서나 벌어지는 사랑과 애욕과 우정과 배신. 인간의 본질에 맞닿아 있는 적나라한 감정들. 이런저런 아이디어가 머릿속을 헤집기 시작한다.

{남매.}

'좋아. 둘은 닮았으니까, 남매라는 설정은 좋은 것 같아. 그럼 내 배역과의 관계는 여성 쪽은 연인, 남성 쪽은 친구?'

{좋아. 아주 통속적이당. 그럼 너와 그 둘의 관계는 삼각관계냥?}

'어… 근친상간은 좀 위험하지 않아? 그리고 네 몸은 하나뿐이니까 남성체와 여성체가 함께 연기할 순 없을 거 아냐.'

{아 참, 그렇징. 그러면….}

미호가 눈을 내리뜨고 곰곰이 생각하다가 반짝 뜬다.

{너는 왕.}

'왕?'

{응. 그리고 나는 재상과 그의 여동생 무희.}

'오….'

유명이 A4 용지를 꺼내서 삼각형의 꼭짓점에 세 배역을 적어 넣는다.

'이렇게 세 사람을 놓고 생각해보자. 그럼 왕과 재상이 친구?'

{응. 재상은 왕에게 여동생을 바친당.}

'여동생을… 바쳐? 그럼 친구관계가 아니잖아. 군신관계?'

{그게 포인트징.}

미호는 왕에서 재상으로 향하는 화살표를 그어보라고 했다. 유명은 삼각형의 한 변을 따라 화살표를 그렸다.

{우정.}

유명은 미호가 불러주는 대로 화살표 위의 여백에 '우정'이라는 글자를 적는다.

{이번엔 반대로 화살표를 그려봐랑.}

'이렇게?'

{그랭. 거기에 들어갈 말은, 증오당.}

'둘의 감정이… 다르네?'

{그게 포인트당.}

'그게 포인트…?'

{인간들의 재미있는 부분이, 서로 같은 감정을 가지고 있다고 착각하지만 그렇지 않은 경우가 더 많다는 거징.}

유명이 움찔한다. 웃는 낯을 하고 속으로는 비수를 가는 사람. 화난 낯을 하고 속으로는 비소를 짓는 사람. 오랫동안 알고 지내도 사람의 속을 모르는 경우는 언제나 존재한다.

{그래서 네가 좋당. 너는 겉과 속이 동일하니깡. 하지만 인간의 그런 복잡한 감정과 관계들이 여러 가지 이야기의 원천이징. 왕은 재상을 친구라고 생각하는데 재상은 왕이 자신을 입으로는 친구라고 부르면서 실제로는 내려다보고 있다고 생각한당. 그게 첫 번째 괴리당.}

'오오….'

그의 입에선 재밌는 아이디어가 화수분처럼 쏟아져 나온다. 유명은 미호의 말을 잽싸게 받아 적는다. 그리고 묻는다.

'신분이 다른데 둘이 친구가 된 연유는 뭘까?'

{음…. 거기까진 생각 안 해봤당. 디테일은 나중에 짜고 일단 메인스토리부터 잡장.}

'오케이. 그럼 왕과 무희의 관계는? 이쪽도 왕은 사랑하는데 무희는 왕을 증오하는 거로 갈 거야?'

{아니, 둘은 서로 사랑하기는 한당.}

'그러면…?'

{거긴 다른 종류의 감정적 괴리를 표현할 거당. 으음, 그래. 타이밍, 혹은 깊이의 괴리라고 하장.}

'아… 설마!'

유명은 왕과 무희를 연결하는 쌍방향 화살표에 둘 다 '사랑'을 적는다. 하지만 앞쪽에는 여백을 둔다. 그 여백에 유명이 다시 채워넣은 것은, 빠른과 느린, 그리고 얕은과 깊은. 미호가 씨익 웃으며 유명에게 주문한다.

{의미도 설명해보겠냥?}

'동일한 감정이라고 해도 더 마음이 빠르게 깊어진 사람이 있고 느리게 깊어지는 사람이 있지. 이 타이밍이 어긋나면 서로 사랑한다는 것은 불가능하고. 심지어 그 타이밍이 맞아서 만나게 된다고 하더라도 감정의 깊이는 결코 똑같을 수 없어. 특정 시간에 두 사람의 감정의 단면을 잘라보면 그 크기는 언제나 차이가 나게 돼. 같은 종류의 감정이라고 해도 그 타이밍과 깊이는 절대 같을 수 없다. 이게 두 번째 괴리, 맞아?'

연귀는 자신의 말을 바로바로 이해하는 영민한 제자에게 감탄했다. 그가 얼~ 하는 표정으로 자신을 쳐다보자 유명은 뿌듯한 표정을 감추지 못하며 물었다.

'그런데 왜 여자는 무희야?'

{내가 춤을 잘 춘당.}

헉- 자신도 모르게 숨이 들이켜진다. 아까의 그 보기만 해도 눈이 멀 것 같이 아름다운 여인이 무대 위에서 춤을 춘다고…? 조명도, 객석의 의자도, 공기까지도 숨죽이며 그 춤을 지켜볼 것이다.

'…그거, 꼭 인트로로 넣자.'

{그랭.}

도입부에 대한 이의 없는 합의가 끝나고 삼각형의 마지막 변이 남았다. 재상과 무희. 오누이의 관계.

'여긴?'

{거긴 그냥… 감정적 괴리까지는 아니공, 처음엔 무희도 재상과 같은 증오심을 가지고 있다가 그것이 중간에 사랑으로 변하는 데서 오는 감정적 갈등? 재상은 여동생에게 배신감을, 여동생은 재상에게 죄책감을 느끼면 어떨까 싶은뎅.}

'으음…. 가능하면 괴리의 마지막 한 변으로 완성하면 좋을 텐데….'

유명이 잠시 생각하다가 무릎을 탁 친다.

'사건!'

{무슨 사건?}

'무희의 감정이 복수심에서 애정으로 변하는 계기가 있을 거 아냐.'

{그렇겠징.}

'그 계기가 되는 사건이 발생했을 때 재상과 무희의 반응이 완전히 다르면 어떨까?'

{…?}

알쏭달쏭한 유명의 말에 미호가 귀를 더 쫑긋 세운다.

'예를 들어, 왕이 무희를 위해 어떤 일을 벌이는데 같은 사건을 보고 재상은 왕을 더 혐오하게 되고, 무희는 왕을 사랑하게 되는 거지. 사람들은 똑같은 일을 봐도 자신의 득실이나 가치관에 따라 다른 반응을 보이잖아. 그래서 이득과 손해, 좋고 나쁨, 옳고 그름을 구분하지 못하기도 하고.'

{오오, 내로남불 말이냥!}

미호가 신나게 소리치자 유명이 쿨럭- 하고 기침을 토했다. 내로남불. 내가 하면 로맨스, 남이 하면 불륜. 이계의 귀가 어찌나 인간계의 비속어를 잘 알고 있는지…. 이게 다 연속극 때문이다.

'비슷해. 같은 사건이 터졌을 때 입장의 차이에 따라서 반응이 달라지는 인간들의 괴리를 마지막 변으로 하면 어떨까 싶어. 배신감과 죄책감은 그로 인한 결과적인 감정으로 표현하면 어떨까.'

{캬, 제법이당.}

그렇게 이야기의 흐름이 꿰어져 갔다. 이렇게 같이 대본 얘기만 해도 즐거운데, 함께 연기한다면 얼마나 즐거울까. 연기에 미쳐 있는 인과 귀의 이야기는 밤새 끝나지 않았다.

그다음 날에 유명은 문유석을 찾아갔던 것이었다. 휴식기와 연습실을 성공적으로 얻어낸 후 유명은 유석의 눈을 피해 굿엔터의 빈 연습실 하나에 들어갔다. 전화할 곳이 있었다.
"헉, 신유명 배우 아니십니까!"
"안녕하세요, 관장님."
유명이 연락한 상대는 바로 혜전당의 관장이었다.
"무슨 일이십니까. 혹시 다른 공연 계획이라도?"
"네, 맞아요. 공연 계획이 있는데, 이번에는 최대한 혜전당 수전당을 섭외하고 싶어요."
"오오! 저희야 대환영이죠. 혹시 공연 일정이 언제…?"
"가능하면 올해 5~6월 중이면 좋겠는데요."
지금이 3월 초. 5~6월 중에 올리게 되면 준비 기간은 2~3개월. 미호가 제시한 시간이었다. 짧다면 짧지만 유명과 미호라면, 그들의 형용하기 어려운 경지의 연기력과 집중력이라면 충분히 가능할 것이다.
"〈인격살인〉 연극 끝난 게 얼마 전일 텐데 벌써 다시 공연을 하신다구요? 아, 혹시 〈인격살인〉 반응이 너무 좋아서 재공연하시려는 건가요?"
"그건 아니고, 개인적으로 올리고 싶은 작품이 있습니다. 단독공연이에요."
"오오, 그게 뭐든 꼭 저희가 올리고 싶지만 시간이 너무 촉박하네요. 5~6월엔 수전당 예약이 풀로 차 있어요. 한 8월 이후 정도만 되면 어떻게든 넣어볼 텐데….”
"하루도 없나요?"
유명의 이상한 질문에 관장이 되물었다.
"하루요?"
"네. 하루면 되는데요."
"공연이 하루짜리인가요? 그렇다고 해도 무대 세팅과 조명음향 등 생각하면 최소 3~4일은 있어야 하잖습니까."
"아뇨. 따로 무대 셋업이 없을 거예요. 조명도 최소한만 할 거구요. 당일 오전에 세팅하고 오후에 공연해도 됩니다."
"…?"
다시 한번, 전날 두 사람의 대화.
'그럼 무대는 어디로 할까. 아무래도 생기의 손실을 생각하면 좀 작은 곳으로 해야….'
{혜전당 수전당. 그때 관장이 네 공연 올릴 일이 있으면 최대한 협조해준다고 하지 않았냥.}
'그렇긴 한데… 거긴 3천 석인데 네 몸에 부담될까 봐….'
{괜찮당. 딱 한 번인데 최고의 무대에서 연기하고 싶당.}
유명은 잠시 망설이다 고개를 끄덕였다.
'그래. 하지만 혜전당에서 안 된다고 하면….'
{아마 될 거당. 딱 하루잖냥. 잡혀 있는 공연들 사이에 하루만 빼면 되니깡.}
'그래도 무대 세팅 기간도 필요하고….'
{괜찮당. 연기를 정말 잘하면 무대와 조명의 도움이 없더라도, 보는 것만으로 그 세상에 빠져들게 만들 수 있으니깡.}
그 말에 유명의 마음이 얼마나 설레었던가. 아무것도 없는 무대에서 연기해도 주변 배경이 눈에 보이는 것 같다는 얘기는 자신도 들어보았던 바이지만, 미호가 얘기하는 수준은 그 정도가 아닐 것이다.

'미호는 정말 그런 연기를 하고, 나에게도 그런 연기를 요구하겠지.'

생각만 해도 짜릿한 전율이 온몸을 스쳤다. 그 기분을 돌이키며 유명은 다시 한번 강조했다.

"정말로 딱 하루면 됩니다, 관장님."

"어… 하루는 있죠. 공연들 사이사이에 그 정도 텀은 있습니다. 아니, 이틀까지도 만들 수 있어요."

"좋네요, 부탁드릴게요. 아 참, 이건 대외비로 진행하는 건이라 공연 직전까지 아무도 모르게 해주셨으면 좋겠습니다."

전화를 끊은 유명은 달력에 빨간 동그라미를 하나 쳤다.

5월 29일, 토요일. 디데이가 정해졌다.

280

미호의 아스

Panorama Shot 1

"반갑습니다, 우준호 작가님!"

"네, 안녕하세요."

준호가 얼굴을 붉혔다. 이런 정식 인터뷰는 처음이다. 국내 최고 극단 혜성에 소속되어 있다고 해도 배우가 아닌 작가가 인터뷰할 일은 거의 없었다. 극단의 간판급 작가 정도가 돼야 가끔 공연정보지의 기획기사란에 인터뷰를 실을 일이 있을 정도다. 하지만 지금 준호는 공중파 방송 프로그램의 인터뷰를 하고 있다. 급격한 출세이다.

"〈인격살인〉이 작품성과 흥행을 모두 잡고 나서 우준호 작가님에 대해서도 세계적인 관심이 속출하고 있어요. 〈인격살인〉의 공동집필, 어땠는지 얘기 좀 해주세요."

"사실 공동집필이라기에는 좀 민망해요. 알려진 대로 이건 유명이, 아니 신유명 씨의 자전적인 이야기이고, 핵심적인 내용은 거의 유명 씨한테서 나왔거든요."

기자는 젊은 작가의 겸손한 말을 들으며 흐뭇하게 웃는다.

"신유명 씨 인터뷰를 보면, 이 각본은 출발부터 마무리까지 거의 우준호 작가님의 작품이고 자신은 스스로에게 커스터마이징하기 위해 몇몇 아이디어를 냈을 뿐이라고 하시던데, 두 분 우정 참 보기 좋아요. 같은 대학 같은 과 동기시죠?"

"네. 원래는 이쪽과 전혀 관련 없는 경영학과 출신이에요."

"와…. 그런데 어떻게 각본을 쓰기 시작하신 거예요?"

"그것도 유명 씨 덕분이에요."

준호가 7년 전의 이야기를 풀어냈다. 희곡 쓰기 수업에서 우연히 만난 유명. 혼자 몰래 각본을 써보았던 것을 들켜서 자신은 괜히 민망해했었다. 하지만 유명이 스스럼없이 자신의 대본을 보고 싶다고 해주었다. 그리고 그걸 즉석에서 연기해 보였을 때, 자신이 만든 캐릭터가 제 눈앞에서 움직이는 걸 처음 본 그 극한의 희열이란….

"와…. 그때도 신유명 씨는 연기를 잘하셨나 봐요."

"어마어마했죠. 처음 만난 배우가 너무 대단해서 제 눈이 과하게 높아졌어요."

"정말 그랬겠어요."

인터뷰는 〈지킬 박사와 하이드〉에서 신유명과 서류신의 배역 쟁탈전으로 이어졌다. 기자는 작은 목소리로 대박을 외치며 눈을 반짝였다.

그리고 그 각본이 혜성에서 공연되면서 처음 혜성과 인연을 맺은 일과 인턴작가로 입사해 정식작가가 되기까지의 과정을 준호는 수줍어하면서도 재미있게 풀어냈다. 이후 〈인격살인〉의 초고를 미국에 있는 친구에게 보낸 것. 그것을 보고 유명이 한국에 들어오겠다고 했을 때의 꿈결 같은 기분. 그리고 〈인격살인〉 영화촬영 현장, 연극 연습 현장의 믿을 수 없는 장면들까지.

"소름이 쫙쫙 돋아요. 진짜 신유명 씨는 대단하네요."

"네, 제 뮤즈예요."

"그럼 앞으로도 신유명 씨와 쭈욱 일하시나요?"

"아뇨, 신유명 씨가 저만의 뮤즈인가요. 온 세계 작가들의 꿈과 같은 존재일 텐데요."

준호가 어림도 없다는 듯이 피식 웃었다.

"안 그래도 이번에 많이 느꼈어요. 신유명 씨는 제가 원하는 100%, 아니 200%를 표현해주는 배우이지만 상대적으로 작가를 안이하게 만드는 배우기도 해요. 대사를 아무리 개떡같이 써도 찰떡같이 쳐버리니. 아, 이건 편집해주세요."

"푸하하."

얌전해 보이는 준호가 푸념처럼 읊은 구성진 표현에 기자가 빵 터졌다.

"대사뿐 아니라 표현력도, 구성력도 엄청나죠. 배우가 저렇게 해주면 작가 입장에서 너무 좋긴 하지만, 사실 극 중의 세계를 멋지게 그려나가야 하는 건 작가의 몫이거든요. 배우의 역량에 너무 의존하지 않고 그 자체로 좋은 대본을 쓰기 위해 노력해야죠."

"그렇군요. 〈인격살인〉에 반한 세계의 영화사들이 우준호 작가님께 러브콜을 보낸다는 말도 있던데, 혹시 향후 거취는 결정되셨나요?"

"공부하려구요."

준호가 의외의 말을 한다.

"공부?"

"네. 감사하게도 뉴욕대학교 영화연출과에서 장학생 제의를 주셨어요."

"우와, 뉴욕대학교라면 영화 쪽으론 알아주는 학교죠. 하지만 이미 〈인격살인〉으로 최고의 커리어를 찍으셨는데, 굳이…?"

"제가 연극 희곡만 써와서 영화 기법들은 잘 몰라요. 사실 그래서 겁 없이 〈인격살인〉의 '내면의 집' 장면을 쓴 거죠. 저는 CG가 만능인지 알았었거든요."

"와…. 내면의 집이 우 작가님 아이디어였군요. 그거 세계적으로 극찬 받은 아이디어잖아요?"

"멋모르고 얻어걸린 거죠. 그게 얼마나 어려운 건지를 몰라서 쓸 수 있었던 장면이었어요. 이번에는 전화위복이 된 셈이지만, 사실은 현실적으로 불가능한 연기를 배우에게 강요해선 안 되잖아요? 이번에 영화 시나리오에도 관심이 좀 생겨서 열심히 공부해볼 생각이에요."

기자가 고개를 끄덕였다. 아마 이번 〈인격살인〉의 작업은 그에게도 새로운 전기가 된 모양이다.

"작가님이 그렇게 공부해서 이루고 싶은 최종목표는 뭘까요?"

"제가 제 친구에게 참 도움을 많이 받았거든요. 처음부터 이번까지 쭈욱. 언젠가는 다시 꼭 유명이와 작품을 하고 싶어요. 그리고 그땐 꼭 제가 도움이 되고 싶어요. 앞으로 제가 함께 작업할 모든 배우들, 스태프들에게도 도움 되는 사람이 되고 싶고요."

그의 말 속에는 '유명이'라는 친근한 호칭이 무심코 섞여 있었다. 기자는 굳이 그것을 정정하지 않았다. 진심에서 우러나와 미처 정제되지 못한 그 말은 무척이나 다정하게 들렸으니까.

"오늘 인터뷰 감사했습니다, 작가님."

"네, 기자님도 수고하셨어요."

우준호는 순수한 미소를 띠며 떠나는 기자를 향해 한참이나 손을 흔들었다.

유석에게 연습실을 구했다는 연락이 왔다. 미호는 처음으로 갖게 되는 '자신의 연습실'이 기대되는지, 빨리 가보자고 보챘다. 아직 대본이 모두 나오지 않았지만 연습실에서 대본 작업도 함께 하기로 했다. 유명은 간단한 운동복에 마스크를 깊이 눌러쓰고 집을 나섰다. 미호가 한쪽 어깨 위에 앉아 캬캬- 웃는다.

{신난당!}

'그렇게 좋아?'

{…오늘 처음으로 너와 같이 연기해볼 테니깡.}

연습실 때문이 아니었다. 처음으로 유명과 연기를 하게 되는 것이 신난 모양이었다. 유명도 기대가 만발했다. 미호의 연기를 몸속에서 함께 느껴보기는 했지만 눈으로 보는 것은 처음이다. 직접 보는 것은 어떤 느낌일까. 그런데 현신한 모습으로 연기하는 걸 이렇게 신나 할 정도면 연습할 때라도 한 번씩 하자고 하지, 왜-

{여기냥?}

미호의 질문에 생각의 흐름이 끊겼다. 유명은 받은 주소와 건물 이름을 대조해보고 고개를 끄덕였다. 과연 유석의 일처리 솜씨는 탁월했다. 보안을 위해 3층짜리 작은 건물을 통째로 임대했다고 한다. 집에서 걸어갈 수 있는 거리이지만, 만일을 대비해 입구 쪽이 가려진 주차장이 딸린 것도 철저했다.

비번을 찍고 건물 안으로 들어가니 1층은 휑하니 비어 있었고 2층에 연습실이 있었다. 넓은 마룻바닥 연습실에 한쪽에는 멋진 원목 테이블과 소파까지. 연습과 대본 회의를 위해 나무랄 데 없는 공간이었다.

{오올, 문 대표가 신경 좀 썼넹.}

'그러게.'

{그럼 신체훈련부터 시작해볼깡.}

'응? 그런 건 딱히 네겐 필요 없는 거 아냐?'

{그렇지 않당. 생기를 압축해서 신체와 비슷한 형태를 구현하는 건 뎅, 이런 식으로 연기해본 적은 없어서 여러 번 써봐야 적응이 될 거당.}

'아… 그럼 완전히 인간의 몸은 아닌 거야?'

{엉. 인간 신체를 모티브로 구현한 거라 인간의 신체 능력을 초과할 순 없당.}

목을 180도 꺾거나 허리를 뒤로 접는 등, 인간의 신체 한계를 초월하는 일은 할 수 없다는 얘기. 그 말인즉슨 미호도 똑같이 노력해야 한다는 것을 의미한다.

{이제 현신한당.}

여러 번 보았지만 미호의 현신한 모습은 영원히 적응되지 않을 것처럼 아름답다. 남성체로 현신한 미호는 무복 같은 가벼운 차림새에 짧은 머리였다. 연습을 위해 거추장스러운 부분들을 모두 쳐낸 듯했다.

"시작할까?"

신체훈련은 짧고 임팩트 있게 진행되었다. 적응해야 할 것이라는 말이 무색하게 미호는 자연스럽고 아름답게 몸을 움직였다. 2시간 동안 무대 위에서 저렇게 몸만 풀어도 시선을 뗄 수 없을 것 같다고 생각했지만,

"연기를 한번 해볼까? 흐음… 뭘 해보지."

유명은 곧 알게 된다. 저 아름다운 모습도, 동작들도, 그의 '연기'에 비하면 부차적인 것에 지나지 않는다는 걸.

"내가 연기하는 아스, 보고 싶냐?"

유명이 미친 듯이 고개를 끄덕였다.

아스는 원래 미호를 모티브로 나온 캐릭터다. 감이 좋은 카일러 감독이 유명에게 혼재되어 있는 기운 중 미호와 유명 본연의 부분을 분리하여 아스와 헤티라는 배역을 창조했다. 그러므로 지금 여기, 진짜 아스가 있다.

고오오- 풍뎅이와 강아지를 짓뭉개고 지나가는 신. 완벽에 가깝게 아름답고 무표정한 남자가 기세를 거침없이 풀어놓는다. 거대한 우주의 역동성을 지켜볼 때처럼, 눈을 뗄 수 없이 감동적이지만 오금이 저려오는 두려운 기분. 유명은 자신이 연기한 존재의 실체를 마주 본다. 어떻게 저런 존재가 실존하는 것일까. 미호의 내부에서 그의 시선과 감각으로 세상을 체험하는 것은 분명 배우로서 엄청난 경험이었지만, 외부에서 그의 연기를 바라보는 순간 유명은 관객이 되어 경이로움에 빠져든다.
'아아….'
저 압도적인 기운을 갈무리해두고 자신의 곁에서 귀여운 여우의 모습으로 살아왔다니. 미호는 유명의 앞에서 〈Mimicry〉의 하이라이트 장면들을 연기했다. 그가 보여주는 아스라는 인물과의 결벽할 정도의 일체감에 유명은 영혼이 녹아들어가는 기분이었다. 그 정도로 그가 연기하는 모습은 아름답고, 깊고, 열정적이었다. 그리고 마지막. 아스가 헤티를 위해 남은 한쪽 눈을 희생하는 장면.
"헤티, 잠시만 여기 있어. 나 물 한 잔만 마시고 올게."
유명은 자신도 모르게 가슴에 손을 얹었다. 들어차는 습기에 눈이 흐릿해진다. 이다음 장면을 자신은 알고 있다. 그래서 유명은 이제 헤티와 일체화되어 저미는 시선으로 그를 바라본다.
푸욱- 아스의 손에 들린 진짜 칼처럼 보이는 물체가 가볍게 그의 눈을 뚫고 들어갔다. 미호의 쉽게 바뀌는 의상처럼, 짧아진 머리처럼, 저 칼 또한 생기로 조형한 환영에 불과할 것이다. 일종의 리얼타임 CG. 그것을 알고 있으면서도… 자신에게도 고스란히 통증이 느껴질 것 같다. 가장 중요한 기관을 스스로의 손으로 도려내는 정신적 고통. 인간과는 다른 질감의 고통이 수려한 얼굴에 살짝 퍼졌다가 가신다. 그 순간, 유명은 자신도 모르게 헤티의 대사를 내뱉었다.
"아스!"

"쉬잇… 괜찮아 헤티."

"아스, 왜… 왜 이런 짓을."

"이게 내 마지막 패였어. 왜곡된 정보를 넘겨준 후 정상 정보는 파괴하는 것. 데이터가 남아 있으면 결국 회수될 테니까."

완벽하기 그지없는 존재, 누구나 사랑해 마지않을 매력적인 존재가 자신과 함께하기 위해 커다란 것을 희생하는 것. 하필 비슷한 상황에 처해 있는 유명은 헤티의 감정선에 과도하게 몰입한다. 눈물이 방울방울 흐른다. 그것을 감싸 안듯이 평온한 얼굴로 아스는 농담 같은 한마디를 던진다.

"나 이제 장님이 되어버렸는데, 이런 나라도 사랑해줄 거야…?"

유명은 그 대사를 듣고서 깜짝 놀랐다. 농담 같은 대사의 끝에 아주 약한 불안이 묻어 있었다. 원래의 자신과는 다른 해석.

'아아….'

유명은 이 말을 정말로 평온하게 던졌었다. 아스가 본 헤티는 보통의 인간과 너무 다른 사람이다. 겉과 속이 일치하며 자신이 바라는 것을 향해서 반칙 없이 전진하는 올곧은 인간. 그래서 유명의 아스는 어떤 자신이라도 헤티라면 받아주리라는 것을 단단히 믿고 있었다. 하지만 미호가 표현하는 아스는….

'두려움.'

상대가 자신을 지극히 사랑하는 걸 알면서도 '나 사랑하지?'라고 한 번 더 확인하는 마음. 가장 행복한 순간에 혹시 불행이 와 있으면 어쩌나 발밑을 들여보는 마음. 그런 가장 인간적인 불안함.

'아아….'

그 살짝 흐려진 말끝 하나로 아스는 온전한 인간이 되었다. 자신의 모든 것을 바치고도 그녀에게 사랑받지 못하면 어쩌나 불안해져버린, 너무나도 사랑스러운 한 인간이 되어 지금 헤티의 대답을 간절히 기다리고 있다. 이것을 깨달았을 때 헤티는 또 얼마나 아스를 사랑하게 되었을까.

유명은 오늘 또 한 단계 위의 연기를 배웠다.

연습을 마치고 미호는 다시 구미호의 모습으로 돌아왔다.

{재밌었당, 그치? 캬캬.}

'…어. 정말로.'

미호가 연기했던 아스를 만나고, 유명은 한참이나 헤티의 기분에서 헤어나오지 못했다. 그러자 미호가 쯧쯧 혀를 차더니 예전에 유명이 친척집에서 연기했던 〈소년탐정 김준일〉을 보여주기 시작했는데, 그 코믹 연기에 빵 터지고 나서야 제정신이 돌아왔다.

대단하다. 기대했던 것보다 훨씬 더. 저 몸에 완전히 적응하고 본격적인 연습을 시작할 때면 얼마나 더 대단해지려나….

{오늘은 캐릭터 설정을 해보장.}

'좋은 생각이야.'

집필을 하면서 캐릭터를 잡아나가는 경우도 있지만, 미리 캐릭터를 잡아놓고 그들이 스스로 움직이길 기다리는 방법도 있다. 그렇게 사건들이 진행되는 것을 서술하다가 앞뒤가 안 맞을 경우 캐릭터 설정을 수정하면서 맞추어간다. 그리고 지금 미호가 제안하는 방법은….

{각 배역들의 '결함'을 생각해보자.}

'…결함?'

281

강렬한 오프닝

결함. 유명이 고개를 갸웃했다. 들어보지 못한 캐릭터 조형 방식. 캐릭터를 만들기 위해 성격이나 과거를 빌드업하는 것은 흔하지만 가장 먼저 생각해보자는 것이 '결함'이라니.

'결함…?'

{엉. 인간에게는 누구나 여러 가지 결함이 있징. 캐릭터를 조형할 때 좋은 방법 중 하나는 특정한 결함을 파고드는 거당.}

'어떻게?'

유명의 눈이 금세 초롱초롱해진다. 미호의 이야기는 배우로서 늘 도움이 되는 것들. 그는 자세를 바로 앉아 그의 말을 경청하기 시작했다.

{생각해봐랑. 완전무결한 인간들의 이야기가 대본으로 만들어질 수 있을 것 같냥.}

어떤 사건이 터진다. 하지만 등장인물들은 놀라운 성숙함과 민주적인 합의 방식으로 그것을 원만하게 해결한다. 예를 들어 로미오와 줄리엣이 사랑에 빠진다. 하지만 그들은 집안 사정상 서로가 맺어질 수 없는 것을 알고 쿨하게 이별한다. 혹은 양 집안사람들이 만나 어른들의 일 때문에 아이들이 불행해지는 것은 안타까운 일이라며 두 가문의 원한을 없었던 일로 하기로 한다. 5분 만에 끝!

'…안 되겠네.'

{캬캭. 따라해봐랑. 등장인물에는 언제나 결함이 있당.}

'등장인물에는 언제나 결함이 있다.'

{그리고 결함을 채우는 것이 저 자신이면 그것은 의지나 동기가 되

고, 타인이면 그것은 관계가 되며, 채워지지 않으면 그 자체로 캐릭터가 된다.}

아… 유명의 눈이 번쩍 떠졌다. 단순히 결함에서 끝나는 것이 아니다. 결함을 채워나가는 방식에 따라 얼마든지 다양한 캐릭터를 조형할 수 있는 것.

{먼저, 가장 쉬운 재상부터 생각해보장. 그에겐 어떤 결함이 있을깡?}

'음… 왕은 우정이라고 생각하지만, 재상은 군신 관계에 왕이 우정 운운하는 걸 기만이라고 생각하는 거잖아?'

{그렇당.}

'그러면 일단 신분 콤플렉스는 확실히 있을 것 같은데?'

재상의 결함. 신분.

{그럼 생각해봐야징. 그 신분 콤플렉스의 출처가 어디인지. 만약 재상이 정상적으로 높은 귀족 집안에 태어나서 어려움 없이 재상이 된 인물이라면 왕을 증오할 정도의 신분 콤플렉스를 가지고 있을깡?}

'아니, 그건 아닐 것 같아. 좀 아니꼬울 수는 있겠지만 왕을 무너뜨리고 싶을 정도로 증오하기에는 동기가 약한데?'

{내 생각도 그렇당. 그럼 재상은 어떤 과거를 갖고 있을깡.}

둘은 곰곰이 생각한다.

'두 가지 경우가 있을 것 같아. 첫 번째는 자신도 왕이 될 수 있었을 정도로 신분이 높은 경우. 예를 들어 왕위 계승권이 있는데 현재의 왕에게 밀려 재상에 머문 경우라면, 왕이 자신에게 명령을 내리는 당연한 일조차 아니꼬울 수도 있겠지.'

{그렇징. 두 번째는 아예 신분이 낮은 경우 말하는 거징? 원래라면 평민 신분인데 왕의 도움으로 재상이 된 경우라든강.}

생각이 척척 통한다. 한쪽이 짧은 단서만 이야기해도 상대는 바로 알아듣고 내용에 살을 붙인다.

'후자가 나을 것 같아. 같은 왕족이었다면 재상의 여동생이 무희라는

게 앞뒤가 안 맞으니까.'

{그러넹. 재상은 그럼 평민 출신. 하지만 왕과 어릴 때부터 같이 컸던 놀이 친구 정도로 설정하면 되겠당.}

'응. 거기에 스파이 설정을 추가하면 어떨까?'

{스파이…?}

'그냥 평민인 재상을 왕이 끌어올려준 거라면 재상은 왕을 은인으로 생각하겠지. 뭔가 다른 과거가 있어야 해. 그리고 재상의 여동생이 무희라는 설정도 일반적이지는 않잖아. 아예 처음부터 적국에서 심은 스파이라는 설정을 넣으면 어떨까? 그럼 처음에 왕과 무희의 감정이 다른 것도 설명이 되고.'

{재밌넹. 계속해봐랑.}

'음… 일단 왕국이 하나 있어.'

유명이 종이에 하나의 원을 그린다. 그 위에 A라고 크게 적는다. 대본을 쓸 때 늘 혼자 작업해왔던 혜호는 유명이 적극적으로 의견을 내는 것을 재미있게 주시했다.

'왕은 A라는 왕국을 지배하고 있어. 그리고 그 옆에는 B라는 왕국이 있지.'

{사이가 좋지 않겠군.}

'맞아. A와 B 왕국은 적대적인 관계야. 으음… 그리고 상대적으로 B국의 힘이 더 약한 게 좋겠어. 그래야 재상의 절박함이 더 도드라질 테니까. 왕은 예전부터 B국을 무척 증오하고 괴롭혀 왔어. 여기에 '왕의 결함'을 활용하면 좋을 것 같아.'

{호오…. 어떻게?}

유명이 이번엔 한참을 침묵하더니, 딱- 하고 손가락을 튕긴다.

'마더 콤플렉스 어때?'

왕이 어릴 적에 왕의 모친이 죽었다. B국 때문이지만 사실 B국이 의도한 것은 아닌, 말하자면 천재지변으로. 하지만 그로 인해 아내를 잃은 선

왕은 B국에 강렬한 제재를 가했고, 보위를 물려받은 왕도 당연하다는 듯이 B국을 탄압했다. 그로 인해 B국의 사정은 날이 갈수록 곤궁해져갔다.
 B국은 결국 어린 시절부터 스파이로 파견되어, A국의 왕궁에서 자라나 왕의 측근이 된 재상에게 제국을 내부에서부터 무너뜨리도록 명령한다.
 '왕의 증오 때문에 평생을 스파이로 살아온 재상은 왕을 증오할 수밖에 없었겠지. 증오가 증오를 낳은 거야.'
 {좋당. 왕의 결함과 재상의 결함이 그렇게 연결되넹. 그럼 왕이 무희에게 반하는 것도 무희에게서 어머니와 닮은 점을 발견해서인 걸로 하면 또 연결이 되겠당.}
 재상의 결함은 왕을 무너뜨리겠다는 재상의 의지로 채워지고, 왕의 결함은 어머니를 연상케 하는 무희와의 관계로 채워진다. 이야기를 짠다는 것은 하나씩 퍼즐조각을 깎아 맞추어 빈틈없는 그림을 완성해나가는 과정.
 연귀는 유명의 아이디어를 받고 살을 덧붙이며 다시 한번 유명에게 감탄했다. 여전히 가르쳐준 것은 잘 받아먹는 녀석이다.
 '왕이 처음 무희를 만나는 것이 이 이야기의 시작이 될 거야.'
 {강렬한 오프닝이 필요하겠넹.}
 '왕이 한눈에 빠질 수밖에 없는 등장이어야겠지.'
 {맡겨봐랑.}
 여우가 자신만만하게 눈을 반짝였다. 유명은 기대할 수밖에 없었다.

Panorama Shot 2
「안녕하세요, 프리야.」
「네…. 안녕하세요, 감독님.」
 〈캐스팅 보트〉 이후 프리야는 많은 곳에서 러브콜을 받았다. 〈판도라〉를 보고 그녀를 컨택해온 곳도 있었지만, 그보다 훨씬 많은 곳에서는 '하트로이트의 딸'이라는 이름값을 원했다. 하지만 프리야는 많은 주

조연급 캐스팅 제의를 거절하고 밸론토에 자신의 이름을 등록했다. 그리고 일부러 작고 개성 있는 역들을 골랐다. 어릴 때부터 웃기만을 강요당해서 발전하지 못했던 감정의 배리에이션. 남들이 자연스럽게 짓는 표정들을 프리야는 익히고 새겨나가야 했다. 그 과정은 무척이나 길고 어려웠다.

그렇게 3년 만에 프리야는 한 사람의 연락을 받았다. 2년 전 칸 영화제 황금종려상을 탄 〈Mimicry〉의 감독, 이제 미국에서도 최고의 감독 중 하나로 손꼽히는 카일러 언쇼가 자신을 지목하여 만나고 싶다고 한 것이다.

물론 프리야도 카일러도 원생의 인연을 알 리 없었다. 〈캐스팅 보트〉에서 프리야가 우승하고, 카일러는 우승 조건이어서 어쩔 수 없이 그녀를 주인공으로 영화를 찍고, 결국 프리야가 자신의 한계를 깨지 못해서 영화가 망하고 말았던 일은 지금의 역사에선 일어나지 않은 일이었으니까.

「〈캐스팅 보트〉 찍을 때 안면이 있죠?」

「네, 멀리서만….」

「〈판도라〉는 나도 무척 인상 깊게 봤어요.」

프리야는 카일러가 좀 어려웠다. 자신보다 아름다운 남자는 그 시선이 맑디맑아서 제 마음속의 어둠까지 꿰뚫어볼 것 같았다. 하지만 그녀는 금세 마음을 가라앉히고 그의 시선을 맞받는다. 배우는 보여지는 직업이다. 자신은 마음속 어둠까지도 연기의 재료로 쓰기로 결심한 '배우'. 보여지는 것을 두려워해서는 예전의 자신으로 남을 뿐이다. 그런 그녀의 변화를 감지한 듯 카일러가 상냥하게 웃었다.

「혹시 지금 촬영이 예정되어 있는 작품이 있나요?」

「단역을 하나 맡아서 다음 달에는 그 촬영이 있어요. 그게 끝나고 나면 아직 별일은 없습니다.」

「그럼 나와 같이 작품 해볼래요? 프리야를 주인공으로 영화를 만들어보고 싶은데.」

 그녀는 터지려는 비명을 꿀꺽 삼켰다. 설마 했는데 정말 카일러가 자신을 점찍은 것이었다.

「솔직히 말하면, 〈캐스팅 보트〉 당시 〈판도라〉에서 프리야의 악마는 무척 매력적이긴 했지만 저는 그게 당신의 처음이자 마지막 역작으로 끝나지 않을까 했었어요. 그게 프리야가 할 수 있는 한계라는 느낌이었죠. 하지만 영화 〈Lounge〉에서 매일 의상을 바꿔 입고 라운지에 출근하는 제시카가 당신이라는 걸 알고 깜짝 놀랐죠. 어떻게 감정 표현이 그렇게 다채로워질 수 있었을까요?」

 그 말에 프리야의 눈이 살짝 촉촉해졌다. 지위도 명성도 내려놓고 바닥부터 시작했다. 힘에 부칠 때마다 자신이 보았던 한 배우의 기적 같은 연기를 떠올렸다. 그 느린 걸음걸음의 첫 보상이 오늘 주어지고 있었다.

「연습했어요. 제게 부족한 부분이라서요.」

「그 부분이 영감을 줬어요. 물론 인터뷰를 해가며 프리야에게 맞는 시나리오를 쓰겠지만, 일단 떠오른 모티브는, 하하.」

「…?」

「어느 날 차갑고 우아하기 그지없는 상류층 여인의 몸속에 닳고 닳은 장사꾼 여인의 영혼이 들어오면서 일어나는 상류사회의 해프닝?」

 프리야는 순간 움찔했다. 자신은 하트로이트의 핏줄. 분명 이런 내용의 영화를 촬영한다면 많은 구설에 오르게 될 것이다. 하지만… 하고 싶다. 상류사회 인간들의 고아한 표정을 일그러뜨리게 만드는 거침없고 패기 넘치는 장사꾼 여인이라…

「어때요?」

「…할게요, 감독님. 아니, 꼭 하고 싶습니다!」

 프리야는 먼저 당차게 손을 내밀었다. 그 손을 카일러가 맞잡았다.

본 연습이 시작되었다. 대본은 아직 미완성이었지만, 웬만큼 설정이 잡혔으니 함께 연기하면서 대본을 채워나가기로 했다. 부족한 시간 때문이기도 했고, 어차피 연습하다 보면 수정이 될 거 같아서이기도 했지만, 가장 큰 이유는 하루라도 빨리 연습을 시작하고 싶었기 때문이었다.

현재 나와 있는 대본은 1막 1장(Intro)과 2장.

1막 1장
막이 열리고 텅 빈 무대.
객석음악, 리듬감 있게 변주되며 무곡으로 변화한다.

신하(Nar): 다음은 레오도 전하의 탄신을 축하하며 재상 아덴이 준비한 공연입니다~
왕(Nar): 흐음, 아덴이?

음악이 깔리며 한 무희의 등장. 은빛 바람같이 나부끼는 무희의 독무가 환상같이 무대를 휩쓴다.

'음악은 뭘 넣을까?'
{신비롭고 몽환적인 느낌이면 좋겠당.}
'음… 이건 어때?'
지금 그들은 노트북 앞에 앉아 있었다. 유명이 예전부터 모아온 샘플 음원 중, 미호의 주문에 맞을 법한 노래를 하나씩 틀어주었고, 노트북 키보드 위에 앉은 미호는 노래가 바뀔 때마다 귀를 움찔거렸다.
{3번이나 6번?}
'응. 나도 그 두 개가 좋아. 몸을 움직이는 걸 생각하면 어때?'
{그럼 6번이 좋앙.}

유명은 다시 한번 6번 음악을 재생한다. 연습실 공간에 잡힐 듯 잡히지 않는 느낌의 멜로디가 흐른다. 그리고⋯.

'헙⋯.'

미호가 어느새 몸을 날려 연습실의 한가운데 섰다. 지난번에 보았던 여인의 모습으로 현신한 상태. 나풀거리는 짧은 무복에 넓은 소매를 달고 있는 팔이 이마께에 닿아 얼굴을 가리고 있다. 유명은 순식간에 왕의 마음으로 빠져든다.

어린 나이에 왕이 되었다. 그보다 더 어린 나이에 어머니를 잃었다. 만인지상의 자리에 앉은 남자는 외로웠다. 신하들은 그에게 현군이 되어야 한다는 말을 못이 박히도록 읊어댔고, 짓밟아버리고 싶은 어머니의 원수, 헤덴 왕국을 공격하는 것에는 매번 반대의 언성을 높였다. 잦은 전쟁으로 인해 떨어진 국력이 아직 회복되지 않았다는 것이 그 이유였다.

자신의 소꿉친구인 아덴만이 그의 마음을 알아주었지만, 그에게는 세력이 없어 실질적으로 자신의 힘이 되지 못했다. 매사가 지루하고 따분하며 언제나 마음속에 화가 잠겨 있는 왕의 눈앞에, 한 여인이 벼락같이 등장해 마음을 점령한다.

La~ la~ 음악의 리듬에 맞춰 사라락 떨어진 소매 위로 감춰진 무희의 얼굴이 드러난다.

'⋯!'

가히 천하절색이었다.

282

무희 살로메

Panorama Shot 3

「서류신 씨. 반갑습니다.」

「안녕하세요, 감독님!」

류신은 조금 긴장해 있었다. 그 데렉 맥커디를 봤을 때도 쫄지 않았던 서류신이다. 자신이 마음먹은 길을 똑바로 간다, 그것 외에 다른 주변 상황에 흔들림이 없는 남자였다. 하지만 어릴 때부터 우상 같은 배우였으며, 홀연히 감독으로 전직하고 난 뒤에도 수많은 대작들을 찍어온 존 클로드의 앞에서 류신은 소년처럼 살짝 얼굴을 붉혔다.

'화면보다 더 느낌이 좋은데.'

그런 그를 바라보며 존 클로드는 입맛을 다셨다. 그는 〈인격살인〉의 메이킹 필름을 보고 굉장한 흥분에 사로잡혔다. 유명의 연기? 물론 놀랍기는 했다. 하지만 존은 직전까지 신유명과 작품을 함께 하며 그에게는 이미 너무 많이 놀란 상태였다. 말하자면, '말도 안 되지만 신유명이잖아. 그럼 그럴 수도 있지' 상태였다고 할까. 오히려 그를 기대하게 한 것은 뭔가 굶주린 눈빛을 한 또 한 명의 배우.

— 상대역, 제가 하겠습니다.

— 여태 그것만 연습했습니다. 이제 할 수 있겠다는 확신이 생겨서 말씀드리는 겁니다.

메이킹 영상을 다 보고 난 순간, 존은 자신도 모르게 입 밖으로 떨어진 침을 손등으로 닦았다. 엄청난 배우이다. 〈Appeal to the Sword〉 당시 촬영장에서 신유명의 텐션을 따라가는 배우는 누구도 없었다. 다들 한두 번만 함께 연기해보면 수준차를 절감하고, 이후부턴 조언을 요청할지언정 그에게 덤벼들지 않았다. 그런데 저 배우는 아직도 신유명에 대한 경쟁심을 버리지 않았다.

 닿을 수 없는 것을 뻔히 알면서도 수백 수천 번을 뛰어오르는 열정. 어떻게든 유명의 촬영에 도움이 되고 말겠다는 그의 의지는 분명 누군가를 돕겠다는 선의보다는 스스로를 증명하겠다는 자존심의 영역에 속해 있었다. 최고만이 가질 수 있는 눈빛이었다.

 '이걸 본 감독이라면 누구든 탐내겠지.'

 존의 마음이 잔뜩 초조해졌다. 그는 유명에게 전화를 걸어 서류신에 대한 정보들을 알아냈다. 유명은 서류신을 연기력과 마인드 모두 최고 수준의 배우라고 극찬하며, 그가 해외 계약에 관해선 유명의 소속사인 Agency W를 통하고 있다는 정보도 알려주었다. 그렇게 이루어진 미팅이었다.

 실제로 만난 그는 화면보다 더 자극적이다. 조금 날이 선 인상은 보는 사람을 쉽게 집중시킨다. 희미하게 웃을 때는 그런 인상이 살짝 누그러지며, 보는 사람의 마음을 안도하게 만드는 구석이….

「계약하실래요?」

「…네?」

 조용히 류신을 훑어보던 존 클로드가 처음 꺼낸 말은 바로 계약 제의였다. 류신은 당황스러운 얼굴로 눈을 끔뻑였다. 이건 또 무슨 몰래카메라일까. 하지만 존은 진심이었다. 곧 저 배우의 주가는 엄청나게 뛰게 된다.

「좋은 제안 많이 들어오겠지만 이미 제가 찜했습니다. 저랑 같이 작품 하나 찍으시죠.」

 류신이 어리벙벙한 표정으로 고개를 끄덕였다.

 여기, 넋이 나가 있는 사람이 한 명 더 있었다. 미호의 춤에 매혹당한 유명. 말이 나오지 않는다.

'배경이 없어도 된다는 것의 의미가…!'

마룻바닥에 거울벽이 붙어 있는 단출한 연습실이 순간 궁정의 연회장으로 보였다. 아니, 그녀 외엔 아무것도 보이지 않았기에 그녀가 가장 어울릴 만한 공간이 연상되어버린 것이다. 유명이 정신을 차리지 못하는 사이 미호는 음악을 끄고 사뿐사뿐 걸어가 연습실의 창문을 연다. 바깥공기가 한 바퀴 휘돌고 나서야 유명이 겨우 정신을 차린다. 곤란하다. 연습 때 자꾸 관객이 되어서는.

"정신 차렸냐?"

장난기 어린 목소리로 그녀가 웃었다.

"괜찮으면 이어서 연습해봤으면 하는데."

"어어… 미안."

유명은 숨을 한 번 들이쉬고 마루 위로 몇 걸음 내디뎠다. 관객의 자리에서 벗어나 무대 위로 오르는 순간 눈빛이 순식간에 짙어진다. 빠른 몰입.

"…아름답구나. 네 이름이 무엇이냐?"

"살로메."

마루를 딛고 미호에게 한 걸음씩 걸어가면서 유명은 어떤 기시감이 들었다. 오묘하게 웃음 짓는 그녀의 표정에 갑자기 공기가 무거워진다. 찐득한 무언가가 달라붙는 듯이 팔다리가 늘어지고, 들이쉬는 호흡에 유입된 숨이 기도를 타고 내려가 폐를 묵직하게 짓누른다.

'이건…!'

과거에 겪어본 느낌이다. 존재감이 낮디낮았을 때, 자신보다 훨씬 생기가 높은 배우들과 무대에 서면 몸이 짓눌리는 듯한 느낌을 받았다. 그때는 누구나 그런 압박감을 받으며 연기하는 줄 알았다. 그런데 전혀 아니었지. 존재감을 받고 회귀한 후 첫 리딩을 했을 때 유명은 처음으로 무한한 자유로움을 느꼈고, 그제야 자신이 옅은 존재감의 늪에서 빠져나왔다는 것을 실감했다.

점은 면으로, 면은 천장 그 자체로, 그리고 천장이 열려 무한한 하늘로 뻗어 나갔지만, 하늘은 그 너머의 우주를 마주한다. 끝이 보이지 않는 막막한 우주 앞에서 유명은 다시 한번 예전의 중압감을 느꼈다.

'그러고 보니… 미호와 연기를 위해 한 무대에 마주 선 건 지금이 처음이구나.'

감히 꿈꿔보지 못했던, 미호와 함께 무대에 선다는 것. 지난 한 달 동안 유명은 그 사실에 그저 설레 있었다. 하지만 지금 그는 깨닫는다. 하나의 작품을 만든다는 것은 하하호호 즐거울 수만은 없는 일. 미호와 함께 연기한다는 것이 자신에게 얼마나 가혹한 과제가 될 것인지.

"훌륭한 춤을 보여주었으니 상을 주마. 무엇을 원하느냐, 살로메."

"저는 폐하의 머리를 원합니다."

그녀는 자그만 입으로 혓바닥을 잘릴 만한 소리를 지껄인다. 하지만 그 경을 칠 말조차도 너무나 매혹적이다. 그녀를 둘러싸고 있는 모든 세상의 입자들이 반짝이며 자신을 유혹하고 있다. 유명은 왕의 마음이 되어 무슨 당돌한 말이든 이미 용서해버린 채 묻는다.

"하하, 내 머리를 가져다 무엇에 쓸 생각이더냐."

"지엄하신 분을 감히 제가 어찌할 수 없으니 폐하의 머리라도 가져 키스할 것이에요."

그녀는 혀로 입술을 살짝 핥으며 유혹하듯이 말했다. 그 순간 왕은 당돌한 무희에게 완전히 빠졌다.

'…굉장하다.'

연기가 끝난 지금도 숨이 턱턱 막힌다. 다시 느끼게 된 이 중압감이 이제는 막막하기보단 기껍다. 이 중압감에 적응하게 될 무렵이면 자신은 얼마나 성장해 있을까….

유명의 그 모습을 보며 미호도 어떤 생각에 빠져들었다.

"아뎬."
"네, 전하."
"둘만 있을 땐 이름을 부르라니까."
"…레오도."
 굉장한 몰입력이다. 단숨에 색깔이 확 드러나는 왕. 나른하게 가라앉는 목소리는 분명 자신이 존엄한 것을 아는 자의 음성. 이름을 부르라는 제안이 마치 너그러운 허락같이 느껴진다.
 '그런 왕의 태도에 재상은 역겨움을 느끼지.'
 자신과 마주해서 연기를 지속하는 것이 아직은 힘겨울 텐데도, 유명은 재상이 느낄 기분까지 고려하여 왕의 대사를 치고 있다.
"살로메가 네 동생이라지?"
"그래."
"어떻게 동생이 무희가 된 거야?"
"우리 집은 가난했으니까. 나는 궁의 하인으로 팔려왔고 살로메는 무관에 팔려갔어. 전하의 배려로 내가 궁정일을 보기 시작하면서 다행히 살로메를 찾아올 수 있었지만… 그땐 이미 춤을 추지 않고는 견딜 수 없다고 하더라고."
"흐음…. 네가 주말마다 자리를 비운 건 동생을 보러 가기 위해서였나…"
 저 눈빛. 분명 자신은 서 있고 왕은 앉아 있는데도, 자신을 내려보는 듯한 눈빛에 연귀는 정말로 울컥할 뻔했다. 그리고 그 순간, 그의 머릿속이 찌르르 울린다.
 '이런 느낌인가….'
 이것이 '주고' '받는다'는 것인가. 유명이 던져주는 감정들에 반응하듯이 자신의 기분이 오르내린다. 인간이 어떤 상황에 어떤 표정을 짓는지, 어떤 기분을 느끼고 어떻게 반응하는지를 연귀는 아주 잘 알고 있었고 누구보다도 완벽하게 연기할 수 있었다. 하지만 자신이 가장 완벽한 표정을 짓기도 전에 상대역에 의해서 자연스럽게 감정이 샘솟아 나온다. 상대의 감정 위에 자신의 감정이 쌓이고, 그 위에 또 상대의 감정이 쌓인다.
'함께하는 연기라는 것은… 이런 느낌인가.'
그전에는 몰랐다. 가장 연기를 잘하는 인간이라 해도 자신과의 갭이 너무 컸기 때문에, 도저히 함께 연기한다는 기분을 받을 수 없었다. 하지만 지금이라면 유명이 왜 마지막이라고 생각했던 공연을 동료들과 함께하고 싶어 했는지 알 것 같다.
"그럼 살로메를 내게 주지 않겠어? 내가 잘 돌봐주지. 아름다운 곳에서 춤도 마음껏 추게 하고."
왕이 개 같은 소리를 지껄인다. 벗이라고? 정략으로 맺어진 애정 없는 사이라고 해도 왕에게는 비가 있다. 여동생을 자신의 첩으로 달라고 저렇게 스스럼없이 말하는 벗도 있단 말인가. 하지만 그 역겨운 마음을 감추고 그는 사근사근하게 웃는다.
"안 그래도 전하를 위한 선물이었어. 전하는 우리 남매의 은인이니까."
"벗끼리 은인은 무슨."
왕이 자신의 어깨를 툭툭 친다. 그것에 불쾌함을 감추고 빙긋이 웃는 재상이 있고, 불쾌함마저 기뻐하는 연기 자신이 있다. 이런 기분은… 처음.
'너와의 처음이자 마지막 무대를 최고로 만들리라.'
그리고 너를 나에게 한없이 가까워지게 만들리라.
파트너로서, 스승으로서, 연귀는 스스로에게 맹세했다.

무희의 캐릭터를 설정하면서 유명과 미호는 이런 얘기를 했다.
{가장 드라마틱한 것은 인간의 역사당.}
'그건 그래.'
사람들은 너무 드라마틱한 상황에 소설 같다, 만화 같다, 아침드라마 같다, 라는 표현을 쓴다. 하지만 현실에는 소설보다 더 소설 같은 이야기가 많다. 물론 일부러 자극적으로 각색했을 가능성도 있지만.

{나는 처음 무희라는 캐릭터를 생각할 때 살로메를 떠올렸당.}

살로메. 의붓아버지 헤롯왕 앞에서 춤을 춘 대가로 세례자 요한의 목을 요구했다는 신약성서 속 인물. 그녀의 이야기는 수많은 예술가에게 영감을 주었고, 그녀가 의붓아버지 헤롯과 근친관계였다는 설정, 세례자 요한을 사랑한 나머지 그의 잘린 목이라도 얻어 키스하려 했다는 설정 등 수많은 변형된 버전으로 각색된다. 어쨌건 그녀는 역사적으로 가장 유명한 팜므파탈 캐릭터 중 하나다.

'나는 초선과 포사의 고사를 떠올렸는데.'

《삼국지》〈여포 전〉에 등장하는 초선은 사도 왕윤의 수양딸이다. 항간에는 왕윤이 여포를 미인계로 꼬여내 동탁을 죽이도록 만들기 위해, 가장 아름다운 여자아이를 골라 재색을 겸비하도록 훈련시켰다는 설도 있다.

주나라의 마지막 왕, 유왕의 비인 포사는 너무나 아름답지만 웃음이 없는 여인이었다. 그런데 어느 날 비단이 찢어지는 소리에 포사가 희미하게 웃음을 띠었고, 유왕은 그녀의 웃음을 다시 보기 위해 전국에서 막대한 양의 비단을 거둬 찢게 한다. 싫증 나 더 이상 비단 찢는 소리에 웃지 않게 된 포사는 어느 날 봉화가 잘못 울려 군사들이 허둥대는 것에 깔깔대며 웃었다. 유왕은 그 모습을 보기 위해 일부러 봉화를 거짓으로 울렸고, 실제 봉화가 필요할 땐 군사들이 모이지 않아 나라가 망했다는 이야기.

모두 역사 속의 유명한 팜프파탈, 혹은 경국지색들이다.

{흐음… 조앙. 모두 응용해보장.}

미호는 가장 인간적이고 통속적인 극을 만들어보고 싶다고 했다. 당연한 감정과 존재해선 안 될 감정이 섞여 치덕치덕하고 끈끈해지는 인간들의 드라마틱한 관계를.

'무희는 초선처럼 왕을 유혹하기 위해 훈련받았고, 살로메처럼 춤으

로 단번에 왕을 매혹시킨 팜므파탈적인 여성.'

{그리고 포사의 고사로 그녀의 '결함'을 만들장.}

'결함…?'

왕의 결함은 어린 시절 엄마를 잃은 것으로 인한 애정의 결핍. 재상의 결함은 어릴 때부터 타국의 첩자로 키워진, 신분과 처지에 대한 결핍. 그리고 무희의 결함은….

{타고난 성격적 결함. 무언가를 찢고 파괴하는 것에서 쾌감을 느끼는 성격. 스스로도 이상하다는 것을 알지만 주체할 수 없는 파괴적 본능.}

'아…!'

유명은 미호가 하고자 하는 말을 알 수 있었다. 자신이 제안했던 세 번째 괴리. 똑같은 일을 보고도 자신의 득실이나 가치관에 따라 다른 반응을 보인다는, 마지막 괴리의 변을 완성하기 위해… 미호는 무희의 결함을 제시한 것이다.

'알겠어! 자신에게 빠져드는 왕에게 무희는 점점 더 잔혹한 짓을 요구하는 거야. 그러다가 어느 순간 말도 안 되게 잔인한 짓, 예를 들어 비단을 찢는 걸로 만족하지 못하고 이젠 사람을 찢어달라고 하는 거지!'

{그렇당. 그걸 들어주는 왕을 보면서, 그녀는 자신의 뒤틀린 부분까지도 온전히 품어주는 왕을 사랑하게 되고-}

'재상은 그 모습에 왕을 더욱 경멸하게 되고!'

이제 생각의 합이 척척 맞아 들었다. 그렇게 무희 살로메가 탄생했던 것이었다.

그날 연습이 끝난 후.

'미호 그런데 말이야.'

{엉?}

'나 〈인격살인〉 때, 연기 보고 꽤 놀랐다고 하지 않았어?'
{그런뎅?}
유명이 눈을 반짝반짝 빛내며 물어보자, 미호가 뭔가 불길한 예감이 들어 한 발 뒤로 물러선다.
'그건 네 마음에 들었다는 얘기지?'
{그… 그렇다고 볼 수 있징?}
'그럼….'
유명이 턱에 양손을 받치고 고개를 갸우뚱하며 묻는다.
'나 선물 안 줘?'
미호가 잠시 멈칫했다가 버럭 소리를 질렀다.
{어딜 나한테 보형이 짓이냐!}
유명이 흠칫했다.

283

천상연이라고 아세요?

다음 날, 유명은 인터뷰 일정이 있어서 이동 중이었다.
"호철이 네가 안 와도 되는데. 바쁘면 다른 직원 보내도 돼."
"무슨 소리세요. 이건 저의 정당한 권리입니다!"
매니저 호철은 최연소 팀장으로 승진했다. 유명은 이제 호철이 직접 올 필요는 없다고 만류했지만, 그는 결코 유명의 기사 자리를 양보할 생각이 없었다. 호철은 한참 만에 보는 유명을 백미러로 넘어다보았다.

그는 뒷좌석에 앉아 두 눈을 감고 있었는데, 입가에는 보는 사람까지도 설렐 듯한 미소가 떠올라 있었다. 무슨 좋은 생각을 하는 걸까.

― 선물은… 좀 기다려랑.

― 주긴 줄 거야? 어떤 건지만 알려주면 안 돼?

― …대본이당.

미호가 한동안 잠적했다가 돌아왔을 때 그런 말을 했었다. 〈인격살인〉을 본 후 마음에 들면 '선물'을 주겠다고. 하지만 다시 그 말을 꺼내지 않자 유명은 결국 어제 궁금함을 참지 못하고 선물이 뭐냐고 물어버렸다.

대본…! 몇 달 잠적했던 동안 미호는 선계를 유람하며 유명에게 줄 대본을 썼다고 했다. 그 말에 자신은 펄쩍 뛰었었지. 무슨 내용이냐고, 조금만 보여주면 안 되냐고 매달렸지만 미호는 알려줄 마음이 없어 보였다.

― 선계에서 써온 거면 완성된 거 아냐?

― 원래는 완성됐었는데… 수정할 부분이 좀 생겼당.

― 수정? 그게 언제 끝나는데?

― 이번 공연이 끝날 때까진 완성될 거당.

무슨 내용일까? 이번 공연이 끝나면 미호에게 몸을 넘기려고 했는데, 미호가 꼭 내가 연기하는 걸 보고 싶은 대본이라면 한 번은 더 연기하고 넘겨야 하나? 그런 생각을 하고 있으니 자신도 모르게 설레는 미소가 흘렀다. 무엇보다도 대본의 내용이 너무 궁금했다.

"다 왔습니다!"

도착한 곳은 KBK 방송국. 오늘 유명은 이곳에서 짧은 인터뷰가 있다. 방송국에 들어서니 공기가 새롭다. 〈연예학개론〉 때와 〈려말선초〉 홍보를 위해 SBK의 토크 프로그램 〈틱택톡〉에 출연했을 때 말고는, 한국 방송국에 직접 방문하는 것은 처음이었다.

멈칫- 유명의 얼굴을 본 사람들마다 걸음을 멈추어 서고 눈이 휘둥그레졌다. 연예인이 일반인만큼이나 흔한 방송국이었지만 신유명의 등장은 커다란 사건이었다. 사람들이 고장 난 차처럼 멈추어 서면서 여기저기 추돌사고도 잇달았지만, 그에게 쉽게 말을 붙일 수 있는 사람은 없었다. 가볍게 불러세워 팬이라고 인사하기에는 너무 비현실적인 인물인 것이다. 그 기묘한 침묵이 깨진 것은 바로 이 사람이 나타났을 때였다.

"우왓! 유명 씨!"

"안녕하세요, 반 피디님! 저 온지 어떻게 아셨어요?"

"온 방송국에 소문 다 났을걸요. 방송국 정보력 빠릅니다?"

유명은 그제야 자신이 걸어온 길 뒤쪽으로 사람들이 빼곡히 몰려 서 있는 광경을 보았다. 반 피디를 아는 몇 사람이 다가와 유명에게 사인을 청했고, 그에 힘입어 다른 사람들도 얼굴을 디밀기 시작했다.

"안 돼요, 안 돼! 에헤이~ 이분 바쁜 사람입니다!"

다행히 반 피디가 유명을 잽싸게 채가서 걸으며 물었다.

"유명 씨, 요즘 뭐 해요?"

"저… 쉬는 중인데요?"

"〈인격살인〉 메이킹 보고 내가 땅을 쳤잖아요. 그때 따라붙어서 어떻게든 다큐멘터리 〈배우〉 3부를 찍었어야 하는데! 그걸 놓치다니!"

"하하…."

반 피디는 유명을 약속된 스튜디오에 안전하게 배달한 후 다음에 꼭 보자고 손을 흔들며 사라졌다. 안에 있던 인터뷰 담당 기자가 깜짝 놀라 유명에게 허리를 숙였다.

'와… 무슨 분위기가….'

기자는 숨이 턱 막혔다. 옆에 선 일반인을 오징어로 만들어버린다는 배우 A 씨, 인간의 미모가 아니라는 모델 B 양, 숨만 쉬어도 아우라가 뿜어져 나온다는 가수 C 군. 하고많은 난다 긴다 하는 연예인들을 보아 왔지만… 이렇게 배우라는 이름이 어울리는 사람은 처음 본다.

"안녕하세요, 기자님."

4D 스크린을 보는 것 같다. 바로 전날 〈인격살인〉을 재관람한 기자는 눈앞에서 움직이는 유성을 보는 것 같은 기분이었다. 아니, 저렇게 부드러운 웃음을 보면 은성 같기도 하고.

"네… 넵! 영광입니다, 신유명 배우님! 인터뷰에 응해주셔서 정말 감사합니다."

신유명은 정말 인터뷰를 따기 어려운 배우였다. 영화 개봉 전에는 홍보를 위해서라도 인터뷰를 하기 마련인데, 홍보할 필요조차 없는 배우이기 때문이다. 물론 실제로 유명이 인터뷰를 못 한 이유는 영화개봉일과 연극개연일이 동일하다 보니 연극 연습이 너무 바빠서였지만, 기자가 그런 디테일까지 알 리는 만무했다. 기자가 조금 정신을 차리고 나서야 인터뷰가 본격적으로 시작되었다.

"〈인격살인〉이 개봉한 지 3개월이 지나서도 박스오피스 1위에서 내려오지 않는 기염을 토하고 있어요. 기분이 어떠세요?"

"재관람 횟수가 많은 편이라고 하더라구요. 관객분들께 무척 감사하고 있습니다."

문도석이 태원시네마 전무직을 사임하고 검찰조사를 받기 시작한 이후, 태원시네마는 대국민사과를 하고 〈인격살인〉을 전폭적으로 스크린에 깔았다. 원래도 1위였던 〈인격살인〉의 성적은 더 쭉쭉 올라갔고, 이제 〈Mimicry〉의 신기록을 위협할 수준에 이르렀다.

인터뷰는 거침없이 진행되었다. 〈인격살인〉의 해외 반응에 대한 유명의 소감, 촬영 중 에피소드…. 약 20여 분간 기자는 인터뷰를 하는지 팬미팅을 하는지 모를 기세로 질문을 마구 쏟아냈다. 그리고 끝나갈 시간.

"연극이 영화의 상위 호환이라는 소문이 돌면서 엄청난 관심이 쏟아지고 있어요. 해외에서도 러브콜이 많이 들어오고 있는 거로 알고 있는

데 혹시 재상연 계획은 없으신가요?"

"네, 지금으로서는 없습니다. 〈인격살인〉은 충분히 연기했고, 이젠 또 다른 작품을 하고 싶어요."

"아쉽지만 다른 작품이라는 말에 귀가 혹하네요. 혹시 고려 중인 작품이 있으신가요?"

사실은 이미 준비 중인 작품이 있다. 유명은 미호와 만들고 있는 공연을 떠올렸다. 아, 고려 중인 작품도 있지. 유명은 미호가 준비한 '선물'도 떠올렸다. 하지만 어느 쪽도 지금 밝힐 수 없는 상황.

"일단 휴식을 푹 취하고 좋은 작품을 찾아보려고 합니다."

"무슨 작품을 하든 유명 씨의 다음 작품을 모두들 고대하고 응원할 거예요."

"감사합니다."

얼추 마무리되었나 싶었는데, 기자가 조금 망설이더니 질문 하나를 추가로 던진다.

"그런데 신유명 씨, 혹시 천상연이라고 아세요?"

유명이 그 이름을 듣고 살짝 당황한다. 그것을 모른다고 해석한 것인지 기자가 설명을 시작했다.

"이게 약간 도시괴담 같은 이야긴데, 2003년 전국연극제에서 엄청난 연기력을 보여준 배우가 있었대요. 그런데 알고 보니 당시 주연배우가 다쳐서 지나가던 행인이 대신 연기한 거고, 그 사람은 이름도 연락처도 남기지 않고 홀연히 사라졌다네요. 그 사람을 천상연이라고 부른다는데, 이번 〈인격살인〉을 보고 천상연이 혹시 유명 씨가 아니었나… 하는 의견들이 넷상에 나오고 있거든요. 얘기가 좀 허무맹랑하긴 하죠?"

말하다 보니 자신도 황당했는지 기자가 말끝을 흐린다. 하지만 유명이 고개를 저었다.

"아뇨, 전혀요. 제가 천상연은 아니지만, 저도 그날 그 자리에 있었거든요."

"…!"
"대단한 배우였습니다. 지금의 저보다 훨씬 더요. 그때 그 연기를 보았기에 저는 지금도 노력할 수 있는 걸지도 모르겠어요."
기자는 믿을 수 없는 표정으로 유명의 고백을 듣고 있었다.

1막 3장, 침실. 왕은 눈을 감고 의자에 앉아 있다. 강렬하고 폭이 좁은 빛이 여러 줄기 바닥으로 떨어진다. 그 주변을 농염하게 춤추며 헤집는 살로메. 그녀의 몸이 빛을 스치면 드러나고, 다시 어둠에 잠겨들기를 반복한다.
"살로메, 어디 있느냐?"
"전하는 훌륭한 군인이시죠. 적을 점령하려면 어떻게 해야 하옵니까?"
"방비할 틈을 주지 않고 급습해야지."
그 말이 끝나자마자 살로메의 손등이 레오도의 목덜미를 스친다.
"지금 제가 그리하고 있사옵니다. 눈을 뜨지 마셔요."
"허억… 그리 급습하지 않아도 나는 이미 항복이다."
꺄르르, 맑은 웃음소리가 멀어졌다가 다시 낮은 숨소리를 머금고 레오도를 급습한다. 반경이 넓었던 원이 점차 좁혀 들어오고, 왕에게 닿을락 말락 그녀의 춤이 계속되자 결국 견디지 못하고 눈을 뜬 왕은 와락 그녀를 끌어안는다.
"이러시면 전하의 패배입니다…?"
얄밉게 눈웃음을 지으며 왕의 허리를 다리로 끌어안아 매달리는 그녀의 모습은 어느 사내도 녹지 않고는 배길 수 없는 천하의 요부였다.
딸깍- 유명이 BGM을 끄고 나서 혀를 내둘렀다.
"…너 정말 장난 아니다."
"예로부터 구미호가 작정하고 꼬시는데 넘어가지 않는 상대는 없었지."

"위험한 종족이야."

유명의 말에 미호의 웃음이 터졌다. 여전히 살로메의 외양인 미호가 즐겁게 웃는 모습은, 그것만으로도 공간이 환해질 정도로 반짝반짝 빛났다. 그것을 보고 유명의 마음이 찌릿해졌다.

'너무… 즐거워 보여.'

연습을 시작한 이후로 미호는 예전보다 부쩍 자주 웃었다. 그 웃음이 어린아이같이 천진난만하여 절로 가슴이 먹먹해진다.

'얼마나 제대로 된 연기를 해보지 못했으면 고작 연습에도….'

연기에 재능이 넘치는 배우가 오랜 시간 제대로 연기해볼 기회를 얻지 못했을 때, 그 갈증이 어떤 것인지 유명만큼 잘 아는 사람은 드물 것이다. 그렇기에 미호의 저런 신나는 표정 하나하나에도 마음이 아파오고 마는 것이다.

"넋 놓고 뭐 하냐?"

"…아니야."

"너도 꼬셔봐라."

"…응?"

"내가 했던 연기, 너도 해보라고."

유명은 치명적인 남자가 되어 상대를 유혹하는 연기를 몇 번이고 거듭했다. 다행인지 불행인지 상대가 미호는 아니었다.

"이걸… 꼬셔보라고?"

미호가 지정한 유혹 상대는 연습실 바닥을 닦는 밀대걸레. 문어발을 넘어 수십 가닥의 발을 뻗치고 뻣뻣한 몸을 수직으로 세운 '상대'를 유명은 전심전력으로 유혹해야 했다. 밀대걸레를 상대하느니 차라리 혼자 마음으로 연기하는 편이 몰입이 잘 되겠다는 생각이 들었지만, 유명은 불평 없이 여러 번 유혹을 반복했다. 자루를 놓으면 쓰러지기에, 거리를 벌리고 좁힐 자유도 없이 한 팔 간격 안에서만 연기해야 했다.

"비켜봐라."

미호가 다가오더니 유명과 바톤 터치를 했다. 그리고 그녀의 시범을 본 유명은 입이 쩌억 벌어졌다.

"…전하."

손등이 살짝 닿을 때는 상대를 어루만지는 것 같았고, 몸에서 한참 띄워 거리를 벌렸을 때는 마치 애를 태우는 것 같았다. 그녀가 움직이는 대로 살아 있는 듯이 움찔거리는 밀대걸레는 정말 그녀에게 반하기라도 한 것처럼 그녀 쪽으로 고개를 휙 돌리고 애절하게 매달렸다.

'뭐지, 왜 저 사물이 진짜 살아 있는 듯한 착시가 드는 거지…?'

"알잖아? 타이밍이다. 상대는 무생물이니까 상대의 움직임과 리액션까지 네가 컨트롤해야지."

"다시 해볼게."

연습을 하는 중간에도 이런 식으로 예고 없이 미호의 레슨이 이루어졌다. 그럴 때면 유명은 조금이라도 더 미호의 연기에 근접하기 위해 필사의 노력을 다했다. 그리고 유명이 미호의 연기에 한 번 더 전율을 느끼는 순간이 왔다. 살로메의 잔혹한 성격이 드러나는 1막 5장을 처음 연습하는 날.

"시작할까?"

"콜!"

살로메의 무릎을 베고 왕이 누워 있다. 그녀는 무릎에 얹힌 왕의 머리를 부드럽게 쓰다듬는다. 국무회의를 마치고 돌아온 왕은 기분이 썩 좋지 않은 상태. 음향으로 목소리가 잔향처럼 들려온다.

― *전하! 카타니아 공국과의 전쟁은 아직 시기상조로….*

그 목소리를 떨쳐내듯이 살로메가 왕의 귀 옆에 손부채질을 한다. 레오도가 흠칫 몸을 떨더니 낮은 목소리로 말했다.

"너는 희한하게도 내 어머니를 많이 닮았구나. 어머니도 나를 이리 눕혀서 얼굴에 손부채질을 해주셨지."

― 전하. 군수물자 모집으로 인한 각지의 원성이….

"그러십니까."

"내게 위안이 되는 것은 너희 남매뿐이야…."

살로메의 손부채질에 음향이 점점 줄어든다. 그리고 왕의 눈이 거의 감기려 할 때….

"전하, 가만히 계셔보시옵소서. 잠자리가 전하의 뺨에 앉았습니다."

갑자기 그녀의 음성이 어둑해졌다.

―――― 284 ――――

뭔가 이유가 있겠지

잠자리. 동심의 천진난만함과 잔혹함을 동시에 드러내는 상징. 살로메는 두 손가락을 살며시 내려 엄지와 검지로 곤충의 접은 날개를 잡아챈 후, 왕과 자신의 사이 즈음에 손을 두고 잠자리를 빤히 쳐다본다. 시선의 끝에 무릎을 베고 누운 왕의 눈동자가 걸린다. 그는 누운 채로 그 시선을 마주 본다. 손가락의 옅은 움직임만으로 파닥거리는 잠자리가 실제로 보이는 것만 같다. 시선 너머에 닿은 그녀의 눈 속에 잠긴 자신의 모습이 왕인지 잠자리인지 구분이 가지 않는다. 그녀가 쳐다보는 것은 잠자리일까, 왕 자신일까.

"네 이놈."

낮은 목소리로 짐짓 꾸짖는 그녀의 목소리가 내리는 곳은 잠자리일까, 왕 자신일까. 자신을 보고 나른하게 눈꼬리를 휘며 그녀는 잠자리의 날개 한 장을 똑 뜯어낸다. 자신과 그녀 사이에서 날개가 떼인 잠자리가 파르르 요동친다. 붉고 힘이 센 꼬리가 바르작거리고 곤충의 겹눈이 고통을 아는 듯이 번들거리는 모습이 실제인 양 자신의 뇌 속을 비집고 들어오는데도, 왕은 살로메에게서 시선을 떼지 못한다. 마치 거대한 거미줄이 잠자리와 자신을 함께 칭칭 동여매고 있는 것 같다.

"하아…."

지익- 또 한 장의 날개가 사정없이 뜯겨나간다. 이번에는 밑동부터 깔끔하게 떨어져나가지 않고, 중간쯤에서 지익 찢겨나가 버렸다. 마임만으로 그런 디테일까지 살릴 수 있다는 것이 놀랍기도 하지만, 그보다는 숨이 막힌다. 그녀가 찢고 파괴하려는 것은 잠자리일까, 왕 자신일까, 온몸을 압박하는 거미줄의 무게를 견뎌내며 입이 겨우겨우 열린다.

"뭘 하는 게냐…."

잠자리에게 맞춰져 있던 초점이 순식간에 왕을 향한다. 그녀가 숨이 막히는 것조차 기꺼울 정도로 달콤하게 웃는다.

"만인지상의 위에 앉았으니 대역죄이옵고, 제 남자의 뺨을 훔쳤으니 간통죄이옵니다. 능지처참에 처할 죄가 아니겠습니까."

그녀의 깜찍한 말과 달콤한 교태에 불쾌한 기분이 희석된다. 거미는 교미 중에 암컷이 수컷을 잡아먹는다고 한다. 하지만 잡아먹히는 수컷의 입장에서 그것은 잔혹하기만 한 일일까. 마지막에 그들이 지르는 것은 단말마의 비명이 아닌 황홀한 교성이 아닐까.

그녀는 네 장의 날개를 모두 떼어낸 후 몸통만 남아 바르작거리는 곤충의 꼬리를 즐겁게 흔들어댔다. 그 와중에도 다른 한쪽의 손은 왕의 머리카락을 부드럽게 헤집으며 애무하고 있다. 근거리의 곤충을 보는 눈은 잔혹한데도 좀 더 원거리의 자신에게 번지는 눈빛은 자애롭게 느

꺼진다. 연인, 어머니, 소녀, 요부가 혼연일체가 된 듯한 그녀의 얼굴은 그야말로 남자의 심장을 직격하고 있었다.

그녀가 곤충을 휙 던지고 이번에는 왕의 머리를 덥석 안았다. 그녀의 품에 파묻혀 머리가 보이지 않는 왕은 마치 절반쯤 먹혀버린 것 같기도 했다. 뇌까지 거미줄에 칭칭 감겨버린 것일까, 암컷 거미가 내뿜는 호르몬에 취해버린 것일까. 그녀가 짓고 있는 그 어느 때보다도 황홀한 표정을 왕은 더 많이 보고 싶어졌다.

Panorama Shot 4

수연은 뉴욕에 가 있었다. Agency W의 정식 배우로 등록되면서 그녀가 처음으로 받은 일거리는 연기가 아닌 모델이었다.

"다른 곳도 아니고 새넬이에요. 수연 씨의 아름다운 마스크와 고혹적인 분위기를 어디보다 잘 살려줄 만한 곳이죠."

LA 본사의 홍보부장 박진희가 내민 향수 기획안에 수연은 어안이 벙벙한 표정을 지었다. 세계에서 가장 콧대 높은 명품브랜드에서 그녀에게 이미지 모델 제안이 왔다는 것이다.

"좋은 기회라고 생각해요. 새넬이 동양인 모델을 안 썼던 건 아니지만 주로 패션쇼에만 치중해 있었어요. CF에 동양인 여배우를 쓰겠다는 건 파격적인 노선 변화죠. 신유명 씨가 세계적인 배우로 인정받으면서 동양인 배우들의 운신 폭이 넓어졌다는 증거이기도 하구요."

"어… 제가 그런 비싼 브랜드에 어울릴지…."

수연은 스무 살까지 외부와 거의 단절되어 살았다. 이후에도 유명을 만나고 굿엔터와 계약하기 전까지는 '가난하다'고 말해도 무방한 삶이었다. 배우로 뜨고 난 뒤 그녀의 분위기에 반한 브랜드들이 줄지어 협찬을 해오기는 했지만, 수연은 자신이 입고 있는 옷의 상표도 잘 몰랐다. 조금이라도 빨리 유명을 따라잡기 위해 연기에만 전념했던 지난 몇 년이었다.
 하지만 그녀도 새넬은 알았다. 명품의 상징 같은 브랜드였으니까. 그런 곳이 자신을 원한다니, 뭔가 이상한 기분이다. 자신이 그런 고급 브랜드와 어울릴 리가….
 "당연히 어울리죠! 수연 씨는 그냥 가만히 서 있어도 명품인데요."
 "어… 아니에요, 부장님."
 차가운 인상에 조금 무섭게 느껴졌던 홍보부장이 과분한 칭찬을 하자, 수연은 깜짝 놀라 두 손을 저었다. 그 모습에 박진희는 조금 심쿵했다.
 '나 방금… 치였나?'
 그녀는 유명의 진성덕후였지만 여성 연예인을 좋아해본 적이 없었다. 그런데 조금 알 것도 같다. 가만있어도 빛이 날 것처럼 아름다운 여배우가 자신이 얼마나 예쁜지도 모르고 움츠러든 모습을 보니, 맛있는 걸 사주고 좋은 걸 먹이고 싶은 삼촌팬의 마음이 불끈 솟아오르는 것이다. 아니, 그것보다 그녀가 스스로가 얼마나 멋진지를 알게 될 만한 위치에 데려다놓고 싶은 마음.
 "〈인격살인〉 때문에 지금 수연 씨 주가가 엄청나요. 영화상에서 유명 씨를 빼고 거의 유일하게 비중 있는 인물이 고다인이니까요."
 "네에…. 정말 좋은 배역이었죠."
 "그 배역을 살린 게 수연 씨예요. 고다인이 정말 매력적이니까 새넬에서 이런 제안도 들어온 거죠. 이 콘티 한번 보세요."
 박진희가 수연 쪽으로 기획안을 좀 더 밀었다. 그것을 읽어본 수연의 눈이 동그래졌다.
 "와, 이건…."
 "다인의 다중인격을 톱노트와 미들노트, 베이스노트로 표현한 콘티예요. 유명 씨도 그랬지만 수연 씨도 다를 바 없어요. 배우를 모델로 쓰려면 배우에게 어울리는 컨셉을 제시해라. 이게 우리 기획사의 기본 방침입니다."

"너무 멋있어요."

그 콘티는 광고라기보다는 짧은 영화 같았다. 광고라는 말에 조금 갸웃했던 수연의 눈에 생기가 돌기 시작했다.

"지금도 들어오는 작품은 많아요. 하지만 새넬의 광고를 찍고 난다면 수연 씨의 주가가 더 급등하겠죠. 그 몸값을 배신하지 않을 연기를 해줘야 해요. 자신 있어요?"

"자신 있습니다!"

외모에 대해서는 자신 없는 모습을 보이던 설수연은 연기 얘기가 나오자 움츠러들지 않고 힘 있게 답변했다. 그건 타고난 것이 아니고 자신이 흘린 땀으로 만들어낸 부분이니까. 그 모습에 박진희가 씨익 웃었다. 신유명의 후배다웠다.

"그럼, 미팅하러 갈까요?"

유명과 미호는 어느 날 밤, 밖으로 나갔다. 미호가 데려간 곳은 사람이 없는 숲이었다. 수도권에 이런 곳이 있었나 싶을 정도로 빽빽하고 광활한 숲에 두 사람은 마주 보고 섰다. 달이 저물고 있었다. 반달에서 하현으로 넘어가는 달이 은은하게 내리쬐는 밤의 숲에서 미호는 무엇을 알려주려는 것일까.

{관객들에게 존재하지 않는 배경을 보여주려면 실제로 네가 그 배경 속에서 연기해야 한당. 네가 배경에 대한 이미지를 정확하게 가지고 있어야 보는 사람들도 함께 그 풍경을 느낄 수 있는 거당.}

'…응.'

이미 유명도 알고 있었다. 〈캐스팅 보트〉의 '마틴' 연기에서 유명은 진열장에 쭈욱 나열된 인형 한 개 한 개의 모습을 모두 머릿속에 그릴 수 있었다. 그렇기에 정확하게 그들이 앉아 있는 곳에 시선을 보냈고,

생생하게 연기할 수 있었다. 당시 관객들은 마치 인형이 가득 찬 진열장이 실제로 보이는 듯한 착시가 들었다고 했었지.

{아주, 아주 세밀하게. 스케치하듯이 말이당.}

그 말과 함께 미호는 재상 아덴의 모습으로 현신했다. 어깨까지 닿는 은빛 단발에 부드러운 푸른 눈빛을 가진 남성이 유명을 향해 다정하게 웃으며 목례를 한다.

"전하, 그럼 나는 이만 물러갈게."

장난스러운 말투. 어릴 때부터 보아온 부드럽고 따뜻한 눈빛. 유명은 순식간에 그를 보고 흐뭇해지는 왕의 마음이 되었다.

재상이 자신의 앞에서 빠져나가자 유명은 다시 관객으로 돌아갔다. 아덴은 밖으로 나와 왕궁의 후원을 거닌다.

"벗이라… 하하."

기울어지는 달빛에 비스듬히 비친 재상의 눈빛이 서릿발처럼 매섭다. 그 목소리에 깃든 조소에 유명이 움찔한다. 이 연기는 분명 대본에는 없는 장면. 그렇다면 아마 미호의 즉흥연기일 것이다.

휘익- 그가 가볍게 휘파람을 불자 어딘가에서 작은 새 한 마리가 날아와 검지손가락 위에 앉는다. 아니, 고개를 마구 흔들어보자 새는 사라진다. 하지만 다시 재상에게 시선을 집중하는 순간, 분명 작은 새의 모습이 드러났다. 갈색의 날개에 영리해 보이는 새까맣고 작은 두 눈. 그리고 발목에 매듭지어져 있는 종이. 재상은 한 손아귀에 새를 잡고, 다른 손으로 쪽지를 풀어내어 펼쳐본다.

"…드디어 준비가 끝났느냐, 살로메."

아마도 이것은 이 극이 시작되기 이전의 장면인가 보다. 자신이 스파이로 침투한 것도 모자라 동생까지 이용하려 하는 비정한 재상은 쓰리게 웃는다.

"어리석은 자여, 너의 어머니만 어머니더냐. 실수로 죽게 된 한 여인을 향한 네 애도의 값으로, 카타니아에선 15만의 어머니가 죽었다."

거기엔 평민이었던 재상의 어머니도 포함되었다. 아름다운 외모로 소문이 자자하던 두 남매는 부모를 잃고 카타니아 공국의 정보국에 귀속되었다. 그들은 레플란의 왕자의 마음에 들기 위해 가장 아름다운 자태와 호감 가는 말투를 교육받았다. 그 가면을 살짝 들어내자 콸콸 새어 나오는 그의 증오는….

"네 마음속 공허를 채우리라. 오만으로 가득한 네 마음의 깊은 구멍을 나와 살로메가 메우고 또 메워서, 네가 살 만하다 싶어질 때…!"

재상의 손에 힘이 들어간다. 삐이이이- 발버둥 치는 새의 모습을 유명은 똑똑히 보았다. 그는 그 새를 무심히 내려다보더니 허공으로 날려보낸다.

"너는 죄가 없지."

누군가는 죄가 있다는 말. 작은 새가 비틀대다가 겨우 균형을 잡고 파닥파닥 날아갔다.

유명은 살짝 몸을 떨었다. 분명 미호는 저 새를 보고, 쥐고, 날려보냈다. 그리고 그 이미지를 관객에게 온전하게 전이시켜주었다. 연기를 끝낸 미호가 유명을 돌아보며 씨익 웃는다. 어디선가 '참 쉽죠?' 하는 목소리가 들려오는 것 같아 유명은 입술을 잘근 물었다.

"빈 무대에서 공연할 거예요."

김성진은 당황했다. 신유명 씨와 미팅을 좀 하고 오라는 관장님의 명으로 찾아왔는데, 이 녀석이 황당한 말을 하고 있다.

"뭘 할 건데?"

"연극이요."

"연극을 빈 무대에서 공연한다고? 왜?"

"무대 세팅할 시간도 부족하고 무대 없이 무대를 표현하는 게 이번 공연의 목표이기도 해서요."

"흠…."

이번 연극이 꼭 혜전당에서 공연되어야 하는 이유엔 김성진도 있었다. 그의 무거운 입은 '천상연' 사태 때 이미 검증되어 있다. 유명의 부탁을 받은 성진은 지난 7년간 누구에게도 신유명이 천상연이라는 사실을 밝히지 않았던 것이다.

무대를 만들지 않는다고 해도 스태프가 아예 없을 수는 없다. 최소한 큐에 따라 조명과 음향을 온오프할 사람이 한 명은 필요하다. 이왕이면 조명 설비까지 도와줄 수 있는 입이 무거운 사람. 김성진이 딱이었다.

"형, 그런데 좀 어려운 부탁이 있는데…."

"네 부탁이면 어떻게든 들어줘야지. 뭔데?"

시원시원한 반응에 힘입어 유명이 '어려운 부탁'을 꺼낸다.

"공연 중 컨트롤박스[2]엔 형만 계셨으면 좋겠어요."

"음향은?"

"형이 같이 해주실 수 없을까요? 조명과 음향 전환도 최대한 단순화시킬 거라 큐가 많진 않을 거예요."

"알았어. 부탁이 그거야? 별로 어렵진 않은데?"

조명과 음향 컨트롤러가 분리되어 있긴 하지만, 전환이 많지 않다면 함께 컨트롤하는 것이 불가능하지는 않다. 유명이 조금 망설이다가 한 가지를 덧붙인다.

"리허설할 때, 컨트롤박스 전면 유리를 가리고 진행했으면 좋겠어요. 보지 않아도 가능하도록 큐는 다 음향 큐로 맞출게요."

그 말에 김성진이 의아한 표정을 짓는다.

---

2   컨트롤박스(Control Box): 공연 중 조명과 음향을 조절하는 공간. 극장의 제일 뒤쪽에 설치되어 있는 경우가 흔하다.

"공연 전에 절대 보이면 안 되는 거라도 있어?"

"이유는 말씀드리기 힘든데… 부탁 좀 드릴게요."

괴상한 주문이긴 하지만 저 신유명이 부탁하는 일이다.

'뭔가 이유가 있겠지….'

성진이 고개를 끄덕였다.

285

예외적인 초청

Panorama Shot 5

문유석은 성북동에 다시 방문했다. 불청객으로 찾아와 문을 두드렸던 첫 방문과 달리 이번에는 정식 초청이었다. 초인종을 누르지 않아도 대문이 양옆으로 스르르 열렸다.

"왔느냐."

"안녕하십니까, 회장님."

"…흐음."

회장은 할아버지라고 부르라는 말이 목구멍까지 솟구치는 것을 꿀꺽 삼켰다. 윤성엔터가 유석에게 넘어가고 'YOU 엔터테인먼트'로 사명을 변경한 후, 수개월간 유석이 보여준 경영 솜씨는 놀라웠다. 할아버지가 아니라 유엔터의 지분을 38% 보유하고 있는 최대주주로서 봤을 때도 문유석은 괄목할 만한 성과를 내주고 있었다.

"밥은 먹었냐."

"네, 먹었습니다."

"…와서 먹어도 되는데."

"네?"

"아니다, 흠흠."

 문유석이 가져온 자료를 내밀었다. 그는 오늘 이 자리를 유엔터의 최대 주주이자 자신과 거래를 받아들인 '태원의 회장'에게 실적을 보고하는 자리로 생각하고 있었다. 새롭게 투자에 들어가는 영화의 시장성 분석과 효율성 떨어지는 사업부들의 구조개혁 방안, 향후 여력이 되는 대로 확장할 사업 분야 등을 깔끔하게 정리한 자료들은 놀라웠고, 유려한 프레젠테이션도 인상적이었다. 회장은 결국 참지 못하고 속마음을 입 밖으로 꺼낸다.

"태원에는 정말 관심이 없느냐?"

"네, 없습니다."

"어째서?"

 한 번은 이런 얘기가 나올 줄 알았다. 유석은 회장의 심기를 거스르지 않으면서도 자신의 결심을 분명히 전달하기 위해 목소리를 가다듬는다.

"제 관심은 엔터 사업에 있습니다. 태원에는 그쪽과 관련된 사업이 전무하다시피 하니까요."

"시네마가 있지 않느냐."

"태원시네마는 분명 잘 자리 잡았지만 백화점의 부속 사업에 가깝습니다. 그리고 제가 원하는 건 운영이 아니라 제작 쪽입니다. 좋은 배우를 발굴하고 좋은 작품을 제작하면 세계 시장에 내놓을 수 있으니까요. 터뜨리기가 어렵지만 터지면 천장이 없는 시장이죠."

"흐음…."

 회장이 신음을 토한다. 다른 사람이 이런 말을 한다면 세계 시장이 그렇게 만만한 줄 아느냐고 버럭했겠지만, 이미 여러 번 실적을 낸 문유석이다. 고작 엔터 사업이 아무리 커봤자 태원그룹의 가치만 하겠냐고 일갈하고 싶지만… 그게 아닐지도 모른다는 사실을 그도 알고 있었다.
"아쉽구나…."
"명석 형이 잘 이끌어나가실 겁니다."
"명석이…랑도 미리 얘기되어 있었냐."
정말 보통이 아니다. 볼수록 탐이 난다. 하지만 그는 자신이 관심을 끄고 있던 사이에 홀로 훌쩍 자라서 손자가 아닌 경영자로 자신의 앞에 섰다. 회장이 그에게 무언가를 강요할 자격은 없었다. 그저 아까울 뿐.
"그날 도와주셔서 감사합니다."
"무얼?"
"저쪽 편을 들어주지 말아달라고만 부탁드렸는데, 아예 제 편을 들어주셨더라구요."
"어차피 승패가 빤하면 이길 놈한테 빨리 붙어야 뭐라도 떨어지는 법이지."
가르치는 것인지 아부하는 것인지 모를 말을 투욱 뱉어놓고, 회장이 힐끔 눈치를 본다.
"그러니까… 흠흠. 가끔 밥이나 먹으러 오거라."
"…알겠습니다, 할아버지."
유석이 호칭을 싹 바꾸어서 대답하자 회장의 입가가 씰룩거렸다. 역시 눈치가 빠른 녀석이었다.

유석이 연습실로 찾아왔다. 미호는 황급히 푸른 형체로 화했고 유명은 유석에게 자리를 권했다.
"어쩐 일이세요?"
"우리가 무슨 일 있어야 만나는 사입니까."
"그건 아닌데, 대표님 얼굴에 울분과 통쾌함이 섞여 있는 느낌이라서요. 무슨 일 있으셨어요?"

유석이 땀을 삐질 흘렸다. 어찌된 영문인지 유명의 눈치가 점점 빨라지는 것 같다. 배우라 감정과 표정에 예민해서 그런가.

"그… 아카데미상 있지 않습니까."

"대표님, 전 진짜 신경 안 쓴다니까요."

"내가 신경이 쓰인다고요."

미국에서 가장 권위 있는 영화상으로 알려진 아카데미상. 칸, 베를린, 베니스 영화제가 개봉 전의 영화들을 초청 상영하는 '영화제'인 것과 달리, 아카데미는 미국에서 상영된 영화들을 대상으로 하는 '시상식'이다.

"원래 비영어권은 외국어영화상밖에 안 주잖아요."

"예외적인 사례도 있죠. 외국어 영화도 몇 번 작품상 후보에 오른 적이 있었어요."

〈Mimicry〉는 2009년 아카데미 각본상을 탔다. 그때도 유명이 남우주연상을 타지 못했던 것에 유석은 꽤 발끈했었다. 동양인이 아니었으면 무조건 유명이 탔을 거라며. 그리고 2010년 〈인격살인〉은 그 작품성에도 불구하고 아시아권 영화라서 '작품상'이 아닌 '외국어영화상'에 노미네이트되었다. 10년쯤 더 지나면 아카데미의 아성이 깨지고, 비영어권 영화라도 작품성이 뛰어나면 본상을 주는 변화가 일어나지만, 현재까지는 아니었다.

"그런데 말이에요."

유석이 높아졌던 언성을 가라앉히며 음흉하게 웃는다.

"칸에서 연락이 왔습니다."

"칸에서 왜…?"

칸에서 열리는 것은 미개봉 작품들을 초청하는 '영화제'이고, 〈인격살인〉은 기개봉작이므로 해당되지 않는다.

"예외적으로 비경쟁부문에 〈인격살인〉을 초청하고 싶다고 하더라구요. 영화와 연극을 함께 올리는 형태로."

"영화와 연극을 함께요…?"

"영화와 연극을 동시에 함께 제작했다는, 영화사적으로 의미 있는 시도에 경의를 표하며 그 놀라운 무대를 꼭 칸 영화제에서 만나보고 싶다는 진행국의 정중한 초청이 있었습니다."

그 말에 유명의 가슴이 두근두근 뛴다. 영화와 연극을 동시에 올린다는 것은 자신의 아이디어였다. 그걸 인정해서 칸에서 예외적으로 〈인격살인〉을 불러준다는 것을 들으니 반갑기 그지없었다. 자신의 작품을 그만큼 높게 평가해준 곳에서 좋은 모습을 보이고 싶은 욕심이 생기는 것도 사실이다. 하지만 칸 영화제라면 5월 중순에서 말 사이.

'혜전당 공연까지 시간이 너무 빠듯한데….'

그때 옆에서 미호가 속삭였다.

{재밌겠다, 가장!}

'우리 공연이 5월 29일인데?'

{괜찮당. 우리 연습이 장소에 구애받는 건 아니잖냥.}

하기야 무대도 없는 공연이니, 어디서든 둘만 있으면 연습은 가능하다.

{재밌지 않겠냥. 정식 공연처럼 화려한 무대 세팅은 못 하겠지만 아예 무대장치가 없을 다음 공연의 예행연습이라고 생각해도 좋고.}

"좋아요, 갈게요."

그렇게 유명의 칸 행이 결정되었다.

4월 중순. 유명은 무척 바쁜 하루하루를 보내고 있었다.

「네, 발롱 씨. 티켓 예매했습니다. 너무 빠듯하지 않냐고요? 아니, 괜찮습니다.」

칸 영화제의 메인 극장으로 사용되는 루이 뤼미에르 극장은 원래 2,309석 규모의 대형 공연장이다. 그곳에서 영화 상영을 먼저 하고 연이어 연극 공연을 진행하기로 했다. 뒤쪽의 스크린 때문에 무대장치는 따로 준비할 수 없다. 아니, 칸에서는 어떻게든 해보겠다고 했지만 유명이 거절했다.
　'잘 됐어. 혜전당 공연의 예행연습으로 딱 좋네.'
　{어디 한번 얼마나 늘었나 보잣.}
　'하하, 응.'
　{다인이 대사가 음향 처리되는 게 좀 아쉽넹.}
　'응. 그런데 무대 블로킹도 다르고 대사도 영어로 쳐야 해서 다른 사람들은 짧은 기간 내에 준비하기 힘들 거야.'
　{알았당. 그럼 단역과 엑스트라들 모두 없애고 1인극으로 각색한당.}
　각색은 미호가 도와주었다. 귀에 연필을 끼우고 골똘히 고민하는 여우의 모습은 바쁜 일정 사이의 힐링이었다. 그 와중에도 둘의 연습은 꾸준히 진행되고 있었다. 대본은 이제 거의 완성되었고, 오늘 그들은 2막을 연습하고 있다. 지금은 유명의 연기를 미호가 봐주는 중이었다.
　{캐릭터가 좀 바뀌었넹? 흐음, 퇴폐적인 왕이라….}
　'레오도는 상처 입은 맹수 같은 인간이니까. 처음엔 퇴폐적이고 뻥 뚫려 있는 느낌이다가 중간에 아덴과 살로메로 인해 결핍이 채워져야 마지막 무너지는 부분에 설득력이 생길 것 같은데.'
　{오케이. 레오도 캐릭터는 지금이 좋은 거 같앙. 픽스하장.}
　1막은 왕이 무희에게 빠지는 과정을 보여준다면 2막부터는 외부적인 갈등상황이 벌어진다. 왕은 살로메와 사랑에 빠지면서 빠르게 결핍된 부분이 차오른다. 거기에 무조건 왕이 옳다고 지지해주는 재상의 존재는 그에게 커다란 자신감을 부여한다. 자신감을 얻은 남자는 자신이 무모해진 것을 모른다. 그 결과는….
　"카타니아를 정벌한다. 전쟁 준비에 돌입하라!"
　― 전하, 아직은 전쟁을 할 때가….
　"듣기 싫다! 이에 반대하는 자는 역심이 있는 것으로 간주하고 사형에 처할 것이다!"

그러나 레플란 왕국에도 사람이 없는 것이 아니었다. 대부분이 입을 다물었지만 몇몇 신하는 목숨을 걸고 간언하기 시작했다.

― 전하, 현명하셨던 예전 모습을 찾아주시옵소서!

― 군수물자의 과도한 징집으로 백성들의 원성이 하늘을 찌르고 있습니다!

― 전하는 간신 아덴과 요부 살로메의 농간에 속고 계십니다!

결국 아덴과 살로메에 대한 원성이 터지기 시작한다. 원래도 평민인 아덴이 국왕의 뒷배로 재상직에 오른 것에 대한 반발이 컸던 신하들이었다. 그런데 전시 상황이 되면서 재상이 더 많은 힘을 얻자, 아덴과 그의 누이 살로메에 대한 반발이 더욱 거세진 것이었다. 버럭버럭 소리를 내지르던 왕은 정말 심하게 화가 나자 오히려 목소리가 차가워졌다.

"저자를 옥에 가두라. 반역과 무고의 죄로 내일 사형에 처할 것이다."

선고를 내리는 레오도의 앞에 살로메가 나타난다. 그녀는 상처 입은 가련한 얼굴로 울며 왕에게 호소한다.

"요부라니요. 저는 처음부터 전하만을 사랑했습니다."

"알고 있다, 살로메. 가엾게도…. 간악한 자들의 모함에 울 것 없다. 동이 트면 그를 처형할 것이다."

그때 고개 숙여 울던 살로메의 눈이 빛난다.

"…찢어 죽여주시옵소서."

"뭐?"

"거짓된 말을 한 혓바닥을 자르고 그 몸을 갈기갈기 찢어, 죽을 때조차 평안에 들지 못하게 하소서."

그때 그녀의 목소리는… 조금 들떠 있었다.

아아아악- 비명을 음악 삼아 붉은 노을처럼 너울 지게 살로메가 춤을 춘다. 지이이익- 무언가를 연상케 하는 소름 끼치는 소리가 더해진다. 그녀는 생글생글 웃었다. 멋진 소리다. 그녀의 춤은 지나칠 정도로 생기가 넘쳐서 마치 죽어가는 인간의 생명을 불태우는 것처럼 보였다.

'아아….'

왕은 살로메를 바라본다. 왕도 이제 알고 있다. 그녀의 성정이 지극히 잔혹하다는 것을. 하지만 아무렴 어떤가. 저렇게 아름다운데. 자신의 마음을 채워주는 것은 오직 그녀뿐인데.

'흐음…?'

살로메 또한 춤을 추면서 왕의 눈을 설핏설핏 훔쳐본다. 그녀가 확인하는 것은, 이런 자신을 보면서 왕의 표정이 변하지 않는지. 그녀는 자신이 태어날 때부터 문제가 있는 것을 알고 있었고, 그것을 꽁꽁 숨겨왔다. 자신의 전부와도 같은 오빠 아덴에게도 말하지 못했던 결함이었다. 사랑했기에 오히려 드러낼 수 없었다. 실망시킬 수 없었으니까. 하지만 왕은 사냥감일 뿐이었다. 애정이 없었기에 그를 유혹하고 농락할 수 있었다. 그녀는 어느 순간부터 오빠에겐 말하지 않은 채 그를 조금씩 시험했다.

'이래도? 이래도 나를 사랑할 거야?'

왕의 눈빛이 흔들리지 않는다. 자신을 그저 사랑스럽게 바라본다. 펄쩍- 살로메는 더 높이 뛴다. 넘치는 고양감. 자신이 무엇을 해도 사랑스럽게 봐줄 것이 확실한 상대의 표정. 이상하다. 사람은 그런 것 때문에 사랑에 빠질 수도 있는 모양이다. 그녀는 자신을 더, 더 드러내며 높게, 높게 뛴다.

지이이이익- 찢어진 것은 자신의 방어막일까, 벌어진 것은 자신의 마음일까. 단말마의 비명과 함께 춤이 멈췄고, 그녀는 왕에게로 성큼성큼 다가와… 깊게 키스했다.

{왕의 배신감이… 좀 더 처절했으면 좋겠당.}

'그래?'

2막의 마지막 장면에서 왕은 재상 아덴에게 배신당한다. 카타니아 침공을 위해 징발한 물품을 보관하던 군수창고가 불에 탔다. 그것으로 전쟁은 한동안 불가능한 일이 되어버렸다. 그리고 잡혀온 방화범은… 바로 그의 절친한 친구 아덴이었다.

{온 마음을 다 준 상대당. 자신의 결핍을 채워준다고 생각했던 존재. 늘 자신의 편에 서줬던 유일한 친구가 배신자였당. 그 절망감이 어떨 거 같냥.}

'최대한 표현하고 있다고 생각했는데….'

연귀는 생각했다. 물론 유명의 연기는 충분히 좋았다. 따지자면 〈인격살인〉 때 자신이 평가했던 80점을 벌써 넘었다. 하지만 그가 더 갈 수 있는 것을 안다. 좀 더 감정의 덩어리를 토하는 것 같은, 비명이 눈에 보이고 배신감이 손에 잡힐 듯한 표정. 그것을 끌어내려면….

{우린 7년을 함께 보내왔징….}

'응.'

{그간 많은 일이 있었공.}

'…응.'

{그런데 내 모든 감정들이 연기였고, 사실 지금도 네 몸을 차지하기 위해 수를 쓰고 있는 거라면 기분이 어떨 거 같냥?}

그 말에 유명의 가슴이 쿵- 내려앉는다. 어차피 미호에게 몸을 줄 생각이지만, 그와 별개로 미호가 자신에게 악의만을 가지고 있다면? 여태까지 함께했던 시간이 모두 거짓된 것이었다면? 유명의 눈이 새까맣게 가라앉았다.

286

같은 표정, 다른 관점

순간 유명의 눈빛에 서린 절망에 혜호의 가슴이 덜컹했다.
'너무 과했나…?'
자신이 원래 유명의 몸을 뺏을 의도로 접근했던 것은 사실이었다. 도중에 유명에게 감화되어 그 마음을 버린 것도 사실이지만, 그렇다고 해서 최초의 의도가 지워지는 것은 아니다. 괜히 그 말을 꺼내어 유명이 진짜 자신의 마음을 의심하게 되는 것은 아닐까 하는 조바심이 들 때, 뚜욱- 유명의 눈에서 굵은 물방울이 떨어졌다. 그는 아직도 침잠해 있는 눈동자를 들고 자신을 똑바로 마주 본다.
'괜찮아. 그래도 내 마음은 변하지 않으니까.'
뭐…?
'그런 가정은 하고 싶지도 않지만, 만에 하나 그게 사실이라고 해도 내가 너를 좋아하니까 상관없어. 네가 그 정도로 원하는 것이라면 내가 꼭 들어줄게.'
혜호는 그때 헤티를 보았다. 아스의 자신에 대한 사랑이 모두 흉내라는 것을 알았을 때 헤티의 표정이 저러했을까. 슬픔이 온 영혼을 메워도 자신의 의지만은 지킬 줄 아는 강인한 헤티의 표정이 유명에게 서려 있다. 그것은 감동적일 정도로 아름다웠다. 유명은 과몰입했다는 것을 깨달았는지 눈을 한 번 닦아내고는 멋쩍게 웃었다.
'미안. 네가 그런 뜻으로 한 말이 아닌 걸 알면서도 나도 모르게 몰입해버렸네. 나는 그렇지만 레오도는 그렇지 않겠지. 방금 순간적으로 휩쓸고 지나간 배신감을 최대한 살려볼게.'

{…그랭.}

다시 연습이 시작되었다. 유명의 표현은 이전보다 훨씬 원색적이고 거칠었다.

"아데에에엔! 도대체 어떻게 네가!"

결핍이라면 유명도 일가견이 있다. 유명은 원생에서 38년을 존재감이 결핍된 채 살았다. 그중 15년은 어떤 직업보다도 존재감이 필요한 '배우'라는 직업으로 살았고.

하나의 결핍은 또 다른 결핍을 낳는다. 존재감의 결핍은 배우로서 자신감의 결핍으로 이어졌고, 그것은 주변인의 결핍과 진정한 삶의 결핍에까지 다다르게 했다. 그것을 채워준 것이 미호가 준 생기. 즉 신유명이란 인간에게 나 있던 커다란 구멍을 메운 것은 다름 아닌 미호의 존재였다.

배신감과 분노라. 그런 그에게 어떻게…. 가져야 하는 마음이 분노라면 미호가 자신을 배신하는 것을 상상하기보다는, 누군가가 미호를 자신의 곁에서 데려가는 것을 상상하는 편이 훨씬 적절했다. 한없이 비어 있던 인간이 한 번 가졌던 것을 다시 빼앗긴다면.

"…아뎬."

왕의 표정이 싸늘히 식는다. 표정이 없는 얼굴 대신에 두 손이 덜덜 떨리고 있다.

"죽여라, 그를."

한마디를 덧붙인다.

"아, 찢어 죽이도록 해라. 살로메가 좋아하겠군."

그 표정은 몹시나 기이했다.

Panorama Shot 6

⟨Missing Child: Season 3⟩의 촬영 현장. 데렉과 카이가 마주 보

며 불꽃 튀는 연기를 펼치고 있다.

시즌 1이 대단한 흥행을 거두면서 CRD는 유명이 다음 시즌에도 계속 출연해주길 바랐다. 하지만 유명의 뜻이 확고해서 결국 포기하고, 두 번째 Missing Child인 릴 딜런(카이 누넨 분)을 주인공으로 시즌 2를 찍었다.

초반에는 데카르도의 부재를 아쉬워하는 시청자들이 많았지만, 유명에게 가르침을 받은 카이의 연기력은 물이 올라 있었다. 릴의 화려한 액션과 독특한 캐릭터에 힘입어, 결국 시즌 2의 인기도 고공행진했다. 그리고 지금은 시즌 3를 준비 중이다.

「저는 아버지를 의심하고 있습니다.」

어린 청년은 맑은 눈과 어울리지 않게 각박한 말을 입에 담는다. 양부는 그런 그가 귀엽다는 듯이 혀를 똑똑 찬다.

「릴. 형에게 나쁜 것을 배웠구나. 아버지는 너희를 사랑한단다.」

「그럼 사랑의 증거를 보여주세요.」

「사랑은 마음이야. 마음을 어떻게 증명하겠니.」

「세상에 증명할 수 없는 건 아무것도 없어요.」

「너는 수학자니까 그렇게 생각할 테지만 세상에는 풀리지 않는 문제가 더 많단다.」

「하지만 적어도 아버지가 저희를 사랑하지 않는다는 것만큼은 제가 증명할 수 있을 것 같습니다.」

릴 딜런은 문서 하나를 파락파락 흔든다.

「바로 이게 그 증거죠.」

두 남자가 숨이 막힐 듯이 서로를 주시하고, 양부가 움직이는 순간 릴이 훌쩍 뛰어오른다. 그는 경이적인 몸놀림으로 그가 설치해둔 함정을 휙휙 피해서 창문 위에 올라선다.

「릴? 위험해.」

그가 관자놀이에 검지손가락을 갖다 대고 씨익 웃는다.

「아뇨. 이 집과 창문의 높이, 제 운동능력을 수식에 대입해보면, 저는 안전하다는 것이 증명됩니다.」

그가 몸을 뱅글 뒤집어 창문에서 사라졌다.

「컷- 오케이!」

반년간 한국에서 〈인격살인〉의 공연을 하고 온 데렉은 오늘에야 합류했다. 시즌 3에는 데렉의 비중이 작아서 다행이다. 뜨거운 조명에 흐르는 땀을 닦아낸 데렉이 카이를 돌아보며 씨익 웃는다.

「더 좋아졌네?」

「앗, 정말요? 감사합니다!」

「신유명은 더 엄청나졌더라. 너도 쑥쑥 크게 내가 잘 굴려주지.」

「우왓! 그럼 저야 너무 감사하죠.」

생글생글 웃는 카이를 보며 데렉은 기분이 나빠졌다. 이상하게도 신유명과 관련된 인물들은 자신을 무서워하지 않는다. 서류신도, 도효준도, 심지어 이 꼬맹이 녀석까지도 그렇다. 뭐지? 내가 너무 온건하게 굴렸나? 알고 보면 신유명이 최고의 악마인 건가?

「데렉!」

「여어, 부인. 늦었네?」

「부인이라뇨. 서류상의 동반자 관계죠.」

촬영장에 등장한 것은 나탈리 카셴. 그녀는 시즌 2부터 입양아들의 양모로 등장했다. 하지만 데렉과는 서류상으로만 부부 관계일 뿐이다. 데렉이 양부이고 나탈리가 양모라니, 〈캐스팅 보트〉로 데뷔한 카이 누넨의 입장에선 이보다 더 운명적일 수 없었다.

「그나저나, 얘기 들었어요?」

「뭘?」

「신유명 씨, 칸 영화제에 초청됐다던데?」

「그 녀석은 그걸 왜 나한테 먼저 얘기 안 하고…! 그런데 뭘로? 〈인격살인〉은 이미 개봉했잖아?」

「칸 영화제에서 〈인격살인〉의 영화와 연극을 함께 공개한대요.」

「뭐?」

깜짝 놀라는 데렉에게 나탈리가 의미심장한 미소를 지었다.

「그런데 말이에요, 데렉. 우리 5월에 휴가가 좀 필요한 것 같지 않아요?」

「어… 그럴 것 같은데. 그때쯤이 딱 지칠 시기지.」

「앗. 저도요. 저도 그때쯤 힘들 것 같아요.」

「넌 가만있어! 아직 꼬맹이 주제에!」

「힝…. 저도 유명 형 연극….」

데렉과 나탈리는 어떤 모의를 하기 시작했고, 그 주변을 카이가 뱅글뱅글 돌며 엿듣고 있었다. 할리우드 배우들이 어떻게 협상을 하는지를 순진한 카이가 배우게 되는 시점이었다.

유명은 오랜만에 어떤 사람을 만났다.

"누나, 오랜만이에요."

"진짜 이게 얼마 만이야. 근데 톱스타님께 반말해도 되나?"

"뭐래요, 하하."

전민희. 회귀했던 첫해에 유명은 옷을 사러 가서 그녀를 만났다. 아니, 전민희가 그곳에서 가게를 하고 있다는 것을 알고 만나러 간 것이었다. 원생에 증명된 그녀의 감각과 센스를 빌리기 위해서. 과연 감각과 센스라는 것은 변하는 것이 아닌지라, 이번 생에서도 그녀는 승승장구하고 있었다.

"누나, 엄청 유명해지셨던데요? 내가 사람을 잘 봤지."

"뭐? 얘는 꼬마일 때부터 건방지더니 여전… 아, 아니다. 너 정도면 건방져도 되지. 아무렴~"

민희는 그를 훑었다. 당시에도 일반인치고 태가 남다르다고 생각했는데, 지금은 말로 표현하기 어려울 지경이다. 그때 그를 알아보고 전화번호를 따놓은 자신의 안목이 기특하다. 베프인 Rococo의 안즈에겐 신유명을 소개해줘서 고맙다는 공치사를 지금까지도 듣고 있었다.

"그런데 무슨 일이야?"

"부탁이 좀 있어서요."

"네가 나한테? 아니, 내가 너한테 청탁을 하면 모를까, 세계적인 배우가 나한테 부탁할 일이 뭐가 있을까?"

"하하, 누나도 참."

유명은 기획사에 비밀로 혜전당 공연을 준비하고 있었다. 공연 직전까지 미호의 존재를 숨겨야 하는데, 유석이 공연에 대해 알게 되면 자세한 설명을 하지 않을 도리가 없기 때문이다.

무대장치는 따로 준비하지 않을 것이다. 음향은 직접 고르고 녹음할 것이다. 극 중 조명과 음향 컨트롤은 김성진이 맡아주기로 했다. 남은 한 가지는 의상.

"제가 개인적으로 준비하는 무대의 의상이 필요해서요."

미호는 생기로 의상과 소품까지 표현할 수 있으니 상관없지만, 자신이 맡은 왕 레오도의 의상은 필요하다. 회사를 통하지 않고 개인적으로 조용히 부탁할 수 있으면서도 무대의상 제작 경험과 감각이 있는 사람은 그녀밖에 떠오르지 않았다.

"무대의상?"

"네. 누나 예전에 아이돌 의상 담당하셨잖아요. 그때 자체제작도 했죠?"

"그야 시판품 중에 컨셉에 맞는 게 없으면 만들기도 하고 뜯어고치기도 했지. 그런데 아이돌 의상은 꽤 화려한데?"

"그럼 더 좋아요. 맡은 배역이 왕이라서요."

왕…! 그녀는 유명을 보며 붉은 망토와 금박 장식이 붙은 화려한 제복을 상상한다. 잠시 코끝으로 피가 쏠리려고 했다.

"멋…있겠네."
"누나가 멋있게 만들어줘야죠."
"진짜 내가 해도 돼?"
"부탁이라니까요. 그런데 외부엔 비밀로."
"후훗, 걱정 마."

그녀의 눈에서 광기가 치솟았다. 뮤즈를 얻은 디자이너의 광기였다. 나중에 도착한 그녀의 의상을 보고 유명은 깜짝 놀라게 된다. 비즈 하나하나를 손으로 꿰맨 광기의 결정체 같은 의상은 자신이 설명한 이미지를 그대로 표현하고 있었다.

오늘 그들은 위고의 방식으로 연습하고 있었다.
"아데에에엔! 도대체 어떻게 네가!"
"너는 내 유일한 벗이었다. 그렇기에 놀이 시종에 불과했던 네게 내가 먹는 음식도 나누어주었고, 평민인 네게 재상의 길도 열어주었지. 그리고 네 동생을 누구보다도 아끼고 사랑하고 있다. 그런 내 마음을 배신하고… 어떻게 네가!"
"20년을… 그런 마음이었다는 것인가. 너는 단 한 번도 내게 진심이 아니었다는… 것이냐."

미호의 목소리가 팔다리를 턱턱 짓누른다. 목소리에서 서걱- 피눈물이 배어나올 것 같다. 좌절과 배신감, 차라리 오해라는 변명을 듣고 싶다는 괴로움이 덩어리진 목소리이다. 자신은 저 목소리에 맞춰 그만큼 깊고 절망적인 연기를 펼쳐야 한다. 위고가 류신에게 요구했다는 연습 방식처럼. 다만 이번 연습이 진화한 부분은 반대 방향의 연습도 가능하다는 점이다.

"아데에에엔! 도대체 어떻게 네가!"
이번에는 미호가 연기한다. 그리고 자신이 그 연기에 맞추어 목소리를 낸다. 미호의 목소리는 자신의 연기를 끌어올리고, 미호의 연기는 자신의 대사를 끌어올린다. 그가 아니라면 누가 이런 식의 레슨을 할 수 있을까. 유명이 미호에게 감탄하고 있는 동안 미호도 유명에게 감탄하고 있었다.

'어떻게 매번 따라오는 거냐…'

자신이 길잡이를 맡았다고 한들, 따로 이능을 써서 돕는 것은 아니다. 이런 고난도의 과제를 매번 따라오는 것은 결국 유명 본인의 의지이고 능력이다. 높이 뛰는 것에서 벗어나 낮게 날기 시작한 배우. 그러나 어깨에 달린 것은 여전히 날개가 아닌 두 팔일 뿐이다. 자신이 이렇게 날아봐, 라고 한다고 그걸 따라하는 것 자체가 말도 안 되는 일. 그런데도… 그는 언제나 해낸다.

'그런데 미호, 이 부분 말야. 재상이 왕에게 '너는 나를 벗으로 대우해 준 적이 없었다'라고 하는 부분. 사실 왕은 자기 나름대로는 재상을 친구로 대했던 거잖아? 재상은 왕을 미워하니 사사건건 갑질로 보인 거고.'

{그렇지. 그게 우리가 표현하려는 감정의 괴리니깡.}

'그게 표정에서도 드러나지 않을까?'

{응?}

'상대가 똑같이 웃는 표정을 짓고 있어도, 내가 상대를 어떻게 생각하느냐에 따라 순수하게 웃는 표정으로도, 비웃는 표정으로도 보이잖아. 그 차이를 직접 보여주면 어떨까?'

그리고 때론, 자신을 한 발짝 앞지른 발상마저도 해내는 것이다.

'1막과 2막에서 왕이 재상을 대할 때의 표정들을 왕의 관점에서 연기한다면, 3막에선 똑같은 장면을 재상이 바라본 관점에서 재해석해서 보여주면 어떨까?'

대본이 마지막으로 수정되는 순간이었다.

287

밀레와 고흐

Panorama Shot 7
― 류신 형, 효준이는 이번 공연 끝나면 브라이즈로 돌려보내실 거예요?
― 음… 어떻게 할까 싶네요. 이제 딱히 더 가르칠 건 없어요. 재능은 워낙 넘치는 녀석이라 경험만 좀 더 쌓으면.
― 그럼 이렇게 하면 어떨까요?

효준은 요즘 서울의 한 예고에 나가고 있었다. 유명의 제안, 류신의 동의, 유석의 섭외로 그가 한동안 맡게 된 일은 예고 연극부의 보조교사 자리였다.

― 저보고… 애들을 가르치라구요?
― 너도 너 같은 애들 만나봐야 힘든 걸 알지.
― 아, 류신 형!
― 지금 너한테 제일 도움 되는 일일 거야. 가서 애들이랑 같이 사고 치지 말고, 열심히 해봐.
― 아, 유명 형!

효준의 등장으로 한성예고는 발칵 뒤집혔다. 예고라서 잘생기고 예쁜 애들이 많기는 하지만, 20대라는 나이 버프에다 요즘 아이들이 좋아하는 스타일로 생긴 효준의 등장은 교내의 빅이슈였다. 원래도 연극부는 예고에서 가장 큰 동아리 중의 하나였지만 가입하는 학생이 더 늘었다. 효준을 보려는 사심이었다.

"우리 담치기해서 떡볶이 먹으러 갈래?"
"우와, 형 최고!"

정신연령이 고등학생들과 크게 다르지 않은 효준이기에 인기는 더욱 높았다. 하지만 5월의 축제에 올릴 연극을 준비하면서 연극부 아이들은 효준의 다른 모습을 보게 된다.

"더 몰아치듯이!"

"아니, 그게 아니고… 무던한 캐릭터라도 그 무덤덤함 안에서 감정변화가 있어야지!"

"아니, 잠깐만-"

평소와 다른 사람처럼 진지해진 그는 설명하기가 어려운지 머리를 벅벅 헝클어트린다. 배역을 맡은 학생들마다 다른 색깔의 볼펜으로 디렉팅을 기록한 대본은 곧 무지개색으로 지저분해졌다. 심지어 그는 조금이라도 연습 시간을 확보해야 한다며, 학생들이 오기 전부터 연습실을 청소하고 있기도 했다. 연극부 학생들은 혀를 내둘렀다.

"효준 형…. 엄청 놀고먹는 타입인 줄 알았는데."

"연기할 때는 눈빛이 다르네."

"뭐야, 저 오빠 무서워…. 사람을 쉴 새 없이 굴려…. 그런데 본인도 같이 굴러…."

간혹 학생들이 어려운 연기에 대해 질문하면 효준이 시범을 보여줄 때가 있었다. 그럴 때마다 학생들은 그의 연기력에 놀라 눈을 동그랗게 뜨고 손뼉을 짝짝 쳤지만, 으스댈 것 같던 효준은 오히려 부끄러워했다.

"너네가 아직 몰라서 그렇지, 나는 아무것도 아니야."

"네? 형이 아무것도 아니라구요? 말도 안 돼. 티브이에 나오는 배우들보다 훨씬 잘하는데…."

"진짜 잘하는 사람들에 비하면 아직 멀었어…."

그는 열심히 학생들과 뒹굴었다. 세계적인 배우들과 함께하다가 갑자기 아마추어들과 지내게 되었다. 시시할 줄 알았는데 그게 아니다. 재능이 있는데 게으른 녀석들을 보면 예전의 자신을 보는 듯 뜨끔하게 되었고, 하루하루 늘어가는 아이들을 볼 때면 뿌듯함이 솟아오른다. 그것이 유명의 안배였다. 사람은 타인을 가르치는 데서 더 많이 배우기도 하니까. 특히나 서류신이라는 걸출한 배우의 밑에서 몇 년을 구른 효준이기에, 누군가를 가르치는 입장에 서보면 류신이 알려주었던 것의 의미를 더욱 깊게 깨우칠 것이라는 판단이었다.

당시 류신과 유명이 마지막으로 나눈 대화.

— 좋은 생각입니다. 유명 씨는 지도자에도 재능이 있는 것 같네요.

— 형이 잘 가르쳐줘서 이 방법에 의미가 있는 거죠. 효준이 정도의 재능이라면 분명 거기서 많은 걸 얻어올 거예요.

앞에서 갈구던 두 형들이 뒤에선 자신에게 얼마나 기대하고 있는지 모르는 채, 효준은 열심히 땀을 흘리고 있었다.

니스 공항. 엄청난 함성이 메아리친다. 수많은 플래카드가 유명의 프랑스 방문을 반기고 있다. 칸 영화제로 유수의 셀럽들이 남프랑스를 방문하는 와중에도, 신유명은 특히 관심이 집중된 스타였다. ⟨Mimicry⟩가 칸 영화제를 통해 세계에 널리 알려지기도 했고, ⟨인격살인⟩에 프랑스 감독 위고 비아드가 '드라마트루그'라는 역할로 참여한 것도 이미 잘 알려져 있었기에, 프랑스 사람들은 유명에게 높은 친근감을 가지고 있었다.

「신!」

「여기 좀 봐줘요!」

「⟨인격살인⟩을 수없이 봤어요. 당신은 정말 최고야!」

이제는 이런 환호에도 익숙해진 유명은 여유롭게 웃으며 손을 흔들어주었다.

니스에서 1시간 거리의 칸으로 이동한 유명은 바로 뤼미에르 극장으로 향했다. 발롱이 직접 나와서 그를 맞았다.

「오늘은 뤼미에르 극장에서 상영이 없나요?」

「오후에 〈Sponge bone〉이 상영했고, 이따 밤에 〈Let me in〉의 상영이 있습니다. 지금부터 몇 시간 정도는 공백이 있어요.」

「잘됐네요. 무대를 좀 체크해봐도 될까요?」

이번 공연은 한국에서의 공연과는 또 다르다. 영화를 상영하고, 이어서 같은 장소에서 연극을 공연하게 된다. 칸 영화제에서도 전례가 없는 새로운 시도였다. 유명이 준비한 것은 몇 가지 조명을 설계한 라이트 맵, 그리고 외장하드 하나.

'하나, 둘, 셋, 넷…'

유명은 무대 위를 가늠하듯이 거닐었다. 무대의 크기는 보내준 조감도로 알고 있기는 하지만, 그래도 직접 무대에 서서 천장의 높이와 객석의 거리감, 포켓의 동선을 체크해보는 것은 꼭 필요한 일이다. 발롱은 불이 꺼진 객석에 앉아 유명이 한 발짝씩 무대 위를 걷는 것을 보면서 짜릿한 기분이 들었다. 톱배우라는 존재는 무대 위에 서는 것만으로도 드라마틱한 느낌을 줄 수 있는 모양이다.

「아, 아.」

유명은 목소리의 크기를 조절하며 발성을 내본다. 어느 정도의 소리가 객석의 어디까지 가서 닿는지 체크하는 모양. 이번에는 조명을 켜주길 부탁한다. 기본으로 세팅되어 있는 무대 전체 조명과 몇몇 스팟 조명들을 체크하더니, 조감도에 몇 개의 동그라미와 광량을 표시하며 전날까지 셋업을 부탁한다. 그의 전문적이고 디테일한 요청에 조명 담당자는 명쾌한 얼굴로 고개를 끄덕였다.

'드디어 하는구나. 티켓 때문에 참 난리도 아니었지…'

위고는 이번 영화연극 동시상연티켓을 구하기 위해 얼마나 많은 청탁이 난무했었는지를 떠올리며 고개를 절레절레 저었다. 그만큼 이번 무대는 특별했고 객석수는 한정되어 있었다. 어쩔 수 없이 중요도에 따라 티켓을 배정했다. 그날의 객석은 영화제 폐막식만큼이나 화려할 예정이었다. 세계적인 배우, 감독, 평론가들은 물론이고 놀랄 만한 인물의 방문 또한 예정되어 있었다.

「네, 이 정도면 충분해요. 감사합니다.」

유명이 시원시원하게 대화를 끝내고 내려왔고, 발롱은 그를 눈부시게 쳐다보았다. 칸 영화제의 프로그래머로 일하는 동안 그가 기획한 가장 의미 있고 멋진 무대가 될 것 같았다.

유명은 차를 빌렸다. 유럽에서 미호를 조수석에 태우고 운전을 하자, 수년 전 배낭여행의 기억이 새록새록 떠올랐다.

〈인격살인〉의 공연일까지는 며칠 남았다. 니스나 칸에 있으면 온갖 파티의 초청장이 쏟아지겠지. 하지만 그럴 여유는 없다. 남는 시간엔 〈살로메〉를 준비해야 하니까. 유명은 니스에 있으면서 매번 거절하느라 난처한 입장이 되니, 차라리 꼭 한번 가보고 싶었던 아를에 들르기로 했다.

{아를에? 왱?}

'류신 형이 시간 나면 한번 가보라더라고. 느끼는 게 많을 거라고.'

남프랑스의 작은 마을 아를은 많은 예술가들이 사랑했던 곳이다. 벌써 한여름처럼 뜨거운 태양이 내리쬐는 아를을 미호와 함께 걸으며 유명은 고흐가 입원했다는 생레미 정신병원을, 〈별이 빛나는 밤〉의 배경이라는 아름다운 론 강을, 〈밤의 카페〉의 배경이 되었고 지금도 영업을 하고 있는 'Cafe de la Gare'를 찾아가본다.

그리고 고흐 재단 박물관에 들어가 그림들을 천천히 관람한다. 대부분이 복사품이지만 운이 좋게도 〈해질녘의 씨 뿌리는 사람〉 작품 한 점이 이동 전시를 하고 있었다. 유명은 그 작품 앞에 멈추어 한참을 바라보았다.

'미호, 고흐가 밀레를 스승으로 생각했다는 거 알아?'

{그랭? 두 사람은 시대가 다르지 않냥?}

연기에 관련해선 누구보다도 빠삭하지만, 여타의 인간 문물에 대해선 크게 관심이 없는 미호가 의외라는 듯이 묻는다.

'맞아. 고흐가 그림을 시작한 건 밀레가 죽고 나서지. 두 사람은 한 번도 만난 적이 없지만, 그래도 고흐는 평생에 걸쳐 밀레를 존경하고 따랐어.'

— 밀레의 만종은 너무나 훌륭하다. 그것은 시다.

자연스럽고 소박한 밀레의 화풍과 역동적이고 생명력 넘치는 고흐의 화풍은 매우 다르게 보이지만 그들 사이에는 공통점이 있다. 자연과 더불어 살아가는 인간의 소박함. 아름다운 것만을 그리지 않는다. 그들의 예술은 현실을 고스란히 반영하고 미적 황홀감뿐만 아니라 영적 숭고함까지 그림에 담는다.

고흐는 평생에 걸쳐 밀레의 작품을 모사했다. 그중에서도 초창기부터 마지막까지 반복적으로 수십 점의 모사를 남긴 것이 바로 〈씨 뿌리는 사람〉이다. 하지만 똑같이 모방한 것이 아니고 자신만의 새로운 작품관을 담아 '번역'해냈다.

— 그림을 그린다는 것은 영원에 다가서는 것이다.

연기라고 다를까. 유명은 고흐의 그림을 보며 밀레를 떠올린다. 자신의 연기에서도 사람들은 자신의 스승인 미호의 흔적을 발견할지도 모른다. 그것이 미호의 흔적이라는 것을 모르면서도. 고흐에게 영감을 주는 것이 밀레였던 것처럼 자신에게 영감을 주는 것은 언제나 미호였다.

그날 밤, 유명은 차를 몰고 나섰다.

{어딜 가냥?}

'따라와 봐.'

어느 밤, 미호가 유명을 데리고 숲속으로 향했던 것처럼 유명은 낯선 시골의 들판으로 미호를 데리고 갔다. 그날보다 좀 더 그믐에 가까워진 달이 어둑하게 빛나고 있었다.

{히야….}

한국과는 다른 풍경. 넓은 대지는 시야 끝까지 구릉 없이 평평하게 펼쳐진다. 키가 큰 나무들이 자신을 감추지 않고 쑥쑥 뻗어 있다. 인적 없는 길가에 차를 세운 유명은 넓은 초원 속으로 슥슥 걸어나갔다. 이윽고 불빛 한 점 보이지 않는 초원의 한가운데 유명이 멈추어 선다. 그리고 연귀를 향해 획- 돌아섰을 때, 그는 레오도가 되어 있었다.

"살로메."

별이 눈을 감고 연귀는 숨을 죽였다.

"너는… 내 편이냐."

재상 아덴은 모든 것이 자신의 질투와 증오에서 비롯된 것이라 고백했다. 어릴 때부터 자신과 신분이 다른 왕을 시기했으며, 그의 비위를 맞추었을 뿐 단 한 번도 그를 친구라고 생각해본 적이 없다고 싸늘한 표정으로 털어놓았다. 언제나… 언제나 네가 좌절하기만을 바라왔다며.

"핏줄이라 해도 같이 자란 것도 아니지 않으냐. 나를 향한 사랑이 더 깊어야 하지 않으냐. 설마… 나를 유혹한 것도 네 오빠가 시킨 것이냐?"

눈에 시뻘겋게 핏줄이 선 레오도의 뒤쪽으로 커다란 홀의 모습이 일렁인다. 크고 웅장하지만 텅 비어 있는 홀에는 단 하나의 옥좌만이 놓여 있다. 아무도 곁을 지키지 않는 마음속의 독방에서 왕은 살로메에게 명령한다.

"너는 사람을 찢어 죽일 때 기뻐했지. 아덴이 찢겨 죽는 것을 보고서도 기뻐하라. 네가 그것을 보면서 즐겁게 웃는다면 너의 진심을 인정해주마."

아니, 애원한다.

"너만은 나를 배신하지 마라."

쏴아아아- 바람이 일어 풀이 몸을 누인다. 그러나 그 모습이 눈에 보이지 않는다. 대신 연귀의 눈에는 화려한 문양의 타일이 장식된 홀의 바닥이 보였다. 붉은 비로드로 감싸인 옥좌와 그 끝에 몸을 걸쳤지만 편히 몸을 기대지는 못하는, 온몸이 뻣뻣하게 굳은 왕의 모습이 보였다. 그가 눈을 들어 빌듯이 속삭였다.
"살로메."
연기가 끝났다. 유명이 표정을 바꾸자 순식간에 왕궁의 배경이 흐려지고 침침한 달빛이 눈에 스친다. 바람마저 눈치 빠르게 잦아들어 고요해진 달밤. 한 위대한 배우가 자신과 눈을 마주치며 싱긋 웃는다.
'좀 비슷했어?'
그는… 또 한 단계를 뛰어넘었다.

288

놀라게 할 거야?

그들이 다시 칸으로 돌아온 것은 〈인격살인〉의 상영 전날 정오 즈음이었다. 잠시 아를에 다녀오는 여정 동안에도 유명과 미호는 계속 연습을 거듭했다. 그것은 때로 〈살로메〉의 연습이기도 했고, 〈인격살인〉의 연습이기도 했으며, 혹은 전혀 관계없는 다른 대본의 연습이기도 했다.
「오케이, 이대로 해주시면 됩니다!」
뤼미에르 극장에서 마지막 세팅을 마친 유명은 그날 저녁 반가운 얼굴들을 만날 수 있었다.
「형!」
「어, 카이? 데렉? 〈미싱 차일드〉 촬영 중 아니었어요? 미리 얘기라도 해주지!」

「놀라게 해주려고, 흐흐.」

그 옆에는 멋진 여배우도 하나 있다.

「유명 씨, 나도 왔어요.」

「나탈리! 오랜만이에요. 잘 지냈어요?」

「데렉이 〈인격살인〉 공연 같이한 거로 얼마나 으스대는지, 얄미워 죽을 뻔했어요. 이번엔 안 보면 진짜 후회할 것 같아서 파업하고 왔죠.」

「하하. 데렉이 좀… 그렇죠.」

데렉은 '내가 뭘?'이라는 표정으로 삐딱하게 그들을 바라보았고, 나탈리와 카이는 유명의 손을 잡고 폴짝폴짝 뛰었다.

반가운 얼굴은 그들뿐만이 아니었다.

"유명 씨!"

칸에서 들리는 이 익숙한 한국어는 바로 육 작가의 목소리다. 〈미싱 차일드〉 시즌 1처럼 시즌 2, 3도 에바 도브란스키와 육미영의 공동 저작이었다. 배우들이 일제히 칸 영화제 기간에 휴업하게 되자 작가들에게도 여유가 생긴 것이었다.

「유명 씨!」

이번엔 에바. 여전히 닮은 그들은 똑같은 어투와 데시벨로 자신의 이름을 꺅꺅 부른다. 어느 쪽이 어느 쪽의 목소리인지 구별이 되지 않는다.

「작가님들, 잘 계셨어요?」

「잘 못 있었죠. 내 데카르도….」

「…죄송합니다, 작가님.」

「만나면 코브라 트위스트 시전하려고 했는데, 〈인격살인〉 보고 나니아… 이건 내가 양보해야지, 별수 없다 했어요. 항복!」

「하하, 육 작가님도….」

「그래서, 다음 작품은 뭐죠? 시즌 4에 데카르도가 다시 합류하는 것도 가능한데?」

유명이 〈미싱 차일드〉 시즌 2, 3에 합류하지 못하게 되면서 육미영과 에바는 부둥켜안고 눈물을 흘렸다고 한다. 그런데도 전혀 서운한 기색 없이 바로 다음 작품을 섭외하려 드는 그녀들의 진취성에 유명은 웃음을 푸핫- 터뜨렸다.

「어쨌든 일 얘기는 나중에 따로! 시간 내서! 꼭! 하고, 내일을 엄청 기대하고 있어요.」

「그 〈인격살인〉의 연극 버전이라니…!」

「데렉도 같이하는 버전을 못 보는 건 아쉽지만.」

자신의 얘기가 나오자 데렉이 슬쩍 끼어들어 유명에게 묻는다.

「그러고 보니 각색은 어떻게 했어? 완전히 1인극이야?」

「네.」

「무대는?」

「없어요.」

「흐음…. 상상이 잘 안 되는데. 내면의 집이나 무의식 공간을 어떻게 표현하려고….」

「뭐… 잘해볼게요.」

유명이 싱긋 웃으며 그렇게 대답하자 데렉은 불길한 예감이 들었다. 그가 이런 식으로 얘기할 때 결코 평범한 연기를 보여준 적이 없는 까닭이다.

「놀라게 할 거야? 그러면 나 준비 좀 하고 가게.」

「준비하고 오세요. 가능하다면요.」

얄밉게 씨익 웃는 유명을 보고 데렉이 바싹 마르는 입술을 혀로 적셨다.

다음 날, 뤼미에르 극장. 영화계에서 난다 긴다 하는 인물들이 총출

동해 2천 석이 넘는 뤼미에르 극장을 빈틈없이 메꿨다. 덕분에 극장 앞에는 난데없는 취재 경쟁이 벌어졌다.

[[속보] 영화평론가, 루이 드 뱅 〈인격살인〉 상영회 참석]

[[속보] 영화감독, 존 클로드 〈인격살인〉 상영회 참석]

[[속보] 배우, 미셸 클라우디아 〈인격살인〉 상영회 참석]

이곳에 초대되었다는 것은 곧 칸에서 중요한 손님으로 인정받았다는 뜻. 신문과 방송들은 부지런히 참석자와 누락자 명단을 업데이트했고, 참석한 사람들은 SNS에 티켓을 인증하며 자신의 입지를 뽐냈다.

유명은 이미 극장 안에 있었다.

「곧 관객 인사 시작할 예정입니다!」

오늘의 프로그램 순서는 조금 특이했다. 보통 감독, 배우의 관객인사 타임은 영화 후에 배치되기 마련이다. 그래야 작중 내용에 대한 질의응답도 가능하니까. 하지만 오늘만큼은 관객 인사-영화 상영-연극 공연의 순으로 진행하기로 했다.

그 첫 번째 이유는, 대부분의 관객들에게 이것이 '재관람'이기 때문이다. 일반적인 영화제 출품작과는 달리 〈인격살인〉은 이미 세계 각국에 상영되었다. 모두들 내용을 알고 있기에 상영 전에도 무리 없이 질의응답을 진행할 수 있는 것이다.

또 한 가지는, 바로 이 사람 때문이었다.

「위고 씨, 오셨어요?」

「잘 지냈습니까? 여기서 또 보네?」

위고는 친구인 발롱에게 꼭 필요한 조언을 해주었다.

― 공연 끝나면, 다들 질문하고 어쩌고 할 정신이 없을걸?

― 뭐? 에이 설마⋯.

― 다들 약 먹은 것처럼 해롱해롱해질 거야. 그 여운을 깨고 싶은 게 아니라면 앞쪽에 진행하는 걸 추천해.

103

와아아아- 관객들의 함성 속에 유명은 위고와 함께 무대에 섰다. 〈인격살인〉의 촬영에 많은 도움을 주었던 그에게 감사를 표하기 위해 그의 조국인 프랑스에서 함께 무대에 선 것이다.

「안녕하세요, 신유명입니다. 칸 영화제에 이렇게 다시 초대해주신 것을 영광으로 생각합니다.」

우렁찬 박수가 쏟아지고 사회자의 진행하에 몇 가지 질의응답이 이어진다.

「네, 말씀하신 대로 〈인격살인〉은 제 자전적 이야기가 맞습니다. 하나에 지나치게 몰입하는 것이 삶의 불균형을 가져오는 문제를 여기 계신 분들은 특히나 잘 이해하시리라고 생각합니다. 누구나 저마다의 답을 찾아 나가겠지만, 그 답이 제게는 이렇게 내려졌어요. 꼭 필요하지 않은 욕망들은 지우고 꼭 있어야 할 욕망들은 최선을 다해 공존시키는 것으로요.」

「제일 연기하기 힘들었던 배역요…. 음, 역시 유성일까요. 연기 자체보다는 제 자신의 이기심을 직시하고 연기로 드러내야 하는 것이 힘들었어요. 제게는 터부 같은 부분이라서….」

「아, 타이밍 연기요. 그건 제가 계획했던 촬영 기간이 있다 보니 어떻게 시간을 줄여볼까 생각하다가 나온 건데…. 어쩌다 보니 잘 되었습니다. 도우미로 연기해준 서류신 배우의 도움도 무척 컸고요. 평소에 자신이 어떻게 연기하는지를 최대한 의식하며 연습했던 것이 도움이 된 것 같습니다.」

2천 명의 사람들이 유명의 말을 한마디라도 놓칠세라 귀를 기울인다. 저 얼굴이 실제로 연기에 돌입할 때의 놀라운 몰입감을 상상하며.

「〈인격살인〉의 촬영에 많은 도움을 주신 위고 비아드 감독님께 이 자리를 빌려 감사드립니다.」

위고는 유명의 인사를 옆에서 들으며 속으로 투덜댔다.

'뭐야, 조롱하는 거냐!'

그렇게 관객인사가 끝나고 영화 상영이 시작되었다.

영화는 다시 봐도 몰입감이 끝내줬다. 조금 전까지 무대 위에 있었던 사람이 남긴 묘한 존재감 때문인지, 관객들은 예전보다 더욱 몰입하여 영화를 관람했다. 그리고 영화가 끝나고 연극이 시작되기 직전, 비어 있던 객석에 두 사람이 조용히 들어와 앉았다. 그 주변 관객들이 흠칫 놀랐다가 조용히 입을 닫았다.

사악- 한 번 밝아졌던 객석등이 다시 어두워지고 영사기가 돌아간다. 데렉은 '준비하고 오라'던 유명의 말을 기억하며 조금 긴장한 상태로 앉아 있었다.

스크린에 등장한 것은 영화 초반, 현성이 세미나에서 해리성 정체감 장애에 대해 강연하는 장면.

'연극으로 각색했을 때에는 사라졌던 파트잖아.'

그사이 또 구성이 바뀐 것일까? 아니면 다른 안배가 있는 것일까. 화면 속의 남자가 말하기 시작한다.

「해리성 정체감 장애에서 '주된 인격'을 파악하는 일은 중요합니다. '지배적 인격'은 의식을 통제하고 다른 인격들에게 시간을 배당하기도 하죠」

그런데 입모양과 말소리가 조금씩 맞지 않는다…?

'게다가 이건 영어… 설마…!'

화면이 서서히 느려지다 멈추고, 무대의 한쪽에서 누군가가 걸어 나왔다.

「실제로 프랑스에서 발견된 한 사례에서는 지배적 인격이 훌륭하게 다른 인격들을 컨트롤해 30년 이상 아무에게도 들키지 않고 살아온 케이스가 있기도 했습니다. 치료 중에 진짜 인격이 숨을 경우, 치료가 상당히 어려워질 수 있으며….」

관객들은 화면 속의 인물과 무대 위의 인물을 번갈아 쳐다보다가 점점 무대 위의 인물에게 시선이 고정된다. 그는 '현성'이 분명한 이지적인 분위기와 유려한 강연으로 이 공간의 '청중'들을 사로잡는다.

'영화와… 연극.'

순간 데렉은 소름이 쫙 솟아올랐다. 신유명이 놀랄 준비를 하고 오라던 이유를 알 것 같다.

'이건 영상 연기와 무대 연기의 만남이라는 주제로 재구성한….'

유명은 영화와 연극을 동시에 제작해 같은 날짜에 대중에게 공개한다는 새로운 시도를 이미 감행했다. 영화 기술로만 가능한 네 인물을 한 화면에 합성했을 때의 묘한 느낌과 연극에서만 느낄 수 있는 현장감을 둘 다 보여준 의미 있는 시도였다. 그리고 여기서 그 의미는 한 번 더 발전한다.

영상의 한 컷이 돌아가고, 거기에서 빠져나오듯이 등장한 인물은 영상 속의 인물과 전혀 다르지 않으면서도 몰입감을 한 차원 끌어올린 연기를 보여준다. 영화의 장점 속에 연극의 장점을 담았지만, 조금이라도 연결이 어색하거나 텐션이 떨어지면 와장창 집중이 깨질 수밖에 없는 구성. 그렇지만… 조금의 저항감도 없이 빨려 들어간다.

한 장이 끝나고 다음 장에선 '내면의 집'이 등장했다. 스크린 속에 누운 유성과 그를 사이에 둔 은성, 민성의 모습이 보여지는 가운데, 딩동- 소리가 나고, 왼쪽의 대문 방향에서 등장한 것은,

「다녀왔어.」

실물의 현성. 무대의 조명이 밝아지면 자연스럽게 스크린의 장면들은 흐려진다. 그 흐린 배경을 뒤에 두고 유명이 현성을 연기한다. 마치 저 집 안에 있는 것처럼 아주 자연스럽게.

'이런 걸 준비했다니…!'

그렇게 생각했다. 유명이 놀랄 것이라던 건 바로 이것이었다고. 하지만 데렉은 잠시 후, 더 세게 뒤통수를 얻어맞게 된다.

영화 속의 장면을 배경 삼아 각 장을 구성하기도 하고, 그 사이를 잇는 장

면들은 배경 없이 연기로만 표현하기도 했다. 하지만 사람들은 어느 순간부터 영화와 연극이 합쳐진 무대가 아닌, 그저 하나의 무대를 보고 있었다.

「안녕, 나는 은성이라고 해.」

「…안녕.」

「처음이라 혼란스럽겠지만 우리가 많이 도와줄게. 하루에 18시간씩은 함께 지낼 사람들이니까 사이좋게 잘 지내자. 너는 이름이 뭐야?」

「…유성.」

어떤 장면에선 대사마다 조명의 각도를 바꾸어가며 두 명의 캐릭터를 번갈아 연기하기도 했고,

「그럼 나이는 묻지 않기로 하고, 몇 분이죠?」

— 흐음… '우리'는 많아요.

어떤 장면에선 음향 처리된 타인의 목소리와 대사를 주고받기도 했다.

'어떻게…'

언젠가부터 배경이 눈에 보이는 것처럼 이미지로 그려진다. 음향으로 표현된 상대역마저도 지금 무대 위에서 유명과 마주 보고 있는 것 같았다. 착시일까. 어떻게 연기를 하면 아무것도 없는 빈 무대에서 배경이 느껴진다는 말인가. 이것은 관객들이 모두 〈인격살인〉을 보았기에, 자신도 모르게 유명의 연기를 보면서 그에 어울리는 그림들을 조합해 상상하는 것일까?

민성이 죽고, 현성이 소멸되며, 유성과 은성은 무의식 속에서 대치한다. 고오오오- 무한하고 무질서한 무의식의 세계가 객석 전체를 집어삼키고 사람들은 그 세계 속의 입자가 되어 유성과 은성의 마지막 대치를 주시한다.

「너는 달라, 은성아.」

「노력할게. 죽을 만큼 노력할 거야. 제발 한 번만 나를 믿어줘.」

이번 공연은 옐로라벨이었다. 유성이 은성을 설득해 내면의 집에 돌아오고 그들이 함께 살아가는 엔딩이 진행될 동안 관객들은,

'……'

어느 순간부터 스크린이 재생되지 않고 있다는 것을 깨닫지 못하고 있었다.

289

Des plus grand acteur

공연이 끝난 후, 거의 10여 분이 넘게 장내는 침묵에 잠겨 있었다. 컨트롤박스의 기사가 넋을 놓고 객석등을 켜지 않고 있는데도 관객들은 이상함을 눈치채지 못했다.

'…….'

대단하다는 생각조차 들지 않는다. 그 정도로 깊은 몰입 상태에서 관객들은 천천히 수면 위로 올라오듯이 깨어났다. 마치 최면에서 깨어나는 것 같은 감각이었다.

짝- 짝짝- 짝짝짝짝짝- 박수는 한두 명의 소리로 작게 시작되었다. 조금 더 빨리 정신을 차린 사람들이 멍하게 치기 시작한 박수가 아직 침잠해 있는 사람들을 깨워간다. 관객들은 손바닥에 불이 나게 박수를 치면서도 한동안 입은 열지 못했다. 말을 하는 순간 어떤 무의식이 왈칵 밖으로 샐 것 같은 기분이었다.

짝짝짝짝짝짝- 와아- 우와아- 조금씩 함성이 섞이기 시작하며 사람들이 자리를 박차고 일어났다. 데렉은 이제야 손발이 모두 피가 통하는 듯이 저릿저릿했다. 그는 현재, 중간부터 스크린이 꺼졌다는 것을 아는 유일한 사람이었다.

'분명히 배경이 보였었는데….'

넋을 온통 무대에 빼앗기고도 데렉의 무의식은 이 상황을 파악하려고 안간힘을 쓰고 있었다. 아마도 그는 무의식마저 더 나은 연기를 갈망하는 배우이기 때문일 것이다. 다른 사람들은 녹화된 파일이 공개되고 나서야 스크린이 도중에 꺼졌고, 유명이 아무 배경 없이 저 심플한 무대 위에서 연기했었다는 것을 깨달을 것이다. '새로운 시도였다', '녹화분만 봐도 그 대단함을 알 수 있었다', 그런 말들을 떠들겠지만, 화면을 통해 본 사람들은 결코 지금 이곳의 사람들이 느끼는 말도 안 되는 현장감을 이해할 수 없으리라. 아니, 이 사람들도 하룻밤 자고 나면 '내가 너무 과하게 심취했었나…'라고 생각할지도. 지나치게 자극받은 뇌는 현실 보정이 필요할 테니까.

― 준비하고 오세요. 가능하다면요.

얄미웠던 유명의 말이 떠오른다. 그건 도발이 아니라 사실이었다. 고작 그 수개월 동안 그는 또 한 번 격을 뛰어넘었다.

커튼콜이 계속되었고, 유명은 몇 번 더 나와서 무대인사를 했다. 셀럽들은 매번 그가 나올 때마다 새로운 기분으로 박수를 쳤다. 이 자리에 초대될 만큼의 업적을 쌓아온 자신에게 감사하며.

그날 칸 영화제의 최장 기립박수 신기록이 깨졌다.

유명이 분장을 지우고 의상을 막 갈아입었을 때, 대기실에 노크소리가 들렸다.

「발롱 씨.」

「유명 씨….」

그는 눈물이 그렁그렁한 상태였다. 평생을 영화업에 종사해왔고, 지금은 세계 최고의 영화제에서 작품 선정을 책임지고 있는 남자는, 직전의 무대에 대한 감동과 그것을 자신이 섭외했다는 뿌듯함이 뒤섞여 어찌할 줄 모르는 모습이었다.

「발롱 씨 덕분에 좋은 무대 만들 수 있었어요. 감사합니다.」

「무슨 말씀을. 제가 백 번 절해야죠…. 감상은 나중에 다시 나누고, 유명 씨에게 인사를 전하고 싶다는 분이 있습니다.」

「누구…?」

오늘 공연 후, 영화제 사무국에서 주최하는 파티가 있다. 거길 참석하지 않고 발롱을 통해 대기실을 방문할 정도면 굉장히 영향력 있는 사람일 것이다.

'아…!'

발롱이 몸을 비키자 그의 뒤에 나타난 것은 유명도 가끔 외신을 통해 본 적이 있는 인물이었다.

「안녕하세요, 신유명 씨. 클레망 로베르라고 합니다. 이쪽은 제 아내 안느 로베르구요.」

「대통령…님?」

「오늘 공연 정말 감동적이었습니다.」

대통령은 세미 정장, 영부인은 원피스를 입고 있었는데, 공식 행사에 참석했다기보다는 어느 저녁에 좋은 공연을 함께 보러 나온 것처럼 가벼운 차림새였다. 유명이 대통령이 내민 손을 잡고 흔드는 동안 옆에서 영부인이 경쾌하게 덧붙였다.

「사실 오기 힘든 일정이었는데 제가 무척 졸랐거든요. 한국에라도 보러 갔어야 할 공연인데 이렇게 프랑스에 와주셨으니 얼마나 기회가 좋냐고.」

「과찬의 말씀 감사합니다.」

「과찬이라뇨. 제 아내와 최고로 멋진 시간을 보내게 해주셔서 감사합니다.」

「하하, 네. 영광입니다.」

「부담 갖진 마세요. 프랑스는 예술을 사랑하는 나라고 프랑스 국민은 예술 그 자체인 신유명 배우를 사랑하고 있다는 걸, 프랑스를 대표해서 말씀드리고 싶었을 뿐이에요.」

「저희는 이만 돌아가겠습니다. 오늘의 주인공이 바뀌어선 안 되니까요. 앞으로도 언제든지 프랑스는 신유명 씨를 환영할 겁니다.」

소박한데도 품위가 묻어나오는 사람들이었다. 유명은 그들의 진심 어린 축하와 감사에 가슴 벅찬 기분을 느꼈다.

「저도 프랑스를 무척 좋아합니다. 이렇게 환영해주셔서 감사합니다.」

유명을 만나고 싶어 하는 사람들은 어디에나 많았다. 특히 정치권에선 유명의 인기에 편승해 모종의 이득을 취하려는 사람들이 끊임없이 손을 내밀어오곤 했다. 다행히 문유석이 적절하게 커트해주었지만.

하지만 오늘, 정치인으로서 유명에게 이 나라에 대해 좋은 인상을 심어주고, 관객으로서 조용히 떠난 두 사람을 보니 무척 멋지다는 생각이 든다. 발롱이 그들을 배웅하고 돌아와 눈을 찡긋했다.

「산뜻한 분들이죠?」

「그러네요.」

「자, 이제 파티장으로 이동하죠. 모두가 유명 씨를 기다리고 있습니다.」

유명이 나타나자 파티장에 다시 한번 떠나갈 듯한 박수와 함성 소리가 메아리쳤다.

"Des plus grand acteur![3]"

사람들은 아직까지도 여운이 남은 듯한 얼굴로 칵테일을 머리 위로 치켜들며 소리를 지른다. 유명이 답례 인사를 보내자, 휘익- 하며 휘파람 소리가 울려 퍼졌다. 이윽고 유명의 곁에는 파티장의 사람들이 끊임

---

3 Des plus grand acteur: 최고의 배우

없이 몰려와 감탄을 늘어놓았다.

「도대체 무슨 마법을 부린 거죠?」

「공연을 보는 것을 업으로 하고 있지만 이런 깊은 일체감은 받아본 적이 없어요.」

「오늘 밤을 저는 영원히 잊지 못할 거예요.」

「사진 한 번만 찍어주세요!」

자신의 영역에선 팬을 끌고 다니는 사람들이 발그레한 얼굴로 다가와 팬을 자처한다. 사인을 부탁하고 함께 사진을 찍으며 기뻐한다. 그날 유명과 함께 사진을 찍은 사람은 족히 서른 명이 넘었다.

한참 북새통이 지나간 후에야 유명의 진짜 지인들이 주변으로 다가왔다. 데렉, 나탈리, 카이, 위고, 육 작가, 에바.

「…도대체 뭘 한 거야?」

「데렉은 안 놀랐죠? 준비 다 하고 왔으니까.」

「…너.」

데렉이 한 대 먹일 것 같은 표정으로 으르렁대자 유명이 장난기 가득한 미소를 짓는다. 나탈리가 유명의 팔짱을 끼며 코웃음을 친다.

「안 놀라긴 뭘 안 놀라. 공연 직후 표정이 아주 볼만했어요.」

「하하, 나탈리도 재밌게 봤어요?」

「어후, 말을 말아요. 그러고 보니 나만 유명 씨랑 정식 작품 못 했네? 언제 하죠?」

이런저런 대화를 나누다 보니 이야기가 아카데미상으로 흐른다. 아카데미에 유감이 많은 사람이 문유석만은 아니었던 모양이다.

「아카데미에서도 뜨끔하겠군. 칸에서 예외를 만들면서까지 〈인격살인〉을 불렀고, 또 오늘 공연의 파장이 어마어마할 테니.」

「세계 최고의 영화시상식 운운하면서 왜 비영어권 작품은 오스카상 후보에도 안 올리려고 하는지 모르겠어요.」

「지역 축제라고 해도 할 말이 없지.」

그러자 유명이 싱긋 웃었다.

「언젠가는 바뀔 거예요. 좋은 작품이 자꾸 나온다면요.」

저 멀리서 또 반가운 얼굴 하나가 다가온다.

「감독님!」

존 클로드 감독. 유명은 반가운 얼굴로 펄쩍 뛰어서 그에게 달려갔다.

「오셨어요. 혹시 류신 형은…」

「같이 오자고 했는데 크랭크인까지 남은 시간이 많이 없다고, 본인은 연습하고 있겠다고 했어요. 작품 중에는 작품에만 집중하고 싶다더군요. 유명 씨는 서운할지 모르지만 내 입장에선 고맙지.」

아니, 서운하지 않다. 데렉이 하던 촬영도 접어두고 달려온 마음과 류신이 다음 작품에 집중하는 마음은 결국 뿌리가 같다. 둘 다 '더 좋은 연기'를 향한 갈구에서 비롯되는 것이다.

그렇게 그날 밤의 막이 내렸다.

―

― 가장 인간적이면서도 가장 신에 가까웠다. 보는 내내 가슴이 뛰고 손이 떨렸다. / 마틴 브라운
― 내가 만난 것이 신유명의 내면이었는지 나의 내면이었는지 모르겠다. 다만 확실한 것은, 나는 그날 그 시간에 '뤼미에르 극장'이 아닌 '다른 어떤 곳'에 있었다. / 필리프 차텐
― 순간 착시가 일었다. 영화의 화면 속에서 그가 등장하는 줄 알고 눈을 몇 번이나 비볐던 것이다. / 엠마 프란체스카

―

2천 명의 관객들에게 팔로워 수가 백 명씩만 있어도 20만의 사람이 소식을 듣게 된다. 하물며 그날의 관객들은 팔로워수가 기본 수만 명을

넘어가는 유명인들이었다. 그런 그들이 써 올린 경악과 환희에 찬 감상 평이 전 세계를 뒤흔들었다.

「도대체 어땠으면….」

「그러게. 영화도 몰입감이 쩔었는데 연극은 대체 어떻길래.」

「거 참. 꼭 한번 보고 싶네.」

유명의 허락으로 칸 영화제 공식 홈페이지에 그날 무대 영상이 게재되었다. 영상과 무대가 기가 막히게 어우러진 연기. 직접 보지 못했다 해도, 유명이 시도한 연출법만으로도 사람들은 감탄을 금치 못했다.

하지만 그 영상을 보고 가장 놀란 것은 그것을 처음 보는 사람들이 아니라 그날 현장에서 무대를 봤던 사람들이었다.

─ 뭐죠? 이거 실무대 영상이 맞나요?
└ 왜요? 왜? 뭐가 다른 게 있어요?
　└ 분명 제 기억엔 스크린으로 배경이 계속 보였는데…?

나탈리도 그 영상을 보면서 고개를 갸웃거리고 있었다.

「데렉. 이거 좀 이상하지 않아요? 뒤에 화면이 꺼져 있는데?」

「그걸 이제 알았어? 감 떨어졌네?」

「뭐라구요?」

나탈리가 발끈하자 데렉이 피식 웃으면서 알려준다.

「그거 진작에 꺼졌어.」

「네? 그게 무슨….」

「스크린은 분명히 2D일 텐데 어느 순간부터 신유명과 배경 간의 위화감이 없지 않았어?」

「…그랬죠.」

「잘 생각해봐. 당신이 봤던 게 스크린이었는지, 리얼한 진짜 배경이었는지.」

관객들은 유명의 연기 너머에 자연스럽게 깔린 배경을 분명 보았다. 하지만 그날 설치된 무대는 없었다. 그러므로 합리적으로 사고하려는 인간의 뇌는 이렇게 인지해버린다. '스크린에서 계속 배경을 틀어줬다'고. 이걸 계산하고 서서히 스크린 배경이 사라지도록 세팅한 거라면… 정말 소름 돋는 연출이다.

「봐. 이때부터야.」

데렉은 무대 영상이 재생되고 있는 동영상 클립의 타임바를 45분 무렵으로 옮긴다. 현성이 소멸되어 가는 신.

「이때를 떠올려봐. 네 머릿속에서 신유명이 창살을 쥐고 있어, 안 쥐고 있어?」

유성이 현성을 가둬버린 흰색 창살. 나탈리가 머릿속으로 그 부분의 기억을 헤집는다. 분명히… 흰색 창살을 쥐고 있었다. 그랬는데….

'없어!'

영상에선 유명이 빈손으로 창살을 쥐고 흔드는 마임을 하고 있다. 무척 정교하고 세련된 마임이지만… 마임일 뿐이다. 그렇다면 자신이 그때 본 것은…!

「무섭지 않아? 나는 이제 정말로 연기에 한계는 없다는 것을 믿게 되어버렸어. 그걸 내가 할 수 있는지는 또 다른 문제지만 말이야.」

데렉이 쓸쓸하게 웃고 나탈리가 고개를 부르르 턴다. 그들의 발견을 다른 사람들도 발견하고 그것이 기사화되는 데는 오랜 시간이 걸리지 않았다.

칸 영화제 폐막식. 유명은 정장에 보타이를 갖추고 뤼미에르 극장으로 향했다. 〈인격살인〉은 비경쟁부문이라 상을 받을 일은 없지만, 오늘 유명에게는 중요한 임무가 있다.

「신유명 씨. 〈인격살인〉 공연의 여파가 어마어마합니다. 재상연 계획이 있으신가요?」

「다른 나라에서도 공연 요청이 쇄도하고 있다던데요!」

「공연 중에 벌어진 기현상을 마술이나 환각제의 여파로 의심하는 사람들도 있던데 해명 부탁드립니다!」

「이번 Palme d'or(황금종려상)는 어느 작품이 될 거라고 예상하십니까?」

수많은 취재진의 취재열기를 뚫고 유명은 폐막식 현장에 들어섰다. 황금종려상 후보들로 지명된 감독과 배우들에게보다도 많은 시선이 그에게 쏟아진다.

폐막식이 시작되었다.

290

형은 못 속이겠네요

{캬항- 일렁일렁하당-}

'생기가?'

{엉. 그래도 엊그제보단 못하지만.}

미호는 존재감을 뿜어내는 사람들이 가득 차 있는 폐막식 현장이 기분 좋은 모양이었다. 귀엽 때문에 연기 외의 기운은 흡수할 수는 없지만, 생기가 진한 곳에 있으면 살짝 취하는 것처럼 해롱해롱한 기분이

든다고 했다. 하기야, 지연이와 함께 있을 때도 기분 좋아했었지.

「63회 칸 영화제에 오신 것을 환영합니다!」

전 세계 영화인들의 축제. 폐막식이 진행되면서 영광된 상들이 하나하나 호명되어 간다. 유명은 어느 정도 시간이 지난 후 자리에서 일어나 무대 뒤편을 향했다. 오늘 유명이 이곳에서 맡은 역할은 바로 '어떤 상'의 시상자.

{어떠냐, 기분이?}

'으음. 사실 내가 시상해도 되나 싶긴 한데….'

{황금종려상을 탄 배우가 자격이 안 되면 누가 되냐.}

유명은 '이 상'을 탄 적이 없다. 칸에서도 아카데미에서도. 물론 그보다 더 영예로운 '황금종려상'을 탔기에 자격은 충분했지만, 그래도 타보지 않은 상을 시상하려니 조금 민망하긴 했다.

{쓸데없는 생각! 수상자는 누구보다도 네게 상을 건네받는 걸 좋아할 거당.}

말투는 퉁명스럽지만 내용을 들어보면 언제나 자신을 편들어주고 있는 미호의 말이다.

{…그나저나, 속셈이 참 훤하당.}

'훤하게 보이라고 티를 내는 거겠지.'

결과적으로 엄청난 호응을 일으키긴 했지만, 어쨌든 칸으로서는 도박이었던 '기상영 영화' 초대였다. 게다가 굳이 유명에게 이 상을 시상해달라는 부탁까지 했다. 의도가 참 훤히 보이는데, 이래도 되나 싶으면서도 그만큼 자신에게 마음을 써주는 것이 고마웠다.

「남우주연상을 시상해주실 분은 이번 칸 영화제에서 새로운 형태의 예술을 보여주신 '감독이자 배우'입니다.」

사회자의 멘트에 객석에서는 이미 박수가 일어나기 시작한다.

「〈인격살인〉을 칸 영화제에서 선공개하지 못한 것은 매우 아쉬웠지만, '영상 예술과 무대 예술의 만남'이라는 주제로 선공개 이상의 의미

있는 무대를 보여주셨습니다. 남우주연상 시상자, 신유명 배우입니다.」

다른 시상자보다 조금 긴 부연설명과 함께 유명이 무대로 나선다. 박수와 갈채가 쏟아진다. 유명은 좌측 단상에 서서 상패를 가지런히 쥐고 미소 지었다. 심사위원장이 마이크를 쥐고 수상자를 발표한다.

「남우주연상은, 비우티플란드의 엘리온 카르마노입니다.」

유명과 비슷한 나이대의 젊은 배우는 자리에서 벌떡 일어나 기쁨을 감추지 못하는 얼굴로 성큼성큼 무대로 올라온다. 유명이 상패를 전달하자 그는 유명의 어깨 한쪽을 꽉 안았다.

「당신에게 직접 상패를 받다니, 영광입니다!」

귓가에 스쳐 지나가는 속삭임. 괜히 자신이 시상자로 나서 남우주연상에게 갈 환호를 나누어가지는 게 아닐지 우려했지만, 미호의 말대로 수상자는 유명의 시상에 감격을 표했다. 유명은 그의 손을 꽉 잡으며 말로 다할 수 없는 축하를 표했다.

와아아아아-

「마지막으로 황금종려상은….」

그렇게 칸 영화제가 끝났다.

Panorama Shot 8

"언니!"

"오우, 보형이만 보형. 이제 아스도 보형? 유성이도 보형?"

"큰일 났다. 언니가 아재가 되어버렸다…."

"야! 아재 개그 아니고 미국식 개그거든?"

박진희가 한국에 돌아왔다. 유명이 돌아온 후 그녀도 계속 한국에 오고 싶어 했지만, 한창 크고 있는 미국 지사에는 그녀의 능력이 필요한 일이 너무 많았다. 다행히도 수연의 〈새넬 프로젝트〉를 끝낸 후, 그녀는 한국 본사로 발령받을 수 있었다.

박진희가 돌아온 날, 갓네임드 (구)골드회원 모임이 3년 만에 이루어졌다.

"브갓아!"

닉네임 '네임오브갓'. 3년 전 박진희의 오피스텔에 모여 〈캐스팅 보트〉를 관람할 당시, 여자 혼자 사는 집에 남자가 가는 거 아니라며 참석을 사양했던 의젓한 꼬맹이 녀석은….

"어? 너희… 너희!"

팬텀팬과 팔짱을 끼고 들어왔다. 4살 연상연하 커플의 탄생이었다.

"너네 언제…."

"헤헤, 좀 됐어요."

"왜 말을 안 하고…."

"사귀다 깨져도 둘 다 갓네임드는 포기 못 한다고 해서요. 만에 하나를 대비해서 비밀로 했었어요, 큭큭."

"그럼 지금은….'

"저희 날 잡았거든요. 다들 와주실 거죠?"

남녀가 모임에서 만나 사귀다 헤어지면 한쪽이 나오지 않게 되기 마련. 하지만 둘 다 신유명 팬클럽은 탈퇴 못 한다고 했다는 말에, 시삽이 대견한 듯 어깨에 손을 척- 올렸다.

"역시 골드회원답다."

닉네임 '계같은인생'은 눈 밑에 다크서클이 진하게 졌지만 벙글벙글 웃으면서 들어왔다.

"계같이는 왜 이렇게 신났어? 오랜만에 우리 만나서 그렇게 좋아?"

"아뇨. 육아에서 해방돼서 좋아요."

칼 같은 대답. 아직 돌 미만의 아기를 키우고 있는 그녀는 미친 것처럼 와하하하 웃음을 짓는다.

"제가 얼마 만에 외출했는지 아세요? 1월에 〈인격살인〉 공연 본다고 외출하고, 그리고 지금이에요. 4개월 만이죠. 쑥과 마늘을 먹은 곰보다 무려 20일이나 더 동굴 속에 있었습니다! 하지만 내 아기는 아직도 네 발 달린 동물에서 진화하지 못했죠."

반쯤 실성한 것처럼 자유를 외치는 그녀에게 박진희가 조용히 말했다.

"그래서… 유명이 공연 봤네? 남편 백으로?"

"……."

그녀가 입을 흡- 다물었다.

그날 그들은 칸에서 유명이 공연했던 영상을 다시 보았다. 최고의 무대에서 수많은 셀럽들의 박수를 받으며 유명이 무대인사를 하는 광경. 눈가가 촉촉해진다. 한참 자신의 연기력을 증명해가던 〈캐스팅 보트〉 때와 모든 사람에게 갈채를 받고 있는 지금 현재가 그들의 머릿속에서 오버랩된다.

"정말… 유명이 팬이 되길 잘했어."

"…그치?"

"내가 태어나서 제일 잘한 일 같아."

"하하, 그게 뭐야. 그런데 나도 그 맘은 알 거 같아."

갓네임드가 만들어진 지 6년 차. 그들의 삶에는 내내 유명이 있었다. 힘들 때는 유명이 난관을 극복해나가는 모습을 보며 다시 일어설 힘을 얻었고, 슬플 때는 유명이 웃고 행복해하는 모습을 보며 세상에 기쁨이 있다는 것을 기억해냈다. 그리고 유명의 가장 값진 순간들에 함께하며 아낌없이 그를 응원했다.

어떤 사람들은 그럴 시간에 더 가치 있는 일을 하라는 참견을 하기도 한다. 하지만 산다는 것이 기쁘고 행복한 시간으로 괴롭고 힘든 시간을 이겨내기 위한 투쟁이라면, 진심으로 아끼고 좋아하는 상대가 있다는 것은 얼마나 커다란 삶의 가산점인가.

"우리 매년 이렇게 만나요. 10년 후에도, 20년 후에도!"

제발 그렇게 되기를 바라며, 지금 이 순간 가장 행복한 사람들이 환하게 웃었다.

엄청난 환송을 받고, 다시 격한 환영을 받으며 한국에 돌아왔지만, 다음 날부터의 일상은 언제나와 같았다. 연습, 연습이다!

{그날 감 잡은 걸 살로메에 적용해보장.}

'좋아.'

한국에 돌아온 것이 5월 24일. 공연은 5월 29일. 28일부터 셋업과 리허설을 해야 하는 것을 생각하면 남은 시간은 고작 3일이다. 연기 연습은 당연하지만 그것 말고도 할 일이 또 있다. 먼저 음향 체크.

— *지이이익- 으아아아악-!*

'이거 사람이 찢기는 소리로 들려?'

{아주 이상하지만 않으면 된당. 연기로 만들어낸 몰입을 안 깨뜨릴 정도만 되면 상관없당.}

새로운 관점이다. 보통의 무대에서는 몰입을 돕기 위한 장치들을 배치한다면, 이번 무대에선 몰입에 방해될 것들을 제거하는 것만을 목표로 한다. 다른 사람의 도움을 구하지 않고 직접 준비하고 있는 음향들은 세련되고 전문적인 수준이라고 하긴 어려웠지만, 그런 기준에선 쉽게 통과되었다. 의상도 마찬가지다. 집중을 떨어뜨리지 않을 정도만 되어도…가 아니네?

"유명아, 완성됐어! 어서 입어봐."

유명은 민희가 완성시킨 의상을 입어보았다. 흰색과 고동색이 섞인 원단에 금박 패턴이 하나하나 수놓여 품위 있게 어우러진다. 어깨 장식엔 자잘한 철 조각이 달려 있어 군인 같은 이미지를 더했다. 요대에는 비즈가 하나하나 꿰매어져 화려하며, 탈부착식의 붉은 비로드 망토를 더하면 정복 같은 느낌을 주었다.

"내가 만들었지만 미쳤네."

"진짜네요…."

한참을 감탄한 후, 그녀는 의상에 대해 설명했다.

"컨셉은 세 가지야. 기본 의상, 요대와 어깨장식을 부착했을 때, 그리고 망토까지 둘렀을 때. 다 간편하게 채우고 끄를 수 있어서 교체는 1초 컷이야."

"정식으로 대전에 나설 때, 재상과 함께 조금 편하게 있을 때, 그리고 여자와 침실에 있을 때. 이렇게 세 가지인가요?"

"그렇지. 재상과 같이 있을 때는 본인은 편하지만 상대가 봤을 때는 화려한 느낌이 들게 했어. 갭이 있는 관계라고 해서."

과연 성공하는 사람들은 이유가 있다. 대본을 보여주지 않았지만, 유명의 설명을 들은 것만으로 그녀는 정확하게 생각하던 느낌을 불어넣어왔다.

"정말 고마워요, 누나."

"뭘~ 그런데 공연은 언제야? 꼭 보러 가고 싶은데."

"으음… 그러게요. 아직 픽스 안 됐는데 나오면 누나는 꼭 초대할게요."

그날의 관객동원은 운에 맡길 생각이지만, 얼마나 의상에 전력투구했는지 보고 나니 민희만은 불러줘야겠다는 생각이 든다.

그렇게 대망의 공연 전날이 다가왔다.

수전당에 입성하던 날, 혜전당의 관장이 인사를 와서 한바탕 걱정을 하고 갔다. 진짜 이틀이면 되겠냐, 공연 홍보를 못 해서 어떡하냐, 스태프가 정말 하나도 없느냐, 김성진만 도와주는 거로 되겠느냐…. 유명은 웃으면서 괜찮다는 말을 반복했고, 관장이 돌아가고 난 후 김성진에게 라이트맵을 내밀었다. 성진이 그것을 한참 보더니 한쪽 눈썹을 올렸다.

"이건 1인 동선이 아닌데? 둘 혹은 셋…."

프로의 눈썰미는 속일 수 없다. 조명이 최소화되어 있지만 어디어디에 떨어지는지만 봐도 각이 나온다. 1인극을 위한 조명 구성이 아니다.

"형은 못 속이겠네요."

유명이 이번에는 대본과 큐시트를 내민다. 최대한 늦게 알리려 했다. 미호가 공연이 미리 알려지면 '선계의 저지'가 들어올 수 있다고 했기 때문이다. 그래서 공연 홍보도 아직 하지 않았다.

다만 '역리의 정도'는 그걸 인지한 인간의 숫자에 비례하니, 입이 무거운 스태프 한 명쯤에게는 알려도 될 것 같다고 했지만, 유명은 만전을 기하기 위해 여태까지 김성진에게조차 비밀로 했었다.

팔락팔락- 성진은 대본을 큐시트와 대조해보며 빠르게 훑어내린다.

"왕, 재상, 무희라…. 3명이네? 다른 배우들은 어디 있어? 동선 맞춰보려면-"

"형, 제가 부탁했던 거 기억하시죠…?"

그 말에 성진이 눈썹을 움찔한다.

— 리허설할 때, 컨트롤박스 전면 유리를 가리고 진행했으면 좋겠어요. 보지 않아도 가능하도록 큐는 다 음향 큐로 맞출게요.

그래, 그런 이상한 말을 했었다. 자신은 받아들였고. 유명이 하는 일이라면 뭔가 이유가 있을 거라고 생각했었지.

"알았어."

성진은 더 묻지 않고 일어섰다.

"작업량이 많진 않지만 조수는 필요해. 세계에서 몸값이 제일 비싼 사람을 이런 일에 부려먹어도 되나?"

"하하, 얼마든지요."

그들은 작업을 시작했다. 바를 내려서 조명의 위치를 조절해 달고 각도와 광량을 픽스하는 동안, 유명은 예전에 함께 작업했을 때처럼 눈치 빠르게 척척 움직였다. 성진은 그 모습을 흐뭇하게 보며 생각했다.

'저러니 내 밑으로 데려오고 싶었지. 연기에 이 정도 재능이 있는 줄 알았으면 감히 그 말도 못 꺼냈겠지만.'

유명을 처음 만났을 때가 떠오른다. 대학로의 한 극장에 헬프를 나갔다가 손이 모자라 절절매고 있을 때, 웬 학생 한 명이 당차게 나서 도우미를 자청했고 그렇게 그와 인연을 맺게 되었다. 그때의 그와 지금의 그는 비교할 수 없이 입지가 다른데도 무대 밖에서의 그는 언제나 싹싹하고 겸손한 것이, 그때의 신유명과 하나도 변하지 않은 것 같다.

그리고 리허설.

"오케이, 가자."

"시작할게요!"

컨트롤박스의 전면을 암막지로 모두 붙였다. 무대가 보이지 않는 상태에서 성진은 스피커로 들려오는 무대의 소리에 바짝 귀를 기울인다. 오프닝의 BGM이 잦아들 때, 무대 전체에 깔려 있던 어스름한 조명을 한 단계 내리고 무대 가운데의 본조명을 서서히 올린다.

"…아름답구나. 네 이름이 무엇이냐?"

나른하면서도 선명한 울림의 대사. 유명의 목소리에 집중하던 성진의 귀에 불현듯 다른 목소리 하나가 들려온다.

"살로메."

성진의 온몸에 소름이 쫘악 올랐다.

291
손색이 없는 무대

'분명… 유명이와 나 둘밖에 없었는데?'
갑자기 들려온 여성의 목소리에 성진은 화들짝 놀랐다. 대본상 배역이 세 개니까 또 다른 배우가 있을 수 있겠다는 생각은 했다. 하지만 분명 조금 전까지도 둘만 있었는데….
"저는 폐하의 머리를 원합니다."
그 목소리는 고혹적으로 귀를 빨아들인다. 마치 오디세우스를 유혹하는 세이렌의 목소리처럼. 보고 싶다…. 성진은 자신도 모르게 유리에 붙여둔 암막지의 모서리에 손을 댔다. 하지만 손에 힘을 주기 직전, 정신을 차리고 손을 거두어들인다.
― 형은 무조건 믿죠.
성진은 이번 무대의 스태프가 정말 '자신 혼자'밖에 없는 것을 알았을 때 꽤 놀랐다. 저 신유명이다. 국내의 모든 프로, 아니 세계적인 프로들까지 한달음에 달려오게 만들 수 있는 사람. 그런 그가 단 한 명의 스태프가 필요할 때 도움을 청한 것이 바로 자신이라니. 그런 그의 신뢰에 부응하고 싶다.
"지엄하신 분을 감히 제가 어찌할 수 없으니 폐하의 머리라도 가져 키스할 것이에요."
[1장 Closing Q: 마지막 대사 3초 후, All Fade-out]
성진은 귓속으로 깊숙이 타고들어와 심장을 직접적으로 건드리는 것 같은 유혹적인 목소리를 겨우 떨쳐낸다. 그리고 그녀의 말이 떨어진 후 정확히 3초를 기다려 조명을 서서히 내린다. 그는 최대한 생각을 멈추

고 눈앞의 일에 집중해 음향과 조명을 동시에 컨트롤하기 시작했다.

2시간에 가까운 공연 동안 무대 위 배우'들'이 들려준 목소리.

'이건….'

침이 꿀꺽 넘어간다. 목소리에 실린 드라마만으로도 이 공연의 수준을 짐작할 수 있다. 저 앞을 가리고 있는 장막이 벗겨졌을 때 어떤 말도 안 되는 무대가 눈앞에 펼쳐질 것인가. 리허설을 끝내고 유명과 다시 마주했을 때 성진은 아무것도 묻지 않았다. 조용히 자신을 바라보는 유명의 어깨를 툭툭 쳐주었을 뿐이었다.

"큐 에러 난 거 없었어?"

"네. 한 번에 바로 맞추시던데요. 감탄했어요."

"헷갈릴 것도 없었어. 그나저나 공연 중에 정신 바짝 차려야겠던데?"

"…?"

"공연에 홀려서 컨트롤박스에서 넋 놓고 있으면 안 되잖아."

성진은 멋진 미소를 짓는 유명에게서 아까까지와 다른 느낌을 받는다. 그는 조금 전까지의 서글서글한 동생의 모습이 아니었다. 아직 무대에서의 기운이 빠지지 않은 그는, 그야말로 '배우' 그 자체.

'정말 긴장해야겠어.'

저런 배우의 아우라에 아까의 텐션이 더해진 본무대를 보면, 정말 넋을 놓을지도 모른다. 성진은 유일한 스태프로서 역할을 다하기 위해 정신무장을 단단히 했다.

유명은 미호와 '관객 모집'을 위해 마지막 의논을 하고 있었다.

'당일에 알리면 괜찮을까?'

{아마 괜찮을 거당. 선계와 인계의 시간 흐름이 다르잖냥. 여기서 하루면 거기선 눈 깜짝할 사이니깡. 알게 된다고 해도 그 사이에 대처하

긴 힘들 거당.}

'하기야… 그렇다고 했지.'

미호가 수개월간 가출했을 때도 선계의 시간으론 10여 일밖에 지나지 않았다고 했었다. 유명은 혜전당 관장에게 전화해서 공연 당일 오전 혜전당 홈페이지에 공연 정보를 띄워달라고 부탁했다. 관객동원 시간이 너무 짧아서 객석이 다 차지 않는다면? 둘 다 그런 걱정은 하지 않았다. 여태 쌓아왔던 '신유명'이라는 이름의 힘이 있으니까.

그리고 티켓값. 굳이 돈을 받을 필요는 없었지만, 유명은 티켓값을 받아야 한다고 주장했다.

{이거보다 훨씬 비용이 많이 들었던 연기콘서트는 무료로 진행했잖냐. 하루짜리 공연을 번거롭게 유료로 할 필요가 있냐?}

'네가 연기하잖아.'

{……}

'그때는 팬서비스였고 지금은 공연이야. 세상 누구보다도 연기를 잘하는 배우의 공연.'

미호가 큼큼거리며 앞발로 꼬리를 휘휘 털어낸다.

'당연히 값을 받아야 해. 그럴 가치가 충분한 공연이니까. 그렇다고 이걸로 돈을 벌고 싶은 건 아니니까 네 이름으로 기부해줄게.'

{흠흠…. 그러면 기부자명은 혜호로 해랑.}

'오케이.'

5월 29일 오전. 혜전당 홈피에 급작스런 공지가 하나 떴다.

혜전당 수전당 특별공연, 신유명의 〈살로메〉
당일 오후 7시 / 티켓 현장 판매

공지가 나간 후 한국은 발칵 뒤집혔다.

[혜전당 수전당에 신유명 선다? 단 하루짜리 공연 〈살로메〉]

[혜전당 홈페이지 해킹됐나? 많은 네티즌들 의문]

[공연명 〈살로메〉, 혜전당 앞으로 속속 몰려드는 군중들]

[뒤늦은 만우절 장난인가? 신유명 소속사에선 '확인 중']

인터넷이 온통 신유명의 새 공연 소식으로 들끓었고, 팬클럽은 더욱 뜨겁게 끓어올랐다.

게시물 57521642 [혜전당 앞입니다! (현장 중계)]

원년 팬인데 타고난 똥손이라 유명이 공연예매에 한 번도 성공해본 적이 없습니다. 이프 콘서트 추첨에서도 당연한 듯이 떨어졌구요. 그런데 저희 집이 혜전당 바로 앞입니다! 소식 보는 순간 산발하고 뛰쳐나와서 줄 서는 중인데요. 일단 매표소 열려 있고 제 앞의 사람들이 티켓 사가는 게 보이긴 합니다. 이거 몰래카메라 아닐까요? 아… 나 따위에게 몰카를 할 리가 없구나. 제발 현실이었으면 좋겠습니다!

— 미친! 벌써 팔고 있다구요? 저 지금 버스 탔는데.

— 현장에 지금 사람 얼마나 있나요?

ㄴ 아직은 드문드문한데, 곧 많아질 거 같아요!

— 하필 출장 온 날에 이런 이벤트가…! 으악, 왜 이렇게 갑작스럽게 하는 거죠.

ㄴ 안 하는 거보단 낫죠….

— 하와이에 있는데 지금 비행기 타면 늦을까요?

— 얼마 전에 칸 다녀왔는데 갑자기 웬 공연이죠? 혹시 〈인격살인〉 공연 다시 하나?

ㄴ 그럼 공연명이 〈인격살인〉이겠죠. 〈살로메〉라니 도대체 뭘까요?

혜전당 앞으로 사람들이 몰려들었고 방송국 트럭들도 속속 도착하고 있었다. 그리고 한 대의 차량이 들어오더니, 거기서 내린 인물이 기자들을 뿌리치고 빠르게 혜전당 안으로 사라졌다.

"유명 씨."
"…대표님."
유명은 공연장의 닫힌 문 앞에서 유석을 맞았다. 언제나 말끔하던 그의 정장이 흐트러지고, 이마에는 땀이 송글송글 맺혀 있다. 표정이 무척 황망하다. 그럴 만도 했다. 따지자면 이건 계약 위반이니까. 아니 단순히 소속사 배우가 계약 위반을 했다는 정도가 아니라, 유석으로서는 가장 신뢰하던 파트너에게 뒤통수를 맞은 기분일 것이다. 유석이 입을 열기 전에 유명이 선수를 쳐 허리를 숙였다.
"죄송합니다."
"…이게 무슨 상황이에요?"
"설명할 수 없지만 걱정하실 일은 아니에요. 그냥 공연 한 번일 뿐입니다."
다른 기획사가 손을 뻗었나, 혹시 내가 무엇을 섭섭하게 했던가. 오면서 유석의 머릿속은 온갖 가정들로 복잡하기 그지없었다. 하지만 유명의 미안해하는 표정을 보는 순간 그의 머리가 맑아진다.
"그렇게 중요한 일이에요?"
"이보다 중요할 수 없을 정도로요."
"나에게도 의논 못 할 일이었고?"
"…누구에게도요."
"내가 믿음직하지 못해서 그런 건-"
"아닙니다. 절대로."

유명을 오래도록 봐왔다. 그가 이런 선택을 했다면 분명 이유가 있을 것이다. 유석은 더 이상 참견하지 않고 유명의 선택을 존중하기로 했다.

"공연은 나도 봐도 돼요?"

"표만 구하신다면요. 초대권을 하나도 준비 못 했거든요."

"으윽… 나도 줄 서러 갑니다. 이왕 하는 거 멋지게 잘해요."

"감사합니다. 걱정 끼쳐서 죄송해요."

유명은 사라지는 유석의 등 뒤에 다시 한번 고개를 숙였다. 오늘 공연을 공지하기 전에 유석에게 먼저 알릴지도 고민해보았다. 하지만 만에 하나 유석이 이해하지 못해서 공연을 못 하게 막는다면? 아니, 불발될 가능성은 조금도 없어야 했다. 먼저 기정사실로 만들어야 했다. 그만큼 이 공연은 유명에게 의미가 무거운 것이다. 다행히 이해는 해주셨지만….

{어차피 기억 못 할 거당.}

'응….'

미호가 등장했던 건 기억에서 지워지겠지. 그래서 유석에게 공연을 봐도 괜찮다고 말할 수 있었다. 새삼스레 자신 빼곤 아무도 미호의 연기를 기억하지 못할 것이 마음 아프다. 하지만 미호의 말을 떠올린다.

― 공연은 분명 그 순간만으로 가치가 있당.

그래. 평생 되새길 만한 공연이라면 그것이 단 한 번이라도.

미호와 자신, 단 둘만 기억하더라도.

최종리허설이 끝나고 공연 준비에 들어가기 직전, 유명은 수전당 무대에 올라서보았다. 불이 꺼진 무대 위에서 그는 찬찬히 숨을 들이쉬고 내쉬어본다.

무대에는 격이라는 것이 있다. 그 위에서 숨 쉬고 땀 흘린 배우의 에너지가 스며들어 있는 무대는 역사가 오래되고 이름이 알려질수록 자체적인 생명력이 생긴다. 한국에서 최고라고 꼽히는 혜전당. 그중에서도 최고 중의 최고들만 설 수 있다는 수전당 무대.

지잉- 유명이 서 있는 자리에 조명 하나가 내리비친다. 저 멀리 컨트롤박스의 유리 너머에서 성진이 손을 흔든다. 문득 기시감이 든다.

― 올라가봐.
― 네?
― 괜찮아. 지금 우리밖에 없어. 올라가봐.

유명은 이 자리에 서본 일이 있었다. 스물셋의 나이로 돌아왔던 첫해에 저기 있는 김성진의 호의로. 당시 그 위를 걷는 것만으로 다리가 후들거렸고, 그 위에서 소리를 내는 것만으로 부족함을 여실히 느끼게 했던 무대는 이제 포근하게 자신을 감싸 안는다. 어서 무언가를 연기해보라고, 나를 활용해달라고 몸을 부벼 오는 것 같다.

"사느냐 죽느냐, 그것이 문제로다."

그때 읊었던 대사를 한 번 더 입에 담아본다. 쫘악- 하고 유명의 대사를 빨아들인 무대가 그것을 객석 끝까지 전달해 채우고, 조금의 손실도 없이 자신의 귀로 되돌려준다.

{좋은 무대당.}

'…그래. 너와 함께 연기하기에 손색이 없는 무대.'

유명과 미호가 마주 보고 씨익 웃었다.

전석 매진. 공연 소식이 당일에야 알려졌는데도 티켓은 고작 1시간 만에 매진되었다. 한발 늦어 표를 사지 못한 관객들이 아쉬움을 감추지 못하고 혜전당 앞에서 맴돌고 있다.

PM 6:40. 관객들이 입장하기 시작했다. 공연 직전까지도 정말 공연을 하기는 하는 건지 불안해하던 관객들은 이제야 실감하고 설렌 표정으로 자리를 채우기 시작한다.

'와아…. 이 동네 살기 정말 잘했어!'

그중에는 똥손이라 유명의 공연을 한 번도 보지 못했었는데 혜전당 근처에 살아 운 좋게 기회를 낚아챈 팬도 있었고,

'진짜 초대해줬네, 짜식.'

유명과 오랜 인연 끝에 이번 공연의 의상을 제작하게 된 코디네이터도 있었으며,

'휴…. 아슬아슬하게 세이프했네. 내일 우정일보 헤드라인은 내 거다!'

유명에 대한 특종을 써서 수습기자 타이틀을 벗었고, 이후에도 많은 특종을 건졌던 기자도 있었고,

'이 공연이 그렇게 중요했던 이유가 뭘까? 공연을 보면 알 수 있으려나…'

유명을 내내 백업해온 기획사 대표도 있었다.

'신유명. 이번에는… 또 어떤 연기를….'

그리고 칸 영화제에서 유명이 펼친 공연을 영상으로 본 후, 참지 못하고 한국으로 날아온 영국인도 한 명 있었다. 영국의 유명한 영화잡지 《Premier》의 편집장인 아처 켈러. 그는 이번 칸 영화제 공연으로 세계적인 파장을 불러일으키고 있는 신유명의 단독 인터뷰를 따내기 위해 직접 한국까지 왔다. 그리고 운 좋게도 이번 공연을 보게 된다.

'급조한 공연 같은데, 〈인격살인〉만 한 퀄리티는 기대하지도 않지만… 여기까지 급하게 온 보람 정도는 있었으면 좋겠군.'

그렇다. 오늘 공연은 누구도 기대하지 않았던 갑작스런 것이었다. 그럼에도 이 자리의 모든 사람들은 같은 마음으로 신유명의 공연을 기대한다. 한 번도 연기로 실망시킨 적이 없었던 배우이기 때문에.

'미호, 시작할까?'

{그랭.}

보름달이 뜬 밤이었다. 환한 달빛이 휘영청해 별들은 숨을 죽이는

밤. 별들과 함께 관객들이 숨을 죽인 채 무대의 서막이 열린다. 어느 아라비아의 달빛 아래 들려올 것 같은 신비로운 음악소리가 은은히 깔리고 무대의 막이 천천히 올랐을 때.

짤랑- 방울소리가 들려오고, 날아오르듯이 높게 점프한 형체 하나가 어스름하게 깔린 조명 아래 등장했다.

세상을 모두 중독시킬 치명적인 모습으로.

292

〈살로메〉(1)

안개 자욱한 달밤처럼 어둑한 푸른빛이 무대를 옅게 밝히고 있다. 그곳으로 바람 한 자락이 날아들었다. 무대 위를 살랑살랑 나부끼는 은빛의 바람은 누군가의 입술을 뜨겁게 스치고, 또 어떤 이의 목을 살짝 조였다 풀어낸다. 현실일까 환상일까. 숨이 막히도록 아름답다. 풍성한 은발이 느슨하게 하나로 묶여 등 뒤에서 출렁인다. 푸른색의 반투명한 천이 가느다란 팔을 휘감고, 온몸을 부드럽게 감싼 은색 공단 천 아래 드러난 보얀 발목에는 방울 하나가 발을 디딜 때마다 소리를 낸다.

짤랑- 짤랑- 눈을 감았다가 가늘게 뜬다. 흐르는 듯한 눈매에 맺히는 것은 매혹인가 마력인가.

'누구…지?'

겪어보지 못한 아름다움의 충격에 관객들은 자동으로 그런 의문을 떠올렸다. 그녀가 무릎을 살짝 굽힌 상태에서 몸을 길게 늘여 뻗는다.

점점 빨라지는 음악에 맞추어 발이 한시도 머물러 있지 않은데도 방울소리는 점점 잦아들고 있다.

그리고 어느 순간, 방울소리가 뚝 그쳤다. 음악소리마저도 옅게 의식 아래로 가라앉는다. 그녀의 뒤편으로 사락사락 흰 눈이 내리기 시작했다. 요요한 달빛 아래 대지가 희게 뒤덮이고, 그 위에서 인간일지 정령일지 모를 무희는 소리 없이 눈을 밟으며 춤을 춘다.

꿀꺽- 새어 나오는 탄식을 내뱉지 못하고 삼킨다. 아마도 저 무희의 이름이 '살로메'. 차가운 대지 위에 내려앉는 눈은 그 순간에는 대지를 포근하게 감싸 안는 것처럼 보이지만, 곧 허상처럼 녹아 없어지거나 혹은 얼음이 되어 대지를 더욱 차갑게 얼리거나. 하지만 그것을 알지 못한 채 대지는 첫눈을 만나 그 아름다움에 눈이 멀었다. 그리고 눈의 색깔로 새하얗게 물이 든다.

음악이 잦아들고 그녀가 마지막 동작을 멈추었을 때, 무대의 뒤쪽에 불이 들어왔다. 그제야 관객들은 그곳에 누군가가 계속 자리하고 있었다는 것을 깨달았다.

'신유명…!'

기다리던 배우는 화려한 왕의 의상을 입고 의자에게 기대어 앉아 있었다. 무희와 왕의 눈빛이 마주치는 순간 그들의 뒤에는 왕궁의 연회장이 펼쳐진다. 탄신연회. 재상이 준비한 무희의 축무, 그 독보적인 아름다움에 연회장 모든 이들의 시선이 그녀에게 붙박여 있을 때, 가장 지엄한 자의 시선이 그녀에게 내린다. 그 시선은 나른하게 침잠해 있었지만 보다 깊은 곳에 깔린 것은 분명 자극에 반응한 남자의 눈빛.

"…아름답구나. 네 이름이 무엇이냐?"

"살로메."

농도가 짙은 목소리가 고막을 계시처럼 뒤흔든다.

"훌륭한 춤을 보여주었으니 상을 주마. 무엇을 원하느냐, 살로메."

"저는 폐하의 머리를 원합니다."

당돌한 말에 관객들이 흠칫한다. 그녀가 말도 안 되게 아름답기는 했지만, 왕의 분위기에는 칼같이 날카로운 부분이 있었다. 조금 망가진 사람들에게서 느껴지는, 수틀리면 상대를 간단히 찔러버릴 것 같은 느낌. 아주 짧고 예리한 침묵 끝에 왕이 입꼬리를 한 번 더 올린다.

"내 머리를 가져다 무엇에 쓸 생각이더냐."

"지엄하신 분을 감히 제가 어찌할 수 없으니 폐하의 머리라도 가져 키스할 것이에요."

남자의 마음 깊숙한 곳을 건드리는 도발적인 유혹. 왕의 눈빛에 불길이 달아올랐다. 보는 이들의 마음속에도.

'하아….'

기운이 주욱 빨려나갔다. 벅찬 고양감이 빠져나간 기운을 대신하여 온몸을 휘감아돈다.

'이것이… 진짜 연기를 하는 느낌.'

남의 몸을 빌려서 연기할 때와는 완전히 달랐다. 그때 관객들이 보았던 것은 자신의 영혼이었으되 타인의 몸이라는 매개체를 한 번 거친 것이었으니까. 해서는 안 되는 일을 하고 있다는 배덕감과 함께 천 년을 바라온 것을 정말로 하고 있다는 데서 오는 성취감. 카타르시스. 자신을 눈으로 씹어 먹고 싶어 하는 3,500명의 집요한 시선을 마주본다.

'상상했던 것보다 더.'

그래 더. 그 순간 유명의 기분을 더욱 이해할 수 있었다. 15년간 아무도 봐주지 않는데도 열심히 연기하던 녀석이 새로운 삶을 살며 이런 느낌을 처음으로, 그리고 계속해서 느껴왔다면….

'내가 은인이 맞긴 하네.'

방금 1막 1장의 연기가 끝났다. 무대 밖으로 나가는 순간 자신의 몸에 꽂힐 듯 서걱거리던 수많은 시선들의 느낌이 생생하다. 손 하나를 들어올리는 순간 최면이라도 걸린 듯이 모든 사람들의 시선이 손끝에 몰렸고, 살짝 눈을 내리까는 순간 안달이라도 난 것처럼 다들 자신의 시선을 찾아 헤맸다. 이 모든 사람들을 도취시키고 있다는 것에서 오는 극상의 도취. 그것이 연기, 관객, 그리고 무대.

'생각보다… 생기의 소모가 극심해.'

각오는 하고 있었다. 연습하면서도 느꼈으니까. 유명과 자신은 계약 관계이다. 그러므로 유명의 앞에서는 현신하는 것이 상대적으로 덜 힘들어야 하는데도 연습 과정에서 이미 꽤 많은 생기를 소모했다. 생기가 소모되는 가장 큰 이유는 물론 '현신' 때문일 것이다. 심지어 현신한 상태에서 존재감을 내뿜을 수밖에 없는 '연기'를 하고 있으니 더 부작용이 심할 테고. 하지만… 그걸 감안해도 예상 이상으로 생기의 소모가 빠른 이유는 아마도….

'감정… 때문인가.'

자신이 인간의 감정을 이해했기 때문. 살로메의 감정도, 재상의 감정도 더 이상 '흉내'가 아니기 때문. 귀(鬼)가 인(人)의 마음을 이해하고 표현하는 것 자체가 순리에 맞지 않기 때문.

'버텨줄 것인가…'

꼬리 하나가 벌써 절반쯤 사라졌다. 끝까지 연기할 수 있을지도 문제지만, 도중에 힘이 떨어져서 유명이 눈치채는 것도 문제다. 그가 눈치 챈다면 분명 공연을 도중에 중단하려 하겠지. 안 된다. 이번 공연이 지나고 나면 자신은 힘이 부족해져서든, 선계의 처벌을 받아서든, 다시는 지금 같은 기회를 얻지 못할 것이다. 자신이 키워내고 자신이 감탄한 배우와의 처음이자 마지막 공연.

'해낸다. 반드시.'

혜호의 눈빛에 단호한 기색이 서렸다.

2장에서 등장한 것은 1장의 무희와 매우 닮은 아름다운 남자였다. 독을 품은 꽃 같은 느낌의 살로메와는 달리 그는 누구나 좋아할 수밖에 없을 정도로 환하고 서글서글했다. 그런 그는 왕과 다정하게 대화를 나눈다.

"아덴."

"네, 전하."

"둘만 있을 땐 이름을 부르라니까."

"…레오도."

"살로메가 네 동생이라지?"

"그래."

"어떻게 동생이 무희가 된 거야?"

"우리 집은 가난했으니까. 나는 궁의 하인으로 팔려왔고 살로메는 무관에 팔려갔어. 전하의 배려로 내가 궁정일을 보기 시작하면서 다행히 살로메를 찾아올 수 있었지만… 그땐 이미 춤을 추지 않고는 견딜 수 없다고 하더라고."

"흐음… 네가 주말마다 자리를 비운 건 동생을 보러 가기 위해서였나…."

왕의 표정은 1장에서보다 훨씬 느긋하다. 날카롭게 발톱을 세우던 맹수가 주인 앞에서 기분 좋게 그르렁거리는 듯한 미소에 관객들도 살짝 미소를 띠었다. 말을 놓으라는 얘기에 장난스럽게 '전하는'이라는 호칭을 쓰면서 말끝은 놓아버리는 아덴의 화법은 애교가 있었고, 왕의 시선은 그에게만은 예외적으로 풀려 있었다. 두 미남의 우정 어린 모습은 무척이나 보기 좋았다.

"그럼 살로메를 내게 주지 않겠어? 내가 잘 돌봐주지. 아름다운 곳에서 춤도 마음껏 추게 하고."

"안 그래도 전하를 위한 선물이었어. 전하는 우리 남매의 은인이니까."

"벗끼리 은인은 무슨."

그렇게 살로메는 왕의 곁으로 온다. 그리고 언제나 염세적이었던 왕은 조금씩 변해간다.

"지금 제가 그리하고 있사옵니다. 눈을 뜨지 마셔요."

"이러시면 전하의 패배입니다…?"

그의 마음속 바닥이 보이지 않던 빈틈은 아덴과의 오랜 우정으로 조금씩 살이 차오르고 있었다. 거기에 살로메가 우정으로는 모두 채울 수 없었던 애정을 흩뿌린다. 왕의 눈빛이 점차 또렷해지고 목소리에 힘이 실린다. 그러면서 그는 자신이 늘 원했지만 하지 못했던 일을 적극 도모하기 시작했다. 바로 카타니아 공국과의 전쟁.

― 전하- 카타니아 공국과의 전쟁은 아직 시기상조로….

― 전하. 군수물자 모집으로 인한 각지의 원성이-

왕이라고 국정을 마음대로 할 수 있는 것은 아니었다. 원하는 일은 신료들의 반대에 부딪혀 자꾸 난항을 겪었고, 자신을 믿고 지지해주는 것은 아덴과 살로메뿐.

"내게 위안이 되는 것은 너희 남매뿐이야…."

지친 음성인데도 왕의 목소리는 예전처럼 허무하지 않다. 분명히 손에 쥔 것이 있는 자의 음성이다. 사람은 누구나 자신의 빈 곳을 무언가로 채우려 하고, 그것을 채워준 상대에게는 관대할 수밖에 없다.

"전하, 가만히 계셔보시옵소서. 잠자리가 전하의 뺨에 앉았습니다."

그 순간 관객들이 흠칫 몸을 떤 것은, 살로메의 손아귀에서 날개를 찢기고 고통스럽게 꼬리를 꿈틀거리는 잠자리가 실제로 보였기 때문은 아니었다. 이미 사람들은 넋이 빠진 것처럼 이 무대에 홀려 진짜와 연기를 구분하지 못하고 있었으니까.

그들이 놀란 이유는 살로메의 변한 표정. 아름답고 매력적인 그녀의 겉껍질 속에 선연하게 일그러진 부분을 발견했을 때, 왕이 느낀 것과 같은 종류의 놀라움. 하지만 사람은 호의와 애정을 가진 상대에게 이렇게 너그러워지고 마는가.

"만인지상의 위에 앉았으니 대역죄이옵고, 제 남자의 뺨을 훔쳤으니 간통죄입니다. 능지처참에 처할 죄가 아니겠습니까."

결국 왕은 웃어버린다.

'조금 잔혹한 성정이라 한들 어떠한가. 저 모습조차 저리도 귀여운데. 내 마음을 이렇게 채워준 것은 살로메뿐이거늘.'

그렇게 그는 완전히 아덴과 살로메 남매에게 물들었고, 아덴은 회심의 미소를 짓고 있었다.

1막이 끝났다. 객석은 어둠 속에 잠겨들고 조금 긴 텀이 흐르는 동안 유명은 무대 뒤에서 물을 들이켰다.

'하아…. 엄청나다.'

미호와 함께 연기할 때의 중압감은 연습 중에 많이 떨쳐냈다고 생각했다. 하지만 무대에 서보니 또 다르다. 살짝 흘리는 미소나 갑자기 만드는 무표정만으로도 관객들은 살로메에게 쉽게 놀아났다. 그 긴장감을 아덴이 느긋이 풀어주었다. 관객의 호흡마저 조절하는 신기에 가까운 연기. 그 연기의 격에 맞추기 위해 자신은 모든 힘을 다 끌어다 써야 했다. 고작 1막의 연기에 이렇게 진이 빠질 정도로.

"미호, 괜찮아?"

그러면서도 걱정이 되었다. 미호 스스로가 감수하겠다고 한 역리(逆理)의 대가. 지금 그의 꿈은 그저 연기하는 것이 아니라 자신과 함께 연기하고 싶은 것이라고 했다. 자신 또한 미호와 한 번이라도 연기할 수 있다면 어떤 값이라도 치를 수 있을 것이기에 그의 마음을 이해하고 따를 수밖에 없었지만….

자신은 희생할 수 있어도 소중한 상대를 희생시키지 못하는 사람의 마음이라는 것이 이토록 유명을 불안하게 한다. 그는 자신의 눈에만 보이는 푸른 형체의 꼬리를 세어본다. 다행히 아홉 개 모두 온전하다.

"괜찮다. 뭘 그렇게 걱정이냐."

"걱정이 되니까…."

"인간 따위에게 걱정받을 정도로 한심하진 않다. 네 연기나 잘해라."

틱틱대는 말투에 조금 걱정이 덜어졌다.

2막이 시작되었다.

"카타니아를 정벌한다. 전쟁 준비에 돌입하라!"

— *전하, 아직은 전쟁을 할 때가…*.

"듣기 싫다! 이에 반대하는 자는 역심이 있는 것으로 간주하고 사형에 처할 것이다!"

레오도는 자신감을 찾고, 반대하는 신하들을 강경히 제압해가며 전쟁 준비를 하기 시작했다. 그리고 주역 세 명이 모두 찬성하는 '전쟁'에 관객들은 심정적으로 동조하고 있었다. 관객들은 주요인물에 쉽게 몰입한다. 살로메는 매혹적이고 아덴은 현명해 보였으며 1막 내내 관객들은 그 둘로 인해 레오도가 결핍을 메워가는 과정에 몰입하고 있었으니까. 하지만….

"오빠의 계획이 뭐야? 이대로 전쟁을 하게 되면 '모국'이 위험해지잖아."

"이런… 살로메."

문 뒤에 숨은 듯한 살로메의 음성과 아덴이 대화를 나누는 장면. 그의 부드러운 웃음이 경멸로 가득 찬 냉혹한 웃음으로 거짓말처럼 바뀌었고, 관객들은 뒤통수를 맞은 듯이 눈을 홉떴다.

"전쟁은 이루어지지 않을 거다."

"어째서?"

"내 어여쁜 동생. 왕의 눈을 멀게 한 요부 살로메여."

그가 광대처럼 연극적인 제스처로 손을 들어올린다.

"세상에서 가장 잔인한 것이 뭔지 아느냐?"

"……."

"한 번 가졌다고 생각했던 걸 빼앗기는 거지."

그때 아덴의 표정보다는 잠자리의 날개를 한 장 한 장 뜯어내던 살로메의 표정이 차라리 온건했으리라.

"그게 사람 미치는 거거든."

아덴이 입을 주욱 찢어 웃었다.

293

〈살로메〉(2)

그때부터였다. 살로메가 등장할 때의 긴장이 그녀와 레오도가 맺어지면서 살짝 누그러들었던 1막의 긴장 곡선은 2막 2장부터 쭈욱 우상향한다. 아덴이 왕의 앞에서 부르짖는다.

"다들 어찌 그리 전하의 혜안을 모르는가! 전 왕비님은 카타니아 공국을 방문 중 사망하셨다. 왕비를 죽음에 이르게 한 적국을 단죄하는 것은 당연한 일이다!"

― 왕비님이 돌아가신 것은 피치 못했던 사고의 결과로, 카타니아 공국에선 이미 충분한 사과를 해왔지 않습니까.

"사고라는 것은 그들의 핑계. 설사 정말 사고라고 해도 카타니아에서 레플란의 왕비님이 돌아가신 사실은 변하지 않는다."

전쟁을 반대하는 신하들 앞에서 강경하게 왕의 입장을 대변하는 아덴. 그 모습을 보면서 왕의 신뢰는 더욱 단단해진다.

'역시 제대로 생각이 박힌 것은 아덴뿐이야.'

착각이다. '내 마음에 드는 말'을 '옳은 말'이라고 생각하는 권력자들의 전형적인 착각. 하지만 몸에 해로운 말은 입에는 어찌나 달콤한지. 전쟁 준비가 차곡차곡 진행되는 동안 점점 낮의 왕의 곁에는 아덴이, 밤의 왕의 곁에는 살로메만이 남아 듣고 싶은 말만을 속삭인다.

— *전하, 지금 전하는 간신 아덴과 요부 살로메의 농간에 속고 계십니다!*

결국 신하들 사이에서 아덴과 살로메를 겨냥한 간언이 터져나오기 시작했다. 하지만 레오도는 이미 이성적으로 생각할 수 없었다. 그들을 비난하는 것이 가족을 욕하는 것과 같이 느껴졌기에.

"저 자를 옥에 가두라. 반역과 무고의 죄로 내일 사형에 처할 것이다!"

버럭, 소리를 내지른 그의 앞에 살로메가 나타나, 울며 그의 무릎에 머리를 묻는다.

"…찢어 죽여주시옵소서."

"뭐?"

"거짓된 말을 한 혓바닥을 자르고, 그 몸을 갈기갈기 찢어 죽을 때조차 평안에 들지 못하게 하소서."

그때 왕에게는 보이지 않는 각도지만 관객에는 훤히 드러난 그녀의 표정. 애절하기 그지없는 목소리로 간구하며 그녀의 얼굴은 웃고 있었다. 순수한 기대로 가득한 웃음.

'허억…!'

하지만 보이지 않는다고 해서 왕은 정말 몰랐을까? 그녀의 바르르 떨리는 목소리가 억울함이 아닌 환희를 담고 있다는 것을. 왕은 그녀의 머리를 쓰다듬으며 다정하게 속삭였다.

"네가 원하는 것은 무엇이든지. 살로메."

― 지이익- 으아아악-!

이미 관객들은 이 공간이 현실인지 무대인지를 구분하지 못하고 있었다. 상상력을 자극하는 어떤 소리에 모두는 몸을 부르르 떨었고, 리듬을 맞추듯 뒤섞이는 처절한 비명소리에 후드득 머리를 털었다.

La- lala- 그럼에도 눈은 질끈 감지 못한다. 살로메가 황홀한 표정으로 추는 춤은 눈꺼풀의 자유의지를 모조리 앗아갈 정도로 관능적이었으니까. 유명 또한 그 춤에서 눈을 떼지 못했다.

'이 춤만으로 살로메의 모순을 이해할 수 있을 것 같다…'

펄쩍- 그녀가 뛴다. 타고난 결핍, 도구로서 키워져온 성장 과정. 비틀린 욕망을 주시하며 망설이던 어린 살로메와 그 욕망을 이루고 도취된 현재의 살로메. 어떻게 그녀는 춤 하나만으로 제 존재의 근원을 표현할 수 있는 것일까. 저것은 춤일까, 연기일까.

그리고 그런 왕을 향해 시선을 흘리는 연귀도 감탄을 금치 못하고 있었다. 보는 순간 버석버석함이 느껴질 것같이 위태로운 왕의 정신세계. 그 메마른 땅이 두 명의 인간에 의해 점령되어가는 과정을 그는 어찌 저리 손에 잡힐 듯이 표현할 수 있는 것일까. 어느 인간이 자신과 함께 무대에 서서 이렇게 팽팽한 연기를 펼칠 수 있을 것인가.

'변하지 않는 마음.'

보기에만 아름답지 사실 미쳐 날뛰고 있는 살로메. 그런 그녀를 보면서도 왕의 애정 어린 시선은 변하지 않는다.

'잘 알지. 이해받을 수 없으리라 생각한 것을 이해받았을 때 느끼는 감동이라면.'

처음 자신은 유명을 점령할 계획이었다. 그것을 고백했을 때도 그의 표정은 변하지 않았다. 여전히 자신을 따뜻한 눈으로 바라봐주었다. 그러므로 지금 살로메의 감동을 혜호는 깊이 이해한다. 뒤틀린 자신을 받아주는 뒤틀린 남자에 대한 만족감이 사랑으로 피어난다.

— 지이이이익- 으아아악-

비명소리와 어우러지는 그녀의 춤은 어떤 환영을 불러일으킨다. 저 너머에서 네 팔다리를 매단 네 마리의 말이 사방으로 달려 인간을 갈기갈기 찢어버리는 소름끼치는 광경이. 모순되게도 그 잔혹한 순간이 왕과 살로메의 마음이 처음으로 통한 순간이었다.

"사랑해요, 레오도."

"사랑한다, 살로메."

살로메가 나풀나풀 걸어와 레오도의 입에 진하게 키스했다.

이후 왕은 더욱더 망설임이 사라졌다. 전시체제가 강화되었고, 이를 반대하는 신하들은 차례차례 사지가 찢겨 죽어갔다. 왕과 살로메가 함께 지켜보는 앞에서.

그 폭정에 더 이상 간언하는 자가 나오지 않고, 전쟁 준비가 거의 끝나가던 어느 날, 왕은 기가 막힌 소식을 듣는다.

— 전하! 군수창고가 모조리 탔습니다. 방화범의 소행이라고⋯.

"범인이 누구냐! 찾아내면 사지를 찢어 죽일 것이다."

시뻘건 눈으로 책임자를 추궁하는 왕의 앞에 잡혀서 대령된 방화범은,

"⋯아덴?"

전쟁을 가장 적극적으로 찬성해왔던 재상 아덴이었다.

혜전당 앞. 티켓을 구하지 못한 사람들 중 다수는 아직도 극장 앞을 떠나지 못한 채 서성이고 있었다. 5월 말답게 훈훈한 날씨에 보름달이 환하게 뜬 밤이었다. 삼삼오오 몰려서 안에서 어떤 공연을 하고 있을지 이야기하던 사람들은 갑자기 주변이 어두워지는 느낌에 하늘을 올려다보았다.

커다란 구름이 몰려와 환한 달을 끄트머리부터 가리고 있었다. 그 가장자리가 이상하게도 선명하여, 구름이 달을 덮어가는 모습이 마치 달

이 빠르게 기울어가는 것처럼 보였다.

"오늘 흐릴 거라는 말은 없었는데, 그치?"

"그러게…. 비 오면 어쩌지?"

이윽고 짙은 구름이 그믐밤처럼 완전히 달을 가렸을 때, 공연장 안에서는 3막이 시작되고 있었다.

"하하… 말도… 안 돼."

왕의 얼굴 표면이 파삭파삭 갈라지는 것 같다. 금세 깨져버릴 도자기처럼.

"모함이다! 누명이다! 무엇이 잘못된 게야. 그렇지, 아덴?"

"제가 불을 지른 게 맞습니다."

"…뭐…라고 했느냐?"

"불을 지른 것이 제가 맞다고 했습니다."

"내 유일한 벗인 네가… 왜?"

왕은 거대한 혼란에 빠져 있었다.

"나는 평민이던 너를 아껴 내 곁에 두었다. 시동인 네게 내가 먹을 음식도 나누어주었고, 평민인 네게 재상의 길도 열어주었지. 그리고 네 동생을 누구보다도 아끼고 사랑했다. 그런 내게… 도대체 왜…?"

"벗? 하…."

아덴의 입에서 실소가 터져나온다. 20년 이상 함께해 왔지만, 단 한 번도 보지 못한 표정이다. 언제나 현명하고 다정하며, 자신에게 절대 화를 내지 않았던 친구. 평민인데도 마치 귀족처럼 천성이 우아하다고 생각하고 곁에 두었던 아덴의 얼굴이 아니다.

'이런 표정이… 네게 있었다고?'

아덴이 비소를 지으며 말을 잇는다.

"전하는 비가 있지. 정략으로 맺어진 애정 없는 사이라고 해도 본부인이 있어. 벗의 여동생을 자신의 첩으로 달라고 그리 스스럼없이 말하는 벗도 있단 말인가."
"네가… 나를 위한 선물이었다고 했다."
"인간이 인간을 선물할 수 있다고 믿는 것 자체가 전하의 오만함이지."
 들어본 적이 없는 비난이 가장 가깝다고 생각했던 벗의 입에서 흘러나온다. 심지어 언제나 자신을 부르던 친근한 말투로. 왕은 하얗게 굳어 그 자리에 못 박혔다.
"전하가 베푸는 친절은 자비였고, 말을 놓아도 된다고 한 허락은 위선이었어. 그거 알아? 전하는 한 번도 나를 벗으로 본 적이 없어."
"그게 무슨 말이냐! 나는 언제나 너를!"
"기억해? 전하가 나에게 첫 보직을 주며 했던 말. 너는 평민이지만 꽤 뛰어나. 계속 그렇게 내 맘에 들면 언젠가 귀족이 될 수도 있을 거다."
"그게 왜…."
"사람들은 벗을 그렇게 대하지 않아. 자신의 기대치를 충족하면 고기 한 점을 던져주며 개를 훈련시키듯이."
 레오도는 꽤나 난폭하고 제멋대로인 왕이었다. 하지만 그는 이 독설가의 앞에서 정신을 차리지 못하고 말을 더듬고 있다. 그가 너무 말을 잘해서? 아니, 마음에 상처를 받았기 때문이다. 자신의 진심이 그렇게 오해받고 있었다는 것에.
 문제는, 재상의 말이 아예 틀린 것도 아니라는 부분에 있었다. 왕은 언제나 위에 선 자였고, 재상과의 관계도 '이 정도면 친구라고 할 수 있지'라고 스스로 판단한 것이었기 때문에.
"아니다! 나는 정말 진심으로…!"
"하하, 나를 대할 때의 전하의 오만한 표정을 안다면 그렇게 억울해하지 못할걸."
 텅- 재상의 그 말과 함께 조명의 색깔이 바뀌었다. 모든 것을 기괴하게 표현하는 초록빛의 조명이 쏟아지며 무대는 과거의 장면들로 전환되었다.

"아덴."

"네, 전하."

1막 2장의 장면이다. 레오도와 아덴의 선 위치와 자세까지 조금의 차이도 없이 똑같은 장면. 하지만 레오도가 짓고 있는 표정만이 미묘하게 달랐다.

"둘만 있을 땐 이름을 부르라니까."

대사를 치는 방식은 같다. 억양, 강조를 두는 단어, 쉬어가는 포인트까지. 하지만 어딘가 모르게 듣는 사람을 기분 나쁘게 하는 느낌. 동등한 상대가 아니라 아랫사람에게 아량을 베푸는 듯한 오만함이 분명히 섞여 있다.

"살로메가… 네 동생이라지?"

이 말 또한 친구의 동생을 보고 반한 순진한 남자의 물음이 아니다. 명백히 상대에게 흑심을 품고 있고 그것을 숨길 생각도 없는, 어차피 자신이 손을 뻗으면 가질 수 있는 것을 알면서 상대를 한번 떠보는 어투.

'…너는 정말로.'

이것은 유명이 제안했던 장면이다. 표정 하나 말투 하나 바꾸지 않으면서도 미세하게 다른 느낌을 주어 상대를 불쾌하게 만드는 정교한 연기에 혜호는 감탄했다.

'마지막 리허설에도 이 정도까진 아니었는데….'

그는 지금 이 무대 위에서도 발전하고 있는 것이다.

이후에도 왕과 재상이 함께 등장했던 장면들이 다른 시점으로 재현되었다. 관객들은 혼란에 빠졌다. 분명 이제까지 그들의 사이는 의심할 나위 없이 좋아보였다. 왕은 지위를 내려놓고 아덴을 친근하게 대했으며, 아덴도 그런 왕을 좋아하는 것처럼 보였다.

"수고했다, 아덴. 네가 좋아할 만한 상을 내리지."

하지만 아덴의 시선에서 바라본 왕을 보니, 왕이 평생 그를 이렇게 대해왔다면 재상의 비딱함도 이해가 될 것 같은 기분이 든다. 상대를 위하는 척하면서 기만하는 것이야말로 가장 질이 나쁜 친절이니까.

다시 조명이 원래대로 돌아오고 레오도는 발끈한다.

"아니다! 나는…."

무엇이 진실이든 지금에 와서 무슨 소용이랴. 왕이 진짜 그런 태도였을 수도 있고, 혹은 습관적으로 그런 태도를 취했지만 의도는 순수했을 수도 있다. 아니면 전혀 그러지 않았는데 재상의 자격지심으로 왜곡되어 보인 걸지도. 어찌됐든 그들은 이미 건널 수 없는 골짜기의 양쪽 벼랑에 서 있었다. 왕의 억울함이 분노로 치환되기 시작한다.

"그렇군. 너는 그렇게 웃으면서 언제나 속으로는 비수를 감추고 있었구나. 내가 하는 모든 일을 악의적으로 해석하면서 나를 무너뜨릴 날만 기다리고 있었던 거지?"

"정확해."

"내가… 내가 너를 어떤 마음으로 대했는데…."

"하찮은 것에게 내리는 하해 같은 성은?"

"어떻게 네가…."

왕의 얼굴이 고통과 배신감, 분노를 담고 참혹하게 일그러졌다.

"아데에에엔! 어떻게 네가!"

수전당 전체가 고요히 숨을 죽였다. 아덴은 한 점 동요 없이 눈을 감았고, 레오도는 핏발이 성성한 눈으로 명령했다.

"죽여라, 그를."

잠시 후, 명령 하나가 추가되었다.

"아, 찢어 죽이도록 해라. 살로메가 좋아하겠군."

〈살로메〉(3)

'하아….'

혜호의 몸에서 또 한 번 주르르 힘이 빠졌다. 갈수록 빠른 속도로 생기가 소모되고 있다. 조명 아래 희미하게 드러난 관객들의 표정은 반쯤 정신이 나가 있었다. 관객들과 유명과 자신의 집중도가 극한으로 올라갈수록 역리는 점점 강해지고 생기는 더욱 심하게 빨려나간다.

'얼마 남지 않았는데….'

남은 꼬리는 이제 셋. 포켓에서 숨을 몰아쉬고 있는 유명을 바라보며 혜호는 없는 힘을 짜내 아홉 개의 푸른 꼬리를 가짜로 만들어내 보인다. 자신이 여유가 없는 것을 절대 유명이 알아서는 안 된다.

다음 장면은 살로메가 처형 전의 아덴을 찾아오는 장면. 자신이 혼자 등장하는 장면이다. 유명이 작게 말을 건다.

"미호, 평생 해온 어떤 무대보다도 미칠 것같이 즐거워. 너는 정말 최고야."

"…너도 최고다."

처음으로 틱틱 대지 않고 마음속의 말을 해주자 유명이 깜짝 놀란 듯 환하게 웃었다.

"끝까지 좋은 무대 만들자. 같이."

"그래, 같이."

그리고 끝까지. 혜호는 다시 한번 기운을 추스르며 마음을 다잡았다. 그리고 무대 위로 걸어 나간다.

사선으로 한 개의 조명이 떨어지고,

"오빠, 어쩌자고 이런 짓을…."

그것이 팟- 하고 나가더니 이번에는 반대편 사선의 조명이 떨어진다.

"처음부터 이럴 계획이었다."

조명의 각도가 변하는 순간마다 아덴과 살로메로 모습을 바꾸는 미지의 배우는 말이 나오지 않는 연기로 관객의 시선을 모조리 빨아들인다.

"일부러 왕을 부추겨서 군수물자를 모으게 한 후, 불을 질러서 전쟁을 무산시킬 계획이었다는 거야?"

"…아니. 왕의 정신을 망가뜨릴 계획."

이제 아덴인지 살로메인지 구분이 가지 않는 얼굴이 싸늘한 미소를 짓는다. 관객들은 그 미소에 함몰된 듯 자신도 모르게 몸을 주욱 내밀었다.

아덴이 왕의 곁에서 오랫동안 차곡차곡 준비해온 계획. 부당한 이유로 카타니아를 탄압하고, 자신의 어머니를 포함한 수많은 카타니아의 어머니들을 죽인 레플란의 선왕. 그리고 그 이기적인 사상을 똑같이 물려받은 현재의 국왕 레오도에게 그가 주려던 타격은….

"살로메. 그는 모든 걸 다 가지고 있는데도 단 하나 가지지 못한 것 때문에 결코 행복할 수 없었지. 아직 떼쓰는 어린아이 같은 그에게 가장 갖고 싶은 걸 줬다가 도로 뺏는다면… 어떻게 될까?"

"어떻게 되는데…?"

"으앙, 하고 우는 정도면 내가 지는 거고, 미치거나 죽어버리면 그가 지는 거고."

"오빠, 그럼 첩자라는 걸 끝내 숨긴 이유도 카타니아를 위해서가 아니라…."

"분노의 방향이 다른 곳으로 빠지면 안 되지. 어릴 때부터 자신이 유일하게 애정을 줬던 상대가 자신을 싫어해서 배신했다는 것이 훨씬 충격적이지 않겠니."

살로메는 그 말에 충격을 받는다. 제 오빠가 이렇게 냉혹한 인간이라는 것도 몰랐지만, 그보다 더 큰 문제는 자신이 그를 사랑하게 될 줄 몰랐다는 것. 그리고 오빠는 자신의 감정을 모른다는 것. 이제 그녀는 둘 사이에서 어떻게 해야 할까.

"살로메. 왕은 대단한 충격을 받았어. 이제 너까지 그를 배신하면 그의 정신은 산산이 부서질 거다. 네가 생각 이상으로 그를 잘 유혹해준 게 한몫했어."

"그럼 나는⋯."

"도망쳐라."

"⋯!"

"나는 내일 아침 처형을 당할 거다. 너도 그를 사랑하지 않았고 이용한 거라고 직접 고백하면 그의 충격이 더 크긴 하겠지만, 평생을 도구로 키워져온 가엾은 내 동생에게 그렇게까진 할 수 없구나."

그의 부드러운 눈빛은 애정일까, 자신의 망설임을 읽고 그를 배신할 수 없게 만들려는 계략은 아닐까. 어찌됐든 유일한 피붙이이자 마지막 순간까지 자신을 걱정해주는 오빠의 말이다.

"오늘 밤, 너의 시녀가 인도하는 곳으로 따라가라. 멀리멀리 떠나서 카타니아도 레플란도 상관없이 살아라. 그것이 네가 마지막으로 나를 돕는 길이다."

살로메는 오빠의 마지막 부탁을 따르기로 결심했지만, 그날 밤 왕이 그녀를 찾아온다.

"살로메."

눈빛이 퀭한 남자, 얼굴에 절망을 처박은 남자가 그녀의 치마폭에 머리를 묻는다.

"너는⋯ 내 편이냐."

"……."

"핏줄이라 해도, 같이 자란 것도 아니지 않으냐. 나를 향한 사랑이 더 깊어야 하지 않느냐. 설마… 나를 유혹한 것도 네 오빠가 시킨 것이냐?"

감히 자신의 참모습을 밝혀 실망시킬 수 없을 정도로 사랑했던 친오빠. 그 괴물 같은 참모습조차 여여쁘게 보아준 사랑하는 연인. 누구의 편을 들어야 할까. 살로메의 영롱할 정도로 아름다운 얼굴이 처음으로 일그러진다. 그 속에 담긴 기괴한 욕망만큼이나 참혹하게.

"너는 사람을 찢어 죽일 때 기뻐했지."

지독한 배신감에 몸부림치는 남자는 그녀도 당연히 한통속일 거라는 이성과 그녀만은 잃고 싶지 않은 본능 사이에서 처절하게 갈등한다. 그리하여 떨어진 명령.

"아덴이 찢겨 죽는 것을 보고서도 기뻐해라. 네가 그것을 보면서 즐겁게 웃는다면 너의 진심을 인정해주마."

"…!"

"너만은 나를 배신하지 마라, 살로메."

그녀는 그날 밤 오빠의 명을 따르지 않았다.

감정의 괴리. 서로 같은 감정이라고 해도 그 정도와 시점에는 늘 차이가 있다고 했다. 하지만 한순간 정도는 서로의 감정이 정확하게 교차할 수도 있다. 다만, 그 순간이 가장 행복한 때이리라는 보장은 없다.

오빠가 평생을 바쳐온 계획을 어그러뜨려서라도 왕의 마음을 구해내고 싶은 살로메의 사랑. 아덴이 일부러 여동생을 자신에게 보낸 것을 알면서도, 어떻게든 그녀를 믿고 싶은 레오도의 사랑. 그들의 사랑은 드디어 운명적으로 교차했지만, 향하는 방향은 서로 달랐다.

― 지이이익- 으읍-

엄청난 고통을 참아내는 소리. 목소리만으로도 피가 터지고 뼈가 분리되는 광경이 머릿속에 재생된다. 누군가의 25년간의 벗이자 누군가의 피붙이가 갈기갈기 찢어지는 소리이다. 그 소리를 음악 삼아 살로메가 춤을 추고 있다. 언제나처럼 사람이 찢겨 죽어가는 것을 기뻐하며 관능을 표출하는 그녀의 춤에 왕의 얼굴에는 서서히 희망이 깃든다.

'하아….'

연귀는 무아지경으로 춤을 추고 있었다. 한 번의 점프에, 한 번의 미소에, 천 년을 모아온 생기가 부질없이 빨려나간다.

'너와 나의 감정이 정확히 교차하는 것도… 지금 이 순간인가.'

유명을 처음 만났을 때, 자신은 아덴이었다. 하지만 서서히 자신의 마음속에 살로메가 자라났고, 아덴은 갈기갈기 찢어졌다. 그리고 바로 지금, 한 무대에서 연기를 펼치는 자신과 유명의 마음은 정확히 교차했지만….

'아무래도 우리가 향할 방향도 달라질 것 같아.'

다시 한번 생기가 썰물처럼 빠져나간다. 직전의 장면까지 연기했을 때 꼬리는 단 한 개 남아 있었다. 지금은 그마저 줄어들고 있다. 그럼에도 그만둘 생각은 없다. 끝까지 연기할 수 있을지가 걱정될 뿐이다.

'유명아.'

어디 자신만 그의 결핍을 채워줬을까. 천 년간 연기의 극의를 찾아 헤매던 귀(鬼)는 유명을 만나고 처음으로 인간의 감정을 알게 되었다. 누군가를 가르치는 즐거움, 같은 목표를 바라보고 함께 걷는 기쁨, 자신의 연기를 따라올 수 있는 상대와 함께 연기할 때 얻을 수 있는 극도의 황홀함도 그가 알게 해주었다. 자신이 그의 15년간의 결핍을 메우는 동안 그는 제 천 년의 결핍을 메워준 것이다.

'목표를 바꾼 건… 현명했어.'

단 한 번의 연기를 위해 천 년의 세월과 자신의 존재까지 불태우는 한 귀(鬼)가 있다. 그가 미치도록 황홀하게 웃는다. 그 웃음에 모두가 혼을 빼앗기고, 그만큼 그의 기운은 더 빨리 소모되어간다. 이제 꼬리는 작은 뭉텅이만이 남았다.

"전하. 저는 오빠의 부탁으로 전하를 유혹한 것이 맞습니다."

살로메는 왕과 그녀가 함께 서 있던 관람석의 끄트머리 쪽으로 나풀나풀 뒷걸음질 친다. 왕의 얼굴이 새파랗게 질린다.

"…살로메!"

"그럼에도!"

"……."

"전하를 사랑합니다. 사랑하게 되었습니다."

"아… 알겠다. 나도 너를 사랑한다. 이제 다그치지 않을 테니 제발 거기 멈춰-"

그녀가 높은 관람석의 끝에 섰다.

"하지만 오빠를 배신할 수는 없어요."

"…살-"

"저는 무언가를 망가뜨리는 것을 좋아했고, 전하는 그런 저를 귀여워하셨죠. 그러니 제가 저를 망가뜨리는 것도 예뻐해주세요."

그리고 생긋, 웃었다.

"전하도 함께 망가져주신다면 더 좋구요."

'너는 망가져선 안 돼.'

마지막 대사를 읊으며, 연귀는 속으로 반대의 말을 되뇌었다. 다행히 여기까지 올 수 있었다. 자신이 각오한 바를 유명이 눈치채지 못하게 하려고 그는 무던히도 애를 써왔다. 어쩌면 그것이 가장 어려운 연기였을지도.

'덕분에 행복했다.'

그는 마지막 남은 생기 한 줌을 써서 가짜 꼬리를 한 번 더 내어 보인다. 유명이 잘 볼 수 있는 위치에.

'평생 행복하게 좋은 연기를…. 나를 넘어서 그 이상으로.'
자신이 사라진 것을 알고 그가 다시 한번 절망하지 않도록.
툭- 그녀가 몸을 날렸다.
"살로메에에-!"
어떤 인간은 결핍으로 자신을 파멸에 던지고, 어떤 인간은 결핍으로 스스로 목숨을 끊는다. 그리고….
"살로메! 아데에엔!"
남은 인간은 결핍으로 미쳐간다. 마지막에야 온전히 마음이 통했다면 그것은 비극일까 희극일까. 살로메가 몸을 날린 자리에 은빛 안개 같은 잔흔이 맴돌았다.
'하아….'
막이 내렸다. 유명은 무대 한가운데 서서 허덕였다. 수많은 연기를 해왔지만, 처음으로 느껴보는 엄청난 고양감.
'그런데 왜 이렇게… 기분이….'
공연이 끝났는데도 눈물이 미친 듯이 흐르고 숨이 꺽꺽 찬다. 레오도의 기분에서 금세 헤어나오지 못하는 것인가 보다. 유명은 겨우 진정한 후, 아직도 들썩거리는 가슴을 손으로 누르며 포켓으로 걸어갔다.
"너무 좋았어. 수고했어, 미호."
대답이 없다…?
"미호…?"

유명은 포켓 뒤를, 대기실을 미친 듯이 찾아 헤맸다. 마지막에 몸을 날린 살로메의 형체가 안개처럼 흩어지는 것을 보았을 땐 극적인 효과를 위해서 현신을 푼 것이라고 생각했다. 그런데 무대 뒤에서 기다리며 '꺙꺙, 재밌었당' 하고 웃어줄 줄 알았던 미호의 모습이 온데간데없다.

'객석에 반응을 보러 간 걸까?'

유명은 커튼콜조차 하지 못하고 관객이 나가기만을 초조하게 기다렸다. 무슨 일이 있는지 이상할 정도로 객석 퇴장이 늦어졌고 한 시간 이상이 지나서야 퇴장이 마무리되었다.

'없어…!'

극장 전체를 뒤져도 미호가 보이지 않자 불길한 예감이 스멀스멀 올라온다. 어디에 간 걸까. 설마 이 공연 때문에 선계에 붙잡혀 가거나… 까지 생각이 미치자 유명의 가슴이 덜컥했다.

터덜터덜 무대 위로 다시 돌아왔을 때, 유명은 아까 보지 못했던 무언가를 발견했다.

'이건….'

미호가, 아니 살로메가 마지막으로 몸을 날렸던 자리. 그 무대 위에 종이 묶음이 떨어져 있었다. 유명은 떨리는 손으로 그것을 집어들었다.

그건 하나의 대본과 한 통의 편지였다.

―― 295 ――

미호의 선물

대본을 보는 순간, 유명의 머릿속에는 미호와의 대화가 스쳐 지나갔다.

― 선물은… 좀 기다려랑.

― 주긴 줄 거야? 어떤 건지만 알려주면 안 돼?

― …대본이당.

미호가 선계를 유람하며 썼다던 대본이 이것임이 분명했다. 유명은 무대 위에 주저앉아 대본을 펼쳤다. 편지가 더 궁금했지만 차마 열어볼 엄두가 나지 않았다. 그건… 조금 더 마음이 가라앉고 나서.
첫 번째 장을 펼치고 유명은 흠칫 놀랐다. 미호가 써온 대본의 주인공은… 바로 미호 자신이었다.

一鬼生 (한 귀의 삶)

혜호는 천제인 아버지와 구미호인 어머니 사이에서 태어났다. 어머니는 아름다웠고 아버지는 곁에 없었다. 한낱 귀의 격으로 천제의 마음을 얻은 어머니에게는 적이 많았다. 어머니는 숨어 혜호를 키웠고, 아무것도 없는 산속에서 살아가던 그는 처음으로 '이야기'를 만나게 된다.
거처 주변에는 한 화전민의 농가가 있었다. 놀잇거리가 없는 화전민의 자식 남매는 배역을 나눠 연극을 하며 놀았다. 아이들은 〈해님 달님〉의 오누이를 연기하다가 아쉬워했다.
"한 명이 더 있으면 좋은데…."
어린 구미호는 그 유혹을 이기지 못했다. 그는 은발의 소년으로 현신했고 자신이 호랑이 역을 맡겠다고 제안했다.
"에이, 그렇게 하는 거 아니야. 호랑이는 어흥 해야지!"
"어흥-! 이렇게?"
세 어린 것들은 신나게 함께 역할극을 했다. 그날 저녁, 혜호가 엄마에게 말했다.
"엄청 재밌었어. 오누이의 홀어머니 역할이 비었는데 엄마도 내일 같이 가서 놀자."
그의 어머니는 그 말을 듣고 화들짝 놀랐다. 귀가 계약하지 않은 인간 앞에서 현신하는 것은 역리(逆理), 선계에 노출될 위험이 있는 일이다. 특히 어려서 자신의 힘을 통제할 수 없는 귀라면 거의 걸린다고 봐야 했다. 어머니는 다급히 그를 데리고 그 장소를 피했다. 그렇게 혜호는 최초의 친구를 잃었다.
옮긴 거처 주변에는 인간들이 살지 않았다. 혜호는 심심해서 숲속을 어슬렁대다가 호랑이를 만난다.
— 호랑이는 어흥 해야지!
진짜 어흥 하나? 그는 곰곰이 그 짐승을 관찰했다. 호랑이는 어흥이라고 울지 않았다. 혜호는 호랑이의 성상과 움직임을 세심히 관찰하고 익혔고, 곧 그는 호랑이 흉내의 달인이 되었다. 그다음은 토끼, 그다음은 다람쥐. 그들의 마음을 전혀 이해하지 못해도, 흉내 내는 것만으로도 그는 꽤 재미있었다.
"슬슬 귀업을 고르려무나."
100살이 되어 겨우 꼬리 한 개가 온전한 모습을 갖추자 귀업을 정할 시기가 왔다. 그는 연귀로 귀업을 정하고 어머니의 곁을 떠나 인간세상을 향했다. 귀업을 정한 이후로는 연기(연기의 기운)만을 섭취할 수 있었다. 인간들은 다양한 형태의 연극을 하며 살아가고 있었다. 심지어 평소에도 자주 연기를 했다. 그 점이 그는 무척 흥미로웠다. 이 하찮고도 복잡한 존재들은 어떤 생각을 하며 살아가는 것일까.
이제 그가 흉내 내는 상대는 인간으로 바뀌었다. 인간은 호랑이나 토끼와는 달리 흉내 내기가 어려웠다. 하지만 그는 세심히 관찰하고 익혀갔다. 그러면서 본능적으로 생기가 뛰어난 인간들을 찾았다. 더 뛰어나고 압도적인 생기. 그것을 찾아다니다 보니 그는 자연히 최고의 배우들 주변에 살게 되었고, 연기의 형태와 종류, 이론에 이르기까지 많은 것을 습득하게 되었다. 그는 연습했다. 연귀라서 연기를 저절로 잘하게 된 것은 아니었다. 종종 마주치는 다른 연귀들을 보면 알 수 있었다. 그들은 배우에게서 기운을 흡수하는 것에만 관심 있을 뿐, 직접 연기하는 데는 관심이 없었으니까. 하지만 혜호는 달랐다. 인간의 모든 연기를 습득하고 나서도 그는 더, 더 나아갔다.
그러던 어느 날 천제가 지상에 내려왔다.
— 아들아.
이마가 반듯하고 검은 머리를 길게 내려뜨린 미남자는 그의 아버지라고 했다. 옆에 서 있던 어머니가 고개를 끄덕였다. 천제는 옛날, 지상에 시찰을 왔다가 화호를 만났고, 그녀를 사랑했지만 천계에 데려갈 수는 없었다. 귀의 신분으로 천계에 오르면 격의 차이가 너무 커서 바스러져 버리기 때문이었다.
천제는 화호가 수양을 쌓아 격이 더 올라가게 되면 꼭 데려가리라 약조했지만, 그녀는 아이를 가진 것을 알고 도망쳤다고 했다. 무사히 낳고 키우기 위해서. 그녀는 아이에게 힘이 생기기 전에는 선계나 천계와 접촉할 생각이 없었다. 많은 위기를 겪었지만 결국 혜호는 무사히 자랐다.
— 미안하구나.
아버지는 몰랐다고 했다. 그저 그녀의 마음이 변해서 떠났다고만 생각했고, 천제도 마음대로 인과율을 거스를 수 있는 것은 아니라서 작정하고 사라진 화호를 찾아내기는 어려웠다고 했다. 이제야 찾아서 미안하다는 사죄와 함께, 그는 자신이 천제의 자리를 내려놓고 선계로 내려오더라도 화호와 그를 데려가겠다고 했다. 하지만 혜호는 고개를 저었다.
— 저는 지금이 좋습니다. 현재의 귀업에 만족합니다.
세상 온갖 부귀영화를 준다고 하더라도 마음이 가는 것에 비할 수는 없으니까. 그를 여러 번 설득하던 천제는 그의 결심이 단단해 보이자 포기하고 한 가지 선물을 준다.

― 사죄의 의미로 너희 모자에게 선물을 주지. 단 한 번, 인과를 거스르더라도 후폭풍을 대신 감당해줄 것이다.

혜호에게 그것은 금빛 꼬리가 되어 붙었고, 화호에겐 언약 같은 금빛 가락지가 되어 손가락에 끼워졌다.

그리고 시간이 흐른다. 혜호는 세계를 떠돌며 연기의 기운을 모았다. 인간들은 빠르게도 변화하는 생물이라 짧은 사이에도 수많은 연기의 형태가 생겨나고 사라졌다. 질리지 않게 재미있었다. 다만 갑갑한 것은….

'나도… 연기하고 싶다. 관객 앞에서.'

그 갈증을 해소하기 위해 혜호는 인간과 몇 번의 계약도 해보았다. 하지만 계약 정도로는 해갈이 되지 않았고, 몸을 뺏어 보려고 해도 적당한 몸의 주인을 만나는 것부터가 쉬운 일이 아니었다.

'내가 제대로 사용할 수 있는 육체는… 없겠지?'

무릇, 배우를 지망하는 인간이 존재감이 낮기는 힘들다. 존재감이 50 이하인 사람이 간혹 있다고 해도, 40 후반 정도라면 자신의 기운을 거의 50을 줘야 해당 몸을 지배할 수 있다. 생기의 총합이 100에 가까워질수록 자신이 지불할 생기는 기하급수적으로 늘어난다.

그런데 어느 날, 그는 기적을 보았다.

'어떻게 저 정도의 생기로 배우를…. 아니, 심지어 생기만 빼놓으면 연기는 잘하잖아?'

유명과의 만남이었다.

완전히 몰입해서 읽고 있던 유명은 자신의 이름에 흠칫 시선이 멎었다. 한 글자 한 글자에 천 년의 세월이 새겨져 있는 이야기는 미호라는 존재에 대한 궁금증을 해갈시켜주고 있었다.

'그랬구나. 미호에겐 내가 유일한 희망이었어.'

자신의 몸을 탐냈다고는 하지만, 유명은 미호의 히스토리를 알게 되자 그 마음을 이해할 수 있을 것 같았다. 그토록 오래 염원해온 일을 이룰 유일한 희망을 발견했다면 누구라고 그런 마음이 들지 않을까. 다음부터는 유명도 알고 있는 이야기였다.

온몸이 전율했다. 저렇게 생기가 약한 인간이 있다니. 아마 그의 생기는 30도 되지 않을 것 같다. 충실하게 연기해온 훌륭한 육체, 그럼에도 낮은 존재감. 이 정도로 '존재탈취'하기에 적합한 존재가 있을까.
그래서 혜호는 조용히 남자의 뒤를 밟는다. 존재감을 부여하려는 자신의 목적을 남자를 위한 것으로 위장하고, 회귀에 대한 대가를 금빛 꼬리로 치른다. 완벽한 계획이었을 것이다. 그가 그처럼 놀라운 배우만 아니었다면.
시간이 흘렀다. 그는 다양한 작품들을 연기했고, 그럴 때마다 놀랄 정도로 성장해갔다. 호기심이 재미가 되고, 재미가 애정이 되는 것은 손쉬웠다. 자신도 모르게 그에게 차곡차곡 마음을 빼앗겼다.
어느 순간, 혜호는 깨달았다. 자신은 그의 몸을 빼앗을 수 없을 것이란 걸. 이제 혜호는 연기만큼이나 그를 좋아하고 있었다. 그래서 혜호는 유명의 삶이 다할 때까지 그의 곁에서 행복하게 살아가기로 결심했다.

같은 사건들이 시점만 바뀌어 펼쳐졌다. 자신의 몸을 호시탐탐 노리던 시선이 점점 따뜻하게 변해가는 과정을 보며 유명의 눈시울이 촉촉해졌다.
원래는 여기까지가 대본이었던 듯했다. 아마 미호는 7년째가 다가오자 유명이 몸을 넘겨줄 준비를 하고 있음을 눈치채고, 자신의 마음을 온전히 전달하기 위해 이 대본을 써왔나 보다.

― 나는 이제 네가 좋고, 네가 하는 연기를 쭈욱 지켜보는 것이 즐거워졌당. 그러니까 쓸데없는 생각 하지 말고 앞으로 쭉 연기해랑. 그리고 더욱 성장해서 언젠가는 이 대본을, 나 혜호를 네가 연기해줘랑.

그렇게 말하려고 했을 것 같다. 미호의 깊은 애정이 사무쳐 유명의 눈에서 눈물이 뚝뚝 떨어졌다. 하지만 대본은 아직 끝나지 않았다.

다음 장부터 달라진 대본의 종이와 펜 질감에 유명은 여기서부터가 '가필된 부분'이라는 것을 알아차린다.

― 원래는 완성됐었는데… 좀 수정할 부분이 생겼당.
― 수정? 그게 언제 끝나는데?
― 이번 공연 끝날 때까진 완성될 거당.

아마도 〈인격살인〉에서 자신의 연기를 본 후 수정을 시작한 것 같다. 유명은 나머지 부분을 읽어내리기 시작했다.

하지만 유명의 믿을 수 없는 연기를 본 순간, 혜호의 꿈이 바뀌었다. 그저 마음껏 연기하는 것이 아니라 '저 배우와 함께 무대에 서고 싶다'는 것으로.

그렇게 오랫동안 연기를 탐해왔음에도, 그는 한 번도 무대 위에서 누군가와 진정으로 교류해본 적이 없었다. 아마 어릴 적 두 남매와 함께 〈해님 달님〉을 연기했을 때가, 그가 즐겁다고 느낀 처음이자 마지막이었을 것이다. 그 이후의 혜호는 인간 배우들의 수준보다 너무 뛰어났기에 누군가와 주고받으며 연기한다는 기쁨을 느껴보지 못한 것이다.

'하지만 그러면….'

자신도 느낄 수 있을지도 모른다. 관객이 가득 모인 최고의 무대에서 그와 주고받는 연기. 생각만 해도 저릿저릿해진다. 이것이 자신이 존재해온 이유가 아니었을까 여겨질 정도로.

적절한 다른 신체를 구할 시간? 없다. 아니, 적절한 다른 신체 자체가 없다. 신유명을 만난 것도 기적이었는데 또 있을 리가. 자신이 적절한 계약자를 찾는 동안 신유명은 늙어 죽고 말 것이다. 지금이어야 한다. 지금. 자신의 마음이 이렇게 격하게 뛰는, 저 인간과 함께 무대에 서는 것만이 가슴에 가득한 지금. 제대로 사용할 수 있는 진짜 몸으로.

'생기를 사용하자.'

혜호는 생기를 사용해 현신할 것을 맘먹었다. 천 년간 모아온 소중한 생기. 많은 관객에게 자신의 현신체를 보인다면 분명 '순리의 위배'로 생기에 타격을 입을 것이다. 심지어 역리를 보정하기 위해 자신의 존재는 관객들의 기억에서 삭제되겠지. 그래도 괜찮다. 후회하지 않는다. 그와 무대에 함께 오를 수만 있다면.

…그리고 연극이 있었다. 혜호와 유명은 아낌없이 최상의 연기를 펼쳤다. '함께하는 연기'란 놀라운 것이었다. 무대 위에서 혜호는 온전히 다른 세계를 마주했다. 유명이 자신을 그 세계로 데려갔고, 자신이 유명을 그 세계로 데려갔다. 그때, 혜호는 무언가를 깨닫는다. 자신이 천 년을 찾아오던 것에 대한 실마리.

연극이 끝난 후, 혜호는 유명을 기특하게 한 번 쳐다본다. 그리고 '연기의 극의'를 찾기 위해 길을 떠난다. 하나의 대본을 남기고서.

〈一鬼生(한 귀의 삶)〉

'너도 정진해서 언젠가 내가 돌아오면 이 대본을 연기해다오.'

혜호는 꿈을 찾기 위해 떠났다.

'하아….'

유명은 대본의 마지막 장을 덮었다.

'무언가를 깨달았다고… 그래서 떠난 거라고.'

마음이 저릿한 한편, 그래도 조금 안심이 된다. 혹시 선계에서 미호의 공연이 끝나자마자 소환해 데려간 걸까, 설마 모은 생기를 다 써버리고 사라진 건 아닐까, 최악의 상황까지 상상했던 불안한 마음이 점점 진정되었다.

'하기야, 마지막까지 꼬리도 남아 있었고.'

살로메가 몸을 날리기 전, 현신을 푸느라 그랬는지 꼬리가 유독 선명히 보였다. 연기에 집중하고 있던 순간조차도 불안했는지 무의식적으로 꼬리 개수를 셌다. 아홉 개가 모두 온전히 있었다.

'연기의 극의라. 그 실마리를 봤다면 흥분했을 만도 하지만, 그래도 인사는 하고 가지….'

서운한 마음이 들려고 했지만 꾸욱 참는다. 괜히 얼굴 보면 마음이 약해질까 봐 그랬을 거다. 언제 돌아올지 모를 길인 것 같으니까. 그래도 돌아올 거다. 이 대본을 연기할 자신을 보기 위해 돌아온다고 했으니까.

유명은 조금 편안해진 마음으로 옆에 있던 편지를 펼쳤다.

---- 296 ----

스탕달 증후군

[우리의 시작이 호의로 이루어졌다면 어땠을까. 가끔 그런 생각을 했어.]

편지는 이렇게 시작되었다.

[오랜 세월 연기를 바라왔지만, 인간의 외피가 없어서 마음껏 연기해

본 적이 없는 나와 존재감이 부족해서 제대로 연기하지 못했던 너. 그런 네 상황에 공감해서 조건 없이 너를 돕고 네 성장을 지켜보았더라면 어땠을까…라는 생각 말이야.]

유명은 편지의 첫머리만 읽고도 흐려지는 눈을 부릅떴다. 끝까지 그의 전언을 읽기 위해서.

[그렇게 좋지 못한 의도로 시작된 관계임에도 너라는 인간은 이런 나를 포용해줄 정도로 너그럽고 따뜻했지. 생각해보면 천 년의 세월이 무색해. 길어야 백 년의 수명을 사는 인간에게서 그런 걸 배우다니. 흘러가는 세월 동안 욕심나는 걸 탐하기만 하느라 수양은 별로 하지 못한 모양이야.]

〈인격살인〉을 본 후, 미호가 그런 얘기를 한 적이 있었다.

― 어떻게 그런 생각을 했냐.

― 응?

― 버릴 욕망과 가져갈 욕망, 그걸 조화시키기 위해 죽도록 노력하겠다라….

씁쓸하고도 대견한 표정을 지으면서 미호는 이런 생각을 하고 있었나.

[선계를 유람하면서 이 대본을 썼다. 네가 너 자신을 연기하는 걸 보고 그런 욕심이 생겼어. 네가 나의 삶도 연기해주면 어떨까 하는. 그런데 돌아와서 네 연기를 보고 나니, 이걸 꺼내기도 전에 너와 연기하고 싶다는 마음이 먼저 들어버렸지.]

돌아와서 〈인격살인〉을 본 후에 그는 생각이 많아 보였다. 그런 생각을 하고 있었구나.

[그리고 너와 함께 연기해보니, 내가 뭔가 잘못 생각하고 있었다는 것을 깨달았다. 연기는 혼자 잘하는 것으로 완성되는 것이 아니었어. 그렇게 너와 함께 공연하는 과정까지를 담아 〈一鬼生〉의 대본을 수정했지. 그리고 나는 공연 도중 연기의 극의를 찾을 실마리를 발견했어.]

'…뭐?'

[그래서 나는 떠난다. 하지만 네가 무리 없이 이 대본을 연기할 수 있을 때쯤이면 돌아올 테니까.]

가라앉았던 마음이 다시 쿵쾅쿵쾅 두방망이질 친다.

[정말 즐거웠다. 다시 만날 날까지 재밌게 잘 지내고 있어라.]

마지막 단락에서 유명은 그의 말의 모순을 눈치채버렸다.

'연기는 혼자 잘하는 것으로 완성되는 게 아니라며. 그럼 연기의 극의를 찾을 실마리를 발견했다 해도… 같이 찾는 게 맞는 거잖아.'

분명 편지의 앞쪽은 진솔했다. 하지만 마지막 단락에는 다른 의도가 섞인 듯한 미묘한 위화감이 있었다. 그 의도는… 아마도 자신을 안심시키기 위한….

'미호 너, 대체 어디 있는 거야?'

대본과 편지를 모아 쥔 손이 불안하게 떨렸다.

그날 밤. 혜전당 수전당에 옅은 바람이 불었다. 빈 객석들 사이로 불어온 바람이 무대 위에 빛을 뿌리며 내려앉고, 빛 알갱이는 곧 농염한 여인의 형상을 이루었다. 혜호의 어미, 화호였다. 긴 은빛 속눈썹이 이루는 그늘에 수심이 가득했다.

'혜호야….'

얼마 전 아들은 그녀가 사는 신선거에 들러 며칠을 지냈다. 그때 화호는 이미 불길한 예감을 받았다.

― 어머니.

― 웬일이니? 용건 없이는 생전 들르지 않는 네가.

― 그러게요. 제가 그렇게 무심했지요.

아들은 생전 보여주지 않던 부드러운 미소를 지으며 자신이 무심했었다고 시인했다. 갑자기 철이 든 것 같은 자식을 보면 기특하기에 앞서,

이 녀석이 무슨 힘든 일이 있었던 게 아닌지 걱정되는 것이 부모의 마음.
　ㅡ 무슨 일… 있니?
　ㅡ 그냥, 인간들은 얼마 살지도 못하면서 그 시간을 쪼개어 주변 사람과 함께하려고 애쓰더라구요. 그걸 보니 제가 너무 저만 알았다 싶어서요.
　가장 사랑하는 이에게서 도망쳐서라도 지키려 했던 소중한 아이였다. 그런 아들이 성장통을 진하게 겪고 있나 보다. 혜호는 며칠간 자신의 곁에 머무르며 무언가를 끄적이기도 하고 멍하니 먼 산을 바라보기도 했다. 들끓는 욕심을 종이에 쏟아내며 마음을 비워가고 있다는 것을 알 수 있었다.
　ㅡ 완전히 포기한 거니?
　ㅡ 네. 사실 오래전부터요.
　ㅡ 그럼… 돌아오지 않을래? 너도 이미 9개의 꼬리를 모았으니 등선하여 어미랑 같이 살면….
　ㅡ 나중에요. 이 녀석이 살아가는 동안은 지켜보고 싶어요.
　직접 연기를 할 욕심을 버렸다고 했다. 그럼에도 아직 그 인간의 여생을 지켜보고 싶다고 했다. 자신이 꿈꾸던 나날을 살아갈 배우를, 평생 옆에서 지켜보겠다고.
　ㅡ 그 아이가 기특한 마음은 알겠지만 네가 너무 힘들지 않겠니? 그 아이가 그렇게 빛나는 동안 아무것도 하지 못한 채 옆에서 지켜만 보는 게… 괴롭지는 않겠어?
　ㅡ …인간의 수명은 짧으니까요. 얼마 걸리지 않을 거예요. 마음 정리도 충분히 했구요.
　아들은 그렇게 인사를 하고 떠나갔다. 그때 뒷모습이 불안하더라니.
'마음 정리는 개뿔이…!'
　화호는 공연장에 남아 있는 기억을 읽어본 후 속으로 험한 말을 내질렀다. 목숨을 바칠 정도로 하고픈 일이었다면 어미한테 하소연이라도 할 것이지. 그럼 자신이 어떻게든 방법을 생각해보았을 텐데. 괜찮다고, 참을 수 있다고, 이게 맞는 것 같다고 어른스러운 척하더니, 결국 돌아가서 신유명의 연기를 보자 눌러놓은 욕심이 모두 터져 나왔나 보다. 어리석은 녀석….

'그 와중에도 신유명의 마음을 지켜주려고 어지간히도 애썼구나. 아마 실패한 것 같지만.'

무대는 많은 것을 기억하고 있었다. 혜호가 마지막까지 아무렇지도 않은 척 웃으며 유명에게 가짜 꼬리를 내보이던 모습도, 아까 이 무대 위에서 유명이 혜호의 거짓말을 눈치채버린 모습도.

그녀는 한숨을 토하더니 약지에서 금빛 가락지를 뽑았다. 미호의 황금 꼬리와 같은 천제의 선물. 가락지는 형태를 바꾸어 속이 빈 황금빛의 구체가 되고, 수전당 무대에 남아 있던 잔존생기가 그 속으로 빨려 들어간다. 혜호가 자신의 모든 것을 쏟아낸 연기. 그 필살의 의지가 이 무대 위에 남아 있었다.

'하필 대형 사고를 쳐버려서 이 힘으로 할 수 있는 일이 고작….'

혜호가 저지른 역리가 너무 컸다. 천제가 준 힘으로도 그의 형체는 되살리지 못하고 영혼만을 보존하는 것으로 만족해야 했다. 화호는 황금빛 구체를 소중히 품에 안고 자리를 떠났다.

유명은 그날 밤, 수원 집으로 돌아왔다.

"유명아, 어떻게 된 거야? 오늘 진짜 공연했어?"

"…네."

"이렇게 갑자기? 그리고-"

"엄마, 죄송한데 너무 피곤해서요. 나중에 얘기해도 될까요?"

박 여사는 아들의 얼굴을 자세히 들여다보고 깜짝 놀랐다. 얼굴이 파리하고 식은땀을 흘리고 있다. 그렇게 무리한 스케줄을 진행할 때도 감기 한 번 걸리지 않던 아이였는데.

"어머, 너 얼굴이…! 얼른 들어가서 누워!"

"네. 혹시 어디서 연락 와도 저 없다고-"

"걱정 말고 얼른 들어가 쉬어!"

유명은 터덜터덜 방으로 들어왔다. 공연이 끝난 직후부터 쉴 새 없이 울리던 휴대폰은 이미 꺼둔 채였다.

'미호야….'

최악의 상황을 가정하고 싶진 않다. 하지만 자꾸 미호와 마지막 나누었던 대화가 떠오른다.

― …너도 최고다.

― 그래, 같이.

평소보다 훨씬 솔직하고 다정했던 말. 혹시 모두 계획했던 것이 아니었을까. 처음부터 자신의 생명을 바칠 생각까지 하고…. 고개를 미친 듯이 흔드는데 앞이 까맣게 흐려진다. 선계의 체포를 걱정했었는데 이제는 차라리 체포되어 간 거였으면 하고 바랄 지경이었다.

유명은 그 후, 사흘 밤낮을 꼬박 앓았다. 가끔씩 바깥이 시끄러웠지만, 부모님이 외부인의 접촉을 완강히 막은 듯했다. 무의식중에 유석의 목소리가 들린 것 같다. 아마 병문안을 왔던 모양이다.

나흘째 아침. 유명은 방문을 열고 거실로 나왔다.

"유명아! 누워 있지-"

"이제 괜찮은 것 같아요."

"병원도 한사코 안 가겠다고 하고…."

"그냥 감기몸살인데요. 이제 다 나았어요."

유명은 너덜너덜한 속을 감추고 부모님께 웃는 연기를 해보였다. 정신을 차려야 한다. 아직 확실하지도 않은 일 때문에 이렇게 엉망이 되어선 안 된다. 미호가 돌아올 일말의 가능성이라도 있다면 자신은 기다릴 것이다. 그의 바람대로 더 성장하면서.

"죽 끓여놨어. 거기 앉아."

"네."

엄마는 따뜻한 죽을 담아낸 후 유명의 앞자리에 앉는다. 그리고 이상한 말을 했다.

"그런데… 같이 연기했던 배우는 누구야?"

쨍강- 유명이 숟가락을 떨어뜨렸다.

3일 전. 〈살로메〉 무대 직후. 막이 닫히고 한참이 지나서야 첫 관객이 정신을 차렸다.

"허업…!"

잠시 호흡이 멈췄던 폐에 산소가 쏟아져 들어오자 그는 미친 듯이 숨을 몰아쉬었다. 옆자리의 사람도 그제야 정신을 차리더니, 양손을 번갈아 주무르기 시작한다. 피가 통하지 않고 감각이 사라진 육체를 일깨우기라도 하듯이. 허억- 허어억- 객석의 여러 군데에서 동시에 바람이 새는 듯한 소리가 터졌다.

스탕달 증후군(Stendhal syndrome). 《적과 흑》을 지은 소설가 스탕달은 평소 미술작품을 좋아했는데, 어느 날 한 미술작품을 보고 흥분 상태에 빠져 호흡곤란을 겪게 되었다. 그 증상은 한 달 동안이나 이어졌다고 한다. 이후로 뛰어난 예술작품을 보고 일시적인 흥분 상태에 빠지거나 호흡곤란, 현기증, 전신마비 등의 이상 증세를 보이는 것을 스탕달 증후군이라고 명칭하게 되었다.

보통은 감수성이 아주 예민한 사람에게 드물게 일어나는 일이다. 하지만 감수성이 예민하지 않은 사람들조차 몽땅 빠져들게 할 정도로 환상적인 작품이 존재한다면? 지금 수전당의 객석에서는 집단 스탕달 증후군 같은 현상이 벌어지고 있었다.

지잉- 김성진이 객석등을 서서히 올렸다. 담백한 성격에 의지가 강한 김성진은 놀라운 집중력으로 공연 내내 큐를 맞추는 데 성공했다. 사실 그는 초반 이후부터 최대한 무대를 보지 않고 있었다. 고개를 들어 무대를 보는 순간, 정신을 놓을 것 같았기 때문이다. 컨트롤박스와 무대 사이에 유리가 있기에 망정이지, 아니었다면 자신도 모르게 넋을 잃고 말았을 것이다.

'이게 도대체 무슨 상황이람…'

김성진은 무전을 쳐 공연장 밖의 직원에게 문을 열도록 했다. 사람들은 혼미한 상태에서 한참을 깨어나지 못했다. 직원들은 당황해서 여러 번 장내 방송을 했고, 마지막으로 정신을 차린 손님이 자리를 뜬 것은 공연이 끝나고 한 시간이 지난 후였다.

그리고 바깥으로 나온 사람들은 공연을 떠올리기 시작한다.

'그건… 도대체 뭐였지?'

'분명 나도 그 세계에 함께…'

'신유명의 국왕 레오도, 흡입력 완전….'

멍하게 걷고 있던 한 젊은 남자가 뭔가 생각난 듯 고개를 휙 돌려 친구에게 물었다.

"그런데 살로메 역 배우, 혹시 넌 아는 사람이야?"

"아니. 너도 몰라? 와… 숨 막혀 죽을 뻔했네."

"누구야 대체. 저런 미친 미모에 미친 연기력의 배우라니!"

"진짜 누구지? 그 재상 역할 배우랑 살로메는 1인 2역 맞지?"

웅성웅성- 관객들은 모두 같은 패턴을 겪고 있었다. 공연장에서 나와서 혜전당 숲길을 따라 도로까지 나올 동안에는 약속한 듯이 침묵을 지키고 있다가, 차도 주변까지 와서는 번뜩 생각난 듯이 주위 사람과 '그 배우' 이야기를 나누기 시작한다.

'누구지, 그 배우는….'

윤진성도,

'생긴 걸 보니 유러피안계 같은데…. 그 정도의 배우를 내가 몰랐다니….'

아처 켈러도,

'유명 씨, 나한테까지 비밀로 하고 조용히 공연을 준비한 이유가… 혹시 그 배우 때문입니까?'

문유석도, 모두가 미칠 듯이 그 배우를 궁금해했다. 그리고 '그 배우'에 대한 호기심은 군중들의 입을 타고 점점 퍼져나갔다.

[실시간 검색어: 〈살로메〉 여배우]

― 공연이 끝나면 관객들은 나를 잊을 거당.

미호의 예언은 완전히 빗나갔고, 사람들은 미호를 잊지 않았다. 어떻게 된 일일까.

297

그의 이름은 혜호

유명은 죽을 한 술도 채 뜨지 못하고 컴퓨터 앞으로 달려갔다.

"엄마, 잠깐만요."

[살로메]

검색어를 치니 수많은 기사와 관객 반응들이 주르르 떴다. 그중에서도 가장 상위에 검색된 것은 영국 잡지 《Premier》에 실린 아처 켈러의 칼럼이었다.

[신유명의 특별공연, 〈살로메〉, 환상적인 무대의 여주인공은 누구? / 아처 켈러]

나는 신유명을 취재하기 위해 한국을 방문 중이었다. 그런데 5월 29일, 갑작스런 공연 소식이 터졌다. 〈살로메〉. 신유명의 특별 공연이라고 알려졌지만 출연진도, 공연 일정도 무엇 하나 공개되지 않았다. 심지어 소속사도 어리둥절한 모습을 보여 공연을 정말 하는 것이 맞는지, 끝까지 감춘 이유가 무엇인지, 많은 추측들이 난무했다.

하지만 공연은 진행되었다. 당일, 공지가 뜬 지 1시간 만에 혜전당 수전당(한국에서 최고로 손꼽히는 공연장)의 3,500객석은 완전히 매진되었다. 본인도 3,500개의 기회 중 하나를 운 좋게 잡은 사람이었다. 나는 신유명이 이 갑작스런 공연을 준비한 이유를 궁금해하며, 그리고 기대하며 수전당에 입장했다.

첫 장면부터 전율이 흘렀다. 공연은 신유명의 1인극이 아니었다. '살로메'. 극의 제목과 같은 이름의 무희는 신유명이 연기한 레플란 제국의 왕 '레오도'의 연인이었다. 필자는 안타깝게도 그녀의 아름다움을, 매혹과 추악함을 넘나드는 그 신들린 연기를 도저히 글로 옮길 필력이 없다. 다만 이렇게는 말할 수 있다. 실로 '기적 같은 배우'였다고. 그 신유명에 버금갈 정도, 아니, 어쩌면 그보다 더 뛰어날지도 모른다. 현시대 최고로 손꼽히는 배우와 무명의 기적 같은 배우, 두 명의 기막힌 호흡은 단숨에 관객들을 사로잡고 영혼까지 뒤흔들었다. 믿기지 않겠지만, 그날 공연을 본 대부분의 관객들이 스탕달 증후군에 시달렸다. 본인도 며칠이 지난 지금까지도 그 공연에서 헤어나지 못하고 있다.

그렇다면 살로메를 맡은 배우는 대체 누구일까. 그녀는 (혹은 그는) 살로메와 재상 아덴의 1인 2역을 맡았고, 그 두 역할을 모두 소름끼치도록 훌륭히 해냈다. 이 아처 켈러의 레이더가 저 정도의 연기력을 가진 배우를 여태 감지하지 못했다는 것을 믿을 수 없을 정도였다. 혹시 그녀는 보름달이 찬란했던 어느 밤에 지상에 내려와 인세 최고의 배우와 한바탕 놀고 사라진 연기의 신은 아니었을까.
나는 지금도 한국에 머물며 〈살로메〉를 추적하고 있다. 하루빨리 신유명이 그녀의 정체를 밝혀주길 간절히 기다리며.

아처 켈러뿐만 아니었다. 살로메 역의 배우에 관한 수많은 기사가 나와 있었고, 사람들은 '왜 신유명이 그녀에 대해 함구하고 있는지'를 토론하며 몸이 달아 있었다.

― 악! 도대체 뭘까요. 그날 어떻게든 공연을 봐야 했는데.
― 재상연 추진위원회 모집합니다. 관람한 사람들 반응이 후덜덜하네요. 뭐가 어땠길래….
― 늘 공연 영상 공유해주기로 유명한 우리 유명인데, 이번에는 영상 안 나올까요?
― 그나저나 유명이는 어딜 간 거죠. 전혀 소식이 안 들리는데 설마 기막힌 공연 후에 승천해버린 건 아니겠죠?

유명은 인터넷의 내용들을 확인하며 3일 만에 핸드폰 전원을 켰다. 부재중 전화와 메시지가 와르르 쏟아졌다.
전화를 켠 지 3초 만에 국제전화가 왔다. 데렉이다. 유명은 다시 식탁으로 돌아가며 그의 전화를 받았다.

「여보세요.」

「뭐야, 너 괜찮아?」

「데렉. 웬일이에요?」

「하도 연락이 안 돼서 소속사에 물어봤는데 아프다며. 뭘 얼마나 아팠길래 며칠이나 연락이 안 된 거야?」

「…이제 괜찮아요.」

참 좋은 형이다. 〈살로메〉 공연에 관해 묻고 싶은 마음이 굴뚝일 텐데도 유명의 몸을 먼저 걱정해준다. 유명은 그에게 말을 꺼낼 여지를 주었다. 자신이 아프다는 말에 그가 질문하는 것을 주저하지 않도록.

「공연한다고 좀 무리했나 봐요.」

「…그래, 뭐가 어떻게 된 거야? 궁금해서 죽는 줄 알았네.」

「그냥 공연이었어요. 비밀이 좀 많은 사람과의 공연.」

「그 살로메 역을 맡았다는 배우 말하는 거지? 대체 누구야?」

「누구인 게 중요한가요. 저보다 훨씬 굉장한 배우라는 거, 그게 데렉에겐 중요할 것 같은데.」

「너보다… 굉장한 배우라고?」

데렉의 목소리가 흔들린다.

「모든 세상을 통틀어 최고의 배우죠.」

「그런 사람이 왜 그렇게 비밀이 많아. 아, 미치겠네. 나도 좀 보여줄 수 없어? 같이 공연, 하… 아니, 일단 그거까진 바라지도 않고 한 번 보기라도」

「지금은 안 돼요. 비밀이 많은 사람이라.」

데렉과 이야기하면서 유명은 머릿속을 차근차근 정리해간다. 왜 이런 상황이 발생한 것이며, 자신이 어떻게 해야 하는지.

「그럼 언제 되는데!」

「…데려와야죠.」

「어디서?」

「그건 저도 모르지만… 꼭 데려올 거예요. 나중에 연락할게요.」
「야, 유명-」
유명은 전화를 끊고 문자를 확인했다. 많은 연락이 와 있었다. 연락의 내용은 세 가지로 압축되었다. 아프다던데 괜찮냐는 걱정, 공연을 왜 그렇게 급하게 진행했냐는 의문, 가장 많은 질문은 역시, 살로메 역의 배우가 누구냐는 것.
유명은 문유석에게 전화를 걸었다.
"앗, 유명 씨. 몸은 좀 괜찮-"
"저는 괜찮아요. 걱정 많이 하셨죠?"
"그럼요, 걱정했죠. 간판배우가 대형 사고를 치더니, 그것도 모자라서 끙끙 앓아누웠는데."
"죄송합니다. 이제 다 나았어요."
"다행이에요. 푹 좀 더 쉬고, 그런데 그 배우는 누구…."
유석도 그날 공연을 보았지. 아마 미호가 눈에 아른거릴 거다. 자신의 배우로 만들고 싶어서 얼마나 속이 탔을까.
"그건 나중에요. 대표님, 드릴 부탁이 하나 있는데요."
"부탁? 뭐예요?"
"최대한 빨리 인터뷰 하나 잡아주셨으면 좋겠어요. 영향력이 큰 매체일수록 좋습니다. 이왕이면 방송으로요."
"인터뷰를 원하는 곳이야 널려 있지만, 좀 더 낫고 나서-"
"아뇨. 최대한 빨리 부탁드려요."
유명의 눈빛에 다시 총기가 서렸다. 정확한 상황은 모르겠지만 지금 자신이 할 수 있는 일은 알 것 같았다.

다음 날. 유명의 집 근처로 KBK의 기자가 방문했다. 유명이 기자와 카메라맨을 데려간 곳은 바로 미호와 함께 공연을 준비했던 연습실이었다.

"와…. 집 근처에도 연습실이 있으셨군요."

"〈살로메〉를 준비한 곳입니다."

그 대답에 기자의 눈이 번뜩인다. 지금 〈살로메〉는 세계적인 핫이슈. 인터뷰에 자발적으로 응해오고 공연을 준비했다는 연습실까지 보여주는 것을 보니, 오늘 신유명은 〈살로메〉에 대해 제대로 이야기해줄 작정인가 보다.

조명과 카메라를 적절히 세팅한 후, 유명과 기자는 연습실의 테이블을 사이에 두고 마주앉았다.

"〈살로메〉를 여기서 준비하셨다구요."

"네."

"대본은 직접 쓰신 건가요?"

"네. 〈살로메〉를 연기했던 배우와 함께 썼죠."

처음부터 나오는 '그 배우' 이야기. 기자는 콩닥거리는 가슴을 누르며 일부러 핵심을 남겨두고 이야기를 겉돌아간다.

"깜짝 공연이었는데, 언제부터 준비하신 건가요?"

"…7년 전부터요."

유명은 진심으로 그렇게 생각했다. 실질적인 준비는 석 달 전부터였지만, 사실 너와 내가 처음 만난 순간부터 우리는 이 공연을 준비해온 것이라고 부족한 나를 네가 키우고, 경계하던 우리 사이에 신뢰를 쌓으며, 언젠가는 같이 하게 될 단 한 번의 무대를 향해 우리는 7년 동안 함께 달려온 것이 아닐까.

"지금 공연을 봤던 관객들 사이에 괴담이 돌고 있는데요."

"무슨 괴담요?"

"혜전당의 직원이 그날 신유명 씨에게 공연장을 대관해준 것은 사실이지만, 무대장치는 설치하지 않았다는 발언을 했거든요. 그런데 공연을 봤던 관객들이 무슨 소리냐고, 퀄리티 극상의 무대장치들을 분명히 보았다고 반박하면서 논란이 커지고 있습니다."

"무대장치는 없었던 게 맞습니다."

"…그래요?"

"네. 살로메 역할을 맡은 배우의 연기력이 엄청나서, 아마 배경의 이미지까지 관객에게 전달한 것 같아요."

"…!"

기자는 유명의 인상적인 대답을 빠르게 메모하며 고개를 갸웃거렸다. 기자들 사이에 신유명이 겸손하고 착하다는 소문이 자자하긴 했지만, 연기에 있어서만은 자신감 넘치는 모습을 보인다고 들었다. 그런데 오늘 그는 모든 공을 '그 배우'에게 돌리고, 모든 화제를 '그 배우'에게 몰아가고 있다. 어떤 의도가 있는 것처럼….

"그래서 그 배우는 누군가요?"

"그의 이름은 혜호. 정확한 이력은 저도 모릅니다. 오래전 우연히 알게 되었고, 개인 사정으로 신상을 밝히기는 어렵다고 들었어요. 하지만 정말 대단한 배우고 저도 많은 걸 배웠죠."

"혜호라…. 신유명 씨도 자세히는 모른다고요?"

"네, 하지만 한 가지는 알고 있습니다."

"한 가지?"

"천상연, 들어보셨죠? 2003년 전국연극제에서 엄청난 연기를 하고 홀연히 사라졌던, 아무도 정체를 모르는데도 최우수연기상을 줄 수밖에 없었다는 배우."

"네. 그럼 설마…."

그때 유명이 내뱉은 말에 기자는 특종을 예감했다.

"맞아요. 바로 그 배우가 천상연입니다."

선계 정원당은 선계의 관리하에 있는 귀계, 인계가 순리에 맞게 돌아가는지 감시하고 처벌할 권한이 있는 일종의 집행국이다. 그곳이 지금 시끌벅적하게 돌아가고 있다.

{뭐라고? 아니 왜…!}

{이런 일이 있을 수가 있나? 아무리 숫자가 많다고는 하지만 어째서-}

{이러다 일이 커지면-}

색색의 빛들이 정신없이 깜빡거리고, 휘하 도깨비들이 서류를 머리 높이까지 쌓아 뛰어다니고 있다. 그 한가운데에 앉아 있던, 얼굴이 대추같이 붉은 노인이 결국 두 손을 들었다.

{안 되겠소. 무기명을 해제하고 실명으로 회의를 하는 게 좋겠소이다.}

그 말에 아홉 개의 빛이 각각 형체로 화한다. 9명의 형선들이었다.

{왜 기억이 삭제되지 않는 겁니까?}

{귀(鬼) 혜호가 그 미친 짓을 벌인 것부터 문제 아닙니까!}

{이미 벌어진 일로 왈가왈부하지 말지요. 혜호는 이미 역리의 대가로 생기를 모두 잃고 산화했고, 수습은 우리가 해야 합니다!}

{수천 인간의 기억을 삭제하는 것이 처음 있는 일은 아닙니다. 만 명 단위의 기억을 지운 적도 있는데 왜 유독 이번 건만-}

일이 점점 커지고 있었다. 이제는 3,500명의 관객만의 문제가 아니었다. 그들이 다른 인간들에게 소문을 전파해서 수십, 수백만의 사람들이 혜호의 정체에 대해 논하고 있었다. 심지어 혜호와 계약 중이던 '인(人) 신유명'이 직접 방송에서 그의 귀명을 언급했으니, 전 세계의 사람들이 그의 귀명을 떠들기 시작하는 것도 시간문제였다.

인간이 선계의 존재를 인식하는 것은 커다란 역리이다. 더 많은 인간이 인식할수록 역리의 값은 더 커진다. 도대체 이 일을 어떻게 수습해야 하는가.

{이대로 일이 수습되지 않으면….}

{천계까지 나서게 될지도!}

{만약 그렇게 된다면….}

형선들의 낯빛이 어두워졌고, 특히 그중 한 명은 펄쩍 뛰었다. 천제가 이 사건을 직접 조사하게 되면 예전에 겨우 봉합해둔 다른 사건들마저 우르르 터지게 될 수도 있다.

{어서… 어서 해결해봅시다!}

{도깨비들! 조금이라도 비슷한 사례가 있으면 냉큼 모아와!}

그때 정원당의 문이 쾅- 열리고,

{인간계에서 거대한 역리가 일어나고 있는 정황이 포착되었다. 이는 선계의 수습 범위를 넘어선 터, 지금부터 정원당의 압수수색에 들어가겠다.}

신좌들이 일렬로 들어와 쌓여 있는 자료들을 모조리 압수하기 시작했다.

'결국….'

형선장은 체념한 듯 눈을 감았다.

298

친구니까요

천계의 조사가 시작되었다.

현신(소)425710 귀(鬼) 혜호의 현신 사건:
귀(鬼) 혜호(惠狐, 귀종 구미호, 귀업 연귀)가 다수의 인간 앞에 현신한 사건. 과도한 역리(逆理)로 인해 귀(鬼) 혜호는 천 년을 모아온 생기를 잃고 산화됨. 이후 선계는 현신을 목격한 인간들의 기억을 지우려 하였으나, 알 수 없는 이유로 지워지지 않아 기억(누)232824 사건으로 이어짐.

{어째서 기억을 지우지 못한 것이냐! 지금 지나친 역리로 세상이 흔들리고 있다!}

{억울합니다. 저희도 영문을 알지 못하옵니다!}

기억(누)232824 선계의 기억 삭제 실패 사건:
현신(소)425710 사건으로 인해 3,500명의 인간이 귀(鬼) 혜호의 현신을 목격하였고, 선계는 순리 보정을 위해 기억 삭제를 시도하였으나 원인불명의 사유로 시도가 실패함. 이후 3,500명의 전파로 인해 현재 15,802,932명의 인간이 귀(鬼) 혜호의 진명(眞名)을 알고, 11,520,353명의 인간이 귀(鬼) 혜호의 현신체에 대해 의문을 가지고 있음. 조사 중, 과거 생기(러)1538720 계약과의 연관성이 드러남.

{혜호와 함께 무대에 섰다는 인간이 그의 계약자였다고?}

{그… 그렇습니다.}

{어떤 내용의 계약이었더냐!}

생기(러)1538720 귀(鬼) 혜호(惠狐)와 인(人) 신유명(申有名, 인간(전)7574120)의 계약:
귀(鬼)가 인(人)을 회귀시켜주고, 그 대가로 자신의 생기 일부를 넘기는 계약. 역리(逆理)값이 매우 커서 귀(鬼) 혜호(惠狐)는 회귀의 대가로 일금환(一金環)을 반납하였음.
※ 당시 계약의 공정성이 문제되어 소명을 위한 청문회가 정원당(正願堂)에서 열렸으나, 납득 소명으로 기각됨.

{이 계약 내용이 좀 이상한데? 어째서 생기를 넘기는 것이 '혜택'이 아닌 '대가'로 설정된 것이냐?}

{그… 그건 확실히는….}

{청문회를 했다지 않았나! 그때 소명을 들었을 것이 아닌가?}

{그게… 생기를 준 것이 귀 혜호의 목적을 이루기 위해서였다고 들었습니다.}

{귀가 생기를 줌으로써 얻을 것이 뭐가 있단 말이냐!}

{…존재탈취를-}

{존재탈취? 그건 부여한 생기가 계약자의 생기를 넘어서야 가능할 텐데?}

인간(전)7574120 신유명(申有名)
1982년 5월 22일 生
부(父) 신우창(申優蒼) 모(母) 박미혜(朴美慧)
선천생기(先天生氣) 53

{선천생기가 53인 인간이라면 아무리 생기를 많이 준다고 해도 존재탈취는 불가능하지 않으냐.}

{…….}

{뭐가 어찌된 것이냐? 바른대로 고하지 못할까!}

조사해 갈수록 수상쩍은 부분들이 점점 드러났다. 신유명이라는 인간이 선계의 실수로 인해 생기를 29밖에 받지 못했고, 그로 인해 혜호가 존재탈취를 노리게 되었다는 것도 드러났다. 천계의 신좌들은 이와 같은 일이 예전에도 있었는지 전수조사를 시작했고, 그 과정에서 드러난 것은…

{이게 어찌된 영문이냐!}

실수로 인해 인(人)이나 귀(鬼)가 불이익을 당했어도 슬쩍 무마하기. 동료의 잘못을 슬쩍 눈감아주기. 그것이 관행처럼 고착화되다 보니 의도적으로 인(人)이나 귀(鬼)에게 주어져야 할 생기를 중간에서 빼먹는 일도 생겼다. 한 번 터지니 줄줄이 끝도 없이 엮여 나왔다. 이 모든 정황을 신좌들이 보고한 가운데, 천계의 재판이 열렸다.

{형선장. 선계는 언제부터 이렇게 엉망이 되어버렸나.}

{…….}

{귀(鬼)가 천 년의 수양을 해도 오를까 말까 한 것이 선(仙)이다. 그만큼 수양이 되어 있는 존재들이라 생각해서 타 계(界)의 관할도 선계에 맡겨왔지. 고인 물이 썩는다는 말이 있긴 하지만, 등선하여 신선의 반열에 오른 존재들이 어찌 이런 그악스러운 짓을!}

천제의 준엄한 질책에 형선장이 눈을 떨군다.

{비리를 저지른 주요 선(仙)들은 존재를 무화(無化)시키는 극형에 처한다. 유관 선(仙)들은 선격을 압수하고, 귀(鬼) 중에서도 가장 하위의 귀로 격을 낮춘다.}

선계에 피바람이 분다. 신좌들이 관련된 선들을 모두 끌어냈고, 그들은 격에 맞지 않는 비명을 지르기 시작했다.

{사태가 이 지경까지 이른 것엔 역리값이 일정 수치를 넘기지만 않으면 선계에 맡겨두고 방관해온 천계의 책임도 있다. 천계는 선계가 자정작용을 마칠 때까지 귀계와 인계의 관리를 직접 맡고, 향후 선계가 다시 관리하게 되더라도 정기적으로 감사를 시행하도록 하라.}

그렇게 선계게이트가 정리되었다. 하지만 아직 가장 큰 문제가 남아 있었다.

{이제 점점 커져가는 역리치를 해결해야지.}

{어떻게….}

{증인을 불러라.}

{누구를 말입니까?}

{혜호는 비산되어 사라졌으니 이 사태의 전말을 정확하게 아는 존재는 하나밖에 남지 않았을 것 아니냐.}

그 존재란 바로, 인간 신유명을 뜻했다.

신좌는 천제의 명을 받아 증인을 소환하러 왔다. 낯선 바람을 느낀 것인지 누워 있던 인간이 감은 두 눈을 뜬다.

{인간 신유명(申有名)이 맞는가?}

깜짝 놀라 벌벌 떨 줄 알았다. 하지만 자신의 신형을 똑바로 바라본 인간은 마치 기다리고 있었다는 듯이 조용히 묻는다.

'혜호에 관한 일입니까.'

{그렇다. 천계의 재판 중, 증인 소환을 위해서 왔다.}

'선계와 인계의 시간 흐름이 다르다고 들었는데 혹시 다녀오면 시간이 많이 지나게 됩니까?'

차분하지만 당돌한 그의 질문에 신좌는 당황하여 잠시 말을 헤맸다.

{…그렇지 않다. 선계와 인계의 시간 흐름이 다른 것은 맞지만, 천계는 시간 밖에 있는 곳으로 그곳에서는 시간이 흐르지 않는다. 다녀와도 지금 시간에서 조금도 지나지 않을 것이다.}

'알겠습니다. 부모님께 편지를 남길 필요는 없겠군요.'

가기 싫다거나 시간이 많이 지나면 곤란하다거나, 그런 이유일 줄 알았는데 부모님이 걱정하실 걸 염려해서라니. 인간을 직접 만나는 일이 처음인 신좌는 원래 인간이 이리 당돌한 생물인지, 저 인간이 귀와 붙어 다니더니 담이 커진 것인지 궁금했다.

'가시죠.'

{곱게… 가려고?}

'네. 불러주시기만을 기다렸습니다.'

이상한 인간. 자신이 온전한 신이 아닌 신좌라고 해도, 보통 인간이라면 보는 순간 다리에 힘이 풀리고 몸이 덜덜 떨릴 정도로 위압을 느낄 것이다. 거부할 경우 묶어서 데려가려고 오라를 손에 들고 있던 신좌는 머쓱하게 그것을 뒤로 숨겼다. 의지가 굳은 눈빛이 자신을 재촉한다.

{그럼 가자.}

신좌가 날개로 그를 감싸자 그들의 신형이 사라졌다. 잠시 후 그들은 천계의 재판장에 서 있었다.

천제는 수심에 빠져 한 인간을 기다리고 있었다. 처음이자 마지막으로 자신의 아이를 직접 만났을 때, 그는 어미를 닮아 아름다운 외형에 무언가에 마음을 빼앗긴 듯 눈동자가 깊게 일렁이고 있었다.

─ 저는 지금이 좋습니다. 현재의 귀업에 만족합니다.

아이는 그렇게 말했다. 처음에는 자신을 배려해서 한 말인 줄 알았다. 화호와 혜호를 데리고 오려면 자신이 천제의 위(位)와 천계의 격(格)을 포기해야 했기에. 하지만 가끔 지상을 내려다보며 혜호를 찾아보면 그는 정말로 무엇엔가 단단히 미쳐 있었다.

'어릴 때 아비라고 한 번 놀아주지도 못했는데….'

그런 그가 갔다. 단 한 번의 꿈을 펼치고 산화되어버렸다. 선계가 잘못한 것은 분명하지만, 혜호가 사라진 것은 선계 때문이 아니었다. 감당하지 못할 꿈에 마음을 쏟은 죄. 그로 인해 자신은 아들을 잃었고, 지금은 그가 친 사고를 수습해야 한다.

{도착했습니다.}

신좌가 허리를 굽히고 사라졌다. 재판이라고는 하지만 선계의 재판처럼 여럿이 머리를 모아 진행하는 것은 아니었다. 천계의 재판관은 오직 천제 자신이었고, 심지어 범인은 산화해버렸기에 지금 이곳에는 재판관과 증인, 둘이 전부였다.

{네가 신유명이냐.}

'혜호의 아버지 되십니까.'

인간이 입에 올린 말에 천제가 흠칫 놀라 그를 내려다본다. 자신의 격의 천 분의 일, 만 분의 일도 되지 않는 미약한 존재가 모든 의지를 끌어모아 자신에게 말을 걸고 있었다. 보통 힘겨운 일이 아닐 것인데…. 그는 자신의 존재감을 누그러뜨렸다.

{그 아이가 네게 그런 말도 했느냐.}

'저희는 친구니까요.'

{친구. 친구라….}

천제가 허허로이 웃었다. 인(人)과 귀(鬼)가 벗이라니, 그런 일이 있을 수 있단 말인가.

{…상황이 이렇게 되었다. 기억이 삭제되지 않는 까닭을 모르겠는데, 그 자리에 있었던 너는 혹시 짚이는 게 있을까 싶어 불렀다.}

원래 엄정하게 취조할 생각이었지만, 인간이 가지고 있는 묘한 분위기와 당당한 눈빛을 보니 그럴 마음이 들지 않았다. 게다가 자식의 '친구'라는 말을 들으니 마음이 누그러져, 천제는 마치 집 나간 아이의 소재를 그 친구에게 묻듯이 살살 구슬려 물었다. 하지만 선계도 천계도 짐작하지 못했던 이유를 한낱 인간은 너무 쉽게 내놓는다.

'두 가지 이유가 있을 겁니다.'

{…두 가지?}

'첫 번째는, 혜호의 연기가 너무 대단해서요. 인간들이 쓰는 표현 중에 '뇌리에 깊숙이 박히다'라는 표현이 있습니다. 굉장히 충격적인 무언가를 보았을 때 잊으려야 잊히지 않는다는 의미입니다.'

{그렇게… 대단했는가?}

'아마 그때의 관객들은 지금도 매일 밤 꿈속에서 혜호를 보고 있을 겁니다.'

천제는 괜히 흐뭇해졌다. 원래 가치라는 것은 '그것이 가치 있다고 여기는 사람들의 믿음'으로 정해지는 법이다. 천제는 왜 혜호가 인간의 유희에 지나지 않는 '연기'라는 것에 그렇게 빠져들었는지 이해하지 못했었다. 하지만 저 인간이 담백하고 열정적인 어조로 혜호를 극찬하는 것을 듣고 있으니, 그게 그렇게 가치 있는 일이고 내 아이가 그렇게 대단했었는가…라는 생각이 들기도 하고.

{두 번째는?}

'그들이 본 것은 귀의 연기가 아니라 인간의 연기였으니까요.'

{인간의 연기…?}

이건 무슨 소리일까. 혜호는 자신과 화호의 사이에서 난 귀(鬼)가 틀림없다. 그런데 인간의 연기였다니.

'그는 인간의 흉내를 반복하면서 어느새 인간의 마음을 진심으로 이해하게 되었습니다. 우정, 사랑, 질투, 배신…. 인간의 수많은 복잡미묘한 감정들을 외부자임에도 어느 내부자보다 더 깊이 이해하고 표현했죠.'

그는 '인간의 흉내를 반복하면서'라고 설명했지만, 천제는 알 수 있었다. 아마도 혜호는 저 인간을 만나고 나서 '인간의 마음'을 진정으로 깨닫게 되었으리라. 혜호의 이야기를 하면서 그가 짓는 신뢰와 애정 가득한 표정을 보면, 자신도 무언가 깨달아버릴 것 같으니까.

'인간이 가장 인간다운 연기를 보았으니 이것은 순리입니다. 강제로 지우는 것이 오히려 역리가 아닐까요?'

천제가 침음성을 지었다. 그의 말을 듣고 보니 그런 것 같다. 사는 세계와 격의 차이를 넘어 하나의 마음이 하나의 마음에게 진심으로 전한 '진짜 감동'이었다면, 단순한 목격처럼 쉽게 삭제되지 않는 것이 당연하다.

187

{하지만 섭리는 이것을 '역리'로 판단하고 있어. 시간이 가고 더 많은 사람이 그를 궁금해할수록 역리값은 커지고 있다.}

'그야, 그의 감정이 진짜였다 해도 몸은 진짜가 아니었으니까요.'

{그렇게 남의 일처럼 말할 때가 아니다! 여기서 역리값이 더 커지면 인계 전체가 무너질 수도 있어.}

그 말에 인간은 기다렸다는 듯이 말한다.

'역리를 순리로 만들면 되지 않을까요?'

{…뭐?}

'혜호를 진짜 인간으로 만들면 순리 보정이 되지 않을까, 라는 뜻입니다.'

천제가 놀라서 인간을 내려다본다. 무슨 이런 생각을…. 하기야 귀가 인으로 격하되거나 선으로 격상되는 일은 간간이 발생하는 일, 그것 자체가 불가능하진 않다. 인간의 몸을 갖게 되는 시점이 공연보다 뒤라는 문제는 있지만, 그 역리값은 수많은 인간이 귀의 현신체를 궁금해하는 역리값보다는 현저히 낮을 것이다. 그 정도는 자신이 감당하면….

{일리가 있군. 하지만 혜호는 그날 과도한 역리의 폭풍을 맞아 사라져버렸다.}

천제가 침통한 목소리로 아이의 죽음을 알린다. 그때 인간이 품속에서 무언가를 꺼냈다.

{…!}

금빛 구체 안에 잠들어 있는 것은 혜호의 영혼이었다.

299

명분을 만들 수 있다면요?

며칠 전. 유명은 머릿속으로 누군가를 간절히 불렀다.

'화호 님. 화호 님. 혹시 제 말 들리십니까.'

미호의 진명, 혜호를 자신이 방송에서 언급했고 전 세계의 사람들이 그 이름을 떠들고 있으니, 아마 선계에도 이야기가 들어갔을 것이다. 그 얘기를 듣는다면 화호가 한 번은 자신을 들여다보리라 생각하고, 유명은 내내 그녀의 이름을 불렀다.

그리고 정말로 그녀가 찾아왔다.

{나를 불렀니?}

'안녕하세요.'

{처음 보는구나, 인간 아이야. 네 얘기는 많이 들었지. 혜호의 일로 상심이 크겠구나.}

그녀는 은빛 털이 눈부시게 빛나는 구미호의 형상을 하고 있어 처음 원생에서 보았던 미호의 모습을 떠올리게 했다. 유명은 먹먹해지려는 마음을 붙잡고 그녀에게 간절하게 물었다.

'혹시… 그를 데려가지 않으셨습니까?'

{…어떻게 알았니?}

'미호가 남긴 대본에 저를 과거로 돌려보낸 물건을 화호님께서도 받으셨다는 내용이 있더군요. 혹시 해서 수전당에 다시 가 보니, 살로메를 연기했던 미호의 기운이 완전히 지워져 있었습니다.'

{선계에서 처리한 걸 수도 있잖니?}

'그렇다기엔 관객들이 미호를 기억하고 있어서요. 가장 중요한 문제

를 처리하지 못해놓고 그런 소소한 일들까지 처리했을 것 같진 않은데…'

화호가 속으로 혀를 내둘렀다. 무척 현명하고 똘똘한 아이다. 혜호의 마음을 사로잡은 것이 연기에 대한 열정만은 아니었나 보다.

{그래, 내가 데려왔어. 그 아이가 자기 존재를 쏟아서 연기했기 때문에 잔존생기에서 혜호의 정수를 거둘 수 있었지.}

'그럼 미호는…!'

{안타깝게도 영혼만을 겨우 보존했을 뿐이야. 존재를 지탱시킬 최소한의 생기도 잃고 혼 상태로 머물러 있지. 이걸 내 힘으로 되돌리는 건 불가능해. 이 아이는 순리를 너무 많이 거슬렀거든. 수백 년이 지나 역리의 폭풍이 가라앉는다면 모를까….}

'…천계에서는 되돌릴 힘이 없습니까?'

{힘은 있겠지만 명분이 없으니까. 천계조차도 순리의 지배를 받기 때문에 아무리 천제님이라고 해도 명분 없이 구해주긴 어려울 거란다.}

'명분을… 만들 수 있다면요?'

화호가 그의 절박한 표정을 물끄러미 바라본다. 세상에 거대한 역리를 불러온 죄인에게 어떤 명분을 만들어줄 수 있을까.

{어떤 명분?}

'수습하기 위해서 어쩔 수 없었다는 명분요.'

{그게 무슨 말이니…?}

'세상 사람들이 다 미호를 기억하고, 심지어 '진명'조차 알고 있다는 건 굉장히 큰 사고일 것 같은데요.'

화호가 깜짝 놀랐다. 그럼 이 아이가 '혜호'라는 이름을 퍼뜨린 목적은 단순히 자신을 부르기 위해서가 아니라….

'다행히 일을 키우는 것이 쉬운 세상이라서요. 제발 선계 선에서 일이 수습되지 않았으면 좋겠네요.'

{수습되지 않는다면 그 뒤의 계획은…?}

'천계의 소환을 기다려보려고요. 혹시… 미호의 영혼을 제게 맡겨주실 수 있으실까요?'

무려 천제를 상대로 딜을 치겠다는 그의 계획을 듣고, 화호는 두말없이 일금환(一金環)을 내어주었던 것이다.

그리고 지금, 천제가 믿을 수 없는 표정으로 그 속에 담긴 영혼을 바라보고 있었다.

{어떻게 이것을….}

3개월 후.
[발레리나 윤세련, 파리 오페라발레단 한국인 최초 에뚜왈]
[발레 팬들, 부상을 딛고 일어선 최고의 발레리나에게 찬사]
[〈백조의 호수〉, 프리마 3인 중 1인으로 무대에 서는 윤세련]

커다란 박수가 울려퍼진다. 서정적이고 선이 고운 발레리나는 무대 위에서 하얗게 빛나는 가련한 오데뜨를, 새까맣지만 매력적이기 그지없는 악역 오딜을 환상적으로 연기했다. 그 무대의 한쪽 VIP석에서 세계적인 셀럽 한 명도 박수를 치고 있었다.

공연 후 백스테이지. 공연을 마친 무용수들이 오늘 무대를 보러 온 누군가에 대해 떠들썩하게 수다를 떨고 있었다.

「발코니 쪽 봤어?」

「신유명 아니야?」

「그치? 내가 잘못 본 것 아니지? 무대 위에서 관객 될 뻔했네.」

「세련아, 너 보러 온 거 맞지?」

신유명이 세계적인 스타가 되면서 〈발레리나 하이〉도 재상영을 거듭했다. 발레단에서 단체 관람을 한 적도 있기에 세련과 유명이 함께 작품을 찍은 사이라는 것을 모두가 알고 있었다.
세련이 웃으며 일어났다.
「응, 오래 알던 사이라 축하해주러 왔나봐.」
「꺄악-! 혹시?」
「그런 거 아니야. 내일 봐.」
세련은 핸드폰을 확인하며 밖으로 나왔다. 〈지젤〉의 마르타 여왕을 맡았을 때 캐모마일 꽃바구니를 보냈던 그는 이번에 드디어 공연을 보러 왔다. 무려 6년 만의 만남이다.
빱- 가볍게 클랙슨이 울린다. 뒤돌아보니 차창이 내려가고 잊을 수 없는 얼굴이 눈에 들어온다. 울컥 올라오는 감정을 추스르며 세련은 반갑게 웃었다.
"유명아! 오랜만이네."
"누나, 공연 잘 봤어. 정말… 멋있더라."
멋있기야 네가 훨씬, 이라는 말을 그녀는 꿀꺽 삼킨다. 오늘은 자신도 멋있었으니까 당당하도록 하자. 차를 타고 이동한 그들은 세느강 하류에 있는 한적한 강변을 걸었다. 길고 힘들었던 재활치료, 파리 오페라 발레단 합격, 이후에도 쉬지 않고 노력해 프리마 배역을 받게 되기까지, 그녀의 이야기를 유명은 조용히 귀 기울여 들어주었다.
"너는? 〈살로메〉가 엄청 화제였잖아. 그 뒤엔 뭐 했어?"
"누군가를 기다리고 있어."
그 말에 세련의 마음이 저릿한다. 그 베일 속의 여배우일까. 아직 살로메 역 배우의 정체는 밝혀지지 않았다. 기자들이 유명에게 달라붙어 그녀의 소재를 캐내려고 했지만, 유명은 계속 함구 중이라고 들었다. 역시… 그가 좋아하는 사람인 것일까.
"누나, 혹시 만나는 사람 있어?"
"어? 아니… 나는 아직. 연습하느라 바빠서."

"나는 오랫동안 윤세련을 생각하며 힘을 냈는데, 누나는 내 생각 안 했어?"

텅- 심장이 떨어지는 소리가 났다. 세련의 발걸음이 덜컥 멈춘다. 그녀는 한참을 침묵하다가 겨우 입을 연다.

"…그때 보낸 초대장이 나는 이제 터널을 빠져나왔다는 신호였는데."

"알아. 하지만 나도 그때 터널 속에 있었거든."

처음에 세련을 보낸 건 그녀를 위해서였지만, 돌아온 그녀를 받아들일 수 없었던 건 시한부처럼 정해진 7년의 기한 때문이었다. 그 시간은 미호를 만나고 연기에 전념했던 행복한 시간이기도 했지만, 누군가를 쉽게 만날 수 없는 굴레이기도 했으니까.

이제야 그는 누군가와 미래를 바라볼 수 있는 몸이 되었다. 그 시작이라면 당연히 이 사람이다. 커다란 시련에도 꺾이지 않고 맞서 온 멋지고 아름다운 사람. 오랜 시간이 지났고 이제 서로의 감정이 완전히 닿지 않을 가능성도 있겠지만, 우리에게 서로를 마주 볼 기회는 있어야 마땅하지 않을까.

"나랑 만나볼래요?"

"…응."

세련은 작지만 망설임 없이 그 말에 답했고, 유명이 그녀의 손을 살짝 잡았다. 그리고 그들은 함께 걸었다. 강을 따라서, 같은 방향을 바라보며.

그날 헤어지기 직전, 세련이 조심스럽게 한 가지를 묻는다.

"기다리는 사람은…."

"아마 오늘 올 것 같아요. 세 번 달이 기울었다가 찼거든."

유명의 묘한 말에 세련이 눈을 껌벅거렸고, 그는 달처럼 환하게 웃었다. 밝디밝은 대보름 밤이었다.

유명은 세련을 데려다준 후 다시 강변으로 나왔다. 한적한 강가의 펍에 앉아 맥주 두 병을 시켰다. 한 병을 맞은편에 놓고 한 병을 홀짝였다. 마치 기다리는 사람이 있는 것처럼.

잠시 후 그의 옆자리에 모자를 푹 눌러 쓴 한 남자가 앉았다.

"잘 지냈냐."

"…혜호."

"너는 부르던 대로 불러라."

남자가 장난스럽게 씨익 웃었다. 천천히 고개를 돌린 유명의 눈이 젖어 있었다.

"걱정했잖아."

"…미안해."

정말 많은 걱정을 했다. 하지만 왜 그랬냐는 말은 할 수 없었다. 자신도 그와 함께 무대에 서기 위해서라면 무엇이라도 버릴 수 있었을 테니까. 다만… 자신의 마음을 다치게 하지 않으려고 힘겨운 상황에서도 자신을 속였던 미호를 생각하면 지금도 가슴이 저릿하기는 하다.

치이익- 그는 직접 병따개로 병뚜껑을 따서 멋지게 맥주를 마신다. 두 앞발로 맥주 캔을 부여잡고 마시던 귀여운 여우는 이제 없지만 아쉽지 않다. 그가 얼마나 연기할 수 있는 몸을 갈구해왔는지 알고 있으니까.

"캬- 이 맛이 그리웠지. 그런데 뭘 어떻게 한 거야?"

"응?"

"아버지와의 거래."

유명은 그날, 천제와 나눈 나머지 대화를 머릿속에 떠올렸다.

― 그래서… 이 영혼을 심을 육체를 내어달라?

― 이왕이면 그의 현신체와 같은 외양이었으면 좋겠습니다. 그래야 사람들이 쉽게 납득할 테니까요.

― 영혼을 아기로 탄생시키는 것도 아니고, 명이 다 된 사람의 몸에 불어넣는 것도 아닌, 완전히 새로운 육체를 만드는 것은 쉬운 일이 아니다.

― 어차피 역리를 감당하려면 다른 방법도 없지 않습니까.

― 흐음….

― 게다가 선계는 제게도 빚이 있지요.

선계를 압수수색하는 과정에서 유명의 생기가 잘못 주어졌던 사실이 드러났다. 그걸 무마하기 위해 졸속으로 유명의 지장을 찍으려 했던 사실도. 유명이 인세에서 계속 연기하기 위해 합의서에 도장을 찍어주기는 했지만, 선계의 비리가 모두 파헤쳐진 이상 그 합의도 무효화되었다. 인간 신유명은 선계와 선계를 관리하는 천계에 보상을 요구할 자격이 있는 것이 사실이었다.

― 바라는 것은 한 가지뿐입니다. 귀 혜호가 인간이 되어 저와 함께 연기하며 살아가는 것.

― 그 아이가 그걸 바라리라는 확신은 있느냐? 귀가 인이 되는 것은 격이 추락하는 것이다.

― 네. 분명히 바랄 겁니다.

유명은 확신에 차서 말했다.

― 그의 마음을 저만큼 알고 있는 사람은 없을 거예요. 우리는 친구이고, 같은 배우니까요.

유명의 설명을 들으며 혜호는 안타까워했다.

"어차피 그렇게 처리할 수밖에 없었을 일인데 왜 보상을 포기해? 뭔가 다른 능력을 얻을 수도 있었을 텐데."

"거래가 아니었어, 나에겐."

"……."

"손익을 따질 수 없을 만큼 절박했다고."

그 말을 들은 혜호의 눈에서 눈물 한 방울이 또르르 굴러떨어진다. 그가 보이는 첫 눈물.

"고마워. 네 덕분에 천 년의 꿈이 이루어졌네."

유명은 그에게 맥주병을 들어 보였고, 그가 손에 든 병을 부딪쳐왔다. 챙- 맑은소리가 났다. 세계가 그를 환영하는 것처럼.

"그런데 왜 남자가 된 거야? 현신체는 남성도 여성도 가능했잖아?"

"내가 그렇게 택했어."

"왜?"

"〈살로메〉를 하면서 남녀 간의 사랑연기는 진하게 해봤지만, 아덴-레오도는 아무래도 임팩트가 덜했잖아. 그게 아쉬워서?"

유명도 왠지 미호가 남성체를 택하리라고 생각했다. 그 아름다운 여성체의 모습을 다시 볼 수 없는 건 안타깝지만, 미호라면 여장을 하고서도 살로메를 기가 막히게 연기하겠지. 미호가 남은 맥주를 꿀꺽 삼키더니 자리를 박차고 일어난다.

"가자."

"어딜?"

"어디든 연기할 수 있는 곳으로."

"좋은 생각이야. 여기 한동안 머무를 생각이었어서 집 근처에 연습실을 구해놨지. 인간이 되고 첫 연기는 뭘로 하고 싶어?"

"〈지킬 박사와 하이드〉 한번 갈까?"

그는 유명이 회귀해서 처음으로 제대로 연기했던 작품을 입에 담았다. 유명의 몸에 짜릿한 기운이 감돌았다.

'미호의 지킬, 미호의 하이드. 보고 싶다!'

"어서 가자!"

보름달이 환하게 그들의 등 뒤를 밝혔다.

300
끝과 시작

며칠 후, 파리 샤를 드골 공항. 유명은 어리둥절한 표정으로 미호의 여권을 훑어보고 있었다.

[Greg Fox]

"와… 진짜 감쪽같네."

"그야 진짜니까."

"며칠 전까지 존재하지 않았던 사람의 호적이 홀랑 생긴 걸 보니까 어안이 벙벙하네. 선계 일 잘하는구나…."

천계에서 미호의 육체를 만드는 동안 천계의 지시를 받은 선계 사무국은 그를 실존하는 인간으로 만들기 위한 '문서 작업'을 했다고 한다. 낯선 이름과 국적을 훑어보며 유명이 물었다.

"그렉 폭스? 폭스는 혜호의 '호'에서 온 것 같고, 그렉은?"

"은혜가 영어로 그레이스인데, 그건 여자 이름이라서 대충 비슷한 거로 했다네."

"어… 응…. 그럼 국적은 어떻게 정했어? 바하마는 어디지?"

"중앙아메리카에 있는 지상낙원이라고 불리는 나라야. 아버지가 거기로 정하셨어."

"와, 좋은 곳에서 살라고 배려해주신 거?"

"아니, 거기가 세금이 없대. 세금이 무서운 거라면서."

…많은 걸 배려해주셨구나. 유명은 그 위대한 천제도 자식 앞에서는 한낱 아버지라는 것을 깨달았다.

유명과 미호는 퍼스트 전용 라운지에서 수속을 마쳤다. 그리고 사람들의 눈에 띄지 않는 통로를 통과해 보안 검색대 앞.

띡- 보안 검색요원이 티켓을 찍고 여권을 펼쳐서 스캔시킨다. 유명과 미호는 동시에 숨을 죽였고, 그가 아무렇지도 않게 티켓과 여권을 돌려준 순간, 휴- 하고 한숨을 내쉬었다.

"너 때문에 나도 긴장했잖아."

"그럼 긴장이 안 돼? 갑자기 위조 여권입니다! 하면서 수갑 채우면 어떡해."

"선계가 그렇게 일을 허술하게 할 리가 있냐."

"허술하게 하다가 내 지장 몰래 찍으러 온 적도 있잖아."

티격태격- 눈물겨운 상봉이 언제였냐는 듯, 며칠 사이에 그들의 사이는 예전처럼 돌아가 있었다.

탑승이 시작되었다. 그들은 이제 각자 한 자리씩 좌석을 차지하고 앉아 맥주를 딴다.

"돌아가면 꽤 정신없을 거야. 〈살로메〉 여배우가 누구냐고 난리였거든."

"하기야 '여배우'로 알고 있겠네. 아덴과 1인 2역이기는 해도 살로메가 워낙 강렬했으니까."

"응. 〈살로메〉 배우 드디어 출현! 여배우가 아니었다! 이런 기사로 뒤덮이겠지. 왜 정체를 비밀로 했냐, 이제껏 활동은 왜 안 했냐, 그런 질문도 무수히 받을 텐데, 생각해둔 핑계라도 있어?"

"굳이 대답할 필요 있겠냐. 배우는 연기로 보여주면 되는데."

"하하, 정답이네."

배우는 연기로 보여주는 것. 혹여 누군가가 미호의 과거를 억측하고 갖은 유언비어를 퍼프린다고 해도 상관있으랴. 그의 연기를 보고 난 후엔 싹 다 입을 다물고 말 것을.

"기대된다. 다들 널 보고 어떤 표정을 할지."

"내가 아닌, '우리'를 보고."

챙- 이번엔 미호가 먼저 맥주잔을 들었고, 유명이 맞부딪혔다.

 호철은 홀린 듯 멍하게 미호를 바라보고 있었다. 유명이 박수를 짝- 치자 그제야 더듬더듬 인사를 한다.
 "어… 안녕하세요."
 "안녕하세요?"
 "…그림이 말을 한다."
 호철의 반응에 유명이 웃음을 터뜨렸다.
 "뭐야, 그게."
 "어어… 외국 그림이 한국말을 너무 잘하네요."
 "하하, 그렉이야. 살로메를 연기했던 배우이고 내 친구."
 "네에…."
 호철은 그들을 태우고 수원으로 가면서도 백미러로 수십 번이나 뒷좌석을 흘끔흘끔 쳐다보았다. 그리고 집에 도착한 후,
 "유명아, 너 좋아하는 된장찌개… 어머?"
 "안녕하세요, 어머니."
 "어머머?"
 혜호가 장난스럽게 씨익 웃었다. 사실 자신은 이 집에 오래도록 함께 살았다. 쭉 살던 집에 두 발로 처음 걸어 들어오고, 매일 보던 사람에게 처음 말을 거는 기분이 묘했다. 그런 소소한 '감정'들이 인간의 형상을 갖추게 되자 훨씬 직접적으로 와닿는다.
 "반가워요. 유명이가 친구 데려온다고 해서 그냥 먹던 대로 차렸는데, 외국인인 줄 알았으면 다른 걸 준비할걸…."
 "아니에요, 저도 된장찌개 좋아합니다."
 "그래요? 다행이네. 쉬고 있어~ 곧 아버지랑 지연이 올 거야."

어머니가 고개를 갸웃갸웃하며 부엌으로 들어가신다. 이상하게 친근하네…. 저런 미남을 봤으면 기억 못 할 리가 없는데…, 라고 중얼거리며. 유명은 미호와 마주 보고 어깨를 으쓱했다.

그리고 지연이 귀가했을 때, 미호가 성큼 다가서서 그녀를 와락 안으며 이름을 불렀다.

"지연아!"

"어…? 신유명 이게 뭐야, 설명해."

유난히 지연을 좋아하던 미호는 그녀가 자신을 처음 보는 상황이라는 것을 잠시 잊은 듯했다. 유명이 당황해서 버벅거렸고, 미호도 아차 싶었는지 한 발짝 떨어져서 변명했다.

"…안녕? 유명이한테 워낙 얘기를 많이 듣다 보니 내 동생같이 느껴져서-"

"오빠와 동생은 허그를 하지 않습니다!"

"나… 나는 외국인이잖아."

"신유명 뭐야, 이 CG를 오려낸 것 같은 존잘 외국인은 누구야. 빨리 설명하라고!"

외간남자가 덥석 껴안아서 화가 난 줄 알았더니, 말투만 단호할 뿐 그녀의 표정은 몽롱하게 풀려 있다. 아 참, 쟤 얼빠지….

"친구야. 오래된 친한 친구."

"거짓말하지 마. 어쩌다 그렇게 영어를 쏼라쏼라하게 됐는지 모르겠지만, 고등학교 때까지만 해도 영어 공부라고는 나랑 구몬 한 거밖에 없던 네가 오래된 외국인 친구가 있다고?"

"그… 그렉이 한국어를 잘하니까?"

"아, 그러네?"

지연은 따지던 기세가 무색하게 단번에 납득하더니, 미호와 금세 친해졌다.

"휴일을 보내는 가장 꿀 같은 방법은 방바닥과 내 몸의 접촉 면적을 최대화하는 거지."

"캬…. 이 오빠 생긴 거도 잘생겨서 뭘 좀 아시네."

"오빠?"

"오빠 아니에요?"

"어… 맞아, 맞아."

미호는 지연에게서 오빠 소리를 듣고 왠지 기분이 좋아보였다.

"밥 먹자~"

유명의 아버지까지 귀가한 후, 오래 한집에서 살았던 '식구들'이 드디어 한자리에 모였다. 미호가 자연스럽게 냉장고에서 물을 꺼내오고, 묻지 않고도 화장실 위치를 익숙하게 찾아가자 엄마는 그를 신기하게 쳐다보았다.

"저 친구는 우리 집이 참 익숙해 보이네."

"어? 어어…."

유명은 된장찌개를 맛있게 먹는 미호를 보고 흐뭇하게 웃었다. 이 광경이 무척 자연스럽게 느껴졌다.

[〈살로메〉 배우 드디어 출현! 신유명과 그렉 폭스 투샷]

[여배우가 아니었다! 매혹적인 살로메를 연기한 것은 남자?]

[그렉 폭스, 여태 활동 안 한 이유 질문에 묵묵부답]

[천상의 미모, 보는 순간 시선을 빼앗긴다]

공항에서 그들을 찍은 사진은 순식간에 온 나라로, 그리고 세계로 퍼져나갔다. 무명배우의 기막힌 아름다움에 모든 이들은 폭발적으로 반응했으며, 그가 향후 어떤 연기를 보여줄 것인지를 기대해 마지않았다.

― 보는 순간 운명을 느꼈다…. 오늘부터 그렉도 같이 팝니다.
― 둘이 같이 서 있으니 후광이 비치는 것 같네요. 또 작품 같이 하겠죠?
― 그래서 〈살로메〉 재상연 안 하나요?

유명은 미호를 데리고 기획사를 방문했다. 건물을 통째로 사서 옮겨 널찍해졌던 사옥은 다시 사람들로 복작거리고 있었다. 굿엔터, 밍기뉴, 윤성엔터를 통합해 'You Entetainment'로 사명을 변경하고, 영화제작사업부, 배급사업부, 매니지먼트사업부를 두게 됨으로써 회사가 엄청나게 커진 것이다.

"환영합니다."

유석은 오랜만에 팬심을 감추지 못하는 상기된 얼굴로 그들을 맞았다. 그 〈살로메〉를 직접 관람했던 1인이니 미호를 보고 흥분하는 것도 당연한 일이다.

"대표님, 이쪽은 그렉이에요. 〈살로메〉에서 살로메와 아덴을 함께 연기했던 배우입니다. 그 '천상연'이기도 하구요."

"알고 있습니다. 실물로 봐도 엄청나네요."

"그리고 제 친한 친구예요. 앞으로 잘 부탁드려요."

"제가 잘 부탁해야죠. 말씀드린 대로 계약조건은 유명 씨와 동일하게 맞췄습니다. 저희 유엔터를 택해주셔서 감사합니다. 후회하지 않으실 겁니다."

"능력 있으시다는 얘기 많이 들었습니다. 잘 부탁드립니다."

둘은 손을 맞잡고 악수를 나눴다. 흐뭇한 광경이었다.

"그래서, 첫 작품은 혹시 원하는 방향이 있으신가요?"

유명이 슬쩍 끼어들었다.

"사실 제가 수전당을 한 달 예약해뒀는데요."

"네?"

"뭐? 언제?"

3개월 후 미호를 돌려보내겠다는 약속을 천제에게 받은 후, 유명은 혜전당 관장에게 연락했다. 예전에 〈살로메〉 공연을 위해 급작스럽게 수전당 대관을 신청했을 때, 8월 이후라면 어떻게 시간을 뺄 수 있을 거라던 그의 말이 생각나서였다.

— 관장님, 혹시 최대한 빨리 수전당 대관할 수 있는 날짜가 있을까요?

— 그거 혹시….

— 네. 〈살로메〉 재상연을 하려구요.

— 10월! 10월 중순부터 한 달 가능합니다.

— 그럼 부탁드릴게요.

— 그 배우분도 같이 공연하십니까? 다들 누구냐고 난리던데.

— 〈살로메〉에 살로메가 없으면 안 되죠. 함께 공연할 거예요.

단 한 번이라고 생각해 가진 모든 것을 불태웠던 공연. 그 공연을 그 때처럼 절박하게가 아니라 즐겁고 행복하게, 하지만 최선을 다해서 다시 연기해보고 싶었다. 그것이 돌아온 미호와 자신의 첫 공연.

"그렉은 어때? 〈살로메〉, 한 번으로는 아쉽지 않았어?"

"…아쉽지."

"한 번 더, 콜?"

미호가 그 맘이 제 맘이라는 듯이 고개를 여러 번 끄덕였고, 유석은 짜릿한 표정으로 〈살로메〉의 재상연이 결정되는 광경을 바라보았다. 지금이 9월 중순이니 이제 한 달.

"배우들이야 벌써 스탠바이 상태지만 내가 할 일이 많겠네요."

"대표님이요?"

"그럼요. 이번에는 무대도, 의상도, 음향도, 조명도 모두 갖춘 완벽한 환경에서 공연해야죠. 홍보도 잔뜩 하고."

그가 신난 표정으로 손뼉을 짝짝 쳤다.
"첫 일감부터 끝내주네요. 달려봅시다."
셋은 함께 고개를 끄덕였다.

10월 15일, 금요일. 돌아온 〈살로메〉의 첫 상연일. 유명은 최종 리허설이 끝난 후 잠시 숨을 돌리며 전화 한 통을 걸었다.
"여보세요."
"류신 형."
"오늘 공연날 아니에요? 어떻게 전화를-"
"오늘 크랭크업 했죠?"
"…네. 좀 전에 끝났습니다."
"축하해요. 존 감독님한테도 축하드린다고 전해주세요."
류신과 존 클로드의 신작 촬영이 오늘 끝날 예정이었다. 유명은 그것을 기억하고 축하 인사를 하기 위해 전화한 것이었다. 수화기 너머에서 다른 목소리가 들린다.
「여어, 나도 있다고.」
「데렉! 카메오 촬영이 마지막 날이었어요?」
「응. 이 자식은 나날이 쑥쑥 연기가 느네. 재수 없게.」
데렉이 투덜대더니 스피커폰을 삑- 누른다.
「재수 없다뇨, 사람 앞에 두고.」
「칭찬한 거거든?」
「데렉은… 위고 씨랑 꼭 한 번 같이 작업했으면 좋겠습니다.」
「야!」
큭큭- 유명의 웃음이 터졌다.
「공연 얼마나 남았어?」

「이제 곧 관객 입장 시작할 거예요.」
「초연을 못 봐서 아쉽네. 너랑 '그 배우' 연기라니…. 진짜 보고 싶은데.」
「곧 들어오실 거잖아요.」
"네, 여기 정리되는 대로 들어갈 겁니다. 미안하지만… 초대권 좀 부탁해도 될까요?"
「같이 얘기할 때 한국어 쓰지 말라고! 방금 '초대권'이라고 했지? 그거 티켓 얘기하는 거 맞지? 내 거도!」
언제 이렇게 개그 콤비가 됐을까. 유명은 키득거리며 당연히 초대권은 준비해뒀다고 했다. 예전처럼 단발성 공연이 아닌지라 회차마다 초대권 물량이 조금씩은 있었다. 그래서 오늘 가족들도 보러 오기로 했고.
「그럼 공연 잘해요.」
「잘해. 그 배우한테 밀리지 말고.」
「하하, 네. 한국 오는 날짜 정해지면 연락 주세요.」
툭- 전화를 끊자 저쪽에서 허스키한 목소리가 들려온다.
"류신이랑 데렉?"
"응."
다시 공연을 준비하다 보니 그가 '인간'이 되었다는 것이 여실히 느껴졌다. 그때처럼 휘릭 의상을 바꿀 수도 없었고, 분장을 매 장면 수정하는 것도 불가능했다. 그래서 아쉬워하지 않을까 했지만 미호는 오히려 재미있어했다.
― 이게 더 재미있네. 한정된 시공간 안에서 무한함을 살아가는 것이 '연기'니까.
그래서 오늘 공연에는 살로메와 아덴의 등장 구성이 많이 바뀌었다. 그럼에도 환상적이라는 것만은 변하지 않는다. 그 절묘한 연기력만큼은 변하는 것이 아니니까.
19:30. 공연 시간이 되었다. 관객들의 흥분과 기대가 무대 뒤까지 느

겨진다. 오늘, 초연의 티켓 전쟁은 그야말로 무시무시했다고 한다. 그 전쟁에서 이긴 전사들이 내뿜는 열기가 3,500석의 수전당 객석에 흘러넘치고 있었다.

"시작할까, 살로메?"

"그래, 레오도."

음악이 흐르고 막이 열린다. 안개가 깔리고 푸른 달빛 같은 조명이 은은하게 번진다. 관객들은 숨을 죽였다. 짤랑- 짤랑- 유려한 형체가 무대 위로 바람처럼 날아든다. 모두가 그 수려한 자태에 정신이 아득해져 시선을 빼앗겼다.

공연이 시작되었다.

외전

1

〈미싱 차일드(Missing Child)〉

RRR-
「네, 뭐라구요?」
육 작가는 에바의 목소리가 들려온 곳을 향해 시선을 돌렸다. 이곳은 CRD에서 마련해준 할리우드 어귀의 작업실. 그녀는 얼마 전에 집을 옮기고 이곳으로 출근하고 있었다.
「진짜요? 감사합니다! 우와아아악!」
에바가 자신과 계속 살자고 졸라댔지만 베벌리 힐스의 그 비싼 집에 세도 안 내고 빌붙어 있기 민망하던 차에, 한인타운 근처에 괜찮은 물건이 나와서 집을 옮겼다. 영문과를 나왔고 유학까지 다녀왔는데도 눈앞에 한국인들이 보여야 마음의 안정이 되는 것이, 자신은 정말 토종 한국인인 모양이었다.
'그런데 왜 에바는 이렇게 자신이랑 닮았지? 분명 서양인인데?'
하릴없이 그런 생각을 하고 있는데 에바가 전화를 끊고 두 팔을 휘저으며 달려온다. 언제 봐도 요란스러운 아이다. 뭘 저렇게까지 리액션을….
「언니! 우리 유명이가…!」
「어? 유명이? 유명이가 뭐, 유명이가 뭐!」
「〈미싱 차일드〉에 합류-」
「우갸갸갸갸갹!」
흠흠. 리액션을 크게 할 만한 일이었군.
「어… 어떻게?」
「대본이 좋아서 꼭 연기하고 싶다고 했대!」

「크으… 역시 우리의 능력이란!」

「그런데 데카르도를 마지막에 죽이거나 실종 처리해달라는 조건을 걸었대. 시즌 2에 출연할 수 있을지 확실하지가 않다네.」

역시. 처음 대본을 보여주었을 때 유명은 분명 대본은 마음에 들지만 무언가 걸리는 듯한 표정을 했다. 잘 되면 시즌 2, 시즌 3까지 갈 수도 있다는 말에 그게 문제라는 말도 했었지. 내년에 따로 생각하는 작품이라도 있는 걸까.

「그럼 시즌 2에서 주인공을 이어받을 인물을 시즌 1에 한 명 깔아둬야겠네. 유명 씨가 시즌 2에 출연하게 되면 계속 조연으로 등장하고, 불가능할 경우 주연으로 끌어올릴 만한 배역.」

「릴밖에 없지, 뭐.」

「그치?」

사실 몇 년 전 에바가 〈미싱 차일드〉를 처음 구상했을 때, 주인공으로 생각했던 인물은 데카르도가 아닌 릴 딜런이었다. 순수하기 그지없는 수학자. 릴의 순수함은 세상을 몰라서라기보다는 세상 모든 일을 이진법처럼 0과 1로 놓고 계산하는 그의 단순 논리에서 기인한다.

정답, 혹은 오답. 릴에겐 세상을 판단하는 그만의 논리가 있다. 그는 양부의 음모를 알게 되고 그걸 저지하려 하면서 수많은 위험에 처하고, 그 과정에서 세상의 논리엔 2도, 3도, 4도 있다는 것을 깨우쳐가게 된다. 그럼에도 가장 중요한 일에서만큼은 여전히 정답, 혹은 오답을 제대로 분간해야 한다는 것을 알아가는 성장형 주인공.

하지만 그들은 이번 대본에 〈미싱 차일드〉의 포맷만 따오고 주인공은 새롭게 조형했다.

― 유명이의 릴도 보고 싶기는 하지만….

― 아스랑 느낌이 약간 겹쳐. 그치?

CRD에서 신유명 공략용 대본을 써달라는 주문이 왔을 때, 그들은 기존에 작업해두었던 모든 소스를 꺼내두고 고민했었다. 그중 후보로 떠올랐던 것이 바로 에바의 〈미싱 차일드〉 러프플롯. 하지만 〈미믹크리〉의 촬영장을 참관한 적이 있는 그들은 '아스'라는 캐릭터에 대해서 이미 알고 있었고, 그래서 고민이 될 수밖에 없었다.

— 둘 다 남들과 다른 정신세계와 판단 기준을 가진 인물이야.

— 맑고 깨끗하지만 약간은 섬찟한 느낌이고.

— 보통 인간들의 감정을 깨달아간다는 부분도 비슷해.

— 물론 캐릭터의 색깔은 다르지만… 관객들은 좀 더 다양한 신유명의 모습을 보고 싶지 않을까.

— 언니가 보고 싶은 거 아니고?

— …예리한 놈.

그렇게 그들은 〈미싱 차일드〉의 0번 버전인 데카르도 딜런을 만들었다. 우울하고 염세적이지만 매혹적인 젊은 천재. 만약 데카르도가 죽거나 사라진다면 그 뒤를 잇는 이야기의 주인공은 당연히 릴 딜런이 되겠지.

「흐음…. 이번에 릴 역을 무척 신중하게 캐스팅해야겠네. 시즌 2에 반드시 출연해야 한다는 계약조건도 걸어야겠고.」

「그러게. 누가 어울릴까?」

「반트 클레도르? 제이폰 맥스? 그런 느낌 아니야?」

「일단 릴의 캐릭터를 좀 더 자세히 잡아보자. 그런 후에 결정해도 될 것 같아.」

에바가 고개를 끄덕이다가 아차 하는 표정으로 입을 열었다.

「참, 양부 역할 있잖아.」

「응응.」

「그거 문 대표가 데렉한테 말 꺼내본다고 했다는데?」

「헉….」

두 예술가는 뮤즈를 둘이나 얻은 예술가의 광기 섞인 표정으로 서로를 마주 보았다. 그리고 약속이나 한 듯이 펜을 들어 글을 쏟아내기 시작했다.

다음 날, CRD 본사를 방문한 두 작가는 니콜라스 판다스를 만났다. 그가 조금 난처한 표정으로 입을 연다.

「사실 전화로 전달하다 보면 오해가 생길까 봐 어제는 말을 못 했는데… 좀 양해를 구할 일이 있습니다. 그 대본상에 둘째로 등장하는 릴 딜런 있지 않습니까.」

「네. 릴은 왜요?」

「Agency W에서 릴 역에 카이 누넨을 캐스팅해달라고 요청했어요.」

그 말에 육 작가의 눈썹이 휙 올라갔다. 문유석의 수완을 알고 있지만 여기서 배우 끼워 팔기라니, 이건 좀 아니지 않은가. 그에겐 이미 전적이 있었다. 〈연예학개론〉에서 배역 공개오디션을 했을 당시, 문유석은 백승효를 주연으로 내주는 대신 보형 역에 어떤 배우를 캐스팅해달라는 조건을 걸었다.

그는 배우의 퀄리티를 보장할 수 있다고 호언장담했지만, 실제 데려온 것은 기대에 한참 못 미치는 배우였다. 그때 문유석의 압박에 못 이겨 유명을 떨구고 그가 데려온 배우를 뽑았다면?

'으으… 그건 아니지.'

「안 됩니다. 릴은 그렇게 끼워서 캐스팅하기엔 너무 중요한 배역이에요.」

「흠. 작가님들도 아시겠지만, 이건 처음부터 신유명 씨를 섭외하기 위한 프로젝트였습니다. 어렵게 섭외했는데 사소한 요구 때문에 어그러져서는 곤란해요. 신유명 씨를 섭외하고 싶은 건 작가님들도 마찬가지 아닌가요?」

「사소한 요구가 아니라서 그렇습니다. 다른 배역이라면 이렇게 반대하지도 않을 거예요.」

「릴 딜런이 그렇게 중요한 인물입니까?」

「네. 만약 시즌 2에서 신유명 씨가 빠질 경우, 다음 시즌의 주인공은 릴이 돼야 하거든요. 카이 누넨, 물론 재능 있고 좋은 배우이지만 아직 그 정도 급은 아닌 거 니콜라스도 알잖아요?」

「그걸 조정할 순 없나요? 둘째 말고 셋째를 하나 더 만들어서 셋째를 시즌 2 주인공으로 쓴다든지.」

니콜라스가 대안을 내놓았지만 작가들은 고개를 절레절레 흔들었다. 이미 그들의 머릿속에는 이후 시즌의 모습들까지 그려져 있는 상황이었다. 〈미싱 차일드〉라는 이야기의 원래 주인공은 릴이었고, 추가로 등장한 인물은 데카르도로 충분했다. 억지로 이야기의 방향을 틀다 보면 결국 완성도가 떨어지는 법이다.

「제가 한번 통화해볼게요.」

「누구랑요?」

「문 대표랑요.」

육 작가가 비장하게 칼을 빼어들었다.

RRR-

「네.」

"대표님, 저예요."

"아, 육미영 작가님. 어쩐 일이시죠?"

"그… 신유명 씨 캐스팅 조건을 들었는데요, 릴 딜런 말고 다른 배역으론 안 될까요?"

"아, 그건 곤란합니다."

산뜻하게 거절하는 문유석의 목소리에 미영은 이를 악물었다. 신유명을 이용해서 배우 끼워 팔기라니 부끄럽지도 않냐고 소리를 내지르고 싶었다. 하지만 자신은 물정 모르는 햇병아리가 아니었다. 그녀는 겨우 목소리를 꾹꾹 누르며 말했다.

"저희도 릴은 좀 곤란한데요. 저희가 생각한 이미지와 카이 누넨의 이미지가 전혀 맞지 않아서요. 다른 배역이라면 고려해보겠습니다."

릴이 시즌 2의 주인공이 될지도 모르는 배역이라고 밝힐 수는 없었다. 그럼 문유석이 얼씨구나 더 달려들 게 분명하니까. 그래서 미영은 완곡하게 '배우 이미지가 안 맞다'라는 말로 돌려서 거절했다. 그녀의 의도를 눈치챈 유석이 피식 웃었다.

"뭔가 오해가 있으신 거 같은데…."

"…?"

"작가님, 저한테 빚진 거 있으시죠?"

그 말에 육미영의 표정이 덜컥 굳었다. 〈연예학개론〉 당시 보형 역에 신유명을 캐스팅하기 위해 그녀는 문유석에게 고개를 숙였다. 그때 그가 그런 말을 했다. 이번엔 저한테 빚지신 거라고. 그 빚을 언젠가는 갚아야 할 테지만… 하필 여기서?

'역시 사람은 안 변하나….'

몇 년 전까지만 해도 문유석은 피도 눈물도 없는 수완가라는 평판이 자자했었다. 심지어 그녀는 직접 겪은 적도 있다. 하지만 신유명과의 관계를 보면 그는 참 좋은 사장이었다. 유명의 팬이 되어버린 이후에는 그에 대한 이미지가 바뀌어가고 있었는데….

그때 유석이 이상한 말을 한다.

"오디션 보시죠."

"네?"

"뭔가 오해가 있으신 것 같은데, 릴 역에 카이 누넨을 추천한 건 제가 아니라 신유명 씨입니다. 그만큼 잘 소화해낼 사람이 없을 거라고 했어요. 하지만 작가님들의 불안한 마음도 충분히 이해합니다. 그러니 오디션을 보고 결정하세요."

"그럼 빚 얘기는…."

"저에 대한 편견으로 색안경 쓰시지 말고 공정하게 봐주시죠. 그럼 그때 빚은 갚으신 거로 하겠습니다."

전화가 끊겼고, 미영은 전화기를 들고 멍하게 서 있었다.

유명은 카이를 집으로 불렀다.
「당분간 여기서 먹고 자면서 연습하자. 내가 봐줄게.」
「와…. 이게 집이라구요?」
유명은 불과 몇 주 전에 베벌리 힐스의 집으로 이사했다. 〈미믹크리〉의 촬영이 끝나자마자 문유석이 이사를 종용한 집이었다. 자신이 보기에도 엄청나게 커다란 저택이었는데, 유랑극단의 트럭을 집 삼아 떠돌던 카이에게는 더 크게 느껴지겠지. 그는 눈이 동그래져서 저택을 구석구석 구경했다. 하지만 그것도 잠시뿐.
「대본!」
유명이 대본 두 권을 건네자 카이는 집을 구경할 때보다 몇 배는 더 눈을 반짝반짝 빛냈다.
「와… 엄청 재밌어요! 형이 데카르도를 연기하는 거예요?」
「응. 재밌을 거 같아?」
「네. 완전요! 아직 2화까지뿐인데도 엄청 기대돼요.」
「너도 이 작품 같이하자.」
「…제가요?」
카이는 〈캐스팅 보트〉에서 특유의 천사 같은 외모와 순수한 태도로 많은 사랑을 받았다. 연기의 기본이 없던 참가자가 과정 중에 빠른 속도로 발전해나가는 모습 또한 시청자들이 열광했던 포인트였다. 그래서 종방 후 여러 작품에서 캐스팅 제의가 오기는 했지만, 아직은 단역이나 저예산 작품의 비중 낮은 조연을 몇 번 맡았을 뿐이었다. 말하자면, 아직 새파란 신인.
「릴 딜런 대사, 한번 읽어볼래?」
「리… 릴요?」
카이가 속눈썹이 긴 눈을 깜빡거렸다. 2화에 등장하는 릴 딜런이라는 역은 매우 매력적이고 중요해 보이는 배역이었다. 형이 같이하자는 게… 설마 릴 역을 말하는 건 아니겠지…?

「응. 준비되면 얘기해.」

카이는 몇 번이나 릴의 대사를 입에 굴려보더니 나직이 심호흡을 한 번 하고 고개를 끄덕였다. 유명이 데카르도의 대사를 먼저 던졌다.

「아버지한테 다른 아들이 있다는 것, 알고 있었어?」

「아뇨. 오늘 처음 알았습니다.」

「기분이 어때?」

「그런가 보다 싶은데요. 아버지가 저 말고 다른 사람에게도 선행을 베푸신다고 해서 저에게 피해를 주는 건 아니니까요.」

새파란 목소리. 감정을 넣지 않았는데도 차갑게 느껴진다. 인간의 손길이 닿지 않은 골짜기의 샘물이 시릴 정도로 차갑고 투명한 것처럼. 유명은 소름이 살짝 돋았다. 아직 무얼 알고 연기한 것이 아닐 텐데도, 카이는 릴 딜런의 핵심을 정확하게 짚어냈다. 릴이 카이 누넨을 위한 배역이기 때문일까.

「기억해, 방금 그 톤.」

「어, 방금요? 넵!」

「카이, 너는 릴 딜런의 캐스팅을 따낼 거야.」

「…네?」

카이는 당황했다. 이 작품을 같이하자는 게… 정말로 이 배역을 말하는 거라고? CRD라는 초대형 제작사에서 에바 도브란스키 같은 톱작가에게 대본을 의뢰하고, 저 신유명을 주역으로 캐스팅한 초대형 티브이 시리즈. 거기서 가장 비중 있는 배역 중 하나를 자신이…?

「어… 지금 저한텐 너무 과분한-」

「과분하지 않아. 이건 네 배역이야.」

「……..」

「걱정하지 마. 내가 가르칠 거니까. 따라오긴 쉽진 않겠지만.」

유명의 단호한 눈빛을 한참 바라보다 카이는 고개를 깊숙이 끄덕였다.

「…넵! 죽어도 따라갈게요.」
그렇게 합숙 훈련이 시작되었다.

2

카이 누넨과 릴 딜런

카이와 함께 연습을 시작하고 며칠 동안 유명은 꽤 감탄했다. 그가 〈미믹크리〉 촬영에 빠져 있던 사이, 카이의 연기력은 많이 올라왔다. 유석이 따로 붙여준 선생들도 한몫했겠지만, 무엇보다 그의 의지가 가장 큰 역할을 했을 것이다. 이 정도라면 바로 시도해봐도 될 것 같다.
「카이. 나는 릴 딜런의 캐릭터에 네가 가장 잘할 수 있는 어떤 일을 접목할 생각이야.」
「…어떤 일요?」
「곡예.」
카이는 흠칫 놀랐다. 양부모의 곡예단에서 살아온 것을 부끄럽게 생각하는 건 아니지만 플러스 요소라고 생각하지도 않았다. 〈캐스팅 보트〉의 스턴트 미션에서 액션이 아니라 곡예를 보는 것 같다는 데렉의 지적을 받고 시무룩하기도 했었다. 그걸 이 멋진 릴 딜런의 캐릭터와 섞자고?
'어째서? 혹시 내가 어필할 만한 부분이 부족해서일까…?'
유명이 카이의 쓸데없는 생각을 눈치채고 바로 제지한다.
「카이, 릴은 꽤 신비한 인물이야. 그렇지?」
「…네. 굉장히 주관적인데 객관적이에요. 자신만의 잣대로 세상을 판단하지만, 그 잣대하에서는 과할 정도로 공정하죠.」

「맞아. 우리는 그의 그런 성향이 어디서 왔을까를 생각해야 해. 그의 성격이 형성된 이유를 납득시킬 수 있다면 대본을 쓴 작가님들에게 강렬한 인상을 남길 수 있지 않을까?」

「…네.」

「그 이유를 곡예라는 특기와 접목해보려는 거야.」

아직 부족한 점이 많은 자신이 릴 딜런에 적합하다는 것을 설득하기 위해 자신이 가지고 있는 가장 강렬한 개성을 조합하려는 것일까.

「한번 생각해볼래? 곡예단에서 생활하며 네가 느꼈던 것들. 그걸 토대로 릴 딜런이 어떤 사람인지.」

「캐릭터의 변형을 제가-」

「변형이 아니야. 추가적인 해석이지. 주어진 캐릭터에서 벗어나지 않으면서도 더 풍부하게 만드는 해석. 너는 할 수 있어. 아니, 너밖에 할 수 없어.」

그저 과거를 활용해보자는 제안이라기엔 유명의 눈빛은 확신을 담고 있다. 이유는 알 수 없지만 믿어보자. 유명의 시야는 남다른 부분이 있으니까. 카이는 한참 동안 생각에 빠졌다. 유명을 믿고, 자신을 믿고, 자신의 과거를 릴에게 투영해보기 시작한다.

먼저, 릴 딜런이 곡예를 할 줄 안다면 그 이유는 뭘까?

「…납치되기 전, 릴은 곡예단에 버려져서 자란 고아였어요.」

그의 눈이 잠겨든다. 서서히 배역에 동화된 그는 감정이 배제된 목소리로 릴 딜런의 과거를 조형하기 시작한다. 과거의 강렬했던 어떤 경험들을 섞어.

「단장은 노동법 같은 건 연연하지 않는 사람이었어요. 그는 릴에게 공중그네를 가르쳤고, 어린아이가 위험천만한 공중그네를 타는 모습은 관객들의 손에 땀을 쥐게 했죠. 어린 릴은 겁이 없었어요. 고소공포증보다 몇 배는 심한 공포를 이미 태어나면서부터 맛봤으니까.」

버려진다는 공포. 송곳니를 드러내고 입을 벌린 사자보다도, 불길이

217

활활 타오르는 링보다도, 안전장치 없이 하늘 위에 매달려 있는 공중그네보다도 아찔했을 공포를 이미 겪은 아이.

그는 짧은 다리와 손으로 타박타박 사다리를 오른다. 높은 곳은 좋아. 관객들의 머리가 개미처럼 꼬물거린다. 세상의 모든 번민이 귓가에 스치는 바람 한 점보다도 사소하게 느껴진다.

「그가 가장 먼저 배운 것은 몰입하지 않는 방법.」

이름하여 관조. 릴 딜런의 캐릭터를 관통하는 단어가 카이의 입에서 흘러나왔다. 유명은 작게 신음을 흘렸다. 원생의 카이 누넨, 그 대단한 배우를 이제야 만난 기분이었다.

'아까 진짜 멋졌어, 그치?'

{이렇게 보면, 진짜 '자기 배역'이라는 게 있는 거 같당.}

'그러니까. 원생에서 에바 도브란스키가 카이 누넨을 만났을 때, 계시를 받은 듯한 기분을 느끼지 않았을까? 릴 딜런은 이 배우 거다, 하고.'

릴 딜런. 그는 천재적인 수학자인데도 마치 곡예를 하듯이 화려하게 몸을 놀린다. 양부에게 쫓기며 그가 보여준 예술적으로 아름다운 액션들은 스턴트의 새 지평을 열었다는 평을 얻으며 각광받았다. 그리고 천사 같은 얼굴에 무감정한 심판자의 성향은 '곡예단에서 납치된 아이'라는 설정과 맞물려 모든 이들의 심금을 울렸다.

'그땐 릴 딜런의 캐릭터에 곡예라는 부분이 원래 있었는지 알았어. 나중에 삽입된 설정이라고 생각할 수 없을 정도로 그 캐릭터에 너무 어울렸거든. 그래서 카이 누넨이라는 배우가 정말 존경스러웠지. 캐릭터에 맞춰서 곡예까지 익혔다고 생각했으니까. 나라면 할 수 있을까 싶어서 혼자 연습도 해봤었는데.'

{캬캬. 너답당.}

알고 보니, '곡예'라는 부분은 카이를 캐스팅한 후 변경했던 부분이었던 것 같다. 처음 대본을 받았을 때 릴 딜런의 설정에 '몸을 잘 쓴다'는 부분이 없는 것을 보고 예상은 했었다. 하지만 자신이 알고 있던 릴 딜런의 캐릭터가 창조되어가는 과정을 눈앞에서 보니 굉장히 벅찼다.

{이렇게 되면 데카르도가 밀리지 않게 분발해야겠는뎅. 캐릭터 먹히는 거 아니냥?}

좋은 서브캐릭터는 주연을 왕왕 잡아먹는다. 〈연예학개론〉에서 윤보형이 주인공 권도준보다 인기가 높았던 것만 봐도 알 수 있다. 원생에서 시즌 5까지 전설적인 인기를 구가했던 〈Missing Child〉의 진짜 주연, 릴 딜런, 그가 제대로 된 서사까지 갖췄으니 현재의 주연 데카르도의 인기를 위협할지도 모른다는 미호의 협박에 유명이 씨익 웃었다.

'어림도 없지. 나라고 놀고 있을까 봐.'

릴은 강한 인간이다. 아름답고 무감정하며 천재적인 두뇌에 신체적인 탄성까지. '양부'라는 거대한 적에 대응하기 위한 모든 능력을 갖춘 존재. 그에 비해 데카르도는 훨씬 나약하다. 그는 우울증약을 먹고, 악몽에 시달리며, 대부분의 인간을 불신한다. 기후학. 자연의 불규칙한 변화에 온 정신을 쏟는 그의 연구는 어쩌면 세상으로부터의 도피일지도 모른다.

하지만 그는 변화 속의 규칙을 찾는 인간이다. 모든 불의를 외면하더라도 학자적인 양심은 버리지 못하는 인간이다. 폭풍우 속에 만신창이가 되어 헤매면서도 뒷사람이 잘못된 방향으로 가지 않도록 표지를 세우는 인간이다. 그런 아름다움을 가진 인간이라면 모두에게 사랑받아야 마땅하지 않겠는가.

'데카르도 딜런. 모두들 마음에 들어 할 거야.'

그렇게 만들 테니까. 유명은 그 한마디를 마음속에 묻어두었다.

「주문하세요.」

「아이스 카페라테와 아이스 아메리카노요.」

「네, 성함이 어떻게 되세요?」

「데렉.」

「데렉…? 어? 우갸악! 진짜 데렉 맥커디다!」

「안녕?」

유명은 서슴없이 본명을 말하더니 알바에게 눈을 찡긋하는 데렉을 보며 어이없이 웃었다. 어떻게 저런 마이 페이스의 캐릭터가 만들어졌을까. 릴 딜런의 과거만큼이나 데렉 맥커디의 과거도 궁금할 지경이다. 다행히 손님이 거의 없는 커피숍이라 마비 사태는 일어나지 않았다.

「들었어요? 나 〈미싱 차일드〉 합류하는 거.」

「네. 이번에도 빌런이던데요.」

「원래 성격 나쁜 쪽이 잘 들어와요. 그렇게 생겨먹었나 보지.」

아닌데. 평소 데렉의 이미지나 성격을 보면 오해하기 쉽지만, 저 배우는 선량한 주인공을 기가 막히게 매력적으로 그려낸다. 전형적인 선인의 배역을 맡아 독특한 색깔로 소화해내서 데렉 맥커디의 대표 필모그래피가 되는 영화가 아마 2015년에 개봉하던가. 뭐, 그라면 어떤 역할이라도 기대 이상으로 해내겠지만 말이다.

「아쉽지는 않으세요? 주인공 캐스팅도 많이 들어왔을 텐데.」

「문 대표한테 〈미싱 차일드〉 합류할 생각 있냐는 연락이 왔을 때, 마침 피비와 같이 있었어요. 주인공도 아닌데 왜 그렇게 좋아하냐고 묻더군요. 내가 문자 보는 순간 방긋 웃었다네?」

「하하. 왜 좋으셨는데요?」

「〈미믹크리〉에서 그 연기를 못 봤으면 모를까, 봤는데? 본능적으로 뭐가 중요한지 아는 거죠. 역시 나의 통찰력이란.」

왜 기-승-전-잘난 척으로 끝나지? 도저히 그렇게 흘러갈 맥락이 아니었는데….

「지금은 여론이 엉망이지만, 〈미믹크리〉만 개봉하면 모든 게 뒤집힐 거예요. 그럼 다음 작품도 신유명과 함께 하는 나의 선견지명에 다들 혀를 내두르겠지.」

유명은 그가 저를 칭찬하는 것인지, 스스로를 칭찬하는 것인지 계속 헷갈렸다. 참 독특한 화법이다.

「그리고 대본도 재밌더군요. 데카르도, 셀리는 말할 것도 없고 내가 맡을 양부의 캐릭터도 테르카와는 또 다른 의미로 포스가 넘치고.」

「테르카는 강한 강함이라면 양부는 온화함으로 겉을 포장한, 부드러운 강함이죠. 데렉이 캐스팅됐단 소식 듣고 무척 기대됐어요.」

분류하자면 흑화한 이방원이랄까. 양부는 겉으로는 자상한 부성애와 고상한 사회적 지위를 표방하지만, 사실 극악한 범죄자이다. 데렉이라면 양부의 양면성을 누구보다도 섬뜩하게 그려낼 수 있으리라.

「기대엔 부응해야죠. 그런데 릴 딜런 역도 꽤 중요하겠던데? 혹시 누구로 캐스팅할 건지 들은 거 있어요?」

「아. 오늘 오디션 보기로 했어요.」

「오디션…?」

유명이 카이의 오디션 얘기를 전달하자 데렉이 어이없는 표정을 지었다.

「무슨 생각입니까. 물론 카이는 내게도 제자 같은 녀석이고 재능도 출중하지만, 릴 딜런 역에 카이 누넨? 아직 과하지 않나?」

「전혀요. 같이 보러 가실래요?」

그는 유명의 제안을 듣고 미심쩍은 표정으로 고개를 끄덕였다.

〈미싱 차일드〉 캐스팅 오디션.

「안녕하세요. 니콜라스 씨.」

「오오, 유명 씨. 어서 오시죠. 데렉 씨도 어서 오세요.」

「어차피 내부인이니까 오디션 참관 괜찮겠죠?」

「물론이죠. 대배우를 둘이나 면전에 두고 카이 씨가 괜히 더 긴장할까 봐 걱정이지만.」

「그 녀석 순진해 보여도 멘탈이 약하진 않아요. 걱정 마세요.」

유명과 데렉은 옆에 준비된 참관석에 앉았다. 오늘의 심사위원은 니콜라스와 PD인 제니브 스콧, 그리고 두 작가였다. 에바 도브란스키는 유명을 보자마자 초롱초롱한 눈이 되어 손을 덥석 잡았다.

「고마워요, 유명 씨! 캐스팅에 응해줘서!」

「별말씀을요. 좋은 작품을 써주셔서 제가 더 감사합니다.」

육미영은 유명의 가까이에 오더니 한국말로 속삭여 묻는다.

"그런데, 카이 누넨 정말로 유명 씨가 추천한 거예요?"

굳이 한국어로 묻는 이유는, 여기서 한국어를 할 줄 아는 사람이 둘밖에 없어서였다. 그녀는 유명이 카이를 추천했다는 것을 다른 사람들이 알게 되면 혹시 그의 이미지가 나빠질까 봐 걱정하고 있었다. 유명이 그녀의 마음을 읽은 듯 싱긋 웃었다.

"네. 보시면 아실 거예요. 하늘이 카이 누넨을 내리신 건 릴 딜런을 연기시키기 위해서였다는 걸요."

엄청난 장담에 육미영은 침이 바짝 말랐다. 그녀가 보아온 신유명이라는 배우는 결코 허튼소리를 자신 있게 하는 배우가 아니었다. 정말로 뭔가 있는 것일까.

카메라가 세팅되고, 마지막으로 문유석과 카이 누넨이 함께 들어왔다. 유석이 유명에게 눈인사를 건네는 사이, 제니브 스콧이 입을 열었다.

「안녕하세요, 카이 씨.」

「넵. 안녕하세요. 릴 딜런 역의 오디션을 보게 된 카이 누넨이라고 합니다.」

아름다운 이목구비와 맑고 푸른 눈동자. 아직 소년 같은 인상을 주는 카이는 순진무구한 미소를 지으며 정중하게 인사했다. 이곳의 많은 사람들이 그를 탐탁잖게 여기고 있는 것을 아는 것일까, 모르는 것일까.

「좋아요. 오늘 준비해온 것은 2화의 릴의 대사인가요?」

「네.」

「데카르도와 주고받는 대사죠. 우리 조연출이 상대역 대사를 쳐줄 거예요.」

「저… 진짜 데카르도가 해주면 안 되나요? 유명 형이 저기 있는데.」

앉아 있던 심사자들이 조금 놀랐다. 제니브가 조연출에게 상대역을 시키려고 했던 것은 사실, 카이에 대한 배려였다. 그가 아무리 잘해도 신유명과 함께 연기하면 유명에게 시선이 주목되어버릴 테니까. 하지만 그는 그런 계산을 할 줄 모르는 것처럼 순수한 얼굴로 유명 쪽을 말똥말똥 쳐다본다. 유명은 속으로 씩 웃었다.

'역시….'

〈아리자데 왕국 살인사건〉에서 배역을 고를 때도 그랬다. 그는 자신과 가장 동떨어진 배역인 왕을 골랐다. 누구의 대사 분량이 더 많고, 어떤 캐릭터가 더 돋보이는지, 외부의 상황을 가늠해서 배역을 고르는 것이 아니라 오직 '자신'의 마음의 목소리를 듣고 배역을 고르는 배우. 지금도 그는 더 돋보이고 싶다는 계산 한 점 없이, 진짜 데카르도와 연기하는 것이 더 실감날 거라는 생각에 자신을 상대역으로 요구하고 있다.

카이 누넨과 릴 딜런. 무척 달라 보이지만 일면 너무나 비슷하지 않은가. 스스로의 기준에 따라서만 행동한다는 점이.

「좋아요, 제가 하죠.」

유명이 일어나 그의 앞에 섰다. 삽시간에 회의실의 공기가 팽팽해진다.

'신유명의 첫 데카르도 연기….'

모든 사람의 이목이 유명에게 쏠리는 순간, 그가 첫 대사를 던졌다.

---3---

뭘 하려는 거예요?

2화의 첫 장면. 양부는 '천재적인 수학자'의 도움을 필요로 하는 데카르도에게 릴을 소개해준다. 데카르도는 양부에게 다른 양자가 있음을 처음 알게 되고 충격을 받는다.

'다른 아이가… 있었다고?'

양부는 자신을 입양해주었을 뿐 함께 살지는 않았다. 상관없다고 생각했다. 그는 집을 구해주었고, 가정부를 붙여주었으며, 자신이 아쉬움 없이 생활하고 공부할 수 있도록 지원을 아끼지 않았으니까. 양부는 늘 바빴지만, 가끔 연락할 때는 위엄 있고 다정했다. 나이 차가 열아홉밖에 되지 않았는데도 이상적인 아버지라고 생각했을 정도로 그는 멋있었고, 자신도 저런 남자가 되고 싶었다. 그런데 그에게 자신 말고 다른 아들이 있었다니.

그 충격에 데카르도는 릴을 보며 묻는다.

「…아버지한테 다른 아들이 있다는 것, 너도 알고 있었어?」

유명이 첫 대사를 던졌다. 가라앉은 눈동자 속의 혼란스러움. 갈라지는 목소리를 억지로 수습하며 그가 묻는다. 데렉은 그 대사를 듣고 살짝 소름이 돋았다.

'몰입이 더 빠르고 깊어졌어.'

데렉은 〈미믹크리〉에서 그의 연기력이 날개를 다는 모습을 직접 지켜보았다. 그전에도 유명의 연기는 믿기 힘들 정도로 정교했지만, 아스가 인간의 마음을 깨달으며 눈물 한 방울을 떨궜던 그날 이후로 유명의 연기는 거기서 더 나아갔다.

그가 감추지 못하고 툭- 뱉은 문장에서 어린아이가 느껴진다. 단단한 껍질로 외부와 차단된 채 자라지 않았던 내면의 어린아이는 자신이 느끼는 절망감이 거짓이라고 말해달라 조르는 듯했다.

울컥- 에바는 가슴 속에서 무언가가 살짝 치밀어 올랐다. 저기 서 있는 남자가 아니라 그 안의 작은 아이를 어루만져주고 싶은 연민. 유명은 고작 대사 한마디로 완연한 데카르도가 되어 그의 감정을 선명하게 공감시켰다. 옆에 선 배우의 표정을 돌아볼 겨를이 없을 정도로. 그런데,

「아뇨. 오늘 처음 알았습니다.」

릴의 투명한 음성이 데카르도의 떨리는 목소리를 꿰뚫고 존재를 드러낸다.

「…그래서 너는 기분이 어떤데?」

「그런가 보다 싶은데요. 아버지가 저 말고 다른 사람에게도 선행을 베푸신다고 해서 저에게 피해를 주는 건 아니니까요.」

'…!'

릴이 조용한 눈으로 데카르도를 들여다본다. 무엇이 억울하고 무엇이 분노할 일인가. 양아버지에게 다른 양아들이 있다고 해서 자신에게 더 소홀해진 것도 아니고, 법이나 윤리에 저촉되는 일도 아니다. 오히려 사회선을 증가시키는 일. 여태 알려주지 않았다는 배신감? 다른 아이에 대한 질투? 그게 무슨 의미가 있는가.

데카르도는 그 무감각한 눈을 보고 스스로가 수치스러워진다. 똑같은 상황에서 저쪽은 상처를 받지 않았다. 자신이 소심하고 나약해서 과민반응을 하는 것일까. 그런 생각에 그는 다급히 흔들린 감정의 파편을 쓸어 넣는다. 그것을 못 본 척해주려는 듯이 릴이 물었다.

「그나저나 풀리지 않는 수학 공식이 있다고 하던데, 뭔가요?」

「오늘은 자료를 안 가져왔어.」

서로가 주고받는 감정들이 지나칠 정도로 선명하다. 검은 잉크가 물에 번지듯이 부정적인 감정이 확 퍼져나가는 데카르도와 그 빛깔을 그

대로 투영해 보여주는 듯 맑디맑은 릴. 몸을 뒤로 빼는 데카르도와 가만히 서서 그를 관조하는 릴.

'제법….'

작가들은 놀랐다. 유명의 연기에 묻혀 릴의 존재감이 죽으리라 생각했지만 그렇지 않았다. 천진하기 그지없던, 그래서 릴 역할에는 아쉬우리라 생각했던 카이 누넨이었는데, 지금 그가 보여주는 릴은 분명 기대를 넘어서고 있었다.

'의외로… 꽤 잘 어울리네. 릴이 단순히 조연이라면 맡겨볼 만할 정도로. 하지만….'

문제는 그가 시즌 2를 끌고 나갈 정도의 역량이 있냐는 것. 심사자들의 얼굴이 미묘하게 망설임으로 흔들릴 때, 연기를 끝낸 카이가 조심스레 입을 열었다.

「저… 한 가지 더 보여드릴 게 있는데요.」

그들은 제작사 내부에 있는 연습 공간으로 이동했다. 매트리스와 각종 체력 단련 도구들이 있는 연습실. 주로 액션 영화의 합을 맞춰보는 데 사용하는 공간에서 카이가 무엇을 하려는 것인지 다들 궁금해했다.

「뭘 하려는 거예요?」

결국 참지 못한 육 작가가 물었고, 유명이 대신해서 대답했다.

「지금부터 카이가 해석한 릴 딜런을 보여드릴 겁니다. 카이, 몸 풀어.」

「그런데 왜 굳이 이곳으로….」

「그건 보시면 알 겁니다. 다들 편하게 앉으세요.」

연기와 관련된 일에서만 유명이 내보이는 자신감. 자주 보여주지 않기에 더욱 위력적인 자신감에 압도되어, 심사자들은 말없이 유명이 짚은 자리에 앉았다. 저쪽 매트리스 위에서 심호흡한 카이가 유명과 눈을 마주치고 고개를 끄덕였다.

「시작합니다.」

그 말과 함께 카이는 발을 한번 굴러 손으로 땅을 짚었다. 허리가 유연하고 부드럽게 원을 그리더니 거꾸로 선다. 양다리가 구부려져 교차하다 기우뚱 기운다. 이동하는 무게중심을 조절하기 위해 오른손이 떨어지고, 왼손만으로 몸을 지탱하는데도 힘겨워 보이지 않는다.

'와아…!'

작가들이 놀라 몸을 앞으로 당겼고, 데렉은 액터스 스쿨에서 그의 스턴트가 생각나는지 슬쩍 입꼬리를 올렸다.

'그런데 그때와는 느낌이 좀 다른데?'

달라졌다. 원래 발군의 신체능력을 가지고 있는 카이에게 유명은 '좀 더 시선을 잡아끌고 멋지게 보일 수 있는' 몸동작을 알려주었다. 릴의 캐릭터와 맞는 깔끔하면서도 시야가 넓은 동작들. 끝까지 시선을 마주치고 있다가 예고 없이 휙 하고 움직일 때의 긴장감. 그는 지금 완벽하게 균형을 이룬 몸놀림을 보여주고 있다. 그리고 유명이 그의 뒤를 쫓았다.

'으음…?'

지금 유명은 릴의 '적' 역할이었다. 적이 릴을 잡으려고 덤벼들었지만 그는 유연한 신체를 활용해 잡히기 직전에 빠져나오고, 얻어맞기 직전에 몸을 비튼다.

꿀꺽- 보는 사람들이 마른침을 삼킨다. 마지막으로 유명이 크게 휘두른 손을 간발의 차로 빗겨 빠져나온 릴은 같은 방향으로 몇 번 제비를 넘어 정확히 2단 철봉에 매달렸다.

휙휙- 몸이 철봉을 가지고 놀듯이 오르내린다. 한 바퀴를 크게 돈 릴은 발을 철봉에 갖다 대고 손을 놓은 후, 그 위에 두 발로 섰다. 발바닥의 너비도 되지 않는 봉 위에 완벽한 균형을 잡고 선 그가 아래쪽의 관객들을 내려다본다. 자신과 한 차원 건너의 세계에 있는 정물을 바라보듯이 무감각하게. 그 시선이 까마득하게 높아 보여 두 작가는 몸을 흠칫 떨었다. 오연한 눈빛. 코앞에까지 다가온 위험에도 동요 없는 눈동자. 그들이 생각했던 것보다 훨씬 완벽한 릴 딜런의 탄생을 목격하고, 가슴속에서 무언가가 울컥 치밀어 올랐다.

「하… 합격!」

「으헉, 저도요!」

에바와 육미영이 귓속말로 속삭였다.

「연기가 왜 저렇게 빨리 늘었지?」

「사실 릴 역할에 카이를 추천한 게 유명 씨래. 붙잡고 가르쳤나봐.」

「역시 우리 유명이는 안목도 남다르네! 캐릭터가 딱 붙는 건 물론이고 연기력도 저 정도면 내년쯤엔 주연감으로 성장하지 않을까 싶은데.」

「응. 저런 릴이라면 기존에 없었던 스타일의 스턴트도 가능하겠어. 시즌 2부터는 액션 서스펜스다!」

작가들은 릴에게 '곡예'라는 특기를 부여하는 데 적극 찬성했고, 이를 고려해 배역을 다시 설계하기로 했다.

그날, 주요 배역의 캐스팅이 완료되었다.

[CRD 신작, 〈미싱 차일드〉 촬영 킥 오프]

[주연에 신유명, 데렉 맥커디, 마일리 필론. 조연에 카이 누넨. 〈캐스팅 보트〉의 진한 여파?]

[검증되지 않은 배우들을 TV 시리즈 주역으로. CRD 무리수 두나]

한참 유명에 대한 루머들이 야단법석이던 시기였다. 〈미싱 차일드〉에 대한 소문은 아직 영화촬영도 시작하지 않았는데도 이런저런 루머를 대동하며 빠르게 퍼져나갔다. 찌라시들은 다시 한번 소설을 쓰기 시작했다.

[배우 Y, 별다른 성과 없이 대뜸 티브이 시리즈 주연 캐스팅. 역시

스폰서의 힘?]

 [어디까지 밀어줄 것인가. 다시 데렉 맥커디와 함께하는 이유도 혹시?]

 대충 발로 휘갈긴 후 끝에 물음표만 붙이면 '의혹'으로 탈바꿈된다. 나중에 사실무근으로 고소가 들어와도, '의혹이 있다는 사실을 보도했을 뿐이다'라는 식으로 발뺌할 수 있는 것이다.

 쫘악- 찌라시 신문이 갈기갈기 찢어졌다. 피비 테일러는 양손에 구깃구깃해진 신문지를 움켜쥐고 스산하게 말했다.

「진짜 이것들이 미쳐가지고.」

「피… 피비. 무서워, 왜 그래.」

 안경을 쓴 통통하고 순박하게 생긴 여성이 피비가 찢어발긴 신문 조각들을 주우며 울먹였다.

「같은 파파라치인 게 쪽팔려서 그래. 밀리, 이 새끼들 다 기록해 놔.」

 피비는 문유석에게 1인 미디어가 대중매체로 기능하게 될 거라는 전망을 들은 후, 친구 밀리를 섭외해 작은 사무실을 차렸다. 아직 별다른 수익이 나지 않는 상황에서 고정급여가 나가는 것이 부담되긴 했지만, 밀리는 반드시 필요한 인재였다.

「네! 파파라치 피비 테일러의 사무소입니다… 어, 저요? 아뇨 전 피비 테일러가 아니고 밀리인데….」

 자신이 취재를 나가 있는 동안 밀리가 전화를 받는데, 그녀 특유의 허술한 목소리가 제보자들의 경계를 풀어 쉽게 제보를 이끌어낼 뿐만 아니라… 그녀에게는 굉장한 재주가 있었다.

「피비, 피비! 오션 위크에 제이슨 길론 있잖아.」

「어. 지난주에 '신유명, 밤의 황제 의혹' 쓴 놈? 원래 질 나쁜 놈인데, 그 새끼는 왜?」

「밤의 황제는 본인인 거 같은데? 이거 봐.」

「헐…. 이걸 어디서 찾았어?」

「이 기자 SNS를 보다 보니까, 코네티컷 대학교 출신이더라고. 그래서 그 학교 홈페이지 게시판을 뒤지다 보니까 지금 쓰는 메일 계정의 변형된 형태로 보이는 아이디가 나왔어. 그 아이디로 구글링하다 보니까 3년 전 스와핑 파트너 구하는 게시물에 댓글로 메일주소를 단 기록이 있었거든? 그래서 스와핑 사이트들 들어가서 그 메일주소로 검색해 보니까, 짜잔-」

미친 디깅 능력. 밀리의 로직을 중간쯤부터 이해하지 못하고 있던 피비는 그녀가 내민 노트북 화면을 보고 깜짝 놀랐다. 나비 가면을 쓰고 있지만 드러난 하관을 보면 제이슨 길론임이 분명한 남자가 사진마다 다른 여성들을 끼고 웃고 있었다.

「대박….」

「피비, 나 잘했어?」

「어…. 밀리, 네가 최고다. 가끔 보면 네가 나보다 파파라치 소질이 뛰어난 거 같아.」

「에이, 설마…. 헤헤.」

하는 짓과는 어울리지 않는 순박한 웃음을 걸고, 밀리가 마우스를 요란하게 클릭하며 다시 인터넷의 바다에 뛰어들었다. 파파라치를 파파라치 하겠다는 자신의 아이디어는 어쩌면 대박이 날 것 같았다.

「안녕하세요, 피디님.」

「안녕하세요, 유명 씨. 오신다고 수고하셨어요.」

첫 촬영은 빠르게 시작되었다. 유석의 말에 의하면, CRD에서 1화 파일럿을 찍자는 제안을 했다고 한다. 파일럿 없이도 TW 채널에는 편성을 받을 수 있겠지만, 이왕이면 제대로 만들어서 더 좋은 계약조건을 따내 보자고 했다던가. 어쨌건 유명에게는 좋은 일이었다. 빨리 촬영을 시작하고 싶은데 유석이 허락해주지 않을 것 같아서 눈치를 보던 상황이었으니.

「유명 씨! 여기!」

첫 촬영은 야외 로케였다. 허허벌판 위에 가로지르는 도로. 한쪽에 천막이 처져 있었고, 그 앞에서 데렉이 손을 흔들었다.

「데렉. 먼저 와 계셨네요.」

「준비는 다 됐어요?」

「그럼요.」

데렉은 빼지 않고 긍정하는 유명을 보며 피식 웃었다. 이상한 기분이었다. 함께 작품을 하는 배우들은 보통 자신을 무서워했다. 머뭇머뭇하다 조언을 구하기도 했고, 열심히 준비해놓고도 자신에게 까일까 봐 눈치를 보기도 했다. 그런데 유명은 전혀 자신의 눈치를 보지 않는다. 오히려 자신이 그가 무엇을 준비했는지 궁금해서 안달이 날 지경이니….

'〈미믹크리〉의 한참 진행 중인 촬영의 후반부여서라고 생각했는데, 초반부터 이런 긴장감과 기대감이라니….'

하지만 〈미믹크리〉의 '아스'는 신유명에게 맞춰 만들어진 캐릭터였다. 이번에도 그 정도의 연기를 할 수 있을까? 완벽하고 변화무쌍한 아스를 연기한 직후에 인간으로서의 한계가 분명한 데카르도를 연기한다 해도?

그런 생각을 하고 있는데 이번엔 유명이 묻는다.

「데렉은 준비 다 됐어요?」

「크흡… 쿨럭쿨럭.」

순간 데렉은 목에 사레가 걸렸다. 준비됐냐는 질문을 들어본 것이 얼마만이던가. 물론 할 수 있는 질문이다. 같은 촬영장의 동료배우들끼리라면 흔하게 할 만한 질문. 그럼에도 최소 5년 이상은 들어본 적이 없었다. 연기에 관해 누구보다도 결벽적이고 완벽하다는 데렉 맥커디에게 그런 질문을 할 수 있는 사람이 누가 있었을까.

데렉은 기침을 과도하게 해 얼굴이 벌게져서도 웃음이 터져 나왔다. 유쾌하다. 이렇게 기대되는 촬영이 있을까.

「괜찮으세요?」

「…괜찮아요. 준비 덜 해와서 찔려서 그래요.」

「아… 혹시 제가 도와드릴 게 있으면 말씀하세요.」

「푸흡….」

유명은 다시 한번 웃음을 터뜨리는 데렉을 어리둥절하게 쳐다보았다.

「데카르도, 촬영 준비해주세요!」

「넵!」

유명이 일어섰고, 데렉은 그 뒤를 졸졸 따랐다. 아직 자신의 등장 신은 아니었지만….

'신유명의 첫 데카르도 연기를 놓칠 수는 없지.'

당연한 일이었다.

4

드라마는 밀당이야

「세팅 완료됐습니다!」

제니브가 차에 타고 있는 유명의 차창 밖으로 다가왔다.

「첫 장면이 중요해요. 데카르도 딜런의 정체성을 드러내는 장면이거든요.」

「네. 알고 있습니다!」

「릴 오디션을 진행할 때, 단 한마디로 데카르도라는 인간을 납득시켰던 그 분위기로 연기 부탁드립니다.」

「알겠습니다, 피디님.」

「시작하겠습니다!」

첫 신은 데카르도의 단독샷이다. 촬영 허가를 받은 도로의 끝과 끝에는 바리케이드가 세워져 있었고, 그 안에는 촬영에 관계된 차량뿐이었다. 유명이 탄 차량이 서서히 속도를 올리기 시작하자, 차량 내에 설치된 카메라들과 옆을 따라 달리는 촬영 차량이 그 모습을 찍는다.

우우우웅- 그는 고속도로를 한계 속도로 달려가다 갑자기 전류가 통한 듯한 표정을 짓는다. 차의 속도에 따라 빠르게 가속하는 공기의 흐름, 그 흐름을 방해하는 차체. 기압은 공기의 흐름을 만들어낸다. 그리고 지형은 그 흐름을 방해하기도, 가속하기도 하며 여러 가지 기후 현상을 만들어낸다. 관통하는 영감.

「…그런 방법이 있었어.」

데카르도 딜런은 기후학자였다. 변화무쌍한 기후를 최대한 근사치로 예측한다는 오랜 기후학의 난제. 그가 새로운 기후예측 모델 연구에 뛰어든 것은 벌써 5년째였다. 그런데 지금 그의 머릿속에 여태 잡힐 듯 잡히지 않았던, 단순하지만 직관적인 해결방법이 떠오른 것이다.

끼이익- 그는 차를 도로 한쪽에 세웠다. 그리고 글러브박스에 빼곡히 차 있는 노트와 펜을 집히는 대로 꺼내어 어떤 수식을 휘갈기기 시작한다. 한참을 연산하던 펜이 어느 지점에서 턱- 멈추어 섰다. 데카르도는 펜이 멈추자 마치 자신의 호흡이 멈춘 듯이 한참을 숨을 참았다. 보는 사람들은 그 갑갑함이 전달되기라도 한 듯 모두 함께 숨을 머금다가, 그가 차문을 열고 밖으로 나가 크게 숨을 내쉬자, 후우- 다 함께 숨을 내쉬었다.

'별 이유 없이 긴장되네.'

제니브 스콧은 유명을 보고 이상한 배우라고 생각했다. 그의 연기를 보고 있으면 묘한 감각에 사로잡힌다. 노트로 빠르게 휘갈기던 필기체가 어떤 문장에서 느려져 선명히 눈에 박히는 것 같다. 구름이 짙게 깔린 허허벌판을 올려다볼 때 그의 고개와 눈꺼풀이 함께 천천히 들린다. 그래, 지금처럼.

쏴아아- 자줏빛 구름이 흘러간다. 거대한 자연 아래 무력한 인간. 하지만 아득히 지평선 너머, 바람과 구름이 아닌 그 너머의 무언가를 찾는 듯이 선명한 눈빛을 하고 있는 남자, 데카르도 딜런.

쿠르릉- 번쩍- 마른하늘에 번개가 친다. 그는 차로 돌아가 시동을 건다. 기후학자인 그는 알 수 있었다. 곧 아주 짙은 폭우가 내리리라는 것을.

「오케이! 좋아요!」

리딩 때도 느꼈지만, 제니브 스콧은 잔디렉션이 별로 없는 타입이었다. 그녀는 '어떤 표정, 어떤 제스처를 지으라'는 디렉션 대신, '어떤 분위기, 어떤 느낌'을 살리라는 것을 주로 이야기했다. 느낌만 빡 오면 나머지 자잘한 디테일을 살리는 것은 자기 일이라며.

「PD님, 한 테이크만 더 찍으면 좀 더 잘 나올 것 같은데-」

「아뇨, 지금 엄청 완벽했어요. 바로 이동할게요!」

유명은 제니브의 판단에 수긍했다. 조금 더 완벽했으면 하는 아쉬움에서 해본 소리였지, 연기가 마음에 안 들었던 것은 아니니까.

유명은 첫 신을 찍은 후 스튜디오로 이동하며 잠시 제니브 스콧에 대해 생각했다. 새로운 직장에 취업하면 직장 분위기에 적응하는 데 시간이 걸리듯이, 새로운 감독이나 피디를 만나면 그 스타일에 적응할 시간이 필요하다. 카일러 언쇼가 색깔이 선명하고 디테일을 중요하게 생각하는 장인 타입이라면, 제니브 스콧은 아마도….

'감각적이고 빠르게 치고 나가는 타입.'

유명은 그녀가 만들어왔던 드라마를 하나하나 떠올려본다. 〈Flicky〉, 〈Super plz〉, 〈Biopsy〉. 모두 보는 사람의 정신을 쏙 빼놓을 정도로 전개가 빠른 드라마들. 여태 만난 연출 중에 생각해보면 방학 피디가 그녀의 스타일을 가장 닮은 것 같다. 영화와 드라마의 차이인 걸까. 그렇다면 자신도 좀 더 드라마에 적합한 형태의 연기를 하는 것이 좋겠지.

'완급.'

드라마 연기는 영화 연기보다 완급의 특성이 두드러진다. 총 22주, 22개의 에피라는 것을 고려할 때, 매번 강하게만 연기하면 시청자도 배우도 숨이 찰 것이다.

'더구나 이번에는 주연이니까…'

유명이 여태 출연한 드라마는 〈연예학개론〉 하나뿐이다. 그때까지만 해도 유명의 배역은 비중조연이었다. 후반에 가서는 서브남주로 바뀌기는 했지만, 드라마 쪽 경험이 많지는 않다.

유명은 이동버스의 옆자리에 앉은 데렉에게 한번 물어보았다.

「데렉.」

「왜요?」

「드라마에서의 완급 조절은 어떻게 하나요? 뭔가 특별한 노하우가 있어요?」

데렉은 신유명이 자신에게 연기에 대해 질문하자 신이 났다. 촬영 전까지만 해도 자신 이상으로 뛰어난 배우와 함께 연기하게 된 것에 들떴지만, 그 배우가 연기에 대한 견해를 물어오자 자신을 인정받은 듯해서 기분이 더 좋아진 것이다.

「그럼요, 있죠. 연애라고 생각해봐요.」

「연애요…?」

「영화는 말하자면, 맘에 드는 상대를 단번에 꼬시기 위해 노빠꾸로 밀어붙이는 거죠. 하지만 드라마는 밀당이야.」

「밀당요?」

「일단 뭐라도 되려면 만나야 할 거잖아요?」

「그쵸.」

「다음에도 또 만나고 싶어질 정도, 자기 전에 얼핏 내 생각이 날 정도로만 살살 매력을 흘리면서 꼬드기는 거죠. 가끔은 들이대고 가끔은 한발 물러서기도 하면서.」

과연 할리우드 최고의 스캔들 메이커. 유명은 와~ 하는 표정으로 그의 강의를 경청했다. 그런데 갑자기 데렉이 인상을 쓴다.

「근데 생각해보니, 그거 잘하잖아요?」

「…제가요?」

「〈캐스팅 보트〉에서 클래스 나눌 때 보니까 밀당하는 실력이 보통이 아니던데? 그대로만 해요. 그 기술을 드라마 보는 관객들한테 써먹는다고 생각하면 돼요.」

보형이. 여기서도 답은 보형이인가…. 유명은 만류귀보형설을 체득하며 역시 회장님은 훌륭하신 분이라고 생각했다. 드라마의 원리까지 보형이라니.

오후에는 스튜디오 촬영이 있었다. 스튜디오의 컨셉은 '데카르도의 방'. 철로 된 침대. 살림살이는 거의 없는 황량한 방 안에는 책들이 가득 쌓여 있고, 개인이 소장하기에는 지나치게 커 보이는 컴퓨터 본체와 모니터가 즐비하다.

시점은 영감이 떠오르고부터 며칠 후. 데카르도는 컴퓨터로 복잡한 프로그램을 쉴 새 없이 만지고 있다가, 갑자기 몰려온 통증에 머리를 감싸 쥐고 뒹굴었다.

「으윽….」

그는 방바닥을 기어 한쪽 구석에 놓인 약병을 열고, 손에 잡히는 대로 약을 몇 알 쥐어 삼킨다. 꿀꺽-

그는 질환이 있다. 아니, 혼자 질환이라고 생각할 뿐이다. 피검사도 해보고 MRI도 찍어보았지만, 의사는 아무런 이상이 없다고 했으니까. 하지만 머리를 과도하게 쓴 날이면 한 번씩 찌르는 듯한 통증이 관자놀이를 꿰뚫고, 그는 기억의 편린에 시달린다.

― *아버지는 어디….*

― *바쁘시단다.*

― *데카르도는 정말 똑똑하구나.*

― *그분의 아들이라고?*

― *데카르도는 엄마 아빠가 없대요…!*

허어억- 숨을 깊게 들이쉬었다. 몸을 한껏 말고 철제침대의 한편에 처박혀서 고통스럽게 심호흡을 한다. 그때 전화가 울렸고, 그는 구세주라도 만난 듯이 다급하게 전화기의 버튼을 눌렀다. 유일하게 그를 진정시켜주는 이름, 아버지.

「데카르도?」

「아버…지? 허억… 네…. 저예요.」

「또 발작한 거야? 아프면 언제든지 바로 전화하라니까.」

「하아… 괜찮아요. 별거 아니었어요.」

낮고 울림이 좋은 목소리가 자박한 애정을 담고 귓가에 부스러진다. 홀로 감당하기 힘든 고통이 찾아올 때, 아버지의 목소리는 언제나 자신을 진정시켜주었다. 데카르도가 유일하게 신뢰하는 인간이기 때문일지도 몰랐다. 그는 먼저 아버지에게 전화해본 적이 없다. 아버지는 늘 바쁜 사람이기 때문에. 하지만 그는 가끔, 정말로 견디기 힘든 시점에 마치 마음이 통하기라도 한 것처럼 전화를 걸어주었다. 그래, 바로 지금처럼.

「잘 계시죠?」

「그럼. 네가 걱정이구나. 요즘 너무 무리한 거 아니니?」

안정감. 데카르도는 염도가 높은 물 위에 부유하듯이 둥둥 뜬 기분으로 아버지에게 응석을 부린다.

「아버지, 사실은… 엊그제 한 가지 발상이 떠올랐는데요.」

「무슨 발상?」

「기후 연구에 획기적인 진척이 있을지도 몰라요.」

「…그래? 네가 무척 애를 쓰던 프로젝트인데, 드디어 성과가 나는구나. 축하한다.」

「아직은 성과가 난 건 아니구요. 사실 막힌 부분이 있는데, 이게 영 안 풀려서 며칠 잠을 못 잤어요.」

「음… 그러다 건강을 해치면 큰일인데. 내가 뭔가 도와줄 건 없을까?」

자신의 일에 관심을 보여주는 자상한 아버지. 그 마음이 기뻐진 데카르도는 평소라면 하지 않았을 부탁을 하고 만다.

「뛰어난 수학자가 있으면 도움이 될 것 같긴 한데….」

「수학자라….」

「저희 연구소의 길리안 씨도 굉장히 명망 있는 수학자지만, 제가 풀고 있는 수식을 보고 머리를 절레절레 흔들더라구요.」

「그 사람에게 네 연구를 말했니?」

갑자기 추궁하는 듯한 목소리. 그는 괜히 변명하듯이 톤을 살짝 올려 말한다.

「아니요. 전체를 보여준 건 아니고, 필요한 수식 부분만요. 그런데 아예 손도 못 대더라구요.」

「…그거라면 딱 적절한 사람이 하나 있구나.」

「누군가요?」

「주말에 집으로 오겠니? 소개시켜주마.」

「…네. 오랜만에 뵙겠네요.」

데카르도와 양부. 〈Missing Child〉를 이끌고 나가는 최고 중요 인물들의 첫 신. 데렉은 목소리만 등장했음에도 둘의 대화는 박진감이 넘쳤다.

「컷- 오케이!」

애정과 경계가 묘하게 섞여 팽팽한 긴장감이 감도는 신이 끝나자 모두는 숨을 후- 몰아쉬었다. 시끄러운 여론 때문에 신유명의 실력을 긴가민가하던 몇몇 스태프들이 깨끗이 의심이 풀린 얼굴로 속삭였다.

「신유명 스폰서설이 도대체 왜 나온 거야?」

「저 정도 연기면 스폰서가 있든 없든 떴을 것 같은데.」

「저 투샷 굉장하네. 카일러 언쇼 영화에도 데렉과 신유명이 같이 나온다며? 꼭 보러 가야겠다!」

그리고 누군가가 폭풍처럼 달려왔다.

「유명 씨이이이!」 "유명 씨이이이!"

미국어와 한국어가 동시에 겹쳐 들린다. 첫 촬영에 구경을 나온 작가님들이었다. 그들이 유명에게 달려들기 직전, 긴 다리 한 짝이 그들의 앞을 가로막았다.

「오호. 에바 작가님은 이제 나는 본체만체고 신유명 씨만 눈에 들어온다, 이겁니까?」

「으아아아! 아니에요, 데렉 맥커디 최고! 만세!」

에바가 데렉을 마크하는 동안 육 작가는 그를 뱅글 돌아서 유명의 손을 덥석 쥐었다.

"캬…. 이거예요. 나의 데카르도…."

「'나의'? 그거 'my' 말하는 거 맞지? 데카르도가 왜 언니 거야, 우리 거지!」

그때 제니브 스콧이 나섰다.

「작가님들, 잠시만요. 좀 진정해보시겠어요?」

인간관계에는 물고 물리는 천적이 있는 모양. 비글미 넘치는 두 작가는 제니브에게 꼼짝 못 하고 순순히 물러섰다. 그녀에게는 남모를 카리스마가 있는 모양이었다.

「여기까지 할게요! 첫 촬영 모두 수고하셨습니다!」

그날 촬영장의 스태프들 몇몇은 자신의 SNS에 코멘트를 남겼다.

― 드라마 촬영 시작! 직접 본 신유명의 연기는 굉장했다!
― 〈Missing Child〉 대박 예감! 스토리 쩔고 배우들 연기력은 미쳤음.
― 신유명 vs 데렉 맥커디. 첫날부터 심상치 않았다.

하지만 다음 날,

[〈Missing Child〉 첫 촬영. 스태프들의 물타기 작태. 홍보보다 해명이 우선 아닌가. 네티즌 공분]

관련된 기사들의 논조가 수상했다. 선의로 올린 글들은 의도를 의심당했고, 논란은 더욱 부채질되고 있었다. 그것을 보고 문유석은 피식 웃었다.

'어쩜 이렇게 예상을 한 치도 벗어나지 않는지….'

좋은 무대가 만들어져가고 있었다.

5

친구는 함께 놀아야지

딩동― 피비의 사무실, 밀리는 벨소리에 깜짝 놀랐다. 피비가 방금 취재지에서 출발한다는 메시지를 보냈고, 그밖에는 찾아올 사람이 없었다.

'누구지? 우편물은 우편함에 넣어두고 가는데⋯.'

문의 렌즈를 통해 빼꼼히 밖을 내다본 밀리는 자신도 모르게 혀를 깨물었다.

'아얏! 뭐야, 저 사람이 어떻게 여길⋯.'

한 손에 화분을 들고 있는 남자는 그림처럼 멋있었다. 큰 키에 넓은 어깨. 선글라스도 자체 발광하는 외모를 가리지는 못했다. 밀리는 손을 달달 떨며 잠금장치를 겨우 풀고 문을 열었다.

「여기가 피비 테일러의 사무소, 맞죠?」

「넵!」

「주인은?」

「오는 중이에요.」

「그쪽은?」

「친구이자 직원입니다!」

아아- 그는 가볍게 고개를 끄덕이더니 화분을 건넸다.

「나도 피비의 친구예요. 이건 개업 선물.」

「피비의⋯ 친구요?」

피비한테 저런 대단한 친구가 있었단 말인가. 피비 테일러라고 하면 웬만한 스타들은 다 이를 갈 텐데⋯. 알고 보면 피비를 한 대 패러 온 건지도 모른다는 생각을 하며, 밀리는 서랍 속에 있는 가스총을 살며시 주머니에 집어넣었다. '피비는 밀리의 친구이니까 지켜야 해!'라고 생각하며.

30분 후, 밀리의 불안함이 극도에 달할 때쯤 사무실의 문이 열렸다.

「밀리! 네가 좋아하는 빵-」

「피비, 손님이 오셨어.」

「아⋯ 왔어요, 데렉? 주소는 알려줬지만 진짜 올 줄이야. 요즘 한가하나 보네요?」

「그럴 리가. 촬영 들어갔잖아.」
「아 참, 그랬지. SNS에서 봤어요. 유명 씨 어땠어요? 이번에도 끝내줬다던데?」
데렉의 이마에 굵은 주름이 잡혔다.
「끝내준다는 말은 나도 들었는데… 나는 안 궁금해?」
「아… 그것도 봤어요. 데렉은 원래 굉장하니까, 하하. 궁금하죠, 궁금해. 우와~ 궁금하다! 첫 촬영 어땠어요?」
밀리는 갸웃했다. 생각보다 사이가 좋아 보이는 건 다행인데… 데렉의 저 말은 무슨 뜻이지? 꽤 친해 보이는데, 피비가 여태 자신에게 데렉의 이야기를 한 번도 안 한 이유는 뭘까.
「나와 신유명의 공방전이 아주 볼만했지.」
「아 네…. 참, 그때 알려줬던 파블을 파보고 있는데, 심상치 않던데요. 〈미싱 차일드〉 첫 촬영 관련해서도 별의별 기사들이 다 뜨던데, 그쪽의 사주일까요?」
「그렇겠지, 뭐. 대세에 지장 없잖아?」
「문 대표가 신났더라구요. 몰아가려고 했는데 그러기도 전에 몰려가고 있다고. 그 사람 성격 참 나빠.」
데렉이 대뜸 묻는다.
「나랑 문 대표 중에 누가 더 성격이 좋아?」
「…그야 데렉이죠. 어딜 속이 시커먼 문 대표와 비교를 해요.」
「그렇지?」
데렉이 기분이 좋아진 듯 빙글빙글 웃더니 말한다.
「사실 방금 나탈리와 화보를 찍고 왔거든.」
「아… 나탈리와 같이 광고 섭외됐었죠. 그러고 보니 나탈리는 실물을 본 적이 없네요. 평소엔 파파라치 붙을 일 없이 깨끗한 사람이고, 〈미믹크리〉 땐 초반에 촬영분이 끝나버려서 못 봤고. 실제로 봐도 그렇게 예뻐요?」
「그게 이상하단 말야….」
「뭐가요?」
「방금 나탈리와 화보 찍고 왔거든? 그런데 왜 네가 더 예쁜 거 같지?」
끄악…! 밀리는 속으로 비명을 질렀다. 피비의 얼굴이 새빨개졌고, 데렉은 여전히 고개를 갸웃갸웃하고 있었다. 역시나 자신이 잘못 느꼈던 것이 아니었다. 그런데 이런 건 둘만 있을 때 하면 안 될까….

데카르도는 양부와 통화한 날 이후로 주변의 수상한 느낌을 감지한다. 어디선가 느껴지는 시선. 연구실 자리에 물건 배치가 미묘하게 흐트러져 있는 느낌. 그가 사는 황량한 집의 몇 안 되는 물건도 평소 위치와 조금 다른 듯한 기분이 든다.
'요즘 내가 예민한가….'
기후학 연구의 진척에 대해 양부를 제외한 누구에게도 말한 적이 없다. 그리고 아버지는 누군가에게 말을 전할 사람이 아니라고 그는 철석같이 믿었다. 그럼에도 등이 따가운 느낌. 그는 결국 연구실의 동료들을 관찰하기 시작한다.
같은 연구실을 쓰는 세 명의 동료. 모두 같은 기후학자들이기에 동기는 충분하다. 저들 중 누군가가 자신의 연구 실적을 훔쳐내려는 의도를 가지고 있다면?
우우우웅- 자동차를 가속한다. 쫓아오는 것 같다가 반대편으로 빠지는 다른 차량. 역시 자신이 과민했던 건가 자책하지만, 이어져서 나타나는 또 다른 의심의 단초. 스케치하듯 빠른 사건들의 전개에 보는 이들의 숨이 가빠질 무렵, 데카르도는 양부를 만난다.

「데카르도.」

「아버지….」

「잘 있었니? 얼굴이 핼쑥하구나. 너를 그렇게 혼자 놔두는 게 아닌데.」

유명은 감탄했다. 사려 깊은 표정으로 자신의 얼굴을 빤히 들여다보는 데렉의 나무랄 데 없이 선한 표정. 그를 보자 초조하게 말라가던 마음이 물을 뿌린 듯이 촉촉해진다.

그는 데카르도를 다정히 안아준다. 아버지의 품 안에서 데카르도는 잠시나마 그를 의심할 뻔했던 스스로를 나무라며 풀어진 한숨을 내쉬었다.

'역시 굉장해. 차분하고 다정한 어른의 느낌을 이렇게 짧은 시간에 설득할 수 있다니.'

시청자들은 초반에 양부가 악의 축임을 알지 못한다. 하지만 그가 완벽한 선인으로 보이기에 더욱 의심스러울 것이고, 그가 악인이 아니었으면 하는 바람도 더욱 강렬할 것이다.

「네가 필요하다고 했던 수학자를 소개해줄 거란다.」

「아… 벌써요?」

「그래. 그의 이름은 릴 딜런이야.」

「딜런…?」

자신의 성. 딜런이라는 성이 아주 드문 것은 아니지만 이상하게 불길한 예감에 데카르도는 몸을 흠칫 떤다.

「내 아들이야.」

그의 선언에 데카르도는 벼락을 맞은 듯 제자리에 붙박여 섰다. 아들? 그의 아들은 나인데?

「그게 무슨….」

「네가 내 아들인 것처럼 그도 내 아들이라고.」

문이 열리고 들어온 것은 천사처럼 아름답고 앳된 흑인 남자였다. 그가 손을 내밀었고,

「릴 딜런입니다.」
데카르도는 그 손을 잡지 못했다.

「오케이- 수고하셨습니다!」
「수고하셨습니다!」
1화의 촬영이 끝났다. 제니브 스콧은 파일을 들고 편집실로 달려갔다. 주말이었지만 아랑곳하지 않고 골방에 틀어박혔다.
'빨리 보고 싶다.'
그녀는 원래 편집감독 출신이었다. 모 작품의 메인 PD 자리가 펑크 났을 때 한참 편집감독으로 이름을 날리던 그녀에게 제안이 들어왔고, 그때 그녀는 자신의 능력을 처음 알게 되었다. 하나하나의 컷보다 흐름을 보는 능력. 그녀는 화면을 빠르게 감기도 하고, 천천히 늘이기도 하며, 컷과 컷을 스피디하게 이어붙이면서 중요 포인트에선 집요하게 대상을 추적했다. 그 결과 그녀는 '완급의 조절'에 있어선 제니브 스콧을 따를 PD가 드물다는 평판을 얻으며 CRD의 대표적인 프로듀서 중 한 명으로 성장했고, 많은 트렌디 드라마를 찍었다.

[Chopin, Ballade No.1 in G Minor, Op.23 쇼팽 발라드 1번]
음악을 틀었다. 〈Missing Child〉의 대본을 처음 봤을 때 제니브의 머릿속에 떠오른 음악. 데카르도와 닮은 여리고 우울한 음악이 맑게 번져나가다가 폭풍우를 끌어안고 휘몰아친다. 그녀는 그 음악을 머리에 새겨 넣으며 익숙하게 편집 컴퓨터를 켜고 파일을 쭈욱 올렸다.
Dalalala… ding! 화면 속을 데카르도의 차가 빠르게 달린다. 컷. 옆 차량에서 데카르도의 차로 줌인. 컷. 차량 조수석 쪽에 설치한 카메라가 데카르도의 전측면을 비춘다. 컷. 그때 제니브는 데카르도의 시선에 사로잡혔다. 시선이 아주 먼 곳을 향하다가 번뜩 빛이 살아나며 가까워졌다. 시선 이동만으로 주는 긴장감.

Dalalala… ding! 그는 쫘악 브레이크를 밟아 차를 세운다. 글로브 박스를 여는 손. 컷. 머리 뒤쪽 천장에 매달려 있던 카메라가 데카르도의 머리 너머로 그의 시야를 훔쳐보는 샷. 컷. 그가 노트를 꺼내어 무언가를 마구 쓰기 시작할 때, 제니브는 다시 한번 묘한 느낌을 받았다. 차량 내부에 설치한 카메라들만으로는 디테일한 촬영이 어려웠다. 그래서 편집으로 그가 쓰고 있는 노트를 클로즈업하려고 마음먹고 있었는데, 왜 그가 쓰는 글이 점점 크고 선명하게 보이는 걸까.

'헐….'

그제야 그녀는 자신의 자세를 인지했다. 의자 등받이에 기대고 있던 자세가 점점 앞으로 기울고 있었다. 그러니 화면이 더 크게 눈에 보인 것이다. 마치 자체 클로즈업을 한 것처럼.

정답은 그의 손놀림에 있었다. 사각사각- 거침없이 수식을 써내려가던 손은 어느 부분에 이르러 천천히 느려지기 시작한다. 마치 슬로우 버튼을 누른 것처럼. 뭔가 엄청난 일이 일어나고 있다는 드라마틱한 긴장감. 그 긴장감이 보는 사람을 화면에 더 가까이 가게 만들고 있었다.

'동작의 완급까지 의도해서 연기했다고?'

몰랐다. 촬영장에서는 이런 세세한 부분까지는 알 수 없었다. 워낙 정신없이 돌아가는 현장이었고, 자신은 컷의 분위기만 체크하는 편이었다. 조금 부족한 디테일은 편집으로 충분히 채울 수 있으니까. 하지만 편집 도중에 배우가 채워둔 디테일을 발견할 줄이야. 화면은 그녀가 많이 손대지 않아도 이미 자체적인 완급을 가지고 흐르고 있었다.

Daladaladala… diling! 낙하하는 것처럼 내려꽂히는 스케일. 기분이 고조되면서 속도가 더욱 붙는다. 막힌 노트를 던져두고 차 밖으로 나가는 데카르도. 컷. 끝없이 펼쳐진 산맥과 황야, 그 사이를 걸어가는 데카르도. 컷. 그의 머리 위를 덮는 거대한 먹구름. 컷. 돌아오는 길,

차창을 가를 듯이 쏟아지는 비, 컷. 쏴아아아- 빗소리를 배경에 넣는다. 편집실에 틀어둔 쇼팽 발라드 1번과 함께 빗소리가 데카르도의 마른 몸을 꽝꽝 때리고, 그는 아까 휘갈겼던 메모지를 두 손에 쥐고 집으로 뛴다. Ding! dang! 쾅- 문이 닫힌다.

10′28″. 노래가 끝남과 동시에, 홀린 듯이 자르고 붙인 필름이 한 장면의 끝을 맺었다.

'하아….'

제니브는 거세게 숨을 몰아쉬었다. 폭풍같이 몰려든 고조감이 완전히 타오르고 재로 사라졌다.

일반적인 파일럿 제작의 경우, 맛보기 1화를 제작하고 방송사와 미팅을 한 후, 방영이 확정된 후에야 2화 제작을 시작한다. 하지만 〈미싱 차일드〉는 팔리지 않을 리가 없다며, 쭈욱 제작하겠다는 뜻을 CRD가 밝힌 상황이었다. 그럼에도 1화 촬영 후 며칠간의 휴가가 생겼다. 2화부터 등장하게 될 마일리 필론의 전작 스케줄 때문이었다.

{괜찮을깡, 진짜?}

유명은 외출 준비를 하고 있었다.

'괜찮을 거야. 미국 사람들은 동양인 얼굴 잘 구분 못 해. 그리고 TV 프로가 꽤 화제가 되었다고 해도 아직 전미에 얼굴을 알릴 정도의 영향력은 아니라고 대표님도 그러셨는걸.'

{그럼 존재감이라도 좀 죽여 봐랑. 지금 그대로 나가면 분명히 들킨당.}

'그래, 알겠어.'

{도대체 어딜 가려고 그러는 거냥.}

유명은 대답 없이 빙긋 웃었다.

'미호가 좋아할까…?'

〈미믹크리〉 촬영 이후, 유명이 미호를 대하는 마음가짐이 변했다. 물론 이전에도 미호에게 소홀했던 것은 아니다. 그는 소중한 친구였고, 대단한 스승이었으며, 반드시 연기하게 해주고 싶을 정도로 멋진 배우였으니까. 하지만 그가 어떤 마음으로 자신의 곁에 머물러 왔는지를 깨닫고 나니 유명의 마음은 더욱 애틋해졌다.

'미호가 이제야 깨닫게 된 인간적인 마음을 더욱 풍부하게 만들어주고 싶어. 이왕이면 즐거움, 감동, 행복 같은 것들로.'

그렇게 오랫동안 인간 세상에서 지냈지만, 미호는 인간과 마음 깊이 교류해본 적이 거의 없었다. 자신을 첫 친구로 여기고 있는 것이다. 그렇다면 친구란….

'함께 놀아야지.'

유명은 미호에게 친구와 함께 노는 즐거움을 알려주고 싶었다.

{매니저도 없이 대체 어딜 가려는 거냥.}

구시렁대던 작은 여우는 유명이 차를 몰고 어느 곳에 도착하자 놀라서 눈을 동그랗게 떴다.

{저… 저기 가는 거냥?}

'응. 나도 한 번도 안 가봤거든. 같이 가줄래?'

{그… 그랭. 부탁한다면 한번 가보지, 뭐.}

틱틱대는 말투와는 달리 미호의 꼬리는 이미 뱅글뱅글 돌고 있었다.

유명이 미호와 함께 찾아온 곳은 영화를 좋아하는 사람이라면 한 번쯤은 가보고 싶어 하는 곳, '유니버설 스튜디오 할리우드'였다.

6

합석해도 돼요?

 야구 모자를 깊이 눌러쓰고 존재감을 거두어들인 동양인 청년은 다행히 사람들의 눈에 띄지 않는 모양이었다.
 '평일인데도 사람이 많네.'
 주차장에서 한참을 걸어 들어간 유명은 익숙한 조형물 앞에서 멈추어 섰다. 빙글빙글 돌아가는 지구본 위에 띠같이 둘린 'UNIVERSAL STUDIO'라는 글자. 수많은 영화의 시작 전에 삽입되는 로고가 실물로 눈앞에 다가오자 마음이 괜스레 뻐근해졌다.
 {이거구낭! 유니버설 로고!}
 혹시 했는데, 역시 미호도 처음 와보는 모양이다. 영화 스튜디오들이 있다고는 하지만, 테마파크 쪽에 올 일은 없었겠지. 유명은 반투명한 상태로 여기저기 획획 날아다니는 미호의 모습을 흐뭇하게 쳐다보았다. 그러고 보니 자신도 테마파크에 온 건 정말 오랜만인 것 같다.
 유니버설에 오면 가장 먼저 가보고 싶었던 곳은….
 '스튜디오 투어!' {스튜디오 투엉!}
 역시나 둘의 의견은 정확하게 일치했다. 유니버설 스튜디오에서 실제 촬영한 영화들의 촬영지와 세트장을 돌아보는 투어. 버스를 타고 가이드의 설명과 함께 진행되는 가이드 투어이다.
 {〈우주전쟁〉!}
 '〈죠스〉!'
 {〈사이코〉!}
 '〈킹콩〉!'

249

그들은 설렘 가득한 표정으로 투어 버스에 올랐다.

「영화의 장면 속으로 직접 들어가볼 수 있는 최고의 기회! 유니버셜 스튜디오 할리우드의 스튜디오 투어에 오신 것을 환영합니다!」

보안관 모자를 쓴 안내원이 경쾌하게 인사를 하면서 투어가 시작되었다. 〈쥬라기 공원〉, 〈백투더퓨처〉, 〈킹콩〉…. 버스는 여러 촬영장을 지나 지하철역 세트장으로 들어간다. 재난영화의 고전 명작 〈Earthquake〉의 지하철 사고 장면을 촬영한 장소.

덜컹덜컹- 전등이 깜빡거리더니 세트장 내로 지하철이 달려와 전복된다. 천장이 무너지면서 물이 콸콸 쏟아져 지하철역이 잠기기 시작할 때, 버스는 마구 흔들리며 재난 현장을 탈출했다.

「흐억!」

「으아아아-」

관객들이 깜짝 놀라 비명을 지르고, 옆자리의 미호도 비명을 질렀다.

{크항!}

'미호 너는 왜 놀라?'

{원래 남들 놀 때 똑같이 놀아야 재밌는 거당.}

우문현답이다. 그 후로 유명도 함께 신나게 리액션하기 시작했다. 일부러 소리를 지르면서 관람하니 쇼인 걸 알면서도 진짜 영화 속에 들어온 것처럼 느껴진다. 다음으로 도착한 곳은 베이츠모텔.

'와아… 히치콕.'

소름이 찌릿 돋는다. 영화사에 길이 남을 거장 알프레도 히치콕의 명작, 〈Psycho〉 속 살인사건의 배경이었던 베이츠모텔. 〈베이츠모텔〉은 나중에 〈사이코〉의 프리퀄 격인 미드로 재탄생하기도 한다. 현생에선 아직 출시되지 않았지만.

'진짜 히치콕이 여기서 촬영을 했다 이거지?'

유명이 태어나기 전해에 사망한 알프레도 히치콕 감독은 서스펜스

스릴러 장르의 아버지라고도 할 수 있는 최고의 영화감독이다. 저곳에서 히치콕이 걷고 말하고 카메라를 쥐었을 것을 상상하며 유명의 얼굴이 상기되었다. 그리고 미호는 다른 의미로 흥분했다.

{잔존생기당!}

'뭐?'

유명이 깜짝 놀랐을 때 미호는 이미 날아간 후였다.

'사이코가 1960년 작이었는데… 38년이 지난 지금도 잔존생기가 남아 있다고?'

미호는 잠시 후, 황홀한 표정으로 돌아와서 말했다.

{캬…. 잘 숙성된 와인 같은 맛이었당!}

'당시 촬영장의 생기가 현재까지 남아 있다고? 그게 가능해?'

{관객이 있었기 때문이당.}

'관객…?'

{단순한 영화가 아니라 전설로 남은 명작이잖냥. 많은 사람이 이곳에 방문해 조금 전의 너처럼 히치콕이 촬영하던 모습을 떠올렸을 거당. 그런 기억과 추앙이 잔존생기를 지속시켜서 이 장소 자체가 성지에 가까운 영역이 된 거징. 지금 내가 잔존생기를 먹었지만, 시간이 지나고 다른 사람들이 와서 이 영화를 계속 떠올리면 또다시 생길 거당.}

인간이 만든 것이 인간의 기억과 추앙에 의해 인간의 성지가 되었다. 그 말이 유명의 가슴에 박혔다. 수십 수백 년이 지나도 사람들의 기억 속에 남을 멋진 작품을 자신도 만들고 싶다.

「꺄앗-」

감상적인 기분을 깬 것은 앞자리 사람의 작은 비명소리였다. 모텔에서 한 남자가 비닐에 둘둘 말린 시체를 안고 나와 트렁크에 쑤셔 박는다.

'허억….'

과거의 촬영장에 깊이 마음을 빼앗긴 상태여서였을까, 유명은 순간 연기적인 몰입 상태로 빠져들었다. 트렁크에 시신을 넣은 남자는 주변을 두리번 거리다가 목격자를 발견한다. 바로 그를 지켜보고 있는 버스 안의 사람들.

와다다다- 목격자를 처리하기 위해 남자가 품속에서 식칼을 빼 들고 달려든다. 버스가 황급히 출발했고, 버스 꽁무니에 따라붙은 남자가 칼을 휘둘렀다.

「허어억!」

「밟아요, 밟아!」

「으아아악!」

유명이 버스 한쪽 벽에 몸을 붙이며 사람들과 함께 비명을 질렀을 때, 옆자리 사람이 유명의 팔을 두드렸다.

「괜찮아요? 이거 진짜 아니에요. 영화 세트. Fake, You know? 진정해요.」

소리를 지르는 유명의 리액션이 오죽 진짜 같아 보였으면, 그녀는 한참 동안 이건 세트장이라고 설명을 거듭했다. 미호가 깔깔대며 포복절도를 했다.

{무슨 놀이동산 와서 메소드 연기냥!}

'그게 아니고….'

너무 과했나? 유명은 머리를 긁적였다.

스튜디오 투어가 끝나고 나서는 본격적인 놀이기구 타임이었다. 심슨 애니메이션을 4D 코스터로 보여주는 심슨라이드는 이번 해에 런칭한 놀이기구답게 수많은 사람들이 몰려 있었다. Front of Line 티켓을 산 유명은 패스트트랙을 따라 빠르게 이동했다.

{만화 속 나라에 직접 들어온 것 같당!}

명작 터미네이터를 3D 영화로 구현하고, 거기에 실제 배우들의 연기를 섞은 Terminator 2:3D는 자신도 3D 세계에 뛰어들어 연기해보고 싶다는 기분을 고취시켰고, 영화 〈미이라〉를 컨셉으로 만든 롤러코스터, Revenge of Mummy는 중간중간 거대한 미이라가 분노를 퍼부으며 따라와 박진감이 넘쳤다. 〈쥬라기 공원〉을 바탕으로 만든 Jurassic World는 공룡들과 쫓고 쫓기는 거대한 후룸라이드였다. 그리고 유니버설의 대표적 쇼 어트랙션 중 하나인 Water World를 볼 시간이 되었다.

영화 〈Water World〉를 각색하여 보여주는 수상 쇼. 거대한 인공호수 위에 수상기지가 세워져 있고, 그곳을 뱅 둘러서 관객석이 자리해 있었다.

[Soaking Zone(물에 젖는 구역)]

유명은 물에 젖을 걸 알면서도 정중앙 앞쪽에 앉았다. 어차피 Jurassic World를 타다가 몸이 젖은 상태였고, 이왕 놀 거 제대로 놀자는 생각이었다. 공연 시간이 되자 익살맞은 진행자가 관객들의 참여를 유도했고, 걸핏하면 호스로 물대포를 뿌렸다. 유명은 공연이 시작되기 전부터 한차례 물세례를 받았다. 미호가 신이 나서 유명을 놀려댔다.

{캬하항, 다 젖었당~!}

본격적인 공연이 시작되었다. 시작부터 폭발음이 터지고 수면에서 물이 튄다. 근육질의 여전사가 유명의 바로 앞쪽에 서 있는 사다리를 타고 올라가기 시작한다. 기지에 매달린 줄을 타고 몸을 날려 다른 건물에 착지한다. 물 위에서 폭탄이 터지고 엄청난 화염이 솟구친다.

눈을 뗄 수 없는 전개였다. 제트스키를 탄 스턴트맨들이 폭발을 피해 여기저기로 몸을 날렸다. 마지막으로 수상비행기가 날아와 부딪혀 전복하고, 온 기지에 불이 붙었다.

{캬앙….}

'캬….'

유명과 미호는 동시에 탄성을 내뱉었다. 영화촬영 중에 많이 볼 수 있는 세트였지만, 몸을 아끼지 않고 연기하는 배우들과 즉각적으로 호응하는 관객으로 인한 열띤 분위기는 그들조차 감탄하게 했다. 공연이 끝난 후, 유명은 흠뻑 젖은 모자를 잠시 벗었다. 물기를 짜내고 다시 모자를 쓰려는 순간이었다.

「어? 혹시 신유명?」

「뭐? 에이 설마.」

「맞는 거 같은데? 저 혹시 신유명 배우 아니세요?」

유명은 살짝 당황했다. 신난 나머지 존재감을 제어하는 것을 깜빡했던 모양이었다. 게다가 모자까지 벗어버렸으니…. 그는 얼른 모자를 다시 쓰고 검지를 입술에 올렸다. 그리고 그들 앞에 다가서니 라틴 계통으로 보이는 까무잡잡한 소녀 세 명이 서로를 끌어안고 팔짝팔짝 뛴다.

「진짜예요? 맙소사….」

「안녕하세요. 들켰네요, 하하.」

「우악! 저 아르헨티나 갓네임드 운영진이에요!」

그들은 아르헨티나 사람으로, LA에 놀러왔다가 유니버설을 방문했다고 했다. 그나저나, 아르헨티나에 갓네임드가 있다고…? 유명은 팬들을 만난 김에 콜라라도 한잔 대접하기로 했다. 아르헨티나에 갓네임드가 있는 연유가 궁금하기도 했고.

「진짜 갓네임드가 아르헨티나에도 있어요?」

「넵! 저희가 미국보다도 먼저 생겼는걸요.」

운영진이라고 자랑스럽게 밝혔던 록사나라는 소녀가 말했다.

「몇 년 전에 예술영화 전용 극장에서 해외 걸작 영화선으로 〈발레리나 하이〉를 상영한 적이 있었거든요. 그때 신유명 팬클럽이 생겼고, 저도 초창기 멤버예요, 헤헷.」

「그럼 갓네임드라는 이름은 어떻게…?」

「어떻게 알았는지 한국 공식 팬클럽 쪽에서 '갓네임드' 이름을 달고 함께 활동하자고 제의해왔어요. 그래서 이름이 바뀌었죠.」

역시 회장님…. 유명은 정소진의 추진력을 떠올리며 비로소 이 상황을 이해할 수 있었다.

「그런데 배우님이 미국에 오셔서 〈캐스팅 보트〉로 엄청난 스타가 되셨잖아요. 덕분에 저희 팬클럽도 규모가 무척 커졌어요.」

「팬클럽 회원수가 만 명이 넘었다니까요~」

「배우님 만난 얘기 올리면 다들 자지러질 거예요. 허엉….」

소녀들이 떠들썩하게 자랑을 한다. 가보지도 않은 나라에서 자신을 응원하고 있는 사람이 이렇게 많다니, 괜히 마음이 촉촉해진다. 유명은 기꺼이 그녀들과 사진을 찍고 사인을 해주었다. 그들은 영원한 충성을 맹세하며 울먹였다.

「요즘 이상한 찌라시들이 난리던데 상처받지 마세요. 팬들은 아무도 그런 거 안 믿어요.」

「힘내세요, 배우님!」

그녀들은 유명이 보이지 않을 때까지 손을 흔들었다.

'즐거운 하루였어, 그치?'

{크항. 월드배우 등극이냥?}

'흠흠….'

늘 연기에만 전념해왔지만 가끔씩은 나와서 노는 것도 좋은 것 같다. 유명은 미호를 붙잡아 귀를 간지럽히며 앞으로도 즐거운 시간을 많이 가져야겠다고 다짐했다.

다시 촬영이 재개되었다. 2화에는 여주인공이 처음 등장한다. 마일리 필론이 맡은 셸리 티셔.

「안녕하세요!」

「헤이, 마일리.」

「잭, 잘 있었어요?」

유명은 스태프들과 하이파이브를 하며 촬영장으로 들어오는 마일리

255

를 신기한 듯이 바라보았다. 20대의 청량함일까, 혹은 그녀만의 독특한 성격일까. 자신은 스태프들에게 아무리 친절히 대해도 저렇게 스스럼없이 굴지 않던데, 그녀는 모든 사람과 친해 보였다.
'성격이 정말 좋나봐.'
{너는 뭐 나쁘냥.}
'그래도 나한테는 저렇게 안 대해주던데.'
{곁을 주면 주는 만큼 감당해야 하는 부분들이 있는 거당. 너무 친밀해져서 연기 연습할 시간을 뺏기고 싶진 않잖냥.}
'…그건 그렇지.'
{네가 선을 안 넘으니까 남들도 안 넘는 거징. 그게 나쁜 건 아니당.}
유명은 미호의 말을 들으며 신기해했다. 아스를 연기할 때를 생각해보면 미호는 인간의 마음을 알지 못하고, 정보 축적의 형태로 이해해온 것 같다. 그런데 가끔 너무나 인간적인 조언을 한다. 축적한 정보량이 많다고는 하지만, 어떻게 이런 조언을 할 수 있는 걸까.
{내가 똑똑한 거 이제 알았냥.}
우쭐거리는 미호가 귀여워 웃고 있는데 마일리가 쑤욱 다가와 손을 내밀었다.
「안녕하세요, 마일리 필론이에요!」
「네. 〈미믹크리〉 때 카메오로 와주셨죠. 잘 부탁드려요.」
「그땐 제대로 인사를 못 했죠. 반가워요! 에르히는 잘 지내요?」
「그럼요.」
벌써 에르히와도 친해진 모양이다. 대단한 친화력.
「같이 연기하는 거, 무척 기대하고 있어요. 잘 부탁드려요!」
그녀가 장난꾸러기같이 씨익 웃었다.
「촬영 시작할게요!」
2화의 시작은 바로 그 장면이었다. 카이의 오디션에서 연기했던, 데카르도와 릴이 만나는 장면.

「아버지한테 다른 아들이 있다는 것, 알고 있었어?」

「아뇨. 오늘 처음 알았습니다.」

「기분이 어때?」

「그런가 보다 싶은데요. 아버지가 저 말고 다른 사람에게도 선행을 베푸신다고 해서 저에게 피해를 주는 건 아니니까요.」

피부색도 얼굴 생김새도 성격도 다르지만 그들은 형제. 너무 다른 두 사람이 보여주는 극과 극의 반응에 긴장감이 고조되고, 데카르도는 가져온 자료를 숨기며 일단 한 발 후퇴한다.

「오늘은 자료를 안 가져왔어.」

「네. 그럼 다음에 봐요.」

돌아가는 길, 데카르도는 온갖 상념에 잠긴 얼굴로 도로 위의 한 다이너[4]에 주저앉아 싸구려 버거와 맥주 한 잔을 시켰다. 그의 앞에 한 여성이 다가왔다. 핫팬츠를 입은, 도발적으로 올라간 눈꼬리에 눈물점이 인상적인 여성.

「합석해도 돼요?」

유명과 마일리 필론의 첫 호흡이 시작되었다.

7

입이 있으면 다시 말해봐

「합석해도 돼요?」

---

[4] 다이너(Diner): 길가에 있는 허름한 밥집

데카르도는 여자를 물끄러미 바라보았다. 그녀는 자신의 매력 포인트를 잘 알고 있는 것처럼 허리를 살짝 숙여 테이블에 기대곤 그를 올려다본다. 저 외모와 눈빛에 흔들리지 않을 남자는 거의 없겠지만….
「아뇨.」
「흐음…. 내 타입인데.」
「그쪽은 내 타입이 아닙니다. 요즘 따라다니는 거, 그쪽입니까?」
타인을 절대 신뢰하지 않는 남자는 여자의 몸에서 눈을 떼며 낮게 묻는다.
「우와…. 당신, 날 본 적 있어요?」
「아뇨.」
「그런데 어떻게?」
「설명할 이유 있습니까?」
데카르도의 눈빛은 그녀의 손가락을 향하고 있다. 펜을 쓰다가 굳은 살이 박이는 위치. 펜대를 잡는 사람. 기자?
「이 남자, 매력 있네. 브레이크 타임즈의 셸리 티셔예요. 기후학자 데카르도 박사님 맞으시죠?」
「네.」
「엄청 젊으시네요. 또 잘생겼고. 흐음…. 대학을 대체 몇 살에 간 거예요? 열다섯?」
「용건이 뭡니까?」
「에잉. 그렇게 딱딱하게 굴지 말고.」
그녀는 애교가 많다. 아름답고 사근사근하며 남자에게 무언가를 기대하게 한다. 그것들은 결코 공짜가 아니다. 그는 그것을 잘 알고 있었다.
'아버지의 애정과 책임감도… 혹시 공짜가 아니었나….'
그런 암울한 생각이 스쳐 지나가자, 데카르도는 입 안의 여린 살을 세게 깨물었다. 자신은 참 엉망으로 나약하다. 10년 이상 좋은 아버지였던 사람.

그에게 자신이 몰랐던 부분이 있다고 해서 이렇게까지 그를 매도하다니.

후우- 그는 나직한 한숨을 쉬며 셀리를 밀치고 테이블을 빠져나왔다.

「귀찮은 사람은 질색입니다. 따라오지 마시죠.」

「내가 왜 따라다니는지는 안 궁금해요?」

데카르도는 돌아보지도 않고 대답했다.

「안 궁금합니다.」

하지만 그녀는 끈덕졌다. 다음 날도, 그다음 날도 데카르도에게 따라 붙었다. 그녀의 화려한 외모 덕에 데카르도는 더욱 귀찮아졌다. 연구실의 동료들까지 그녀가 누구냐고 관심을 보이는 지경이었으니까. 마음의 빈틈이 생긴 것은 귀찮아서였다. 결코 양부의 양아들, 즉 제 형제의 존재를 알게 된 것에 마음이 흔들려서는 아니었다.

꼴꼴꼴- 집 근처의 바에서 데카르도는 싸구려 브랜디를 따랐다. 그의 옆에는 당연하다는 듯이 셀리가 앉아 있었다. 아무 말 하지 않고 한 잔, 두 잔…. 브랜디 반병을 비우자 조금 용기가 생긴다. 외면하고 외면했지만 이미 찰랑거리는 의심이 턱 아래까지 찼다. 건드려선 안 될 것을 건드리는 기분으로… 데카르도는 입술을 달싹거렸다.

「…가 보냈습니까.」

「뭐라구요?」

「…아버지가 보냈습니까.」

셀리가 그 말을 듣고 어이없다는 듯이 피식 웃는다.

「그걸 의심해서 여태 나와 말도 안 섞으려고 했던 거예요?」

「…아니.」

「그럼요?」

「의심하고… 싶지 않아서.」

다시 소년이다. 동생이 생겼다는 것을 믿고 싶지 않은 소년. 정처 없이 흔들리는 눈동자가 스스로의 나쁜 생각에 놀란 어린아이처럼 두려움과 죄책감에 젖어 바닥으로 기어든다.

덜컹- 흔들린 것은 셀리의 가슴이었을까, 마일리의 가슴이었을까. 이 불안하고 침체된 남자의 외로움을 달래주고 싶다는 모성애, 혹은 애정. 어쩌면 소년을 어른으로 만들어주고 싶은 누나의 짓궂은 마음으로 그녀는 그의 팔을 천천히 쓸어 올린다.

풀린 눈으로 자신을 올려다보는 남자에게 그녀가 제안한다.

「머리가 복잡할 때 제일 좋은 게 뭐게~요?」

「……」

「섹스.」

그날 그들은 긴 밤을 함께 보냈다.

'와…'

마일리 필론은 카메라가 녹화를 멈추고 난 후에도 한참 동안 유명을 보고 있었다. 속이 울렁거린다. 그와 함께 연기하는 동안 공기가 그의 색깔로 물들어 자신의 숨을 통해 흡수되더니, 혈액을 타고 손발 끝까지 흘렀다. 그리고 자신은 진짜 셀리 티셔가 되었다. 그 기묘한 감각에 사로잡혀 마일리는 잠시 현기증이 났다.

비틀비틀 배우 대기실에 들어간 마일리는 유명을 다시 마주친 순간, 자신도 모르게 그의 옷자락을 잡으며 말을 걸었다.

「어떻게 그렇게 연기해요?」

「어… 네?」

「뭐지? 이 겪어보지 못한 경지는 도대체 뭐인 거지?」

그의 옷자락을 꼬옥 쥔 채로 그녀는 골똘히 생각에 잠겼다. 데렉이 대기실 저편에 앉아 있다가 그들 사이로 성큼성큼 걸어오더니, 그녀의 앞에서 손뼉을 짝- 친다.

「얘 또 이러네. 정신 차려.」

「어어… 데렉. 나 방금 이상한 체험을 했어요.」

「그때 촬영장에 간 보러 와서 아스 연기도 봤잖아. 새삼스레 왜 이래.」

「보는 거랑 같이 합 맞추는 거랑 완전 다른데? 120이 아니고 1200인데?」

유명은 평소의 나른한 눈매가 어디로 사라졌는지, 동그랗게 눈을 뜬 마일리가 귀여워 쿡쿡 웃었다. 한국에 있는 동생 이상으로 사차원이다. 데렉이 거만한 표정으로 그녀에게 알려준다.

「그러니까 내가 따라다니는 거지.」

「아아. 그렇구나. 나도 끼워줘요, 기차놀이.」

「놀이가 아니거든?」

「연기(Play)가 놀이(Play)지 뭐. 기관사 바로 뒤에 붙는 건 안 되겠지?」

「어딜 감히. 저기 가서 꼬리에나 붙어라.」

유명은 잘 놀고 있는 그들의 모습을 보며 마일리가 정말 독특하다고 생각했다. 데렉이 자신에겐 잘 해주지만, 대부분의 배우들은 그를 어려워한다. 워낙 호불호가 분명하고 연기에는 타협이 없는 성격이기 때문에. 그런데 마일리가 데렉을 대하는 태도는 마치 막냇동생이 큰오빠를 대하는 것처럼 스스럼이 없었다. 데렉도 그녀를 귀여워하는 것이 눈에 보였고.

그 이유는 알 것 같다.

'좋은 배우야.'

유명은 마일리와 첫 합을 맞추어본 후, 〈필로소피아〉 당시 19살의 마일리 필론이 전미를 휩쓸었던 이유를 깨달았다.

'얼굴에 드라마가 있어. 시선을 사로잡는다.'

천성적으로 타고난 매력이 도저히 감추어지지 않는 사람들이 있다. 그리고 그녀가 맡은 셀리 티셔는 몸도 머리도 관능적인 여성. 유명은 셀리 티셔라는 배역에 마일리 필론이 매우 적절한 캐스팅이었음을 알 수 있었다.

'기대되네. 그녀의 비밀이 드러나는 순간도.'

그런 생각을 하고 있는데, 마일리가 자신을 툭툭 친다.

「연기, 와… 엄청 좋았어요.」

「네, 저도 좋았어요. 함께 좋은 작품 만들어봐요.」

「혹시 저 예뻐요?」

「어… 당연히 예쁘죠.」

「객관적으로 예쁜 건 저도 알아요. 하지만 오빠 취향이 아닐 수도 있잖아요.」

…대화의 흐름이 뜬금없긴 하지만 그녀가 예쁜가를 묻는다면, 당연히 예쁘다. 저 정도면 취향을 넘어서는 아름다움 아닌가?

「예뻐요.」

「그럼 저랑 사귈래요?」

「네?」

유명의 넋이 나갔다.

{캬캬캬캭. 네 표정 진짜 볼만했당.}

'……'

유명은 아직도 얼굴이 살짝 붉어진 채 미호의 놀림을 감당하고 있었다. 마일리 필론은 정말 예측이 안 되는 캐릭터였다.

오늘 낮, 배우 대기실.

「좋아하는 사이도 아닌데… 그건 좀.」

「저 오빠 좋아하는데요? 오빠도 저 좋아하잖아요?」

「네?」

「같이 연기할 때 재밌었고, 저 예쁘다면서요?」

「그거랑 그건….」

「젊은 남녀가 서로 괜찮다고 생각하면 만나볼 수 있는 거지, 뭐 꼭 세상이 무너질 만큼 사랑해야 만날 수 있나.」

그녀의 할아버지 같은 멘트에 데렉이 비죽비죽 웃으며 끼어들었다.

「그건 마일리 말이 맞죠. 예뻐서, 괜찮아서, 어떤 사람인가 궁금해서 만나보다가 정들고 사랑하게 될 수도 있는 거지, 뭐. 신유명 씨는 너무 진지해. 설마 연애 한 번도 안 해본 거 아니에요?」

「그건 아닌데요…!」

「그럼 한번 만나보지? 마일리 정도면 꽤 괜찮지 않나?」

「꽤라뇨? 저 정도면 완전 괜찮죠.」

「너는 시끄럽고.」

이것이 자유분방한 할리우드인가…. 유명은 멍하게 그들의 모습을 바라보다가 고개를 획획 내저었다. 이건 아니야.

'기다리는 사람도 있고…. 그게 아니라 해도, 적당히 괜찮다고 만나보는 건 내 스타일도 아니야. 하지만….'

유명이 마일리를 힐끗 바라보았다. 사귀는 게 별거냐는 듯이 말을 던졌지만, 그녀의 얼굴이 발갛게 상기되어 있다. 아무리 정신세계가 남다르다고 해도 타인에게 자신의 호감을 드러내는 것이 결코 쉬운 일은 아닐 것이다. 그래서 유명은 마일리에게 살짝 고개를 숙였다.

「좋게 봐주셔서 감사합니다만, 가볍게 만났다가 나중에 실례를 범하게 될까 봐서요. 마일리는 굉장히 좋은 배우고, 동료로서 잘 지내고 싶습니다.」

농담이었는데 괜히 진지하게 받아들인다고 놀림당하는 게 아닐까 잠시 고민했지만, 혹시 마일리가 조금이라도 진심이라면? 농담으로 웃어넘기는 게 그녀의 마음에 상처를 낼 수도 있다. 그럴 바에는 자신이 조금 우스워지는 게 낫다고 생각했다.

「신유명 씨는 진짜… 하하.」

데렉은 예상대로 쿡쿡 웃었고, 마일리는….

「와…. 나 지금 진짜 반한 거 같아요.」

「뭐? 마일리 너-」

「이런 사람 처음 봤어. 진짜 좋아하면 안 돼요?」

그녀가 눈을 반짝반짝 빛내며 자신을 올려다보자, 유명은 진심으로 당황해버렸던 것이다.

{진짜 귀엽던뎅. 한번 만나보지 그러냥?}

유명이 미호의 말을 못 들은 척 가방에서 대본을 꺼내자, 미호가 다시 배를 잡고 뒹굴었다.

필립 젤론은 할리우드 밥을 오래 먹은 배우였다. 그는 〈미싱 차일드〉의 '연구소장' 역에 캐스팅되어 오늘 처음으로 촬영장에 나왔다.

'저놈이 소문의 그 스폰서 배우군.'

그는 촬영장의 중심에 서 있는 동양인 배우를 보고 눈살을 찌푸렸다. 어째서 검증되지 않은, 심지어 미국인도 아닌 놈이 대형 티브이 시리즈의 주연으로 채택된 걸까. 뻔하다. 뭔가 뒤가 구린 게 있겠지.

「카이, 나만 보지 말고 마일리 연기도 잘 보고 있어. 시선을 끌어모으는 스킬이 탁월한 배우야. 물론 타고난 부분도 있지만.」

「네, 형!」

조연이라는 흑인 배우 녀석과 시시덕거리고 있는 걸 보니 더욱 배알이 꼴렸다.

'할리우드 많~이 좋아졌다. 개나 소나 주연 조연 꿰차고.'

필립은 가래침을 끌어모아 퉤- 뱉었고, 주변의 스태프들이 눈살을 찌푸리며 쳐다보았다. 그러자 그는 싱글싱글 웃으며 윙크를 했다. 비중이 조금 적은 역들이긴 했지만 벌써 30작품이나 출연했으니, 스태프들이 알아보는 것도 당연하다고 생각하면서.

「헉. 마… 마일리 필론! 안녕하세요?」

「안녕하세요!」

아름다운 여자가 경쾌하게 인사를 받아준다. 필립은 기분이 좋아졌다. 할리우드에서 손꼽히는 여배우의 친절한 인사라니. 어쩌면 자신을 눈여겨보고 있는 건지도 모른다고 상상해본다.

그리고 데렉 맥커디가 자신의 앞을 지나갔을 때는….

'흐읍…!'

그는 숨을 멈췄다. 예전에 데렉이 주연인 영화의 단역으로 출연했다가 된통 깨진 적이 있었기 때문이다.

'저 동양인 놈도 데렉 맥커디에게 깨지겠지, 흐흐. 데렉의 그 엄청난 자존심에 저런 소문 더러운 초짜가 상대역으로 캐스팅된 게 얼마나 화가 날까. 쥐 잡듯이 잡을 게 뻔하지.'

그는 연구소장의 흰 가운을 입은 후, 촬영장 옆에 섰다. 아직 자신이 출연할 신의 앞 장면을 촬영 중이었다. 유명이 마일리 필론과 침대에 누워 대화를 나누는 신이었다.

「나는 기자예요. 당신 아버지를 쫓고 있죠.」

「무슨 이유로요?」

「그건 직업상의 기밀이라…. 어쨌든 그 사람 뒤가 구려요. 당신도 다른 양아들을 봤다며. 자신을 입양한 아버지에게 딴 입양아가 있는 걸 모르다니, 그게 말이 되는 소린가요?」

「내가 상대적 박탈감을 느낄까 봐 숨기신 걸 수도 있죠.」

「어휴….」

그는 주연배우의 연기를 보면서 혀를 쯧쯧 찼다.

'침대 위에서 왜 저렇게 딱딱해. 저런 놈이랑 러브라인이라니, 마일리도 참 안 됐네. 내가 예뻐해주면 딱 좋겠구만, 흐흐.'

「오케이! 잠시 쉬면서 정리하고 다음 신으로 갈게요!」

'오케이? 저걸? 피디도 뇌물 먹었나…. 스폰서가 정치계 거물이라더니, 피디도 CRD도 납작 엎드린 상황인가 보네. 스태프들은 얼마나 짜증날까.'

그는 주변 스태프들을 향해 슬쩍 어깨를 으쓱했다.

「먹고살기 차암 힘들다, 그죠? 저런 연기를 보고도 오케이를 외쳐야 하고, 하하.」

그런데 스태프들의 표정이 이상하다. 자신을 미친놈 보듯이 쳐다보는 시선. 뭐지? 스태프들도 싸그리 뇌물을 처먹었나? 그는 멋쩍음에 하지 말았어야 할 말을 덧붙인다.

「실력 말고 뒷공작으로 배역 따는 것도 배우라고 차암… 쪽팔려서, 원.」
「다시 말해봐.」

그의 뒤에서 낮은 목소리가 짓씹듯이 울려 퍼졌다. 필립이 뒤를 돌아보았을 때, 그는 무시무시한 표정의 한 남자를 볼 수 있었다.

'데… 데렉 맥커디가 왜…?'
「입이 있으면 다시 말해보라고.」

8

미주알고주알

「어… 아, 안녕하세요, 데렉 씨.」
「인사 따위 듣고 싶지도 않고, 다시 한번 말해보라니까.」

무시무시한 기세로 압박해오는 데렉을 보고 필립은 무척 당황했다.

그와는 예전 다른 작품을 촬영할 때, 연기로 지적당했던 일이 한 번 있을 뿐이다. 설마 자신이 데렉 맥커디와 아는 사이라고 약을 치고 다니던 걸 들켰나? 서슬 퍼런 분위기에 촬영장의 시선이 온통 이쪽으로 몰렸고, 그는 차마 묻지도 못하고 우물쭈물 고개를 숙였다.

「여기저기서 신유명 연기로 말 많은 거 보고도 신경 안 썼어. 어차피 보고 나면 다 닥칠 거라고 생각했거든. 그런데 편견에 똘똘 뭉쳐서 제 눈으로 보고도 못 알아먹는 놈들이 있으니⋯.」

「⋯⋯.」

「눈깔을 폼으로 박고 다니나, 그것도 배우라는 새끼가.」

모욕적인 언사에 필립의 얼굴이 시뻘겋게 달아오른다.

'지금 나에게 이렇게 화를 내는 이유가 저 동양인 배우 때문이란 말이야?'

〈캐스팅 보트〉를 시청하지는 않았다. 하지만 기사에서 데렉 맥커디가 저 동양인 배우를 칭찬했다는 것을 봤을 때, 필립은 코웃음을 쳤다. 그가 순순히 누구를 칭찬할 리 없으니, PD가 시청률을 위해 시킨 멘트라고 생각했다. 그게 아니었단 말인가.

「안목이 없으면 주제라도 알고, 주제를 모르려면 안목이라도 있어야지. 둘 다 없는 새끼는 용납이 안 되는데.」

「⋯⋯.」

「대본 안 봤어? 설마 본인 대사만 띡 외워온 건 아니겠지. 대본을 한 번이라도 읽어봤다면 방금 전 연기의 가치를 모를 수가 없을 텐데.」

흠칫- 그의 무릎이 살짝 풀렸다. 자신이 맡은 연구소장의 대사는 데카르도에게 타 연구소로 전출을 권유하는 딱 두 문장뿐이었다. 이것 때문에 대본을 다 읽어볼 필요는 없다고 생각했다. 그의 안색을 보고 설마 사람 잡은 걸 알았는지, 데렉은 기도 안 차는 표정으로 그를 노려보았다.

분위기가 점점 살벌해지자 온 촬영장의 시선이 이곳에 주목되었다.

오늘도 촬영장에 나와 있던 두 작가가 달려왔다. 필립의 표정이 덜컥 굳었다.

'에… 에바 도브란스키.'

초히트 작가가 자신의 눈앞에 있다. 그녀를 마주칠 일이 생기면 꼭 자신을 어필해보자는 예전의 결심은 생각도 나지 않았다. 그저 최대한 조용하게 이 상황을 무마하고 싶었다. 그는 데렉을 힐끔힐끔 불쌍하게 쳐다보았다. 그래도 같은 배우인데 설마 꼰지르지는 않겠지….

「데렉, 무슨 일이에요?」

「이 사람이 방금 신유명 연기 보고 저것도 연기냐는 개소리를 스태프들에게 하고 있네?」

이… 일러바치네?

「뭐라고요? 아니 무슨 그런 미친 소리를.」

「혹시 해서 대본 안 읽고 왔냐고 물었더니 대답을 못 하네? 딱 자기 대사만 외워온 것 같은데?」

그것도 미주알고주알. 에바의 얼굴에 서릿발 같은 냉기가 맴돌더니, 조연출한테 이 배우 이름이 뭐냐고 묻는다. 옆에 있는 동양인으로 보이는 다른 작가는 눈빛이 이글이글 타올라서 곱슬머리가 하늘로 뻗칠 것 같았다. PD가 달려오더니 상황을 수습했다.

「당신 나가요.」

「네?」

「대본도 제대로 파악 안 해온 데다, 촬영장 분위기 흐리는 배우랑 같이 일 못 합니다. 여기 계속 있다가 신유명 씨 회사에 얘기 들어가서 명예훼손으로 고소라도 당하고 싶나요?」

「아… 아니요.」

그는 자신이 분위기 파악을 잘못해도 한참 잘못했다는 것을 깨달았다. 바깥의 여론이 하도 험악하기에 내부도 그럴 줄 알았다. 뭔가 압력이 있어서 마지못해 저 동양인 배우를 주연으로 썼으리라 생각했는데… 촬영장의 사람들 모두가 저 배우를 애지중지하고 있는 것이다.

「시… 실례했습니다.」

내빼는 그의 등 뒤로 데렉의 목소리가 들린다.

「신유명은? 지금 상황 알아?」

「아니요. 다음 장면 의상 체인지하러 들어갔어요.」

「다행이네. 모두들 입 꾹 닫아요. 쓸데없는 얘기로 우리 주연배우 마음 상하게 하지 말고.」

「넵!」「알겠습니다!」

스태프들 모두 입을 모아 유명에게 비밀로 할 것을 다짐했다. 필립은 따가운 눈총 속에 촬영장을 슬금슬금 빠져나왔다. 나가기 직전 마주친 마일리 필론이 그에게 툭- 한마디를 내뱉었다.

「못생긴 게.」

그는 충격에 무릎을 휘청였다.

잠시 후, 의상을 갈아입은 유명이 다시 촬영장에 나왔다.

「무슨 일 있었어요? 분위기가 미묘한데….」

「응? 무슨 일? 하하하. 유명 씨 촬영 시작할까?」

「아까 반라일 때 참 좋았는데, 벌써 옷 입었네요, 하하하.」

「연기 너무 좋았어요. 앞으로도 그렇게만 합시다, 하하하.」

유명은 영문을 모르고 머리를 갸웃했다.

피비는 〈미싱 차일드〉의 촬영 현장에도 출몰하기 시작했다.

「안녕하세요!」

「엇! 안녕하세요, 피비.」

「유… 유명 씨, 잘 지냈어요?」

「어? 수줍어하네? 뭐야, 왜 얼굴이 빨개져?」

「유명 씨 팬이거든요?」

「나는? 내 팬은 아니고?」

문유석이 새롭게 준 일감이었다. 이제 신유명이라는 배우에 대해서 알게 되었으니, 파파라치 말고 제대로 촬영장 뒷모습을 취재해보라는 의뢰. 피비의 등장에 데렉은 화색이 역력했지만 괜히 툭툭 시비를 건다. 마일리가 유명에게 조용히 속삭였다.

「두 사람 보기 좋다, 그쵸?」

「네? 아, 설마….」

「이제 알았어요? 오빠 눈치 없구나~ 다행이다. 없는 게 한 가지는 있어야지….」

'〈미믹크리〉 촬영 때도 조금 묘한 느낌이 들긴 했는데, 정말이었구나…'

유명은 숱한 모델, 여배우들과 염문을 뿌려온 원생의 데렉을 알고 있었다. 그래서 쉽게 그들의 사이를 상상하지 못했을지도.

「우리도 보기 좋은 사이, 어때요?」

「……」

「아~ 이번에도 실패인가? 쳇.」

오늘도 마일리는 현기증 나는 멘트를 뿌리고 사라진다. 미호가 귓가에서 키득키득 웃음소리를 냈다.

{쟤 진짜 대박이당, 캬캬.}

그날 저녁, 피비의 SNS에 기사가 하나 터졌다.

피비 테일러@pitbullTerrior
기자, 밤의 황제 등극? O 주간지의 기자 J 모 씨, 문란한 사생활 드러나. 스와핑 사이트들 드나들며 파트너 삼매경. 그쪽 세계에선 유명한 호색한.

각각 다른 여성들과 껴안고 있는 사진이 우르르 게시되었다. 모자이크가 되어 있는 사진이었지만 네티즌 수사대는 곧 사진의 '유력 용의자'가 누구인지를 밝혀냈다.

─ 오모위크의 제이모 기자인 듯.
─ 와… 지독하다. 몇 명이야, 이게.
─ 얼마 전에 이 사람이 터뜨린 기사가 '모 배우 밤의 황제설' 아니었나요? 본인이 그러니까 남들도 그럴 거라고 생각한 건가?

제이슨 길론은 기사를 보고 깜짝 놀라 피비에게 전화를 걸었다. 그는 오션위크에 정착하기 전 프리랜서 파파라치였고, 피비 테일러와도 오랫동안 아는 사이였다.

「피비, 이게 무슨 짓이야!」

「응? 본인이 저지른 짓의 대가를 돌려받는 짓인데?」

「당장 내려. 네 계정에서 내 사진 내리라고! 공인도 아닌 사람 사진 올리는 거 초상권 침해야. 고소당하고 싶어?」

「응. 고소하면 네가 사진 주인공이라고 광고하는 꼴이지, 뭐. 해봐. 안 무서우니까.」

피비는 정말로 무섭지 않았다. 이 정도 협박으로 쫄 핏불테리어가 아닌 데다, 이 일에 관해서는 어떤 법적 문제가 생겨도 변호사비에 벌금까지 모두 책임져주겠다는 문 대표의 약속도 있었으니까.

「너 나한테 뭐 서운한 거 있어? 대체 왜 이래? 세상에 사생활 복잡한 사람이 나만 있는 것도 아니잖아.」

「응? 난 안 복잡한데? 불만이면 너도 파보던지.」

「…미친년.」

「왈왈?」

제이슨은 그가 타깃이 된 것이 신유명에 대한 허위 기사를 썼기 때문이라는 것은 짐작도 하지 못한 채 전화를 끊었다.

「어우, 속이 시원~하네.」

피비는 사이다를 원샷한 표정으로 상큼하게 모 사이트를 클릭했다. 취미생활 시간이었다.

"불독 님의 최신 떡밥이다!"

어느덧 1월. 소진은 요즘 한 회원이 출몰하는 시간을 간절히 기다리고 있었다. 불독이라는 이름의 회원은 종종 유명의 사진을 올렸다. 〈미믹크리〉의 스태프인 줄 알았는데 요즘엔 〈미싱 차일드〉의 촬영장 사진도 올리는 것을 보니, Agency W 사람인가 싶기도 했다.

'허억…. 유명이가 무… 물에 젖었어.'

찍힌 사진은 〈미싱 차일드〉에서 데카르도가 폭우에 온몸이 흠뻑 젖었을 때의 것이었다. 유명은 마일리 필론과 이야기를 나누며 타월로 머리를 닦고 있었는데, 팔목을 타고 또르르 구르는 물방울까지 선명하게 찍혀 있었다.

'미쳤나…. 후욱.'

소진은 선덕선덕 뛰는 가슴을 부여잡고 정성스레 사진을 저장했다. 그때 화면 한쪽이 갱신되었다. 갓네임드에 올라온 새 글이었다.

[미친…. NBC가 루머기사 종합해서]

이날이 유명을 둘러싼 온갖 루머의 정점을 찍은 날이었다. NBC의 모 프로그램에서 싸구려 주간지에 난무했던 가십 기사들을 종합적으로 다룸으로써, 이 문제가 완전히 수면 위로 떠오른 것이다. 이후 며칠간, 가십지들은 더욱 신이 나서 기사를 써 재꼈다. NBC가 자신들의 기사를 다루어준 것이 어떤 명예라도 되는 것처럼. 하지만 불과 사흘 후.

RRR-

"브갓이, 안녕."

"소진 누나, 혹시 피비 테일러라고 알아요?"

"파파라치 아니야? 미국 쪽 자료들 찾으면서 몇 번 봤던 이름 같은데."

"그 사람 SNS 들어가봐요."

"왜? 서… 설마 유명이가 파파라치라도 당한 거야?"

"아니에요. 좋은 소식 있으니 얼른 가봐요. 깜짝 놀랄걸요?"

네임오브갓의 전화를 받은 소진은 피비 테일러의 SNS에 접속했다. 그곳에는 놀랄 만한 이야기가 올라와 있었다.

['눌릴 뻔했다.']

그 누구도 아닌, 연기의 신이라고까지 불리는 데렉 맥커디가 유명에게 연기로 눌릴 뻔했다고 말했다는 내용을 보고, 소진의 팔에 좌악 소름이 돋았다. 그 밑에 자신이 한 말이 맞다고 긍정한 데렉의 댓글을 보고도.

'피비 언니 최고….'

소진의 표정이 흐물흐물해졌다. 많은 언론이 유명을 매도하는 가운데, 유명의 편에 서준 그녀가 고마워서 눈물이 날 것 같았다. 소진은 피비의 계정을 팔로우하려고 했다. 그런데….

[맞팔로우]

'응…?'

소진이 갓네임드 회장인 것이 알려지면서 그녀를 팔로우하는 사람들이 꽤 있긴 했다. 하지만 왜 미국의 파파라치 기자가 자신을 먼저 팔로우하고 있는 걸까. 소진은 의아해하며 맞팔을 눌렀다. 그녀가 몇 번이나 마음속으로 큰절을 했던 갓네임드 회원 '불독'과 피비 테일러가 동일인물이라는 것은 전혀 상상하지 못한 채로.

273

다음 날, 〈Mimicry〉의 트레일러가 공개되었다. 무려 30분의 트레일러라는 실험적인 시도에 영화계가 발칵 뒤집혔다.

「신유명 씨, 트레일러 잘 봤어요. 영화 기대하고 있습니다!」

「저는 처음부터 모함이라고 생각하고 응원하고 있었어요.」

「초반 30분이나 트레일러를 보여준 이유가 뭐예요?」

갑자기 주변의 반응이 확 달라진다. 루머인 걸 알면서도 함께 엮여 난도질당할까 봐 몸을 사리던 사람들이 먼저 다가와 손을 내밀었다. 지나가다 마주치는 사람들의 눈빛도 예전보다 훨씬 부드러워졌다. 그 모습을 보고 데렉이 비웃었다.

「사람들 참 얄팍하기는….」

물론 아직까지도 유명을 매도하는 세력들과 그에 동조하는 사람들이 남아 있었다. 하지만 유명은 신경 쓰지 않았다.

'어차피 〈미믹크리〉가 개봉하고 나면 알게 돼.'

연기에 대해 잘 모르는 사람이 보더라도 알 수 있을 만큼, 그 정도의 연기는 했다고 자부하고 있었다. 지금 그의 머릿속에 가득 찬 것은 이미 자신의 역할을 마친 〈미믹크리〉가 아니라, 아직 촬영이 한참 남은 〈미싱 차일드〉였다. 어떻게 하면 데카르도를 보다 잘 연기할 수 있을지.

며칠 후. 촬영은 계속 순조롭게 진행되고 있었다. 2화와 3화는 셀리와 데카르도의 사이가 가까워지는 과정을 보여준다. 함께 밤을 보낸 후 두 사람의 사이는 좀 더 친밀해졌지만, 데카르도는 여전히 셀리를 의심하고 있다. 셀리가 지금 의심해야 할 것은 자신이 아닌 양부라고 얘기하지만, 그는 듣지 않는다.

― 그렇게 의심이 많은 사람이 왜 아버지에게만은 무른 거야.

― 함부로 말하지 마. 유일하게 나에게 조건 없는 애정을 준 사람이야.

― 후우… 진짜.

빠르고 높게 대사를 쏟아내는 셀리와 낮고 침체된 데카르도의 텐션이 베이스와 소프라노처럼 교차한다. 데카르도는 아버지에 대한 의심을 거부하지만, 갑자기 내려온 연구소의 전출 권고. 그곳의 주소를 보는 순간, 얼마 전에 받았던 명함의 주소가 머릿속을 스친다. 제뎅시. 릴 딜런이 살고 있는 곳.

─ 이래도 의심하지 않을 거야?

지나친 압박감에 데카르도는 머리가 핑 돌면서 쓰러진다. 그는 결국 정신과 의사에게 상담한다. 아버지를 의심하게 되었고, 그것이 죄스러워 미칠 것 같다고. 의사는 그가 예민해진 것 같다며 평소의 두 배 용량으로 약을 처방해주었다.

「촬영 스탠바이!」

제니브의 경쾌한 목소리가 울려 퍼진다. 스태프들이 재빠르게 움직이고, 유명과 마일리가 프레임 안에 들어와 섰다.

그리고 오늘, 촬영장 바깥에는 한 남자가 와 있었다.

'그 아스를 정말로 계산해서 연기한 건지 궁금해서 참을 수가 없어야지…'

그의 이름은 로건 갤록. 무비캣처에 '아스의 이해할 수 없는 연기'에 대한 칼럼을 썼던 심리학 교수였다.

9

납득이 안 가는데

「안녕하세요, 박사님.」

「누구…?」

「저 피비 테일러라고 합니다. 프리랜서 기자입니다.」
「아… 그분.」
촬영장 세팅을 지켜보고 있는데, 한 여성이 인사를 해왔다. 그녀의 이름을 듣고 로건 갤록은 고개를 끄덕였다. ⟨Mimicry⟩ 트레일러를 보고 난 후, 로건은 신유명이라는 배우에 대한 궁금증을 참을 수 없었다. 검색해본 결과 유명이 ⟨Casting Vote⟩를 통해 할리우드에 처음으로 얼굴을 알렸다는 사실을 알았고, 최근 별의별 루머에 시달렸다는 것도 알 수 있었다. 그리고 지금 옆에 다가온 이 기자가 트레일러가 나오기 하루 전, 신유명에 대한 옹호 기사를 썼던 사람이라는 것도.
「기사 잘 봤습니다.」
「저도 칼럼 잘 봤어요. 굉장히 흥미로운 내용이었습니다.」
피비는 ⟨Mimicry⟩ 촬영 현장에 있었고, 유명이 어떤 연기를 했고 스토리가 어떻게 이어졌는지를 아는 사람이었다. 그녀는 로건의 칼럼 내용을 보고 감탄할 수밖에 없었다.
[30분의 트레일러를 주욱 보면서 느낀 것은, 그 제스처들에 습관성이 전혀 없다는 것이었다. 나는 그에게 마치 수십 수백의 인격이 동시에 존재하는 것이 아닌가 하는 생각이 들었다.]
[아스 프리데터도 신유명도 없었다. 아니, 아예 '인간성'이 보이지 않았던 것이다.]
⟨미믹크리⟩의 내용을 모르고서도 저 정도의 내용을 파악할 수 있다니…. 파악한 사람의 통찰력이 대단한 것인지, 그걸 노리고 연기한 사람이 대단한 것인지 모를 일이다.
「여기 촬영장에 자주 오시나 봐요.」
「네. 촬영장 스케치를 취재하고 있어서요.」
「이제 파파라치 일에선 손을 씻으신 겁니까?」
로건은 슬쩍 정곡을 찔러 보았다. 그녀는 파파라치로서 어울리지 않게도 신유명을 옹호하는 기사를 썼다. 심리학자로서도, 신유명의 팬이 되어버린 입장으로서도 이유가 궁금했다. 그녀의 얼굴이 살짝 붉어졌다가 가라앉는다. 그리고 조용한 목소리로 말한다.

「저는 파파라치 자체가 문제라고 생각하진 않아요. 과도한 취재가 프라이버시를 침해할 수도 있지만, 너무 프라이버시만 강조하다 보면 꼭 밝혀져야 할 진실이 묻히기도 하니까요.」

「그렇습니까.」

「다만, 발로 뛰지 않고 머리와 손가락으로 기사를 지어내는 행위는 경멸합니다. 남의 인생을 팔아서 돈을 벌려는 거니까요.」

「그래서 신유명 씨를 옹호하는 기사를 쓴 겁니까? 다른 동료들의 작태가 마음에 안 들어서?」

「네. 그는 그렇게 매도당할 배우가 아니니까요. 옹호하는 게 아니라, 제 눈으로 본 객관적인 사실을 전달한 겁니다. 앞으로도 전달할 거고요.」

의외로 건실한 사고방식. 그녀를 보며 로건은 오히려 신유명이 궁금해졌다. 그는 어떤 사람이고 어떤 연기를 하기에 닳고 닳은 파파라치에게서 이런 신뢰를 이끌어냈는가.

「촬영 시작합니다!」

저쪽에서 PD의 쨍쨍한 목소리가 들려왔고, 로건은 피비에게 별생각 없이 물었다. 얼마 전 그녀의 SNS에 올라와 있던 데렉 맥커디의 '눌릴 뻔했다' 취재를 떠올리며.

「그런데 데렉 맥커디랑 친하신가 봐요?」

그녀의 얼굴이 갑자기 시뻘게지더니 딸꾹질을 하기 시작한다.

「심리학 박사님이면, 딸꾹- 그런 것도 보이나요? 딸꾹-」

로건은 영문을 모르고 고개를 갸웃했다.

오늘 촬영할 3화의 후반부는 감정 소모가 극심한 부분이다. 유명은 머릿속으로 데카르도의 감정선을 짚어보았다. 자책, 부정, 발작, 현실 수용. 그리고 마음을 다잡고 차라리 제대로 파헤쳐보겠다고 마음을 먹기까지, 데카르도의 모든 연기에는 스스로의 행동에 대한 거부감이 깔려야 했다.

'마지막엔 숨 쉴 공간도 줘야 하고.'

몰아치기만 하면 시청자들의 피로도가 극심해질 수 있는 장면. 완급까지 고려해야 한다.

「물 한잔 드실래요?」

마일리가 생수병을 집어 건네며 걱정되는 표정을 지었다. 이번 촬영의 힘듦을 알고 있다는 듯이. 유명이 싱긋 미소를 지었다.

「고마워요.」

「아, 웃는 거 예쁘다….」

그녀의 표정이 몽롱하게 변한다. 매번 대놓고 이러니 이젠 익숙해지려고 했다. 유명은 못 들은 척 물을 몇 모금 마시고 생수병을 다시 자리에 놓았다. 저 물병은 이번 촬영의 소품이다.

「스탠바이- 액션!」

데카르도가 정신과에서 처방받은 약을 먹으려 할 때, 셀리가 뛰어들어 물병을 가로챘다.

「안 돼!」

「이게 뭐 하는 짓입니까.」

「당신은 그렇게 의심이 많으면서 아버지는 왜 의심하지 않아? 의심이 생기면 상대를 조사해봐야지, 의심하는 자신을 약으로 억누르려고 하는 게 정상이야?」

「내놔요, 물.」

데카르도가 셀리를 살벌하게 노려보고, 그녀는 답답해 죽겠다는 표정으로 그 시선을 맞받는다. 팽팽한 대치. 영화를 좋아하면서도 촬영장에 직접 와보는 것은 처음인 로건 갤록은 두 톱배우의 강렬한 기 싸움에 제대로 현장감을 느끼고 있었다.

「후우…. 당신 무슨 짓을 당하고 있는지는 알아?」

「그건 무슨 말이죠?」

「이거나 봐요.」

셀리가 10여 장의 사진을 꺼내어 던진다. 그것은 노이즈가 잔뜩 낀 데카르도의 사진이었다. 사진을 들여다보던 데카르도는 잠시 후 믿을 수 없다는 듯이 표정이 일그러진다.

「뭡니까! 왜 내 방 사진이…. 당신 나한테 무슨 짓을 한 거야!」

그것은 데카르도의 일상 사진이었다. 잠이 덜 깬 모습, 옷을 갈아입는 모습, 두통 발작이 시작되어 바닥에서 몸부림치는 모습…. 다양한 모습이 한 가지 구도로 찍혀 있는 사진. 누가 봐도 몰래카메라였다. 그가 대번에 자신을 의심하자 셀리가 한숨을 쉬며 말했다.

「나도 취재 중에 얻게 된 사진이에요.」

「어디서요?」

「당신 아버지 주변인의 컴퓨터에서.」

「…그럴 리가.」

그 말에 충격을 받은 데카르도의 눈동자가 갈피를 잃는다. 벌떡 일어서는 그를 셀리가 강한 힘으로 끌어 앉혔다.

「집에 가서 카메라 찾아보려는 거죠?」

「이 구도라면… 아마 벽에 걸린 액자….」

말을 하면서 데카르도는 깨닫는다. 그 액자를 선물해준 사람이 바로 아버지라는 걸.

「안 돼요. 당신이 의심하고 있다는 걸 들키잖아! 모르는 척-」

「의심하는 게 아닙니다!」

깜짝 놀랄 정도로 큰 소리. 저음이 바르르 떨리고, 시선의 초점이 정처 없이 흔들린다.
「의심하는 게… 아버지를 의심하는 게 아니에요. 확인… 그냥 확인이 필요해서. 죄… 죄송해요, 아버지. 그런 게 아니고….」
로건은 그 모습을 보며 손에 땀을 쥐었다. 공황발작. 갑작스럽게 발생하는 극도의 공포감. 공황장애나 PTSD, 우울장애 등의 정신적 질환에서 나타난다.
「아니, 아니에요. 잘못했어요. 버리지 마세요, 그곳으로 돌아가지는… 허억….」
몸의 떨림. 몰아쉬는 숨이 제대로 산소를 흡수하지 못해 점점 가슴이 꺼떡거린다. 손은 가슴을 쾅쾅 치다가 피부를 마구 문지르기를 반복한다.
'심계항진, 호흡곤란, 지각이상.'
공황발작의 대표적인 증상들. 저것이 연기인가 싶을 정도로 리얼리티가 넘친다. 로건은 심리 상담을 하러 와서 자신의 이야기를 쏟아내던 중 압박을 이기지 못하고 발작하는 사람들을 여러 번 보았다. 그들의 모습과 전혀 다르지 않다. 그가 자신의 상담소에 와서 지금처럼 발작을 일으킨다면 자신조차 연기라고 구분하지 못할 것 같다.
주변 엑스트라들의 이목이 쏠리고, 셀리가 당황을 금치 못하며 데카르도를 진정시켰다.
「데카르도. 괜찮아요, 괜찮아…. 진정해요.」
「하아… 하아….」
「숨 천천히 들이쉬고, 내쉬고…. 좋아, 잘하고 있어요 괜찮아요, 괜찮아….」
그의 얼굴에서 가련한 눈물이 떨어진다. 도대체 그는 무슨 일을 당했고, 왜 저렇게도 양부를 의심하기를 두려워하는 것일까. 발작에서 벗어난 데카르도는 드디어 결심한다.
「그 자료, 어딜 통해서 얻었죠?」
「그 사람 비서의 컴퓨터를 해킹했어요. 그런데 보안을 강화했는지,

그 뒤로는 침투가 불가능하더라구요.」
「내가 해보죠. 이렇게 된 이상, 내 손으로 아버지의 결백을 증명할 겁니다.」
「당신이 어떻게…?」
「기후학자가 매일같이 들여다보는 건 하늘이 아닌 컴퓨터죠.」
〈미싱 차일드〉. 천재여서 납치된 아이들. 그들에게는 자기 분야에서의 뛰어난 역량과 함께 한 가지씩의 추가적인 능력이 있다. 릴에게 그것이 곡예라면, 데카르도에게는 해킹.
타닥타닥- 손가락이 보이지 않을 정도로 키보드를 날아다녔고, 그는 결국… 금단의 상자를 열고 말았다.

1월 중순. 트레일러 발표 며칠 후에 〈미믹크리〉의 칸 영화제 초청 소식이 발표되었다. 이미 반전되기 시작한 여론의 흐름이 가속되었음은 물론이었다.
「형, 축하해요! 칸 영화제라니, 우와….」
「고마워, 카이.」
「그러면 형은 영화제 가겠네요. 거기 세상의 별들이 다 모일 텐데….」
「그전에 촬영부터 잘해야지. 오늘 연습 콜?」
「넵, 좋아요!」
유명은 자신의 촬영으로 바쁜 와중에도 틈날 때마다 카이의 연습을 봐주고 있었다. 오늘 5화의 대본이 나왔고, 3, 4화 땐 출연이 없었던 릴이 5화에 재등장한다.
「밥은 잘 챙겨 먹고 있어?」
유명은 촬영이 일찍 끝난 김에 카이에게 밥을 해 주기로 했다. 장을 보자는 말에 카이가 눈을 반짝이며 '우와, 형 요리도 할 줄 알아요?'라고 물었다.
「그럼, 혼자 산 게 몇 년인데.」

「몇 년인데요?」

「벌써 20… 아니다.」

유명은 자신도 모르게 대답을 하다가 말을 멈췄다. 어리둥절한 표정의 카이가 줄레줄레 따라온다. 그들은 커다란 식료품 마트에 차를 세웠다.

「괜찮을까요?」

「배우는 밥도 안 먹고 사나, 뭐. 여기 가끔 장 보러 왔었어. 아무도 못 알아보던데.」

양파, 호박, 당근을 넣고 소고기를 조금 얇게 썰어달라고 부탁하는데 정육 코너의 점원이 그들을 보며 헛바람 소리를 낸다.

「어? 신유명? 카이 누넨?」

「안녕하세요!」

카이가 해맑게 인사를 받았다. 누가 알아봐주니 기분이 좋은 모양. 유명도 웃으며 인사를 건넸다. 앞치마를 두른 아주머니는 〈캐스팅 보트〉의 엄청난 팬이었다며 호들갑을 떤다.

「칸 영화제 초청받으셨죠! 축하해요.」

「감사합니다, 하하.」

「썩을 놈들이 별 괴상한 루머를 내서…. 많이 속상했죠?」

「괜찮습니다. 작품 중이라 신문을 잘 못 봐서요.」

「아유, 그렇구나. 많이 먹고 힘내야겠네!」

분명 600g을 주문했는데 그녀가 썰어주는 고기는 1kg이 넘을 것 같았다. 다른 점원들도 그 소리에 그들을 알아보고, 유명과 카이가 무언가를 집을 때마다 자꾸 서비스를 얹으려고 했다. 유명은 그럴 때마다 난처한 웃음을 지으며 사양했지만, 어느새 카트가 한가득이었다.

자글자글- 카이가 불고기가 볶아지는 것을 신기하게 쳐다봤다.

「형, 고기가 까매요. 이상해.」

「간장이라는 거야. 그, 초밥 먹으러 가면 나오는 까만 소스.」

「아아….」
 유명은 요리가 끝난 후, 작은 그릇에 불고기를 조금 덜어서 맥주 한 캔과 함께 다른 방에 가져다 놓았다.
 {뭘 아는구낭. 불고기엔 맥주징.}
 '맛있게 먹어.'
 미호의 현신체는 인간의 음식을 먹을 수 있다. 평소에 식사를 하는 것은 아니었지만 가끔 이렇게 맥주와 어울리는 안주가 있으면 먹기도 한다. 함께 먹으면 좋겠지만, 카이의 눈앞에 미호를 내보일 수는 없는 노릇이다. 유명은 아쉬운 마음으로 미호를 몇 번 쓰다듬고 밖으로 나왔다.
「우와, 맛있어요! 처음 먹어보는 맛인데 입에 착착 붙어요.」
「많이 먹어.」
 요리 자체를 즐기는 것은 아니었지만, 친한 사람들이 자신이 만든 음식을 맛있게 먹는 모습은 좋아했다. 유명은 카이가 배가 볼록 나올 때까지 불고기를 흡입하는 모습을 흐뭇한 미소를 지으며 바라보았다.
「형, 얼른 연습해요!」
「너무 배불러 보이는데 바로 괜찮겠어?」
「괜찮아요. 맛있는 거 먹으니까 의욕이 샘솟는데요! 어차피 5화 리딩부터 해봐야 하잖아요.」
 그들은 오늘 받은 대본을 꺼냈다. 새 대본을 읽는 것은 언제나 설레는 일이다. 유명은 원생에서 〈미싱 차일드〉를 모두 보았지만, 이번 시나리오는 시즌 0인 셈이라 스토리를 알지 못했다.
「와, 재밌다….」
 잠시 후, 대본을 덮으며 카이가 탄성을 터뜨렸고, 유명은 한참 생각을 거듭하더니 입을 열었다.
「재밌긴 한데… 나는 이 부분은 좀 납득이 안 가는데.」
 카이가 깜짝 놀라 유명이 짚은 대본의 한 부분을 들여다보았다.

10

어떤 마법을 부리는 겁니까

Missing Child Episode 05

데카르도는 자신이 알아낸 사실을 양부에게 숨긴다. 그리고 아버지의 뒷조사를 시작하지만 엄청난 정신적 거부감에 시달리며 하루하루 괴로운 나날을 보낸다.

양부: 새로운 연구소로 이동할 걸 권유받았다면서.
데카르도: 네. 고민 중이에요.
양부: 오지 그러니. 제덴 시라면 내 집과도 가까워서 내 마음도 편할 것 같은데. 그리고… 전에 릴에게 물어본다는 건 어떻게 됐니?

아버지의 독촉에 가까운 권유로 제덴시로 이사를 한 데카르도는 다시 한번 릴을 만나고, 릴의 맑은 성격에 감화되어 그와 가까워진다. 데카르도가 아버지를 의심하고 있다는 것을 알게 된 릴은 갸웃하며, 아버지에게 직접 물어보는 게 낫지 않겠냐고 권유하게 되고….

「여기 말이야.」
「어… 여기가 왜요?」
「데카르도는 거의 인간불신에 가깝잖아. 자신을 걱정해주고 함께 몸까지 섞은 셀리조차도 의심하고 있지. 그런 데카르도가 이렇게 쉽게 사람을 믿고 자신의 속내를 털어놓을까?」
「음…. 그만큼 릴이 특별한 거 아닐까요?」

「릴은 특별하지. 하지만 이건 사람의 습성에 관한 문제인데…. 데카르도는 평생 주위를 경계하며 살아온 사람이고, 아버지는 그에게 유일하게 예외적인 존재였어. 그런데 릴까지? 그것도 지금처럼 데카르도가 정신적으로 몰려 있어서 방어기제가 강할 타이밍에?」

「어어… 듣고 보니 그런 것 같기도….」

「양부가 뭔가 수를 써서 데카르도가 릴을 신뢰하도록 '세뇌'했다면 그럴 수도 있긴 한데….」

유명은 고민하다가 육 작가에게 전화를 걸었다.

"앗, 유명 씨. 어쩐 일이에요? 오늘 촬영 일찍 끝났나 보네? 5화 대본은 봤어요?"

"안 그래도 보는 중인데요, 작가님."

유명은 매우 조심스럽게 자신이 느낀 괴리감을 설명했다. 자신이 이해하고 있는 데카르도라면 뭔가 수작을 당한 게 아니고서야 릴을 신뢰할 것 같지 않다고. 그 말에 육 작가가 침음성을 흘렸다.

"그 장면에서 따로 양부의 개입은 설정하지 않았어요."

"그렇다면 역시 좀…. 예외가 반복되면 예외로서의 힘이 없지 않을까요, 작가님?"

"릴이 좀 특별하게 보일 필요가 있어서 넣은 장면인데…."

유명은 그 말을 듣고, 작가들이 〈미싱 차일드〉 시즌 2의 주인공으로 릴 딜런을 생각하고 있음을 알아챘다. 자신이 바라던 대로. 그렇다면… 이런 방법은 어떨까.

"작가님, 릴의 특별함을 꼭 데카르도가 그를 신뢰하는 것으로 보여줘야 할까요?"

"그럼요? 뭐 좋은 생각이라도 있어요?"

"음…. 천재성을 보여주는 건 어떨까요?"

〈미싱 차일드〉는 천재적인 두뇌로 인해 시련에 빠진 아이들. 데카르도와 릴의 천재성을 둘 다 부각할 수 있는 방법.

"이런 형태로요."

유명이 던진 어떤 이야기에 육 작가가 침을 꼴깍 삼켰다.

제니브 스콧은 한 방송국을 찾아갔다. 〈Mimicry〉의 칸 영화제 진출 소식이 터진 후, CRD가 〈Missing Child〉를 놓고 방송국들과 줄다리기를 하고 있다는 소식이 방송가에 파다하던 무렵이었다.

「꼭 귀 방송국에서 협조를 해주셨으면 좋겠습니다.」

「흐음…. 이런 요청은 또 처음인지라.」

「귀사 입장에서도 좋은 홍보가 될 겁니다.」

상대는 확답을 주지 않으며 싱글싱글 웃다가 다른 이야기를 물었다.

「요즘 CRD가 대형 방송사들을 조련하고 있다는 게 사실인가요?」

「어머, 저희 회사가요? 저는 금시초문인데요.」

「제니브가 찍고 있는 〈미싱 차일드〉 말입니다. 확답을 피하면서 방송국들이 애타하는 걸 즐기고 있다던데?」

「즐기다뇨. 최선을 다해 좋은 조건을 구하는 거죠. 조건을 따져볼 정도의 퀄리티는 나오고 있거든요.」

씩 웃으며 대답하는 제니브의 자신만만함에 방송국장이 슬그머니 운을 띄운다.

「그 파일럿, 저도 한번 보고 싶은데요.」

「어머, AWC도 〈미싱 차일드〉 유치전쟁에 뛰어드시게요?」

「하하. 그럼 좋겠지만, 날씨 채널인 게 이렇게 아쉬울 수가 없군요.」

이곳은 날씨만을 전문으로 다루는 방송국인 AWC(American Weather Channel)이었다. 제니브가 가방에서 USB를 꺼낸다.

「안 그래도 궁금하실 것 같아서 가지고 왔죠.」

어차피 메인 방송국들 대부분에게 보여준 파일럿, 여기라고 못 보여줄 이유는 없다. 협조도 받아야 하는 상황이고. 국장은 탁자 위에 비치되어 있던 노트북에 제니브가 건넨 USB를 꽂는다. 그리고 1화가 돌아가기 시작했다.

1시간 후.

「…건너뛰면서 보려고 했는데, 홀랑 다 봐버렸네.」

「어떠세요?」

「와… 이거 물건이긴 하네요. 왜 다들 목을 매는지 알겠네. ABC도 안달난 겁니까? 그 콧대 높은 NBC도?」

그 또한 방송인. 거대 방송국들이 작품 하나를 차지하려고 아웅다웅하는 상황이 재미있는지 실실 웃음을 흘리며 묻는다. 제니브가 일부러 표정을 지우고 대답했다.

「물론이에요. 하지만 저희는 서두를 생각 없습니다. 좋은 상품을 갖춰 놓으면 사갈 사람은 언제든지 있는 법 아니겠어요?」

「그러니 좋은 상품을 더 업그레이드하는 걸 도와달라?」

「날씨 CG로는 최고라고 불리는 기술자가 있으시잖아요?」

마리오 브레이. 오랫동안 자연다큐 채널에서 일하다가 AWC로 적을 옮긴 CG 전문가. 그가 프리랜서이기만 해도 굳이 AWC와 협상을 하지는 않았으리라. 제니브는 촬영파일들을 편집하며 한 가지 부분에 아쉬움을 느꼈다. 자신과 CRD의 CG 전문가들도 어느 정도 수준까지는 날씨를 표현할 수 있었지만, 날씨 CG 분야에서 최고라고 불리는 마리오 브레이를 데려올 수 있다면 화면의 퀄리티가 한 단계 격상하리라는 기대였다.

'데카르도의 기분상태나 대본상의 메시지를 날씨에 담아서 배경이나 인서트 컷으로 사용하면…'

제니브 스콧은 분명 우수한 PD였다. 하지만 재미와 속도감, 흐름만을 중시하던 그녀가 작품의 예술성을 위해 이런 시도를 하는 것은 처음. 제니브는 국장의 승낙을 받고 나오며 생각했다.
'그 정도의 연기를 트렌디 드라마로 만들 수는 없으니까.'

결국 5화의 대본은 수정되었다. 기후를 결정하는 메커니즘을 발견하기 직전, 마지막까지 풀리지 않던 공식. 데카르도는 릴을 믿지 않았기에 공식을 조작하여 릴에게 전달했다. 그리고 릴은 그것을 받자마자 맑은 눈으로 빤히 몇 초 바라보더니, 손 한 번 대지 않고 말한다.
— 이건 풀 수 없는 식이에요. 수학식을 구성하는 균형이 깨져 있군요. 혹시 당신이 건드렸나요?
데카르도의 연구와 맞닿아 있다 하더라도, 이 정도의 복잡한 증명은 수학자의 영역이었다. 다른 분야의 영역을 조작해낸 데카르도와 보는 순간 그것을 간파한 릴의 대치가 눈부신 장면.
「컷- 다시요.」
하지만 지금 몇 번째나 NG가 반복되고 있다.
「죄… 죄송합니다! 죄송합니다!」
「괜찮아, 카이. 침착하게 다시 해보자.」
「갑자기… 아무런 생각이 안 나요. 어떡하지, 진짜….」
카이가 패닉에 빠졌다. 첫 등장 때는 예상 이상으로 훌륭하게 해내더니, 3, 4화 촬영분 동안 쉬었던 것이 독이 되었을까. 혹은 그사이에도 촬영장을 나와 견학하면서 유명과 마일리가 저렇게 좋은 연기를 펼치는데 자신이 폐를 끼치면 안 된다고 스스로를 몰아붙였을지도.
'그럴 때도 됐지.'
식은땀까지 흘리는 카이를 유명은 조용히 기다렸다. 신인배우가 매일매일의 연기에 편차가 나는 것은 당연한 일이다. 그것을 누군가가 매번 손잡아 끌어낼 수는 없다. 기술적인 부분이 아니라 정신적인 부분만큼은 자신의 몫인 것이다.

「다시.」

「한 번 더요.」

「진정하고 다시 한번.」

 평소 촬영을 빠르게 진행하던 제니브도 카이가 멘탈을 잡을 때까지 차분히 다음 테이크를 지시하고 있었다. 그리고 카이는 차츰 자신의 의지로 중심을 잡기 시작했다.

 한참 후에야 겨우 오케이 사인이 떴다.

「오케이. 수고하셨어요! 시간 없으니 빨리 다음 스튜디오로 이동할게요!」

 다들 안도의 한숨을 내쉬며 주변 정리를 하는데, 카이만 못내 똥마려운 강아지 같은 표정이다. 유명은 그 이유를 알고 있었다.

 '아직 마음에 안 차는구나.'

 이 장면은 릴이 강한 인상을 남겨야 하는 중요한 장면. 카이의 연기는 그들이 함께 연습했을 때 만들었던 최상의 수준에 도달하지 못했다. 그래서 다시 찍고 싶지만 여태 많은 NG로 다른 사람들을 기다리게 해 와서 감히 말을 꺼내지 못하는 것이리라. 유명이 카이에게 속삭였다.

「한 번 더 하면, 제대로 해낼 자신 있어?」

「…네, 형.」

 카이가 거의 울먹일 것 같은 얼굴로 고개를 마구 끄덕였다. 그러자 유명이 피디 쪽을 향해 고개를 숙였다.

「피디님, 죄송한데 한 번만 더 부탁드립니다! 직전 테이크에선 제 연기가 흔들려서요.」

 카이가 깜짝 놀라 유명의 옷을 잡아당겼다. 그의 연기는 첫 테이크에서 마지막 테이크까지 단 한 번도 부족한 적이 없었다. 그런 그가 자신을 위해 스스로를 낮춰 가며 부탁을 하다니.

「형….」

「가만있어.」
「방금 두 분 다 충분히 괜찮았는데요. 예상보다 시간이 지체돼서 더 늦으면 로케 장소가….」
「딱 한 번만요. 부탁드립니다.」
제니브는 곤란한 표정을 짓더니 살짝 한숨을 내쉬며 고개를 끄덕였다. 유명이 카이를 위해서 나섰다는 것을 그녀도 모르지 않았다. 이 정도면 충분히 기다려줬고, 더 찍는다고 크게 달라질 건 없을 거라고 생각했지만, 여태까지 촬영을 하며 유명에게 쌓인 신뢰가 있기에 제니브는 한 번만 더 기다리기로 했다.
「한 번이에요.」
「네. 3분만 대기 부탁드립니다!」
유명은 카이의 양어깨를 잡았다. 원하던 대로 기회를 얻었지만 큰 부담감을 짊어진 그가 흔들리는 눈으로 자신을 바라보고 있다.
'혼자 힘으로 수렁에서 빠져나왔으니 손 정도는 잡아줄 수 있지.'
「카이, 눈 한번 감아볼래.」
「네? …네에.」
그가 불안한 표정 그대로 눈을 감는다. 긴 속눈썹이 파르르 떨리고 있다. 유명은 조용히 이야기를 시작했다.
「카이. 릴은 색깔로 치면 무슨 색깔이지?」
「…투명한 색요.」
「그래. 지금 네 마음속은 어때? 집중해서 내면을 들여다보면 어떤 색깔이 보일까?」
「…색깔이 혼란스럽게 뒤엉켜 있어요. 검은색이 가장 많고, 자주색, 파란색, 붉은색….」
「하나씩 걷어내보자. 먼저 붉은색을 모두 걷어내 봐.」
붉은색을 마음속에서 지운다. 그리고 푸른색, 노란색, 마지막으로 가장 많다는 검은색까지. 유명의 목소리를 따라 카이의 의식이 흐른다. 마지막에 그가 탄식을 터뜨린다. 그 탄식의 음색은 이미 카이의 것이 아니었다.

「색깔이 모두 사라졌어요. 완전히 투명해요.」

「그래. 어서 와, 릴.」

몰입이 강한 배우들이 있다. 이미지를 연상시키면 암시에 쉽게 걸리는 사람들. 카이 누넨이 남달리 몰입력이 강한 배우는 아니다. 하지만 릴 딜런이라는 배역에 있어서만큼은….

「여기, 이게 네 도움을 요청했던 공식이야.」

「이건 풀 수 없는 식이에요. 수학식을 구성하는 균형이 깨져 있군요. 혹시 당신이 건드렸나요?」

청아한 목소리. 상대방의 탁한 마음을 그대로 들추어낼 것 같은 깨끗한 시선. 그는 누구보다 릴을 릴답게 연기할 수 있는 배우였다.

'아…. 그래. 내가 바라던 화면이 저거였어.'

그날 제니브는 한 테이크를 더 소모한 보람을 충분히 얻을 수 있었다.

그 장면이 끝난 후, 데렉이 유명에게 물었다.

「어떤 마법을 부리는 겁니까?」

「그게 무슨….」

「왜 유명 씨 손을 거치면 배우들이 저렇게 바뀌는 거냐구요.」

「하하. 데렉도 참….」

유명이 피식 웃었지만 데렉은 진심이었다. 함께 출연하는 배우들을 어르고 갈구면서 업그레이드시켜온 세월이 10여 년이다. 아무리 시간과 노력을 쏟아도 안 바뀌는 놈들도 부지기수였는데, 신유명과 엮이는 인간들은 매번 훌쩍 성장하는 것 같으니….

「다음 신 준비해주세요!」

멀리서 제니브의 소리가 들려오자 두 배우가 동시에 일어났다. 데카르도가 자신의 마음속에 싹트기 시작한 의심을 처음으로 아버지에게 내비치는 장면. 그들이 제대로 맞붙는 첫 신이 곧 시작된다.

11

두 눈을 똑바로 떠요

〈미싱 차일드〉를 찍고 있는 CRD의 제작팀. 그중 촬영감독, 조명감독, 오디오감독은 입사 동기 출신이었다. 그들은 지금 모여서 내기를 하고 있었다.
「나는 데렉.」
「나는 신유명.」
「음… 그래도 데렉 맥커디 이름값이 있는데…. 나도 데렉.」
지는 사람이 술 한잔 사기로 한 소소한 내기. 데렉과 유명이 본격적으로 붙는 신이 다가오자 그들은 과연 누구의 연기가 더 압도적인지 내기를 시작한 것이다.
「그런데 어떻게 판단하지?」
「음…. 제니브가 집는 쪽을 승자로 할까?」
「제니브가 잘도 얘기해주겠다.」
「그럼 역시 신이 끝나고 난 후, 두 배우의 표정을 보는 수밖에 없다.」
「두 배우보다는 데렉의 표정을 봐야지. 얼굴에 다 드러나잖아. 본인이 더 잘했다고 생각하면 표정이 거만할 거고, 눌렸다고 생각하면 씁쓸할 테니까.」

데렉 맥커디는 연기에 들어가면 완전히 자신의 표정을 지울 수 있으면서도, 평소에는 희한할 정도로 표정 관리를 하지 않는 사람이었다. 그런 그의 표정으로 판단하자는 제안에 세 명의 감독들은 모두 동의했다.

「감독님들! 준비요!」

「아이고, 넵.」

제니브는 그들의 후배이지만, 모두는 제니브에게 맥을 추지 못한다. 고양이 앞의 쥐들은 호다닥 흩어져 자신의 영역에 섰다.

「저택 신 갑니다, 스탠바이- 액션!」

장소는 양부의 저택. 데카르도가 릴과 만나 일부러 오류를 만든 수학식을 건네주고 간파당한 직후이다. 릴이 돌아간 후 데카르도는 아버지와 오랜만에 마주 앉아 식사를 한다.

「잘 있었니? 데카르도.」

양부는 이마가 반듯한 금발의 남자. 다정한 푸른 눈으로 아들을 쳐다본다. 이가 썩을 것같이 달고 폭신한 눈빛.

「네, 아버지.」

「말랐구나. 집에 식사를 준비해줄 사람을 보내면 어떨까.」

「괜찮아요. 잘 챙겨 먹고 있어요.」

쿠르릉- 쾅- 밖에서 천둥이 치고 비가 내린다. 갑자기 쏟아지는 폭우에 양부가 일어나 우아하게 걸어 직접 창문을 닫는다.

바깥에는 비가 내리고 바람이 분다. 하지만 실내에는 훈훈한 공기. 테이블 가득 차려진 음식의 맛있는 냄새. 따뜻하게 웃고 있는 아버지가 스테이크를 적당한 두께로 썰어 자신의 접시에 덜어준다.

조난과도 같았던 어린 시절의 자신에게 동아줄을 내려준 사람. 지금 자신이 누리는 모든 안온함은 아버지가 내려준 것이다. 데카르도는 그런 생각에 속이 뜨끔거렸다.

'역시 이건 아니야. 직접 물어봐야겠어.'

「아버지.」

「왜, 아들?」

「방에 감시카메라는 왜 다셨나요?」

달그락- 고기를 썰던 나이프가 멎었다. 양부는 고개를 살짝 들어 데카르도와 눈을 마주하더니 작게 한숨을 내쉰다.

「어떻게 알았니?」

「카메라를 발견했어요.」

데카르도는 셀리가 건넨 사진을 본 후, 집에 와서 티 나지 않게 곁눈질로 액자를 살폈다. 교묘하게 숨겨져 있는 카메라가 그제야 보였다. 알게 된 것은 셀리의 정보 제공과 자신의 해킹 때문이었지만, 아버지 비서의 컴퓨터를 해킹했다고 말할 수는 없으니 이렇게만 설명한다.

양부는 그의 떨리는 눈동자를 피하지 않으며 담담하게 말했다.

「너… 발작 횟수가 예전보다 잦아졌더라.」

「…!」

「걱정이 안 될 수가 없었어. 너는 힘들면 힘들다고 말하는 아이가 아니니까. 분명 힘들어도 계속 참을 거고, 뭔가 일이 터진 후에야 내가 알게 됐겠지. 걱정됐어.」

진실. 데카르도의 영민한 머리는 양부의 말을 한 치의 거짓도 없는 진실로 판단한다. 하지만 스스로도 잘 모르겠다. 자신이 지금 이성적으로 판단하고 있는지는.

「그럼… 의사는요. 제가 진료받는 정신과 의사, 아버지가 접촉하신 것 같던데.」

한 가지 더. 셀리가 알려준 남자의 컴퓨터에서 찾아낸, 의사가 주기적으로 자신의 처방 기록을 아버지에게 보냈던 흔적.

「마찬가지야. 네 담당의가 내 학교 후배더라고. 아들 상태가 걱정되어서 좀 알려달라고 했다.」

「그건 불법…」

「그래, 불법이지. 프라이버시를 침해한 건 미안하다. 하지만 네가 갈수록 위태로워 보여서… 너무 걱정됐어. 부모가 어떻게 아픈 자식을 두고 마음 편하게 지낼 수 있겠니.」

데카르도가 잠시 두 눈을 감았다. 설득되려고 한다…. 아니, 설득되고 싶다. 솔직히, 아버지가 자신의 상태를 파악하고 있었던 것이 나쁘기만 했던가. 지독한 두통에 시달려 차라리 머리를 칼로 쑤시고 싶었던 어느 밤에 아버지는 전화를 걸어주었다. 그의 연락이 없었다면 버티지 못했을 날이 몇 날 며칠이나 있었다. 아버지가 마지막 치명타를 날렸다.

「데카르도. 내가 그렇게 힘들어하고 있다면, 너라면 가만히 있을 수 있겠니.」

이렇게나 너를 걱정했단다. 네가 나라면 그러지 않았겠니. 저미는 듯한 음성이 자신에게 틀어박힌다. 부모의 애정은 원래 그러하다고 했다. 가끔 자식들이 화를 낼 정도로 부모는 자식의 모든 것을 알고 싶어 한다고. 양아버지는 피도 섞이지 않은 아들을 그만큼이나 사랑해주는 것일까. 주륵- 데카르도의 눈에서 눈물이 흘렀다. 그는 저 말에 저항할 수 없다.

「죄송… 죄송해요, 아버지.」

「아니야. 내 잘못이지. 이제부터라도 자식을 좀 더 품 안에서 떨어뜨리는 연습이 필요할 것 같구나.」

「아니에요, 아버지. 제가 잘못했어요.」

그는 한 손에 스푼을, 한 손에 포크를 들고 어린아이같이 울었다.

「네가 요즘 너무 예민해진 모양이구나. 당분간 집으로 돌아와서 지내지 않겠니?」

그렇게 데카르도는 얼마간 자취를 감추었다. 그를 찾아 헤매던 셀리가 한참 후 제 발로 돌아온 그를 만났을 때,

「데카르도! 도대체 어딜-」

「…누구?」
 그의 눈에는 초점이 없었다.

 그날 촬영 후, 세 감독은 술자리를 가졌다. 문제는 맥주를 몇 잔씩 마시고 나서도 내기의 결론이 나지 않는다는 것이었다.
「그 오싹한 양부 연기를 봤잖아. 연기를 보면서 나조차도 믿고 싶더라고. 저 자상한 표정이 다 거짓이라는 게 믿기지 않는 거 있잖아.」
「그렇다고 데카르도가 밀렸나? 의심하는 중에도 슬퍼하고, 죄스러워하면서도 안심하는 그 복합적인 감정선은?」
「촬영 직후 데렉 표정이 어땠더라?」
「지금 셋 다 그거 볼 정신이 없었다는 게 문제잖아.」
 그들은 분명 카메라가 꺼진 직후에 데렉 맥커디의 표정을 관찰하자고 합의했었다. 그런데 셋 중 한 명도 그걸 확인한 사람이 없었다. 그 신의 마지막 장면, 후회와 안심으로 가득 찬 데카르도의 클로즈업에서 아무도 눈을 떼지 못했기 때문.
「난 1번 카메라로 신유명 잡고 있었어. 니들이 봤어야지!」
「나는 그때 부… 붐마이크 들고 있었거든?」
「반사판은 놀았냐, 놀았어?」
 결국 맥주값 내기는 다음으로 미루어졌다.
「근데 방송국 확정은 언제 나는 거야? 이제 슬슬 편성 받을 때가 되지 않았나?」
「그러게. 캐스팅도 화려하고, 신유명 전작이 칸 영화제 초청까지 받았으니까 러브콜은 많이 들어올 텐데.」
 촬영감독이 씨익 웃으며 떡밥을 던진다.
「다들 소식도 느리셔라. 제니브 계획을 아직 모르는구나?」

「잉? 뭐 들은 거 있어?」
「한 잔 더 들어가면 입이 열릴 것 같은데 지갑이 텅 비었네?」
「아니, 이 아저씨가 돈도 없이 내기를 걸었어?」
「어차피 내가 이긴 게임이었다니까. 데렉 얼굴만 확인했어도 이긴 게 확실했는데.」
「야 이 사기꾼아. 어서 얘기해봐. 술은 내가 살 테니까.」
오디오감독이 미끼를 덥석 물자 촬감이 입을 열었다.
「칸 영화제까지 전체 에피 완성하고, 그 뒤에 확정할 거래.」
「뭐?」
「미쳤어? 5월까지 어떻게 촬영 완료를⋯. 아니, 방송국에서 그걸 기다려주기는 한대? 업프런트 시즌은 5월 초중순이잖아. 그전에 이미 편성이 끝날 텐데?」
「아쉬운 놈이 기다리라는 거지. 막말로 올해 방영이 안 된다고 찍어놓은 게 어디 가나? 우리 다 알잖아. 〈미싱 차일드〉 대박 조짐 보이는 거.」
「그건 그렇지만⋯.」
「이번 참에, 방송국 콧대도 꺾고 장사도 제대로 할 모양이야. 만에 하나라도 〈미믹크리〉가 황금종려상이라도 받아봐. 어떻게든 편성 안 주고 배기겠어?」
그 말에 오디오감독과 조명감독이 서로 마주 보았다.
「오우 쉣. 우리 다 보너스 각이야?」
「그게 문제가 아니지. 5월까지 22회를 다 찍는다고? 보너스 구경 하기 전에 과로로 뒈질 수도 있어.」
「에이, 제니브잖아. 이번엔 배우들도 다 빠릿빠릿하고.」
그들이 제니브에게 꼼짝 못 하는 이유가 있었다. 이 똘똘한 감독은 필요 이상으로 촬영을 지체하거나 스태프들을 혹사시키는 일이 없이 깔끔하고 스피디하게 촬영을 쭉쭉 진행한다. 그 뒤에 혼자 편집을 하면서 영혼을 갈아 넣지.
「그러니까. 매일 촬영계획표 보고 야근각 잡다가 칼같이 퇴근 시간에 마무리돼서 깜짝 놀란다니까.」
「난 다음에도 제니브팀 해야지!」
「나도!」
그들은 낄낄 웃으며 잔을 마주쳤다.

6화. 돌아온 데카르도는 세뇌당해 있다. 무엇을 어떻게 자극당했는지 허공에 둥둥 뜬 시선으로 그는 셀리를 외면한다.
「진짜 내가 기억이 안 난다고?」
「…….」
「거짓말이죠? 세뇌를 당했다고 해도 최근의 기억을 그렇게 말끔히 잊진 못해. 그리고 그가 당신 머리를 건드렸을 리가 없지. 당신 연구에 관심이 아주 많으니까.」
「아버지를 모함하지 마!」
외면하고 피하기만 하던 데카르도는 그녀의 도발에 결국 큰 소리를 지른다. 역시 잊은 것이 아니다. 자신과 엮이면 자꾸 아버지를 의심하게 되니까, 그가 자신이라는 유발요인을 차단하기로 결심한 것을 셀리는 깨달았다. 데카르도는 마치 도피하는 것처럼 연구에만 열중한다. 셀리가 아무리 자신의 앞에서 얼쩡거려도 그녀와 시선을 마주치지 않는다. 하지만 그녀는 포기하지 않고 데카르도를 따라다닌다.
「당신은 세뇌당한 거야.」
「지금 나이에 그렇게 강력한 세뇌가 되긴 힘들지. 어린 시절부터 당신 양아버지는 복종심과 무조건적인 믿음을 갖도록 길들여왔을 거야, 그렇지?」
「똑똑하잖아, 당신. 잘 생각해봐요. 스스로 생각해도 지금의 본인이 이성적이진 않잖아?」

쫑알쫑알- 그녀의 피치 높은 목소리가 자신이 싫어하는 이야기를 뱉을 때마다 그는 두통으로 이마를 찡그린다. 그리고 그것이 누적되온 어느 날,

「데카르도!」

핑- 극심한 두통이 찾아왔고, 그는 머리를 싸쥐고 뒹굴었다. 놀란 셀리가 그를 감싸 안고 앰뷸런스를 불렀다.

한참의 시간이 지나 깨어난 남자.

「당신, 그냥 우울증이 아니지?」

「…글쎄. 나도 모르겠어.」

극심한 발작으로 진통제를 한계까지 투여한 데카르도는 오랜만에 예전의 눈빛으로 돌아와 있었다. 셀리가 가만히 그 눈빛을 마주 본다. 좀 더 쉽게 해주고 싶지만… 진통제의 효과가 떨어져 두통이 뾰족한 바늘처럼 날을 세우고 그의 무의식을 지배하게 되면, 그는 다시 강박적으로 아버지를 의심하는 걸 거부하겠지. 기회는 지금뿐이었다.

「데카르도. 나는 당신 아버지를 오랫동안 추적해왔어요. 그리고 지금 그가 관심을 둔 주제도 알고 있지.」

「……」

「기후를 컨트롤하는 법. 그걸 무기로 사용하는 법.」

'뭐?'

데카르도의 낯이 창백하게 질렸다. 자신이 발견한 기후예측 방식은 성공한다면 획기적으로 세상을 변화시킬 수 있었다. 그는 그것이 세상을 더 좋은 방향으로 발전시킬 거로 생각했지만….

'그 공식에 관계된 변수를 조절한다면 정말로 기후를 컨트롤할 수 있을지도…!'

데카르도의 발견을 알게 된 후, 양부는 수하의 학자들에게 이 연구를 밝혀내길 종용했다. 학자들은 그 방식을 통해 기후를 무기로 활용할 수

있음을 알아냈다. 하지만 그들은 입을 모아 말했다. 자신들이 이것을 완성하는 것은 불가능하다고. 그만큼 이 방식은 천재성이 번뜩이며, 아마 이 방식을 생각해낸 학자만이 완성시킬 능력도 있을 거라고.

「데카르도, 당신은 천재예요. 그리고 당신이 존재조차 몰랐던 동생, 릴 딜런도 천재죠. 두 명을 입양했는데 그 두 명이 모두 천재일 가능성이 얼마나 된다고 생각해요?」

「그건….」

「두 명이 다일까요? 더 있지는 않을까요? 당신의 아버지가 천재 아이들의 수집벽이 있는 미친놈이 아니라면, 그의 자선 사업에는 이유가 있지 않을까요?」

처참하게 흔들리는 눈동자.

「데카르도 딜런. 두 눈을 똑바로 떠요.」

셀리가 그의 어깨를 잡고 강제로 눈을 맞춘다.

「스스로의 실수를 발견하고 기뻐할 수 없는 자는 학자라 불릴 자격이 없다. 도널드 포스터[5].」

흠칫, 이번에는 그의 어깨가 떨린다.

「지금 당신이 눈을 감으면 돌이킬 수 없는 일이 벌어질 수 있어요. 당신의 발견이 인류에게 무기로 사용된다면 어떻게 할 건가요.」

세상의 정의에는 관심이 없었다. 양심과 도덕에도 관심이 없었다. 하지만 자신이 짧은 생을 모조리 쏟아 잡초를 베고 길을 내어 온 장소. 그 장소가 피로 더럽혀질 수 있다는 말에 드디어 데카르도의 눈이 뜨였다.

「당신은 알고 있나요? 무엇부터 시작해야 하는지.」

데카르도가 눈을 들어 앞을 직시한 날, 비가 그치고 구름 사이로 서광 같은 햇살 한 줄기가 드리웠다.

---

5 도널드 포스터(Donald forster, 1934~1983): 캐나다의 학자

12

두 단어와 두 개의 숫자

「마치고 연습?」

「네. 연습해야죠.」

「우리 집에 가서 같이 연습할래요?」

「아… 보통 촬영 끝나면 카이랑 저희 집에서 연습하는데, 그럼 카이도 데려가도 될까요?」

「계속 같이 연습했어요? 나도 부르지….」

데렉의 투덜거림에 유명이 쿡쿡 웃었다. 완벽주의자, 연기강박증, 인생 노빠꾸로 사는 마이페이스 형. 그런 데렉에 대한 첫인상이 시간이 지나면서 점점 옅어지고 있다.

「뭐야, 나도요! 나도 같이 갈래요.」

마일리가 빼꼼 고개를 들이민다. 그렇게 〈미싱 차일드〉 주요 멤버들의 합동 연습이 성사되었다.

지잉- 데렉의 차가 접근하자 자동으로 보안 시스템이 해제되고 거대한 대문이 열린다. 처음 눈에 들어온 것은 3단으로 이루어진 수영장. 그 너머에는 중세의 성 같은 외관의 대저택이 위풍당당하게 자리해 있었다. 뭔가 주인을 닮은 느낌의 저택이었다. 차고에 차를 넣고 저택으로 올라가던 중, 데렉이 중앙 계단의 중간에 멈춰 선다.

「여기 기억나는 사람?」

다들 계단에서 저택을 올려다본다. 몇 초 후에 유명이 아- 하는 탄식을 터뜨리며 얘기했다.

「〈니어 어웨이〉! 게티가 안조를 처음 만났던 곳 아니에요?」

「앗, 맞다! 저택인지 성인지 모를 집을 배경으로 안조가 위풍당당하게 게티를 깔아보는 장면, 거기 맞죠!」

유명과 마일리가 와– 하는 표정을 지었고, 카이는 보지 못했던 영화인지 멀뚱한 표정이다.

「맞아요. 당시 이 집이 매물로 나왔는데 금액대가 너무 세서 한참 매수자가 나타나지 않았지. 전주인이 빈집을 촬영장소로 내줬고.」

「설마 촬영할 때 보고 집을 사신 거예요?」

「보는 순간 내 집이다 싶더라고요. 계단을 올라갈 때마다 영화 속 장면이 떠오르는 것도 마음에 들고.」

〈Near Away〉. 데렉 맥커디의 대표작이라고 할 순 없지만, 유명이 가장 좋아하는 데렉의 필모그래피 중 하나다. 영화를 찍던 중에 촬영지가 마음에 든다고 구매해버리다니, 역시 데렉 맥커디다.

「데렉.」

「왜요?」

「저 게티 보고 싶은데… 한 번만 보여주면 안 돼요?」

유명의 초롱초롱한 눈빛. 데렉이 흠흠 헛기침을 한다. 원래라면 장기자랑 요청에 순순히 응할 자신이 아니지만… 나중에 자신도 신유명의 어떤 연기가 보고 싶어질 수도 있지 않나? 서로 이런 부탁을 하는 것이 당연한 관계로 만들어두는 것도 나쁘지 않을 것 같은데?

「그래요. 한번 해보지, 뭐.」

그러자 마일리가 손을 번쩍 들었다.

「안조! 나 안조 할래요!」

「뛰어 올라가. 안 기다린다.」

「아싸!」

마일리가 도도도 뛰어 올라가고, 유명과 카이는 한 걸음 뒤로 물러섰다. 마침 노을이 지고 있었다. 붉게 타들어가는 하늘을 배경으로, 계단을 올라가는 사람의 시야에선 보이지 않던 머리가, 상반신이, 전신이 드러난다. 아아, 안조 아가씨다.

「벌레 새끼가 누구의 허락을 받고 들어왔지?」

게티의 눈에 한순간 감탄의 기색이 들끓었다. 안조 디아레. 고귀한 혈통을 지니고 태어난 여성. 그녀는 자신을 내려다보면서도 고개를 숙이지 않는다. 목을 빳빳이 세우고 눈만 내리떠 깔아보는 눈빛. 그의 배 속에서 치솟아 오르는 동경과 정복욕.

「벌레가 어떻게 사람의 허락을 받겠습니까. 원래 벌레는 기어들어오는 거랍니다, 아가씨. 물리기 싫으면 방역을 철저히 하셨어야죠.」

빙글빙글, 사람을 놀리는 짓궂은 웃음. 안조의 멸시를 대수롭지 않게 받아넘기면서도 스멀스멀 소유욕이 번지는 것을 느낄 수 있는 데렉의 기막힌 연기. 위와 아래. 상류층으로 한 발 한 발 오르는 남자와 미끄러지기 직전에도 턱을 치켜드는 여자. 명작의 한 장면을 실제로 만나니 쫘악- 전율이 돋는다.

짝짝짝짝- 유명은 연기를 마친 데렉과 마일리를 향해 손바닥이 빨개지도록 박수를 보냈다. 옆에서 카이가 멍하니 속삭였다.

「오늘 집에 가서 꼭 봐야지….」

「와아, 이게 다 뭐예요? 나 이런 요리 처음 봐. 어느 나라 음식이에요?」
「저 알아요! 형네 집에서 먹어봤어요. 이거 한국식인데.」
「헐…. 데렉, 이거 설마 유명 오빠 때문에 준비…?」

김밥, 만두, 햇반, 3분 카레. 한국 식료품점을 털어온 듯한 음식들이 식탁 위를 점령하고 있다. 데렉이 뿌듯한 얼굴로 고개를 끄덕였다.

「캐릭터 때문에 후반으로 갈수록 체중 감량할 거잖아. 그전에 맛있는 걸 좀 먹어둬야 그 기억으로 다이어트가 쉬워지거든.」

유명은 데렉의 말에 감동했다. 역시 할리우드에서 가장 많은 염문을 뿌리고 다니는 남자. 타인의 마음을 훔치는 스킬이 몸에 배어 있다. 훈훈한 분위기가 흐르는 와중에 마일리가 포장지 앞면을 보더니 묻는다.

「근데 이것들 3분 요리라고 되어 있네. 어떻게 조리해요?」

「모르는데?」

「데렉이 요리할 거 아니에요?」

「유명 씨가 하겠지. 잘 알 거 아냐.」

「와… 엄청 위해주는 줄 알았더니, 결국 일 시켜먹는 거네요?」

「아니, 내가 이 정도 준비해줬는데, 그 정도는 요구해도 되는 거 아냐?」

감동은 오래가지 않았다.

다행히 전자레인지가 있어서 조리는 간단했다. 세 미국인들은 3분이 지날 때마다 형태도 색상도 다른 온갖 요리가 완성되는 걸 보고 입을 벌렸다.

「전자레인지 요리라면 우리는 피자, 핫도그 정돈데.」

「뭐가 이렇게 종류가 많아?」

「심지어 엄청 맛있는데? 이거 이름이 뭐예요? 나도 집에 사다 놔야지.」

배를 채우고 나자 연습이 시작되었다. 데렉의 집에는 아주 커다란 연습실이 있었다.

「8화까지 대본은 다들 읽었죠?」

현재 대본은 8화까지 나왔다. 데카르도가 본격적으로 양부를 추적하기 시작하는 7화에서는, 해킹을 위해 방화벽에 막혀 있는 양부의 회사 내부로 침투하는 데카르도와 셀리의 작전이 박진감 넘치게 펼쳐진다.

「아하하하, 당신 너무 웃겨.」

「당신은 늘 뭐가 그렇게 즐거워요?」

「농담조차 하지 않으면 이 지겨운 세상에서 어떻게 사나요?」

점점 드러나는, 셀리의 경쾌하지만은 않은 캐릭터. 몇 번의 위기를 넘어 접근한 데이터베이스에서 튀어나온 '양자 리스트'. 총 스무 명이나 되는 형제들의 목록에 충격을 받는 데카르도. 분명 리스트에 존재했지만 삭제된 한 명의 이름.

「이건 누굴까…」

그리고 8화에선 데카르도가 직접 형제들을 찾아가는 신들이 그려진다. 그들은 하나같이 모두 학자들이다. 화학, 세균학, 원자력학, 전기전자학, 심리학, 약학…. 그리고 기후학을 전공하는 자신과 수학을 전공하는 릴. 말이 되는가. 한 남자가 입양한 아이들이 모두 각각의 분야에서 천재성을 발휘하는 학자가 되어 있다는 것이.

「수상하죠?」

「……」

「수상한 건 그뿐이 아니에요. 당신 형제들이 전공하고 있는 분야들의 공통점이 있어요.」

「그게… 뭐죠?」

「위험해요. 하나같이 그 분야의 어떤 발견이 인간에게 치명적으로 위험할 수 있는 분야들.」

그녀의 말에 데카르도의 미간에 깊은 주름이 새겨진다.

「기후학은? 위험하지 않잖아요.」

「보통은 그렇죠. 하지만 아주 천재적인 발견이 기후학을 위험한 분야로 만들 수 있다는 걸 증명한 천재가 내 눈앞에 있군요.」

그 말에 데카르도는 무언가를 떠올린다. 어릴 적 월반을 거듭해 불과 15세에 대학에 입학했을 때, 전공을 정하는 과정에서 아버지와 의견 대립이 있었다.

― 저는 기후학을 하고 싶어요, 아버지.

― 그건 너무 비실용적인 학문이잖니.

아버지는 전에 없이 자신의 뜻에 반대하다가, 정확한 기후예측 모델을 만들 거라는 목표까지 들은 후에야 달갑잖게 허락했었지. 어째서? 데카르도는 머리를 탈탈 턴다. 설마 그것까지 아버지의 조종이었던 건

305

아니리라 생각하며 다른 반박을 꺼내본다.

「수학은요? 수학도 위험하다고 할 수는….」

「수학은 모든 과학의 근간에 있죠. 천재적인 수학자가 직접 위험한 무언가를 개발하지는 않겠지만, 그런 개발에 일조할 수는 있어요. 바로 내 앞의 누군가가 겪은 일처럼.」

이상하다. 그녀는 왜 자꾸 자신을 어떤 방향으로 몰고 가려는 것일까. 아버지를 믿고 싶은 마음에 그녀가 수상하게 보이는 것일까, 아니면 그녀에게도 뭔가 수상한 점이 있는 것일까.

그리고 양부의 회사에서 발견한 자료 중, 마지막까지 열리지 않는 한 파일.

[○○○○○○○ ○○○○○ ○○]

암호가 두 단어와 두 개의 숫자로 이루어져 있다는 것까진 알아냈지만, 거기에서 막혔다.

'뭘까, 도대체.'

초조해하며 자신이 아는 모든 단어를 집어넣고 있던 데카르도에게 전화가 온다.

「데카르도, 내 아들?」

「…아버지.」

딩동- 벨이 울렸다. 정신없이 대사를 치고받던 배우들은 처음엔 진짜 현실의 벨이 울린 줄 몰랐다. 딩동- 딩동- 벨이 몇 번 더 울리고서야 데렉이 목을 몇 번 꺾더니 인터폰으로 향했다.

「아… 몰입감 딱 좋았는데, 누구-」

「데렉 맥커디. 이게 뭐 하는 짓이에요.」

인터폰 너머에 비치는 익숙한 얼굴은… 피비 테일러였다.

피비는 안에 다른 사람들이 있는 걸 보고, 잠시 흥분을 가라앉히고 인사를 했다. 그녀가 데렉에게 따로 얘기를 좀 하자며 고개를 까딱했고, 데렉은 턱을 거만하게 치켜들고 그녀의 뒤를 졸졸 따라갔다.

「…이거 무슨 분위기예요?」

「사랑싸움이야, 카이.」

마일리가 냉큼 대답했고, 유명은 속으로 생각했다.

'벌써 집까지 찾아오는 사이구나….'

피비가 예고 없이 데렉의 집에 들이닥친 것과 이 집을 보고도 전혀 놀란 기색이 없는 것을 보니, 첫 방문은 아닌 거 같다. 미호가 재밌다고 캉캉대며 그들이 들어간 곳으로 날아갔다.

「이게 뭐예요. 누가 이런 걸 달라고 했어요.」

피비가 테이블 위에 내팽개친 것은 여자라면 누구나 알 만한 민트색 상자였다. 안에 족히 수천만 원은 될 다이아몬드 목걸이가 들어 있는.

「선물을 달라고 해서 주나? 주고 싶으면 주는 거지.」

「이거나 먹고 떨어지라는 뜻인가요?」

「…뭐?」

「그러지 않아도 협박 같은 거 안 해요. 내 몸의 주인은 나고, 내가 좋아서 당신이랑 잤어요. 그게 뭐? 주변에 있던 여자들이랑 다른 타입이라 꼬셔봤다가 막상 넘어오니 난감해졌어요? 그럼 예의를 갖춰서 정중히 거절만 해도 알아먹어요. 이딴 식으로 사람 비참하게 하지 말고.」

다다다- 따발총같이 말을 쏟아내며 피비는 얼굴이 시뻘게진다. 데렉은 처음에는 화가 난 표정이다가 점점 어이가 없는 듯 표정이 풀어지더니, 나중에는 팔짱을 끼고 슬쩍 미소를 짓고 있었다. 그 태도가 피비를 더 열 받게 했다.

「웃지 마요. 확 물어버리기 전에. 내 별명이 핏불테리어인 거 몰라?」

「어딜 물 건데?」

「데렉 맥커디!」

307

「왜 이렇게 화가 났는지 모르겠네. 그 목걸이는 말하자면… 개목걸이 같은 거야.」
「뭐라고요?」
「주인이 있다는 뜻이지.」
드디어 그가 자신을 놀리고 있다는 것을 깨달은 피비는 잠시 말문이 막혔다. 말투는 거만하기 짝이 없었지만, 그 말의 내용인즉슨….
「…당신이 왜 내 주인이에요.」
「너도 내 주인이고.」
이번엔 피비의 얼굴이 다른 의미로 확 달아올랐다.
「누가 개목걸이를 이렇게 비싼 걸 해요.」
「만나는 남자한테 100달러짜리 선물을 받아도 그렇게 땍땍댈 거야?」
「100달러? 누굴 바보로 아나. 이건 몇만 달러짜리잖아!」
「연봉이 몇만 달러인 사람한테 100달러짜리 선물이나, 나한테 그거나 똑같아.」
「…….」
「그러니까 부담 갖지 마. 쓸데없는 생각도 하지 말고.」
귀엽다는 듯이 피비의 이마를 톡 건드리며 데렉이 물었다.
「그런데 도대체 왜 그런 생각을 한 거야? 사고 구조가 이해가 안 가네.」
「…티파니잖아요.」
「티파니가 왜? 아… 설마 〈티파니에서 아침을〉?」
데렉이 어이없는 웃음을 터뜨리자 피비가 민망하게 흠흠 헛기침을 한다. 영화 〈티파니에서 아침을〉에서 오드리 햅번이 분한 할리 고라이틀리는 부유한 남성들에게 스폰을 받으며 신분 상승을 노리는 여성.
「쓸데없이 의미 찾는 건 직업병인가?」
「…….」
「역시 너랑 있으면 지루할 틈이 없어.」

데렉이 피비에게 기습적으로 뽀뽀를 했고, 눈에 보이지 않는 푸른 형체가 휙- 그곳을 빠져나갔다.

{난리당, 난리.}

'응? 왜, 심하게 싸워?'

{쌈 구경할랬는데 손발이 사라져버렸당.}

미호는 혀를 쯧쯧 차고 입을 다물었다.

13

잘못한 게 있지?

[로건의 영화 심리학: 한 배우에게서 만난, 인간에 대한 극상의 이해]

인간을 가장 잘 이해할 수 있는 직업은 무엇일까. 혹자는 철학, 혹자는 심리학이라고 할 것이며, 혹자는 정신과학이라고 할지도 모른다. 개인적으로는 역시 내가 몸담은 분야인 심리학에 한 손 들어주고 싶은 마음이고. 하지만 나는 그 직업이 '배우'일지도 모른다는 생각을 이 배우를 보면서 하게 되었다.

얼마 전, 〈Mimicry〉의 트레일러를 보고 썼던 내 칼럼이 화제가 되었다. 어떤 이들은 과장도 정도껏 하라며 나를 비난하기도 했다. 하지만 나는 학자의 양심에 손을 얹고, 조금의 과장도 한 적이 없다. 그리고 궁금했다. 이 배우가 정말로 모든 것을 계산해서 연기했던 것인지. 그래서 나는 처음으로 촬영장에 방문하게 되었다.

현재 신유명은 〈Missing Child〉라는 티브이 시리즈를 촬영하고 있다. 아직 방영될 채널이 결정되지 않은 이 시리즈는 신유명과 데렉 맥커디, 마일리 필론이 주연을 맡은 추리 서스펜스 드라마이다.

그리고 이곳에서 만난 신유명의 모습은 〈미믹크리〉의 아스와는 완전히 달랐다. 온전한 하나의 인격을 이다지도 선명하게 그려낸다. 이전 칼럼에서 언급했던 '배우 본연의 버릇'이 일절 느껴지지 않는 하나의 인격, 그 자체가 되어 있는 것을 보고 나는 물을 수밖에 없었다. 어떻게 이렇게 생생한 캐릭터를 만들어낼 수 있느냐고.

신유명은 곰곰이 생각하더니 말했다.

"관찰, 그리고 시뮬레이션을 많이 해보는 편이에요. 제 기준으로 판단하지 않고 상대의 관점 그대로 몰입하다 보면 시야가 넓어지는 느낌이랄까요."

철학자는 인간군상의 공통적이고 본질적인 원리를 궁구하고, 심리학자는 어떤 심리가 인간의 특정 행동을 유도하는지를 밝히려고 애쓴다. 하지만 그는 다른 사람이 된다고 했다. 그렇게 평생 수십, 수백, 수천 개의 삶을 살아가는 것이 배우라면, 그것이야말로 인간을 가장 잘 이해할 수 있는 직업일지도 모른다는 생각이 들었다.

그리고 그 인격들을 통째로 쓸어 담은 것 같았던 아스. 그는 왜 그런 인격이 되었고 어떤 목적을 가지고 움직이는지, 나는 〈Mimicry〉의 개봉을 초조하게 기다리고 있다.

2월 초에 접어들자 루머는 완전히 꺾인 추세였다. 신나게 입방아를 찧던 가십지들이 슬슬 몸을 사리기 시작했는데, 여기에는 전체적인 여론이 반전된 것과 더불어 피비의 저격이 큰 역할을 했다.

[LA선데이, 모 기업 비리 덮기 위해 케이트 플란 가십 조작했다?]

[파파라치 T모 씨, 매일 밤 마약 파티]

[기자 D모 씨, 아동성추행 전과 드러나]

주기적으로 터지는 저격 기사가 가십판을 바짝 얼렸다. 다음 저격 상대는 누구인지 다들 숨을 죽였다. 피비는 그 와중에도 조지 하우슬리와 파블만은 마지막 디저트로 남겨두었다.

「왜 지금 안 터뜨리고?」

「조지 그 미친놈이 〈Mimicry〉 따라서 〈Divert〉 개봉을 늦췄다잖아요.」

「그래서?」

「지금 터뜨리면 조지는 물러나고 파블은 이미지에 타격을 입겠지만, 회생 가능성이 있잖아요. 지금까지 탈탈 털어넣은 후에 공격해야죠.」

「역시 내 여자야.」

데렉이 씨익 웃으며 그녀의 어깨를 두드렸다. 촬영은 무사히를 넘어 일사천리로 진행되고 있었다. 제니브의 스피디한 스타일에 모든 배우가 적응하면서, 단시간 내에 명장면들이 쭉쭉 뽑혀 나왔다.

「오늘, 중요한 촬영이죠?」

「그래. 누굴 응원할 거야?」

「당연히 내 배우…가 아니고 내 남자죠, 하하하.」

피비가 어색하게 웃더니 데렉의 어깨를 답례로 툭툭 두드렸다.

9화의 촬영일, 세 감독은 다시 한번 내기가 붙었다.

「데렉 맥커디와 신유명이 본격적으로 붙는 신이 또 왔군.」

「이번엔 정신 똑바로 차리고 보자고.」

「어느 쪽에 걸 거야? 나는 데렉.」

「나는 신유명.」 「나도 신유명.」

지난번과 달리 유명 쪽에 둘, 데렉 쪽에 한 명이 걸었다.

「시작할게요!」

9화에서 양부는 처음으로 자신의 본모습을 일부 내보인다. 몸에 착 붙는 고급 정장에 머리를 깔끔히 빗어 넘긴 데렉이 커다란 테이블을 사이에 두고 유명과 마주 앉았다.

「유명 씨.」

「네.」

「나는 말이에요. 지금이 정말 즐겁습니다.」

〈미믹크리〉에서 〈미싱 차일드〉로 이어지는 동안 유명과 데렉은 많이 가까워졌다. 데렉은 과할 정도로 유명에게 친절을 베풀었고, 유명의 집에 연습하러 오거나 자신의 집에 초청하는 일도 잦았다. 친절이 습관인 사람이 결코 아니었기에 유명은 그의 호의를 깊이 느끼고 있었다. 특히 지금과 같이 연기에 접어들기 직전, 그의 눈빛을 마주할 때면.

「저도요.」

제니브가 디렉션을 준다.

「마음을 단단히 먹었던 데카르도가 서서히 무너지는 모습, 그리고 양부는 당근에서 채찍으로 태세전환을 하는 모습을 점증적으로 보여주세요.」

「네.」

「이 장면은 안 끊고 이어서 가겠습니다.」

중간에 뭔가 예기치 않은 액션이 나와도 끊지 않고 가겠다는 것은 PD가 그만큼 배우들을 믿는다는 말이었다. 유명과 데렉이 함께 고개를 끄덕였다.

「3, 2, 1. 레디- 액션!」

쏴아아아- 오늘의 비는 추적추적 내린다. 양부는 언제나처럼 자상하게 웃고 있고, 멀리 마주 앉은 데카르도의 표정은 심각하게 굳어 있다. 양부가 먼저 입을 뗀다. 아이를 달래듯 나직한 목소리.

「데카르도. 아버지에게 솔직하게 고백하렴.」

「……」

「잘못한 게 있지?」

흔들리는 데카르도의 눈빛. 자신은 아버지를 의심하지 않기 위해서 조사하는 거다. 스무 명의 천재 아이들이라니 이건 누가 봐도 수상하지 않은가. 오기 전에 수십 수백 번을 되뇌며, 아버지와 마주할 용기를 끌어 올렸던 데카르도였지만,

「아버지의 컴퓨터를… 뒤졌습니다.」

그의 눈빛을 마주하니 그런 생각이 어느새 씻겨 나간다. 언제나 바르고 강하며 자신을 아껴주었던 아버지. 내가 아버지에게 배신당했으리라는 생각만으로도 지독하게 아픈 것처럼, 아버지도 지금 내게 배신당한 것에 아파하고 있는 거라면….

「뭘 찾았니.」

「저의… 형제들요.」

「마지막 파일도 열어보았니?」

「그건 암호가 걸려 있어서 보지 못했어요.」

그러자 그의 얼굴에 살짝 안도감이 깃들었고, 그때부터 데카르도를 대놓고 추궁하기 시작한다.

「대단하구나. 내 아들이 그런 능력이 있는지 몰랐군. 그래서 그걸 보고 나니 우리 관계를 청산하고 싶어진 거니.」

「아니! 그… 그런 게 아니에요.」

쿵- 심장이 발밑으로 떨어졌다. 아버지는 여전히 웃고 있었지만, 그 기저에는 전에 보지 못했던 냉소적인 태도가 깔려 있었다. 관계의 청산. 한 번도 생각해본 적 없는 이야기에 떨어진 가슴을 부여잡고, 데카르도는 반드시 확인해야 하는 한 가지를 겨우 입에 담는다.

「어째서 그렇게 많은 양자를… 그것도 천재적인 사람들만….」

「데카르도. 너는 그 고아원에 남아 있고 싶었니?」

축축한 실내, 여벌이 없어서 냄새가 나도 갈아입지 못하던 옷. 부족한 식사에 고픈 배를 끌어안고서도 어린 데카르도는 모랫바닥에 손가락으로 숫자를 썼다. 완벽하고 찬란한 학문의 세계야말로 그 시궁창 같은 곳에서 그의 정신이 유일하게 도피할 수 있었던 곳.

「아… 아니요!」

「그래. 그런 환경에서 자라는 아이들은 다들 가엾은 법이지. 하지만 모두를 데려올 순 없잖니? 어차피 입양을 할 거라면 똑똑한 아이들의 재능을 살려주는 게 더 가치 있다고 생각했을 뿐이야.」

인간의 가치를 쓸모로 결정하는 것. 그 말에는 분명 어폐가 있었지만… 그 정도의 변명을 믿고 싶을 정도로 데카르도는 정신적으로 몰려 있는 상태였다.

「차라리 너 말고 다른 아이를 데려왔으면 좋았을까? 너보다 훨씬 멍청하지만 이렇게 아버지를 의심하지 않는 착한 아이를.」

그의 미소가 사라졌다.

「부모 자식 사이에 신뢰가 없는 건 아닌 것 같아. 마음이 아프지만, 네가 원한다면 파양 절차를 밟아줄 수 있단다.」

데카르도가 덜덜 떨기 시작했다. 한 번의 의심이 잔혹한 대가로 돌아온다. 그의 말보다 그의 웃음이 사라진 것이 더 무서웠다.

「아… 아버지. 잘못했어요.」

데카르도가 털썩 무릎을 꿇는다. 그것도 모자라 무릎걸음으로 양부를 향해 기어간다. 예상치 못한 장면에 제니브가 빠르게 카메라 감독에게 손짓했고, 카메라는 기어가는 데카르도의 표정을 클로즈업해서 잡는다.

「그게 아니고… 제가 자, 잘못… 아버지를 의심한 게 아니고, 의심하고 싶지 않아서… 아버지, 웃어주세요. 네?」

양부의 바지에 매달리는 데카르도. 그를 무감각하게 내려다보던 양부는 마치 조건부처럼 어울리지 않는 말을 내민다.

「연구는?」

「…네?」

「연구. 어떻게 되어가냐고.」

자신의 연구. 기후를 정확히 예측하고, 심지어 컨트롤할 수 있을지도 모르는 연구 얘기가 지금 이 시점에 나오는 이유. 데카르도는 망설였다. 패닉에 빠진 그는 아버지가 요구하는 것은 무엇이라도 주고서 그의 사랑을 되찾고 싶었다. 하지만 입을 열기 직전에 셀리의 말이 뇌리를 스친다.

― 당신의 발견이 인류에게 무기로 사용된다면 어떻게 할 건가요.

정말 가까스로, 그는 본능을 거부했다.

「연구는… 폐기했어요. 결정적인 오류를 발견해서.」

「…뭐라고?」

「애초에 불가능한 방식이었어요. 제가 잘못 생각했던 거예요.」

그 말에 양부의 얼굴에 경멸이 스쳤고, 데카르도는 정신력을 모두 소진한 채 기절하고 말았다.

「이번엔 봤어?」

「난 못 봤는데.」

「나도.」

이번엔 꼭 데렉의 표정을 확인하자던 세 감독은 세상을 잃은 표정을 지었다. 또 실패했다. 눈으로 보일 듯한 감정의 격류. 온기가 서서히 빠지는 양부와 한기에 몸을 떠는 데카르도의 연기 호흡에, 다시 한번 그들 모두가 넋을 놓고 말았던 것이다.

「근데 이건 좀 어쩔 수 없지 않았나?」

「…인정.」

315

온 촬영장의 에너지가 빨려 들어간 것처럼 프레임 안에 쏠려 있었다. 가히 자존심 강한 두 천재의 대결이랄까.

「술값보다 이걸 직접 관람한 값이 훨씬 비싸지 않을까.」

「어마어마했다. 맞지?」

오늘의 촬영은 아직 한 장면이 남아 있었다. 데카르도의 기억이 깨어나는 장면.

「스튜디오 바로 이동할게요. 카이 스탠바이 하고, 데렉은 수고하셨어요.」

「나도 따라갈 겁니다. 인사는 나중에.」

이제는 촬영장의 고정 멤버가 된 데렉이 제니브에게 눈을 찡긋했고 그녀가 웃으며 고개를 끄덕였다. 그리고 데렉은 한쪽에서 뭔가를 열심히 적고 있는 피비에게 다가가 물었다.

「누구 응원했어? 빨리 불어.」

「둘 다요.」

「뭐? 내가 아니고?」

「아, 둘 다 멋있는데 어떡해!」

피비가 엉겁결에 데렉에게도 멋있다는 고백을 하고 얼굴이 빨개졌다. 그가 뿌듯하게 웃었다.

「한 번에 끝내고 칼퇴근합시다! 스탠바이!」

「카메라 Ok!」「조명 Ok!」「오디오 Ok!」

유명은 지하실에 몸을 웅크리고 모로 누웠다. 감금 신이다.

「아까처럼만 가주세요. 레디- 액션!」

저택의 지하. 이런 공간이 있는지도 몰랐던 곳에 데카르도는 갇혀 있었다. 잊고 싶은 과거를 연상하게 하는 축축한 공간. 그가 머리를 싸쥐고 몸부림을 친다.

— 입양을 가면 신사분이 계실 거야.

— 데카르도는 행운아로구나.

― 그분의 말을 하늘같이 믿고 따라야 한단다.
― '또' 버려지고 싶진 않지?
― 여기를 집중해서 바라보렴, 데카르도.
― 역시 똑똑한 아이네요.

여러 목소리가 뒤섞여 점멸하는 가운데, 데카르도는 두통에 몸부림쳤다. 그 어느 때보다도 극심한 통증에 눈물과 침까지 줄줄 흘렸지만, 아버지는 와주지 않는다. 다시는 전화해주지도 않겠지. 그는 이제 카메라로 자신을 감시하지 않으니까. 잘된 일일까, 잘못된 일일까.

「으윽… 머리… 머리가….」

「흐으… 하아….」

「아… 아버지, 잘못했어요….」

지하실을 채우는 신음 사이로 덜컹- 철문이 열리는 소리가 들린다. 들어온 사람은….

「…릴?」

「쉿- 조용히 따라와요. 여기서 빠져나가야 해요.」

딱히 나눈 정이랄 것도 없는 의붓동생이었다.

14

두 배로 하죠

마리오 브레이가 CRD로 출근하기 시작했다.

「안녕하세요. 〈미싱 차일드〉의 PD 제니브 스콧입니다!」

「마리오 브레이입니다.」

안경을 쓴 마른 남자는 딱딱하고 생기 없는 인상이었다. 제니브는 그를 데리고 편집실로 향하며 말을 붙였다.

「비현실적으로 웅장한 하늘들이 다양한 느낌으로 배경에 깔렸으면 해서요.」

「그렇게까지 할 필요가 있나….」

「네?」

「어차피 부수적인 걸 텐데, 뭘 그렇게까지 공을 들이려구요.」

아마 그는 자신의 의사와 무관하게 CRD로 출근하게 된 것이 못마땅한 모양이었다. 제니브가 그런 그를 살살 달랬다.

「날씨가 굉장한 비중을 차지해요. 아마 내용을 보시면 무슨 얘긴지 아실 거예요.」

「모르겠으면요?」

「네?」

「모르겠으면 돌아가도 됩니까?」

제니브는 더 대답하지 않고 앞장서서 걸었다. 골치가 아팠다. 한 가지에 미친 사람들은 본인이 마음에 드는 일엔 과한 열정을 쏟으면서도 아닐 때는 대충 발로 만든 결과물을 내놓기도 하니까. 영상을 보고 마음이 바뀌는 것을 기대해보는 수밖에 없었다. 제니브는 전화를 걸었다.

「조연출. 1차 편집본 가지고 시네마로 와.」

「시네마요? 저 편집실에서 대기 타는 중인데.」

「예정이 바뀌었어. 지금 바로 튀어와.」

「넵.」

그녀는 가던 방향을 바꾸어 시네마로 향했다. CRD 본사 안에 있는 미니시네마는 신작의 완성본을 내부시사할 때 쓰이는 공간으로 평소에는 거의 비어 있었다.

「편집실로 안 갑니까?」

「여기서 볼 거예요.」

「번거롭게….」

「보시고도 번거롭다는 생각이 드시면 가셔도 됩니다.」

그녀에게도 번거로운 일이 맞았다. 시청률에 최적화된 트렌디하고 스피디한 전개를 모토로 하고 있던 제니브에게 이런 번거로운 수고는 확실히 이례적이었다. 하지만 아까웠다. 이 정도의 작품이 연출력이 부족해서 명작이 되지 못했다는 평을 받을까 초조하기도 했다. 그래서 마리오 브레이를 일부러 데려온 것이지만, 의욕 없이 일할 거라면 안 하느니만 못하다.

마리오는 첫 열 중앙의 좌석에 심드렁하게 앉았다. 조연출이 허겁지겁 뛰어 들어왔다.

「최근에 작업한 거 좀 돌려줘.」

오늘 마리오에게 보여줄 에피는 10화와 11화였다. 어제 막 가편집이 끝난 따끈따끈한 회차이다.

촬영은 12화에 접어들었고, 제니브는 촬영을 마치는 대로 편집실에 와서 컷을 이어붙이는 작업을 매일같이 하고 있었다. 거의 쉴 시간 없이 강행군 중인데도, 컷들을 연결하다 보면 아드레날린이 돌았다. 자신이 만들어온 작품 중 가장 걸작이 될 것을 예감할 수 있었으니까.

지잉- 영사기가 돌아가기 시작했다.

「고마워요, 릴.」

데카르도가 양부를 만나러 간 것을 알고 릴에게 도움을 요청한 사람은 셀리였다. 데카르도가 다 갈라진 목소리로 묻는다.

「어째서 날 도와줬지?」

「감금은 옳지 못한 거니까요.」

옳고 그름. 양부에게 자신이 모르는 양자들이 있다는 것에 대해선 '그르지 않다'라고 판단했던 릴은, 데카르도의 감금에 대해선 양부가 '그르다'고 판단하고 그를 탈출시켰다. 릴이 스스로의 기준에 따라 행동하는 인간이란 사실이 여기서 또 한 번 부각된다. 데카르도는 처음으로 누군가에게 도움을 요청한다.

「뭔가 이상하게 돌아가고 있어. 너도 도와줬으면 좋겠는데.」

「뭐가 이상한지 들어보고요.」

셸리가 끼어들어서 설명을 시작했다. 스무 명에 달하는 양자들의 리스트. 그들 모두가 각 분야에서 이름 높은 학자라는 것. 데카르도의 방에 설치되어 있던 카메라. 하지만 릴이 투명한 눈빛으로 반박한다.

「전에도 얘기했지만, 아버지가 입양을 하신 것은 선한 일입니다. 그게 스무 명이라면 스무 배나 선한 거구요. 똑똑한 아이를 골라서 입양했다고 해도 그 사실이 달라지진 않죠. 거기에 나쁜 의도가 있을 거라는 건 어디까지나 '가정' 아닌가요?」

「하지만-」

「그리고 몰래 촬영한 건 확실히 나쁜 짓이죠. 그렇지만 형의 상태를 관찰하려 했다는 것 때문에 아버지가 수상하다는 결론을 내리는 건 비약인 것 같은데요.」

셸리가 끙- 하고 한숨을 내쉬었고 데카르도가 조용히 입을 열었다.

「그건 네 말이 맞아. 아버지도 그렇게 얘기하셨고, 나도 그 말이 옳다고 생각했어.」

그는 살짝 주저하더니 말을 잇는다.

「그런데… 갇혀 있는 동안 잊고 있던 기억의 편린이 떠올랐어.」

「어떤 기억이죠?」

「릴, 너도 입양 오기 전 고아원에 있었지?」

「네. 끔찍한 곳이었죠.」

「혹시, 그때 이전의 기억이 있어? 어떻게 고아원에 오게 됐는지.」
「아니요. 하지만 어릴 때였고 좋은 기억이 아니라서 무의식 속에 묻어버린 거라고 생각합니다.」
「나도 그랬어. 너처럼 생각했고.」
릴이 눈썹을 살짝 치켜뜬다. 자신은 아주 어릴 때부터 신체 능력이 발군이었다. 따로 배우지 않았는데도 일반인에겐 불가능한 동작들을 쉽게 해냈다. 고아원에 오기 전의 과거와 연관이 있을 것 같았지만, 기억나지 않는 걸 굳이 기억해낼 필요는 없다고 생각했었는데⋯ 데카르도도 그랬다고?
쏴아아- 창밖에는 비바람이 점점 거세게 몰아친다. 창문이 바람의 압력을 이기지 못하고 콰당- 소리를 내며 열린다. 커튼이 거세게 펄럭이고 빗방울이 창틀을 적셨다.
「자세히 기억나지는 않지만 뭔가 세뇌를 당한 것 같아. 입양되고 나서가 아니라 그 이전부터.」
데카르도의 말에 셀리의 표정이 묘하게 변했다.
「고아원에 오기까지의 기억은 아예 없는데, 이후의 기억은 너무 선명해. 내 기억력은 좋은 편이지. 그 좋은 기억력으로 특정 시점 이전의 일은 아예 기억하지 못하는 건 이상하지 않아?」
「그것만으론⋯.」
「억지로 기억해내려고 하면 머리를 칼로 쑤시는 것같이 아프기 시작해. 그건 예전에도 그랬지만⋯ 아까는 최악이었어. 고통스러울 때면 늘 먹던 약도 먹지 못했으니까. 그래서 통증이 더욱 깊이 파고들었고, 과거의 목소리들이 환청처럼 마구 뒤엉켜서 들려왔어. 그중에 한 목소리⋯.」
릴의 눈빛이 찌를 듯이 날카로워진다. 데카르도가 두려움에 찬 얼굴로 속삭였다.
「여기를 집중해서 바라보렴, 데카르도.」
「⋯!」

「아버지는 아니야. 하지만 거스를 수 없는 힘이 실린 목소리였어. 나는 입양되기 전부터 뭔가…를 당한 거야.」

그때, 화면을 보던 마리오 브레이의 눈빛도 예리하게 각이 살았다. 스윽- 스윽- 그는 오른손을 가만히 두지 못하고 초조하게 팔걸이를 문지르고 있었다.

증거는 없지만 증인은 있는 상황. 릴은 데카르도의 말을 진실이라고 판단했다. 그렇다면 자신도 세뇌를 당한 것일까? 하지만 자신은 우울증도 없고, 데카르도가 말했던 머리를 찌르는 통증도 없다. 데카르도가 예외일까, 자신이 예외일까.

「다른 검증이 필요해요.」

「좋은 생각이 있어?」

「마지막으로 입양된 아이를 찾아보죠. 형의 얘기대로 우리 모두가 세뇌를 당한 거라면, 가장 최근에 입양된 아이가 제일 선명하게 기억하고 있을 테니까.」

자료에 나와 있는 마지막으로 입양된 아이는 아직 16세였다. 7년 전 8세의 나이에 입양된 아이로, 역시 천재인 것인지 이미 대학생이었다. 행동하기로 결심한 릴은 망설임이 없다. 그는 뛰어난 신체 능력을 십분 발휘해 아이를 납치했다. 셀리는 릴의 태세전환에 고개를 갸웃했지만, 그에게는 이유가 있다.

「진짜 아이들을 데려다 세뇌를 시킨 거라면, 그건 심각한 범죄입니다. 여기에 대적하기 위해선 행동강령을 바꿔야 해요. 전시 상황에선 살인이 용납되는 것처럼.」

데려온 아이는 그들을 거부하면서 미친 듯이 양부를 찾는다. 그러더니 발작을 하기 시작했다. 데카르도와 같은 증상. 아이 역시 고아원 이

전의 일은 기억하지 못했다. 그 아이의 출신 고아원을 조사해보니, 시설에 온 것은 6세 때. 입양되기까지 2년의 간극이 있었다.

「나도 고아원에서 2년을 보냈는데.」

「저도요.」

「이건… 뭔가 이상한데?」

그들은 다른 양자들의 기록도 찾기 시작한다. 공통점이 있었다. 스무 명의 아이들은 모두 네 곳의 고아원 출신이었고, 고아원에 온 지 2년여 만에 입양되었다. 겨우 네 곳에 그렇게 많은 영재들이 있다는 것도 이상했지만, 더 이상한 것은 그곳들 모두 요즘 시대에 보기 드물 정도로 시설이 낙후되어 있다는 것이었다.

「이 정도면 폐쇄해야 되는 거 아닌가.」

「실제로 두 곳은 폐쇄 명령을 받았네요. 왜 이렇게 상태들이 안 좋을까요.」

「시설이 낙후된 곳일수록 아이들이 더 불행할 테니까 낙후된 곳을 우선했을 수도 있고-」

「…더 조사해보죠.」

데카르도의 해킹 실력이 빛을 발했다. 입양 주관기관과 고아원의 자료를 터는 것을 넘어, 이제 입양된 아이들의 의료 기록을 털기 시작한다.

「모두… 정신과 진료를 받고 있군요.」

「증상도 거의 일치하네. 우울증과 비주기적인 두통 발작.」

「하지만 저는 괜찮은데요.」

「릴, 네가 예외인 거네. 이유는 모르겠지만. 그런데 기록이 삭제 처리된 이 한 명은 누굴까.」

그때 셀리가 다른 자료를 가지고 나타난다.

「이건 내가 조사한 거예요.」

그녀가 펼쳐놓는 자료는 다른 입양아들의 연구 실적과 그것이 양부의 회사에서 어떻게 이용되었는지의 내용. 제일 마지막 장에는 데카르도가 했던 연구의 골자와 진척도가 분석되어 있었다.

바르르- 데카르도의 몸이 떨린다. 허물어지는 그의 몸을 셀리가 안았다. 그를 꼬옥 끌어안아주며 셀리가 속삭였다.

「너무 힘들면… 이쯤에서 멈출까? 그냥 도망가서 우리끼리 살면 어때요. 나는 모아둔 돈도 좀 있어.」

비구름을 뚫고 한 줄기 빛이 내려온다. 달콤하기 그지없는 그녀의 유혹. 하지만,

「지금까지 진척된 연구 결과를 아버지가 알고 있어요. 마지막 한 단계, 그걸 누군가가 풀어내면….」

「당신이 아니면 풀 수 없을 거예요. 그도 그걸 아니까 당신에게 집착하는 거고.」

「또 다른 천재가 나타나면? 그걸 풀 만한 아이를 또 키워낸다면요? 내 연구 결과가 세상을 위험에 빠뜨릴지도 몰라요. 단 1%의 가능성도 용납할 수 없습니다.」

고통을 딛고 그는 앞을 바라본다. 무엇을 보는지 알 수 없음에도 강렬한 시선을 지척에서 쳐다보며, 셀리는 찌릿한 감각에 시달렸다.

그리고 그녀가 돌아간 후, 릴이 제기하는 의문.

「그런데 형. 누나는 어떻게 저 정도의 조사를 할 수 있었을까요?」

「…?」

「형이 명단을 찾아냈다 해도, 일개 기자가 그것만으로 저런 사실을 모두 파악할 수 있다는 건 좀 이상하지 않아요?」

어지럽다. 데카르도는 세상이 다시 빙글빙글 뒤집히는 감각을 느꼈다. 그는 브레이크 타임즈에 전화를 건다.

「네. 브레이크 타임즈입니다. 무슨 용건으로 전화하셨나요?」

「셀리 티셔 기자님 연결 부탁드립니다. 제보자입니다.」

「셀리 티셔요? 저희 회사에 그런 이름의 기자는 없습니다만, 혹시 어떤 제보를-」

쿵- 데카르도의 손에서 떨어진 전화기가 공중에 매달려 정처 없이 흔들렸다.

불을 켜면서 제니브는 마리오의 표정을 훔쳐보았다. 그는 그 새 다른 사람이라도 된 것처럼 얼굴에 생기가 넘쳤다.

「어떠셨어요?」

「10화에서 비바람 신…. 역동적인 느낌이 부족하군요. 인서트로 강풍이 부는 바깥 장면 컷을 조금 비현실적일 정도로 과장해서 넣어도 좋을 듯하고….」

「좋은 생각이군요. 그리고요?」

「11화의 구름 사이에서 빛이 새어나오는 영상도 별로예요. 자연스러우면서도 드라마틱하게 표현하려면 빛을 좀 더 푸른 톤으로 바꾸고…. 내가 가진 소스 중에 쓸 만한 게….」

그는 제니브와 대화하고 있다는 것을 잊은 것처럼 혼자서 마구 중얼거리고 있었다. 한 분야에 미친 사람들의 특징. 꽂히면 사람이 달라진다. 마리오 브레이는 어릴 때부터 대자연의 장엄함을 표현하는 CG에 미쳐 있었다. 하지만 그런 '배경'에 충분히 예산을 들이려는 제작자는 흔하지 않았다. 단발성의 일거리에만 의존하며 살아갈 수는 없었고, 그는 자신의 재능을 제대로 발휘하지 못한 채 날씨 채널에서 매일의 일거리를 기계적으로 쳐내고 있었다. 심드렁해 보이던 그가 눈을 빛내며 묻는다.

「예산은요?」

「한 화에 두세 번 정도 날씨 배경이 들어가는 걸 기준으로, 마음껏 작업하시려면 어느 정도의 예산이 필요하죠?」

마리오가 종이를 꺼내 머뭇거림 없이 쭉쭉 계산하더니 제니브에게 건네준다. 그걸 본 그녀가 싱긋 웃었다.

「두 배로 하죠.」

「네?」

「필요하면 추가 예산을 요청하셔도 좋으니까, 제대로 실력 발휘해주세요.」

이제 마리오의 표정은 원하던 값비싼 장난감을 손에 쥔 아이처럼 반짝반짝 빛나고 있었다.

15

진짜 이게 되네

혜호는 오늘도 촬영장에 따라와 있었다. 여기저기 기웃거려보아도 이만한 성찬이 없기 때문이다. 유명과 마일리가 연기할 때의 기운은 달콤하면서도 짜릿했고, 카이와 연기할 때는 풋풋하고 신선했으며, 데렉과 연기할 때는 그야말로 최상의 진미였다.

{재밌냥?}

'응!'

유명은 어느 때보다 즐거워 보였다. 아무런 외부적인 문제 없이 최상의 환경에서 촬영하는 것은 유명에게도 처음이기 때문일까. 동료, 제자, 파트너와 함께하는 촬영. 배역 자체는 우울하고 감정선이 깊었지만, 촬영장 바깥에서 유명의 표정은 그 어느 때보다 생기가 넘쳤다.

'데카르도…. 재밌는 캐릭터야.'

릴에게 눌리지 않도록 분발해야겠다고 자신이 놀렸을 때, 유명은 그럴 일 없다고 단언했었다. 그의 장담대로 데카르도는 먹색이 섞인 것처럼 짙은 우울 속에서도 다채로운 모습으로 매력을 뽐내고 있었다.

고통으로 몸부림치다 잠든 표정에서 드러나는 어린아이 같은 순진무구함. 셀리가 소프라노로 웃음을 터뜨릴 때면 언뜻 입에 떠오르는 매력적인 미소. 도망가고 싶다고 외치는 듯한 얼굴 속에 시선만은 타협 없이 앞을 바라본다. 그런 데카르도의 모습을 보면서 혜호가 언뜻 떠올린 것은….

'원생의 신유명이… 저랬을까.'

초라한 인간의 신념. 모든 것을 외면할 수 있어도 결코 양보하지 못하는 한 가지가 반짝반짝 빛을 낸다. 그 보석을 건져내어 세상에 풀어놓은 것은… 바로 자신이었다.

'처음엔 나도 양부처럼 이용하려는 마음이었지만.'

자신이 날이 갈수록 신유명을 지켜주고 싶어지는 것처럼, 시청자들은 데카르도를 지켜주고 싶다는 애타는 마음으로 한 주 한 주의 에피소드를 기다리게 되리라.

오늘의 촬영은 12화. 이야기의 딱 절반이 진행된 부분이었으며, 다시 한번 주요인물들의 관계가 바뀌는 타이밍이었다.

유일하게 신뢰하고 사랑했던 아버지가 자신을 이용하기 위해 입양했다. 그것도 어린 자신을 세뇌까지 하면서.

'다시는… 누구에게도 마음을 주지 않겠어.'

산산이 부서진 데카르도의 마음. 그는 마음이 죽어가는 것을 보호하기 위해 그렇게 마음먹었지만, 알다시피 마음은 마음대로 되는 것이 아니었다. 셀리와 몸을 섞고 매일 얼굴을 보면서 그는 어느덧 그녀를 사랑하게 돼버린 것이다. 어쩌면 너덜너덜해진 그의 마음은 그녀라도 사랑하지 않고선 버틸 수 없었던 건지도 모른다.

「…사정이 있을 거야. 기자들은 가명으로 활동하기도 하잖아.」

「그렇다면 형에겐 밝혔어야-」

「좀 더… 조금만 더 알아보고. 셀리에겐 얘기하지 마.」

「알겠어요.」

데카르도는 날이 갈수록 마르고 우울해져간다. 그가 점점 소원해지자 붙잡고 이유를 묻는 셀리와 외면하는 데카르도.

한편, 양부는 연구를 폐기했다는 데카르도의 말이 거짓이었다는 것을 알게 된다. 양부의 수하들이 데카르도를 쫓는다. 도망가는 그들은 몇 번이나 위기에 빠지고, 그럴 때마다 데카르도의 지혜로, 셀리의 눈치로, 릴의 뛰어난 신체 능력으로 아슬아슬하게 벗어난다. 하지만 그것도 한계가 있었다. 양부의 세력은 경찰에까지 닿아 있었고, 결국 그들은 차를 타고 가던 중 연행된다. 양부의 집으로.

「데카르도, 이게 뭐 하는 짓이니. 릴, 너는 또 왜…. 후우.」

「여태 부족함 없이 키워주신 것은 감사하고 있습니다.」

「이게 감사함을 아는 자식이 할 짓일까? 네가 원한다면 지금이라도 파양해주겠다고 했다. 너만 나가면 될 걸, 왜 내 가정 전체를 망치려고 하지?」

이제 아예 자신을 가족에서 배제하는 그의 말. 하지만 가슴이 저미는 얼굴을 하고서도 데카르도는 처음으로 양부에게 눌리지 않고 맞선다.

「너무 이상하니까요. 이건 너무 이상합니다. 아버지에게 나쁜 의도가 없다는 걸 확인해야만 마음이 놓일 것 같습니다.」

「그래, 입양한 자식들이 내 사업에 힘이 되어주기도 하지. 그게 왜? 설사 인재를 원해서 똑똑한 아이들을 선별해 입양한 것이라고 한들, 그게 죄라고 할 수 있을까?」

이제 가면을 쓰지 않는 아버지. 데카르도는 입술을 꾹 문다. 그는 자신이 과거의 일부를 기억해낸 것을 모른다. '나를 세뇌했잖아요!'라는 말을 애써 목구멍으로 삼킨다. 그 말을 꺼내는 순간, 자신과 릴, 셀리는 더 위험해질 테니까.

그때, 양부의 입술이 비웃듯 비틀리며 열렸다.

「내 품을 벗어나서 간 곳이 겨우 저 아이냐? 사랑놀음에 정신이 빠졌군. 저 아이가 누구인지는 알기나 하니?」

「…그게 무슨 말-」

「저 아이도 내 딸, 즉 네 누나인 걸 알고는 있느냐고.」

셀리의 얼굴이 희게 질렸고, 데카르도는… 잠시 그 말의 뜻을 이해하지 못했다.

「너는 참 좋겠다.」

「네?」

앞뒤 없이 자신에게 좋겠다는 말을 던지는 데렉을 보고 카이가 어벙하게 반문했다.

「그 나이에 길을 알고 끌어주는 선배를 만나서 좋겠다고.」

카이의 나이였을 때, 데렉에게는 그런 스승이나 선배가 없었다. 물론 촬영장에서 만나는 까마득한 선배들이 한두 마디씩 조언해주기는 했지만 정말 자기 일처럼 눈여겨보며 따끔한 조언을 해주는 선배는 한 번도 만나본 적이 없었다. 그래서일지도 모른다. 자신이 싹수 있는 후배들을 보면 갈구고 굴려서라도 재능을 개화시켜주려고 하는 건.

「나한테 배워 간 후배 놈들이 부러운 적은 없었는데, 이상하게 너는 부럽네. 내가 네 나이에 신유명을 만났다면 어땠을까.」

이미 연기 스타일이 완전히 자리 잡은 지금에 와서도 매일매일 스스로가 달라지는 것을 느낀다. 함께 연기하는 배우의 잠재력을 극한까지 끌어내는 배우와 연기한다는 것은 이루 말할 수 없는 행운이다. 그런데 카이는 고작 만 스물두 살의 나이, 연기가 뭔지 배워가는 시점에 그를 만났다. 하루하루 연기가 늘어가는 것이 눈에 보인다.

「나도 부럽다!」

옆에서 듣고 있던 마일리가 끼어들었다.

「너도 아직 꼬맹이잖아. 지금이라도 열심히 배우면 되면서, 뭘.」

「그거 말고요. 유명 오빠가 카이를 동생처럼 엄청 챙기잖아요. 나도 더 친해지고 싶은데.」

「너도 귀여워하잖아.」

「더요, 더.」

「누나, 근데… 유명 형한테 맨날 나랑 언제 사귈 거냐고 묻잖아요. 형은 그냥 웃기만 하고.」

「어? 혹시 나 부담스럽게 들이댔었어?」

「아니 그건 아닌데, 그런 얘기 계속하기 쉽지 않을 텐데 이유가 궁금해서….」

마일리가 눈을 동그랗게 뜨고 말했다.

「오늘은 사귈 마음이 없었는데, 내일은 생길 수도 있잖아.」

「그럼 형이 말하지 않을까요?」

「내가 물어보면 허락해줄 정도의 마음은 생겼는데, 본인이 말할 정도는 아닐 수도 있잖아?」

묘한 논리다. 카이가 고개를 갸웃갸웃하자 그녀가 덧붙였다.

「아쉬운 건 나잖아. 친해지고 싶은 것도 내 쪽이고. 그럼 내가 노력해야지. 원하는 게 있으면 혹시 주지 않으려나 눈치 보는 것보다, 줄 수 있냐고 묻는 게 맞다고 생각해.」

「하지만 혹시 상대가 부담스러워하면….」

「으음…. 오빠 성격에 부담스러웠다면 진작에 선을 긋지 않았을까?」

데렉이 고개를 끄덕였다.

「그건 그렇지. 유해 보여도 선은 확실히 긋는 성격이니까. 처음 한 번 확실히 거절했으니, 그 뒤에 마일리가 던지는 고백은 친해지고 싶어서 치는 장난으로 받아들이고 있을 거야.」

「그러다 혹시 잘되면 좋구요, 헤헷.」

마일리가 귀엽게 웃으며 말했다.

「만약에 과하다 싶으면 얘기 좀 해주세요. 연기하는 거 볼 때마다 너무 멋있어서 자제를 못 하겠네.」

「큭큭.」

카이는 마일리에게 새삼스럽게 감탄했다. 저 정도 미모와 매력을 가지고 있으면서도 그녀는 원하는 사람이 직접 움직여야 한다고 말한다. 상대에게 부담을 주지 않는 선에서 스스로를 적극 어필하고 먼저 손을 뻗는 진취성. 인간관계뿐 아니라 꿈을 향해서도 그녀는 기죽지 않고 손을 내뻗었으리라. 그것이 그녀를 지금의 마일리 필론으로 만든 원동력이 아닐까.

「누나, 저랑도 친하게 지내요! 데… 데… 데렉 씨도요….」

그래서 카이는 용기를 내보았다. 마일리가 깔깔거리며 카이의 등을 두드렸고 데렉이 피식 웃었다.

「이게 돼?」

「진짜 이게 되네….」

「와…. 성격 급한 PD랑 NG 없는 배우가 만나니까 이게 되는구나.」

5월 초. 〈Missing Child〉의 촬영이 끝났다. 7개월간 22개의 에피. 거의 주당 한 회씩을 찍은 것이다. 한국에선 드라마 후반으로 가면 매주 2편의 분량을 찍어낸다고는 하지만, 사전제작임을 고려하면 엄청난 속도였다. 특히 스태프들과 배우들의 사인이 맞기 시작한 6회차 이후로는 세 번 이상 찍는 일이 거의 없었으니, 배우들도 스태프들도 정해진 시간에 촬영을 마치고 다음 날의 준비를 할 수 있는 여유로운 환경이었다.

짝짝짝짝짝짝- 마지막 날. 촬영장에 커다란 박수가 울렸고 주연배우는 함께했던 사람들 한 명 한 명에게 악수를 청했다. 제니브는 그 광경을 보며 이상한 기분을 느꼈다.

'촬영이 끝나는 날, 이렇게 다들 화사하게 웃고 있다니.'

그와 악수를 하는 배우들과 스태프들의 얼굴에는 깊은 신뢰와 뿌듯함이 어려 있었다. 인간을 불신하는 캐릭터를 연기한 배우가 모두에게 이만한 신뢰를 주고 있다는 것이 아이러니했다.

「아, 재밌었다.」

「이만한 작업을 다시 할 날이 올까.」

「미친 소리지만, 촬영이 안 끝났으면 싶기도 하고….」

할 일은 제대로 하지만 늘 몰려다니며 뺀질대는 선배감독 3인방의 얼굴에도 보람이 가득했다.

'이제… 남은 건 내 몫이군.'

제니브는 그날부터 편집실에 틀어박혔다. 편집감독 출신인 그녀는 메인 편집을 제 손으로 했다. 필요한 CG팀 멤버들과 마리오 브레이, 도시락과 간식을 손에 든 조연출만이 편집실에 드나들었다. 그녀가 기쁜 소식을 들은 것도 편집실 안에서였다.

「PD님! 〈Mimicry〉가… 〈Mimicry〉가…!」

그 소식을 들었을 땐, 무덤덤한 성격인 제니브도 심장이 쿵쿵 뛰었다. 황금종려상 수상. 그것도 감독과 배우 동시수상이라는 전에 없는 쾌거. 지난 7개월간 자신의 카메라에 담아온 배우가 얼마나 대단한 사람인지를 다시 체감하는 동시에, 이 손에 들려 있는 작품이 〈Mimicry〉 이상으로 인정받았으면 좋겠다는 욕심이 치솟아 오른다.

「끝났다….」
다시 다듬기는 하겠지만 지금 현재도 완성본으로서 부족함은 없는 〈Missing Child〉 22개 에피소드의 편집본.
「됐나?」
「완성됐어?」
그녀는 이사들 앞에 자랑스럽게 외장하드를 내밀었다. 자신이 만들어 낸 최고의 걸작이었다.

유명이 돌아왔다.
「신유명 씨, 황금종려상 수상소감 한마디만 부탁드립니다!」
「바네사 녹스가 초반에는 비판적인 태도를 보이다가 시상식 땐 완전히 태도를 바꾸어 극찬을 보냈는데요, 혹시 뒷이야기는 없습니까?」
「〈Mimicry〉를 찍을 때부터 이런 결과를 예상하셨나요?」
공항에서부터 취재열기에 불이 붙었다. 공항경비원들과 매니저의 보호를 받으며 차를 탔고 꼬리에 수십 대의 차량이 달라붙었다. 회사 앞도 기자들로 꽉꽉 메워져 있는 것을 겨우 뚫고 들어갈 수 있었다.
"대표님, 다녀왔습니다."
"……."
유석은 한참 동안이나 대답을 하지 못했다. 당돌하게 자신에게 조언을 건네던 스물세 살의 청년은 이제 세계 최고의 배우가 되어 제 눈앞에 서 있었다. 눈이 부시다.
계약을 위해 첫 미팅을 했던 날, 자신이 그에게 했던 말.
— 사람 심리가 그렇잖아요. 엄청 좋은 걸 준비해놨는데 이걸 못 받아먹으면 바보지 하는 마음이었달까요.
하하. 그때의 자신이 가소로웠다. 엄청 좋은 게 과연 어느 쪽이었을까. 그를 만나지 못했다면 자신의 삶에 이토록 영광되고 보람찬 나날이 있었을까. 그는 성큼성큼 발걸음을 내디뎌 유명의 어깨를 한 번 꽈악- 안았다. 세상에서 가장 자랑스러운 자신의 배우를.

16

어느 태양이 더 큰가요?

 최대한 유명에게 대외 활동을 시키지 않으려는 유석이었지만 이번만은 어쩔 수가 없었다. 황금종려상을 최초로 수상한 배우라는 타이틀은 대중들에게 자신을 내보일 의무도 일정 부분 부과했기 때문이다.
 〈Mimicry〉팀의 단체 기자회견.
 「신유명 씨, 황금종려상 최초로 감독 배우 공동수상이라는 영예를 안으셨는데, 기분이 어떠신가요?」
 「얼떨떨하네요. 과분한 영광이라고 생각합니다.」
 「'주연배우의 신기에 가까운 연기가 아니었다면 〈Mimicry〉는 이런 완성도를 가질 수 없었다', 화제가 되었던 심사위원장 바네사 녹스의 말이죠. 그 연기가 가장 빛났던 장면을 세 가지만 꼽아보신다면요, 카일러 감독님?」
 「감독한테 스포일러를 요구하시는 건가요? 힌트만 드리죠. 개인적으론 물, 사랑, 희생. 이 세 가지를 찍을 때 가장 전율했습니다.」
 「암호 같은 말이군요. 관객들이 눈에 불을 켜고 세 가지 장면을 찾게 될 것 같습니다.」

에르히와 함께 출연한 연예 뉴스 방송.

「'내가 본 가장 아름다운 사랑 이야기였다'라는 샤론 바벨의 코멘트가 SNS에서 유행처럼 퍼지고 있습니다. 하루가 멀다고 애인을 갈아 치우는 할리우드 최고의 파티걸이 했다는 게 믿어지지 않는 코멘트였죠. 사실 트레일러가 공개되었을 땐 그런 말도 많았거든요? 그냥 왕자가 평범한 여자를 좋아하는 판타지 아니냐고.」

「하하, 그런 얘기도 있었나요?」

「제가 봐도 그랬으니까요. 아스는 정말 쿨하고 멋지잖아요? 그에 비해 헤티는, 아 죄송, 화면상으로는 그냥 평범하고 조용한 여학생으로 보이는 게 사실이니까요. 그래서 미스캐스팅 논란도 있었구요.」

「평범하고 조용한 여학생의 연기를 잘 해낸 거죠. 헤티는 겉으로 보기엔 평범 그 자체이고, 오직 아스만이 헤티의 진가를 알아보니까요.」

「제가 연기해서가 아니라, 헤티는 정말 멋진 여성이에요. 저도 그녀처럼 살고 싶을 정도로요. 트레일러에선 다 볼 수 없었던 헤티의 매력을 여러분도 느끼시게 될 겁니다.」

유명은 그때, 조용하지만 똑 부러지게 할 말을 하는 에르히의 모습을 보며 속으로 박수를 보냈다.

그리고 데렉과 함께했던 잡지 인터뷰와 화보 촬영.

「데렉. 언제나 최고라는 수식어를 달고 살던 당신인데, 지금 기분이 어떤가요? 지금 사람들은 데렉의 시대가 가고 유명의 시대가 오는가, 해가 지고 달이 떠오르는 것인가, 이런 말을 하고 있는데 말이죠.」

「유명의 시대가 온 건 맞지만, 내 시대가 간 건 아니죠. 해가 지고 달이 뜨는 게 아니라 태양이 두 개인 시대가 온 겁니다.」

「그럼 어느 태양이 더 큰가요?」

「……」

리포터들의 말솜씨는 여간 아니었다. 유명은 데렉의 말문이 막히는 것을 보고 쿡쿡 웃었다. 여론이 반전되는 속도가 무서웠다. 며칠 내에 개봉될 〈미믹크리〉에 대한 관심과 기대가 높아져만 갔다. 신유명이라는 배우의 이름과 얼굴도 많이 알려져서 예전처럼 마음 놓고 마트에 못 가게 된 것은 아쉬웠지만.

"다음 작 요청이 쏟아지듯 들어오네요."

"예상하신 대로네요."

"이미 최고의 카드를 쥔 상태에서 다른 제안들을 구경하는 재미가 쏠쏠하네."

"악취미예요, 대표님."

그리고 〈Mimicry〉가 개봉했다.

〈Mimicry〉가 역대급의 성적을 올리면서 CRD와 NBC는 연일 파티 분위기였다.

「물론 〈미믹크리〉가 없었어도 〈미싱 차일드〉는 대박이었겠지만, 있으니 초대박이 될 것 같군요.」

「ABC가 신사적으로 사과는 했지만 내부 분위기는 엉망이랍니다. 〈미싱 차일드〉와 같은 시간대에 경쟁작을 붙이려고 기존 편성까지 바꿨다던데.」

「작년엔 FOX에게 당했으니, 올해는 사수해야겠다는 생각인가? 그냥 피하는 게 상책일 텐데.」

「〈Divert〉를 보고 깨달을 만도 한데 말이죠.」

〈Divert〉는 말 그대로 박살이 나고 있었다. 조지 하우슬리는 〈캐스팅 보트〉 때 본 유명과 데렉의 연기를 잊지 못해 오웬에게 그와 비슷한 연기를 계속 요구했고, 배우의 특성을 고려하지 못한 연출은 결국 무리수를 낳았던 것이다.

또한 피비 테일러가 파헤친 '신유명 발연기 동영상의 진실'이라는 르포 기사, 그에 이어진 #apologize_or_out 운동으로 루머를 뿌려대던 가십지들이 연일 철퇴를 맞았고….

[조지와 파블, 가십지 간의 지저분한 유착 관계]

피비가 내놓은 다음 기사는 할리우드에 커다란 충격을 안겼다. 파블은 침몰했고, 오웬 위트필드는 이미지 손상에 대해 조지 하우슬리와 파블을 고소했다. 그리고 마지막 한 수가 터진다.

〈Mimicry〉 Teaser. 티저는 스포에 노출되어 영화관 관람을 포기했던 사람들조차 다시 영화관으로 이끌었다. 시기적절한 유인. 그리고 기존 관객들의 2회차, 3회차… n회차 관람.

〈Mimicry〉가 화제가 된 것은 미국뿐만이 아니었다. 한국은 물론이고 배급이 선계약되어 있던 나라들과 칸 영화제의 필름마켓에서 〈Mimicry〉를 구매해간 다른 나라들까지. 곳곳에 신유명이라는 이름이 알려졌고, 모두가 그의 연기력을 칭송했다.

때를 맞추어 피비는 촬영장 비하인드 스토리들을 특집 기사로 엮어내기 시작했다.

피비 테일러@pitbullTerrior
카일러 감독은 기자회견에서 〈미믹크리〉 최고의 신 세 가지로 '물, 사랑, 희생'을 꼽았다. 지금쯤 이 세 장면이 무엇인지 모르는 사람은 거의 없으리라고 생각한다. 촬영장을 지켜본 1인으로서 '물'의 신을 연기하는 것을 보았을 때의 전율을 조금이나마 전달하고 싶다. (사진)
현장감을 위해 이 장면은 CG를 사용하지 않고 실제로 촬영되었다. 배우들은 철저한 안전교육을 받았고, 의료진과 비상구조 요원들이 주변에 대기하고 있었다. 혹시 모를 위험 상황에 대비해 감독은 대역을 쓰길

권했지만, 주연배우는 이 신을 반드시 직접 연기하고 싶다고 했다.
"붙여서는 직접 하는 것만 한 그림이 안 나올 거예요."
그 말의 의미는 곧 알 수 있었다. 물에 빠진 사람들은 곧 생명의 위험을 느끼고 공포심에 허우적거리기 시작했다. 하지만 신유명은 수조에 빠진 와중에도 주변의 인물들을 '관찰'하고, '흉내' 내기 시작했다. 그에게는 살고자 하는 본능보다 배우로서의 본능이 더 앞서는 것일까. 믿을 수 없겠지만 이 신의 촬영은 원테이크로 끝났다…. (중략)

하나씩 올라오는 촬영장 비하인드 스토리. 〈미믹크리〉의 인기를 타고 피비의 채널은 규모를 쑥쑥 키워갔고, 취재 의뢰와 후원 제의가 물밀듯이 쏟아졌다.

"엄마, 아버지!"
"유명아!"
유명은 LA 공항의 주차장에서 초조하게 서성이다가, 저쪽에서 호철과 함께 걸어오시는 부모님을 보고 달려가 와락 안았다. 입국장까지 가고 싶었지만, 자신이 공항에 모습을 나타내면 어떤 상황이 벌어질지 뻔했다. 그럼 부모님이 불편하시게 될 테고.
"우리 아들, 아이고 삐쩍 마른 것 좀 봐."
"촬영 때문에 일부러 다이어트한 거예요. 건강에 무리 없게 식단 잘 챙겨가며 했어요. 이제 다시 찌우는 중이구요."
"엄마 밥 먹으면 금방 찔 거다. 나도 엄마 밥 먹고 자꾸 배가 나와서 큰일이야."
"아니에요. 여기서 일할 생각하지 마시고, 같이 맛있는 거 먹으러 다녀요."

"아들 밥 해주는 게 뭐가 일이라고."

근 1년 만에 뵙는 부모님. 작년 〈캐스팅 보트〉 방송을 마치고 며칠 한국에 들어갔다 온 게 마지막이었다. 영상통화라도 자주 하려고 애쓰고 좋은 게 보일 때마다 집으로 보내기도 했지만 직접 얼굴을 보는 것과 같을 수는 없다.

"어서 집으로 가요."

집에 도착했을 때 부모님의 표정이 볼만했다.

"이게… 네 집이라고?"

"회사 명의예요. 제가 살고 있지만 제 집은 아니구요."

"명의 이전 준비하고 있습니다. 곧 아드님 집이 될 겁니다."

때맞춰 집으로 온 유석이 거들었다. 〈Mimicry〉가 성공하면 이 집을 유명의 명의로 구매할 거라고 했던 약속을 그는 잊지 않고 있었다. 유명은 잊고 있었는지 '진짜요?' 하고 되물었다.

"어머…. 집에 수영장이 있네."

"영화관도 있고…."

"지연이가 봤으면 아주 난리가 났겠는데."

"그러게. 같이 못 와서 아쉽네."

지연은 아직 학기 중이라 오지 못했다. 유명은 지연이와 하는 짓이 비슷한 애가 있다고 하면서 마일리의 이야기를 꺼냈다.

"엄청 유명한 배우잖니. 그렇게 어른스럽고 예쁘게 생긴 아가씨가 성격은 지연이 같다고?"

"지연이도 밖에서는 그런 소리 들을걸요."

"그런가? 호호."

그날부터 일주일간, 유명은 부모님을 모시고 많은 곳을 돌아다녔다. 부모님은 외국인들이 아들을 알아보고 비명을 지르는 것을 보고 어리둥절해하셨고, 할리우드의 영화관들에 〈Mimicry〉의 포스터가 크게 붙어 있는 모습을 봤을 때 특히 감격스러워하셨다.

"이거도 먹어. 이것도."

데카르도 역을 하며 빠졌던 유명의 체중이 부쩍 회복되었다. 햇살이 눈부시게 들어오는 아침의 저택에서 어머니가 찌개를 끓이고, 아버지가 그걸 돕는 모습은 유명에겐 무엇보다도 아름다운 풍경이었다. 유석도 몇 번 찾아와 식사를 같이했다.

"대표님, 많이 드세요. 유명이 때문에 해외 나와서 엄마 밥도 제대로 못 먹고 지내죠."

"어… 음…. 엄마 밥이라면 원래도 먹을 일이…."

데렉도 피비와 함께 한번 찾아왔다.

"어모니, 아버지, 아녀엉하세요."

"잘생긴 서양 배우가 한국말 하니까 너무 귀엽다, 호호. 어머, 이쪽 아가씨는-"

박 여사는 피비를 보더니 반색을 하며 손을 덥석 잡았다.

"그 리포터 아가씨 아냐. 내가 얼마나 고마운지…. 어우, 예뻐라."

세계 최고의 배우보다 내 아들 편들어준 기자가 더 예뻐 보이는 게 부모의 심리. 피비가 생글생글 웃으며 부모님을 마주 안았다. 그날 저녁, 데렉이 평소답지 않게 상냥한 태도로 부모님을 대하는 것을 유명은 고마운 마음으로 지켜보았다.

「이렇게까지 안 해도 되는데…. 인사하러 와줘서 고마워요.」

「친구 부모님이니까 내 부모님이나 다름없지. 그런데 부모님은 나보다 피비가 더 반가우신 것 같은데?」

「하하….」

그 모습을 보고 부모님은 이상한 부분에서 감탄했다.

"우리 아들 영어 유창한 거 봐."

"그러게. 화면으론 많이 봤는데, 실제로 보니 너무 신기하네."

"지금 유명이 토익 보면 만점 받으려나?"

유명이 웃음을 폼 터뜨렸다.

밸론토가 문유석의 손아귀에 들어왔다.

「일단 팀별로 우선순위 목록 작성해보세요. 당장 생각나는 건 배우들 프로필 분류하고, 클래스 담당할 강사들 섭외하고, 밸론토와 연결된 기존 고객사들 잘 관리하면서 새로운 루트도 뚫어봅시다.」

「네, 대표님.」

Agency W의 팀장 회의. 새로운 회사의 세팅을 위해서 핵심 인력들이 향후의 방향을 설정하고 있다. 밸론토와 Agency W는 피라미드 구조로, 단역과 엑스트라 배우의 양성은 밸론토가 맡고, 그중 재능이 보이는 배우들은 Agency W가 관리하게 될 것이다.

「아, 대표님. 그리고 TW에서 한 가지 제안이 들어왔는데요.」

「뭐죠?」

「비시즌 중 8월부터 〈연예학개론〉을 방영하기로 하지 않았습니까.」

「그쵸. 9월 〈미싱 차일드〉 런칭을 앞두고 추가 붐업을 위해 시기를 그렇게 잡았죠.」

「지금 영어 녹음과 입 싱크를 맞추는 작업 중인데, TW에서 OST는 새로 만드는 게 어떨까 하더라구요.」

「OST라….」

유석이 생각에 잠겼다. 언어야 영어로 바꾼다고 하지만 OST는 좀 문제다. 한국의 OST 가수에게 영어로 재녹음을 요청하기도 애매하고, 그렇다고 기존 팝송을 쓰기에는 분위기가 딱 들어맞지 않을 테고.

「다른 건 알아서 할 테니, OST 뮤직비디오에 신유명 씨를 출연시켜 줄 수 없겠냐고 하는데요. 유명 씨가 연기했던 캐릭터를 뮤비 주인공으로 만들면 홍보 효과도 괜찮을 것 같다고.」

이 자식들 보게. 어디서 냘름 꿀을 빨려고. 하지만 좋은 생각이긴 하다. 〈연예학개론〉에서 유명의 역할이 워낙 매력적이기도 하고, 뮤직비디오 연기는 유명이 안 해본 분야이기도 하니까.

「아예 우리 쪽에서 제작하겠다고 전달합시다.」

「네? 아… 신유명 씨 출연료를 받는 것보다 아예 노래 저작권을 가지는 게 이득이겠군요. 그 생각을 못 했네요.」

「쥬디스, 애나는 이제 거의 준비됐죠?」

「완벽합니다.」

OST 작업. 유석이 꺼낸 카드는 유명이 '가수로 키워보라'고 권해줬던 배우지망생. 애나 플랫이었다.

17

⟨Run wherever⟩ / A. Flat

"뮤직비디오라…. 재밌겠네요. 가수는 누구예요?"
"유명 씨가 가수로 키워보는 건 어떠냐고 했던 친구 있잖아요."
"애나 플랫이요?"
"이름까지 기억하고 있어요?"
유석이 의외라는 듯이 물었고, 유명이 아차 하며 변명을 했다.
"목소리가 무척 인상적이라. 이름도 쉽잖아요."
"쉬운가요?"

"이름의 첫 글자를 따면 A플랫이라서요. A플랫은 내림가라고 음악 시간에 배웠던 거 같은데."

"내림가장조, 진짜 오랜만에 들어보네요, 크크. A플랫이라. 느낌이 괜찮은데, 예명을 그걸로 해볼까나."

원생에 유명했던 팝의 여신 A.플랫의 이름을 무심코 내뱉었던 유명은 속으로 안도의 한숨을 내쉬었다.

그날부터 준비가 시작되었다. OST 작업은 일반 곡 작업과는 또 다르다. 그저 좋은 곡과 가사를 뽑으면 되는 것이 아니라 드라마의 분위기와 어울리고 주제를 반영한 노래여야 하니까.

"그런데 사실 보형이는 주연이 아니잖아요. 보형이 스토리로 곡을 뽑아도 되는 거예요?"

"미국 채널에 한국 드라마가 수입되는 거 자체가 유명 씨 때문인데요. 미국 사람들이 다른 배우들한테 관심이나 있겠어요? 물론 보다 보면 재미도 느끼겠지만, 유입은 유명 씨로 시키는 수밖에 없어요."

"그건 그렇겠네요."

"그리고 다들 보형이에게 빠져들겠죠."

7월 중순. 한참 더운 여름날에 뮤직비디오 촬영에 들어갔다. 애나 플랫도 함께였다.

「아… 안녕하세요.」

「안녕하세요, 애나.」

「배우님 덕분에 이쪽에 소질이 있다는 걸 처음 알게 됐어요. 정말 감사합니다.」

「제가 아니라도 언젠가는 알게 되셨을 거예요. 노래 부르는 건 좋아요?」

애나는 수줍게 고개를 끄덕였다. 그녀에게는 무언가 자신의 내면에 있는 것을 밖으로 분출하는 일이 필요했다. 그것이 무엇인지 모른 채 그녀는 춤을 춰보기도 했고, 배우를 꿈꾸기도 했다. 그리고 Agency W에서 뜬금없는 제의를 받았을 때,

— 가수가 되어보는 건 어때요?

— 가수…요?

— 오늘 오디션 봤던 배우분 아시죠?

— 네! 신유명 씨, 잘 알죠. 〈캐스팅 보트〉에서 그분을 보고 배우를 꿈꾸기 시작한걸요.

— 유명 씨가 말하길, 애나 씨는 가수 쪽에 소질이 있을 것 같다고 하는데. 혹시 같이 개발해볼 생각 있어요?

처음엔 배우의 소질이 없다는 이야기를 돌려서 하는 줄 알았다. 하지만 노래를 배우고 그 노래를 통해 자신의 영혼을 내뿜기 시작하면서 그녀는 이것이 자신의 업이라는 것을 확신할 수 있었다.

'그 사람은 어떻게 알았을까….'

나중에 다시 만나면 꼭 감사의 인사를 하고 싶었다. 하지만 자신의 데뷔곡을 그와 작업하게 될 줄이야. 그녀는 빙긋이 웃으면서 대답했다.

「죽을 만큼 좋아요.」

「하하, 다행이네요.」

서글서글하게 웃는 얼굴을 보고 그녀는 어떤 충동이 들었다.

「저, 단독촬영하실 때, 제가 노래 불러드려도 될까요?」

「여기서요?」

「…안 되나요?」

「그럴 리가요. 앞으로 최고의 가수가 될 분의 노래를 라이브로 듣는 건데요.」

그의 앞에서 직접 자신의 노래를 불러주고 싶다는, 바르작거리는 충동.

유명은 오랜만에 보형의 스타일링을 하고 카메라 앞에 섰다. 한쪽에는 신난 뮤비 감독이 스탠딩 마이크를 설치해놓았다.

「아- 아-」

「괜찮아요?」

「네, 좋아요. 키 맞추게 MR 좀 틀어주시겠어요? 테스트 한번 해볼게요~」

사실 뮤비 촬영장에서 노래는 소품에 지나지 않는다. 컷들의 기준점을 잡고 분위기를 끌어올리는 용도로 활용될 뿐, 어차피 음향은 따로 입히게 되니까. 그마저도 녹음된 음향을 사용하니 원래라면 애나가 직접 노래를 부를 일은 없었다.

따라서 이것은 그저 사소한 여흥이다. 하지만….

When I first heard your name, I held up one finger.
처음 네 이름을 들었을 때, 검지 하나를 폈어.
I smiled at your name.
웃었지. 그게 네 이름이냐며.
I didn't know then that finger was stuck in my heart.
몰랐어 그땐. 그 손가락이 내 심장에 꽂힐 줄은.

누군가 그런 말을 했다. 노래방에서 진짜 가수의 노래를 듣게 된다면, 조악한 MR와 번쩍이는 네온사인에도 눈물을 흘리게 되고 말 거라고. 그 정도로 '진짜 가수'의 목소리는 노래 잘한다는 주변인들과는 비교도 안 될 정도로 호소력이 강하다고. 유명은 그 말이 옳다는 것을 지금 깨닫고 있었다. 맑고 청아한 음색. 떨리는 끝 음까지 청초한 비브라토. 그리고 한마디 한마디에 온몸을 실어서 전달하는 그녀의 '말'.

People say if you fall in love, your sweetheart looks like

a stopped scene.
사람들은 말을 하지. 사랑에 빠지면 상대의 모습이 정지 화면처럼 보인다고.
But the image of you I've come to love is
하지만 내가 사랑하게 된 네 모습은,
your profile as you run, staring straight ahead.
정면을 곧게 응시하며 달려가는 옆모습.

보형의 마음을 그대로 전하는 노래에 유명은 자신도 모르게 보형이 된다. 하나, 보형의 여신. 처음 그녀를 보고 재미있는 아이라고 생각하며 피식 웃었던 보형은 어느 순간 그녀를 사랑하게 되었다. 하지만 그가 사랑하게 된 것은 그녀의 어떤 부분이 아닌, 그녀가 살아가는 방식.
「카메라, 카메라 돌려!」
「지금요?」
「저 표정 안 보여? 빨리 따놓으라고!」

When you called my name,
네가 내 이름을 불렀을 때,
The familiar sound felt so unfamiliar.
그 익숙한 발음이 왜 그렇게 낯설게 느껴지던지.
Do you know, that's how powerful your voice is.
알아? 그만큼 네 목소리에는 엄청난 위력이 있는 거야.

아아, 그 장면이다. 하나가 이름을 부를 때마다 서서히 사랑에 물들어 가던 보형의 얼굴. 천진난만하던 얼굴에 이전에는 알지 못했던 감정이 번진다. 순식간에 깊어져가는 그의 눈빛에서 모두는 시선을 떼지 못했다.

Run.
달려.
Wherever you want to go.
네가 원하는 곳으로.
Run.
달려.
Until your breath catches in your throat.
숨이 턱에 치달을 때까지.
I'll be behind you so you can run without a care
아무것도 신경 쓰지 않고 달릴 수 있도록, 내가 네 뒤에 있을게.

후렴구가 되면서 한층 빠르고 강렬해진 박자가 등을 떠민다. 여기에 들어갈 장면들은 드라마 속, 하나를 위해 뒤에서 움직이는 보형의 모습들.

Even if the end you're running to isn't the one I want,
네가 달려가는 곳의 끝이 내가 원하지 않는 곳이더라도,
That's alright. Your wants, your love, your life are
괜찮아. 네가 원하는 것, 네 사랑, 그리고 너의 삶이
more important to me than my love.[6]
내 사랑보다 내겐 더 중요하니까.

씩씩하게 상대를 응원하던 목소리는 마지막에 가선 혼잣말이 된다. 들어주길 바라는 혼잣말처럼 작고 쓸쓸한 노래가 또박또박 새겨진다. 애나는 허공의 어느 지점을 바라보고, 유명은 그런 그녀를 애타게 바라

---

6 가사 번역에 도움 주신 문피아 회원 '롱농' 님께 감사드립니다.

보고 있다. 그 목마름이 실제처럼 느껴져 다들 침을 꿀꺽 삼켰다.
「오케이!」
뮤비 감독은 자신도 모르게 크게 오케이를 외쳤다. 정식 촬영이 아니었다는 것을 깜빡하고.
「우와…. 몰입감 장난 아니다.」
「이 테이크에서 쓸 만한 장면도 꽤 있겠는데?」
「분위기 좋구요! 이런 식으로 쭈욱 가겠습니다!」
촬영이 순항을 알렸다.

뮤직비디오의 버전은 두 가지였다. 유명의 단독 신과 〈연예학개론〉 장면을 섞어서 만드는 'OST 버전'과 애나와 유명이 함께 찍는 '가수 활동 버전'. 〈연예학개론〉의 여주는 차하린이기 때문에 애나와의 투샷이 나가면 몰입이 깨질 수 있다. 그래서 애나의 앨범 활동을 위한 뮤직비디오는 따로 찍는 것이다.
「자, 서로 마주 보고 귀엽게 웃어보세요!」
방긋- 보형의 웃음에 애나는 가슴이 철렁했다. 자신을 바라보며 환하게 웃는 사랑스러운 남자. 그것은 〈캐스팅 보트〉에서의 다재다능한 배우도 아니고, 자신의 오디션 면접을 보던 예리한 눈빛의 심사관도 아니었다.
「하나야, 웃어. 네가 웃으면 세상이 막 밝아지는 것 같다?」
'하나'라는 이름의 발음이 제 이름 '애나'와 비슷하게 느껴진다. 추울 때 호호 불어가며 먹는 핫초코같이 따뜻하고 다정한 웃음. 그 위에는 몽글몽글한 마시멜로가 잔뜩 올려져 있을지도.
「그거… 캐릭터예요?」
「뭐가요?」
「배우님 웃고 말씀하시는 거, 캐릭터예요, 원래 모습이에요?」

애나는 보형의 캐릭터를 오늘 처음 보았다. 〈연예학개론〉을 미리 보고 싶었지만, 준비 기간이 너무 짧았다. 연습과 녹음에도 시간이 부족해서 16편이나 되는 드라마를 볼 여유가 도저히 나지 않았던 것이다. 그래서 그녀는 망설이다가 살짝 물었다. 배우가 배역마다 캐릭터를 달리하는 것은 알고 있지만, 그저 연기라기에 방금 전 그의 모습은 너무 자연스럽게 느껴졌다. 그녀의 질문에는 그것이 유명의 본모습이길 바라는 사심도 조금쯤은 섞여 있었다.

「캐릭터죠. 아직 드라마 못 보셨구나.」

「아아… 넵.」

불행일까 다행일까. 솔직히 저게 본모습이라면 반할 뻔했다. 물론 그의 예전 모습들도 멋지긴 하지만 너무 멀게 느껴졌다면, 지금의 다정하고 사랑스러운 남자는… 그야말로 그녀가 꿈에 그리던 이상형.

「오늘 밤에 당장 볼 거예요.」

「하하, 무리하진 마세요.」

「아니에요. 꼭 볼 거예요!」

그날 촬영 후, 애나는 정말로 밤을 꼴딱 새워 〈연예학개론〉 전편을 보았다. 그리고 앓기 시작했다.

「보형아아….」

8월, 〈연예학개론〉이 방영되기 시작했다. 미드와는 결이 다른 한국 드라마였기에 대단한 센세이션을 일으키지는 못했지만,

「보형아….」

「보형아아…!」

확실한 팬층을 일구어냈다. 〈미믹크리〉로 신유명이라는 배우에게 감탄했던 사람들은 180도 결이 다른 '보형'이라는 인물에게 빠져들면서

그의 다른 작품도 몹시 기대하게 되었다. 〈연예학개론〉의 런칭과 함께 애나의 곡과 뮤직비디오도 공개되었다.

[68. 〈Run wherever〉 / A. Flat〉]

애나의 곡은 성공적으로 빌보드 차트에 진입하여 연일 위로 올라가고 있었다.

―

― 노래 진짜 좋다…. 레알 천상의 목소리.
― 이런 짝사랑 받아보고 싶다.
― 뮤비가 사람 잡네. 보고 나니까 온몸에 힘이 하나도 없네요.
― 전 힘이 더 솟는데요?

―

[리걸 시네마 신유명 특별전]

리걸 시네마에서는 〈려말선초〉, 〈발레리나 하이〉를 수입해 주요 도시들에서 상영을 시작했고, 이는 상당한 호응을 얻었다. 〈미믹크리〉는 여전히 박스오피스 1위를 차지하며 10주 이상 왕좌를 내주지 않고 있었다.

[Coming soon, Missing Child Season 1]

그리고 NBC에서는 다양하게 편집한 예고편 영상들을 수시로 내보냈다. 이런 모든 요소들이 모여, 기대가 쌓이고 쌓여, 드디어 정점에 이르는 순간이 왔다.

2008년 9월. 〈Missing Child〉 첫 방송 당일.

존 클로드 감독과 영화 작업에 들어간 시기였지만, 유명도 그날만은 일찍 들어와 미호와 맥주를 깠다.

{캬… 재밌겠당.}

'너는 연기를 흡수할 수 있는 촬영장 쪽을 더 좋아하지 않아?'

{그 맛은 그 맛이고, 이 맛은 이 맛이징.}

명답이다. 유명은 미호와 건배한 맥주 한 캔을 꿀꺽꿀꺽 비우고 한 캔을 새로 땄다.

Dum- dum- 익숙한 테마곡이 들려온다. 불안하게 소리를 키우는 드럼과 쏴아아 깔리는 폭우소리. 허리케인이 대양에서 나타나 점점 부피를 키우며 대륙으로 돌진하더니 민가와 자동차들을 덥석 집어삼킨다. 그리고 화면은 저 멀리 서 있는 개미 같은 사람을 줌인한다. 커지는 인영. 이제야 분간이 가는 얼굴은 허리케인을 가만히 응시하고 있는 데카르도의 얼굴이었다.

[MISSING CHILD]

타이틀 롤이 박히고 드라마가 시작되었다.

18

내가 왜 당신 딸이야!

오후 9시. ABC의 드라마국장인 체이스 존즈는 퇴근 후 샤워를 마치고 TV를 켰다. 9월은 미드 시즌이 시작되는 시기. 그중에서도 프라임 타임의 경쟁은 엄청나게 치열하다. 오늘은 초미의 관심사를 모으고 있는 NBC의 〈Missing Child〉와 ABC의 〈Abnormalities〉가 같은 시간에 릴리즈된다.

'그때, 내가 직접 내려갔어야 했는데….'

〈미싱 차일드〉를 놓친 것은 지금 생각해도 속이 쓰렸다.

— 국장님, 진짜 억울합니다. 그놈들 처음부터 간 보고 있었던 거라

니까요. 저 때문이라는 건 핑계인 게 뻔하지 않습니까!

― 하지만 자네가 지시를 불이행한 것도 사실이지. 조건이 다소 높더라도 무조건 잡으라고 하지 않았나.

그렇게 빌 콜린은 드라마국에서 다른 부서로 좌천되었고, 자신은 〈미싱 차일드〉의 경쟁작을 만들기 위해 분전해야 했다. 피해갈까도 고민했지만, 작년에도 FOX에게 뼈아픈 패배를 당했던 ABC 입장에선 그 또한 쉬운 선택이 아니었다. 그때 제작사 Drama X에서 연락이 왔다. 비장의 무기가 있다고.

― 내년 시즌을 위해 준비하던 건데 3화까지 만들어져 있습니다. 그 뒤는 지금부터 찍으면 되구요.

― 음…. 너무 촉박할 것 같은데.

― 괜찮습니다. 어차피 〈미싱 차일드〉도 10월 크랭크인해서 5월에 크랭크아웃 했다면서요. 저희도 할 수 있습니다. 좋은 자리에 꽂아만 주시면 찍는 건 저희가 알아서 하겠습니다.

Drama X는 한때 CRD보다 규모가 컸지만, 지금은 추월당한 제작사. 하지만 여전히 제작 역량은 충분하다. 〈Abnormalities〉의 시사를 하고 나서 모든 관계자들은 고개를 끄덕였다. 이 정도면 이번 시즌 TV 시리즈 중 수위권일 거라는 의견이었다.

하지만 체이스는 불안했다. CRD는 마지막 호가 경쟁에서 완성본의 일부를 돌렸고, 그것을 본 체이스는 심상치 않은 대작의 예감에 몸서리쳤던 것이다.

― 차라리 다른 시간에 편성하는 게….

― 에이, 그럼 피했다는 소리가 나올 겁니다.

― 아직 3화밖에 없고….

― 그 3화만 봐도 대작 냄새가 솔솔 나지 않습니까?

결국 그는 결재할 수밖에 없었다. 다른 대안이 있는 것도 아니었으니까. 이후 Drama X는 제작에 박차를 가했고, 현재 에피 10까지 제작된 상황이었다.

'제발…. 비슷하게라도 비빌 수 있어야 할 텐데….'

체이스는 〈Abnormalities〉의 방영을 기다리며 광고를 보다가 NBC 채널로 슬쩍 한번 넘겨보았다. 마침 〈Missing Child〉의 첫 장면이 시작되고 있었다.

허허벌판에 끝없이 펼쳐진 국도. 저 멀리, 도로가 소실되는 끝부분이 짙은 자줏빛 먹구름으로 먹어 들어가 있다.

'와…. 영상 뭐야….'

현실과 환상의 경계에 있는 듯이 불길한 하늘. 그는 넋을 잃고 화면 속으로 빠져들었다. 그 영상미는 1월, CRD의 지오반니가 가져온 파일럿의 화면과는 또 달랐다. 후처리에 공들인 것이 확실하면서도 인공미가 느껴지지 않는 하늘. 그 하늘 아래 오롯이 달리는 낡은 차량 속으로 카메라가 줌인해 들어간다.

'…!'

데카르도의 첫 등장. 그 하늘의 빛깔과 느낌을 그대로 사람으로 빚어 놓은 듯한 남자. 아니, 사실은 반대였다. 체이스는 모르고 있었지만 이 장면은 데카르도라는 캐릭터의 분위기와 느낌을 그대로 날씨로 재현해 낸 마리오 브레이의 역작이었다.

— 오늘 강우 확률은 *20%로…*.

라디오에서 흘러나오는 언제나처럼 믿을 수 없는 기상예보. 데카르도의 얼굴에 짜증이 어리더니 그는 곧 라디오를 꺼버린다.

그리고 액셀러레이터를 더 세게 밟는다. 우우웅- 낡은 차에선 타이어의 마찰로 인한 소음이 들려오고, 곧 차는 한계속도로 도로를 달린다.

깨달음의 순간은 찰나였다. 한순간 그의 표정에 거대한 영감이 스쳤다. 차의 속도가 점점 줄어들고, 그는 길 위에 차를 세운다. 그리고 종이를 꺼내어 급하게 수식을 휘갈기기 시작한다. 어느 지점에서 점점 느려지다 막히는 손놀림. 그는 답답한 듯 차문을 열고 나가 광활히 펼쳐진 들판을 걷는다.

쏴아- 바람이 불면서 누렇게 마른 들풀이 고개를 뉘인다. 그는 하늘을 멍하니 바라보며 걸어가다가 우뚝 멈췄다. 어둑한 구름이 적막하게 그의 머리 위에 펼쳐져 있었다.

'어째서….'

이렇게 시선을 뗄 수 없는 걸까. 초반 5분 내내 별다른 대사가 없음에도, 이 놀라운 배우는 화면에서 도무지 시선을 떼지 못하게 한다. 체이스는 손에 든 리모컨을 자신도 모르게 그대로 내려놓았다.

'망했다.'

분명 〈Abnormalities〉를 보려고 켠 티브이였다. 초반에 잠시 〈미싱 차일드〉의 영상미에 혹했지만, 어서 빨리 ABC 채널로 돌리려고 했다. 그 '어서 빨리'가 이미 중간광고 시간이었다는 것이 문제였지만. 돌린 후에도 자꾸만 궁금했다. 데카르도의 연구가 어떻게 되어가는지. 그는 무슨 질환으로 약을 먹고 끔찍한 두통에 시달리는 건지. 아직 목소리로만 등장한, 데렉 맥커디인 것이 분명한 양부는 어떤 사람인지.

좋은 핑계가 있었다.

'경쟁작을 분석하는 것도 중요하니까….'

체이스는 슬쩍 다시 채널을 돌렸다. 그때부턴 넋을 잃고 화면에 빠져들었다. 그날 이후로 미묘하게 흐트러진 데카르도의 일상. 언뜻언뜻 느껴지는 시선과 평소와는 달라진 물건의 배치. 긴장감 넘치는 장면들이 교차되며 배치되고 소파에 기대어 있던 등이 절로 세워져 앞으로 다가갈 때,

「데카르도.」

데렉이 등장했다. 그 순간 체이스는 자신도 모르게 마음을 놓았다. 혼자 온갖 무서운 것을 상상하며 울먹이던 아이가 방문을 열고 들어오는 아빠를 봤을 때 느끼는 안도감. 그런 감정을 드라마에서 느끼게 될 줄이야.

「잘 있었니? 얼굴이 핼쑥하구나. 너를 그렇게 혼자 놔두는 게 아닌데.」

그는 낯선 마음을 순식간에 다독이는 온기를 지녔다. 그 앞에서 데카르도는 안심한 듯 허물어졌고, 체이스는 등골이 서늘해졌다.

'발췌본만 보긴 했지만, 양부 역은 확실히 악역이었는데.'

알고 있는 사실인데도 두려워지는 것은, 앞선 장면들에서 데카르도에게 그만큼 깊이 이입했기 때문일까. 양부가 돌변할 것을 알면서도 지금으로서는 믿고 싶지 않다. 그 정도로 양부를 연기하는 데렉 맥커디의 연기는 훌륭했고, 그런 몰입에 빠지게 한 신유명의 연기는 말할 것도 없었다. 그리고 다들 옥에 티라고 말하던 캐스팅, 카이 누넨.

「릴 딜런입니다.」

그의 등장에 알 수 없는 섬뜩함을 느끼며 1화가 끝났다. 그제야 체이스는 정신을 차리고 '망했다'는 생각을 했던 것이다.

[국장님, 보셨습니까?]

드라마가 끝나자마자 문자가 왔다. 빌 콜린의 자리에 대신 앉은 외주 총괄 담당자의 연락이었다. 체이스는 잠시 머뭇거리다가 이렇게 답장을 보냈다.

[어…. 봤지.]

[대박이죠? 이 정도면 저희가 이긴 게임 아닙니까.]

문제는 그가 빌의 후임자이고, 〈미싱 차일드〉를 본 적이 없다는 데 있었다.

'우리 것도 잘 뽑히긴 했지만, 상대편이 너무 잘 빠졌는데…. 아직 못 봤으니 하는 얘기지….'

그는 답장을 보내지 않고 폰을 덮으며 이마를 짚었다. 제발 선방해주기를 바라지만, 아무래도 안 될 것 같다는 진한 예감이 들었다.

체이스에게는 안타깝게도 이변은 일어나지 않았다.

[〈Missing Child〉, 1화부터 압도적인 격차 보여]

[연기력, 캐스팅, 영상 퀄리티까지, 08년 TV 시리즈의 신규 강자로 등극하나]

[황금종려상 수상배우 신유명, 이번에도 연기력을 입증하다]

[제니브 스콧, 우리의 경쟁자는 〈Arpin Kingdom〉이지 동시간대의 신작이 아니다]

〈Arpin Kingdom〉은 작년에 FOX에서 시즌 1을 런칭하고 압도적인 호응을 얻은 후, 올해 시즌 2를 시작하는 작품이었다. 제니브는 곧 있을 에미상[7] 시상식을 모조리 휩쓸 거라고 예측되는 대형 시리즈를 입에 올렸고, 처음에는 그것을 비웃는 사람들도 있었지만… 2화, 3화, 4화, 12월에 접어들어 12화가 방영되기까지 스피디한 전개와 향방을 알 수 없는 스토리, 출연배우들의 미친 연기력은 시청자들의 마음을 놓아주지 않았다.

초창기 들끓었던 팬클럽의 반응은,

─ 〈미싱 차일드〉 보셨어요?
─ 데카르도…. 허엉ㅠㅠ
─ 또 인생캐 생겼다. 저 빠지러 갑니다. 말리지 마th게욧.
─ 이쯤에서 다시 보는 유명이 뮤직비디오 ON!
└ 헉… 왜 댓글만 봐도 눈앞에서 재생되는 거지….

〈미싱 차일드〉 게시판으로 번졌고,

---

7 에미상(Emmy Awards): 미국 최대의 방송상

─ 연기력 구멍이 없다는 게 이런 느낌이군요.
─ 카이 누넨 진짜 기대 안 했는데… 릴에게 완전히 꽂혀버림. 릴 딜런 분량 좀 늘려주세요!
─ 하아…. 양부 너무 사악해. 그런데 멋있어. 취향 어쩔….
└ 삑- 정상입니다.
─ 그래서 셸리는 뭐예요? 셸리 진짜 악역이에요?
─ 데카르도 불쌍해…. ㄱㄱ

언젠가부터는 사회적인 현상이 되어 있었다.
「요즘 우리 애가 과학자가 되겠다네요. 갑자기 공부 욕심이 생겼나 봐요, 호호.」
「…혹시 애한테 〈미싱 차일드〉 보여주신 거 아니에요?」
「15금이잖아요. 못 보게 했는데….」
「흐음… 과연?」
아이들은 기후학자, 수학자, 세균학자, 핵물리학자의 역할을 나누어 놀이를 하고 있었고, 과학 도서들의 판매량이 유의미하게 증가했다. NBC에서는 틀 때마다 〈미싱 차일드〉가 보인다는 말이 들릴 정도로 열심히 재방송을 돌렸고, 시청률은 고공행진했다.
ABC에겐 안타깝지만, 〈Abnormalities〉는 8화쯤에 황급히 막을 내려버렸다. 급하게 찍은 탓인지 뒤로 갈수록 더 망가졌기 때문이다. 찍어놓은 분량이 있어도 안 되겠다 싶으면 빠르게 접어버리는 것은 미국 방송계의 전형이었다.
그리고 〈Arpin Kingdom〉의 주연 브레이브 클록이 본인의 SNS에 이런 글을 남겼다.

브레이브 클록@braveman
수요일엔 〈Arpin Kingdom〉, 목요일엔 〈Missing Child〉가 공식 아닐까요.
#목요일은미싱차일드보는날 #ArpinKingdom만세 #둘다대박나라 #목요일21:00TV앞

 이 사건으로 브레이브 클록은 대인배라는 명칭을 얻었고, 〈미싱 차일드〉의 인기는 더욱 치솟았다. 한국에서의 인기는 두말할 나위도 없었다.

 소진은 아프리카로 미국 방송 실시간 보기를 하고 있었다.
 [Previously, on 〈Missing Child〉]
 13화의 방영이 시작되고, 앞의 내용들이 압축되어 화면으로 흘러갔다. 데카르도의 천재적인 발견과 양부의 관심. 셀리의 등장. 셀리가 부추기는 양부에 대한 의심. 데카르도의 해킹과 드러나는 스무 명의 양자 리스트. 어쩔 수 없이 아버지를 의심하는 자신을 괴로워하는 데카르도. 그러나 폐부에 꽂히는 셀리의 한마디.
 ─ 당신의 발견이 무기로 사용된다면 어떡할 건가요.
 '기록이 삭제된 입양아와 암호가 걸린 비밀 파일. 쫓고 쫓기는 양부와의 공방전. 양자들의 출신 고아원이 모두 환경이 심하게 나빴다는 것과 입양 2년 전에 고아원에 온 아이들이었다는 공통적인 사실. 그것을 해석하기 위해 데카르도는 신경이 날카로워지고, 그때 셀리에 대한 의심도 시작된다.
 '그래. 도대체 어떻게 된 거야. 궁금해서 미칠 뻔했네.'
 12화에서 셀리가 '양부의 딸이자 데카르도의 누나'라는 것이 드러났을 때, 시청자들은 경악했다. 이 감칠맛 나는 막장성은 한국인인 육 작가가 에바와 공저로 참여하고 있기 때문일까.

― 셸리는 도대체 적인가 아군인가.
― 진짜 데카르도를 이용하려고 접근한 거야?
― 이 커플 케미 쩔었는데, 안 돼. 제발!
― 둘이 그냥 사랑하게 해주세요, 네?

지난주 내내 셸리의 정체에 대한 갑론을박이 난무했었다. 물론 소진도 그 공방에 마르고 닳도록 참여했던 1인이었고.
'이럴 땐 참 다행이야. 영어 리스닝이 웬만큼 되는 게.'
아니었다면 자막본이 나오기까지 말 그대로 애간장을 끓였을 것이다. 지난 화 요약이 끝나고, 화면에 12화의 마지막 장면이 재생되기 시작한다. 양부와 그의 부하들, 데카르도, 셸리, 릴이 대치한 장면. 셸리가 충혈된 눈으로 소리 지른다.
「내가 왜 당신 딸이야!」
13화가 시작되었다.

19
도대체 어디서 온 걸까요

양부와 셸리가 대치하는 그때, 사람들은 데카르도의 얼굴을 훔쳐보고 있었다. 영혼이 깊숙이 도려져 나간 듯한 표정. 셀리는 희게 질린 얼굴로 비명을 지르듯 말했다.

「당신과 인연이 있던 건 잠깐이었지. 그때 당신은 나도 세뇌하려고 했고. 그래서 내가 도망쳐 나온 거잖아!」

「도망쳐 나오다니, 셀리. 가련한 희생자처럼 말하지 마. 더 커다란 권력에 빌붙어 놓고선.」

「그렇게라도 하지 않으면 당신이 놓아줄 리 없으니까! 그리고 우린 이제 아무런 사이도 아니잖아. 이미 당신 호적에서 나왔으니까.」

「하지만 그 아이들은 아니지. 그러니 내 아들들은 놓고 이만 꺼져줬으면 좋겠는데.」

양부가 손짓하자 그의 수하들이 데카르도와 릴을 붙잡았다.

「이… 이거 놔!」

「아버지, 당신은 도대체….」

RRR- 그때 전화가 울렸다. 양부의 전화였다.

「네. 아닙니다. 그게 아니- 네. 일단 보내겠습니다.」

전화가 끊기고 양부는 싸늘하게 셀리를 노려보았다. 그녀가 주머니 속에서 휴대폰을 꺼내 약 올리듯 뱅글뱅글 돌렸다.

「역시 '아버지'한텐 꼼짝 못 하는군.」

「아버지라…. 네가 뭘 팔아서 그의 마음을 샀는지 짐작은 간다만.」

「당신 머릿속에 있는 거라면 실제보다 더 추악할 것은 확실하군요.」

「과연?」

비수같이 서로를 난자하는 말이 오고 간 후, 그들은 납치된 장소에서 풀려났다. 셀리를 외면하는 데카르도와 표정 없이 둘을 번갈아 바라보는 릴. 셀리가 주춤주춤 한쪽으로 다가간다.

「데카르도….」

「…당신이었군요. 리스트에서 삭제된 입양아.」

한껏 거리감이 생긴 어조. 공허한 눈빛. 셀리는 그의 앞에 털썩 무릎을 꿇는다.

「미안해. 나는 당신을 구하기 위해서-」

「…말해요. 당신이 숨긴 모든 것. 더 이상 당신을 불신하게 되기 전에.」

그 말에서 셀리는 마지막 기회를 읽었다. 마음의 방에서 모든 신뢰를 긁어내어 문밖으로 내놓았지만, 그는 아직 문을 닫지는 않았다. 그 문틈에 겨우 발을 끼우고 셀리는 긴 이야기를 시작한다. 자신의 어린 시절부터.

그날따라 저택 밖에는 안개가 잔뜩 끼어 있었다. 조금 걸어 나오자 저택의 외관이 안개에 가려 점점 흐려졌고, 서로의 얼굴밖에 확인할 수 없는 짙은 안개 속에서 그녀의 이야기가 시작되었다.

「나는 좀 예외적인 케이스였어요. 입양된 나이가 많이 늦었죠.」

셀리가 양부에게 입양된 것은 지금으로부터 약 10년 전. 18세 때의 일이었다. 그녀는 그 나이 때 이미 대학에서 심리학 석사 과정을 밟고 있었고, 그 논문이 양부의 눈에 들었다.

[세뇌의 기전과 세뇌된 인간의 행동양식-나치 치하의 군중행동에 근거하여]

셀리는 고아원에서 자랐다. 단, 데카르도나 릴이 성장했던 곳처럼 낙후된 곳은 아니었다. 그녀는 태어나자마자 고아원에 버려졌고, 아주 어릴 때부터 눈치가 빠르고 상대의 마음을 읽는 능력이 뛰어났다. 또 다른 의미에서의 천재.

이미 머리가 큰 아이라는 부담이 있음에도 양부가 그녀에게 손을 내민 것은, 그만큼 그녀가 연구하던 주제가 그에게 흥미로웠다는 뜻이었다. 심지어 그녀와는 일정 기간 같은 집에 살기도 했으니.

― 아빠, 라고 불러볼래?

― …아빠.

당시 양부의 나이는 33세. 18세 다 큰 소녀가 아빠라고 부르기에는 너무 젊었지만, 그에게는 분명 '의존할 수 있는 완벽한 어른'의 느낌이 있었다.

태어나서 처음으로 가져보는 가족. 게다가 이토록 자상하고 멋진 아버지. 셀리는 완전히 그에게 빠져들었다. 그녀가 그렇게 눈치가 빠르지만 않았어도 자신도 모르게 세뇌당하고 말았을지도 모른다.

― 셀리는 졸업하고 우리 회사 산하의 연구소에 들어오면 좋겠구나.

― 산하 연구소요?

― 셀리처럼 똑똑한 사람들이 많이 있단다. 심리와 행동에 관한 연구를 주로 하고 있지.

― 와~! 연구소 이름이 뭐예요?

― 따로 이름은 없지만 다들 최고로 유능한 사람들이지.

그의 사업과는 관련이 없는 심리학 연구소. 그가 반복적으로 사용하는 어떤 단어들. 이상하리만큼 조용한 집과 야밤에 가끔씩 들려오는 삐- 하는 소리.

'뭔가… 이상해.'

셀리는 어느 날 밤에 잠에서 깼고, 귀에 박음질하듯이 반복되는 특정 리듬에 멍하니 넋을 놓다가 소스라쳤다. 그리고 자신이 피곤한 것 같다고 생각하며 물을 마시러 나갔다. 물을 마시고 정신을 차린 후, 그녀는 양부의 방을 찾아갔다. 갑자기 무서운 마음이 들어서 아버지의 잠든 얼굴이라도 보고 싶었다. 그런데… 방에서 통화음이 새어 나왔다.

― 그래. 그 아이는 그렇게 '처리'해.

― 아, 여자애? 생각보다 시간이 좀 걸리네. 정 안될 것 같으면 그쪽으로 보낼게.

― 당근이 안 될 것 같으면 채찍을 써야지, 개리. 꼭 필요한 인재라고 해서 무리해서 데려왔는데, 이제 와서 딴소리라니.

흘러나오는 신음을 막기 위해 손으로 입을 틀어막았다. 그가 말하는 '여자애'가 자신이라는 것을 그녀는 똑똑히 느꼈다. 그리고 그 3인칭의 지칭어엔, 키우는 가축을 부를 때만도 못한 냉담함이 서려 있다는 것도.

그녀는 발끝으로 그곳을 빠져나와 자신의 방에 가서 문을 잠갔다. 삐- 하는 소리가 다시 들려왔고, 그녀는 귀를 아플 정도로 틀어막았다.

'뭔가 잘못됐어. 생각해. 생각하라고.'

'처리'라는 건 무엇을 말할까. '생각보다' 시간이 걸린다고 했다. 즉 자신에게 뭔가 기대하는 바가 있고, 그것이 아직 충족되지 않았다는 뜻이다. 그 기대에 부응하지 못하면 자신도 '처리'되는 것일까.

이미 18살이었던 데다 영민하기 짝이 없었던 셀리는 섣불리 행동하지 않았다. 양부의 집에 찾아오는 면면만 봐도 그가 어떤 권력을 가지고 있는지 알 수 있었으니까.

— 네, 아버지.

— 아버지 말씀대로 따를게요.

그 후로 셀리는 '위장'했다. 전공을 최대한 살려 아버지가 원하는 바를 예민하게 파악해냈다. 그가 원하는 것은 완벽한 순종. 그렇게 시간이 좀 지났을 때, 그녀는 '개리'를 만나게 된다.

— 우리 연구소에 온 것을 환영한단다.

눈동자가 뱀처럼 반들거리는 남자였다. 그녀는 그 사람이 예전 아버지가 통화했던 남자라는 사실을 깨달았다. 그렇다면 설마 자신도 '처리' 되는 것일까….

— 우리 연구소에서 연구하는 주제는….

아니, 그녀는 이곳에서 일하게 되었다. 처음에는 그녀에게 핵심 정보가 철저히 감추어졌다. 하지만 시간이 지나자 점점 보고 듣는 것들이 생겼다. 이 연구소는… 인간을 세뇌하는 기전을 체계적으로 연구하고 있었다.

— 확실히 나이 든 사람을 세뇌하는 건 리스크가 커요. 아이들을 대

상으로 한 건 현명한 선택-

— 쉿-!

개리와 다른 연구원은 뭔가 대화를 하다가 그녀가 다가오자 말을 멈추었다. 아이들을 세뇌? 자신을 말하는 것일까? 아니, 아이'들'이라고 했다.

'수상해.'

그녀는 점점 이곳에서 거대한 범죄의 냄새를 맡고 있었다.

그렇게 5년이 지났다. 셀리의 역량과 충성도가 검증되면서 그녀는 프로젝트의 중추로 들어서게 되었다. '8세 미만의 아이들'을 더 효과적으로 세뇌하기 위한 연구팀에 들어갔을 때는 구역질을 참을 수 없었다.

'빠져나가려면? 어떻게 하지?'

그녀가 방법을 발견한 것은 연구소가 아닌 집에서였다. 집에 여러 번 찾아왔던 공화당의 거물 의원, 그가 아버지의 윗사람이라는 걸 알게 되고 나서.

「윗사람?」

「그래요. 그는 혼자 활동하는 게 아니에요. 세력이 있죠. 심지어 그는 세력의 수장도 아니에요. 2인자의 자리를 다투는 두 명 중의 한 명.」

「수장이 따로 있고, 그 아래에 두 명….」

「심지어 이 나라를 움직이는 가장 큰 세력은 따로 있죠.」

정리하자면, 이 나라의 그림자에는 여러 세력이 있었고, 의원의 세력은 그중 두 번째의 힘을 가진 세력이었다. 수장인 의원에게는 두 명의 심복이 있었는데, 그중 하나가 바로 양부였다.

「양부는 예전부터 주장했어요. 세력의 판도를 뒤엎고 주도권을 쥐기 위해 가장 중요한 것은 '신기술', 그리고 '무기'라고. 그래서 그는 학자들을 키웠고, 원하는 주제를 연구하게 만들기 위해 본인의 장기를 활용했죠. 바로 사람을 조종하는 능력.」

「세뇌…?」

「아니, 그는 원래부터 사람을 교묘하게 잘 조종하는 사람이었어요. 그걸 더 강화시켜보자는 생각은 아마도 '입양' 프로젝트를 구상할 때 떠올랐겠죠.」

데카르도와 릴이 동시에 흠칫했다.

「어쨌든, 초반에 그는 경쟁자보다 돈도 힘도 부족했지만 '아이들'이 자라면서 그들이 내놓는 성과들로 이제 명실상부한 2인자가 되었어요. 하지만 수장은 그걸 달가워만 할까요?」

「한쪽의 세력이 너무 커졌다….」

「맞아요. 나는 그렇게 판단하고 수장과 개인적으로 접촉했어요. 내가 가진 정보를 주고 보호를 요청하며, 이왕 일할 거면 최고를 위해 일하고 싶다고 아부했죠. 양부를 경계하고 있던 수장은 그를 견제하기 위해 내 요구를 들어줬어요. 나는 이제 수장의 딸이에요.」

긴 이야기가 끝났다. 대략의 상황은 파악이 되었다. 하지만 그것이 곧 그녀를 신뢰할 수 있다는 뜻은 아니다.

「그래서 당신은 수장의 명령으로 나에게 접촉한 건가요?」

「아니야! 나는 그저… 내 신변을 보호하고 양부의 범죄에 대한 정확한 증거를 잡기 위해 수장의 곁에 있을 뿐이야. 양부의 동향을 파악하다 당신을 알게 되고, 당신에게 접근하고, 사랑하게 된 건!」

「…….」

「모두 내 의지였어요. 믿어줘요, 데카르도.」

「그럼 왜 처음부터 말하지 않았나요.」

「당신은 사람을 신뢰하지 않잖아…. 양부를 빼고는 아무도….」

그 말에 굳은 데카르도의 표정. 조심스럽게 릴이 나서서 중재한다.

「어쨌든 누나가 우릴 속인 건 사실이죠. 지금에 와서 바로 믿으라는 것도 무리라는 건 알죠?」

「…그래요.」

셀리는 입술을 깨물었지만 포기하지 않고 말했다.

「하지만 우린 협력해야 해요. 나는 좀 전에 더 끔찍한 가설을 세우게 됐거든요.」

「그건 무슨 말입니까?」

「원래 그렇게 생각했었어요. 고아원에서 똑똑한 애들을 데려와서 내게 했듯이 세뇌를 시킨 거라고. 다정하게 대해주고 심리학적 기법을 동원해 자신의 말을 잘 따르는 인형으로…. 그래서 그들의 연구 결과를 자신이 독식할 수 있도록.」

「…그게 아니라는 말인가요?」

「조금 전 옛날얘기를 하다가 생각이 났어요. 연구소 시절 다른 팀에서 연구하던 주제. 관련이 없는 주제라고 생각해서 잊고 있었는데….」

그녀의 말끝이 떨린다. 포화치에 다다른 안개가 옷과 머리카락을 파고들어 그들은 어느새 몸이 폭삭 젖어 있었다.

「기억을 지우는 연구.」

「…!」

「생각해봐요. 시설이 열악한 고아원. 그곳에서 처참하게 자란 아이들은 양부를 만나요. 이곳만이 안식처이고 여기서 버려지면 다시 그 생활로 돌아갈지 모른다는 공포를 주입당하죠.」

데카르도가 몸을 떨기 시작했다. 그것은 그도 잘 아는 종류의 공포.

「고아원에서 지낸 것은 공통적으로 2년. 여태 확인된 케이스들을 볼 때, 입양아들은 모두 그 이전의 기억이 없어요. 만약에 고아원에 오기 전의 기억이 인위적으로 지워진 거라면….」

「거라면…?」

「…그 아이들은 도대체 어디서 온 걸까요?」

그 말을 듣고 데카르도는 정신을 잃었다.

'하아…. 미치겠네.'

소진이 분통을 터뜨렸다. 아프리카 TV의 채팅란에는 그녀와 동일한 소감이 읽기 힘들 정도의 속도로 올라오고 있었다.

— 다음!
— 다단만아ㅏㅏㅏ다다음!
— 작가가 우릴 말려 죽인다!
— 데카르도 불쌍해. ㅠㅠ
— 다음! 악! 악! 다음!

광분하는 '다음'의 연타 사이에 가끔 물음표가 달린 채팅들이 보인다. 영어 리스닝이 안 되는데 화면이라도 보려고 들어온 사람도 있는 모양이다.

— 뭐가 어떻게 된 거예요?
— 무슨 내용이에요. ㅠㅠ 누가 정리 좀?
— 아, 답답해 미치겠네.

아마 친절한 누군가는 자막을 만들 거고, 몇 시간 후면 자막 달린 영상이 인터넷에 퍼질 테지. 그리고 나면 이번 주에도 사람들이 몸살을 앓을 것이다. 소진은 슬그머니 메신저에 접속해 호철에게 메시지를 보냈다.
[호철아. 14화 내용, 진짜 몰라…?]
[몰라요!]
[하아….]
그녀가 주먹을 불끈 쥐었다.

20

이쪽의 데이터

 14~15화에서는 예전과 달리 사무적이 된 셸리와 데카르도의 관계가 보여졌다. 데카르도는 점점 더 마르고 퀭해져 갔고, 셸리는 그런 그의 주변을 맴돌기만 할 뿐 차마 말을 붙이지 못한다. 그리고 릴의 천재성이 다시 한번 드러난다.
 「형, 나 그거 풀었어요.」
 「뭐?」
 「그때 그 공식. 형이 비틀어 놓았던 것.」
 데카르도는 쓸쓸히 웃었다. 대단한 녀석. 일부러 오류를 만들어 잘못된 수식을 전달했는데도 그 오류의 메커니즘까지 파악해서 공식을 풀어버리다니.
 「대단하네. 하지만 잊어. 머릿속에서 지워버려.」
 「왜요?」
 「그건 너무 위험하니까.」
 「사용하기 나름 아닐까요. 세상에 밝혀지는 것이 나쁜 진리는 없어요. 인간이 나쁘게 활용할 뿐이지.」
 「나쁜 인간이 너무 많아.」
 데카르도는 그렇게 말하며 낮게 웃었다. 그 얼굴에는 천진함이 사라져 있었다. 그가 떠올리는 것은 양부일까, 셸리일까, 혹은 그가 믿지 않았던 모든 사람들일까. 릴은 그의 말에 동의하지 않는 것처럼 보였지만 상관없었다. 릴이 그 수식을 풀었다고 한들 모든 고리를 연결하여 하나로 꿰어낼 수 있는 건 '현재로선' 자신뿐이었으니까. 그리고 자신은 결코 그 짓을 하지 않을 것이다. 차라리 죽을지언정.

그들은 양부의 추적을 피하면서 양자들을 계속 조사해 나갔다. 완전히 신뢰할 수 없다고는 해도 셀리가 도움이 되는 것은 분명했다. 그녀는 지난 수년간 양부의 뒷조사를 해왔으며, 현재 호적상의 아버지인 '의원'과의 커넥션도 있었으니까.

「누나, 그런데 기자인 건 맞아요? 브레이크 타임스에 전화해봤는데, 셀리 티셔라는 이름의 기자는 없던데.」

릴이 그 말을 꺼냈을 때, 등지고 서 있던 데카르도의 어깨가 흠칫 떨렸다. 그 짧은 떨림만으로도 시청자들은 데카르도의 신경이 이쪽에 쏠려 있다는 것을 알 수 있었다.

「셀리 버크셔는?」

「아… 버크셔 의원을 바로 떠올릴까 봐 성을 바꿨던 거군요. 그럼 진짜 기자는 맞는 거예요?」

「음…. 지금은 아니야.」

「지금은…?」

「한때 기자였지. 연구소에서 나온 나는 버크셔 의원과 딜을 했고, 그의 호적에 입적한 후 다른 일을 찾기 시작했어. 의원을 보좌하고 양부에 대한 개인적인 조사도 이어나갈 수 있는 일. 그래서 브레이크 타임스에 들어갔고, 지금은 기자가 아니라 그곳의 사주야.」

「…?」

「브레이크 타임스는 버크셔 의원의 소유거든. 나는 그의 딸이잖아.」

그때 데카르도의 마음이 다시 한번 풀렸다. 아예 작정을 하고 신분을 위조한 건 아니었구나. 변명의 여지는 있구나. 하기야, 자신이 초반에 그토록 그녀를 경계했으니까 모든 걸 털어놓기는 쉽지 않았겠지. 아무리 그녀가 경고를 거듭해도 끝까지 아버지를 믿으려고 했던 자신의 잘못도 있지 않을까.

조금씩 회복되어가는 분위기를 최악으로 끌어내린 것은 어느 날 릴이 제기한 의혹이었다.

「왜 기억을 지워야 했을까요.」

「최대한 불안하게 만들어야 정신적 의존이 커져서가 아닐까.」

「그럼 왜 하나같이 입소한 지 2년이 된 아이들일까요.」

모든 입양아들은 입양되기 2년 전, 고아원을 옮겨왔다. 그 시점에 기억을 삭제하고, 일부러 최악의 환경에 방치해 안정적인 환경을 갈망하게 했으리라는 것이 그들의 추측이었다. 현재 그들은 아이들이 '어디에서' 마지막 고아원으로 옮겨왔는지를 조사 중이었는데, 데카르도의 훌륭한 해킹 실력에도 불구하고 이상할 정도로 그 자료는 드러나지 않았다.

「이게… 상상이었으면 좋겠는데요.」

「…?」

「아이들이 고아원을 옮겨왔던 해의 영유아 실종 기록을 조사해보면 어떨까요.」

「뭐…?」

데카르도와 셀리의 경악한 표정이 15화의 마지막을 장식했다.

16화가 방영되던 날, 유명이 집에는 데렉이 와 있었다. 최근 흔하게 벌어지는 일이었다. 매주 목요일이면 데렉이 연락해서 별일 없으면 방송이나 같이 보자는 말을 하곤 했으니까. 날이 갈수록 그들은 격의 없는 사이가 되어가고 있었다.

「오늘은 마일리는 같이 안 왔네요.」

「광고 야간촬영이 있다던데. 카이도 거기 간 거 아니야?」

「아, 그게 같은 건이에요?」

「몰랐어? 아마 네가 1순위 섭외 대상이었을걸. 그런데 넌 광고 안 찍는다고 하니까 아쉬운 대로 마일리와 카이를 섭외한 거지.」

「데렉은요?」

「내 몸값이 얼만지 알아?」

유명이 웃음을 터뜨렸다.

「오늘 드디어 '실마리'가 드러나겠네.」

「네. 이제 종반으로 흘러가는 거죠.」

{마지막을 향해 달리는 거당!}

언제나 끝나고 나면 '다음 편!' 소리를 듣는 〈미싱 차일드〉였지만 지난 화는 평소보다 몇 배 더했다.

― 〈미싱 차일드〉라는 제목이 은유인 줄 알았더니 진짜 유아납치를 말하는 거라고?

― 와…. 초반에 나왔던 양부의 자상하고 달달한 모습 떠올리니까 소름 쫙 끼치네요.

― 못 기다리겠어. 살려줘…. 누가 나를 이 늪에서 꺼내줘요!

하지만 여기엔 다음 편에 목말라하는 사람들은 없었다. 스토리는 꿰고 있다. 다만, 자신의 연기가 스스로 의도한 대로 나왔는지, 그리고 전체적인 완성도가 어떤지가 궁금한 사람들. 유명과 데렉이 소파에 앉아서 영화관을 방불케 하는 거대한 TV를 켰다. 그 중간에 미호가 폭 주저앉았다.

{시작한다앙-!}

16화가 시작되었다.

[1989년, 네바다주, 5세 소년 실종. 발견되지 않음]

[1993년, 노스다코타주, 7세 소년 실종. 발견되지 않음]

[1991년, 버몬트주, 4세 소녀 실종. 발견되지 않음]

[1998년, 메릴랜드주, 8세 소년 실종. 발견되지 않음]

실종된 아이들이 이렇게 많았던가. 방대한 실종아동 목록 중에서 입양아들의 나이와 고아원에 입소한 연도를 근거로 데이터를 걸러내고, 그 아이들이 영재 교육을 받은 데이터가 있는지를 살폈다. 머리에 쥐가 날 정도로 방대한 작업. 그리고 걸러져 나온 데이터들이 셸리의 입에서 판결처럼 읊어질 때마다 보는 사람들은 소름이 끼쳤다.

「릴…. 네 가설이 맞는 것 같네.」

「미쳤어. 이건 말도 안 되는 범죄예요.」

「대략 이렇게 매칭이 되는군요.」

셸리가 개중 가장 확실해 보이는 데이터를 정리해서 내밀었다. 그중에는 데카르도 자신으로 추정되는 기록도 있었다. 그는 '1989년 네바다주 5세 소년'이라는 항목을 뚫어지게 쳐다보았다. 보다 못한 셸리가 종이를 뺏었다.

「정신 차려요.」

「…미안.」

「문제가 한 가지 더 있어요.」

그녀는 자료들에 동그라미를 친다. 붉은색의 동그라미와 푸른색의 동그라미를 유심히 들여다보니 그 의미를 알 수 있었다.

「납치된 달과 고아원에 입소한 달 사이에 약 두 달간의 공백?」

「하아…. 이게 뭘 의미하는지는 뻔하군요.」

「…기억 삭제.」

고아원 내에서 그 작업을 했을 리는 없다. 아이들은 납치된 후 어딘가에서 '기억 삭제 작업'을 당하고 온 것이다.

「셸리, 당신이 5년간 일했다는 연구소. 거기는 아닌가요?」

「아뇨. 거긴 그럴 만한 공간은 없었어요. 시내 중심의 출입이 확실히 통제되는 빌딩이었거든요. 그러고 보니 기억 조작에 관한 연구를 하던 팀은 정기적으로 출장을 다녔는데.」

「거기겠군. 짚이는 데는 없어요?」

「전혀요. 그쪽 팀원들은 이름도 몰라요.」

「데이터를 캐낼 만한 곳은?」

「연구소에 대해서는 보안이 엄청나게 철저해요. 해킹으로 뚫는 건 불가능해요.」

여기서 막혔다. 고민을 거듭하던 데카르도가 오랜만에 셀리와 눈을 마주친다.

「셀리.」

「…데카르도.」

「저쪽의 데이터를 뒤질 수 없다면 이쪽의 데이터를 뒤지면 돼요.」

「그게 무슨….」

「락이 걸려 있는 데이터베이스도 있고, 솜씨 좋은 해커도 있잖아. 당신이라면 할 수 있을 것 같은데.」

데카르도가 자신의 관자놀이를 톡톡 두들긴다. 그 말의 뜻을 알아들은 셀리의 눈이 얼굴의 반만큼이나 커진다. 데카르도가 말하는 데이터베이스란 그의 머리. 해커란… 셀리 자신. 그는 지금, 자신의 머릿속에 봉인된 기억을 되살려보자고 제안한 것이다.

「그건 너무 위험-」

「지금 또 어느 곳에서 어린아이가 납치되고 있을지 몰라. 이 방법밖에 없어. 셀리도 알잖아요.」

오랜만에 시선을 맞춰오는, 자신을 달래는 듯한 그의 눈빛. 그와 예전처럼 눈을 마주 보고 싶었다. 갈증이 날 정도로. 하지만 이런 상황에서는 아니었다.

「이미 락이 좀 풀렸어. 양부의 집에서 방치되었던 날 밤에. '여기를 집중해서 바라보렴, 데카르도.' 그 목소리는 분명 그곳에서 들은 것이었겠죠.」

「…….」

「그곳이 어디인지를 찾아야 해요. 이게 그들이 대비하기 전에 공격할 수 있는 최선의 방법이야.」

셀리의 눈에서 눈물이 뚝뚝 떨어진다. 그녀는 결국 고개를 끄덕였다.

어두운 방에서 데카르도는 조용히 눈을 감았다. 셀리의 목소리를 따라 그는 점점 과거로 되돌아간다. 자주 볼 수 없는 양부를 그리워했던 기억, 세상에 신뢰할 수 있는 건 오직 그뿐이라고 스스로에게 재차 다짐했던 기억, 처음 양부를 만났을 때 세상이 온통 환해 보였던 기억.

벽을 하나 넘어간다. 데카르도의 얼굴이 괴롭게 찌푸려진다. 고아원이다. 축축한 옷, 식어 빠진 수프를 한 번이라도 양껏 먹고 싶었던 기억, 언제나 화가 나 있는 원장 선생님, 그리고…

턱- 막혔다. 그다음으로 넘어가는 것은 쉽지 않았다. 바늘이 수백 개, 수천 개, 길이와 굵기가 모두 다른 뾰족함으로 관자놀이를 쑤시는 것 같다. 으으- 데카르도가 신음을 흘리자 셀리의 목소리가 주춤했다.

그 장면을 보며 데렉이 감탄했다.

「마일리도 엄청난 집중력이네.」

「저 때 대단했죠.」

「너와 함께 연기하면 평소보다 집중력이 올라가. 같이 하는 사람들을 그렇게 만드는 쪽이 대단한 거지. 그보다 네 연기는… 하아…. 아니다.」

셀리는 여기서 멈추는 것이 더 위험하다는 판단을 내리고 더욱 힘주어 그를 이끌었다. 이제 데카르도는 어린 벌레같이 바르작거리고 있었다. 칠흑 같은 어둠 사이로 목소리 하나에만 의존해 길을 걷고 또 걸었다. 어느 순간 머리를 찌르던 고통이 시원하게 느껴졌다. 그리고 빛이 보였다.

아아- 하늘이 새파랗게 개었다. 언제나 바라보던 하늘인데도 마치 처음 보는 것처럼 선명했다. 그는 주변을 둘러보았다. 거짓말처럼 다시 어둠이 찾아와 있었다. 예전 같은 흐릿한 어둠이 아닌 선명한 어둠이었다. 눈을 가리고 있던 천이 벗겨졌다.

― 네가 그 '천재'라는 아이로구나. 망가지지 않아야 할 텐데.

감흥 없는 얼굴이 자신의 턱을 우악스럽게 쥐고 뭔가를 강제로 먹였다. 허억- 데카르도가 눈을 떴다. 깨어난 그는 한참이나 숨을 몰아쉬더니, 릴이 건네준 물을 벌컥벌컥 마시고 그들을 돌아보았다. 그때 그의 눈빛. 이전과 같으면서도 달라진 명정한 눈매를 보고 그들은 눈치챘다. 데카르도의 기억이 돌아왔다는 것을.

「…기억이 났나요?」

「응. 제법 끔찍하네요.」

그가 서글픈 미소를 짓는다. 그리고 꺼내는 이야기. 그곳에서 당했던 일들, 좁은 방에 함께 있던 친구들과 정기적으로 투약되던 약물, 그리고… 그 장소의 특징.

「다 떠오른 건 아니에요. 끌려가기 전의 기억은 어렴풋하고, 내부에서 있었던 일도 모두 기억나진 않네요. 아무래도 시간이 오래 지났기도 하고.」

셀리는 상상한다. 혹시 그는 모든 걸 기억하면서도 릴과 자신을 위해 가장 끔찍한 부분은 편집해서 얘기하는 것이 아닐까.

「이 특징에 부합하는 장소를 찾아보죠.」

그때 라디오에서 뉴스가 들려왔다.

― 속보입니다. 공화당의 유력한 대권 후보인 조던 버크셔 의원이 급사한 상태로 발견되었다는 소식입니다. 버크셔 의원은 전일 당 회의에 참석할 때까지는 건강한 모습이었으나, 다음 날 아침, 자택에서 사망한 채 발견되어 충격을 주고 있습니다. 아직까지 정확한 사인은 알려지지 않은 상태로….

셀리의 심장이 쿵- 떨어졌다.

「버크셔라면 혹시 누나 양아버지라고 했던-」

「큰일 났어.」
그녀가 두려움에 잠식된 목소리로 말한다.
「브레이크가… 망가졌어.」
그렇게 16화가 끝났다. 데렉이 앞으로 당겨 앉았던 몸을 소파 등받이에 늘어뜨리며 말했다.
「하아…. 너는 진짜.」
「이미 보셨던 부분이잖아요.」
「다시 봐도 또 놀랍네.」
「저도 데렉 연기 볼 때 똑같이 느끼는데요.」
데렉의 입꼬리가 참지 못하고 삐죽 올라갔다.

21

코멘터리 방송

크리스마스가 다가왔다. 12월 LA의 평균 기온은 14도. 외부 온도뿐 아니라 유명의 마음도 그 어느 해보다도 따뜻했다.
유명은 이번 크리스마스를 대비해 준비한 것이 있었다.
{뭐… 뭐냥, 앞이 안 보인당!}
'와! 너무 귀엽다….'
포옥- 유명은 미호의 머리에 아기용 산타 모자를 씌우고, 바둥거리는 모습을 흐뭇하게 바라보았다. 은색으로 반지르르한 털 위에 새빨간 산타 모자를 씌우니 세상에 있을 법하지 않은 귀여운 모습이 연출되었다.

{외국의 잡신 따위….}

'산타는 신이 아닌데?'

{그래서 선물은?}

'짠-'

{뭐냥. 진짜 준비했냥?}

올해 유명은 미호의 선물을 준비했다. 아니, 본인이 아는 모든 사람들의 선물을. 마지막 선물이 될 거라는 마음으로 준비한 것이었지만, 물론 미호에게는 내색하지 않았다.

유명이 감춰두었던 커다란 박스를 꺼내자 미호가 꺙- 하고 소리를 지르더니 작은 앞발로 리본 끝을 부여잡고 당겼다.

사락- 리본이 풀렸다. 상자를 여는 것은 유명이 도와주었다. 미호는 자신의 체구보다 커다란 상자에 무엇이 들어 있는지가 궁금한지 연신 귀를 쫑긋거렸다.

{크앙…. 맥주 종합 선물세트냥!}

집에서도 시원한 생맥주를 뽑아 먹을 수 있는 맥주 디스펜서. 작은 맥주병 따개에는 꼬리 아홉 개의 여우 문양이 귀엽게 각인되어 있었고, 맥주잔 세트에도 같은 문양이 은색으로 박혀 아름답게 반짝이고 있었다. 맥주 애호가라면 환장할 만한 선물.

{한 잔 뽑아봐랑.}

디스펜서에서 뽀얀 거품과 함께 시원한 생맥주가 뽑혀 나왔다. 유명은 그것을 새 맥주잔에 따라 미호 앞에 대령했다.

{나는 준비한 게 없는뎅.}

'너는 내 두 번째 삶을 선물해줬잖아. 그걸로 충분해.'

{…흠흠. 너는 안 마시냥?}

'운전해야 해. 그거 한 잔만 마시고 같이 나가자.'

{어디 가는뎅?}

'선물 주러 가야지!'

그렇게 선물 순회가 시작되었다. 유명은 먼저 데렉의 신작 촬영장을 방문했다.

「어… 선물?」

「메리 크리스마스, 데렉. 이건 피비 건데 좀 전해주세요.」

「뭐야. 나 지금 좀 감동한 것 같은데….」

그때 감독이 슬쩍 끼어들었다.

「헉… 신유명 씨죠? 혹시 작품 얘기 좀 할 수 있을까요?」

「꿈 깨요, 감독님. 저 친구 매니지먼트 대표가 보통이 아니야. 슬쩍 어떻게 될 리가 없지.」

「…쩝.」

마일리와 에르히에겐 잠시 함께 차를 마시며 선물을 전해주었다. 둘은 어느새 친구가 되어 있었다.

「오빠. 설마 이건 이제 저의 마음을 받아주겠다는 뜻?」

「마일리, 나도 똑같은 거 받았는데….」

「…쳇.」

나탈리와 프리야 같은 당장 만나기 힘든 벗들에게는 우체국에 가서 소포로 선물을 보냈다. 그리고 마지막으로 들른 곳은 밸론토. 매니저 호철과 홍보부장 박진희, 다른 직원들에게도 선물을 전달한 후 유명은 사장실로 올라갔다. 요즘 유석은 Agency W보다 밸론토로 출근하는 날이 잦았다.

"대표님, 메리 크리스마스!"

"아니, 유명 씨. 어떻게…."

"선물이에요."

유석은 유명이 내민 상자를 한참 바라만 보다가 천천히 상자 끈을 풀었다. 그 안에는….

"이걸 왜 나한테…."

"사실 선물이라긴 뭐한데, 이건 대표님이 받게 해주신 거니까 대표님께 드리고 싶어서요."

"유명 씨가 연기를 잘해서지, 내가 뭘 했다고-"

"그러니까요. 제가 연기만 할 수 있게 해주셨잖아요."

상자 안에 들어 있는 것은 바로 황금종려상의 트로피. 록 크리스털 위에 황금으로 된 종려나무 가지가 달려 있다.

"제가 얼마나 감사한지 꼭 전하고 싶은데 드릴 만한 게 이거밖에 안 떠올라서요. 돈은 대표님이 저보다 많으시고."

"그래도 이건…."

유명이 칸 영화제에서 황금종려상을 수상하고 돌아왔을 때, 유석은 이 트로피를 한참 들여다보았다. 그는 배우를 키우는 걸 취미로 삼을 정도로 광적인 영화애호가였으니, 자신의 배우가 황금종려상을 타온 것이 무척 감격스러웠던 모양이다. 그때 유명은 생각했다. 자신의 몸을 내어주기 전에 이 트로피를 유석에게 선물하고 싶다고.

'미호라면 이런 상은 얼마든지 탈 수 있을 테니까.'

"꼭 받아주셨으면 좋겠어요."

"…고맙습니다."

유석의 눈가가 살짝 붉어졌다. 그 모습을 보고 유명이 따뜻하게 웃었다. 모두가 행복한 메리 크리스마스였다.

2008년 12월 31일. 매년 한 해의 마지막 날이면 뉴욕 타임스퀘어에서는 전 세계에서 100만 명 이상이 몰리는 행사가 열린다. 볼드랍(Ball Drop), 1907년에 처음 시작된 이 행사는 새해 카운트다운을 마치는 순간 One Times Square 빌딩에 위치한 볼 모양 장식물이 43m 아래로 내려가며, 폭죽과 함께 볼이 터지는 행사이다.

「와아아아!」

「마틴! 마틴 챈들러!」

「꺄아아악! 사랑해요!」

사람들이 이곳에 모이는 것은 카운트다운을 위해서만은 아니다. 이번 해 미국을 빛낸 최고의 뮤지션들이 이 자리에 참석하여 라이브 공연을 선보인다.

"아침 10시부터 기다린 보람이 있다, 그치?"

"모자! 모자 온다. 이번엔 받아야 해!"

"김밥 좀 꺼내봐. 아까 한인타운 갔을 때 더 넉넉히 사올걸."

"안 되면 도너츠도 있잖아~"

그중 앞자리에 한 무리의 한국인 남녀들이 있었다. 뉴욕의 한인 민박에서 만난 배낭여행객들로 이번 볼드랍에 함께 참석하게 되었다. 그들은 볼드랍 행사에서 나눠주는 커다란 보라색 모자를 하나씩 쓰고 다시 재잘재잘 떠들기 시작했다.

"A. flat 순서가 언제야?"

"다음다음인가? 아까 저 너머로 지나갔는데 대박 예쁘더라."

"지금 〈Run wherever〉가 몇 주째 빌보드 1위지?"

"4주!"

〈연예학개론〉이 미국에서 방영된 데다 〈Missing Child〉까지 초대박을 치고 나자 〈Run wherever〉의 뮤직비디오는 엄청난 인기를 끌었다. 기존에 없었던 목소리라고 불리는 애나 플랫의 청량하고도 애절한 음색 또한 한몫해서, 결국 11월 중순부터 〈Run wherever〉는 빌보드 차트 1위를 달성한 것이다.

외국곡인데도 불구하고 한국에서도 이미 9월부터 차트 상위권을 유지했으며, 빌보드 차트 1위를 석권한 후에는 국내 차트 1위도 차지한 엄청난 인기곡이었다. 그들이 이번 볼드랍에 참석하게 된 것도 바로 A.

flat이 이번 행사의 게스트로 나온다는 소식 때문이었다.

"A. Flat 완전 여신⋯."

"유명 오빠는 남신⋯."

"미국까지 왔는데, 우연히 신유명과 마주치는 행운은 없을까?"

"꿈 깨시죠. 같은 나라에 있다고 같은 세계에 있는 줄 아나."

12시가 점점 가까워졌다. 자정이 다가올수록 무대에 오르는 스타들은 더 핫해져 가고 있었다. 드디어 그들이 기다리던 A. Flat이 무대에 올랐다. 와아아아- 거센 함성이 터졌고, 〈Run wherever〉의 산뜻한 전주가 울려 퍼졌다.

그리고 노래를 부르기 시작한 A. Flat의 뒤편으로 실루엣이 하나 더 모습을 드러냈다.

"뭐, 뭐야."

"꺄아아아아악! 신유명!"

"유명 오빠!"

"유명 형!"

오빠와 형 소리가 동시에 터졌다. A. Flat의 무대 게스트로 유명이 함께 올라온 것이다. 비명을 지르기 시작한 것은 그들뿐만이 아니었다.

「유우명!」

「A. Flat! 신유명!」

「오, 마이⋯.」

〈Run wherever〉의 노래가 애나의 입에서 흘러나왔고, 유명은 사선 뒤쪽에 서서 그저 그녀를 지켜봤다. 늘 하나를 뒤에서 지켜준 보형이처럼. 그 귀엽고 사랑스럽고 애절한 시선만으로도 그는 무대 위에서 충분 이상의 존재감을 발휘하고 있었다.

That's alright. Your wants, your love, your life are

괜찮아. 네가 원하는 것, 네 사랑, 그리고 너의 삶이
more important to me than my love.
내 사랑보다 내겐 더 중요하니까.

어느새 모든 사람이 함께 노래하고 있었다. 한 해의 끝에서 나 자신보다 소중한 누군가를 떠올리며, 내년에도 그 누군가가 건강하고 행복하기를 기도하며.
「3- 2- 1- Happy New Year!」
펑- 하고 볼이 떨어지며, 분홍색 종이가루가 온 광장을 뒤덮었다. 2009년이었다.

미드는 마치 사골 국물과 같다. 우리고 또 우려내니까. NBC 채널은 간만에 대박이 난 〈Missing Child〉를 줄기차게 우려먹었다. 목요일 9시 본방, 주말 재방, 주중 연속방송, 그다음 주말엔 전편 다시보기. 미국 채널에서 인기 TV 시리즈의 재방을 거듭하는 것은 흔한 일이었고, 덕분에 이제 유명의 얼굴을 모르는 사람은 거의 없다시피 했다.
「신유명이다!」
「우와… 사람에게서 빛이 난다….」
「우리 프로그램에는 한번 안 나와주나….」
「신유명 섭외가 그렇게 어렵다던데.」
오늘 유명은 NBC 방송국에 왔다. 존 클로드는 배우의 컨디션을 무척 배려해주는 감독이었다. 〈Appeal to the Sword〉는 대형 블록버스터라 세트전환이 잦았는데, 그는 완성된 세트에서 카메라테스트를 모두 끝낸 후에야 배우를 호출했다.
— 저도 스탠바이해도 괜찮은데.

― 유명 씨는 카메라 돌리기만 하면 바로 오케이 띄울 텐데 굳이 뭐 하러요. 컨디션 조절 잘하고 부를 때만 나와요.

NBC 입장에선 다행이었다. 그 덕분에 추가적인 우려먹기가 가능했으니까.

「오빠~!」

「마일리, 잘 있었어?」

「오늘은 우리 둘만 찍는대요. 이거 데이트인가?」

「하하, 마일리는 여전하구나.」

오늘 촬영할 것은 후반부의 코멘터리 방송. 유명은 이제 마일리와 완전히 친근해진 태도로 함께 스튜디오를 향해 걸었다.

「안녕하세요, PD님.」

「PD님! 지난주에 드디어 〈Arpin Kingdom〉 시청률 넘어섰던데요. 축하드려요!」

「축하는 마일리가 받아야 하는 거 아니에요?」

「그런가요? 하하.」

녹화가 시작되었다. 코멘터리 방송은 포인트가 되는 장면들을 보여주면서, 해당 장면에서 인물의 심리나 감상 포인트를 배우가 짚어주는 식으로 진행된다. 처음 나온 부분은 17화의 '버크셔 의원의 사망' 부분이었다. 그는 자살한 것으로 발표가 났고, 양부는 그의 뒤를 이어 정계에 데뷔한다.

마일리가 말했다.

「소름끼치는 점 중 하나는, 셀리, 데카르도, 릴 중 그 누구도 양부의 본명을 알지 못했다는 거죠. 그는 누군가에게는 가명을 썼고, 누군가에게는 '나는 네게 언제나 아버지이니까 그 외의 이름은 중요한 게 아니란다'라고 다정하게 속삭이기도 했어요.」

「그 누군가가 바로 저, 데카르도였죠. 10년 이상 아버지라고 불러온 사람의 본명을 TV에서 처음 듣다니, 이보다 아이러니한 일이 있을까요.」

그럼에도 TV에선 교묘하게 가려져서 시청자들은 끝까지 그의 이름을 알 수 없었다. 시즌 2를 위한 안배였다.

다음 장면, 그들은 데카르도의 기억에 의존해 '세뇌시설'이 있을 만한 장소를 모조리 탐색하기 시작한다. 거기서 드러나는 데카르도의 놀라운 기억력. 그는 사소하지만 단서가 될 만한 실마리들을 차곡차곡 덧붙여 갔고, 결국 후보지 리스트를 만들었다.

— 뛰어요! 더 빨리!

문제는 양부가 그들을 뒤쫓고 있다는 것. 이제 보호막은 사라졌고 양부는 권력의 중추에 앉았다. 셀리는 다른 카드를 꺼낸다.

— 양부의 파벌을 누를 수 세력이 딱 하나 있어요.

— 이 나라의 음지에서 가장 큰 세력이라는… 그곳?

「셀리는 참 많은 걸 알고 있죠. 이 부분에 대한 논란이 있는 것을 알고 있어요. 양부가 의심했던 대로 셀리는 버크셔 의원의 '여자'였을 수도 있어요. 혹은 셀리가 주장한 대로 버크셔 의원이 양부를 견제하기 위해 그녀를 받아들인 걸 수도 있죠. 제가 의도했던 건 어느 쪽이냐구요? 글쎄요. 세상에 진실이 드러나는 일이 얼마나 있겠어요. 자신의 눈에 보이는 것이 곧 진실이라고 믿고 사는 거죠.」

그들은 반대 세력의 수뇌를 찾아간다. 그는 데카르도와 셀리의 방문과 보호 요청에 호기심을 드러낸다.

— 그의 양아들이라…. 그자가 고작 너희에게 겁먹었을 리는 없고, 너희가 쥐고 있는 카드가 뭐지?

「그때 데카르도는 선택을 해야 했어요. 적어도 한 가지 카드는 보여줘야 했죠. 양부가 어린아이들을 납치하고 세뇌해서 신기술을 개발해왔다는 증거, 혹은 기후예측에 관한 자신의 연구. 전자를 밝힐 수는 없었어요. 상대가 그걸 듣고 자신도 어린아이들을 이용해야겠다고 생각할지도 모르니까. 그래서 저는 후자를 택했죠. 후자는… 정 안 되면 나만

죽으면 되니까요.」

유명의 의미심장한 표정에 모두들 숨을 죽였다. 마치 데카르도가 직접 등장한 듯한 긴박함. 코멘터리 방송에서조차 지금 드라마를 보고 있는 것처럼 눈길을 사로잡는 것이다.

22

끔찍한 영감

「오빠는 무슨 코멘터리 방송에서 연기를 해요!」
「얘기하다 보니 몰입이 돼서….」
「완전 멋지게! 나도 해야지~」

쉬는 시간, 유명은 마일리의 귀여운 멘트에 웃음을 터뜨렸다. 그녀는 비타민처럼 주위를 청량하게 만드는 재주가 있었다.

'코멘터리 방송도 나름 재밌네.'

물론 배우는 연기로 말하는 것이 옳다. 하지만 좋아하는 배우들의 연기를 볼 때면, 어떤 생각을 하면서 연기하는지 자신조차도 궁금했다. 많은 사람에게 그런 욕망이 있으니 이런 방송도 나왔을 것이다.

나머지 화수들의 코멘터리 녹화도 물 흐르듯이 진행되었다.

— 연구? 무슨 연구?
— 기후를 정확히 예측하는 방법에 관한 연구입니다.
— 호오… 기후라, 기후…. 그건 놀랍군. 예측을 정확히 할 수 있다면 설마 조절도 가능한 건가?

— …성공한다면요.

「상대 파벌의 수장은 노련한 정치가죠. 그는 제 연구의 핵심을 단번에 파악해요. 하지만 저는 양부의 앞에서처럼 실패한 연구라고 주장할 수는 없었어요. 그에게 보호받기 위해서는 우리를 지킬 만한 가치가 있다는 걸 증명해야 했으니까요.」

하지만 그 연구를 알게 되자 오히려 양부와 손을 잡으려는 상대 파벌의 수장. 그것을 눈치채고 겨우 도망친 그들과 양부의 숨 막히는 추격전이 벌어지는 19화.

— 데카르도. 원래의 고향에 가보는 건 어때요.

— …이제 와서.

— 뭔가 도움이 될 기억이 떠오를 수도 있고, 그게 아니라도… 이 모든 일이 끝나면 당신이 돌아갈 곳이 생길 수도 있잖아.

— 하지만….

— 당신이 겪어온 비극은 정말로 안타깝지만, 그래도 그거 하나는 부러워. 부모님이 살아 계신다는 거.

그들은 네바다주로 이동해 데카르도의 친부모를 찾는다.

— 저분들… 당신을 닮았어.

아직 40대인데도 60은 되어 보이게 늙은 동양인 남녀는 평생 웃어본 적이 없는 사람처럼 낯빛이 어두웠다. 작은 세탁소를 운영하는 그들의 살림은 무척 곤궁해 보였다. 가게가 잘될 리가 없었다. 아직도 그들은 전단을 붙이러 다녔고, 비슷한 사람을 봤다는 연락이 올 때마다 가게를 닫고 뛰쳐나갔으니까.

— 당신… 무척 사랑받았네. 아니, 지금도.

— 왜… 왜 저렇게까지….

완전히 망가져버린 제 부모의 삶을 애도하며, 데카르도는 힘겹게 그들에게서 등을 돌린다.

「그때 제가 불행의 씨앗인가, 하는 생각이 들었죠. 내가 똑똑하게 태어났다는 사실 하나 때문에 내 인생도, 내 부모님의 인생까지도 모두 망가졌습니다. 평생을 저렇게 사시게 해놓고 위험하게까지 만들 수는 없다는 생각에 빨리, 한시라도 빨리 그들과 멀어져야 했어요.」

「그때의 데카르도는 정말 보고만 있어도 가슴이 저몄죠.」

비탄에 빠진 데카르도와 그런 그를 부둥켜안고 위로하는 셀리의 애절함이 압권인 20화.

「이후 데카르도는 제게 처음으로 다정해졌지만, 그 밑바닥엔 짙은 공허함이 엿보였어요. 위태로웠죠. 내 남은 삶의 절반을 떼어줘서라도 그가 기운을 차렸으면… 하는 마음이었어요.」

지도 위에 그려져가는 ×표. 하나씩 지워나가는 후보지들. 양부는 그들의 소재를 알아내기 위해 그들에게 납치되었다 돌아온 막내 입양아를 잔혹하게 다그친다. 그때 양부의 표정은 말 그대로 악마 같았다.

「이 부분은 데렉의 연기가 정말 압권이었죠.」

「음, 동의.」

후보지는 이제 하나 남았다. 첫 화에서처럼 지평선에 자줏빛 구름이 펼쳐진다. 셀리와 함께 차를 타고 마지막 장소로 이동하던 데카르도의 머릿속에 다시 한번 어떤 영감이 스쳤다.

— 잠깐, 비밀 파일의 암호는 설마… 아니, 그럴 리가. 하지만 설마….

「그건 정말 끔찍한 영감이었죠.」

21화의 코멘터리가 끝났다.

연초, 유명은 데렉과 함께 어딘가로 향했다. 예전에 데렉이 소개해준 톱배우들의 모임. 오늘은 1년에 한 번 있는 정기회합이다.

「정기모임은 연말 아니었어요?」

「너 때문이잖아. 영화촬영에 볼드랩 행사에 오죽 바빴어야지.」

「저 때문요? 저는 그냥 빼고 해도 되는데.」

「…쯧쯧.」

데렉은 혀를 차며 문을 열고 들어갔다. 모인 면면들의 화려함은 예전과 같지만 달라진 점이 있었다. 올해는 오웬 위트필드가 빠져 있었고….

「어서 와요, 유명 씨.」

「여기, 이쪽으로 앉아요.」

「어허. 이 자리가 더 가운데야. 여기로 와요.」

자신을 보는 눈빛에 서려 있던 낯섦과 호기심은 고작 1년 만에 호감과 경외로 탈바꿈해 있었다. 그건 꽤나 충만한 기분이었다.

「오늘 신유명 씨 옆에 앉을 첫 번째 자격은 나한테 있는 거 아닌가?」

「그러게, 인정.」

걸걸한 목소리로 유명을 손짓하는 사람은 바로 〈Arpin Kingdom〉의 카리스마 주연, 브레이브 클록이었다. 유명이 고개를 갸웃하면서 그의 옆으로 다가가 앉았다.

'첫 번째 자격? 〈Missing Child〉가 〈Arpin Kingdom〉의 시청률을 추월해서 그런 건가?'

「브레이브 씨, 에미상 남우주연상 수상 축하드립니다.」

「별말씀을. 올해는 유명 씨가 탈 텐데요.」

「글쎄요, 하하.」

「〈미싱 차일드〉 정말 재밌게 보고 있어요. 수요일 〈아르핀 킹덤〉 본방은 못 보더라도 목요일 〈미싱 차일드〉 본방은 반드시 사수하고 있습니다.」

브레이브는 이미 SNS로 〈미싱 차일드〉의 팬임을 인증한 상태. 그로 인해 '대인배'라는 호칭도 얻었다.

「감사합니다. 저도 〈아르핀 킹덤〉 잘 보고 있습니다.」

「도대체 어디서 연기를 배운 거예요?」

어디서 연기를 배웠느냐라…. 유명은 톱배우들 사이에서 신나게 획획 날아다니는 파란 빛무리를 슬쩍 보고는 말했다.

「딱히 누구한테 사사한 건 아닙니다만, 촬영장에서 데렉에게도 많은 조언을 얻고-」

「어이, 거기 스톱. 어디서 사기를 치나. 조언은 내가 받았지 언제 해 줬다고 그래.」

데렉이 옆으로 와 장난스럽게 유명을 구박하자 다들 움찔했다.

'저 데렉 맥커디가 저렇게 호의가 철철 넘쳐서….'

'맘에 안 들면 대놓고 막말하기로 유명한 인간이….'

그날 밤, 모두가 유명과 친해지려 애썼다. 뭔가 얻어볼 계산으로 접근하는 사람도 있었고, 순수하게 유명의 연기에 감탄하여 친해지고 싶어 하는 사람도 있었지만, 확실한 것은 작년과는 완전히 분위기가 다르다는 것.

「올해의 투표 시작하죠.」

「연말 넘긴 건 또 처음이네.」

「어쩔 수 없지. 주인공이 못 오면 의미가 없잖아.」

알 수 없는 발언들과 이어지는 투표. 그리고 전해의 의장인 데렉이 올해의 명예 의장을 발표한다.

「올해 우리 모임의 명예 의장은 만장일치로 신유명 씨로 결정되었습니다.」

「와아- 역시!」

「축하해요! 진짜 멋있었어.」

「〈미믹크리〉, 〈미싱 차일드〉. 올해는 확실히 그의 해였지.」

박수와 축하가 유명의 주변을 휘감았다.

'아아… 그래서.'

유명은 왜 자신 때문에 모임이 연기됐는지를 이제야 깨달았다. 데렉이 다시 유명의 옆에 앉아 속삭인다.

「작년에 〈아르핀 킹덤〉이 대박이 나면서 나와 브레이브 중 한 명이 의장이 될 상황이었거든. 작년엔 결국 내가 되었으니 올해는 다들 브레이브일 줄 알았지. 시즌 2가 있으니까.」

「아….」

「갑자기 네가 등장해서 좀 김새긴 했을 텐데, 워낙 호인이라…. 오히려 너랑 안면 텄다고 좋아하는 것 같은데?」

브레이브가 다가와 씨익 웃으며 축하의 악수를 청했다. 유명이 그 손을 꽈악 잡았다.

1월. 〈Appeal to the Sword〉의 막바지 촬영을 하고 있을 때, 준호의 메일이 왔다. 이 작품이 끝난 후 한국에 돌아가기로 유명이 결심했을 무렵, CRD에서 마지막 컨택이 왔다. 그와 친분이 있는 작가들을 통해서.

「유명 씨.」

「작가님, 어서 오세요.」

에바와 육 작가가 양손에 잔뜩 든 짐을 내려놓는다. 또 반찬을 해온 모양이다.

「작가님, 매번 안 이러셔도 되는데.」

「무슨 말이에요, 내가 좋아서 하는 건데. 유명 씨 먹일 거라고 생각하면 만들면서 어깨가 들썩거린다니까.」

「언니 진짜 춤추면서 만들어요. 내가 맨날 보는데.」

유명이 쿡쿡 웃었다.

저녁 식사를 마친 후. 육 작가는 본격적인 설득에 들어갔다.

「유명 씨, 〈미싱 차일드〉 시즌 2 진짜 어떻게 안 될까요? 다들 이렇게 데카르도를 사랑하고 있는데….」

「마지막 장면에서 데카르도는 퇴장하잖아요. 그걸로 좋은 결말인 것 같아요.」

「다시 등장해도 전혀 이상하지 않은 퇴장이기도 하잖아요. 제발 한 번만 더 생각해봐요.」

「죄송해요, 작가님. 다음 작품은 한국에서 찍기로 했어요.」

「한국? 어, 언제….」

육 작가의 표정이 황망해진다.

「얼마 안 됐어요. 지금 꼭 해야 하는 작품이 있어서요.」

「누… 누구 작품이에요? 나보다 잘 쓰는 작가예요?」

「하하, 아니에요. 친구 작품인데, 아마 저도 같이 쓰게 될 것 같아요.」

「아, 유명 씨가 직접. 하기야, 그쪽에도 소질이 있으니까….」

그녀가 납득한 듯 고개를 끄덕였다.

「유명 씨를 잘 아니까 긴말은 안 할게요. 설득한다고 이미 정한 마음을 바꿀 사람이 아니니까. 하지만 〈미싱 차일드〉는 시즌 2, 시즌 3로 계속될 테니까, 우리가 그렇게 꼭 만들 테니까, 내후년이라도 시간이 생긴다면 꼭 다시 와줘요.」

「…정말 감사합니다, 작가님.」

에바가 끼어들었다.

「사실 유명 씨는 해줄 만큼 해줬지. 처음부터 시즌 2는 출연하기 어렵다고 못 박았고, 다음 시즌 주역이 될 릴 역에 딱 맞는 배우도 소개해줬고, 그 배우의 역량을 주연이 가능할 만큼 끌어올려놓기도 했으니까. 더 이상 바라면 욕심이지. 그런데 욕심이 나는 건 어쩔 수가 없네요.」

「죄송합니다.」

「아니에요! 유명 씨가 뭐가 미안해요. 이만큼 해준 것도 정말 고마워요. 카이나 잘 다잡아줘요. 유명 씨가 없으면 또 흔들릴지도 몰라.」

「알겠어요, 염려 마세요.」

그렇게 그녀들이 돌아갔다.

{아쉽지 않냥?}

'아쉬워 죽겠지. 그래도 지금은… 그걸 꼭 해야 할 것 같아.'

〈미싱 차일드〉는 유명이 해왔던 모든 작품 중 가장 즐거웠던 작품이었다. 이유는 바로 동료들에게 있었다. 겉으로 보이는 까칠함 너머의 배려와 유머감각으로 이제는 친한 벗이 돼버린 최고의 배우, 데렉. 귀엽고 엉뚱하고 사랑스러운, 그렇지만 연기에 있어선 신뢰할 수 있는 최고의 파트너, 마일리. 원석을 깎아나가는 보람과 쾌감을 느끼게 해준, 반짝반짝 빛나는 제자이자 동생, 카이. 경쾌하고 영리하게 촬영을 이끌어나가는 PD 제니브와 최고의 대본을 만들어내는 두 작가님, 그리고 친절하고 실력 있는 스태프들. 그 어느 때보다도 근심걱정 없이 연기에만 집중할 수 있었던 나날이었다.

하지만 삶은 신나는 일들로 모두 채울 수만은 없는 법이다.

'마지막으로 꼭 해야 할 작품.'

그 작품 또한 힘들지만 즐거우리라. 유명에게 연기가 즐겁지 않았던 적은 없었으니까.

미호가 단단한 그의 표정을 유심히 바라보았다.

RRR-

「형!」

「카이, 이 시간에 웬일이야?」

「그… 그게 사실이에요?」

「응?」

「형이 한국에 돌아간다고. 그리고 〈미싱 차일드〉 시즌 2의 주인공을 저… 저보고 하라고….」

패닉에 빠진 목소리. 그럴 만도 하다. 시즌 2의 주인공이 릴 딜런이 될 것이라는 걸 유명은 알고 있었지만, 카이는 전혀 몰랐으니까.

「형, 제가 어떻게 벌써 티브이 시리즈의 주인공을…. 그것도 형이 나간 다음을 맡아서…. 못 해요. 할 수 있을 리가 없잖아요.」

「왜 못해.」

평소보다 가라앉은 그의 목소리에 카이는 언뜻 정신이 들었다. 유명에게서 저런 톤의 목소리는 처음 들어본다. 화가 난 것일까? 왜…?

「저는 아직 그 정도 능력이-」

「카이, 시즌 1에서 릴은 연기하기 쉬웠어? 조연이라고 대충 연기한 거야?」

「네? 아니요. 그건 절대 아니죠….」

카이의 목소리가 주눅이 들자 유명이 다시 톤을 누그러뜨린다.

「그래. 네가 대충 연기하지 않은 건 내가 잘 알지. 그럼 주연이 된다고 해서 뭐가 달라질까? 너는 릴의 삶을 살아가는 거야. 그 삶이 조금 더 많이 비추어지느냐, 적게 비추어지느냐의 차이일 뿐이잖아.」

「…네.」

「나는 네가 릴을 잘 연기할 것은 믿어 의심치 않아. 그건 네 배역이니까. 하지만 걱정되는 부분은 따로 있어.」

카이는 유명의 분위기에 압도되어 조심히 물었다.

「어떤 부분인데요…?」

23

깊고 무서운 진실을 말하라

유명은 카이와 함께해온 나날들을 떠올렸다. 그와 알게 된 지 2년. 그중 상당 시간을 유명과 카이는 함께 보냈다. 〈캐스팅 보트〉에서의 3개월, 〈미싱 차일드〉에서의 7개월은 거의 붙어 지냈고, 나머지 기간에도 카이는 자주 찾아와 연기에 대한 질문을 던지곤 했다. 그리고 유명은 감탄했다.

'역시 대형 배우가 될 싹은 다르구나.'

집중력, 감각, 열정. 새싹은 물을 붓는 대로 흡수해서 쑥쑥 자랐고, 어느새 한 그루의 나무가 되었다. 너무 급속히 성장했기에, 카이가 지금 느낄 혼란과 두려움을 모르지 않았다.

그럼에도 몰아세울 필요가 있었던 이유는, 원생에서보다 이르게 거머쥔 커다란 기회 앞에서 그는 지금 정신을 똑바로 차려야 하기 때문에.

「카이. 주연에게는 주연의 의무가 있어.」

「주연의 의무….」

「연기를 잘해야 한다는 말을 하는 게 아니야. 그건 기본이지. 그리고 네가 지금처럼 릴의 삶을 제대로 살아간다면 이미 충분한 부분이고. 하지만 좋은 촬영장이라는 건 좋은 연기만으로 만들어지지는 않아.」

'좋은 촬영장은 좋은 연기만으로 만들어지지 않는다.'

카이는 유명의 말을 귀 기울여 들었다. 단역이나 조연으로 여러 촬영장을 경험해보았지만 〈미싱 차일드〉 때만큼 배우와 스태프 모두의 집중력이 높고 화기애애한 촬영장은 없었다. 그는 지금 그 원동력을 이야기한다.

「말하자면, 주연배우는 커다란 모임의 호스트와도 같은 거야. 모임에 참석하는 것만으로 끝나는 게 아니라 분위기가 어떤지, 문제없이 잘 돌아가고 있는지도 신경을 써야 하지. 세세하게 배우들, 스태프들을 챙기라는 게 아니야. 너라는 배우에 대한 신뢰를 주고 항상 귀를 열어두고 있으면 그것만으로도 대부분은 문제없이 돌아가니까.」

카이는 그 말을 들으며 촬영장에서 유명의 모습을 떠올린다. 어떤 요구를 해도 항상 기대 이상을 보여주는 연기력, 늘 콜타임보다 이르게 도착해 준비된 연기를 다시 한번 점검하는 성실함, 기분의 고저를 드러내지 않고 온화한 무드를 유지하는 평정심, 그리고⋯ 멘탈이 나간 자신을 위해 고개 숙여 추가 촬영을 부탁하던 배려심.

― 신유명이라면 믿을 수 있다.
― 형이라면 어떻게든 해줄 거야.
― 우리는 저런 배우를 위해 일하고 있어.

그 신뢰가, 자부심이 〈미싱 차일드〉 같은 작품을 만들어냈다.

'그걸 내가 할 수 있을까⋯.'

그때, 자신의 마음을 읽은 듯한 목소리가 들려온다.

「저는 못 해요, 이건 틀린 말이야.」
「⋯⋯.」
「어떻게 해야 해요, 라고 물었어야지.」

약간의 책망과 걱정이 서린 다정한 목소리에 카이는 주저하며 한 번 더 묻는다. 또 혼날지도 모르지만.

「제가 할 수⋯ 있을까요?」

작은 웃음소리가 들리더니 유명이 못 말린다는 듯이 대답했다.

「당연하지. 내가 가르쳤는데 그걸 모를까.」
「⋯어떻게 해야 하나요?」
「좋아. 첫 번째는 주변에 스스럼없이 조언을 구하되 과하게 스스로를 낮추지 않는 거야. 중심이 흔들리는 주연만큼 불안한 건 없거든.」

시즌 1의 주연이 시즌 2의 주연에게, 또 다른 레슨이 시작되었다.

2009년 2월 12일. 그날 저녁은 유난히도 길거리에 사람이 적었다. 〈미싱 차일드〉의 마지막 에피 방영일이었기 때문이다.

― 와, 진짜 이거 결론이 어떻게 나려나….
― 아직 양부에게 제대로 한 방 못 먹였는데…. 시즌 2로 이어지겠죠?
― 비밀 파일의 정체는 오늘 밝혀지려나요?
― ○○○○○○○ ○○○○○ ○○, 이거 MISSING CHILD 20 아님?
― 삑! 틀렸음. 데카르도가 그거 입력했는데 에러 났었음.

유명도 전날 〈Appeal to the Sword〉의 촬영이 막 끝난 참이었다. 9시가 가까워져 오자, 얼마 전부터 같은 집에 머물고 있는 반순호 PD와 박영선 카메라 감독이 〈미싱 차일드〉가 곧 시작한다며 문을 두드렸다.
'너랑 맥주 마시면서 보는 게 재밌는데 어쩔 수 없네.'
{맥주는 먼저 마셨으니 그냥 옆에서 같이 보면 되징.}
'그래.'
유명은 마시던 맥주를 치워두고 미호와 함께 거실로 나왔다.
"앉으세요, 유명 씨. 와… 진짜 오늘을 목이 빠지게 기다렸네. 어떻게 같은 집에서 지내면서 스포는 죽어도 안 하냐…."
"막상 하면 귀 막으실 거면서."
"흠흠. 오오~ 시작한다!"
[MISSING CHILD, Last Episode]
셀리를 조수석에 싣고 데카르도는 황량한 국도를 달리고 있다. 목적지는 마지막 후보지. 기시감이 들게 하는 자줏빛 구름을 배경으로 국도를 달리다 다시 한번 그에게 떠오른 영감.
끼이익- 차가 멈춰 선다.

「왜 그래요, 데카르도.」

「잠시… 잠시만.」

그는 길가에 차를 세우고 황급히 노트북을 열어 잠겨 있는 파일을 클릭한다.

「뭔가 떠올랐어요?」

그 말에 대답하지 않고 데카르도는 입술을 꼭 문 채 빠르게 타자를 두드린다. 이미 관련이 있을 만한 영단어와 숫자의 조합을 수도 없이 입력해 보았다. 아이들을 '납치'해온 것을 알게 된 후에는 20명의 사라진 아이들을 의미하는 'missing child 20'으로도 여러 번 시도해봤었다.

그런데 그가 그것을 다시 두드린다. 7자. 5자. 그리고 2자.

[missing child 20]

「그건 이미 해본 거잖아요, 데카르도.」

그때, 권순호의 뇌리에 지난주 21화 코멘터리 방송에 나왔던 유명의 말이 스쳐 지나갔다.

— 그건 정말, 끔찍한 영감이었죠.

타닥타닥- 데카르도의 손놀림이 타이트하게 잡힌다. 암호를 입력하고 엔터, 에러가 뜨는 것이 반복된다.

[missing child 21]

[missing child 22]

[missing child 23]

「데카르도, 설마….」

무언가를 짐작한 듯, 셀리의 시선이 마구 흔들리기 시작한다. 데카르도의 손은 쉬지 않고 숫자를 하나씩 늘려서 입력한다.

[missing child 37]

[missing child 38]

[missing child 39]

권순호와 박영선의 얼굴에도 의아함이 스친다. 처음의 '저게 뭐지?'라는 생각은 어떤 가설을 떠올리고 '설마…' 하는 두려움으로 바뀐다.

[missing child 64]

[missing child 65]

[missing child 66]

[missing child 67]

띠릭- 거기서 파일의 락이 풀렸다. 셀리는 물론이고 시청자들까지 숨을 허업- 들이킨다. 그리고 데카르도는… 절망적인 표정으로 눈을 감았다. 파일이 열리자 스크롤이 주욱 내려가는 명단. 그 첫 번째에 데카르도의 이름과,

「…나도 있군요.」

중간중간 보이는 릴과 셀리의 이름. 이제는 외울 지경이 돼버린 18명의 입양아들의 이름과… 나머지 46개의 모르는 이름들.

별컥- 숨이 막히는 듯 그가 차 문을 열고 나가고, 셀리가 황급히 그 뒤를 따른다.

「데카르도, 설마….」

「…불현듯 그런 생각이 들었어요. 과연 세뇌가 모두 성공했을까.」

「…!」

「그렇다면 나머지 아이들은… 어떻게 했을까.」

데카르도의 말끝이 지진처럼 흔들리고 그의 눈에서 눈물이 뚝 떨어진다. 그리고 빗방울이 뚝- 후둑- 후두둑- 소나기라기에도 너무 갑작스런 장대같이 무거운 비가 하늘에서 마구 쏟아진다.

「기억이 떠올랐을 때, 같은 방에 친구들이 있었다고 했었죠?」

「…네.」

「왜 그 생각을 못 했을까. 마크, 빈센트, 티소. 입양아 목록엔 그들의 이름이 없었는데.」

셀리가 눈을 질끈 감았다. 파일에서 봤던 46개의 이름 중 분명 그런

이름들이 있었다.

「어떻게 이런…. 이런 사람을 아버지라고 15년을 생각해왔다니! 평생 그런 인간의 사랑을 구걸해왔다니!」

「데카르도! 정신 차려요. 진정… 진정해요. 응?」

이를 악물다 못해 바스러진 것인지, 그의 입에서 피가 주룩 흘러내린다. 비와 구별되지 않던 눈물은 피눈물이 되었고, 그것은 비와 섞여 붉은색으로 흘러내리기 시작했다. 쏟아지는 빗속에 데카르도는 고개를 하늘로 쳐들고 눈을 감았고, 셀리는 다리에 힘이 풀려 풀썩 주저앉았다.

「이건… 이건 아니잖아요….」

절망한 데카르도의 모습을 담으며 장면이 끝났다.

명단 속 46명의 인물은 실종자로 확인되었다. 그중엔 실종 후 사망이 밝혀진 사람도 있었고 미해결로 남은 사람들도 있었다. 하지만 공통적인 것은….

「8세 이전에 실종된 아이들이군요.」

「분명…하네요. 증거물이 생겼으니 기사화해볼까요?」

셀리의 제안에 데카르도가 고개를 젓는다.

「이걸론 안 돼요. 이게 실종된 아이들의 명단이라는 것 말고 무엇을 증명할 수 있죠?」

「그래도 그 사람 회사의 컴퓨터에서 나왔으니까-」

「빠져나갈 방법은 많아요. '우리 회사는 고아를 입양하는 일과 함께 실종아동을 찾는 일에도 관심을 두고 있었다. 아이들은 행복하게 자라나야만 하니까.' 이런 핑계를 댄다면요?」

「…….」

「더 정확한 증거가 필요해요. 판을 뒤집을 만큼 확실한 증거.」

데카르도는 흠뻑 젖은 채로 다시 운전을 시작했다. 마지막 목적지를 향해 속도를 높이고 또 높인다. 그의 몸이 벌벌 떨리는 것을 보면서도 셸리는 차마 돌아가자는 말을 하지 못했다. 그가 곧 죽어버릴 것같이 텅 빈 눈을 하고 있어서. 어떻게든 해야 한다는 생각마저도 빼앗으면 그의 영혼이 증발해버릴 것만 같아서.

「…여기가 맞아.」

절벽 아래, 도무지 사람이 살 것 같지 않은 황무지에 지어진 조그마한 민가. 벼랑 위에서 그곳을 내려다본 데카르도는 깨달았다. 자신이 납치되어 갔던 곳이 바로 이곳이었다는 걸.

「돌아가요.」

「네? 당신은-」

「한 명은 들어가서 증거를 찾아와야 해. 어렴풋이 기억이 나요. 저 집이 전부가 아니야. 절벽 내부에 시설이 있어.」

「그럼 돌아가서 경찰을 데리고-」

「안 돼! 경찰이 와준다고? 우리의 '심증'을 진실이라고 믿고? 심지어 경찰도 한통속일지도 모르는데? 수상한 움직임을 섣불리 보이면 더 꼭꼭 숨어버릴 겁니다.」

날카로운 그의 음색. 거기에는 이미 죽음을 각오한 사람의 의지가 배어 있다. 그의 말이 틀린 것은 아니다. 하지만….

「나는요. 당신을 사랑하는 나는.」

「사랑… 하하. 이 텅 빈 껍데기를 뭘 보고.」

「당신도 날 사랑하잖아! 그냥… 그때 말한 대로 우리 둘이 도망가서 살면….」

「셸리, 당신은 기자예요. 그렇죠?」

그 말에 그녀는 울먹임을 멈추었다. 기자? 자신이 과연 기자일까? 언론사에 들어간 것은 양부의 음모를 파헤치기 위해 선택한 일이었고, 사주가 된 것은 아버지 버크셔 의원이 지시했기 때문이었다. 그런 자신에게 사명감이란 게 있었을까. 하지만….

「깊고 무서운 진실을 말하라. 카를 힐티[8].」

그 말을 듣는 순간, 배 속 어딘가가 뜨끈해져왔다. 아아- 그래. 내가 학자로서 소명을 다하라는 말로 그를 일으켜 세웠었지. 하하, 그걸 이렇게 돌려받을 줄이야.

「세상 누구도 도와주지 않아. 지금 이 일을 할 수 있는, 아니, 해야 하는 건 우리뿐이야. 기자인 당신과 학자인 나.」

「…데카르도.」

「당신을 믿어요, 셀리 티셔.」

믿음. 이렇게 많은 고비를 넘겨서야 자신은 겨우 그에게 신뢰를 얻었다. 그것을 어떻게 배신할 수 있겠는가.

「내가 뭘 하면 되죠?」

「여기서 한 시간을 기다리다가 내가 돌아오지 않는다면 조용히 돌아가요. 그리고 릴에게 이걸 전해줘요. 여태까지 모은 모든 자료야. 릴이라면 내가 실패하더라도 이 일을 계속해줄 거예요.」

「릴은… 믿나요?」

「그라는 인간을 믿는 게 아니라 그의 기준을 믿어요. 이 일은 그의 기준에서 절대 용납하지 않을 일이니까. 그리고 당신은… 릴의 브레이크가 되어줘요.」

「브레이크….」

「그는 이 일을 해결하기 위한 무기로써 내 연구를 성공시키려고 할지도 몰라. 그라면 그걸 해낼지도 모른다는 게 지금 내게 가장 걱정되는 일이에요.」

「…알겠어요.」

---

8 카를 힐티(Carl Hilty, 1833-1909): 스위스의 사상가이자 법률가

몸을 돌리는 데카르도의 등을 셸리가 꺼안았다.

「사랑해요.」

「…나도 사랑해, 셸리.」

그는 절벽 사잇길을 위태롭게 걸어서 사라졌다.

그리고… 돌아오지 않았다.

[Missing Child Season 1, END]

그 해, 9월 말. 카이는 국제전화를 걸었다.

「카이?」

「형! 잘 지내요? 촬영은 끝났죠?」

「응. 얼마 전에 끝나고 바로 연극 준비 들어갔어. 데렉이랑 효준이도 같이.」

「우와! 나도 가고 싶다….」

「넌 〈미싱 차일드〉 찍어야지. 아 참, 시즌 2는 잘 보고 있어. 잘하고 있더라.」

「감사합니다, 헤헷. 아참, 에미상 수상 축하드려요, 형!」

〈Missing Child〉는 미국방송계의 오스카상이라고 불리는 에미상 시상식에서 올해 9관왕을 차지했다. 드라마 시리즈 부문 최우수상, 남우주연상, 여우주연상, 최우수 특수시각효과상, 최우수 드라마캐스팅 등 주요 부문을 모조리 휩쓸어 올해는 〈Missing Child〉를 위한 잔치였다는 후문을 남겼다.

유명은 남우주연상을 차지했지만 〈인격살인〉의 제작 때문에 시상식에 참석하지는 못했다. 딱히 아쉽지는 않았다. 지금 그에게는 눈앞의 작품 이상으로 중요한 것이 없었으니까.

「대신 수상해줘서 고마워.」

「헤헤.」
그때 옆에서 목소리 하나가 끼어들었다.
「똑바로 하고 있냐.」
「데렉은 언제 오세요?」
「난 휴가거든? 몇 장면만 찍으면 돼서 내년에 합류하기로 했어.」
「아….」
시즌 3에는 데렉의 비중이 작다. 대신 입양아들의 법적인 엄마인 '양모'가 사건의 키로 등장한다. 이 배역은 나탈리가 맡았고, 지금 카이는 마일리, 나탈리와 함께 시즌 3의 촬영에 막 접어든 시점이었다.
「잘해라. 나중에 가서 보고 엉망으로 해놨으면 알지?」
「하… 하하….」
유명의 목소리가 다시 들려왔다.
「카이, 다시 한번 릴로 살아갈 준비는 끝났어?」
「네! 오늘 첫 촬영이에요.」
「릴은 왜 세뇌당하지 않았지?」
이번 시즌에는 릴의 과거가 밝혀진다. 갑자기 테스트처럼 훅 들어온 질문에도 카이의 입에선 막힘없이 대답이 튀어나온다.
「양부의 세뇌는 아이들의 마음을 지배했지만, 릴의 기준은 마음 바깥에 있었으니까요.」
그것이 릴 딜런의 성격의 핵심인 '관조'. 세상을 볼 때 자신의 마음을 섞지 않고 객관적으로 볼 수 있는 능력.
「좋아. 그리고 촬영장에선 항상 어떻게 하라고 했지?」
「어깨를 펴고, 허리를 세우고, 당당하지만 거만하지 않게! 겸손하지만 비굴하지 않게!」
「훌륭해.」
카이의 몸에 피가 확 돈다. 반드시 그의 기대에 부응하고 싶다.

「이제 가봐.」
「고마워요. 형 이름에 먹칠하지 않게 잘할게요.」
「이미 잘하고 있어.」
그리운 선배이자 스승의 독려를 받으며 카이는 전화를 끊었다. 옆에서 마일리가 '유명 오빠야? 나도 바꿔주지!' 하고 입을 삐죽거린다.
「스탠바이! 촬영 시작할게요!」
제니브의 목소리가 들려오자 카이와 마일리는 동시에 벌떡 일어섰다.
「네, 지금 가요!」
〈Missing Child〉 Season 3의 촬영이 시작되었다.

24

외박은 안 된다

지연은 그렉이 컴퓨터로 타자를 연습하는 것을 보고 있었다.
"오빠, 독수리구나…."
"어? 응…."
"참 희한해. 뭐든 잘할 거 같은 사람이 왜 이렇게 어설프지?"
"신문물엔 익숙하지가 않아서…."
신문물에 익숙하지 않다니, 저 노인네 같은 소리는 뭐란 말인가. 어이없는 것은, 실시간으로 속도가 점점 빨라지고 있다는 것이다. 하기야 지나가는 사람의 몸동작을 얼핏 보기만 해도 그대로 훔쳐내는 사람이니 키보드에 적응하기 어렵지는 않겠지. 그럼 왜 이제까지 안 배웠냐고!

'참 이상한 오빠야….'

그녀는 팔짱을 끼고 어이없이 그를 내려다보았다. 하늘에서 떨어지는 글자에 집중해서 다닥다닥 쳐내던 그는 지연의 시선을 느꼈는지 그녀를 올려다보며 싱긋 웃었다.

쿵덕쿵덕- 그 웃음에 심장이 난리를 친다. 저렇게 생긴 인간이 저렇게 무방비하게 웃는 건 반칙 아닌가.

"고… 공연 준비하러 안 나가?"

"유명이 스케줄 갔잖아. 혼자 연습해?"

"아 참, 그러네?"

얼마 전 이사를 했다. 오빠 놈이 갑자기 넓은 전원주택을 계약하고 오더니 이사하자고 했다. 미국에서 넓은 집에 살다 오니 아파트가 좁게 느껴졌나 보다. 혹은 그렉이 자연스럽게 같이 살게 되어서 그런 걸지도. 오빠가 아파트에 드나들며 이웃들의 눈치를 보는 걸 신경 쓰셨던 엄마 아빠는 적극 동의하셨고, 그들은 이사를 오게 되었다.

신기한 건, 딸과 함께 사는 집에 외간남자가 들어오는 걸 엄마 아빠는 전혀 꺼리지 않았다는 거다. 마치 예전부터 같은 집에 살았기라도 한 것처럼.

"지연아."

"…어어?"

"어제 월급 받았지? 나 옷 사줘."

"와… 대배우님이 교사 박봉을 탐내네."

"아직 출연료 못 받았는데…. 나 옷도 별로 없는데…."

쿨럭- 지연은 코피가 터질 것 같아 엄지 검지로 콧등을 잡았다. 이 오빠는 평소엔 말을 툭툭 내뱉는 편인데, 자신에겐 가끔 애교를 부린다. 그럴 때마다 살랑거리는 꼬리가 보이는 것 같다. 개과는 아니고 고양이… 혹은 여우?

"가자. 옷 사러."

"지연이가 최고야. 세상에서 제일 예뻐."

"그 예쁜 얼굴로 그런 말 하지 마. 인생에 회의가 밀려오니까."

"진짠데…."

지연의 차를 타고 그들은 시내로 나갔다. 이 오빠는 운전도 할 줄 모른다. 뭐 할 줄 아는 일이 없다.

"와…."

하지만 그 모든 어설픔을 커버하고도 남을 정도로 얼굴이 지나치게 일을 잘한다. 새 옷을 입고 걸어 나올 때마다 런웨이가 펼쳐지는 듯한 착시가 들었다. 매장 직원들은 거의 넋이 나가서 자신을 쿡쿡 찌르며 속삭였다.

"저분 연예인? 아니면 세계적인 모델인가요?"

"기억에 없는 얼굴인데…. 어떻게 저 얼굴이 아직 안 알려질 수가 있죠?"

"혹시 저분 성함이…."

모르는 사람을 붙잡고 주접을 발휘할 정도로 그의 미모는 강력했다. 그렉이 '아직은' 자신과 누가 더 방바닥에 찰싹 붙어 있나를 겨루는 백수라는 걸 알면 깜짝 놀라겠지. 물론 오빠 놈의 말에 따르면 대단한 배우라고 하니, 〈살로메〉 공연이 시작되기만 하면 유명해지는 건 시간문제겠지만.

지연은 후광에 못 이겨 결국 그렉의 옷을 세 벌이나 사버렸다. 통장이 텅장이 되는 소리가 들린다.

"하아…. 이번 달 어떻게 살지."

"유명이가 카드 줬잖아. 필요할 때 쓰라고."

"그건 오빠 놈 돈이지 내 돈 아님."

그가 자신을 기특한 표정으로 바라보더니 이상한 질문을 한다.

"남친 돈은?"

"그것도 내 돈 아니지. '친'하지만 '남'인 사람이 남친이야. 헤어지면 그냥 남이지."

"남편 돈은?"

"그건 내 돈이지. 몰수닷."
그 말을 듣고 그렉이 싱긋 웃었다.
"그렇단 말이지…."
"뭐, 뭐!"
"팍팍 써. 저축 안 해도 돼. 내가 많이 벌어올게."
"오빠가 버는 거랑 나랑 무슨 상관인데."
"그런 게 있어."
그가 요망하기 짝이 없는 미소를 짓자 지연의 얼굴이 훅- 달아올랐다. 그녀는 휙 돌아서서 성큼성큼 걷기 시작했다.
"같이 가~"

〈살로메〉 재상연 첫 공연이 끝났을 때, 지연은 넋을 놓고 있었다. 객석등이 들어오고도 10여 분 후에야 겨우 정신이 들어보니, 부모님도 마찬가지로 그로기 상태였다.
"엄마 괜찮아? 아빠?"
"와… 이거 기저질환 있으신 분들은 보면 안 되겠다. 심장 떨어지겠어."
"우리 아들도 아들이지만 그렉이는 뭐니? 저런 앤 줄 몰랐네."
박 여사가 실감이 나지 않는 눈빛으로 말했다. 그녀는 처음 본 날부터 그렉이 귀여웠다. '그렉이'라고 부르며 아들같이 대했고, 너무 오래 누워 있으면 딸에게 하는 것처럼 등짝 스매싱을 하기도 했었다. 그런데 그의 연기를 보고 나니… 그렇게 스스럼없이 대했던 아들 친구가 너무 대단한 사람으로 보여서 식은땀이 날 지경이다.
"그러게…. 개예뻐…."
"응…."
지연이 자신도 모르게 격한 말투를 썼고, 박 여사는 그걸 지적할 정신도 없이 고개를 끄덕였다. 옆에서 지연의 아빠도 슬며시 고개를 주억거렸다.
 그날 밤, 공연을 마치고 돌아온 유명과 그렉은 묘한 기류를 감지했다. 너무 공연 잘 봤다고, 멋지다고 손뼉을 치면서도 부모님은 어딘가 모르게 어색해 보였다.
 "엄마, 왜 그래요?"
 "음…. 내가 여태 그렉이, 아니 그렉한테 너무 실례한 거 같아서."
 살짝 더듬으시는 엄마를 보고 유명이 쿡쿡 웃었다. 처음 볼 때부터 스스럼없이 그를 예뻐하시기에 수년간 같이 살았던 걸 은연중에 느끼시나 했는데, 이런 복병이 있었다니.
 "그러지 마세요."
 "으응…?"
 "엄마가 나 예뻐해주는 거 같아서 좋은데. 하던 대로 해주세요."
 쿨럭- 그의 필살의 애교에 유명이 기침을 터뜨렸다. 미호가 사라지고 그의 모친인 화호를 만났을 때, 그런 얘기를 들었다. 애가 너무 무뚝뚝해서 재미가 없다고.
 '지금 이 애교를 화호님이 보셨다면 선계에서 피를 토하고 계시지 않을까…'
 "그… 그래. 그렉이 밥 줄까? 저녁도 못 먹고 공연했지?"
 박 여사가 얼굴이 발그레해지더니 상냥한 목소리로 물었다. 아버지도 새로 얻은 아들을 보는 것처럼 훈훈한 표정을 지었다. 부모님은 늦은 식사 준비를 시작하셨고, 지연이 그렉을 방으로 끌고 갔다.
 "솔직히 얘기해요."
 "응?"
 "오빠 외계인이죠? 내가 처음 신유명 연기한다고 할 때부터 이상했어. 오빠가 외계인이고, 신유명도 외계인으로 만든 거죠?"
 그렉이 풉- 하고 웃었다. 지연의 상상력이 상당 부분 진실에 닿아 있다는 것이 재미있었다. 그는 팔짱을 끼고 지연을 가만히 쳐다보았다. 어이없이 귀엽단 말이지.

"남자는 맞아요? 살로메 완전 인간의 미모가 아니던데, 알고 보면 남장한 언니 아냐?"

"확인시켜줄까?"

그의 말에 지연의 얼굴이 새빨갛게 달아올랐지만, 평소처럼 등짝을 때리지는 못했다. 뭐든 좀 어설픈 오빠라고 생각했는데 그게 아니었다. 다른 건 몰라도 연기에 있어서는 프로 중의 프로라는 것을 알게 되었다. 그리고… 그가 연기하는 모습은 아름다울 정도로 눈이 부셨다.

"흐음…. 나 연기하는 모습 보고 반했나?"

"……."

"연기할 때 말고 평소의 나는 매력이 없었나 보네?"

"그… 그건 아니고!"

"아니면? 나를 어떻게 생각했는데?"

그가 한 발짝씩 가까이 다가오자 지연은 숨이 턱 막혔다. 이 오빠, 평소의 빙구 같은 캐릭터가 아니다. 위… 위험하다.

그때 방문이 벌컥 열렸다. 유명이 예리한 눈으로 그들을 바라보았다.

"뭐 해, 둘이서?"

"어? 어어… 그냥 좀 할 얘기가 있어서…."

지연이 당황해서 밖으로 뛰쳐나갔고, 딴청을 피우는 그렉에게 유명이 경고했다.

"외박은 안 된다."

"…네."

「후, 드디어…. 애가 타서 미치는 줄 알았네.」

409

「그러게요.」

「그 덤덤한 표정으로, 그러게요?」

2010년 11월. 인천공항에 두 명의 남자가 내렸다. 한 명은 얼굴을 가리고 잽싸게 이동하려고 했지만, 다른 한 명은 거만하게 턱을 치켜들고 천천히 걸었다.

「빨리 좀 가시죠.」

「싫은데? 언제 봐도 인천공항은 깨끗하고 좋네.」

데렉은 류신의 당혹스런 표정을 보고 일부러 더 속도를 늦췄다. 연기할 때를 빼곤 늘 무심하고 무표정한 얼굴이 구겨지는 걸 보는 쾌감이 여간 아니다.

「빨리 가서 '그'를 보고 싶지 않습니까?」

「너 때문에 입국도 늦어졌는데, 이제 와서 뭘 서둘러.」

「그건 영화 후반 작업 때문에! 하아… 그러니까 그냥 먼저 가시라고 했잖아요.」

「싫어. 비행시간 길어서 심심해.」

어쩌라는 건지. 류신이 한숨을 푹 쉬었다. 데렉도 웬만큼 놀렸다 싶고, '그'를 어서 보고 싶은 마음도 간절해서 발걸음이 빨라지려고 할 찰나,

"꺄아아악!"

"데렉 맥커디! 옆에는 서류신이야!"

"뭐야, 나 지금 꿈꾸는 거 아니지?"

"핸드폰! 카메라!"

카오스가 시작되었다. 류신은 '젠장' 하고 뇌까렸고, 데렉은 흠흠거리며 시선을 외면하더니 팬들에게 웃으며 손을 흔들어주었다. 그 웃음은 얼마 가지 않았다. 한참을 인파 속에서 부대끼다 결국 공항경비원이 출동하고 나서야 그들은 머리와 옷이 다 흐트러진 채로 겨우 공항을 빠져나올 수 있었다.

「아, 성격 진짜⋯.」

「⋯내가 이렇게 될 줄 알았나.」

「왜 모릅니까. 톱스타로 10년 이상을 살아오신 분이.」

「한국인들이 참 열정적이니네. 왜 서류신과 신유명을 낳았는지 알겠어.」

딴청을 부리며 받아넘기는 데렉을 보고 류신은 한숨을 쉬며 렌터카의 운전석에 앉았다. 매니저도 떼어두고 와버려서 자신이 보필해야 하는 상황이다.

「바로 가자.」

「짐도 안 풀고요? 바로 가면 공연 시간보다 한참 전일 텐데.」

「비행기에서 푹 잤잖아. 그냥 가서 기다리는 게 마음이 편할 거 같아.」

류신은 데렉을 잠시 쳐다보다가 시동을 걸었다. 데렉과 알게 되고 어느 정도 시간이 지나자, 데렉 맥커디가 거만하고 자기중심적이라는 세간의 평가가 썩 옳지는 않다는 것을 알게 되었다. 그렇지만 그가 최고이고, 최고에 걸맞은 자존심을 가지고 있다는 것 또한 안다. 그런 그가 이렇게 초조해하는 모습은 처음이다. 그 이유는⋯ 너무나 잘 알고 있다.

'나도⋯ 그러니까.'

원래 무표정한 편이 아니라면 지금 자신의 얼굴은 데렉보다 훨씬 다급했으리라. 그 정도로 신유명과 그렉 폭스의 〈살로메〉는 전 세계적인 화제였다. 공연을 본 사람마다 세상에 그런 세계가 있다는 것에 충격을 받는다는 소문이 무성한 공연.

'도대체⋯ 어떻길래.'

신유명만을 바라보며 노력하고 또 노력해왔다. 그런데 그 위가 또 있단 말인가.

우우웅- 액셀을 밟는 오른발에 힘이 꾹 들어갔고, 렌터카가 나는 듯이 고속도로를 달렸다.

25

미호의 매체 데뷔

공연이 끝났다.
'이건….'
류신이 가슴을 부여잡았다. 숨이 제대로 쉬어지지 않았다. 자신을 돌아보는 데렉과 눈이 마주쳤다. 그의 눈에는 핏발이 벌겋게 서 있었다.
'이런 게… 연기라고?'
거대한 수전당 객석. 그곳에 빼곡히 들어차 있는 관객들. 무대 위에 선 단 두 명의 배우는 수천 명의 관객에게 짓눌리기는커녕 그들의 멱살을 잡고 이리저리 휘둘러댔다. 관객들은 그들에게 자신의 숨통을 기꺼이 내어주며, 100분의 시간 동안 살로메와 레오도, 아덴의 세계로 끌려다녔다.
'연기의 세계가… 이렇게 광활했다니.'
그들은 알 수 있었다. 유명의 연기는 예전보다 까마득하게 경지가 높아졌고, 그런 그보다도 한 단계 위에 살로메 역을 맡은 저 배우가 있다는 것을. 무대를 보고만 있는데도 청각, 후각, 촉각, 온갖 감각들이 예리하게 살아난다. 가장 평범하게 살아온 관객조차도 그 자신이 레오도와 살로메가 된 것처럼 온 세포가 극적인 감각을 느끼고 있을 것만 같다.
관객들이 아직 정신을 차리지 못하는 가운데, 그들은 한발 먼저 수전당을 빠져나왔다. 깊이 몰입하고 빠르게 빠져나오는 훈련을 해온 사람들이라 가능했다. 그들은 나와서 서로 아무 말 없이 생각에 잠겼다.
'아직… 내 연기는 멀고 멀었구나.'
'세상에 저런 배우도 있었다니.'
그것은 자신을 감싸고 있던 단단한 껍질을 때리는 충격이었으며, 좌절인 동시에 희열이었다. 상상 속에서만 존재했던 '연기의 극의'에 가장 가까운 연기가 방금 눈앞에 펼쳐졌다. 저 연기를 누군가가 할 수 있다는 것을 바꾸어 말하면, 자신도 불가능하지는 않다는 것.

그들은 약속 장소로 이동했다. 유명과 그렉이 그곳으로 올 예정이었다.

「…안녕하세요.」

「안녕하세요.」

「안녕?」

4면에 한 명씩 앉게 되어 있는 정사각 테이블. 유명은 세 사람을 한눈에 담으며 참 재미있는 그림이라고 생각했다. 유명이 아는 사람들 중 가장 고고하고 자존심이 강하며 연기에 미쳐 있는 3명이 한자리에 모여 있다. 그 기 싸움의 승자는…?

'와…. 데렉의 저런 모습은 처음 보네.'

미호가 고개를 까딱하며 둘의 인사를 건성으로 받는데도 데렉은 그에게 세상 친절하고 나이스한 미소를 짓는다. 사나운 맹수가 순한 양이 된 모습을 보는 것 같다.

「그렉 씨 연기 보고 정말 감동했습니다. 혹시 다음 작품은 또 유명이랑 같이 하시는 건지-」

「글쎄, 다들 하는 거 봐서. 아… 목이 마르네.」

「물 떠오겠습니다!」

와…. 갖고 노네, 갖고 놀아. 이것이 천 년을 넘게 산 구미호의 연륜인가. 데렉이 대놓고 미호의 눈에 들려고 애쓰고 있었다면 류신은 '하는 거 봐서'라는 말을 들은 후 은근히 눈빛이 바뀌었다.

「안주 나왔습니다.」

안주가 나오자 류신이 잽싸게 미호의 앞접시를 가져가 소담하게 덜어서 앞에 놓는다. 맥주잔이 비는 순간만을 기다려 잔을 채워주기도 한다. 미호는 다리를 꼬고 앉아 당연하다는 듯이 그 모습을 지켜보고 있다.

'그냥 압승이네.'

미호의 성격이 다정하고 친절한 편은 아니었지만, 자신이나 가족들에게는 꽤 상냥했기에 이런 구도는 예상하지 못했다. 도도한 고양이의 마음을 얻으려고 이리 뛰고 저리 뛰는 집사들을 보는 것 같기도 하다. 그런데 그 모습이 너무나 자연스럽다.

「유명이랑은 어떻게 알게 되신 거죠? 바하마 분이시라고 들었는데.」
「한국 여행 중에 연극을 보러 갔다가 그 팀에 사고가 생겨서 공연에 갑자기 합류하게 됐는데, 그 공연을 본 유명이가 따라왔어. 같이 연기해보고 싶다고.」
「그런데 왜 여태까진….」
「그냥, 사정이 좀 있어서.」

아아- 둘은 고개를 끄덕인다. 표정을 보니 뭘 상상하고 있는지 알겠다. 어느 왕실의 숨겨진 후계자라든가, 혹은 마피아 집안의 자제라든가, 그런 걸 상상하고 있는 모양이다. 미호의 외양은 어떤 소설을 갖다 붙여도 믿어질 만큼 드라마틱하니까.

'실제로는 그보다 더 드라마틱한 과거를 갖고 있지만.'

그렇게 슬슬 이 자리의 분위기가 잡혀갈 무렵, 새로운 인물 하나가 등장했다.

"수연아!"

그렉이 그녀를 반갑게 부르는 것에 류신은 깜짝 놀랐다.

"어, 아… 안녕하세요."

"여기 앉아. 아니다. 여기 자리가 좀 좁네. 테이블을 하나 더 붙일까?"

미호가 입을 떼자마자 데렉과 류신이 일어나 몸을 움직인다. 룸 안에 하나 더 있던 테이블을 가져와 붙이자, 수연이 앉을 자리가 만들어졌다.

"안녕하세요, 그렉 씨. 그런데 혹시 절 아세요?"

그 말에 류신이 더욱 놀랐다. 수연아- 하고 친근하게 이름을 부르길래 안면이 있는 줄 알았는데, 그게 아닌 모양이다. 데렉이 왜 그러냐고 옆구리를 쿡쿡 찔렀고, 류신은 그에게도 지금 상황을 설명해주었다.

"팬이야."

"네? 제… 팬이요?"

"응. 그러니까 오빠라고 불러."

뭔가 이상한 논리지만 수연은 기뻤다. 처음 〈살로메〉를 보았을 때의 충격이 잊혀지지 않는다. 유명 수준의 배우가 또 있다는 것에도 놀랐지만, 그만한 배우 둘이 같이 무대에 섰을 때의 폭풍 같은 흡입력은 차마 말로 표현하기 어려웠다.

그 뒤로 그를 존경해왔던 수연은 그의 제안에 냉큼 오빠라고 불렀다.

"오빠."

"그래. 친하게 지내자."

"와…. 수연이만."

자신들에게 하던 태도와 180도 다른 그렉의 모습에 류신이 조금 억울한 듯 중얼거렸다. 그 광경을 보고 유명이 피식 웃었다.

'수연아. 바로 그 사람이 네 은인이야.'

어쩌면 그들은 그렉이 여자에게만 친절하다고 생각할지도 모르겠지만, 유명은 알고 있었다. 수연이 과거의 벽에 갇혀 힘들어하고 있을 때, 누구도 하지 못할 방식으로 그녀를 구해준 것이 바로 미호였다는 사실을.

"잘했어. 착해. 예뻐."

미호는 그녀가 정말 딸이나 여동생이라도 되는 것처럼 무슨 말을 할 때마다 칭찬일색이었다. 마치 그녀가 어릴 적 받지 못했던 칭찬을 모두 해주려는 것처럼 보였다. 수연은 그의 영문 모를 호의가 기분 좋은지 얼굴이 발그레해져 있다.

그 모습을 보고 류신이 슬쩍 유명에게 말한다.

"이제 완전히 밝아진 것 같죠, 수연이."

"네. 그 모든 일이 사라지진 않겠지만, 기억에 맞설 수 있을 만큼은 성장한 거 같아요. 대견하네요."

"그거 알아요?"

류신의 말투에 뭔가 회한이 어린다. 유명이 말해보라는 듯이 그가 있는 쪽으로 살짝 몸을 기울였다.

"유명 씨가 대단하다고 생각했던 적이 한두 번이 아니었지만, 그중에서도 가장 충격적이었던 때가 그때였어요."

"언제요…?"

"수연이랑 했던 사이코 드라마."

유명이 아- 하고 고개를 끄덕였다. 그건 사실 미호가 했던 일이다. 미호의 존재를 알고 있던 자신이 보기에도 놀랍고 대단했으니 류신은 오죽했겠는가.

"누군가의 인생을 그렇게 도와주려고 하는 선한 마음이요."

…그 얘기가 아니었나.

"나는 그랬던 거 같아요. 매뉴얼대로 후배들을 훈련시켰고, 연기에 대한 상담을 받으면 같이 고민해주기도 했지만, 속으로는 어차피 자기 일은 자기의 몫이라고 생각했어요."

"맞는 말인데요."

"결국엔 맞는 말이지만 과정이 틀렸던 거죠. 유명 씨가 수연이를 데리고 왔을 때, 나는 솔직히 헛수고가 될 거라고 생각했어요. 그런데 본인도 어찌할 수 없었던 문제를 유명 씨가 개입해서 해결해내는 걸 보고 정말 놀랐죠. 그걸 실제로 해낼 수 있는 능력에도 감탄했지만, 남의 일을 그렇게까지 본인 일처럼 생각하는 마음에 더 놀랐어요."

그건 자신이 설수연이라는 배우의 가능성을 알고 있었기 때문이라고 생각했지만, 류신의 말이 또 이어졌다.

"그게 〈캐스팅 보트〉에서도 내내 보였어요. 유명 씨는 그런 사람이더라고요. 주변에 있는 사람들을 성장시키기도 하고, 더 행복하게 만들기도 하는 태양 같은 사람."

칭찬이 과하다. 유명의 얼굴이 조금 붉어졌다.

"효준이도 그러더군요. 〈캐스팅 보트〉 당시, 천방지축 까불던 자신에게 유명 씨가 놓았던 일침도 아팠지만, 그런 자신을 걱정해서 다시 시작할 곳까지 알아봐 줬을 때는 이 사람을 절대 실망시킬 수 없다고 생각했다고."

"…기특하네요."

"그 말을 듣고 효준이는 꽤나 진심으로 가르쳤죠. 원래는 안 하던 종류의 개입도 해가면서."

"감사합니다."

"내가 고마워요. 나 또한 유명 씨의 개입으로 인생이 달라진 사람 중 하나잖아요."

항상 무표정한 그의 얼굴에 시원한 웃음이 어린다.

"후회되는 게 하나 있는데."

"…뭔데요?"

"그때 괜한 고집을 부렸어요. 10년 이상 노력했는데도 따라갈 수 없는 재능을 보니 괜한 객기 부린 것 같기도 하고. 사실 〈피터팬〉 때 이후로 모두 인정은 했는데 쑥스러워서 말을 못 꺼냈어요."

유명은 그가 무슨 말을 하는지 눈치챘다.

"말 놓으세요, 형."

"…그래. 너도 나. 편하게 지내자."

"알았어, 형."

유명이 밝게 웃었다. 그는 오래전부터 류신이 말을 놓길 기다리고 있었다. 그의 자존심과 열정을 좋아했고 그와 더 가까워지길 바랐다. 그들은 이제야 라이벌에서 친구가 되었다. 그렇다고 라이벌이 아니게 된 것은 아니었지만.

「진짜 한국말 배워야지, 안 되겠네. 여기서 한국어 못하는 사람 나밖에 없어?」
「하하, 죄송해요. 이제 영어로 할게요.」
「같이 사진 하나 찍자.」
「우와, 아이폰4다! 그거 카메라 500만 화소라면서요!」
「액정은 레티나 디스플레이야.」
 폰을 보면서 수연이 감탄하고 데렉이 으쓱한다. 유명은 미호와 시선을 맞추며 웃었다. 이렇게 오랜 시간 즐겁게 연기를 해왔는데도 아직 2010년이다. 앞으로 즐거운 시간들이 더 많이 남아 있겠지.
「하나- 둘- 셋- 김치!」
 향후 '저세상'으로 명명되는 그들의 사진이 메모리에 저장되었다.

'미호의 매체 데뷔를 뭘로 시켜야 할까.'
〈살로메〉가 끝난 유명의 고민은 그것이었다. 〈살로메〉가 엄청난 화제가 되기는 했지만, 사실 무대공연에는 한계가 있다. 객석수도 제한되어 있고, 연극 시장은 영화나 드라마의 시장보다 훨씬 작기 마련이니까.
'좀 더 미호가 골라서 연기할 수 있게 해주고 싶은데….'
 미호라면 무슨 역을 맡겨도 상상 이상으로 해내겠지만, 그래도 아직 필모그래피가 없는 배우의 '첫 작'에 들어오는 오퍼는 한계가 있기 마련이다. 본격적인 작품을 찾기에 앞서 미호를 강렬하게 노출시킬 방법이 뭐가 있을까. 살로메를 연기한 배우라고 매체 인터뷰를 시키면 그의 연기력보다 외모가 먼저 조명될 것 같다. 그에 대한 해답은 문 대표가 내려주었다.
"〈미싱 차일드〉 있잖아요. 카메오로 등장시키죠."
"아…!"
"CRD에 연락 넣어볼게요. 시즌마다 유명 씨 섭외하려고 안달이었으니, 유명 씨와 그렉이 함께 간다고 하면 쌍수 들고 환영할 겁니다. 그리고 다들 알게 되겠죠, 그가 어떤 배우인지. 아마 섭외가 물밀 듯이 들어올 겁니다."

지금 〈미싱 차일드〉는 시즌 4의 제작에 들어가 있었다. 문 대표가 연락하자 CRD에서는 예상대로 침을 흘리며 그 제안을 덥석 물었다고 했다.

2011년 1월. 유명은 그렉, 지연과 함께 LA행 비행기에 올랐다.

26

신이시여

2011년 1월. 로스앤젤레스.

"와… 대박. 이게 집이라고?"

"마음에 들어?"

"오라버니. 저 평생 여기서 가정부로 살면 안 될까요?"

베벌리 힐스의 집에 도착하자 지연의 입이 떠억 벌어졌다. 자신만 '그 집'에 한 번도 못 가봤다고 노래를 부르더니, 이번에 드디어 방학을 틈타 유명과 그렉의 미국행에 따라오게 된 것이다. 문 대표가 끊어 준 퍼스트클래스에 앉아서도 입을 다물지 못하더니, 집에 도착하자 거의 침을 흘릴 기세였다.

"왜 가정부로 살아. 내가 사줄게."

그렉이 지연에게 집을 사준다고 하자 유명이 고개를 획- 돌렸다. 그는 딴청을 피우며 수영장으로 달려갔다.

"와, 수영장이다. 나 물 좋아!"

— 나 물 좋앙!

그 말에 유명의 표정이 부드럽게 풀어진다. 꼬리를 뱅글뱅글 돌리며 수영장 위를 날아다니던 아기 여우의 모습이 눈에 선하게 떠오른다.

"형, 저녁은 바비큐 파티 어때요. 날씨도 좋은데!"

얼마 전 다시 미국으로 발령이 난 호철은 이제 실장 타이틀을 달았는데도 유명을 직접 데리러 오는 것을 양보하지 않았다. 그는 차 트렁크의 아이스박스에서 고기를 잔뜩 꺼내더니 불을 지피기 시작했다.

"1월에 야외 바비큐 파티 대박…. LA 최고다!"

"집 안에도 들어가 봐."

"잠시만. 심장이 너무 나대서 진정 좀 시키고."

잠시 후 지연이 집 안으로 들어서자 유명과 그렉은 그녀의 뒤에 바짝 붙었다. 지연의 리액션이 궁금해서였다.

"이게 집이냐 궁궐이냐!"

"티브이 사이즈 무엇….”

"헐, 전망 보소."

그녀의 반응은 봐도 봐도 질리지 않았다. 하지만 가장 큰 반응은 좀 더 뒤에 나왔다. 고기가 익어가는 것을 지켜보고 있는데 그렉이 수영복을 입고 나오더니 물에 풍덩 뛰어들었다.

"미친…!"

지연의 얼굴이 확- 달아올랐다. 그러면서도 그녀의 눈은 그렉에게서 떨어지지 않았다. 조각 같은 은발 미남이 수영장에서 유영하는 모습은 꿈결처럼 아름다웠으니까. 유명은 새삼스레 지연이 얼빠라는 사실을 깨달으며 바비큐 한 점을 꾹꾹 씹었다.

"앗, 뜨거."

입천장을 데었다.

「작가님들.」

「유명 씨! 허어엉….」

「뭐야. 왜 이렇게 잘생겨졌어! 어떻게 거기서 더 잘생겨질 수가 있지?」

「하하, 작가님도….」

그날 밤, 두 작가가 집에 놀러왔다. 유명은 대문 앞까지 내려가 그녀들을 마중했다.

「시즌 2, 3 모두 잘 봤습니다. 너무 재밌던데요.」

재밌다는 말은 진심이었다. 원생에서 〈미싱 차일드〉를 봤을 때도 정말 잘 만든 미드라고 생각했는데 지금은 더 좋아졌다. 카이의 연기도 한 단계 도약했고, 작가들도 시즌 1의 데카르도의 스토리가 깔려 있어서 그런지 더욱 풍부하고 깊이 있는 스토리를 만들어내고 있었다.

「맨날 듣는 소린데 유명 씨한테 들으니까 더 좋네.」

「시즌 4 카메오, 진짜 하는 거죠?」

「유명 씨가 시간 낸다는 소리 듣고 얼마나 설렜는지 몰라.」

「나도 나도.」

육 작가와 에바가 번갈아 기쁨을 표했다.

「그런데 어떤 방식으로 끼워 넣으시게요? 데카르도가 잠시 등장했다가 빠져나가긴 쉽지 않을 것 같은데.」

「다 생각이 있죠. 이왕이면 쭉 출연해주면 좋겠지만.」

「그나저나 다른 카메오는 진짜 그렇게 대단해요? 소문만 무성하던데.」

그때 그들은 정원을 지나 저택에 당도했다. 수영장에서 물을 가르는 소리가 들렸다. 조명을 켜놓아 반짝이는 수면 위에 누군가의 머리가 언뜻언뜻 비쳤다.

좌아- 수영을 하던 사람이 물살을 가르고 일어섰다. 은발에서 물방울이 똑똑 떨어졌다.

「맙소사….」

작가들의 턱이 땅으로 뚝 떨어졌다.

〈Missing Child〉 시즌 4의 촬영장. 유명이 스튜디오 안으로 들어서자 반가운 얼굴들이 우르르 달려왔다.

「유명 형! 어서 오세요!」

「카이, 잘 지냈어?」

카이는 몰라보게 늠름해져 있었다. 아름답지만 소년 같던 인상을 벗고 이제는 20대 중반의 미청년이 된 〈미싱 차일드〉의 주연배우. 그는 작년 〈미싱 차일드〉 시즌 3로, 시즌 1의 유명의 뒤를 이어 에미상 남우주연상을 수상했다.

「오빠아!」

「유명 씨!」

마일리와 나탈리가 달려왔다. 마일리가 연기하는 셸리 티셔는 때로는 릴을 보좌하고, 때로는 견제하며 작품 전반에 아슬아슬한 분위기를 조성하고 있었다. 그리고 나탈리가 연기 중인 양부의 법적인 배우자이자 입양아들의 서류상 엄마인 '양모'. 그녀는 지적이면서도 종종 광기 어리게 돌변하는 연기로 시즌 3에서 엄청난 포스를 내뿜었다.

「안녕하세요!」

「캐스팅 축하해요, 에르히.」

시즌 4에는 에르히도 합류했다. 그녀는 다른 배후 세력이 고아들을 이용해 만든 조직에서 킬러 배역을 맡았다. 움직일 때 인기척조차 나지 않는 옅은 존재감의 킬러는 에르히에게 딱 맞는 배역이었다. 그녀는 정말 열심히 연기를 해왔는지 예전보다 존재감이 많이 선명해져 있었다. 몇 년만 더 지나면 훨씬 다양한 배역을 맡을 수 있게 되리라.

"유명 형!"

효준도 달려왔다. 그는 이번 시즌 '새로운 천재 기후학자'의 공개 캐스팅에 당당히 합격했다. 데카르도는 자신의 연구를 모두 폐기하고 사라졌지만, 릴은 그것을 되살리기 위해 예전의 공식을 복기해내고 양부에게 남아 있던 자료도 빼돌린다. 그리고 이 연구를 마무리할 다른 천재 기후학자를 찾는다. 연구의 성과를 자신의 '카드'로 활용하기 위해. 그 배역을 효준이 연기하고 있는 것이다.

"잘하고 있지?"

"에이, 당연하죠. 예전의 내가 아니거든요?"

"흐음…. 수상한데."

"와, 이렇게 억울할 수가! 육 작가님한테 물어보세요!"

"효준이 엄청 열심히 해요."

어느새 다가온 육 작가가 효준의 가리키며 엄지를 척 올렸다. 유명이 장난이라고 웃으며 효준의 등을 두드렸다.

「여긴가…?」

그때 유명의 뒤쪽으로 누군가가 들어섰고, 촬영장 전체가 환하게 밝아지는 느낌에 모두가 시선을 집중했다. 마일리가 멍하게 탄성을 터뜨렸다.

「이분이 바로 그….」

「그렉이야. 내 친구고, 이번에 함께 카메오 출연을 하게 된 배우지.」

「와….」

촬영장이 조용해졌다. 모두가 그렉의 얼굴을 보느라 정신이 없었다. 한참 동안 여기저기서 감탄사만 터져 나왔다. 그나마 며칠 전에 한번 봐서 면역이 생긴 육 작가가 나서서 그를 이끌었다.

「그렉, 어서 오세요. 〈미싱 차일드〉팀 전원은 그렉을 환영합니다.」

「…환영합니다.」

「…환영합니다!」

「아, 유명 씨는 물론이구요.」

423

「배우님들, 환영합니다! 분장실로 가시고 다른 분들은 촬영 시작합시다!」
 이성적인 제니브가 먼저 정신을 차리고 분위기를 수습하기 시작했다. 유명과 그렉이 분장을 위해 옆쪽 공간으로 이동하고 나자 건너편에서 촬영을 시작하는 소리가 들렸다.
 나란히 앉아 분장을 받으며 유명이 물었다.
 "나 말고 다른 사람과 연기하는 건 처음이잖아. 기분이 어때?"
 "…설레네."
 평소의 틱틱대는 말투가 싹 사라졌다. 그는 진한 설렘을 담아 조용히 대답했다. 그런 그를 보자 유명도 가슴이 쿵쾅대기 시작한다. 다른 사람들과 '함께' 만들어나가는 연기를 처음으로 경험할 미호. 그리고 미호의 경이로운 연기를 보고 충격에 빠질 사람들.
 '어서 빨리 보고 싶네.'
 시간이 흐르고 그때가 다가왔다.
「신 27 스탠바이 해주세요!」
 미호가 등장하는 장면이었다.

 그렉과 첫 연기합을 선보이게 된 첫 배우는 나탈리 카센이었다. 데렉이 나탈리의 옆에서 투덜거렸다.
「내가 먼저 그와 연기하고 싶었는데.」
「그 정도로 대단한가요?」
「대단…이라는 말로는 너무 모자란데.」
 나탈리는 가슴이 떨렸다. 저 데렉이 당연하다는 듯이 자신보다 뛰어나다고 말하는 배우, 저 신유명이 자신의 스승과도 같다고 말하는 배우. 배우들 사이에서 〈살로메〉는 이미 전설과도 같았다. 그녀도 너무나 그 공연을 보고 싶었다. 촬영만 아니었다면 무슨 수를 써서든 한국에 방문했을 것이다.

「영광이라 생각하고 잘하고 와. 진짜 부럽네.」

「…알았어요.」

나탈리는 호흡을 가다듬고 프레임 안으로 들어섰다.

그리고 분장실에서 그가 걸어 나왔다. 화악- 후광이 비치는 것 같았다. 새하얀 명주에 금사가 수놓아진 의상. 그리고 순은으로 뽑아낸 것 같이 반짝거리는 그의 은발. 그는 마치 세상에 강림한 '신'처럼 보였다. 그리고 그는 정말로 '신'을 연기할 예정이었다.

Scene 27 양모의 과거

양모는 미국을 움직이는 경제계 큰손의 딸이었다. 그녀는 양부의 법적인 배우자였지만 진짜 부부 관계는 아니었다. 함께 살지 않았고, 서로 사랑하지도 않았다. 그럼에도 그와 손을 잡은 것은 그의 능력을 높이 샀기 때문.

— …양자를 들이겠다구요?

— 당신이 신경 쓸 일은 없을 겁니다. 가엾은 아이들에게 기회를 주려는 것뿐이에요.

그녀는 무감각하게 그를 바라보다가 서류에 사인해주었다.

'가엾은 아이들에게 기회라…. 웃기고 있네.'

앨버트 딜런. 저 교활한 작자가 이득 없이 선행을 베풀 리가 없다. 그런 번지르르한 말을 믿는 것은 아니지만 상관없었다.

— 여기에도 서명해주시죠.

— 여기에도.

양자 서류는 점점 늘어났다. 하나, 둘, 셋…. 그녀는 총 스물한 개의 서류에 사인을 했다. '아이들'의 활약을 보고서 그가 일부러 천재를 골라서 입양하고 있다는 것도 눈치챘다. 하지만 아무렴 어떠랴. 그에게 이익이 되는 일은 곧 자신과 자신의 가문에도 이익이 되는 일일 텐데.

그런 그녀가 변하게 된 것은… 아아, 신을 만나고 나서였다.

「가엾은 여인아.」

「…신이시여. 제가 왜 가엾나이까.」

「아무것도 모르는 채로 씻을 수 없는 죄를 지었구나. 몰랐다고 하여 죄가 아니지 않은 것을.」

온 공간에 성스러운 아우라가 가득 찼다. 한없이 자애롭고도 위대한 빛. 신을 직접 본다는 것은 한낱 인간인 그녀가 감당하기 어려울 정도로 숭고한 일이었다. 나탈리는 자신도 모르게 눈물을 줄줄 흘리고 있었다. 그녀는 영혼까지 양모가 되어 무릎을 꿇고 외쳤다.

「제가… 무슨 죄를 지었나이까!」

「네 지아비의 죄에 아무것도 모르는 채 손을 거들었구나. 아아, 이 가엾을 아이를 지옥에 보내야 한다니.」

「…제 죄를 씻으려면 무엇을 해야 하나이까.」

「반의반이라도 덜기 위해선 모든 것을 바로잡고, 평생을 속죄하며 살아야 할 것이다.」

양모의 광신도적인 신앙이 시작되었던 날, 그녀가 만난 신. 그 역을 맡은 배우가 연기를 마치고 눈을 떴을 때 촬영장의 누군가가 기도를 올렸다.

「신이시여….」

완전한 정적 가운데, 제니브가 영혼까지 빨린 목소리로 오케이를 선언했다. 미호가 온 시선을 한몸에 받으며 걸어 나왔다.

"좋았어?"

"응. 재밌네, 확실히."

「와… 어떻게, 어떻게….」

유명 옆에 서 있던 마일리가 말을 잇지 못하고 버벅거렸다. 미호의 연기가 엄청나게 충격적이었던 모양. 미호의 뒤로 나탈리가 천천히 유령처럼 걸어 나왔다. 그녀의 눈에선 아직까지도 눈물이 쏟아지고 있었다.

다음 신은 유명의 차례였다.

27

삶이라는 공연의 연출가

 # Scene 28 연구소

셀리가 근무하던 연구소도, 시즌 1에 나왔던 세뇌시설도 아닌 또 다른 연구소. 어두침침한 공간에서 데카르도는 완전히 정신이 나가 있었다. 양부가 그의 턱을 들어올린다.

「데카르도. 내 아들. 언제까지 고집을 부릴 셈이니.」

「난… 데…카르도가 아냐…. 내 이름은… 데이브.」

데이브(Dave). 그 이름의 뜻은 사랑받는 아이. 세뇌시설에 있었을 때, 아이들은 새 이름을 받았다. 하지만 같은 방에 갇혀 있던 아이들은 원래의 이름을 서로 불러주었다.

— 내 이름은 데…카르….

— 아니, 네 이름은 데이브야. 데이브, 잘 생각해봐.

— 데…이브. 맞아, 나는 데이브야.

하루하루 흐려져가는 기억 속에서 그들은 서로의 이름을 서로가 되새겨 주며 잊지 않으려고 애썼다. 아마도 그 친구들은 세뇌에 실패해 폐기처분되었을 것이다. 그들이 불러주던 이름을 데카르도는 쉴 새 없이 중얼거린다.

「고집이 센 아이로구나, 데카르도.」

또 한 번 약이 강제로 투여된다. 데이브는 머리를 쥐고 마구 흔든다. 다시 한번 눈을 떴을 때, 그는 멍하게 중얼거렸다.

「아버지….」

「그래, 내 아들.」

「무서운 꿈을 꿨어요.」

「그래. 모두 꿈이란다. 이제 네가 좋아하는 공부를 할까?」

「…네.」

양부가 그의 앞에 연구 자료를 들이밀자 그의 동공이 마구 흔들린다. 격한 거부 반응. 죽어도 '그 연구'를 지속할 수 없다는 의지가 무의식 속에 각인되어 있었다. 결국 그는 거품을 물고 쓰러졌다.

옆에 서 있던 '개리'가 묻는다.

「어떻게 할까요? 여기서 더 강도를 높이면 아예 지적인 사고를 못 하게 될 정도로 망가질지도 모릅니다.」

「망가져도 할 수 없지. 좀 더 높여봐.」

양부가 쯧- 혀를 차고 일어섰다. 이것은 데카르도의 짧은 등장으로, 양부의 잔학함을 강조하는 장면.

「오케이- 수고하셨습니다!」

제니브가 오케이 사인을 냈고, 스태프들이 웅성대기 시작했다.

「신유명 씨는 연기가 더 늘었네. 어떻게 더 늘 수가 있지?」

「이 장면 방영되면 데카르도 불쌍하다고 난리 나겠는데.」

이제 카메오 신은 한 장면만이 남았다. 유명과 그렉이 함께 등장하는 장면.

Scene 29 데카르도의 환상

고문 같은 세뇌 끝에 얻은 데카르도의 작은 안식. 그는 영혼이 빠진 눈빛으로 주저앉아 멍하게 허공을 바라본다.

'실패했을 때 깔끔히 죽었어야 했는데.'

그때 그곳에 뛰어든 것을 후회하지는 않는다. 후회되는 것은 단 한 가지, 죽을 준비를 하지 못했다는 것. 방 안에는 음식이 준비되어 있다. 포로에겐 지나칠 정도로 화려한 메뉴들이다. 하지만 그는 그것을 먹지 않는다. 그가 소망하는 것은 오늘 밤에라도 조용히 죽음을 맞이하는 것뿐이다.

삐걱- 문이 열린다. 데카르도는 몸을 움츠렸다. 또 다른 프로그램이 시작되는 걸까. 아직 시간이 되지 않았는데…. 그는 도망갈 구석도 없는 벽 쪽으로 파고든다. 하지만 새어 들어온 것은 자애로운 빛이었다.

「데이브.」

데카르도가 아닌 데이브. 그 이름에 고개를 돌린다. 그리고 그는 눈물을 왈칵 터뜨렸다.

「아아, 신이시여. 저를 데려가러 오셨군요.」

그때, 둘의 투샷을 보고 카이는 눈을 비볐다.

'하아…'

이것은 천지창조와도 같았다. 신과 인간의 만남이며 절망과 희망의 랑데부였다. 새까만 고통 속에서 신을 올려다보는 인간, 그런 그에게 양손을 벌리는 신. 그 극적인 대비는 숭고하기까지 했다.

'…데카르도는 구원받았구나. 사명을 다하고.'

마음속에 평안한 안식이 자리했다. 소명을 다한 이는 신의 품에 안겼다. 이제 그에게 더 이상 고통은 없을 것이다.

「오케이- 컷!」

두 배우는 오케이 사인이 나자마자 배역에서 빠져나왔다. 뭔가 비현실적인 모습이었다. 촬영을 지켜보던 사람들은 웃으며 프레임 밖으로 걸어 나오는 두 사람을 바라보았다. 최고끼리 서로를 격려하는 그림 같은 장면을.

촬영이 끝난 후, 유명은 육 작가에게 물었다.

"육 작가님, 그렉이 맡은 역할은 진짜 '신'인가요?"

"그건 Agency W에 달렸죠."

"…?"

"시즌 3에서 양모의 광신도적인 신앙은 여러 번 조명되었지만, 신을 영접한 순간을 직접 보여줄 생각은 없었어요. 조악한 그림이 될 게 뻔하니까요. 그런데 그렉을 보는 순간, 지상에 강림한 신을 보는 듯한 착시에 시달렸죠. 굉장한 장면이 나올 것 같았어요."

작가들이란 이렇게 예리한 건가. 원래 신 맞는데….

"그럼 Agency W에 달렸다는 말은…."

"이번 카메오 출연이 끝이라면 그는 진짜 신, 혹은 양모와 데카르도가 본 환상으로 그치겠죠. 하지만 다음 시즌에 두 사람이 출연해준다면 그걸 떡밥으로 활용할 방법은 무궁무진해요."

"예를 들면요?"

"그렉은 사기꾼으로, 릴이 양모를 끌어들이려고 계획적으로 그에게 신을 연기시킨 것으로 만들 생각이에요."

"아아…. 그럼 데카르도도-"

"죽은 게 아니라 그가 구해간 거로 풀 수 있겠죠."

와아…. 유명은 박수를 쳤다. 카메오를 적절하게 활용하면서도 다음 시즌에 투입할 만반의 준비까지 해두다니.

"그나저나, 두 분 다 정말 대단하네요. 그렉이 연기한 신을 보고 나도 무릎을 꿇을 뻔했어요. 저 인류애가 가득한 표정이 연기라니…. 그리고 유명 씨가 망가져갈 때의 표정엔 퇴폐적인 섹시미가… 앗, 갑자기 다른 시나리오 영감이 떠오르네."

그녀는 허겁지겁 노트와 펜을 꺼내서 어딘가로 사라졌다.

「유명 형, 그렉 형. 감사합니다.」

카이는 최고의 카메오였던 두 배우에게 정중히 인사했다. 이제 촬영장을 대표하는 주연배우의 격에 완전히 물이 올라 있었다.

「그래. 촬영장 분위기 좋더라. 잘하고 있을 줄 알았어.」

「형 덕분이에요. 조금씩 연기에 대해 감을 잡으니까, 그때 더 못 배운

게 너무 아쉬운 거 있죠. 진짜 배울 게 많았는데.」

「다음에 또 같이 일할 기회가 있겠지.」

「그것만 기다리고 있어요. 아 참, 그렉 형이랑도요.」

카이가 싹싹하게 말을 붙이자 그렉도 피식 웃으며 고개를 끄덕였다. 그리고 카이는 유명에게 꼭 알려주고 싶었던 한 가지 소식을 꺼낸다.

「형. 시즌 2가 끝나고 나서 드디어 부모님이랑 유랑극단 단원들에게 도움을 드릴 수 있었어요.」

「와… 정말?」

「하시던 일은 계속하고 싶어 하셔서 라스베이거스 쪽에 정착하시도록 조금 도와드렸어요.」

「카이는 정말 대단하네.」

유명은 대견한 동생의 등을 두드렸다. 〈캐스팅 보트〉 당시 그가 해준 이야기가 생각이 난다. 본인이 잘돼서 극단 사람들 모두 걱정 없이 지내게 해줄 거라고, 그래서 꼭 성공하고 싶다고 말하던 순진한 소년은 고작 몇 년 만에 엄청난 스타가 되었다. 급격한 성공에도 예전의 다짐을 잊지 않고 양부모님과 극단 단원들에게 도움을 주다니. 착한 카이의 모습이 참 예뻤다.

「이제 무슨 작품하실 거예요?」

「좀 쉬고 생각해보려고.」

「와….」

「왜?」

「형한테서 쉬겠다는 말 처음 들어보는 것 같아서요.」

유명이 피식 웃었다. 그렇게 마음이 급했었다. 제한된 7년의 시간 안에 한 작품이라도 더 하고 싶어서 아등바등했었지. 이제는 조금 여유를 가져도 된다. 열심히 하지 않겠다는 것은 아니지만, 작품과 작품 사이에 스스로를 돌아보고 정비할 여유를 이제는 가질 수 있을 것 같다.

"미호는 얼른 작품 하고 싶지?"

"…응."
"네가 재밌을 만한 작품을 같이 골라보자."
"너는?"
"하나 따로 하고, 또 만나서 하고, 그러면 재밌지 않을까?"
"그래. 재밌겠네."

〈미싱 차일드〉 촬영장에서의 소문이 나기 시작하면 미호에게도 작품이 쏟아질 것이다. 그와 파트너로 연기하는 것은 무엇보다도 설레는 일이지만, 관객의 시선에서 그의 연기를 보는 것도 무척 기대된다. 미호는 어떤 엄청난 필모그래피를 써나갈까.

"미호. 먼저 집에 가 있어."
"넌 어디 가는데?"
"데이트."
"외박은 안 된다."
"하하."

예전 자신의 공격을 그대로 돌려주는 미호의 말을 듣고 유명은 웃으며 차 키를 던졌다.

"이제 운전할 줄 알지?"
"너는?"
"여자친구가 데리러 올 거야."

미호가 차 키를 받아들고 손을 휘휘 저었다. 유명은 스튜디오 뒷문으로 향했다.

"누나~!"

훈훈한 실루엣이 차 쪽으로 다가온다. 세련은 차 문을 냉큼 열어 그를 태웠다. 캘리포니아의 청량한 햇살 아래 그녀의 남자는 반짝반짝 빛이 났다.

"잘 있었어요?"

"으응…."

"보고 싶었어."

"나도."

초장거리 커플의 비애. 세련이 남자친구를 만나는 것은 3개월 만이었다. 여름에 파리에서 고백을 받았고, 〈살로메〉 공연 기간에 한국에 잠시 들어가서 공연을 보고 몇 번의 데이트를 했다. 그리고 지금 LA에서 보게 된 것이다. 자주 못 봐서 그런지 자신은 여전히 부끄러운데, 유명은 보고 싶었다는 말을 잘도 한다.

'얘 알고 보면 선수 아냐?'

"참, 누나. 생일 축하해요."

"말로만?"

"아 참…. 생일 선물을 준비 못 했네. 미안."

세련은 장난을 걸었다가 유명이 당황해하자 빙긋 웃었다. 서운하기보다는 되레 안심되었다. 이럴 때면 연애 못 해본 티가 나는 것 같아서. 선물이 꼭 필요할까. 이렇게 그를 만날 수 있는 것만 해도 그녀에겐 너무 큰 선물인데.

"나탈리가 촬영 끝난 후에 그렉한테 오더니, 진짜 종교인 아니시냐고 물었다니까."

"하하, 그 나탈리 카센이? 정말? 진짜 연기가 엄청났나 보네."

오랜만에 만나 괜히 부끄럽고 간질간질한 기분은 오래가지 않았다. 한 분야에서 정상을 달리고 있는 두 사람은 통하는 이야기가 많았다. 너무 다르지만 비슷하기도 한 서로의 세계를 엿듣는 것만으로도 재미있었다. 또 가끔은 일을 완전히 잊어버리고 오늘 공기가 얼마나 청량한지, 서로가 얼마나 아름다운지를 속삭였다. 그럴 때면 본업에서 쌓인 긴장이 누그러지고 따뜻한 행복감이 찾아왔다.

"유명이 너는 만날 때마다 어려지는 것 같아."

"내가?"

"응. 처음 봤을 땐 나보다 어린데도 한참 오빠 같은 느낌이었거든. 그런데 요즘은… 네 나이로 보여."

처음에 세련은 유명의 어른스럽고 중심이 잡힌 모습에 끌렸다. 하지만 지금 유명은 그 모습을 잃지 않고서도 예전보다 훨씬 어리고 상큼해 보였다. 아마도 그가 지금 행복하기 때문일까.

"아 참, 줄 게 있는데."

"뭐?"

유명이 주머니에서 뭔가를 꺼낸다. 그가 손을 내밀자 세련이 눈을 동그랗게 뜨며 그것을 받았다. 작은 상자 안에는 푸른색 보석이 반짝거리는 목걸이가 들어 있었다.

"생일 선물? 준비 못 했다더니."

"생일 선물은 준비 못 했어. 이건 그냥 지나가다가 누나한테 어울릴 거 같아서."

내 생각이 나서 선물을 샀다는 남자. 하지만 그걸 잊었던 생일 선물이라고 둘러대지는 않는 남자. 어쩜 너는 내 마음의 문을 이렇게 쉽게 두드릴까.

그들은 차를 타고 그리피스 천문대가 있는 언덕을 올랐다. LA 최고의 야경을 볼 수 있는 언덕에는 이제 막 노을이 지고 있었다. 그들은 차를 세워두고 인적이 드문 곳을 따라 걸었다.

"유명아. 예전에 네가 그랬잖아. 만약에 다시 처음부터 시작해야 한다 해도 15년은 더 노력할 수 있을 것 같다고."

"…응."

"이제 그 말의 의미를 알 것 같아."

세련이 저 멀리 펼쳐진 LA의 전경을 보며 그런 말을 했다. 정상에 오른 후에 흔하게들 해대는 과거 미화라고 생각할 수도 있겠지만….

"설사 실패했다 해도 후회하진 않았을 것 같아. 최선을 다해본 후에야 알 수 있는 것들이 있어. 그때 그냥 포기했더라면 나는 아마 망가지지 않았을까."

그녀와 시선을 나란히 하며 유명이 말했다.

"우리 모두는 삶이라는 공연의 연출가가 아닐까."

"연출가…."

"그것이 모두가 환호를 보내는 성대한 공연일지, 무료입장이라도 보지 않을 공연일지, 자못 따분해 보이지만 가만히 들여다볼수록 아름다운 공연일지… 결국 스스로 만들어나가는 거니까."

그녀가 작게 고개를 끄덕였다. 해가 완전히 지고 지상의 무수한 별들이 존재를 드러내기 시작한다. 반짝반짝.

"예쁘다…."

"정말 예쁘네."

두 사람은 야경을 바라보았다. 마주 보는 것이 아니라 손을 꼭 잡고 같은 방향을.

이윽고 가장 반짝이는 두 별의 실루엣이 서서히 겹쳤다.

글을 마치며

— 축하드립니다, 작가님. 우수상입니다!

문피아 편집부의 공모전 수상 안내 전화를 받았을 때의 멍한 기분이 다시 떠오릅니다. 작년 1월까지만 해도, 저는 뭐든 읽기를 좋아했지만 제가 무언가를 쓰게 될 것이라는 생각은 한 번도 해보지 못했던 평범한 독자였습니다. 그런 제가 1년 2개월의 기간 동안 190만 자 분량의 소설을 쓸 것이라고는 상상도 하지 못했습니다. 연재 중 많은 응원을 해주신 독자님들 덕분에 이 글이 잘 마무리될 수 있었습니다.

시작

작년, 문피아 공모전에 올릴 연기물을 구상하며 고민했습니다. 연기에 자신의 모든 것을 바친 배우, 실력이 있고 노력도 하는 배우가 그 노력을 보상받지 못했다면 어떤 이유가 있었을까? 그러다가 '존재감'이라는 설정이 나왔습니다. 그 존재감을 주는 존재는 인간만큼이나 연기에 미친 귀가 되었지요.

처음에는 단순히 조력자로 설정했던 미호라는 캐릭터는 스스로 존재감을 키워서 이 소설을 이끌고 나가는 두 축의 하나가 되었습니다. 글을 쓰다 보면 제 계획 이상으로 캐릭터들이 움직이며 새로운 방향을 제시해줄 때가 많습니다. 글이 글을 쓴다는 말이 정말 옳은 말인 것 같습니다. 그렇게 열심히 움직여준 캐릭터들에게 고마운 마음뿐입니다.

극중극

부족한 제 글이 많이 사랑받은 이유에는 창작 극중극이 큰 몫을 했다고 생각합니다. 처음 한번 써본 창작극을 다들 좋아해주시니, 한 번 더, 한 번 더, 하다가 결국 대부분 메인 극중극이 창작이 되어버렸습니다.

⟨Love of his life⟩는 첫 연기, ⟨출세몽⟩은 과거의 극복, ⟨발레리나 하이⟩는 첫 파트너, ⟨연예학개론⟩은 인기, ⟨려말선초⟩는 존재감, ⟨피터팬⟩은 진짜 동료, ⟨캐스팅 보트⟩는 정상으로의 여정, ⟨Mimicry⟩는 배우로서의 정점, ⟨Missing Child⟩는 배우로서의 오롯한 기쁨, ⟨인격살인⟩은 스스로를 이해하기, ⟨살로메⟩는 연기의 극의.

각각의 주제를 담은 시나리오들은 때론 즐겁고 시원했지만, 때론 무겁고 부담스럽기도 했을 겁니다. 그 모든 과정을 끝까지 지켜봐주신 독자님들께 고마울 따름입니다.

인간의 이야기

⟨연예학개론⟩에서 보형이 하나에 대해 이렇게 말합니다.

"숨이 차게 달리는 도중에도, 주변 사람을 살피는 걸 잊지 않는 품성을 오랜만에 본 것 같아요."

이 한 문장이 신유명이라는 인간을 모두 설명한다고 생각합니다. 배려심 넘치지만 호구 같지는 않은 주인공, 묵묵히 걷는 길에 누군가가 합류한다면 그 손을 잡고 함께 걸어가는 주인공을 그리고 싶었습니다. 그런 인간과 인간이 되고 싶은 귀의 이야기를요.

"모두가 환호를 보내는 성대한 공연일지, 무료입장이라도 보지 않을 공연일지, 자못 따분해 보이지만 가만히 들여다볼수록 아름다운 공연일지… 결국 스스로 만들어나가는 거니까."

이 글이 하루하루 열심히 살아가며, 들여다볼수록 아름다운 공연을 만들어가고 계신 독자님들께 작은 위안이 되기를 바랍니다.

감사의 말

완결 전후에 소장본 제작 요청이 여러 번 있었습니다. 어찌어찌 크라우드 펀딩을 하게 되었고, 많은 독자님의 성원으로 종이책을 제작할 수 있게 되었습니다.

하지만 웹소설을 종이책으로 옮기는 것은 쉬운 과정이 아니더군요. 눈썰미 있는 독자님은 눈치채셨겠지만, 본문이 꽤 많이 수정되었습니다. 과도한 의성어를 줄이고, 엔터를 붙이고, 오탈자, 중복 문구, 매끄럽지 않은 문구들을 수정하는 데 꼬박 세 달 이상의 시간이 걸렸습니다. 그럼에도 어딘가에 오탈자가 남아 있다면… 죄송합니다.

200화 넘게 꾸준한 피드백으로 초보 작가를 이끌어주셨던 첫 담당자 김태현 PD님, 공모전 수상 안내를 해주셨고 이후 제 두 번째 담당자가 되신 인연 깊은 임주리 PD님, 섬세한 펜화로 등장인물들을 아름답게 그려주신 김혜린 작가님, 종이책을 꼼꼼하고 예쁘게 완성해주신 지식과감성 출판사, 연재 내내 함께했던 행아웃방 동료작가분들께 이 자리를 빌려 감사드립니다.

그리고 1년이 넘는 기간 내내 저를 든든히 지지해준 제 짝꿍, 낯선 매체임에도 매일 손꼽아 연재를 기다려주신 사랑하는 부모님, 무엇보다도 《천재 배우의 아우라Aura》의 탄생에서 결말까지, 그리고 소장본이 나오기까지, 물심양면으로 응원해주신 모든 독자님께 진심으로 감사드립니다.

유명이와 미호는 행복하게 살아갈 겁니다. 영원히.

글술술 배상

부록 1

작중 시나리오, 주요 미션 목록
※ 비중이 높은 시나리오는 ★ 표기하였습니다.

1. 대학생 시절

출세몽
Love of his life★
Rococo 광고
향수(by 연귀)
오디우스 워크숍 - 반박하기
오디우스 워크숍 - 존속살해범
지킬박사와 하이드★
착각(우준호 습작)

2. 국내 성공기

Ballerina High★
연예학개론★
연예학개론 극중극 - 호적수
려말선초 오디션-세 번의 연기
려말선초★
Crude 광고
뤼팽 대 홈즈
피터팬★
소년탐정 김준일
다큐멘터리 배우

3. 해외 성공기

유럽여행
뜻대로 하세요(by 연귀)
파리스의 심판(by 연귀)
무무

캐스팅보트
트루먼 쇼
마틴 & 엘리자베스
아리자데 왕국 살인사건★
두 번 걷기
미션 임파서블(스턴트)
판도라
보그지 촬영
즉흥극(프리퀄)
좀비 연기
세상에서 가장 대단한 직업
소방관 연기
아날로그 러브
방문판매원

Mimicry★
Run Wherever 뮤직비디오
(Skip, 외전에 포함)
Missing Child★
(Skip, 외전에 포함)
Appeal to the Sword(Skip)
명품 연합 광고

4. 귀국 후

다큐멘터리 배우 2부
연기콘서트 If
오디우스 워크숍 - 관찰하기
인격살인(블루라벨 / 옐로라벨, 영화 / 연극)★
살로메★

부록 2

작중 Timeline

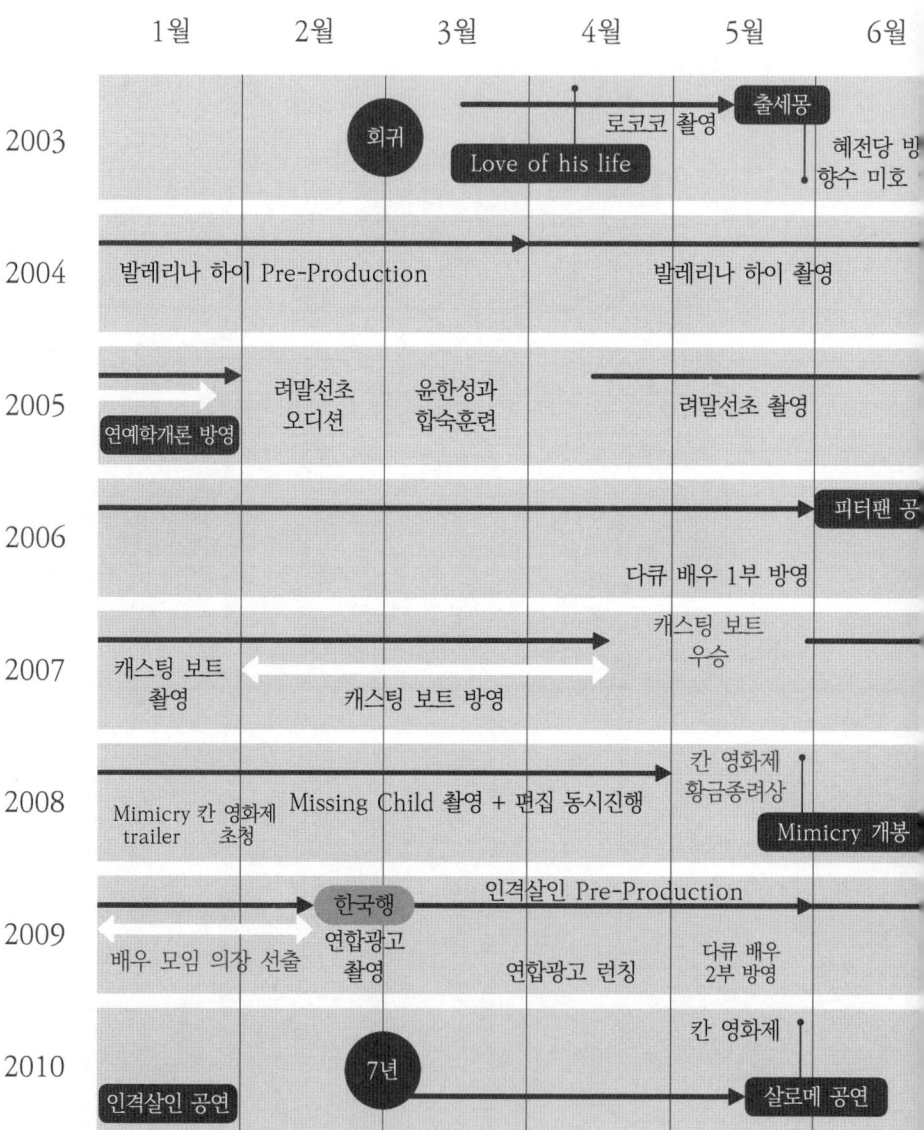

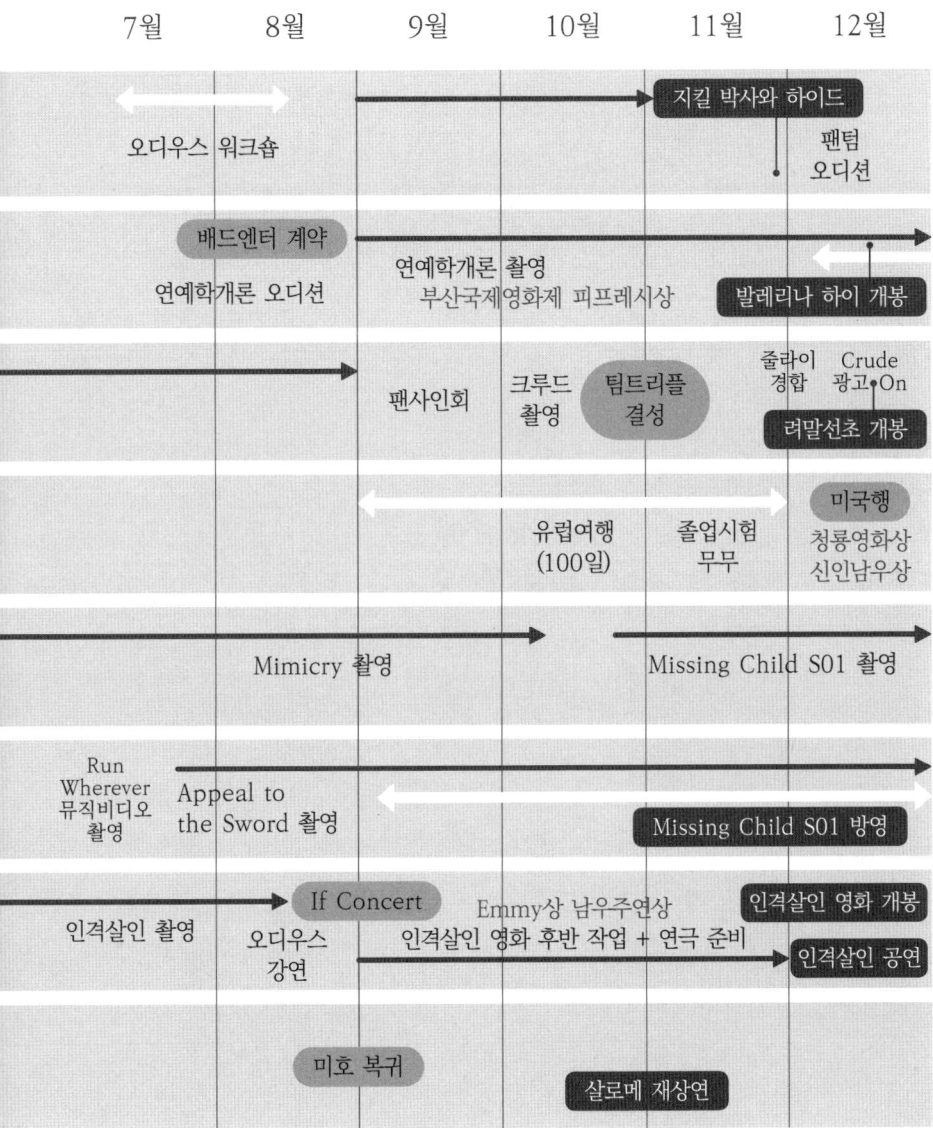

부록 3

극중극 〈려말선초〉의 초기 시놉시스

기획 의도:

　극중극을 구성할 때, 컨셉을 잡아놓고 캐스팅을 하는 경우가 있고, 캐스팅을 먼저 해두고 작품을 구성하는 경우가 있습니다. 〈려말선초〉가 후자의 대표적인 예입니다. 신유명과 윤한성의 2인극, 존재감에 관한 에피소드를 뽑을 수 있을 것, 그리고 사극. 이 세 가지 제한조건을 가지고 구상을 시작했습니다. 역사적인 인물 중, 어느 정도 나이 차가 나는 남성 2인의 라이벌 구도가 뭐가 있을까를 고민했죠. 그리고 이방원과 정몽주라는 흔치 않은 조합을 다루게 되었습니다.

　두 인물 사이에는 드라마틱한 이야기가 있습니다. 바로 〈하여가〉와 〈단심가〉입니다. 야사로 취급되기는 하지만, 들어보지 않은 사람이 없을 정도로 유명한 두 사람의 일화. 이것을 영화의 클라이맥스로 사용하게 된다면, 두 사람에겐 어떤 관계성을 부여할 수 있을까요?

　참고자료를 찾아보면서 제가 느낀 것은, 두 사람이 결이 비슷한 인간이란 것이었습니다. 고려 후기의 충신이라는 것 외엔 잘 몰랐던 정몽주라는 인물은 이 땅 최고의 외교관이라는 말이 아깝지 않을 정도의 수완가였고, 친인척을 제거하고 아버지까지 제압한 후 서른넷의 나이에 보위에 오른 이방원이라는 인물도 마찬가지였지요. 즉, 겉보기는 달라도 알맹이는 유사한 인물들. 나이 차가 있는 두 인물의 결이 비슷하다면 생각할 수 있는 관계는? 그렇게 그들이 스승과 제자 사이였다는 영화상의 설정이 탄생했습니다.

　전체 극중극 중에 〈려말선초〉와 〈Missing Child〉가 가장 독립성이 높은 시나리오들입니다. 극중 인물들과 가장 덜 엮여 있는 자체적인 스토리들이죠. 그중 더 자세하게 만들었던 〈려말선초〉의 '초기' 시놉시스를 조금 공개해보려고 합니다. 본문 상에는 변경된 부분이 있는 점 참고 부탁드립니다.

#	장소	내용
1	왕궁	— 죽여야 하옵니다! 이성계 일파를 밀어내려는 정몽주 일파의 탄원
2	벽란도	벽란도로 달려가서 아버지를 모시고 오는 이방원
3	정몽주의 집	이성계의 부상이라는 기회를 목전에 두고, 정몽주는 이성계 암살을 계획함 — 마지막 기회이다. 이성계의 집에 문병 가겠다는 전갈을 넣음
4	이성계의 집	정몽주 방문 소식을 듣고 그의 수를 예측하는 이방원
5	이방원의 집	이방원은 친인척들을 불러 정몽주 제거계획 의논 이성계의 사위 변중량이 슬그머니 빠져나감
6	정몽주의 집	정몽주의 제자인 변중량은 스승에게 암살 계획을 알림. 정몽주는 그것을 역이용하기로 하고 수하에게 자신이 보낼 신호(활쏘기) 및 자세한 계획을 지시 가장 위험인물인 이방원의 발은 자신이 묶기로 함 — 잘되었다. 나를 미끼로 하여 이성계를 처치하도록 하자.
7	정몽주의 집	거사 당일, 집을 나서는 정몽주, 母가 말린다. — 몽란아, 가지 말아라. — 그저 병문안하러 가는 것일 뿐입니다. — 사람을 보내면 되지 않으냐. 어제 꾼 꿈이 좋지 않았다. 제발…. — 걱정 마십시오, 어머님. 금세 다녀오겠습니다. 정몽주 母가 읊조리는 백로가. 백로와 까마귀에 정몽주와 이방원 대입 제목 Insert. 〈려말선초〉
8	이성계의 집	이성계 문안하고 나오는 정몽주, 이방원과 마주침. 정몽주, 반가워하며 이방원에게 인사함 이방원이 차 한잔을 청하고, 정몽주는 기꺼이 승낙함. 일부러 이성계의 방이 잘 보이는 장소를 권하지만, 정몽주는 별채로 가길 청한다. — 이 댁 별채가 풍광이 좋다던데….
9	활터	별채로 가던 중 과녁판을 발견 — 자네 실력이 많이 늘었나 궁금하네. 둘은 같이 활을 쏘게 되고, 정몽주는 실수인 양 화살을 멀리 날린다. 그것을 보고 사라지는 인영

#	장소	내용
10	별채 (다담)	정몽주와 이방원과 독대. 마주 보고 차를 마신다. — 스승님, 강녕하셨습니까? — 오랜만이군, 유덕. 자네 덕분에 강녕하지 못하다네. — 다 스승님의 가르침 덕분 아니겠습니까. (정치에 대한 답론) — 선생님. 성리학적 세상을 만들기 위해 왕은 이런들 저런들 어떠합니까. — 이런들 저런들 상관없는데 왜 바꾸어야 하는가. 차라리 지금이 낫네. 왕권이 약해져 있을 때 신권으로 통치하는 세상을 만들기 더 쉽지 않겠나. 자네들이 하려는 것은 성리학적 이상세계의 실현이 아닌, 권력에의 야욕을 채우는 일일 뿐이라네. — 타파할 것이 너무 많습니다. 차라리 새 술은 새 부대에 담는 것이 좋지 않겠습니까. — 부대를 하나 갈기 위해서 몇 명이 죽어나가야 하는가. — 저는 선생님이 탐이 납니다. — 방원. 그대의 야욕이 그대를 죽이거나, 그대 주변의 모두를 죽일 것일세. 디졸브. 회상으로 넘어간다.
11	동북면의 산실	아이의 처절한 울음소리. 이방원의 탄생 Insert
12	복구된 성균관 1367년	젊은 정몽주. 성균관에서 주자학을 강론하고 있다. 멋진 옷차림, 세련된 여유. 유려하게 이어지는 강론이 끝나자 박수가 터진다. 주변에서 수군거리는 목소리 — 아직 정식으로 들어온 경서도 없는데? 저건 너무 자의적인 해석 아니야? 새로 수입된 책을 가지고 뛰어들어오는 학생 — 미쳤다! 포은 선생님의 강론과 똑같아~! 그 이야기를 들은 이색의 탄성 — 동방 리학의 시조로고….
13	궁궐 1368~1369년	원나라 패주 소식에 조정이 웅성거리고 명의 건국 소식에 권문세족들이 불안해함. 명과 국교를 맺어야 한다고 상소를 올리는 신진사대부들
14		명나라 연호를 채택하자 터지는 젊은 사대부들의 함성. 정도전과 정몽주의 악수
15	궁궐 1370년	이성계의 이어지는 승전보 그의 업적에 대한 수군거림. 패전이 없는 장수 — 요즘 득세하는 인물이라면 신진사대부와 이성계 아닌가. 권문세족들은 한물갔지.

#	장소	내용
16	별채 (다담)	— 그거 아십니까. 무가의 자제로 자라나 전쟁놀이에 열광하던 개구쟁이가 학문에 뜻을 둔 계기가 스승님의 화려한 외교술과 충정 높은 의기에 반해서였다는 것을. — 그랬나…. (긴장감 삽입) — 방금 무슨 소리 못 들으셨습니까. — 무슨 소리? 나는 못 들었네만. — 밖이 좀 시끄러운 것 같은데… 제가 좀 나가보고 오겠습니다. — 밖은 아주 고요하네그려. 그보다 그 얘기를 좀 해보게. 나에 대한 무슨 얘기를 들었다는 건가? 이방원이 못 이기는 척 정몽주의 제안에 응해준다. — 그야 구국의 영웅담이지요.
17	바다의 바위섬 1373년	난파당한 정몽주. 굶주리고 엉망이 되어서도 품 안에 왕의 서친을 간직하고 있다. 형형한 표정 멀리서 그를 구하러 오는 명의 수색대. 엉망인 상태로도 의연하고 품위 있는 인사
18	명나라 궁궐	명 태조가 정몽주를 만난다. 그의 높은 의지와 세련된 태도에 반함. 명 관리들의 환대를 받고 국교를 성공적으로 수립함
19	동북면 화령	— 개경에 정몽주라는 분이 계시단다. 그분이 명나라에 파견되는 사신의 서장관으로 북경에 다녀오는 길에, 태풍으로 배가 난파당했단다. 정사를 포함해 12인이 죽고, 그는 바위섬에서 13일 동안 굶주리며 사경을 헤맸지. 그 극한의 상황에서도 그분은 명나라 황상의 서신을 물에 젖지 않게 품속에 간직하고 있었다고 해. — 우와 정말이요? — 대단하시지? 황상께서 이 소식을 듣고 배를 보내었는데, 오랜 굶주림으로 피골이 상접해서도 의연함을 잃지 않고 법도에 맞추어 하례를 드렸다고 해. 그것을 보고 명나라 황상께선 고려인의 충정을 극찬하셨다고 한단다. 6세의 총기 어린 이방원. 유모에게 정몽주의 이야기를 듣는다. 멋진 외교관의 이야기에 눈을 반짝이고 성리학을 공부하기 시작한다.
20	별채 (다담)	— 그런 스승님도 국난과 정쟁에서 어찌할 도리는 없으셨지요.
21	궁궐 1374년	공민왕의 죽음과 이인임의 우왕 추대
22	궁궐 1376년	이인임의 친원정책을 반대하는 신진사대부들. 정도전은 원 사신을 죽이겠다고까지 언급
23	도성의 거리	차례차례로 귀양 가는 백의 차림의 인물들이 지나간다. 정몽주도 끼어 있다

#	장소	내용
24	별채 (다담)	— 그럼에도, 복귀하신 그 해에 바로 왜의 사신을 지원해 눈부신 외교술을 뽐내셨지요. — 사실 더러운 꼴을 보는 걸 피했던 거라네. 하하.
25	왜나라 1377~ 1378년	왜에 자원해 보빙사로 건너감
26		이마가와의 독대. 그의 탄식 — 왜 그대 같은 이가 이 나라에는 없는가.
27		줄을 잇는 초청과 시를 청하는 승려들. 엄청난 환대를 받고 돌아옴
28	도성의 거리	돌아오는 행렬을 시가지에서 구경하는 어린 이방원. 그의 눈에 어린 동경. 어딘가로 뛰어간다.
29	이성계의 집	이성계와 강 씨 부인의 대화 — 포은 공을 스승으로? — 방원이에게 그런 소망이 있더군요. — 아무리 그가 선덕랑일 시절부터 나와 인연이 있다 해도, 어려운 부탁인데… — 지금 아이들을 맡고 있는 선생이 방원이의 영특함이 가히 월등하다고 합니다. 좋은 스승을 모시면 성취가 남다를 겁니다. — 허어, 우리 집안에서 문과 급제자가 처음으로 나오려는가. 부인이 그렇게 말한다면, 내 한번 청을 넣어보지요.
30	별채 (다담)	— 스승님을 처음 만난 곳이 이 방이었습니다. 기억하십니까? — 왜 나지 않겠나. — 그때 스승님의 가르침이 아직도 선연합니다. 목적은 확고하게, 시선은 흔들림 없이, 행동은 단호하게. 목표를 위한 수단이 결벽하지 않더라도 취하는 것이 현실정치다. 실제로도 그러셨지요. 왜에 다녀온 후에는 마음이라도 정리하신 듯이, 뜻이 없는 자와도 술잔을 나누셨으니. — 자네에게 그 이야기를 해준 것을 나는 후회한다네.
31	이성계의 집	자리에 앉은 그대로, 둘의 외양이 14년 젊어진다. 젊은 정몽주가 유려하게 말한다. — 목적은 확고하게, 시선은 흔들림 없이, 행동은 단호하게. 목표를 위한 수단이 결벽하지 않더라도 취하는 것이 현실정치란다. — 네, 스승님. — 하하 네가 알아듣기엔 아직 너무 어리구나. 그러나 알아들은 듯 눈빛이 오묘한 이방원.
32		수업 중 이방원이 종아리를 맞는 모습
33	이성계의 집	정몽주가 이방원의 대답에 흡족하게 고개를 끄덕이는 모습
34		끈끈해져가는 사제 간의 관계. 그를 존경심 가득한 눈으로 바라보는 이방원의 시선

#	장소	내용
35	황산대첩	정몽주가 이성계의 종사관으로 황산대첩에 따라감. 이성계의 화려한 승리
36	전주 오목대	돌아오는 길, 전주 오목대에서 이씨 종친들이 이성계의 환영잔치를 열고, 이성계는 그 자리에서 한고조 유방의 대풍가를 읊는다.
37	만경대	정몽주는 고려를 뒤엎고 새 나라를 세우겠다는 이성계의 야심을 알아차리고, 노여움을 참지 못해 잔치를 빠져나온다. 그는 말을 달려 남고산성의 만경대에 올라 한탄하는 시를 읊는다.
38	궁궐	개경에 돌아온 후, 일신이 바빠 유덕의 과외를 그만두겠다고 이성계에게 말하는 정몽주
39	성균관 1382년	이방원은 3년 만에 성균관 특강에서 정몽주를 만났다. 정몽주는 성리학적 이상국가에 대해 논하고, 이방원은 손을 들어 그에 반박하며 대립 — 신료 중심의 국가제도는 지도자의 능력에 의존하지 않는 안정적인 체제를 달성할 수 있다. — 그러나 지도자가 능력이 있다면 더욱 성과가 높지 않겠습니까. 결정권자가 아예 없다면 결론 없이 논의만 지속될 것이고, 체제는 느리게 돌아가 급변하는 현상에 유연하게 대처하지 못할 것입니다. — 그 지도자가 능력이 없다면? 백성들의 삶을 왕실의 핏줄이라는 도박에 맡기는 것이 얼마나 위험한지는 역사가 증명하지 않는가. — 보통 왕에게는 자식이 많지요. 장자세습이 아닌 가장 우수한 왕재를 뽑는 방식이면 위험이 줄어들지 않겠습니까. 둘 사이에 파직- 하고 스파크가 튄다.
40	성균관 정원	강론을 마치고 떠나려는 정몽주를 잡는 이방원 — 오랜만에 뵙습니다. 스승님. — 잘 있었나, 유덕. 이제 장정이 다 되었군. 학문적 성취도 높은 듯하고. — 많은 가르침 바랍니다. — 성균관엔 특강을 나왔을 뿐이라네. 이방원이 껄끄러운 정몽주. 어릴 적 총명한 아이를 총애하던 마음과 달리, 이제 그의 야심이 부담스럽다. 이방원이 서운함을 표현하며 대치
41	이성계의 집 1383년	이방원의 과거 합격 소식. 이성계 매우 기뻐하며 강 씨 부인과 대화 — 처음으로 우리 집안에 문인이 나왔군요! — 방원은 단순히 무인이라 할 수 없지요. 문무에 모두 능한 인재가 아닙니까.
42	궁궐	총명함과 유연한 처세로 빠르게 인정받는 이방원

#	장소	내용
43	별채 (다담)	소피가 마렵다고 일어서는 이방원 정몽주가 뒷간에 가는 것을 말리며, 그가 어릴 때처럼 소피를 멀리 보는 내기를 하자고 제안함 빤히 바라보다가, 피식 웃으며 응해주는 이방원
44	사행길 1384년	친원파와 친명파의 흉흉한 대립. 명은 노선을 확실히 정하지 않는 고려를 괘씸히 여겨, 방문하는 사신들을 처형하거나 억류하고 무리한 조공을 요구함. 친원파는 시일이 촉박해 죽음을 면하기 힘든 성절사에 정몽주를 추천한다. 정몽주는 정도전을 서장관으로 삼고 밤낮을 달림
45		가까스로 기한 안에 명의 황궁에 도착
46	명나라 궁궐	명 태조는 사신이 기한에 맞추어 온 것에 놀란다. — 이번 사절행이 위험한 줄 알고 네 나라 대신들이 서로 미루다가 널 보낸 것이 아닌가. 너는 몇 년 전에 왔던 그 사신이 아니냐? — 기억해주셔서 감사하옵니다, 황상. — 내 너의 충의는 기억하고 있다. 조선이 원과 대명제국을 저울질 하는 것이 괘씸하여 이번 사신은 목을 치려 했건만 네게는 그럴 수 없다. 5년간의 미납한 조공을 면제해주고 사신을 풀어줄 테니 대명제국의 너그러움을 돌아가서 알리라. — 망극하옵니다.
47		극진한 대접을 받는 정몽주 일행
48	궁궐	정몽주의 기막힌 외교력과 국제외교적 입지에 궐내가 들끓는다.
49	이성계의 집	이방원과 호위무사의 대화 — 실로 외교의 달인이로다. 스승님을 내 가신으로 만들 수 있다면 얼마나 든든하겠느냐.
50	조정 1388년	최영이 문하시중, 이성계가 수문하시중에 임명
51		명이 철령 이북의 땅을 요구
52	최영의 집	이인임이 죽은 후 최영에게 의존하는 우왕. 최영의 집에 방문한다.
53		딸을 비로 달라고 청하고, 명을 칠 것을 의논함
54	조정	우왕이 요동정벌을 명하자 4불가론을 제시하며 반대하는 이성계
55	이성계의 집	전리정랑 직을 맡고 있던 이방원, 이성계의 서간을 받음 — 가장 영민한 너에게 가족의 안위를 맡기노라.
56	피난길	이 말의 의미를 바로 깨달은 이방원은 그날 밤에 집안 식구들을 모두 모아 이천으로 피신함

#	장소	내용
57	궁궐	위화도 회군이 성공하고 최영 유배 그해 우왕 폐위되고 창왕 등극
58	이성계의 집	이방원과 강 씨 부인의 대치 이성계의 총애가 높아진 이방원을 경계해, 강 씨 부인은 그를 명나라 사신으로 보내려고 한다. 이를 눈치챈 이방원은 그녀의 욕망을 짚어 동맹을 성사시킨다.
59	명나라 궁궐	이방원, 이색을 따라 명나라 서장관 파견 명 태조와 대면, 그의 심리를 파악한다. — 친히 입조하기를 바란다, 이 말의 진의는 알겠느냐? — 말 그대로가 아니었습니까…? — 창왕은 나이가 어려 직접 명까지 오기는 힘들다. 하지만 이렇게 운을 던진 후 천자의 입에서 '시기를 보아 나중에 입조하라' 혹은 '성의는 알겠으니 입조받은 것으로 하겠다' 정도의 대답만 나와도 천자의 입으로 창왕의 정당성을 승인하는 셈이야.
60		명나라 신료들이 정몽주를 극찬하는 것을 듣고, 더욱 그를 탐내게 된다.
61	흥덕사	이성계, 심덕부, 정몽주, 정도전, 조준, 지용기, 설장수, 성석린, 방위(흥덕사 9공신)가 모여 폐가입진의 논리로 공양왕을 추대한다. 이때 정도전이 새 왕조에 관해 슬쩍 정몽주를 떠보나, 정몽주는 본인의 가치관을 은근하게 내세우며 반박한다. — 나는 목적을 위해 원칙을 무를 줄 아는 사람일세. 하지만 목적을 무른다면 의미가 없지 않은가.
62	별채 (다담)	— 그 목적이 정말 고려 왕실입니까? 저는 그리 생각지 않습니다. 스승님은 맹자 〈양혜왕〉을 저에게 강론해주셨죠. '백성이 귀하고 사직은 그다음이며 군주는 가볍다. 폭군을 죽이는 일은 시해(弑害)가 아니라 사내 하나를 죽이는 것(誅一夫)이다. 백성을 위한 나라를 만들고자 하는 스승님의 뜻이 왕에 있지 않거늘 왕조라고 있겠습니까. — …… — 스승님의 진정한 뜻은 무엇입니까? (이성계의 방 쪽으로 모여드는 그림자 Insert)
63	궁궐 1390	이성계의 세력이 된 과거의 벗 정도전을 비판하는 상소를 올리는 정몽주 — 삼봉은 피가 천하여…
64	이성계의 집	어머니 한 씨의 죽음. 여묘살이를 가기 전 이방원과 강 씨의 대화 — 대업을 이루어야 할 때 네가 없어서 아버지가 걱정되는구나. — 우리가 없는 틈을 타, 아버지에게 무슨 일이 생기면, 그 기회를 놓치지 않고 덤벼들 사람이 정몽주입니다. 그의 기질은 저와 같습니다. 어머니와도 같지요.

#	장소	내용
64	이성계의 집	— …무슨 의미니? — 수단과 방법을 가리지 않는 수완가. 그가 여태 피를 보지 않고 살았던 건 단지 그럴 필요가 없었기 때문입니다. 좋은 기회에 손쓰는 것을 놓칠 사람이 아니지요. 그의 동향을 파악해 주십시오. — 알았다.
65	궁궐	정몽주파의 총공세. 정도전 유배
66	조정 1392년	— 포은 공. 이성계가 말에서 떨어져 다쳤다고 합니다. — 정말이냐? — 그렇습니다. — 마침 그의 아들들도 어머니 상중으로 개경에 없지. 기회는 이때이다. 탄핵을 올려 조준, 남은 등도 유배. 장을 때려죽이라는 밀명 (정몽주 이방원적인 성격을 보여주는 장면)
67	노상	말을 타고 벽란도로 달리는 이방원
68	벽란도	— 아버님. — 방원이 왔느냐? 왜 네 어미의 묘소를 비웠느냐. 나는 괜찮으니라. — 이렇게 누워계실 때가 아닙니다. 아버님의 지지자들이 모두 유배에 처해지고, 참수하라는 상소가 연일 올라오고 있는 것을 알고 계십니까. 이방원, 이성계를 설득하여 한양으로 달린다.
69	노상	말달리는 이방원의 얼굴 클로즈업. 혼잣말 — 스승님이 아버지의 마지막 적이 되실 줄 알았습니다. 그리고, 나의 편이 되어준다면 좋겠군요.
70	이성계의 집	정몽주의 문병 소식. 이성계와 이방원의 대화 — 나는 피로 물든 왕조교체를 원하지 않는다. 이는 삼봉도 동의한 바야. — 아버님. 그는 대단한 인물입니다. 우리가 결코 우위에 있다고 할 수 없습니다. 마지막으로 회유해보고 안 되면 죽여야 합니다. — 절대 안 된다. 그는 내 친구이기도 하다. 헛소리하지 말고 어머니 묘나 지키러 가도록. (이성계의 우유부단한 성격을 보여주는 장면)
71	안채	이방원과 강 씨 부인의 대화 — 포은 공이 병문안을 오겠다는 전갈을 넣었다. — 들었습니다. — 이때가 기회다. 죽여야 해. — 마지막 설득을 해보지요. 강 씨 부인은 정몽주를 죽이자고 하나, 이방원은 마지막 포섭을 해보겠다고 한다. 예전과 달리 그녀를 압도하는 이방원의 식견과 아우라 — 아니 보이십니까? 저는 보이는데.

#	장소	내용
72	이성계의 집	이방원이 친인척들을 불러 정몽주 제거계획 의논. 이성계의 사위 변중량이 슬그머니 빠져나감 (신 5와 오버랩)
73	별채 (다담)	— 똑똑한 사람이 하고 싶은 일을 하려면 힘 있는 곳으로 가야 하지 않겠습니까. — …옳은 말일세. — 그런데 왜 망해가는 고려에서 함께 침몰하시려는 겁니까? — …문을 닫아주겠나. 정몽주가 본인의 사상을 털어놓는다. — 유덕(이방원의 자), 백성을 위한 나라를 만들기 위해서 필요한 것은 체제일세. 능력이 출중할 수도, 부족할 수도 있는 군왕의 자질에 의존하는 것이 아닌, 우수한 신료들이 합당한 결과를 도출해나가는 체제. 그런데 왜 혁명이 필요한가. 왕도 왕조도 그 체제의 핵심은 아닌 것이네. — 이미 부패한 것은 도려내는 것이 빠르지 않겠습니까? — 도려낸다고 문제가 없겠는가. 새 국가를 일으키는 초대군왕은 언제나 능력 있는 자일세. 그렇다면 신료들을 바탕으로 나라를 운영하는 체제가 성립되기 어렵지. 본인이 모든 것을 결정하고 싶어 할 테니. — 그렇습니까? — 오히려 군왕의 힘이 가장 약해져 있을 때야말로, 신료 중심의 체제로 변화시키기 적절한 시점이 아니겠는가. — 하지만 스승님, 이미 머리가 굳은 돌대가리들이 너무 많습니다. 그걸 언제 하나하나 바로잡고 있단 말입니까. 새 술은 새 부대에 담는 게 낫지 않겠습니까. — 이 나라를 집어삼키고 싶은 욕심을 정당화하지 말게! — 그리 목소리를 높이시는 것은 처음 봅니다. — 지금 자네가 막말을 하고 있지 않나! — 정말 그래서입니까…? — 그건 또 무슨 소린가. 알아듣게 말을 하게! — 저를 고이 따라오시고, 제 도발에 응해주시고, 문을 닫아 달라 한 후 열변을 떨치시고, 얼음같이 이성적인 분이 화까지 내시다니… 이렇게 미끼가 분전하고 계신데, 어쩌 밖에서 '작전'은 잘 진행되어가고 있을까요? 정몽주의 안색이 거멓게 죽는다.
74	별채 정원	요란한 소리가 들린다. 이방원이 문을 열자, 정몽주가 보낸 자객들이 피투성이가 되어 묶여 있다.

#	장소	내용
75	별채 (다담)	— 언제 눈치챈 것인가. — 물론 처음부터입니다. 아버님은 아직 모르십니다. — 어째서? — 아까도 말씀드렸지 않습니까. 저는 스승님이 탐이 난다고. 이방원이 정몽주에게 손을 잡을 것을 제안하지만, 정몽주는 거절한다.
75	별채 정원	4명의 자객의 목이 단숨에 날아간다. 초록빛 정원을 물들이는 붉은 핏자국
76	별채 (다담)	정몽주의 마지막 강론 — 수만의 목숨을 가지고 놀이를 하려거든 최소한 목표와 기준을 네 멋대로 비트는 일은 없도록 해라. 그것이 너를 따르는 자들과 너에게 매달린 목숨에 대한 예의인즉슨. 하여가와 단심가를 주고받는다. 그들의 졸업식 — 그 임은 고려 왕조라기보다는 백성이고, '당신'의 이상향인 것으로 들리는군요. — 그럴지도. — 저는 '당신'이 무척 탐났습니다. 당신은 나와 비슷합니다. 당신은 치세의 마지막에 태어난 능신이고 나는 난세의 초입에 태어난 간웅일 뿐. 삼봉 선생도 인재지만, 그는 아버지의 사람인 데다 너무 반골 기질이 강해 제 취향과는 맞지 않아서요. 아버지의 시대가 가고 언젠가 올 '제 시대'에 당신이 있어주었으면 했는데. — 너무 많은 걸 알려주는군. 귀로 들어간 많은 이야기가 입으로 나오지 못하게 되는 날인가. 하하. 정몽주가 자리에서 일어선다.
77	별채	이방원이 호위무사에게 지시한다. — 따라가서 죽여라. — 예- — 단, 사람들이 잘 볼 수 있는 대로변에서. — 암살이 아닌 대로변입니까? — 그래. 온 천하가 그의 죽음을 알아 아버님이 내 공적을 지울 수 없도록. 가장 번화한 곳에서 가장 처참하게. — 명 받들겠습니다. — …그리하여 그의 죽음은 역사가 될 것이다.
78	선죽교	정몽주의 한 점 망설임 없는 깨끗하고 기개 있는 걸음걸이. 그리고 대로변에서의 처참한 죽음
79	Insert	태조 즉위까지가 빠르게 컷컷으로 지나간다.
80	별채 정원	— 역사는 나를 승자로 기억하겠지만, 실제로는 진 것이나 다름없지요. 드디어 이 자리에 올라보니 참으로 그대의 현명함이, 그 수완이 내 옆에 없는 것이 천추의 한이외다.

#	장소	내용
	블랙아웃	자막: 태종 이방원은 자신의 즉위 원년에 정몽주를 영의정으로 추증하고 익양부원군으로 봉하였다. 이는 '충(忠)'이라는 사상을 미화하여 현 왕권을 안정시키기 위한 수단으로 해석되기도 하나, 역사 속 진실은 누구도 알 수 없는 것. 태종이 그 누군가를 그리워하는 사심이었을지, 그를 자신의 '첫 재상'으로 삼고 싶은 욕망을 그렇게라도 이룬 것이 아닐지, 지금의 우리는 여전히 알 수 없다.

부록 4

극중극 〈려말선초〉의 역사연대표

※ 문헌에 따라 연도와 내용에 약간의 차이가 있을 수 있습니다.

연대			정몽주 나이 / 이방원 나이 / 역사적 기록 (시대상은 bold체, 정몽주 관련 기록은 일반, 이방원 관련 기록은 밑줄로 구분함)		
1360	공민왕 9년	23		문과 장원으로 급제	
1361	공민왕 10년	24		여진족 토벌에 참여	
1362	공민왕 11년	25		예문관검열, 직한림원 제수	
1363	공민왕 12년	26		위위시승, 선덕랑 제수 이성계와 함께 여진족 토벌 참가	
1364	공민왕 13년	27		종군 후 돌아옴. 당시 이성계 인품에 감화되어 그의 사상에 동조함	
1365	공민왕 14년	28			
1366	공민왕 15년	29			
1367	공민왕 16년	30	1	성균관박사 제수	
1368	공민왕 17년	31	2	**명나라 건국.** 명과 국교체결 주장하여 관철	
1369	공민왕 18년	32	3		
1370	공민왕 19년	33	4		
1371	공민왕 20년	34	5	**신돈이 역모죄로 사형.** 성균관 사성에 오름	
1372	공민왕 21년	35	6	서장관으로 명나라 파견. 당시 난파당해 13일간 표류했으나, 주원장의 서신을 물에 젖지 않게 간직하고 있었음. 이로 인해 명나라로부터 깊은 신뢰를 얻음	
1373	공민왕 22년	36	7		
1374	공민왕 23년	37	8	**공민왕 시해, 우왕 즉위.** 경상도 안렴사로 부임. 우왕 즉위 후 예문관 직제학 제수	
1375	우왕 1년	38	9	성균관대사성 제수. 유학을 크게 진흥시킴	
1376	우왕 2년	39	10	우사의대부를 거쳐 다시 성균관 대사성에 오름. 명과의 외교론 주장. 이인임의 친원정책을 규탄하였다가 언양(彦陽)으로 유배	
1377	우왕 3년	40	11	정도전 등의 도움으로 유배에서 풀려남 9월 사신을 자원해 왜에 보빙사로 건너감. 이마가와가 그의 뛰어난 인품, 학식에 탄복	
1378	우왕 4년	41	12	왜에서 귀국, 귀국 시 수백 명의 포로를 데리고 오는 외교력을 보여줌	

1379	우왕 5년	42	13	우산기상시를 거쳐 전공판서(典工判書)·진현관제학(進賢館提學)·예의판서(禮儀判書)·예문관제학·전법판서(戰法判書)·판도판서 역임
1380	우왕 6년	43	14	이성계 휘하의 조전원수(助戰元帥)가 되어 문관으로 왜구 토벌 참가. 이성계는 개선 중 전주 종친회에 들러 자신의 야심을 내비침. 이를 눈치챈 정몽주 노여워함
1381	우왕 7년	44	15	첨서밀직사 제수. 성근익찬공신에 봉해짐
1382	우왕 8년	45	16	진사시 2등 합격, 원경왕후와 결혼 명나라 사신으로 선발되어 진공사(進貢使)로 방문했으나, 명의 오만한 태도와 입국 거부로 요동(遼東)에서 되돌아옴
1383	우왕 9년	46	17	문과 병과 7등(전체 10등) 급제 판도판서, 동북면 조전원수로서 함경도 왜구 토벌
1384	우왕 10년	47	18	주원장의 생일에 성절사로 방문. 기한이 촉박하여 밤낮으로 말달려 기한 내에 도착. 당시 긴장상태이던 국교를 회복함
1385	우왕 11년	48	19	동지공거가 되어 과거를 주관
1386	우왕 12년	49	20	명나라 사신으로 방문해, 5년간의 공물 면제를 승낙받고 의복, 옷감을 지원받아옴
1387	우왕 13년	50	21	**명나라 철령위 요구, 강경파 최영과 외교파 이성계, 정도전, 정몽주** 다시 사신행 다녀와서 수원군에 봉해짐
1388	창왕 1년	51	22	명 서장관으로 이색을 보좌해 명에 다녀옴 위화도회군, 우왕 폐위 삼사좌사, 예문관대제학 제수
1389	공양왕 1년	52	23	**우왕복위계획 탄로로 창왕폐위, 공양왕옹립**
1390	공양왕 2년	53	24	밀직사대언 임명 이성계와 공동수문하시중. 정도전 등 이성계 일파를 공격
1391	공양왕 3년	54	25	모친상으로 여묘살이 안사공신의 호를 더함. 새로운 법령 제정
1392	조선 건국 태조 1년	55	26	이성계 말에서 떨어져 부상, 정몽주는 이성계의 부상을 틈타 그의 일파를 제거하려고 했으나, 눈치챈 이방원이 이성계를 데려옴 선죽교사건(4월), 이성계는 이방원에게 정몽주 포섭을 지시하나, 이방원이 살해
1400	태종 1년		34	**방간 왕자의 난(2차)**, 태종 즉위
1401	태종 2년		35	태종이 정몽주를 대광보국숭록대부 영의정부사에 추증, 익양부원군에 추봉